U0638709

聊斋志异

中华传世藏书

【图文珍藏版】

[清]蒲松龄·原著

王艳军·主编

线装书局

申　氏

　　泾河之侧①，有士人子申氏者，家綦贫②，竟日恒不举火。夫妻相对，无以为计。妻曰："无已，子其盗乎③！"申曰："士人子，不能亢宗⑤，而辱门户、羞先人，跖而生，不如夷而死⑤！"妻忿曰："子欲活而恶辱耶？世不田而农者⑥，止两途：汝既不能盗，我无宁娼耳！"申怒，与妻语相侵。妻含愤而眠。申念：为男子不能谋两餐，至使妻欲娼，固不如死！潜起，投缳庭树间。但见父来，惊曰："痴儿，何至于此！"断其绳，嘱曰："盗可以为，须择禾黍深处伏之。此行可富，无庸再矣。"妻闻堕地声，惊寤；呼夫不应；爇火觅之，见树上缳绝，申死其下。大骇。抚捺之，移时而苏，扶卧床上。妻忿气少平。既明，托夫病，乞邻得稀酏饵申⑦。申啜已，出而去。至午，负一囊米至。妻问所从来，曰："余父执皆世家⑧，向以摇尾为羞⑨，故不屑以相求也。古人云：'不遭者可无不为⑩。'今且将作盗，何顾焉！可速炊，我将从卿言，往行劫。"妻疑其未忘前言之忿，含忍之。因淅米作糜⑪。

　　申饱食讫，急寻坚木，斧作梃⑫，持之欲出。妻察其意似真，曳而止之。申曰："子教我为，事败相累，当无悔！"绝裾而去⑬。日暮，抵邻村，违村里许伏焉⑭。忽暴雨，上下淋湿。遥望浓树，将以投止。而电光一照，已近村垣。远处似有行人，恐为所窥，见垣下有禾黍蒙密，疾趋而入，蹲避其中。无何，一男子来，躯甚壮伟，亦投禾中。申惧，不敢少动。幸男子斜行去。微窥之，入于垣中。默忆垣内为富室亢氏第，此必梁上君子⑮，伺其重获而出，当合有分。又念：其人雄健，倘善取不予，必至用武。自度力不敌，不如乘其无备而颠之⑯。计已定，伏伺良专。

直将鸡鸣，始越垣出。足未及地，申暴起，梃中腰膂[17]，踣然倾跌，则一巨龟，喙张如盆。大惊，又连击之，遂毙。先是，亢翁有女，绝惠美，父母皆怜爱之。一夜，有丈夫入室，狎逼为欢。欲号，则舌已入口，昏不知人，听其所为而去。羞以告人，惟多集婢媪，严扃门户而已。夜既寝，更不知扉何自而开；入室，则群众皆迷，婢媪遍淫之。于是相告各骇，以告翁；翁戒家人操兵环绣闼，室中人烛而坐。约近夜半，内外人一时都瞑，忽若梦醒，见女白身卧，状类痴，良久始寤。翁甚恨

申氏

之，而无如何。积数月，女柴瘠颇殆⑱。每语人："有能驱遣者，谢金三百。"申平时亦悉闻之。是夜得龟，因悟祟翁女者，必是物也。遂叩门求赏。翁喜，延之上座，使人舁龟于庭，脔割之⑲。留申过夜，其怪果绝，乃如数赠之。负金而归。

妻以其隔夜不还，方且忧盼；见申入，急问之。申不言，以金置榻上。妻开视，几骇绝，曰："子真为盗耶!"申曰："汝逼我为此，又作是言!"妻泣曰："前特以相戏耳。今犯断头之罪，我不能受贼人累也。请先死!"乃奔。申逐出，笑曳而返之，具以实告，妻乃喜。自此谋生产，称素封焉。

异史氏曰："人不患贫，患无行耳。其行端者，虽饿不死；不为人怜，亦有鬼祐也。世之贫者，利所在忘义，食所在忘耻，人且不敢以一文相托，而何以见谅于鬼神乎!"

邑有贫民某乙，残腊向尽⑳，身无完衣。自念：何以卒岁㉑？不敢与妻言，暗操白梃，出伏墓中，冀有孤身而过者，劫其所有。悬望甚苦，渺无人迹；而松风刺骨，不可复耐。意濒绝矣，忽见一人伛偻来。心窃喜，持梃遽出。则一叟负囊道左，哀曰："一身实无长物。家绝食，适于婿家乞得五升米耳。"乙夺米，复欲褫其絮袄。叟苦哀之。乙怜其老，释之，负米而归。妻诘其自，诡以"赌债"对。阴念此策良佳。次夜复往。居无几时，见一人荷梃来，亦投墓中，蹲居眺望，意似同道。乙乃逡巡自冢后出。其人惊问："谁何？"答云："行道者。"问："何不行？"曰："待君耳。"其人失笑。各以意会，并道饥寒之苦。夜既深，无所猎获。乙欲归，其人曰："子虽作此道，然犹雏也。前村有嫁女者，营办中夜，举家必殆。从我去，得当均之。"乙喜，从之。至一门，隔壁闻炊饼声，知未寝，伏伺之㉒。无何，一人启关荷杖出行汲㉓，二人乘间掩入㉔。见灯辉北舍，他屋皆暗黑。闻一媪曰："大姐，可向东舍一瞩，汝奁妆悉在椟中，忘扃鐍未也㉕。"闻少女作娇惰声。二人窃喜，潜趋东舍，暗中摸索得卧椟㉖；启覆探之，深不见底。其人谓乙曰："入之!"乙果入，得一裹㉗，传递而出。其人问："尽矣乎？"曰："尽矣。"又绐之曰："再索之。"乃闭椟，加锁而去。乙在其中，窘急无计。未几，灯火亮入，先照椟。闻媪云："谁已扃矣。"于是母及女上榻息烛。乙急甚，乃作鼠啮物声。女曰：

"楼中有鼠!"媪曰:"勿坏而衣㉘。我疲顿已极,汝宜自觇之。"女振衣起,发扃启楼。乙突出,女惊仆。乙拔关奔去,虽无所得,而窃幸得免。嫁女家被盗,四方流播。或议乙。乙惧,东遁百里,为逆旅主人赁作佣㉙。年馀,浮言稍息,始取妻同居,不业白梃矣。此其自述,因类申氏,故附志之。

【注释】

①泾河之侧:泾水岸边。泾水,源于平凉和华亭,至泾州境汇合而入渭水。

②窭贫:贫穷。此从青柯亭刻本,原作"屡贫"。

③无已,子其盗乎:犹言没法办,你就去抢劫吧!

④亢宗:庇护宗族,此谓光宗耀祖。亢,庇护。

⑤跖而生,不如夷而死:像盗跖那样劫掠而活,不如像伯夷那样高洁而死。

⑥不田而农者:犹言不靠种田而过活的人。

⑦稀酏(夷):稀粥。

⑧父执:父亲的挚友。

⑨以摇尾为羞:以摇尾乞食为羞。摇尾,摇尾而求食。本言虎落陷阱,不得已而摇尾求食,此谓在困境中向人乞求。

⑩不遭者可无不为:本谓不逢其时则什么官职都可接受,此谓不得志的人则什么事都可以干。

⑪淅米作糜:淘米作粥。

⑫斧作梃:用斧砍削成木棒。

⑬绝裾:拉断衣袖,表示决绝。绝,断。裾,衣袖。

⑭违:离,距。

⑮梁上君子:指窃贼。

⑯颠之:将其打倒。

⑰腰膂(吕):腰椎。膂,脊骨。

⑱柴瘠：骨瘦如柴。

⑲脔（峦）割：碎割。

⑳残腊向尽：犹言将至腊月（农历十二月）底。

㉑何以卒岁：如何过年。

㉒伺：此从铸雪斋抄本，原作"祠"。

㉓荷杖出行汲：谓出门挑水。荷，肩扛。杖，此指扁担，北方或称"钩担"。

㉔乘间掩入：乘其不备偷偷进入。

㉕扃鐍（决）：关锁。扃，关闭。鐍，锁钥。

㉖卧椟：一种平置床头、长方形的盛衣柜，或称为"床头柜"。

㉗一裹：一个包裹。

㉘而：尔，你。

㉙逆旅：旅馆。

【译文】

　　陕西泾河岸边，有户姓申的书香门第后裔，家里一贫如洗，常常整天不生灶火。夫妇愁苦相对，想不出办法。妻子说："没办法，你去偷吧？"申某说："我身为读书人家的子弟，不能光宗耀祖，反而辱没家门，羞辱先人，与其像盗跖那样活着，不如像伯夷那样饿死！"妻子生气地说："你想活下去，还怕羞耻吗？世上不耕而食的人，只有两条路：你既不愿去偷，不如让我卖淫去！"申某发脾气了，与妻子言来语去，吵了一架。妻子忍着怨气睡了。

　　申某想：我身为男子汉，不能谋得一日两餐，至于使妻子要去卖淫，我还不如去死吧！偷偷地下床，到院子里一棵树下挂上绳子上吊了。只见父亲走来，惊慌地说："痴儿子，何至于这样！"把绳子弄断，嘱咐他："偷的事可以做，必须选择禾黍长得浓密的地方深藏起来。干这一回就可以发财，不用再干第二回了。"申妻听到重物落地的声响，从睡梦中惊醒；叫唤丈夫，没有应声；点火去找，发现树上挂了根断绳，丈夫死在树下。大惊，上前按摩他，过了一段时间才活过来，把他扶到床上躺下。申妻的怨气也就稍稍平息了。

天亮后，申妻说是丈夫生病，向邻居讨了点稀粥让他吃下。申某喝完了，出门而去。到中午时，背了袋米回家。妻子问从哪里弄来，申某说："我父亲生前交往的朋友，都是世家大族，过去以摇尾乞怜为可耻，所以不愿意去求助。古人说：'不得意的人可以无所不为。'如今我就要去做贼，还顾忌什么！你快点去做饭，我准备听你的话，去行劫。"申妻估摸他记着昨天争吵的话，还在生气，自己忍住不去搭腔。便去淘米烧粥。申某饱餐一顿，急忙找来一根硬木，用斧头砍削成木棍，拿着就要出门。妻子发觉丈夫的意图不像是假，便一把拖住他不让出去。申某说："你叫我这么干的，事情败露连累你，不要后悔！"甩开妻子就走了。

傍晚时，申某来到邻村，在离村一里左右的地方躲藏起来。忽然天降暴雨，浑身上下淋了个透湿。远看树丛浓密，便想到那儿避一避。走了一会，闪电一亮，才发觉已接近村子的围墙了。远处好像有人走来，怕被人发现，见围墙下的禾黍密密蒙蒙，就急奔那儿钻了进去，蹲在里面藏着。没多久，走来一个魁梧的大汉，也躲进禾黍地里。申某害怕，不敢动一动。辛亏那汉子侧着身子走开了。申某稍稍探头一瞧，见他翻进院墙。暗自想起墙内是富户亢家府第，这大汉必定是个梁上君子，等他狠狠偷了一票出来，该有自己一份。又想：这人粗壮有力，倘若好商量不给，势必动武。自己衡量力不能敌，不如乘其不备，打他个措手不及。主意已定，埋伏在墙下，专心等候。

直到快鸡叫了，大汉才越墙出来。脚未着地，申某突然窜出，木棍不偏不倚，正中大汉腰脊骨，大汉一跤翻跌在地，竟是只大乌龟，口张如盆。他吃惊不小，又举棍连连猛击，终于将大龟打死。

原先，亢老翁有个女儿，绝顶聪明美丽，父母亲都疼爱她。一夜，有个汉子闯入她的房间，戏逼为欢。她想要叫喊，汉子的舌头已伸入她的嘴里，弄得她昏迷不知人事，听任那汉子玩弄后扬长而去。这种事羞于告诉别人，只好多叫些婢女仆妇陪伴，把门窗关严罢了。夜里都睡下后，不知门怎么自动开了；那汉子进来，大家都昏迷不醒，婢女仆妇都给奸淫遍了。于是互相诉说，都惊骇不已，把这件事告诉了亢老翁。亢老翁命家中仆役操起武器，团团围在女儿绣房周围，房间里的人点蜡烛坐着。大约夜半时分，里外的人一时都睡着了，忽然像做梦醒来，只见亢女赤身裸体躺着，看上去像痴了似的，好久才清醒过来。亢老翁气恨到了极点，又没有办法。过了几个月，女儿骨瘦如柴，很是疲惫。亢老翁逢人就讲："有谁能驱赶妖魔，我送三百两银子酬谢。"

申某平时也全都听说过这事。今夜得到这只大龟，明白对亢女作祟的，必定是这妖物。就到亢家敲门求赏。亢老翁高兴地设筵招待，请他坐了上座，派人把大龟抬进院子，把它千刀万剐。留申某在他家过夜，作怪的事果然绝迹了。亢老翁就如数给了三百两酬金，申某背着银两回家。

申妻因丈夫隔夜未归，正忧心忡忡盼他回家；一见他进来，急切问他情况。申某不答话，只把银子放在床上。妻子打开一看，几乎吓煞，说："你真的做贼了！"申某说："你逼我做这种事，又说这种话！"妻子哭着说："我前天只是开玩笑罢了，如今你犯下杀头的罪，我不能受贼的牵连！让我先去死！"说着就往外奔，申某追出来，笑着拖她回来，将实情一五一十告诉她，妻子才破涕为笑。从此，夫妇谋划生产，被称为不食俸禄而拥有资财的"素封"人家。

异史氏说：人不怕贫穷，怕没有品行。品行端正的，即使挨饿也不至于死；不被人可怜，也有鬼相助。世上有些贫穷之人，有利可图便见利忘义，有食可取便见食忘耻，别人连一文钱都不敢相托，又怎么能被鬼神谅解呢！

县城有贫民某乙，腊月将尽，身上连一件完整的衣服也没有。他想：怎么过年呢？不敢对妻子说，悄悄地提根白木棍棒，出去埋伏在墓地里，企望有单身的人走过，抢劫他身上所有。左盼右等好久，连个人影也没有，而松间吹来的寒风刺骨，再也难以忍耐。正在绝望之际，忽见一个人伛偻着腰走来，心中暗暗高兴，手持棍子突然跃出。原来是个老头儿，背着袋子，吓得呆立在路旁，哀求说："我身上实在没有剩余的东西，家里断了粮，刚从女婿家讨到五升米罢了。"某乙抢过米，又想剥他棉袄。老头儿苦苦哀求。某乙可怜他老，就放了他，背起米回家。妻子问米从哪儿来的，他诡称是讨来的赌债。暗自想这办法很不错，第二夜又去了。

过了没多久，发现一个人扛着根棍子走来，也进了墓地，蹲下身子向远处张望，看样子像是同行。某乙就迟迟疑疑从坟堆后出来。那人一惊，问道："谁？"某乙说："走路的。"那人又问："怎么不走了？"答道："等你呢。"那人失声笑了出来，互相心照不宣，一块谈起饥寒交迫的苦恼。已到深夜，没有一点猎获。某乙想回去。那人说："你虽然干上这一行，但还是个雏鸟，嫩着呢。前村有户人家，闺女出嫁，筹办嫁妆到半夜，一家人肯定累得怕动弹了。跟我去，得手后，东西咱俩均分。"某乙很高兴，跟那人去了。

到了一家门外，隔墙听见做炊饼的声音，知道还没睡下，两人藏起来候机会。不一会儿，有人拔闩开门，担着水桶去挑水，两人趁机闪身进去。看见北屋灯火辉煌，其余房间都一片漆黑。听一个老妇人说："大闺女，快到东厢房看一看，你的妆奁都在柜子里，忘了锁上没有。"听得少女撒娇不愿去。两人暗暗高兴，蹑手蹑脚快步进了东厢房，黑暗中摸索到一只卧柜，掀起盖子伸进手去，深不着底。那人对某乙说："爬进去！"某乙果真爬进柜里，抓了个包袱，传递出来。那人问："还有吗？"某乙说："没有了。"那人又哄骗他说："再摸摸看。"就把柜盖合上，上了锁走了。某乙在柜中，窘急无计可施。

不多久，有灯火点着进屋，先照柜子。听老妇人说了声："谁已经锁了。"于是，母女俩上床，熄灯睡下。某乙很着急，便做做出老鼠啮东西的声响。闺女说："柜中有老鼠！"老妇人说："不要咬坏了你的衣服，我乏力极了，你最好自己去看看。"闺女抖一抖衣服，穿着起身，开锁掀盖。某乙突然跃出，闺女吓得跌倒在地。某乙拔开门闩，飞奔而逃，虽然一无所得，却暗暗庆幸免于被抓。

嫁女人家被盗的事，远近传播。有人议论到某乙。某乙害怕了，向东逃到百里之外，给一家旅店老板当佣工。过了一年多，流言蜚语稍稍平息了，才把妻子接去同住，不干那白木棍的勾当了。

这是某乙的自述，因为与《申氏》的故事相类似，所以附记于此。

恒　娘

【原文】

　　洪大业，都中人①，妻朱氏，姿致颇佳②，两相爱悦。后洪纳婢宝带为妾，貌远逊朱，而洪嬖之③。朱不平，辄以此反目。洪虽不敢公然宿妾所，然益嬖宝带，疏朱。后徙其居，与帛商狄姓者为邻。狄妻恒娘，先过院谒朱。恒娘三十许，姿仅中人，言词轻倩④。朱悦之。次日，答其拜，见其室亦有小妻，年二十以来，甚娟好。邻居几半年，并不闻其诟谇一语；而狄独钟爱恒娘，副室则虚员而已。朱一日见恒娘而问之曰："予向谓良人之爱妾，为其为妾也，每欲易妻之名呼作妾。今乃知不然。夫人何术？如可授，愿北面为弟子⑤。"恒娘曰："嘻！子则自疏，而尤男子乎⑥？朝夕而絮聒之，是为丛驱雀⑦，其离滋甚耳！其归益纵之，即男子自来，勿纳也。一月后，当再为子谋之。"

　　朱从其言，益饰宝带，使从丈夫寝。洪一饮食，亦使宝带共之。洪时一周旋朱，朱拒之益力，于是共称朱氏贤。如是月馀，朱往见恒娘。恒娘喜曰："得之矣！子归毁若妆，勿华服，勿脂泽，垢面敝履，杂家人操作。一月后，可复来。"朱从之：衣敝补衣，故为不洁清，而纺绩外无他问。洪怜之，使宝带分其劳；朱不受，辄叱去之。如是者一月，又往见恒娘。恒娘曰："孺子真可教也⑧！后日为上巳节⑨，欲招子踏春园。子当尽去敝衣，袍裤袜履，崭然一新，早过我。"朱曰："诺。"至日，揽镜细匀铅黄，一如恒娘教。妆竟，过恒娘。恒娘喜曰："可矣！"又代挽凤髻，光可鉴影。袍袖不合时制，拆其线，更作之；谓其履样拙，更于笥中出业履⑩，共成之，讫，即令易着。临别，饮以酒，嘱曰："归去一见男子，即早闭户寝，渠来叩关，勿听也。三度呼，可一度纳。口索舌，手索足，皆吝之。半月后，当复来。"朱归，炫妆见洪。洪上下凝睇之，欢笑异于平时。朱少话游览，便支颐作情态；日未昏，即起入房，阖扉眠矣。未几，洪果来款关[11]，朱坚卧不起，洪始去。次夕复然。明日，洪让之。朱曰："独眠习惯，不堪复扰。"日既西，洪入闺坐守之。灭烛登床，如调新妇，绸缪甚欢。更为次夜之约，朱不可；长与洪约，以三日为率。

恒娘

半月许，复诣恒娘。恒娘阖门与语曰："从此可以擅专房矣。然子虽美，不媚也[12]。子之姿，一媚可夺西施之宠[13]，况下者乎！"于是试使睨，曰："非也！病在外眦。"试使笑，又曰："非也！病在左颐。"乃以秋波送娇[14]，又辗然瓠犀微露[15]，使朱效之。凡数十作，始略得其仿佛。恒娘曰："子归矣，揽镜而娴习之，术无馀矣。至于床笫之间，随机而动之，因所好而投之，此非可以言传者也。"朱归，一如恒娘教。洪大悦[16]，形神俱惑，惟恐见拒。日将暮，则相对调笑，跬步不离闺闼，日以为常，竟不能推之使去。朱益善遇宝带，每房中之宴，辄呼与共榻坐；而洪视宝带益丑[17]，不终席，遣去之。朱赚夫入宝带房，扃闭之，洪终夜无所沾染。于是宝带恨洪，对人辄怨谤。洪益厌怒之，渐施鞭楚。宝带忿，不自修，拖敝垢履，头类蓬葆[18]，更不复可言人矣。

恒娘一日谓朱曰："我术如何矣？"朱曰："道则至妙；然弟子能由之，而终不能知之也。纵之，何也？"曰："子不闻乎：人情厌故而喜新，重难而轻易？丈夫之爱妾，非必其美也，甘其所乍获，而幸其所难遭也。纵而饱之，则珍错亦厌[19]，况藜羹乎[20]！""毁之而复炫之，何也？"曰："置不留目，则似久别；忽睹艳妆，则如新至：譬贫人骤得粱肉[21]，则视脱粟非味矣[22]。而又不易与之，则彼故而我新，彼易而我难，此即子易妻为妾之法也。"朱大悦，遂为闺中之密友。

积数年，忽谓朱曰："我两人情若一体，自当不昧生平。向欲言而恐疑之也；行相别，敢以实告：妾乃狐也。幼遭继母之变，鬻妾都中。良人遇我厚，故不忍遽绝，恋恋以至于今。明日老父尸解[23]，妾往省觐，不复还矣。"朱把手唏嘘。早旦往视，则举家惶骇，恒娘已杳。

异史氏曰："买珠者不贵珠而贵椟[24]：新旧易难之情，千古不能破其惑；而变憎为爱之术，遂得以行乎其间矣。古佞臣事君，勿令见人，勿使窥书[25]。乃知容身固宠，皆有心传也。"

【注释】

①都中：指北京。都，京都。

②姿致：姿容韵致。致，韵致，情趣，风韵。

③嬖（毕）：宠爱。

④言词轻倩：谓言词便巧动人。倩，美好动人的情态。

⑤北面为弟子：犹言拜您为师。北面，向北朝拜之意。旧时臣见君，卑幼见尊长，均须向南面而坐的君长朝拜。

⑥尤：怪罪。

⑦为丛驱雀：喻指行为不当，则效果与愿望相反。

⑧孺子真可教也：本为长者对可造就的年轻人的赞语此处恒娘借以称许朱氏能虚心接受指导。

⑨上巳节：古时士女踏春游园之节。汉以前在农历三月上巳日，魏以后一般在三月初三。

⑩业履：正在制作的鞋。业，从事。

⑪款关：即叩关，敲门。

⑫媚：指诱引男子的娇媚情态。

⑬西施：古越国美女。

⑭秋波送娇：以脉脉含情的眼波，传送柔媚爱悦之意。秋波，以澄净的秋水微波，喻顾盼多情的眼波。

⑮瓠犀微露：形容笑得娇媚自然。

⑯洪：此从铸雪斋抄本，原作"朱"。

⑰洪：此从铸雪斋抄本，原作"朱"。

⑱头类蓬葆：乱发如同茂盛的蓬草。

⑲珍错：山珍海错，今通谓山珍海味。

⑳藜羹：野菜汤。藜，穷苦人家吃的野菜。

㉑梁肉：精米肥肉。

㉒脱粟：糙米饭。

㉓尸解：道家用语。道家认为得道者死后，只有尸体留在世间，魂魄离开形骸

成仙而去，谓尸解。

㉔买珠者不贵珠而贵椟（读）：谓昧于实际，去取失当。

㉕"古佞臣"三句：事本《新唐书·仇士良传》。唐武宗时，内监仇士良年老后教训宫中内监："天子不可令闲暇，暇必观书，见儒臣，则又纳谏，智深虑远，减玩好，省游幸，吾属恩且薄而权轻矣。为诸君计，莫若殖财货，盛鹰马，日以毬猎声色蛊其心，极侈靡，使悦不知息，则必斥经术，暗外事，万机在我，恩泽权力欲焉往哉？"此谓妾妇事夫，与佞臣事君，为容身固宠计，其邀媚取悦之术是相同的。

【译文】

洪大业，京都人。妻子朱氏，姿色风韵很好，夫妻俩相亲相爱。

后来，大业收丫鬟宝带为妾，宝带姿貌远不及朱氏，可大业宠爱她。朱氏心中不平，每每因此夫妻反目。从此，洪大业虽不敢公然住到宝带房内，但更加宠爱她，疏远朱氏。

洪家后来搬迁，与姓狄的丝绸商做邻居。狄家妻子恒娘，先过院来拜见朱氏。恒娘三十来岁，长相一般，而谈吐轻快，朱氏很喜欢她。第二天回拜，发现狄家也有妾，二十来岁，很漂亮。两家为邻将近半年，从未听到他们有一句吵骂埋怨的话；而姓狄的只钟情于恒娘，纳的妾形同虚设，不过摆摆样子罢了。

一天，朱氏见到恒娘，便问她："我以前认为丈夫爱妾，就因为她是妾，每想把妻子的名称改叫做做妾，现在才知道不然。你有什么方法？如能传授，我愿面北而拜，做你的弟子。"恒娘说："嘻！是你自己疏远了丈夫，反而抱怨男人吗？你早晚拌嘴，在他耳边絮叨，这叫作'为丛驱雀'，无疑是把丈夫往妾那儿赶，造成感情上的隔阂越来越大罢了。你回家后，要更加随他的便，即使丈夫自己来，也不要接纳他。一个月以后，我再替你出主意。"朱氏听她的话，便将宝带加倍打扮起来，叫她跟丈夫睡在一起。大业每次吃饭，朱氏也叫她去共餐。大业偶一对朱氏表示亲热，朱氏格外极力推拒，于是，众人都称赞她贤惠。

这样过了一个多月，朱氏去见恒娘。恒娘高兴地说："行了！你回家后换下衣服，不要穿好衣服，不要涂脂抹粉，随它蓬头垢面，穿上破旧的鞋，杂在家人中干活。一个月以后，可以再来。"朱氏听从了，回家后，穿上破旧缝补过的衣服，故意弄得不干不净，整天纺纱织布，其余一概不闻不问。大业心生怜悯，让宝带替她分担些，朱氏不要，每回都将她赶开。

像这样又过了一个月，朱氏再次去见恒娘。恒娘说："孺子真可教也！后天三月三，我想带你去春游踏青。那天，你要把旧衣全部换下，衣裤鞋袜全都崭新，一早到我这儿来。"朱氏说："好吧！"到了那天，朱氏对镜细细涂抹脂粉，一一照恒娘的吩咐办妥。打扮完毕，去见恒娘。恒娘高兴地说："可以了！"又替朱氏挽了个凤髻，光泽可以照见人影；袍袖不合潮流，拆了缝线，重新改制；说她鞋子式样笨拙，又从竹箱内取出自己正做着的鞋，一起把它做好，完了，就叫她换上。……临别时，给她喝了酒，嘱咐说："回家见一下丈夫，就早点关上房门就寝，他来敲门，不要理睬。三次喊门，可以接纳一次。至于口索舌，手索足的举动，都要吝啬。半个月后，再到我这儿来。"朱氏回到家里，打扮得光彩炫目去见洪大业。大业眯起眼睛，上上下下打量妻子，欢笑的样子，与平时大不一样。朱氏说了几句出门春游的话，便手托香腮做出懒洋洋的样子；天还没暗，就起身入房，关上房门睡了。不一会儿，大业果然来敲房门，朱氏坚卧不起，大业才走。第二天晚上又是这样。第三天，洪大业责怪她，她回答说："独眠已成习惯，受不了再来打扰。"这天夕阳西斜，大业就进朱氏房内坐下不走了。灭烛登床，大业就像同新婚的妻子作乐似的，情意缠绵，十分欢乐。又作次夜之约；朱氏不肯每天这样，与丈夫约定，以三天为准。

半个月左右，朱氏再次去见恒娘。恒娘关上门对她说："从此你可以垄断丈夫的宠爱了。不过，你虽美貌，但不妩媚。你的姿容，一媚就能夺走西施的宠幸，更不要说差得远的人了！"于是，恒娘让她试着斜眼瞟人，说："不对，毛病在眼眶上。"又让她试着露出笑容，说："不对，毛病在左脸部位。"就用秋波传送娇媚，又嫣然一笑洁齿微露，让朱氏照着做，一共做了几十遍，才稍稍学得有点像了。恒娘说："你回家吧！对着镜子练熟了，再也没有别的方法了。至于床上的事，随机而动，投其所好，这是不能用语言传授的！"

朱氏回家后，一如恒娘所教。洪大业很是兴奋，形神都被迷住了，只怕遭到拒绝。太阳快要落山，就和朱氏调笑，半步不离房间，每天成为常规，竟没法将他推出房门叫他走。朱氏待宝带更好了，每在房中喝酒，就喊她来与自己同坐一榻；而大业看宝带，越看越丑，不到散席，就把她打发走。朱氏将丈夫骗到宝带房内，将房门反锁，洪大业整夜都不碰一碰宝带。于是宝带怨恨大业，对人发泄不满，说大业坏话。洪大业对她更厌恶恼火，渐渐拿鞭子竹棒对付她了。宝带气不过，也不修饰自己，拖着又破又脏的鞋，头发像一窝乱草，更不像人样了。

有一天，恒娘对朱氏说："我的方法如何？"朱氏说："方法是绝妙，然而我这学生能照着做，而始终不能明白其中的奥秘。对丈夫放纵是什么道理呢？"恒娘说："你没听说过吗？——'人情厌旧喜新，重难轻易。'丈夫爱妾，未必是她美貌，只不过刚刚到手要尝甜头，又庆幸亲热的机会难得呀。放任他尝够吃饱，就是山珍海味也会倒胃口，何况粗劣的菜呢！"朱氏又问："先毁妆，再艳妆，为什么呢？"恒娘说："搁在一边不放在眼里，就像久别；突然看见一身艳妆，就像新到。好比穷汉突然得到精美的食物，就觉得糙米饭不是味儿了。而又不轻易满足他，那你与宝带相比，她是旧的，你是新的，她容易到手，你不容易到手，这就是你的换妻为妾的办法呀。"朱氏很开心，她们两个就成了闺房密友。

过了几年，恒娘突然对朱氏说："我俩情同一体，我觉得不该对你隐瞒身世。以前想说怕你起疑心；行将告别，才敢以实情相告：我是狐精。幼年死了亲娘，继母把我卖在京都。丈夫待我很好，所以我不忍突然离去，恋恋不舍直到今天。明天老父得道飞升，我前往省亲，不再回来了。"朱氏拉着她的手哽咽起来。第二天一早去看，狄家上上下下一片惊慌，恒娘已不见踪影了。

异史氏说：买珠宝的不重珠宝，反而看重那精美的珠宝盒。弃旧喜新、重难轻易的心理，千古以来不能破除这种困惑；于是变憎为爱的方法，便在这种情势中得以施展了。古时候佞臣侍奉君王，不让他见人，不让他读书。我这才明白保住身家地位，稳固君王宠幸，都是有心传的！

葛　巾

【原文】

　　常大用，洛人①。癖好牡丹。闻曹州牡丹甲齐、鲁②，心向往之。适以他事如曹，因假缙绅之园居焉。时方二月，牡丹未华，惟徘徊园中，目注句萌③，以望其拆④。作怀牡丹诗百绝⑤。未几，花渐含苞，而资斧将匮⑥；寻典春衣，流连忘返。

　　一日，凌晨趋花所，则一女郎及老妪在焉。疑是贵家宅眷，亦遂逡返。暮而往，又见之，从容避去。微窥之，宫妆艳绝。眩迷之中⑦，忽转一想：此必仙人，世上岂有此女子乎！急反身而搜之，骤过假山，适与妪遇。女郎方坐石上，相顾失惊。妪以身幛女，叱曰："狂生何为！"生长跪曰："娘子必是神仙！"妪咄之曰："如此妄言，自当縶送令尹⑧！"生大惧。女郎微笑曰："去之！"过山而去。生返，不能徙步⑨，意女郎归告父兄，必有诟辱之来。偃卧空斋，自悔孟浪⑩。窃幸女郎无怒容，或当不复置念。悔惧交集，终夜而病。日已向辰，喜无问罪之师⑪，心渐宁帖。而回忆声容，转惧为想。如是三日，憔悴欲死。秉烛夜分，仆已熟眠。妪入，持瓯而进曰："吾家葛巾娘子，手合鸩汤⑫，其速饮！"生闻而骇，既而曰："仆与娘子，夙无怨嫌，何至赐死？既为娘子手调，与其相思而病，不如仰药而死⑬！"遂引而尽之。妪笑，接瓯而去。生觉药气香冷，似非毒者。俄觉肺膈宽舒，头颅清爽，酣然睡去。既醒，红日满窗。试起，病若失，心益信其为仙。无可夤缘，但于无人时，仿佛其立处、坐处，虔拜而默祷之。

　　一日，行去，忽于深树内，觌面遇女郎，幸无他人，大喜，投地⑭。女郎近曳之，忽闻异香竟体，即以手握玉腕而起。指肤软腻，使人骨节欲酥。正欲有言，老妪忽至。女令隐身石后，南指曰："夜以花梯度墙，四面红窗者，即妾居也。"匆匆遂去。生怅然，魂魄飞散，莫能知其所往。至夜，移梯登南垣，则垣下已有梯在，喜而下，果有红窗。室中闻敲棋声⑮，伫立不敢复前，姑逾垣归。少间，再过之，

中华传世藏书

聊斋志异

图文珍藏版

二三二

葛巾

子声犹繁；渐近窥之，则女郎与一素衣美人相对着⑯，老妪亦在坐，一婢侍焉。又返。凡三往复，三漏已催⑰。生伏梯上，闻妪出云："梯也，谁置此？"呼婢共移去之。生登垣，欲下无阶，恨悒而返。

次夕复往，梯先设矣。幸寂无人，入，则女郎兀坐，若有思者。见生惊起，斜立含羞。生揖曰："自谓福薄，恐于天人无分[18]，亦有今夕也！"遂狎抱之。纤腰盈掬，吹气如兰，撑拒曰："何遽尔！"生曰："好事多磨[19]，迟为鬼妒。"言未及已，遥闻人语。女急曰："玉版妹子来矣！君可姑伏床下。"生从之。无何，一女子入，笑曰："败军之将，尚可复言战否？业已烹茗，敢邀为长夜之欢。"女郎辞以困惰。玉版固请之，女郎坚坐不行。玉版曰："如此恋恋，岂藏有男子在室耶？"强拉之出门而去。生膝行而出，恨绝，遂搜枕簟，冀一得其遗物，而室内并无香奁，只床头有水精如意[20]，上结紫巾，芳洁可爱。怀之，越垣归。自理衿袖，体香犹凝，倾慕益切。然因伏床之恐，遂有怀刑之惧[21]，筹思不敢复往，但珍藏如意，以冀其寻。

隔夕，女郎果至，笑曰："妾向以君为君子也，而不知寇盗也。"生曰："良有之。所以偶不君子者[22]，第望其如意耳。"乃揽体入怀，代解裙结。玉肌乍露，热香四流，偎抱之间，觉鼻息汗熏，无气不馥。因曰："仆固意卿为仙人，今益知不妄。幸蒙垂盼，缘在三生[23]。但恐杜兰香之下嫁，终成离恨耳[24]。"女笑曰："君虑亦过。妾不过离魂之倩女[25]，偶为情动耳。此事要宜慎秘，恐是非之口，捏造黑白，君不能生翼，妾不能乘风，则祸离更惨于好别矣。"生然之，而终疑为仙，固诘姓氏。女曰："既以妾为仙，仙人何必以姓名传。"问："妪何人？"曰："此桑姥。妾少时受其露覆，故不与婢辈同。"遂起，欲去，曰："妾处耳目多，不可久羁，蹈隙当复来[26]。"临别，索如意，曰："此非妾物，乃玉版所遗。"问："玉版为谁？"曰："妾叔妹也。"付钩乃去[27]。

去后，衾枕皆染异香。由此三两夜辄一至。生惑之，不复思归。而囊橐既空，欲货马。女知之，曰："君以妾故，泻囊质衣，情所不忍。又去代步，千馀里将何以归？妾有私蓄，聊可助装。"生辞曰："卿情好，抚臆誓肌[28]，不足论报；而又贪鄙，以耗卿财，何以为人矣！"女固强之，曰："姑假君。"遂捉生臂，至一桑树下，指一石，曰："转之！"生从之。又拔头上簪，刺土数十下，又曰："爬之。"生又从之。则瓮口已见。女探入，出白镪近五十两许；生把臂止之，不听，又出十馀铤，生强反其半而后掩之。一夕，谓生曰："近日微有浮言，势不可长，此不可不预谋也。"生惊曰："且为奈何！小生素迂谨，今为卿故，如寡妇之失守㉙，不复能自主矣。一惟卿命，刀锯斧钺，亦所不遑顾耳！"女谋偕亡，命生先归，约会于洛。生治任旋里，拟先归而后逆之；比至，则女郎车适已至门。登堂朝家人，四邻惊贺，而并不知其窃而逃也。生窃自危；女殊坦然，谓生曰："无论千里外非逻察所及，即或知之，妾世家女㉚，卓王孙当无如长卿何也㉛。"

生弟大器，年十七，女顾之曰："是有惠根㉜，前程尤胜于君。"完婚有期，妻忽夭殒。女曰："妾妹玉版，君固尝窥见之，貌颇不恶，年亦相若，作夫妇可称嘉偶。"生闻之而笑，戏请作伐。女曰："必欲致之，即亦非难。"喜问："何术？"曰："妹与妾最相善。两马驾轻车，费一妪之往返耳。"生恐前情俱发，不敢从其谋。女固言："不害。"即命车，遣桑妪去。数日，至曹。将近里门，妪下车，使御者止而候于途，乘夜入里。良久，偕女子来，登车遂发。昏暮即宿车中，五更复行。女郎计其时日，使大器盛服而逆之五十里许，乃相遇。御轮而归㉝，鼓吹花烛，起拜成礼。由此兄弟皆得美妇，而家又日以富。

一日，有大寇数十骑，突入第。生知有变，举家登楼。寇入，围楼。生俯问："有仇否？"答云："无仇。但有两事相求：一则闻两夫人世间所无，请赐一见；一则五十八人，各乞金五百。"聚薪楼下，为纵火计以胁之。生允其索金之请；寇不满志，欲焚楼，家人大恐。女欲与玉版下楼，止之不听。炫妆而下，阶未尽者三级，谓寇曰："我姊妹皆仙媛，暂时一履尘世，何畏寇盗！欲赐汝万金，恐汝不敢受也。"寇众一齐仰拜，喏声"不敢"。姊妹欲退，一寇曰："此诈也！"女闻之，反身伫立，曰："意欲何作，便早图之，尚未晚也。"诸寇相顾，默无一言。姊妹从容上楼而去。寇仰望无迹，哄然始散。

后二年，姊妹各举一子，始渐自言："魏姓㉞，母封曹国夫人。"生疑曹无魏姓世家，又且大姓失女，何得一置不问？未敢穷诘，而心窃怪之。遂托故复诣曹，入境谘访，世族并无魏姓。于是仍假馆旧主人。忽见壁上有赠曹国夫人诗，颇涉骇异，因诘主人。主人笑，即请往观曹夫人。至则牡丹一本，高与檐等。问所由名，则以其花为曹第一，故同人戏封之。问其"何种"，曰："葛巾紫也㉟。"心益骇，遂疑女为花妖。既归，不敢质言，但述赠夫人诗以觇之。女蹙然变色，遽出呼玉版抱儿至，谓生曰："三年前，感君见思，遂呈身相报；今见猜疑，何可复聚！"因与玉版皆举儿遥掷之，儿堕地并没。生方惊顾，则二女俱渺矣。悔恨不已。后数日，堕儿处生牡丹二株，一夜径尺，当年而花，一紫一白，朵大如盘，较寻常之葛巾、玉版㊱瓣尤繁碎。数年，茂荫成丛；移分他所，更变异种，莫能识其名。自此牡丹之盛，洛下无双焉。

异史氏曰："怀之专一㊲，鬼神可通，偏反者亦不可谓无情也㊳。少府寂寞，以花当夫人㊴，况真能解语㊵，何必力穷其原哉？惜常生之未达也㊶！"

【注释】

①洛：洛阳的省称。

②曹州：州、府名。明改曹州为曹县；清雍正时升为府。治所在今山东省菏泽县。甲：数第一。齐、鲁：均春秋时国名，在今山东省境，故以齐鲁代称山东地区。

③句萌：草木的幼芽；弯的叫"勾"，直的叫"萌"。句，同"勾"。

④拆：开，指花开。

⑤百绝：百首绝句。绝，诗体的一种，共四句，分五言绝句和七言绝句。

⑥资斧将匮：盘缠将尽。匮，缺乏。

⑦眩迷：眼力发花，视物不明。

⑧令尹：周代楚国上卿称令尹。秦汉以来为地方官之异称。此指县令。

⑨徙步：移步。

⑩孟浪：鲁鲁莽，冒失。

⑪问罪之师：指追究有罪者。古代两国作战，一方宣布对方罪状，然后出兵讨伐，称为"兴问罪之师"。

⑫手合鸩汤：亲手调和和的毒药。鸩，传说中的一种毒鸟，羽毛浸酒，饮之

即死。

⑬仰药：仰首饮药；指服毒药。

⑭投地：伏地，指行拜见大礼。

⑮敲棋：下棋。下棋时棋子敲得棋盘发出声响，故下棋也称"敲棋"。

⑯对着（招）：对弈。着，下棋落子叫"着"。

⑰三漏已催：已至三更。催，谓时间催人。

⑱天人：犹言天仙，对美丽妇女的美称。

⑲好事多磨：指男女相爱，多经波折。

⑳如意：器物名。头部作灵芝或云朵形，柄微曲，旧时把它当作供玩赏的吉祥
器物。

㉑怀刑：畏法。

㉒偶不君子：偶尔一次不当君子。

㉓缘在三生：注定的因缘。三生，佛家语，指前生、今生、来生。

㉔"但恐杜兰香"二句：意谓担心葛巾下嫁，不能长久。

㉕离魂之倩女：指钟情的少女。

㉖蹈隙：乘机、抽空。

㉗钩：所藏物。此指水精如意。

㉘抚臆誓肌：意谓竭诚图报。

㉙失守：丧失平日的操守。

㉚世家：世代显贵之家族。

㉛"卓王孙"句：意谓世家女私奔，其家因怕出丑，不敢张扬其事，为难
男方。

㉜惠根：佛家语，指通达道理、成就功德的根性。惠，通"慧"。

㉝御轮而归：古婚礼亲迎之礼。

㉞魏姓：隐指牡丹葛巾出于魏家。

㉟葛巾紫：牡丹品种名。

㊱玉版：牡丹品种名，单叶细长，白如玉版。

㊲怀：思念；指爱恋。

㊳偏反者：指花。这里借"偏反者"作为所思念的花，暗指葛巾。

㊴"少府寂寞"二句：唐代诗人白居易在周至县做县尉时，所作《戏题新栽蔷薇诗》："少府无妻春寂寞，花开将尔当夫人。"少府，唐代县尉的别称。

㊵真能解语：指葛巾能解人意。唐明皇曾把杨贵妃比作"解语花"

㊶达：通达。

【译文】

常大用，河南洛阳人，喜爱牡丹成癖。他听说曹州牡丹为山东第一，心里十分仰慕。正巧因别的事到曹州，就借官绅人家的花园住下来。当时才二月，牡丹尚未开花，他只好在花园里徘徊，盯着牡丹初发的嫩芽看，希望它早日开花。写下思念牡丹花的绝句诗一百首。没多久，牡丹花渐渐含苞，可他的盘缠也就要完了；很快他当掉了春装，流连忘返。

有天凌晨，大用快步走向牡丹处，一个姑娘和一个老婆子已在那儿了。他疑心是富贵人家的内眷，也就急急忙忙往回走。傍晚再去，又看见她们，这次他不慌不忙地避开。稍微偷眼看了一下，那姑娘宫装打扮，艳丽绝伦。大用在目眩心迷中，突然转念一想：这一定是仙女，世上难道有这样的女子吗！急忙回身寻找，快速绕过假山，正好和那个老婆子迎面相遇。姑娘刚坐在石凳上，他俩互相看了一眼，都有点惊慌失措。老婆子用身体遮着姑娘，呵斥大用说："狂生干什么！"大用跪地不起，说："娘子一定是神仙！"老婆子啐了他一口说："这样胡说八道，就该捆送县令处理！"大用很害怕。姑娘微微一笑，说："走吧！"绕过假山走了。大用返回，几乎走不动路了，心想姑娘回去告诉父兄，一定有一番辱骂要来。仰天躺在空房里，后悔自己的冒失。暗自庆幸姑娘没有怒容，或者能不再把这事放在心上。悔恨和恐惧纠缠着他，一夜下来病倒了。太阳高高升起，八点左右没人前来问罪，大用暗暗高兴，心里也慢慢平静了。回想起姑娘的音容笑貌，恐惧便转为相思。像这样过了三天，他憔悴得像要死了。

半夜还点着灯烛，仆人已经熟睡。老婆子进来，端着个碗送到大用面前说："我家葛巾娘子亲手调制的鸩汤，赶快喝下去！"大用听了很惊恐，过了一会儿说："我与娘子素无怨仇，何至于赐我一死？既然是娘子亲手调制，我与其相思而死，不如喝毒药而死！"就拿过汤药一饮而尽。老婆子笑了，接过空碗就走。大用觉得药味芳香清凉，似乎不是毒药。一会儿，感到胸部宽松舒适，头脑清爽，不觉酣然入睡。一觉醒来，已是红日满窗。试着下床行走，病好像消失了。心里更加相信姑娘是位仙女。但因无缘与她见面，只得在没人时，到她站过、坐过的地方，虔诚地跪拜并默默地祷告。一天，正准备离开，忽然在树林深处迎面见到葛巾姑娘，幸而没有别人，他高兴极了，朝葛巾姑娘跪下。葛巾走近了拉他起来，忽然闻到她满身散发出异香，就用手握住她白嫩的手腕站了起来，只觉她十指柔软，肌肤滑腻，使他浑身骨节都要酥了。正想与她说话，老婆子忽然来了。葛巾叫大用躲在山石后面，朝南一指说："夜里用花梯翻过墙去，四面是红窗的，就是我的卧室。"匆匆忙忙就走了。大用怅然若失，魂飞魄散，也不晓得朝哪里走才好。

到了夜里，大用搬了架梯子登上南墙，原来墙那边已放好了梯子，高兴地爬下去，果然看见红窗。听得室内有棋子碰击的声音，他站定了不敢再往前，只好暂时翻墙回去。过了一会儿再过来，棋子的声音仍然不断；他慢慢走近去偷看，葛巾与一个白衣美人在对弈，老婆子也在座，一个丫鬟伺候在一边。他只得再次返回住处。打了三个来回，已是三更光景。大用伏在墙外梯子上等候。听得老婆子出来说："是梯子呀，谁放在这儿的？"叫来丫鬟，一同搬走了。大用爬上墙，想要下去没了阶梯，心里恨恨的，闷闷不乐回到住处。

第二夜再去，梯子先已放好了。幸亏静悄悄的没人，大用进去，葛巾正独自静坐着，若有所思。见到他惊慌地起来，羞羞涩涩侧身站着。大用作揖说："我自以为福薄，怕与天仙没缘，想不到也有今夜！"就轻狂地拥抱她。她腰身纤细，两手合捧还嫌多，呼出的气像芝兰一样香，使劲推拒着说："哪有这么急的！"大用说：

"好事多磨，迟了要被鬼妒忌的。"话音未落，听到远处有人说话。葛巾急忙说："玉版妹妹来了，你可以暂时躲在床底下。"大用顺从了她。不大会儿，一个姑娘进来，笑着说："败军之将，还敢再说战吗？我已烹好了茶，特来请你去痛痛快快下个通宵。"葛巾以身子疲乏为借口推辞。玉版非要请她去，葛巾硬是坐着不走。玉版说："这样恋恋不舍，难道在房内藏了男人吗？"强拉着葛巾出门走了。

大用从床底下爬了出来。心里恨透，就到床上翻开枕席，希望找到一件葛巾留下的东西。可是房内没有梳妆用品，只床头有一支水晶如意，柄头上拴着紫巾，香洁可爱。大用把它揣在怀里，翻墙回去。自己理理衣襟袖子，葛巾身上的香气还凝聚不散，倾心爱慕之情益发热切了。然而，因钻床底受到惊吓，便产生了事发要吃官司的恐惧，想来想去不敢再去了，只把水晶如意珍藏起来，希望葛巾来找。

隔了一夜，葛巾真的来了，笑着说："我一向以为你是君子，还不知道你竟是小偷。"大用说："真有这回事！所以偶然小人一下，只是希望'如意'罢了。"就把葛巾搂进怀内，替她解开衣裙纽扣。洁白的肌肤初露，温香四溢，拥抱偎依之间，只觉她鼻息汗气，无一不香。就说："我本来就猜想你是仙女，如今更知道不假。有幸蒙你见爱，真是三世结下的缘。只怕像古时候的仙女杜兰香，下凡嫁人最终造成离别之恨罢了。"葛巾笑着说："你的顾虑也过分了。我不过是离魂的倩女，偶然被情感所动罢了。这事要谨慎保密，怕搬弄是非的人捏造事实，颠倒黑白，你不能生出翅膀远走高飞，我不能驾起清风一逃了之，那么遭到诬陷被迫分手，比聚好散的别离更惨了。"大用同意她所说，但总怀疑她是仙女，再三问她的姓氏。葛巾说："既然认为我是仙女，仙女何必要将姓名告诉别人？"大用又问："那个老婆子是什么人？"葛巾说："她是桑姥姥，我小时受她庇护，因此不把她当佣人看待。"就起身要走，又说："我那儿人多眼杂，不能在这里久留，能抽空会再来的。"临别时，讨水晶如意，说："这不是我的东西，是玉版妹妹丢在我那儿的。"大用问："玉版是谁？"葛巾说："我的堂妹。"大用把珍藏的水晶如意交还她，她就走了。

葛巾走后，大用的被褥、枕头都染上异香。从此三两夜就来一趟。大用迷恋她，不再想回洛阳了。可钱包已经空空，想把马卖掉。葛巾知道了，说："你因为我的缘故，倾囊当衣，我于心不忍。现在又要卖马，一千多里路怎么回家？我积攒了点私房钱，暂且可以帮你过日子。"大用辞谢说："感激你的深情厚爱，我扪心发下刻骨的誓言，也谈不上对你的报答；还要贪鄙地花费你的钱财，我怎么再做人！"葛巾坚持要他接受资助. 说："就算是暂时借给你的。"就抓住他手臂到一棵桑树下，指着一块石头说："转过去！"大用顺从了她。葛巾又拔下头上的簪子往土里连戳几十下，说："扒开！"大用又听从了她。只见陶瓮的口已经露出来了。葛巾伸进手去拿出白银近五十两；大用捉住葛巾手臂，制止她再取，她不听，又拿出十几锭银子。大用硬是放回一半，然后埋好。

有天夜里，葛巾对大用说："近来稍微有点闲话，势不能长久下去了，这不能不预先筹划一下。"大用吃惊地说："这可怎么办！我素来拘泥谨慎，如今为了你，好像寡妇失了操守，不再能自拿主意了。一切听命于你，刀斧搁在脖子上，我也不能顾及了！"葛巾和他商量一同逃跑，叫他先回家，约定在洛阳相会。

大用收拾行李回家乡，打算先回家，然后接她；谁知他刚到家门，葛巾坐着车正好也到门口。进入正厅拜见家里的人，惊动了四邻纷纷前来贺喜，他们并不知道葛巾是偷偷地逃出来的。大用暗暗自危，葛巾却格外坦然，对他说："不用说千里外不是探子所能到的，即使万一知道了，我是世家望族的女儿，古代的卓王孙对女婿司马相如也不能怎么样！"

大用的弟弟叫大器，十七岁，葛巾朝他看看，说："这人天性聪明，前程比你远大。"大器已经定下结婚的日子，妻子突然死了。葛巾对大用说："我的堂妹玉版，你已经暗底下见过她了，容貌不丑，年龄和大器也相配，配为夫妻，可称得上天生一对，地成一双了。"大用听着笑了起来，开玩笑请她做媒。葛巾说："一定要娶她，倒也不难。"大用高兴地问："你有什么法子？"葛巾说："堂妹与我最要好。用两匹马驾一辆轻车，不过用一个老婆子打个来回罢了。"大用怕上次的事全都露了馅，不敢听从她的计谋；葛巾坚持说："不碍事。"就传命备车，派桑姥姥前去。

几天后，车马人等到了曹州。临近里门，桑姥姥下了车，叫车夫停车在路旁等候，自己趁夜色进了乡里。好久，桑姥姥领着姑娘来了，登上车，就出发。天黑就在车中过夜，天刚亮又继续赶路。

葛巾计算了往返时间，让大器穿上结婚礼服前去迎接。大器赶到五十里路以外，就与她们相遇了。大器亲自驾车，载着新媳妇回到家里；吹吹打打，点起花烛，拜堂成亲。从此常家兄弟俩都娶上了漂亮的媳妇，家业也一天比一天富庶。

有一天，有几十个骑着马的强盗，突然闯进常宅。大用情知发生了祸变，全家上楼。强盗闯入后，把楼房团团围住。大用俯身问道："你们与我家有仇吗？"一个强盗头目回答说："没有仇。但是有两桩事儿相求：一是听说两位夫人的美貌是世间没有的，请赏我们见一见；二是我们一共五十八个人，每个人讨五百两银子。"说完，强盗们把柴草堆积在楼下，做出放火的打算，来威胁常家。大用答应他们勒索银子的要求；强盗们不满意，要烧楼，全家人大为恐慌。

葛巾要与玉版下楼，常家兄弟劝阻，她俩不听。穿着华丽的衣服下来，还剩三级阶梯停下，对强盗们说："我姊妹俩是仙女，暂时到人间走走，哪怕你们强盗！要赏你们万两金银，怕你们不敢接受吧。"强盗们一齐叩头，说声："不敢。"葛巾姊妹要退上楼，其中一个强盗说："这是骗我们哩！"葛巾听到，转身站住，说："你们想干什么？趁早说，还来得及！"强盗们面面相觑，没人敢再说一句话，她俩从从容容上楼去了。强盗们仰起头来张望，已看不到葛巾姊妹的影子，才一哄而散。

两年之后，葛巾姊妹各生了一个儿子，这才渐渐地告诉人：她俩姓魏，葛巾的母亲受诰封为曹国夫人。

大用怀疑曹州没有姓魏的世家望族，况且大姓人家丢失女儿，怎能置之不问？但又不敢追问，暗想，这件事怪了。就借故再往曹州，进了曹州地界便打听、察访，世家大族中并没有姓魏的。于是仍然向原来的房东家借花园住下。忽然看到墙壁上写的有《赠曹国夫人》的诗，很使他惊奇，便询问主人。主人笑了起来，随即请他一同去看"曹夫人"，来到花园里，原来是一株牡丹，长得与屋檐一般高。问起花名由来，就说这花在曹州名列第一，所以友人开玩笑，给了这个封号。大用问他："什么品种？"主人回答说："葛巾紫。"大用心里更加惊恐，就疑心葛巾姊妹是花妖。

回到家里，不敢实说，只是讲述《赠曹国夫人》的诗看葛巾的反应。葛巾皱着眉头，变了脸色，突然出门，呼唤玉版把儿子抱来，对大用说："三年前，被你思慕成疾所感动，才以身相许报答你；现在被你猜疑，怎么能再相聚在一起呢？"就与玉版都举起孩子远远扔去，两个小孩落地都没了。大用正吃惊地四顾，葛巾姊妹也都不见了。大用悔恨不已。

几天以后，小孩坠落的地方长出两株牡丹，一夜之间，长高一尺，当年就开了花，一紫一白，花骨朵儿有茶盘大，比起常见的葛巾、玉版花，花瓣更多更细。几年后，茂叶覆盖，长成一丛；分蘖移栽他处，又成变种，没有人叫得出这种花的名称。从此，洛阳牡丹的盛名，天下无双。

异史氏说：思念专一，鬼神也可交往，算不上正神的，也不能说它没有情感。白居易寂寞时，作诗"少府无妻春寂寞，花开将尔当夫人"，何况像葛巾这样，真能解语，何必追根究底呢？可惜常大用还不通达啊！

卷十一

冯 木 匠

【原文】

　　抚军周有德①，改创故藩邸为部院衙署②。时方鸠工，有木作匠冯明寰直宿其中③。夜方就寝，忽见纹窗半开，月明如昼。遥望短垣上，立一红鸡；注目间，鸡已飞抢至地④。俄一少女，露半身来相窥。冯疑为同辈所私；静听之，众已熟眠。私心怔忡，窃望其误投也。少间，女果越窗过，径已入怀。冯喜，默不一言。欢毕，女亦遂去。自此夜夜至。初犹自隐，后遂明告。女曰："我非误就，敬相投耳。"两人情日密。既而工满，冯欲归，女已候于旷野。冯所居村，离郡固不甚远⑤，女遂从去。既入室，家人皆莫之睹，冯始知其非人。迨数月，精神渐减，心益惧，延师镇驱⑥，卒无少验。一夜，女艳妆来，向冯曰："世缘俱有定数⑦：当来推不去，当去亦挽不住。今与子别矣。"遂去。

【注释】

　　①周有德：字彝初，汉军镶红旗人。康熙二年为山东巡抚，有政绩。

　　②故藩邸：指故明藩王官邸。部院衙署：即巡抚衙门。

　　③直：通"值"，值班，当值。

④飞抢至地：飞掠至地。抢，触、撞。

⑤郡：郡城，此指济南府城。

⑥师：巫师。

⑦世缘：人世的机缘，此指夫妻缘分。

冯木匠

【译文】

　　山东有一个巡抚名字叫周有德，他将原藩王的王宫改造成巡抚的衙门。就要完工时，有一个叫冯明寰的木匠在里边值夜。夜晚刚准备睡觉的时候，忽然看见花格的窗子半开着，明月照得像白天一样通亮，往远处的矮墙上看去，有一只红鸡在那里站立着。

　　正在看着，鸡已经飞落在地上了。不大一会儿，有一位少女露着半个身子从窗外往里边看。冯木匠就怀疑是一起干活的人私下里来约会的，细细听听，其他屋子里的人都已经睡着了。他心里怦怦地直跳，暗地里盼望少女来投怀送抱。

　　不大一会儿，少女真的跳窗子进来了，径直扑到他的怀里。冯木匠心里非常高兴，一句话也没有说。交欢完毕，少女就离开了。从此以后，少女每天晚上都会来到。刚开始的时候没有说什么，后来就实话实说了。少女说："我并没有弄错才误入你的怀抱和你交欢，而是自己愿意投怀送抱。"两个人的感情一天比一天亲密。

　　过了一段时间工期满了，冯木匠准备回家，少女早就已经在野外等着他了。冯木匠所住的乡村离济南府没有多远，少女就和他一起回去了。少女已经进到冯家的屋子里面了，但是家里的人都没有看见她，冯木匠才明白原来她并非人类。

　　过了几个月以后，冯木匠精神愈来愈差，心里很恐惧，把巫师请来替他镇妖驱邪，一直都没有见效。有一天晚上，少女梳洗打扮得非常妖艳，对冯木匠说："人世间的姻缘都有定数的，该来的推也推不走，该去的留也留不住，今天就要和你离别了。"于是离开了。

黄　英

中华传世藏书

聊斋志异

图文珍藏版

【原文】

　　马子才，顺天人。世好菊，至才尤甚。闻有佳种，必购之，千里不惮①。一日，有金陵客寓其家，自言其中表亲有一二种②，为北方所无。马欣动③，即刻治装，从客至金陵。客多方为之营求，得两芽④，裹藏如宝。归至中途，遇一少年，跨蹇从油碧车⑤，丰姿洒落。渐近与语。少年自言："陶姓。"谈言骚雅⑥。因问马所自来，实告之。少年曰："种无不佳，培溉在人。"因与论艺菊之法⑦。马大悦，问："将何往？"答云："姊厌金陵，欲卜居于河朔耳⑧。"马欣然曰："仆虽固贫⑨，茅庐可以寄榻。不嫌荒陋，无烦他适。"陶趋车前，向姊咨禀⑩。车中人推帘语，乃二十许绝世美人也。顾弟言："屋不厌卑，而院宜得广。"马代诺之，遂与俱归。

　　第南有荒圃，仅小室三四椽，陶喜，居之。日过北院，为马治菊。菊已枯，拔根再植之，无不活。然家清贫，陶日与马共食饮，而察其家似不举火⑪。马妻吕，亦爱陶姊，不时以升斗馈恤之。陶姊小字黄英⑫，雅善谈，辄过吕所，与共纫绩⑬。陶一日谓马曰："君家固不丰，仆日以口腹累知交⑭，胡可为常。为今计，卖菊亦足谋生。"马素介⑮，闻陶言，甚鄙之，曰："仆以君风流高士⑯，当能安贫，今作是论，则以东篱为市井，有辱黄花矣⑰。"陶笑曰："自食其力不为贪，贩花为业不为俗。人固不可苟求富⑱，然亦不必务求贫也⑲。"马不语，陶起而出。自是，马所弃残枝劣种，陶悉掇拾而去。由此不复就马寝食，招之始一至。未几，菊将开，闻其门嚣喧如市⑳。怪之，过而窥焉，见市人买花者，车载肩负，道相属也。其花皆异种，目所未睹。心厌其贪，欲与绝；而又恨其私秘佳本㉑，遂款其扉，将就诮让。陶出，握手曳入。见荒庭半亩皆菊畦，数椽之外无旷土㉒。剐去者㉓，则折别枝插补之；其蓓蕾在畦者，罔不佳妙：而细认之，尽皆向所拔弃也。陶入屋，出酒馔，设席畦侧，曰："仆贫不能守清戒[21]，连朝幸得微资，颇足供醉。"少间，房中呼"三郎"，陶诺而去。俄献佳肴，烹饪良精。因问："贵姊胡以不字？"答云："时未

黄英

千里萍踪卜隐居邸
香苓气
梦醒初良缘应为梅
花姽袅豪
士风流转不如

至。"问："何时？"曰："四十三月。"又诘："何说？"但笑不言。尽欢始散。过宿，又诣之，新插者已盈尺矣。大奇之，苦求其术。陶曰："此固非可言传；且君不以谋生，焉用此？"又数日，门庭略寂，陶乃以蒲席包菊，捆载数车而去。逾岁，

春将半，始载南中异卉而归㉕，于都中设花肆，十日尽售，复归艺菊。问之去年买花者，留其根，次年尽变而劣，乃复购于陶。陶由此日富：一年增舍，二年起夏屋。兴作从心，更不谋诸主人。渐而旧日花畦，尽为廊舍。更于墙外买田一区，筑墉四周㉖，悉种菊。至秋，载花去，春尽不归。而马妻病卒。意属黄英，微使人风示之。黄英微笑，意似允许，惟专候陶归而已。

年馀，陶竟不至。黄英课仆种菊，一如陶。得金益合商贾，村外治膏田二十顷，甲第益壮。忽有客自东粤来㉗，寄陶生函信，发之，则嘱姊归马。考其寄书之日，即妻死之日；回忆园中之饮，适四十三月也。大奇之。以书示英，请问"致聘何所"。英辞不受采。又以故居陋，欲使就南第居，若赘焉。马不可，择日行亲迎礼。黄英既适马，于间壁开扉通南第，日过课其仆㉘。马耻以妻富，恒嘱黄英作南北籍㉙，以防淆乱。而家所需，黄英辄取诸南第。不半岁，家中触类皆陶家物。马立遣人一一赍还之，戒勿复取。未浃旬㉚，又杂之。凡数更，马不胜烦。黄英笑曰："陈仲子毋乃劳乎㉛？"马惭，不复稽，一切听诸黄英。鸠工庀料㉜，土木大作，马不能禁。经数月，楼舍连亘㉝，两第竟合为一，不分疆界矣。然遵马教，闭门不复业菊，而享用过于世家。马不自安，曰："仆三十年清德㉞，为卿所累。今视息人间㉟，徒依裙带而食㊱，真无一毫丈夫气矣。人皆祝富，我但祝穷耳㊲！"黄英曰："妾非贪鄙；但不少致丰盈，遂令千载下人，谓渊明贫贱骨㊳，百世不能发迹，故聊为我家彭泽解嘲耳㊴。然贫者愿富，为难；富者求贫，固亦甚易。床头金任君挥去之，妾不靳也。"马曰："捐他人之金，抑亦良丑。"英曰："君不愿富，妾亦不能贫也。无已，析君居：清者自清，浊者自浊，何害。"乃于园中筑茅茨㊵，择美婢往侍马。马安之。然过数日，苦念黄英。招之，不肯至；不得已，反就之。隔宿辄至，以为常。黄英笑曰："东食西宿㊶，廉者当不如是。"马亦自笑，无以对，遂复合居如初。

会马以事客金陵，适逢菊秋。早过花肆，见肆中盆列甚烦，款朵佳胜㊷，心动，疑类陶制。少间，主人出，果陶也。喜极，具道契阔，遂止宿焉。要之归。陶曰："金陵，吾故土，将婚于是。积有薄资，烦寄吾姊。我岁杪当暂去。"马不听，请之益苦。且曰:"家幸充盈,但可坐享,无须复贾。"坐肆中,使仆代论价,廉其直,数日尽售。逼促囊装,赁舟遂北。入门,则姊已除舍,床榻衾褥皆设,若预知弟也归者。陶自归,解装课役,大修亭园,惟日与马共棋酒,更不复结一客。为之择婚,辞不愿。姊遣二婢侍其寝处,居三四年,生一女。

陶饮素豪⑬,从不见其沉醉。有友人曾生,量亦无对。适过马,马使与陶相较饮。二人纵饮甚欢,相得恨晚。自辰以迄四漏⑭,计亦尽百壶。曾烂醉如泥,沉睡座间。陶起归寝,出门践菊畦,玉山倾倒⑮,委衣于侧,即地化为菊,高如人;花十馀朵,皆大于拳。马骇绝,告黄英。英急往,拔置地上,曰:"胡醉至此!"覆以衣,要马俱去,戒勿视。既明而往,则陶卧畦边。马乃悟姊弟菊精也,益敬爱之。而陶自露迹,饮益放,恒自折柬招曾,因与莫逆。值花朝⑯,曾乃造访,以两仆舁药浸白酒一坛,约与共尽。坛将竭,二人犹未甚醉。马潜以一瓻续入之⑰,二人又尽之。曾醉已惫,诸仆负之以去。陶卧地,又化为菊。马见惯不惊,如法拔之,守其旁以观其变。久之,叶益憔悴。大惧,始告黄英。英闻骇曰:"杀吾弟矣!"奔视之,根株已枯。痛绝,掐其梗,埋盆中,携入闺中,日灌溉之。马悔恨欲绝,甚怨曾。越数日,闻曾已醉死矣。盆中花渐萌,九月既开,短干粉朵,嗅之有酒香,名之"醉陶",浇以酒则茂。后女长成,嫁于世家。黄英终老,亦无他异。

异史氏曰:"青山白云人,遂以醉死⑱,世尽惜之,而未必不自以为快也。植此种于庭中⑲,如见良友,如对丽人,不可不物色之也。"

【注释】

①千里不惮:谓不怕路远。惮,怕。

②中表亲:古代称姑母的儿子为外兄弟,称舅父或姨母的儿子为内兄弟。外为"表",内为"中",合称这种亲戚关系为"中表亲"。

③欣动:欣喜动心。

④两芽:两支幼苗。菊花芽栽,从老本上所生的幼苗叫"芽"。

⑤跨蹇从油碧车：骑着小驴跟随在油碧车后面。蹇，蹇卫，驴子。油碧车，也作"油壁车"，因车壁以油涂饰，故名。古时妇女所乘之车。

⑥谈言骚雅：说话文雅，有诗人气质。

⑦艺：种植。

⑧河朔：黄河以北地区。

⑨固贫：固守贫困。

⑩咨禀：商量，禀告。

⑪不举火：不烧火做饭。

⑫小字：小名，乳名。

⑬纫绩：缝纫、捻线，指针线活。

⑭口腹：指饮食。

⑮素介：素来耿介。介，孤洁，有操守。

⑯风流高士：志节高尚的文士。风流，有才学，不拘礼法。

⑰"以东篱为市井"二句：把种菊的地方当作贸易的场所，这对菊花是一种污辱；意谓陶生庸俗，大煞风景。

⑱苟求富：以不正当的手段谋求富足。

⑲务求贫：立志追求贫穷。

⑳嚣喧：吵闹，喧哗。

㉑佳本：优良品种。本，菊根。

㉒旷土：空地。

㉓刜（烛）：掘。

㉔清戒：清廉的戒规。

㉕南中异卉：南方的珍奇花卉。南中，泛指南方。

㉖墉：土墙。

㉗东粤：或作"东越"，指今东南沿海地区。

㉘课仆：督促仆人。课，督促完成指定的工作。

中华传世藏书

聊斋志异

图文珍藏版

㉙作南北籍：为南北两宅各立账簿。

㉚浃旬：即"浃日"，十日。古代以干支纪日，称自甲至癸一周十日为"浃"日。浃，周匝。

㉛"陈仲子"句：喻指马子才如此追求廉洁未免过分。

㉜鸠工庀（匹）料：招集工匠，置备建筑材料。庀，备具。

㉝连亘：连贯。

㉞清德：清廉自守的德行。

㉟视息人间：犹言"活在世上"。视，看。息，呼吸。

㊱徒依裙带而食：但靠妻子生活。旧时讥称因妻而致的官职为"裙带官"。

㊲祝：祈求。

㊳渊明：晋代诗人陶渊明。

㊴我家彭泽：陶渊明曾为彭泽县令，黄英也姓陶，故曰"我家彭泽"。

㊵茅茨：草屋。

㊶东食西宿：比喻兼有两利这里以此故事嘲笑马生所标榜的"清廉"。

㊷款朵：花朵的式样，指菊花品种。

㊸豪：豪放；此指豪饮。

㊹自辰以迄四漏：从辰时一直到夜里四更天。迄，至。

㊺玉山倾倒：形容酒醉摔倒。

㊻花朝：旧俗以阴历二月十五日为百花生日，称为"花朝节"

㊼瓴（吃）：古时盛酒用具。

㊽"青山白云人"二句：《旧唐书·傅奕传》：傅奕生平未曾请医服药。年八十五，常醉酒酣卧。一日，忽然蹶起，自言将死，因自为墓志曰："傅奕，青山白云人也，因酒醉死。"这里借指醉死的陶生。

㊾此种：指上文所说的"醉陶"菊。种，品种。

【译文】

马子才，顺天府人。他家从老辈里就喜好菊花，到了子才更是爱到极点了。他听说有好品种，必定想方设法买了来，即便是相距千里，也不怕路途遥远。

一天，有个南京客人住在子才家，说是他的一个亲戚有一两个菊花品种，是北方地区没有的。马子才一听，喜欢得动了心，立刻收拾行李，随着客人到了南京。那客人千方百计给他寻找探求，总算得到两枝芽子。马子才高兴得没法说，像得了宝贝般裹藏起来，带着回家。

走到半路上，马子才遇见一位少年。这少年骑着匹驴子，跟从着一辆华丽轿车，面貌清秀，举动飘洒。两个人慢慢走在一起，攀谈起来。那少年自称姓陶，言谈话语很是文雅。问起马子才从何处来，马子才将情况如实告诉了他。少年说："论起来，这菊花种子没有不是好种的，全在于人们怎样培植浇灌罢了！"于是，谈论起培植菊花的园艺来。马子才听后，非常高兴，看来是遇见种菊的行家了，就问："你们打算去哪里呢？"少年回答说："我姐姐在南京住得厌烦了，打算搬到河北地方去。"马子才欢喜地说："我家虽然不富裕，但还有几间草房可以寄住，如果不嫌简陋的话，就请到我家里，不用再费事到别的地方去了。"陶生就加快几步赶到轿车前面，与他姐姐商量这事。

车中的人推开车帘说话，竟是个二十来岁的绝代美人呢。那女子对弟弟说："房子不必计较孬好，但院子一定要宽绰。"马子才连忙代替弟弟答应下来，说是有个大院子。于是，姐弟俩一块儿来到马家。

马家宅子南边，有个荒芜了的园子，园里只有三间小屋。陶生一见，很是中意，就居住下来。每天到北院来，给马子才治理菊花。就是枯干了枝子的菊花，陶生连根拔出来重新插上，也没有活不了的。

陶生家里很清贫，每天和马子才一块儿吃饭饮酒，看起来陶生家似乎是不动烟火。马子才的妻子吕氏也很喜爱陶生的姐姐，时不时地派人送些柴米给陶家。陶生的姐姐名叫黄英，擅长言谈辞令，常常过来和吕氏做伴，说说家常话，做做针线活。

有一天，陶生吃过饭后，对马生说："你家里本来也不富裕，我天天吃着你的、喝着你的，让你这好朋友受牵累，哪能是长久的法子呢！如今打算，卖卖菊花，也足够生活的了。"马生脾性耿直，听陶生这么说，很是瞧不起，就说："我原以为你是个风流雅士，理应安于贫困，如今竟说出这般话来，那就是把东篱变为市场，辱没菊花了！"陶生微笑一下，说："自食其力，不算是贪财，做花草生意，不能说是俗气。人固然不可用不正当手段追求财富，可是也不必专门去寻求贫困呀！"马生听了这话，心里觉得不对劲，就闭口不说了。陶生闷了一会儿，也就起身走了。

自打这起，马家丢弃了的残败枝子、劣等品种，陶生都收拾过去。从此，陶生也不再到马家住宿吃饭了，只有马家去请他，他才过来一次。

过了不多日子，菊花即将开花了，马生就听得陶家门口熙熙攘攘，热闹非常，像赶集市一般。马生很觉奇怪，就走过去瞧一瞧，只见来买花的人，用担挑的，用车运的，络绎不绝，连道路都挤得走不开。看那菊花，都是奇特品种，从来没有见过。马子才心里很厌烦陶生卖花贪财，想和他断绝往来，可又怨恨他收藏着奇特品种，不告诉自己，就敲大门，要进去责备质问。正巧，陶生走出门来，一见马生，赶忙握住马生的手，不容分说，拉着就进了园子。

马生一看，原来荒芜的园子有半亩地已成了菊花畦子，那几间草房前面没有一点空闲地方。凡是刨去菊花卖掉的地方，又折下别的枝子补插上，畦里长出花蕾来的，全都是奇特品种，仔细辨认一下，就看得出来，这都是以前自己嫌品种不好，拔出扔掉的。

陶生进了屋子，搬出酒菜来，在菊畦旁边，摆下酒席。陶生说："我因为家里穷，不能守清规。这几天幸好卖得了点钱，满够喝几壶酒的。"于是，两人对饮起来。待了一会儿，房里呼唤"三郎"。陶生答应着，起身进了房子。一会儿，搬出几盘酒菜。马生细细品尝，觉得这酒肴烧得好，色、香、味真是美极了。说起话来，马生就问："你家姐姐怎么也不出嫁呢？"陶生回答说："还不到时候！"马生又问："要到什么时候呢？"陶生说："四十三个月！"马生莫名其妙，追问："这是什么意思？"陶生只是微微笑着，不回答问题了。马生不便再问，只好饮酒吃菜。直吃得酒足饭饱，两人才尽欢而散。

过了一宿，马生又过门来访。只见新插枝的菊花已经长得一尺多高了。感到特别奇怪，就向陶生请教，要求传授技术。陶生说："这可不是靠着叙说叙说就能传授的。再说，你又不需要靠这个过日子，何必学这种技术呢！"马生只好默默无言。

又过了几天，门前已经很少有人来买花了，陶生就用蒲包子包起菊花，捆扎妥当，装载了几大车，出门去了。转过年去，到了仲春季节，陶生才运载着南方的奇花异草回得家来。在城里开设一间花房，仅仅十天工夫，花就全部卖光了，又回到家里培育莳弄菊花。去年买陶生菊花的人，凡是留着根的，第二年都变成了劣等品种，只好仍然再买陶生的菊花。

从这以后，陶生越来越富：第一年增盖了房舍，第二年盖起了高屋大厦。愿意修建什么就修建什么，也不和主人打个招呼、有个商量。慢慢的，原来的花畦地，都成了房舍廊檐。又在墙外买下一大片土地，四周筑起土墙，全部种上菊花，到了秋天，又用车运载着菊花出去了。这一走，直到来年春季过后还没回来。

这期间，马生的妻子得了病，请医吃药，没有治好，去世了。马生非常爱慕陶生的姐姐黄英，想娶她，就托人悄悄透了个口风。黄英只是微微笑着，意思是应许下来，只是等待陶生归来罢了。

待了一年多，陶生竟然一直没有回来。黄英在家里指使仆人种菊花，和陶生在家时一样。卖花得的钱就和商人合伙做买卖，还在村外置买了肥沃田地二十顷，房舍也改建得更壮观了。

这天，忽然有个客商从广东来，捎来了陶生的信。马生很是高兴，赶忙拆信阅读，信上是嘱咐姐姐嫁给马生，察看一下发信的日期，就是马妻死去的日子，又回想到那次在菊园喝酒的时间，正好是过了四十三个月，心里感到十分奇怪！马生派人将信送给黄英，并且请问在哪里送聘礼。黄英回复是，不接受彩礼，只是嫌马生住处太简陋，想请马生到黄英的家里来居住，如同招赘女婿一样。马生没有答应，便选定了黄道吉日，举行了迎亲礼。

黄英嫁给马生后，就在墙壁上开了个门通向南院，每天过来督促仆人操作干活。马生觉得依靠妻子过富裕日子很不光彩，常常嘱咐黄英把南院、北院的账目分开计算，防止混在一起。但是，家里凡是需要什么物件，黄英常是从南院里取来使用。

不到半年时光，马生家里用着的、看着的，全都是陶家的物件了。马生心里不痛快，立刻派人把东西一件一件全都送还到南院，并且告诫仆人，不准再从南院拿东西过来。可是，还不到个把月，南院的东西，又是到处皆是。马生又立刻派人送回。就这样，送还了，过上一阵子又全成了南院的东西，往返几次，马生感到实在是烦死人了。黄英笑着说："你这廉洁的人，界限划得这么清楚，可真是太劳心了！"马生觉得羞愧，也就不再查问，一切听凭黄英安排处理吧！

从这，黄英请了工匠，备好砖瓦木石，大兴土木，马生也制止不住。只几个月，楼台亭阁连成一片，南院、北院合为一体，分不出是两家来了。黄英听从马生的主意，关闭大门不再培育、出卖菊花，可是，一家的生活享受却很讲究，超过了贵族人家。马生心里不安，说："我三十年不贪富贵的清德，让你给牵累败坏了。如今，生活在人间，靠老婆养活，真是没点男子汉大丈夫的气概了。人家都祷念着发财致富，我却是祷念着快些贫穷了吧！"黄英说："我不是个贪财好利的俗人，可要是不过得富裕些，就会使千年后的人们说喜爱菊花的陶渊明是个穷骨头，一百年也发不了家，所以才给俺家陶公争口气。然而，由穷变富，那是很难，富家要想变穷，就很容易。床头有的是银子，任凭你去胡乱花光，我决不吝惜心疼！"马生说："胡乱花别人的钱，也是够丑的了！"黄英说："你不愿意过富裕日子，我也不能过穷苦生活，实在没办法，咱们分开过，那就清白的自己清白，浑浊的自己浑浊，那有什么不好呢！"这样，就在园里盖了间茅草房子，挑选了个漂亮伶俐的丫鬟伺候马生。

马生住进去，觉得心情安然。可是，过了几天，马生苦苦思念黄英，派丫头去请，黄英却不肯到草房里来；不得已，马生只好去黄英的房里过夜。三天两头这样，成了习惯。黄英笑着说："东家饭好，在东家吃饭，西家房好，在西家住宿，讲究清白廉洁的人，应该不是这个样子吧！"马生也自个儿笑话自己，无话回答，就同原来一样又合在一起过日子了。

这次，马生有事情又去了南京，赶巧正是菊花开放的秋季。清晨，路过花市，看见花市上许多盆花的式样花朵非常奇特，左看右瞧，这多么像是陶生培育的菊花呀！看着花，越看越迷，不想离去。

一会儿，店主人走出来，马生一看，果然是陶生。马生高兴极了，说是分别这么多日子，实在非常想念，总是盼着你回去，怎么总是不回去。谈起话来说不完，就住宿在店里了。马生再三要求陶生和自己一道回家去。陶生说："南京是我的故乡，我打算在这里结了婚，长期住下去呢。这两年，积蓄下点钱财，请捎回去送给我姐姐。我到年根底下去你家里暂住一阵。"马生不听他这一套，苦苦要求陶生一起回家，还说："咱们家里幸而富裕起来，只要静坐享福就行，不用再受苦受累地做生意了。"陶生还是不答应。劝说不行，马生就动了硬手段。自己坐在店里，让仆人代替陶生讲价钱，减价出售店里菊花。不几天，菊花全卖光了。马生逼迫着陶生打点好行李，雇上一条船，一块儿北上了。

两人进了家门，黄英已经打扫好陶生住的房间，安置好床榻被褥，像是预先知道弟弟回来的消息。

陶生自从归来，进了门放下行李，就督促仆役，大修亭园。每天只是和马生下棋饮酒，也不结交一个客人。马生要给他说亲，陶生就辞谢，说自己不愿意成婚。黄英派了两个丫头伺候陶生，过了三四年，才生了个小女孩儿。

陶生喝酒是个海量，从来没见过他喝得沉醉。马生有个朋友曾生，酒量很大，没遇见过对手。这天，曾生来拜望马生。马生让他和陶生比较酒量。两人放开量喝酒，越喝越高兴，很是投脾气，只恨认识太晚了。自清晨直喝到深夜，计算着每人都喝干了一百壶酒了。曾生醉得如同一摊泥，在座位上睡熟了。

陶生站起身来，要回房睡觉，出得房门，摇摇晃晃，一脚踏着了菊畦，扑通一声，栽倒在地，衣服散落在一边，身子就地变成菊花，人一般高，开着十几朵花，每朵花都比拳头大。马生一见，吓破了胆，慌忙跑去告诉黄英。黄英急忙赶来，伸手把那棵菊花连根拔出来，轻轻放在地上，说："怎么醉成这个样子！"用衣服覆盖住菊花，邀马生离开，告诫马生不要去看。

到了天明，黄英和马生一道来到花圃，只见陶生躺在畦子边上，还在沉睡呢。马生这才醒悟到，陶生姐弟都是菊花精啊！于是，对陶氏姐弟更加爱慕敬重。

陶生自从暴露了原形，更加没有顾忌，放开肚量饮酒，常常自写请帖邀请曾生，两人成了推心置腹、无话不说的好朋友。

二月十五是花节，曾生前来拜访，带着两个仆人抬来一坛子药泡的白酒。约定，两人要把这坛子酒清出来。两人尽情喝起来，不多会儿。一坛酒将要喝光了，还都没觉得有多少醉意。马生就偷偷地又将一大瓶白酒续进坛子里。两个人又喝光了。曾生醉得已经不省人事，两个仆人只好背着他转回家去。陶生也醉倒地上，又变化成菊花。马生见过这种情况，也就不再惊奇，按照上次办法，把菊花拔出来，放置地上，自己守在一旁，观察菊花的变化。等啊等啊，待了好长时间，不仅没有再变成陶生，反而叶子越来越萎缩。马生这才害了怕，去告诉黄英。黄英一听，惊吓地说："害了我弟弟了！"急忙跑去一看，那菊花枝叶、花根都干枯了。她十分痛心地掐下一段花梗，埋在花盆里，带回闺房。天天浇水灌溉，细心照料。马生后悔得要死，很是埋怨曾生。过了几天，听说曾生那天回去就一直没醒过来，已经醉死了。

盆里栽的花，慢慢出了芽，长了骨朵。到了九月，菊花开放，枝干很短，花朵粉色，闻起来有股子酒香味，起名叫作"醉陶"，用酒来浇，长得更加茂盛。

后来，陶生的女儿长大了，嫁给了一个官宦人家。黄英跟马生过了一辈子，直到老死，也没有出现什么奇异的事情。

书　痴

【原文】

　　彭城郎玉柱①，其先世官至太守，居官廉，得俸不治生产，积书盈屋。至玉柱，尤痴：家苦贫，无物不鬻，惟父藏书，一卷不忍置②。父在时，曾书《劝学篇》③，粘其座右④，郎日讽诵；又幨以素纱，惟恐磨灭。非为干禄⑤，实信书中真有金粟⑥。昼夜研读，无问寒暑。年二十馀，不求婚配，冀卷中丽人自至。见宾亲不知温凉⑦，三数语后，则诵声大作，客逡巡自去。每文宗临试⑧，辄首拔之⑨，而苦不得售⑩。

　　一日，方读，忽大风飘卷去。急逐之，踏地陷足；探之，穴有腐草；掘之，乃古人窖粟，朽败已成粪土。虽不可食，而益信"千钟"之说不妄⑪，读益力。一日，梯登高架，于乱卷中得金辇径尺⑫，大喜，以为"金屋"之验⑬。出以示人，则镀金而非真金。心窃怨古人之诳己也。居无何，有父同年，观察是道⑭，性好佛。或劝郎献辇为佛龛⑮。观察大悦，赠金三百、马二匹。郎喜，以为金屋、车马皆有验⑯，因益刻苦。然行年已三十矣。或劝其娶，曰："'书中自有颜如玉'，我何忧无美妻乎？"又读二三年，迄无效，人咸揶揄之。时民间讹言：天上织女私逃。或戏郎："天孙窃奔⑰，盖为君也。"郎知其戏，置不辨。

　　一夕，读《汉书》至八卷，卷将半，见纱剪美人夹藏其中⑱。骇曰："书中颜如玉，其以此应之耶？"心怅然自失。而细视美人，眉目如生；背隐隐有细字云："织女。"大异之。日置卷上，反复瞻玩，至忘食寝。一日，方注目间，美人忽折腰起，坐卷上微笑。郎惊绝，伏拜案下。既起，已盈尺矣。益骇，又叩之。下几亭亭⑲，宛然绝代之姝。拜问："何神？"美人笑曰："妾颜氏，字如玉，君固相知已久。日垂青盼^⑳，脱不一至^㉑，恐千载下无复有笃信古人者。"郎喜，遂与寝处。然枕席间亲爱倍至，而不知为人^㉒。每读，必使女坐其侧。女戒勿读，不听。女曰："君所以不能腾达者，徒以读耳。试观春秋榜上^㉓，读如君者几人？若不听，妾行去矣。"郎暂从之。少顷，忘其教，吟诵复起。逾刻，索女，不知所在。神志丧失，

书痴

嘱而祷之，殊无影迹。忽忆女所隐处，取《汉书》细检之，直至旧所，果得之。呼之不动，伏以哀祝。女乃下曰："君再不听，当相永绝！"因使治棋枰、樗蒲之具㉔，日与邀戏。而郎意殊不属。觑女不在，则窃卷流览。恐为女觉，阴取《汉书》第八卷，杂溷他所以迷之㉕。一日，读酣㉖，女至，竟不之觉；忽睹之，急掩卷，而女已亡矣。大惧，冥搜诸卷，渺不可得；既，仍于《汉书》八卷中得之，叶数不爽。因再拜祝，矢不复读。女乃下，与之弈，曰："三日不工㉗，当复去。"至三日，忽一局赢女二子。女乃喜，授以弦索㉘，限五日工一曲。郎手营目注㉙，无暇他及；久之，随指应节，不觉鼓舞。女乃日与饮博，郎遂乐而忘读。女又纵之出门，使结客，由此倜傥之名暴著。女曰："子可以出而试矣。"

郎一夜谓女曰："凡人男女同居则生子；今与卿居久，何不然也？"女笑曰："君日读书，妾固谓无益。今即夫妇一章㉚，尚未了悟，枕席二字有工夫。"郎惊问："何工？"女笑不言。少间，潜迎就之。郎乐极曰："我不意夫妇之乐，有不可言传者。"于是逢人辄道，无有不掩口者。女知而责之。郎曰："钻穴逾隙者，始不可以告人；天伦之乐㉛，人所皆有，何讳焉。"过八九月，女果举一男，买媪抚字之㉜。

一日，谓郎曰："妾从君二年，业生子，可以别矣。久恐为君祸，悔之已晚。"郎闻言，泣下，伏不起，曰："卿不念呱呱者耶？"女亦凄然，良久曰："必欲妾留，当举架上书尽散之。"郎曰："此卿故乡，乃仆性命，何出此言！"女不之强，曰："妾亦知其有数，不得不预告耳。"先是，亲族或窥见女，无不骇绝，而又未闻其缔姻何家，共诘之。郎不能作伪语，但默不言。人益疑，邮传几遍㉝，闻于邑宰史公。史，闽人，少年进士。闻声倾动，窃欲一睹丽容，因而拘郎及女。女闻知，遁匿无迹。宰怒，收郎，斥革衣衿㉞，梏械备加，务得女所自往。郎垂死，无一言。械其婢，略得道其仿佛㉟。宰以为妖，命驾亲临其家。见书卷盈屋，多不胜搜，乃焚之；庭中烟结不散，暝若阴霾。

郎既释，远求父门人书，得从辨复㊱。是年秋捷，次年举进士。而衔恨切于骨髓。为颜如玉之位㊲，朝夕而祝曰："卿如有灵，当佑我官于闽。"后果以直指巡闽⑱。居三月，访史恶款㊴，籍其家。时有中表为司理㊵，逼纳爱妾，托言买婢寄署中。案既结，郎即日自劾㊶，取妾而归。

异史氏曰："天下之物，积则招妒㊷，好则生魔：女之妖，书之魔也。事近怪诞，治之未为不可；而祖龙之虐㊸，不已惨乎！其存心之私，更宜得怨毒之报也。呜呼！何怪哉！"

【注释】

①彭城：古县名，秦置，清改为铜山县。治所在今江苏省徐州市。

②置：弃置。

③旦一观学篇：指宋真宗赵恒所做的《劝学文》。

④粘其座右：意谓当作"座右铭"，以鞭策自己。

⑤干禄：求取禄位。干，求取。

⑥金粟：指《劝学文》所说的"黄金屋""千钟粟"。

⑦不知温凉：不知话温凉，谓不解应酬。温凉，犹言"寒暄"。

⑧文宗临试：学使案临考试。文宗，明清对各省提督学政的尊称。学政按期至所属府县巡回考试，称"案临"，意在考查生员的学业。

⑨首拔之：此指岁试或科试选拔他为第一。

⑩不得售：此指乡试不中。

⑪"千钟"之说：指《劝学文》中"书中自有千钟粟"之说。钟，古代的量器，十釜为一钟，可容六斛四斗。

⑫金辇（辇）：人力拉挽的饰金之车；秦汉以后专指帝王的车子。

⑬以为"金屋"之验：当作"书中自有黄金屋"的验证。辇车车盖如屋，故当作"金屋之验"。

⑭观察是道：作彭城这个地方的观察使。清代一省分为数道，于藩、臬之下，设使守巡各道。"观察"则为守巡各道者的专称。

⑮佛龛（刊）：供奉神像的小屋。

⑯车马：指"书中车马多如簇"之说。

⑰天孙：即织女。

⑱"读《汉书》至八卷"三句：《汉书》卷八《宣帝纪》：宣帝地节四年，夏五月，诏曰："父子之亲，夫妇之道，天性也。虽有患祸，犹蒙（冒）死而存之。忠诚结于心，仁厚之至也，岂能违之哉！"就本文情节而言，盖取义于冒死而存夫妇之道，忠诚于"颜如玉"。

⑲亭亭：耸立的样子；这里是站立的意思。

⑳日垂青盼：天天承蒙喜爱。

㉑脱：假如。

㉒为人：指性生活。

㉓春秋榜：春榜和秋榜。春榜，指春试考中进士之榜。秋榜，指秋试考中举人之榜。

㉔樗（出）蒲之具：泛指赌具。樗蒲，古博戏的一种。

㉕溷：同"混"。

㉖读酣：读兴正浓。

㉗工：精通。

㉘弦索：指弦乐。

㉙手营目注：渭手眼并用，意趣专注。营，操作。

㉚夫妇一章：泛指经书中论述夫妇之道的章节。

㉛天伦之乐：这里指夫妇乐趣。天伦，指父子、兄弟、夫妇等天然的亲属关系。

㉜抚字：抚育。字，养育。

㉝邮传：旧时传递文书的驿站；这里指传播各地。

㉞斥革衣衿：褫夺生员衣冠。指取消生员资格。斥革同"褫革"。

㉟道其仿佛：说出其事的大致情况。仿佛，不太真切。

㊱得从辨复：申辩恢复功名的请求得到批准。辨复，向上级官府申诉理由，请求恢复职务或功名。

㊲位：牌位，灵位。

㊳以直指巡闽：谓以御史衔巡察福建。

㊴恶款：作恶的条款。

㊵司理：主管司法的州官。

㊶自劾：上疏自陈过错，请求免职。劾，弹劾，揭发罪过。

㊷积：积聚，聚敛。

㊸祖龙之虐：指秦始皇焚书坑儒的暴政；喻指邑宰尽焚郎生之藏书。祖龙，秦人对秦始皇的代称。

【译文】

　　彭城人郎玉柱，祖上做过太守，为官廉洁，所得薪俸从不购置田产。只是有满屋的藏书。传至玉柱时，他更是个书呆子。家中十分贫苦，无物不卖，只有父亲的藏书一本也不舍得卖掉。父亲在世时，曾书写过《劝学文》，贴在书桌右边。郎玉柱天天诵读，还用一层白纱罩上，唯恐把字迹磨坏。他这样做并不是为了做官发财，而是确实相信书中真有"黄金屋""千钟粟"。日夜研读，不畏严寒酷暑。已经二十多岁了，也不求婚配，只希望书中的"颜如玉"自己到来。逢到亲朋好友来访，他也不会寒暄问好，简单说了几句话就大声读他的书，客人自觉没趣，便悄悄走了。每逢督学使岁考，他总是得第一，但是乡试却始终考不中。

　　一天，他正在读书，忽然一阵大风把书刮走。急忙去追，地上踏了个坑，脚陷入进去。用手一探，洞里有一堆烂草。掏出来一看，原来是古人窖藏的粮食，已腐烂变成泥土。虽已不能吃，但他更加相信"书中自有千钟粟"的说法不假，于是读书更加勤奋。

　　一天，他登上梯子从高架上取书，从书堆中发现一个一尺大小的金制小车，他高兴极了，以为是应验了"书中自有黄金屋"的话。拿出去让别人看，却是镀金的，不是真金，心中暗暗怨恨古人欺骗自己。

不久，一位与他父亲同榜考中的进士，做了这个地方的观察使。此人很信佛。有人劝郎玉柱把小金车献给观察使做佛龛。观察使十分高兴，赠送郎玉柱三百两银子、两匹马。郎玉柱很喜欢，以为"书中自有黄金屋""书中车马多如簇"都得到了证实，因而更加刻苦读书。但是他已经三十岁了，有人劝他娶妻，他说："'书中自有颜如玉'，我何愁没有漂亮的妻子？"又苦读了两三年，还是没有效果，人们都取笑他。当时民间谣传，说是天上织女私逃了。有人戏逗郎玉柱说："织女私奔，原是为的你啊。"郎玉柱知道这是开玩笑，也不理睬。

一天晚上，他读《汉书》，读到第八卷将近一半时，发现一个用绢纱剪成的美人夹在书页里。他十分吃惊地自语道："书中颜如玉，莫非就以这个应验吗？"心中感到很失望。但仔细看这美人，却眉目有神，如同活人一样，再看背面，隐隐约约有两个小字："织女。"郎玉柱十分惊异，每天把美人放在书上，反复赏玩，以至忘了吃饭睡觉。

一天，他正凝神观看，美人忽然一弯腰，微笑着坐在书上。郎玉柱大吃一惊，连忙跪下就拜。等他站起来，美人已变得一尺多高。他更加害怕了，又跪下去叩头。美人从桌上下来，亭亭玉立，宛然一个绝代佳人。郎玉柱一边叩头一边问："你是什么神仙？"美人笑着说："我姓颜，名如玉，你本来早就知道了。承蒙你每天眷念，如果我不来一趟，恐怕千载以后再也没有相信古人的人了。"郎玉柱听了很高兴，就和她在一起生活。

枕席间虽然相亲相爱，但他却不知道如何去做丈夫所应当做的事。每当他读书的时候，必定让如玉在旁边陪伴。如玉劝他不要再读了，但他不听。如玉说："你所以不能飞黄腾达，就是因为读书的缘故。你看看榜上有名的人，像你这样用功读书的有几个？如果你还不听劝告，我就走了。"郎玉柱只好暂时服从。但过一会儿，他忘了如玉的话，又读起书来。

过了不久，寻找如玉，已不知她到什么地方去了。他像丢了魂似的跪在地上祷告，还是毫无踪影。忽然想起她原先隐藏的地方，便拿出《汉书》仔细翻检，直到第八卷原来的地方，果然找到了。叫她，一动也不动；跪在地上哀求祷告，如玉才走下来，说："如果你再不听，就永远和你断绝关系！"然后就叫他准备一些围棋、骨牌之类的玩具，每日和他游戏。但郎玉柱对这些东西毫无情趣，只要看到如玉不在，就偷偷拿起书来观看。又担心被如玉察觉，便暗中取出《汉书》第八卷，把它杂混在别的地方，使她迷路不知回去。

一天，他读书入了神，如玉来了竟没有察觉，等到发现了，急忙合上书，如玉已经没有踪影了。他十分害怕，翻遍了书，还是渺无踪迹，最后，还是在《汉书》第八卷中找到了，并且连页数都没有差错。他又跪拜祷告，发誓不再读书，如玉才走下来，同他下棋，并和他相约："三天以内下不好棋，我就还走。"

到了第三天，郎玉柱在一局中赢了她两个子儿，如玉才高兴起来。又教他弹琴，限他五天内弹好一支曲子。郎玉柱手眼专注，顾不上其他，终于能随手弹出十分和谐的曲调，更加感到欢欣鼓舞。这样，如玉就天天和他喝酒下棋，郎玉柱觉得乐在其中而忘了读书。如玉又怂恿他出门，结交朋友，从此郎玉柱风流洒脱的名声便很快著称于世。如玉对他说："现在你可以出去参加考试了。"

一天夜里，郎玉柱对如玉说："天下人男女同居就生孩子，我和你同居这么长时间，为什么不是这样呢？"如玉笑笑说："你每天读书，我早就说了没有用。你连夫妻生活方面的事都还不懂，枕席二字上还得下功夫。"郎玉柱惊奇地问："什么工夫？"如玉笑而不言。

过了一会儿，如玉主动诱导他，郎玉柱感到十分快乐，说："我没想到夫妻生活这样快乐，真是无法形容。"于是逢人就说他们夫妻之间的事，听见的人没有不捂着嘴笑的。如玉知道后责备他，郎玉柱说："钻洞翻墙偷人东西才不可以告人，天伦之乐，人所共有，有什么可以忌讳的！"

过了八九个月，如玉果然生一男孩，还雇了一个老妈子来照料抚养。一天，如玉对郎玉柱说："我跟你两年，已经替你生了儿子，现在可以走了。久住下去恐怕要给你招来灾祸，到那时后悔就晚了。"郎玉柱听说后，不禁泪下，跪在地上不起来，说："你难道不顾念孩子吗？"如玉听了也很悲伤，过了好久才说："如果一定要留我，就必须把书架上的书都扔掉。"郎玉柱说："这是你的老家，是我的性命，你怎么说出这种话！"如玉也不勉强他，只是说："我也知道凡事都有个定数，不得不预先告诉你。"

原来，郎玉柱的亲戚族人看到如玉，都感到很惊奇，可是又没有听说他跟谁家订过婚，便追问他。郎玉柱不会说假话，只好不吭声。人们更加怀疑，消息就到处传开了，最后传到知县史公的耳朵里。这姓史的是福建人，年纪很轻就中了进士，听到人们议论，便动了心，很想见一见这位美人，因而要抓他们夫妇俩。如玉听说后，逃得无影无踪。

知县大怒，把郎玉柱收监，革去他的秀才资格，并对他严刑拷打，一定要得到如玉的去处。郎玉柱险些被折磨死，但始终没有吐露一个字。知县又拷打他家的婢女，婢女也只能说一个大概的情况。知县认为如玉是妖精，便坐轿亲自到了郎玉柱家。发现他家满屋子都是书，无法查找，于是命令把书全部烧掉。庭院里浓烟滚滚，经久不散，昏暗得如同乌云密布，不见天日。

郎玉柱被释放后，跑了很远的路，求父亲的弟子写了一封信，才恢复了他的功名。这一年秋天乡试，他中了举人，第二年又中了进士。他对姓史的知县恨之入骨，为颜如玉立了个灵位，每天早晚祷告说："你如果在天有灵，保佑我到福建去做官。"

后来，他果然做了监察御史，以直指使的身份去福建巡察。在那里停留了三个月，查清了姓史的所做过的坏事，抄了他的家。当时郎玉柱的一个表弟当司理，他逼迫郎玉柱收了史知县的爱妾，伪称是替郎玉柱买的婢女暂时寄住在他的官署中。案子了结以后，郎玉柱立即上本，主动陈述了自己的过错，请求免职，带着史知县的爱妾回了家。

齐天大圣

　　许盛，兖人①。从兄成贾于闽，货未居积。客言大圣灵著②，将祷诸祠。盛未知大圣何神，与兄俱往。至则殿阁连蔓，穷极弘丽。入殿瞻仰，神猴首人身，盖齐天大圣孙悟空云③。诸客肃然起敬，无敢有惰容。盛素刚直，窃笑世俗之陋。众焚奠叩祝，盛潜去之。

齐天大圣

既归，兄责其慢。盛曰："孙悟空乃丘翁之寓言④，何遂诚信如此？如其有神，刀槊雷霆⑤，余自受之！"逆旅主人闻呼大圣名，皆摇手失色，若恐大圣闻。盛见其状，益哗辨之；听者皆掩耳而走。至夜，盛果病，头痛大作。或劝诣祠谢，盛不听。未几，头小愈，股又痛，竟夜生巨疽，连足尽肿，寝食俱废。兄代祷，迄无验。或言：神谴须自祝。盛卒不信。月馀，疮渐敛，而又一疽生，其痛倍苦。医来，以刀割腐肉，血溢盈碗；恐人神其词⑥，故忍而不呻。又月馀，始就平复。而兄又大病。盛曰："何如矣！敬神者亦复如是，足征余之疾，非由悟空也。"兄闻其言，益恚，谓神迁怒，责弟不为代祷。盛曰："兄弟犹手足。前日支体糜烂而不之祷；今岂以手足之病，而易吾守乎⑦？"但为延医到药⑧，而不从其祷。药下，兄暴毙。盛惨痛结于心腹，买棺殓兄已，投祠指神而数之曰⑨："兄病，谓汝迁怒，使我不能自白。倘尔有神，当令死者复生。余即北面称弟子⑩，不敢有异词；不然，当以汝处三清之法，还处汝身⑪，亦以破吾兄地下之惑。"至夜，梦一人招之去，入大圣祠，仰见大圣有怒色，责之曰："因汝无状⑫，以菩萨刀穿汝胫股；犹不自悔，啧有烦言⑬。本宜送拔舌狱⑭，念汝一生刚鲠⑮，姑置宥赦。汝兄病，乃汝以庸医夭其寿数，与人何尤？今不少施法力，益令狂妄者引为口实。"乃命青衣使清命于阎罗。青衣曰："三日后，鬼籍已报天庭，恐难为力。"神取方版⑯，命笔，不知何词，使青衣执之而去。良久乃返。成与俱来，并跪堂上。神问："何迟？"青衣曰："阎摩不敢擅专，又持大圣旨上咨斗宿⑰，是以来迟。"盛趋上拜谢神恩。神曰："可速与兄俱去。若能向善，当为汝福。"兄弟悲喜，相将俱归。醒而异之。急起，启材视之，兄果已苏，扶出，极感大圣力。盛由此诚服，信奉更倍于流俗。而兄弟资本，病中已耗其半；兄又未健，相对长愁。

一日，偶游郊郭，忽一褐衣人相之曰⑱："子何忧也？"盛方苦无所诉，因而备述其遭。褐衣人曰："有一佳境，暂往瞻瞩，亦足破闷。"问："何所？"但云："不远。"从之。出郭半里许，褐衣人曰："予有小术，顷刻可到。"因命以两手抱腰，略一点头，遂觉云生足下，腾踔而上⑲，不知几百由旬⑳。盛大惧，闭目不敢少启。顷之，曰："至矣。"忽见琉璃世界，光明异色，讶问："何处？"曰："天宫也。"

信步而行，上上益高㉑。遥见一叟，喜曰："适遇此老，子之福也！"举手相揖。叟邀过诸其所，烹茗献客；止两盏，殊不及盛。褐衣人曰："此吾弟子，千里行贾，敬造仙署，求少赠馈。"叟命僮出白石一桮㉒，状类雀卵，莹澈如冰，使盛自取之。盛念携归可作酒枚㉓，遂取其六。褐衣人以为过廉，代取六枚，付盛并裹之。嘱纳腰囊，拱手曰："足矣。"辞叟出，仍令附体而下，俄顷及地。盛稽首请示仙号。笑曰："适即所谓觔斗云也㉔。"盛恍然，悟为大圣，又求祐护。曰："适所会财星，赐利十二分㉕，何须他求。"盛又拜之，起视已渺。既归，喜而告兄。解取共视，则融入腰囊矣。后赍货而归，其利倍蓰。自此屡至闽，必祷大圣。他人之祷，时不甚验；盛所求无不应者。

异史氏曰："昔士人过寺，画琵琶于壁而去；比返，则其灵大著，香火相属焉㉖。天下事固不必实有其人；人灵之，则既灵焉矣。何以故？人心所聚，物或托焉耳。若盛之方鲠，固宜得神明之祐；岂真耳内绣针、毫毛能变，足下觔斗、碧落可升哉㉗！卒为邪惑，亦其见之不真也。"

【注释】

①兖：今山东省兖州市。

②灵著：灵异显著。

③齐天大圣：孙悟空，神魔小说《西游记》中的人物。孙悟空在花果山水帘洞，与天庭对抗，曾自封为"齐天大圣"。

④丘翁：指金元时道士丘处机。

⑤刀槊（朔）雷霆：犹言刀砍雷轰。槊，长矛。

⑥神其词：以神其说。指世人以盛之病而证实神人灵验之说。

⑦易吾守：改变我的操守。守，操守，此指不随俗祷神。

⑧剉（错）药：切药，犹言制药。剉，铡碎。

⑨数（署）：责数其罪。

⑩北面称弟子：意为甘心作信徒。旧时尊长南面而坐，幼者北面参谒。后拜人为师也称"北面"。

⑪"当以汝三清之法"二句：意谓以你处置三清圣像的办法来对待你。

⑫无状：无礼貌。

⑬啧（责）有烦言：意谓发生言语争执。

⑭拔舌狱：《西游记》第十一回，唐太宗入冥，在阴山后见到十八层地狱，其中有拔舌狱。

⑮刚鲠（耿）：刚正耿直。

⑯方版：木板。古时的简牍。

⑰斗宿：天上二十八星宿之一。此指南斗星、北斗星。迷信传说：南斗注生，北斗注死。故阎王请示南、北星斗。

⑱褐衣：贫贱者的服装。

⑲腾踔（戳）：腾跃。

⑳由旬：古代印度的长度单位，也作"俞旬"，为军行一日的路程。约为四十里，一说三十里。

㉑上上益高：意为越上越高。

㉒柈（盘）：盘、碟。

㉓酒枚：犹言酒筹，饮酒用以计数之具。

㉔觔斗云：跟斗云。

㉕赐利十二分：指得十二枚白石，为财星所赐的十二分利市。

㉖"昔人过寺"五句：《太平广记》卷三一五引《原化记》，谓昔有书生欲游吴地，道经江西，因阻风泊舟，闲步入寺，见僧房院开，旁有笔砚。书生善画，乃于房门素壁上画一琵琶，大小与真不异。画毕离去。僧归，见画，乃告村人曰："恐是五台山圣琵琶。"于是"遂为村人传说，礼施求福甚效。"后来，书生得知其事，甚为惭愧，乃回到僧寺，以水洗尽所画琵琶，"自是灵圣亦绝。"

㉗"若盛之方鲠"六句：意谓像许盛这样方正鲠直的人自应得到神灵的保护；

而并非真的如同孙悟空那样，具有神奇的本领。

【译文】

　　有一个人叫许盛，是兖州地方的人，跟着哥哥许成在福建地方做生意，没有买到货物。听客人讲大圣非常灵验，就到祠庙里去祈祷。许盛不晓得大圣是什么神仙，就和哥哥两个人都去了。

　　来到祠庙里，就看见殿阁连绵不断，特别雄伟壮丽。走进大殿里抬头一看，神像是猴子的脑袋人的身子，原来是齐天大圣孙悟空。所有的客人严肃地礼拜，谁也不敢不恭敬。大家烧香磕头祈祷，许盛竟然偷偷地离开了。

　　回来后，哥哥责备许盛对大圣没有礼貌。许盛说："孙悟空其实是丘公所写的寓言，为什么要这样虔诚信仰呢？假如它有神灵，用刀劈用雷击，我都心甘情愿！"店主人听见喊大圣的名字，都吓得脸色大变，急忙摆手，好像害怕大圣听见一样。许盛看见他们这样的表情，更加大声议论；听见的人都用手捂起耳朵走开了。

　　到了晚上，许盛突然间有病了，头疼痛得无法忍受。有人劝他到祠庙里去请罪，许盛没有听从。过了一会儿，许盛头疼稍稍好了一些，大腿又开始疼痛，一夜之间竟然长出了一个大毒疮，连脚都肿了起来，饭也吃不下觉也睡不好。哥哥替他去祈祷，也没有效果。有的人说："被神灵惩罚了就必须自己去祈祷。"许盛还是一直没有相信。

　　一个多月以后，疮慢慢地好了，可是又长出了一个毒疮，更加疼痛。找来医生，用刀子把腐烂的肉割掉，流出的鲜血足足有一碗。许盛害怕别人议论说他得罪了神灵，所以硬是忍着疼痛一声也不叫。

　　又过了一个多月，许盛的毒疮才愈合。可是哥哥又得了一场大病。许盛说："为什么会这个样子呢！尊敬神灵的也是如此，这就更能证明我之所以生病，不是由孙悟空所造成的。"哥哥听了他的话以后，更加恼怒，说是神灵生他的气，责备弟弟不替他去祷告。许盛说："兄弟如同手足。前几天我的大腿腐烂也没有去祈祷；

如今怎么会因为哥哥生了病，而改变了我所遵循的守则呢？"许盛只是为哥哥请来医生，买来治病的药，而没有遵照他哥哥说的话去替他祈祷。

吃完药以后，他的哥哥突然死去了。许盛悲恸欲绝，买了口棺材把哥哥装殓完以后，跑到祠庙面前用手指着神像责骂说："哥哥生的病，都是你怪罪的结果，让我不能清白。如果你真的有神灵，应该让死去的人重新活过来，我就面向北方做你的弟子，绝不食言。否则，你就用惩处三清的办法，使你自身受到处罚，也能够消除我哥哥在阴曹地府所受到的迷惑。"

到了晚上，许盛在梦中见到有一个人在叫他去，进入大圣祠里面。抬头看见大圣脸上有怒气。大圣责备他说："由于你不像个样子，才用菩萨刀穿你大腿，你自己还不知道悔改，又说了一些闲言秽语。本桌就应该把你打入到十八层地狱里的拔舌狱，看在你为人一生刚烈直爽，暂时宽恕了你。你哥哥生病死去，其实是你引来庸医让他折寿早早地死去，和别人又有什么相干？现在不去稍微施展一点儿法力，就更加为狂妄的人引为话柄。"然后就吩咐青衣使者去阎罗那里请命。

青衣使者说："人死去三天以后，鬼籍就已经把其报到天庭去了。只怕无能为力。"神像拿来一块方板，拿着笔在方板上面写字。不知道写的是什么话，让青衣使者拿去了。过了很长时间，青衣使者才返了回来，许盛也跟着他一起回来了，一起在殿堂上跪着。神像问："怎么回来得这么慢呢？"青衣使者分辩说："阎罗王不敢自作主张，又拿着大圣圣旨到上面请示斗宿，所以才回来得这么晚。"许盛立刻过去参拜神像。神像说："你可以立刻和你的哥哥回去了。假如能够从善积德，一定会赐给你福气。"兄弟俩又悲又喜，搀扶着一同回去了。

许盛醒过来，知道这是一场梦，觉得惊疑。他匆忙起身把棺材打开，一看哥哥确实已经醒过来了。他将哥哥从棺材里扶出来，深深感到大圣神通广大。从此，许盛诚心诚意地信奉大圣，超过了世俗的好几倍。可是兄弟两人的本钱，已经用了一大半来治病，现在哥哥的身体还没有恢复健康，两人相对坐着非常愁苦。

有一天，许盛偶尔在城边散步。忽然有一个身上穿着粗布衣服的人看着他说："你为了什么事情这样烦恼啊？"许盛正有苦没地方诉，所以就把他的遭遇详细地讲述了一遍。穿着粗布衣服的人说："有一个地方挺好的，你到那里去看一看，就能够把苦闷忧愁全部解除。"许盛问："那么是什么地方呢？"那个人只是说："不太远。"许盛就跟他一起去了。

走出城半里多地，穿着粗布衣服的人说："我施展一个小法术，一会儿就能到达。"然后就让许盛两只手把他的腰抱住，稍稍点了一下头，就感觉脚下生云，腾空而起，不知道走了几千里的路程。许盛非常恐惧，把眼睛闭上，一点儿也不敢睁开。不大一会儿，那个人说："已经到了。"忽然看见四处都是琉璃瓦的殿堂，五彩缤纷。许盛惊奇地问："这里是什么地方啊？"那人回答说："这儿是天上的宫殿。"他们缓缓前行，越走越高。看见在远处的地方有一位老人，那个人说："恰好碰到这位老人，真是你的运气啊！"举手向老人作揖问候。老人把他们邀请到住所，煮茶款待客人。可是只端上来两杯茶，根本没有在乎许盛。穿粗布衣服的人说："这是我的徒弟，千里迢迢来做生意。前来仙舍拜访，请求您能够赠送给他点什么东西。"老人让童子端出一盘白石，形状十分像雀蛋，清澈得就像冰一样，让许盛自己动手拿。许盛心里想，拿回去可以当酒枚，于是自己就拿了六个。穿粗布衣服的人认为许盛过于廉洁不贪心，替他又拿了六个，递给许盛让他一起包好，叮嘱装进腰间的钱袋里面，就拱了拱手说："够了。"辞别老人出来，依旧让许盛靠在他的身上下去，一会儿工夫就到了地上。许盛磕头询问他的仙号。穿粗布衣服的人笑着说："刚刚就是人们所说的翻筋斗云。"许盛才突然明白，此人就是孙大圣啊，就又请求他的佑护。穿粗布衣服的人说："刚才你所见到的神仙就是财星，赏赐给你十二分的利润，还有什么需求。"许盛又磕头参拜，起来一看人已经不见了。

回去之后，许盛高兴地把事情的经过跟哥哥说了。把钱袋解下来一起观看，白石已经融入腰间的钱袋里了。后来，用车把货物拉回到家乡，获得数倍的利润。从此，屡次到福建去，一定向孙大圣祈祷。别人的祈祷，经常不太灵验，许盛所求的事情没有一件不应验的。

青 蛙 神

【原文】

　　江汉之间①，俗事蛙神最虔②。祠中蛙不知几百千万③，有大如笼者。或犯神怒，家中辄有异兆：蛙游几榻，甚或攀缘滑壁不得堕，其状不一，此家当凶。人则大恐，斩牲禳祷之④，神喜则已。楚有薛昆生者⑤，幼惠，美姿容。六七岁时，有青衣媪至其家，自称神使，坐致神意，愿以女下嫁昆生⑥。薛翁性朴拙，雅不欲，辞以儿幼。虽故却之，而亦未敢议婚他姓。迟数年，昆生渐长，委禽于姜氏。神告姜曰："薛昆生，吾婿也，何得近禁脔⑦！"姜惧，反其仪⑧。薛翁忧之，洁牲往祷，自言不敢与神相匹偶。祝已，见肴酒中皆有巨蛆浮出，蠢然扰动；倾弃，谢罪而归。心益惧，亦姑听之。一日，昆生在途，有使者迎宣神命，苦邀移趾⑨。不得已，从与俱往。入一朱门，楼阁华好。有叟坐堂上，类七八十岁人。昆生伏谒。叟命曳起之，赐坐案傍。少间，婢媪集视，纷纭满侧。叟顾曰："人言薛郎至矣。"数婢奔去。移时，一媪率女郎出，年十六七，丽绝无俦。叟指曰："此小女十娘，自谓与君可称佳偶；君家尊乃以异类见拒。此自百年事⑩，父母止主其半⑪，是在君耳。"昆生目注十娘，心爱好之，默然不言。媪曰："我固知郎意良佳。请先归，当即送十娘往也。"昆生曰："诺。"趋归告翁。翁仓遽无所为计，乃授之词⑫，使返谢之⑬，昆生不肯行。方逡让间，今老舆已在门，青衣成群，而十娘入矣。上堂朝拜翁姑，见之皆喜。即夕合卺，琴瑟甚谐。由此神翁神媪，时降其家。视其衣，赤为喜，白为财，必见⑭，以故家日兴。

　　自婚于神，门堂藩溷皆蛙⑮，人无敢诉蹴之。惟昆生少年任性，喜则忌，怒则践毙，不甚爱惜。十娘虽谦驯⑯，但善怒，颇不善昆生所为；而昆生不以十娘故敛抑之[17]。十娘语侵昆生，昆生怒曰："岂以汝家翁媪能祸人耶？丈夫何畏蛙也！"十娘甚讳言"蛙"，闻之恚甚，曰："自妾入门，为汝家田增粟，贾益价[18]，亦复不少。今老幼皆已温饱，遂如鸮鸟生翼，欲啄母睛耶[19]！"昆生益愤曰："吾正嫌所增污秽，不堪贻子孙。请不如早别。"遂逐十娘。翁媪既闻之，十娘已去。呵昆生，使急往追复之。昆生盛气不屈。至夜，母子俱病，郁冒不食[20]。翁惧，负荆于祠，词义殷切[21]。过三日，病寻愈。十娘亦自至，夫妻欢好如初。

青蛙神

十娘日辄凝妆坐，不操女红②，昆生衣履，一委诸母。母一日忿曰："儿既娶，仍累媪！人家妇事姑，我家姑事妇！"十娘适闻之，负气登堂曰："儿妇朝侍食，暮问寝②③，事姑者，其道如何②④？所短者，不能齿佣钱，自作苦耳②⑤。"母无言，惭沮自哭②⑥。昆生入，见母涕痕，诘得故，怒责十娘。十娘执辨不相屈。昆生曰："娶妻不能承欢，不如勿有！便触老蛙怒，不过横灾死耳！"复出十娘。十娘亦怒，出门径去。次日，居舍灾②⑦，延烧数屋，几案床榻，悉为煨烬。昆生怒，诣祠责数曰："养女不能奉翁姑，略无庭训②⑧，而曲护其短！神者至公，有教人畏妇者耶！且盘盂相敲②⑨，皆臣所为③⓪，无所涉于父母。刀锯斧钺，即加臣身；如其不然，我亦焚汝居室，聊以相报。"言已，负薪殿下，热火欲举。居人集而哀之，始愤而归。父母闻之，大惧失色。至夜，神示梦于近村，使为婿家营宅。及明，贲材鸠工，共为昆生建造，辞之不止；日数百人相属于道，不数日，第舍一新，床幕器具悉备焉。修除甫竟，十娘已至，登堂谢过，言词温婉。转身向昆生展笑，举家变怨为喜。自此十娘性益和，居二年，无间言。

　　十娘最恶蛇，昆生戏函小蛇③①，绐使启之。十娘色变，诟昆生。昆生亦转笑生嗔，恶相抵。十娘曰："今番不待相迫逐，请从此绝。"遂出门去。薛翁大恐，杖昆生，请罪于神。幸不祸之，亦寂无音。积有年馀，昆生怀念十娘，颇自悔，窃诣神所哀十娘，迄无声应。未几，闻神以十娘字袁氏，中心失望，因亦求婚他族；而历相数家，并无如十娘者，于是益思十娘。往探袁氏，则已垩壁涤庭③②，候鱼轩矣③③。心愧愤不能自已，废食成疾。父母忧皇，不知所处。忽昏愦中有人抚之曰："大丈夫频欲断绝③④，又作此态！"开目，则十娘也。喜极，跃起曰："卿何来？"十娘曰："以轻薄人相待之礼③⑤，止宜从父命，另醮而去。固久受袁家采币，妾千思万思而不忍也。卜吉已在今夕③⑥，父又无颜反璧③⑦，妾亲携而置之矣。适出门，父走送曰：'痴婢！不听吾言，后受薛家凌虐，纵死亦勿归也！'"昆生感其义，为之流涕。家人皆喜，奔告翁媪。媪闻之，不待往朝，奔入子舍，执手呜泣。

　　由此昆生亦老成，不作恶谑③⑧，于是情好益笃。十娘曰："妾向以君儇薄，未必遂能相白首③⑨，故不欲留孽根于人世④⓪；今已靡他④①，妾将生子。"居无何，神翁

聊斋志异

图文珍藏版

神媪着朱袍，降临其家。次日，十娘临蓐，一举两男。由此往来无间。居民或犯神怒，辄先求昆生；乃使妇女辈盛妆入闺，朝拜十娘，十娘笑则解。薛氏苗裔甚繁[42]，人名之"薛蛙子家"。近人不敢呼，远人则呼之。

【注释】

①江汉之间：长江、汉水之间，指湖北地区。

②事：侍奉、崇奉。虔：虔诚。

③祠：指蛙神祠。

④牲：祭祀用的家畜。禳祷：祭祀祷告，祈求消灾。

⑤楚：古楚国最初都城在今湖北省境；这里泛指湖北地区。

⑥下嫁：公主出嫁称"下嫁"；这里指蛙神的女儿嫁于凡人。

⑦近禁脔（恋）：染指独占之物。

⑧反其仪：退还订婚财礼。

⑨苦邀移趾：苦苦要求他前往。移趾，请人走动的敬辞。

⑩百年事：指婚姻大事。

⑪止主其半：只能当一半家。主，做主。

⑫授之词：教他推托之词。

⑬谢：婉言推辞。

⑭必见：谓灵验必现。见，同"现"。

⑮藩溷（混）：厕所。

⑯谦驯：谦和温顺。

⑰敛抑之：收敛、克制自己的行为。

⑱田增粟，贾（古）益价：种田增产，经商增利。益，增。

⑲"鸮（消）鸟生翼"二句：比喻忘恩负义，以怨报德。鸮鸟，猫头鹰，旧传幼鸟羽翼长成，啄食母鸟眼睛而去，因以之喻恶人。

⑳郁冒：铸雪斋抄本作"郁胃"。疑为"郁瞀"，犹言郁闷。

㉑词义：指祝告的话语和情意。

㉒女红：也作"女功"，旧指妇女所做的针线活。

㉓朝侍食，暮问寝：犹言"昏定晨省"。这是旧时子妇侍奉翁姑的日常礼节。侍食，陪食于尊长。问寝，犹言问安，问尊者起居安否。

㉔道：指"妇道"。

㉕自作苦：犹言亲自辛勤干活。

㉖惭沮：此据铸雪斋抄本，原作"渐沮"。惭愧沮丧。

㉗灾：发生火灾。

㉘略无庭训：毫无家教。庭训，指父教。

㉙盘盂相敲：比喻家庭口角。盘和盂都是盆碗一类的食器。

㉚臣：古时与尊者谈话时的自我卑称。

㉛函：用匣子装着。

㉜垩（厄）壁涤庭：粉刷墙壁，清扫庭院。垩，粉刷。

㉝鱼轩：以兽皮为饰的车子，古时贵夫人所乘。

㉞频欲断绝：谓屡次想断绝夫妇恩义。

㉟轻薄人：没有情义的人；指薛生。

㊱卜吉：选定的吉日；指与袁家婚期。

㊲反璧：指退还聘礼。

㊳恶谑：恶作剧。谑，开玩笑。

㊴相白首：白头偕老。

㊵孽根：犹言孽根祸胎。此指儿女。

㊶靡他：无有他心。靡，无。

㊷苗裔：后代子孙。

聊斋志异

图文珍藏版

【译文】

在长江汉水之间，世人信奉青蛙神特别诚心诚意。不知道祠庙里的青蛙有几百万，大的青蛙有笼子那么大。假如有人冒犯了青蛙神，家里就会发生古怪的预兆：青蛙在桌子前和床下跳来跳去，就是有的青蛙爬在光滑的墙壁上也掉不下来，每个青蛙的形态都不相同，这户人家就会碰见凶险的事情，于是非常害怕，就杀猪宰羊来供奉蛙神，向蛙神祈祷，蛙神心情好了，这些奇怪的现象才消失。

湖北地方有一个人名字叫薛昆生，自小的时候就很聪明，长得潇洒。年龄在六七岁的时候，有一个身上穿着青色衣服的老太婆来到他的家里，自己说是蛙神的使者，坐下以后就传达了蛙神的圣旨，说蛙神愿意把自己的女儿嫁给薛昆生。薛昆生的父亲是一个诚实善良的人. 心里不同意这桩亲事，就借故儿子年龄还小为由推托了。虽然薛家拒绝了蛙神的婚事，可是也不敢和别人家定亲。

几年以后，薛昆生慢慢长大成人，和姓姜人家的女子定了亲。蛙神对姜家说："薛昆生是我的女婿，你怎么能够靠近他！"姜家非常恐慌，就把薛家的聘礼退回去了。

薛昆生的父亲很犯愁这件事情，就准备好干干净净的供品，到寺庙里去祈祷，说："我们不敢和神仙攀亲。"祈祷完毕，看见酒菜里有很多大的蛆虫浮上来，在杯盘里乱七八糟地爬行着。他急忙倒掉酒菜，请了罪回到家中。从此以后，薛昆生的父亲心里更加恐慌，也就只好暂时顺其自然了。

有一天，薛昆生正在路上走，蛙神的使者迎着他把蛙神的命令宣读一遍，并恳求他去一趟。薛昆生没有办法，就跟随使者去了。走进一扇红漆大门，里面楼阁壮观。大堂上坐着一个老翁，看上去有七八十岁。薛昆生跪在地上拜见，老翁吩咐仆人把他扶起来，让他坐在桌案的旁边。不大一会儿，丫鬟和老仆人们都来看望薛昆生，堂屋两侧立即就乱糟糟地挤满了人。老翁转过头说："赶紧进去回报，就说薛公子已经来了。"几个丫鬟立刻跑去。

一会儿工夫，有一个老妇人领着一位女子走进来，只见那女子年龄有十六七岁，长得非常美丽。老翁用手指着女子对昆生说："这就是我的小女儿十娘，我认为和你应该说是天生的一对；可是你的父亲因为不是同类而拒绝了。这是你的百年大事，父母只能替你做一半的主，这事情主要还得你自己拿定主意！"薛昆生聚精会神地盯着十娘看，心里非常喜欢她，只是没有说话。老妇人说："我就知道薛公子一定会同意的，请你先回家，我们马上把十娘送去。"薛昆生说："好吧。"

薛昆生马上回到家，把事情告诉了父亲。薛父一时间也没有什么好主意，就教儿子应该怎么说，让他返回去把这桩亲事谢绝，但是薛昆生却不愿意去。爷儿俩正在争吵的时候，送亲的车子已经来到了门前，穿着青色衣服的随从成群结队，而且十娘已经进入屋子里了。十娘到大堂去拜见薛昆生的父母，公婆见了以后都非常喜爱她。当天夜晚两个人就成了亲，夫妻两人感情非常和睦。

从此以后，十娘的父母经常来到薛家。如果看见他们身上穿的衣服是红色的，一定会带来喜事，如果是白色的就一定会带来钱财，而且一直都非常灵验，因此薛家越来越兴旺。

自从薛家和青蛙神结为亲戚，门口、堂屋、篱笆和厕所，到处都有青蛙，家里人没有一个敢唾骂或者用脚去踢踩那些青蛙的。只有薛昆生年少气盛，高兴时就躲开青蛙，生气时就随便用脚踩死，不爱惜。虽然十娘性情温顺，可是喜欢生气，她对薛昆生的行为非常不满；薛昆生却从不因为十娘而去控制自己。有一天，十娘为这件事说话时冒犯了薛昆生。薛昆生生气地说："难道倚仗你的父母就能够害人吗？大丈夫怎么能够惧怕青蛙呢？"十娘十分忌讳"蛙"字，听了这句话以后非常生气，说："自从我嫁给你以后，给你家田里的粮食增添了许多产量，生意增加利润，算起来也不少了。如今一家上上下下都能够吃饱穿暖，就像猫头鹰长翅膀一样，要把母鸡的眼睛啄掉吗！"薛昆生更加愤怒地说："我正嫌弃你给我们家增添的东西不清洁，不配把那些留给子孙后代。不如咱俩早点断绝关系。"于是薛昆生就赶走了十娘。

薛昆生的父母知道以后，十娘已经离开了。父母把薛昆生训斥了一顿，让他立刻去追回十娘。薛昆生正在气头上，不愿意屈服。到了夜晚，薛昆生母子都生了病，心里烦闷，一点儿东西也吃不下。薛昆生的父亲非常恐惧，到蛙神庙里去请罪祈祷，言辞非常诚恳。

三天以后，薛昆生母子的病情就好了。十娘自己也回来了，小夫妻俩又像以前一样和睦相处。每天十娘都是坐在那里梳洗打扮自己，不干家务活，薛昆生的衣服和鞋袜，全都让他母亲做。

有一天，母亲气愤地说："儿子已经娶了妻子，还要让他母亲受累！别人家的媳妇侍候婆婆，我们家却是婆婆侍候媳妇！"正好被十娘听见了，她生气地走进屋子里说："媳妇早上要侍奉您老人家吃饭，夜晚还要侍候您老人家睡觉，我侍候婆婆还有什么地方不周到吗？缺少的是不能把雇佣人的钱省下来，自己找苦吃而已。"婆婆没有再说什么，慢慢地觉得伤心，自己哭泣起来。正好赶上薛昆生走进屋子里。看见母亲的脸上有泪痕，就追问原因，愤愤地责备了十娘。十娘也分毫不让地和薛昆生辩论。薛昆生说："娶回妻子不能使老人高兴，还不如不娶！就是把老蛙惹怒，也只不过是碰上横祸死去而已！"然后又赶走十娘。十娘也非常恼怒，出门自己走了。

第二天，薛家的宅院着火了，连着烧毁了好几处房屋。桌子和椅子还有床等家具都化为灰烬。薛昆生非常生气，跑到蛙神庙指着蛙神骂道："你养的女儿无法侍候公婆，没有家教，你反而把她的短处袒护起来！神仙都应该是公正的，有让人害怕儿媳妇的神仙吗！更何况吵架，是我自己干的，和我爹娘没有关系。你就是用刀锯用斧砍，也应该施加在我的身上。假如不这样做，我也把你的房子烧掉，作为回报。"说完，就背来了很多木柴堆到殿堂的下面，准备点火。在附近居住的人们一起来苦苦地恳求他，薛昆生才气呼呼地回去了。

薛昆生的父母得知这件事情以后，脸色大变。到了夜晚，蛙神给附近村子里的人们托梦，让人们给他女婿家重新建造房屋。天明以后，附近村子里的人们真的就聚集材料和工匠，一同来为薛昆生家里建造房屋，薛昆生怎样谢绝也制止不住。天天都有好几百人在路上往来不断地给他家干活，没过几天，薛家的房屋崭新，就连床榻和帷帐等一些器具都准备得非常齐备。刚刚把房屋整理清扫完毕。十娘已经回到家里。她到堂屋里去拜见公婆，检讨了自己的过错，转过身子又向薛昆生微微地笑着，全家就变气愤为祥和。从此以后，十娘的性情更加柔和，两年的时间，也没有发生过口舌。

十娘非常害怕蛇，有一次薛昆生玩耍地用小盒子装回来一条小蛇，哄骗着让十娘把盒子打开。十娘打开一看是一条小蛇，脸色立刻大变，责骂薛昆生。薛昆生也生气了，冷言相对。十娘说："这一次用不着你赶我走，让我们从现在开始就恩断义绝！"说着就出门去。薛昆生的父亲知道以后非常害怕，打了薛昆生一顿，就又去向蛙神谢罪。幸好这一次没有降临灾难，但是十娘却始终没有音信。

一年多以后，薛昆生开始想念十娘，自己非常后悔，偷偷地到蛙神庙去苦苦地哀求十娘，可是，一直都没有回音。过了一段时间，听说蛙神已经把十娘许配给姓袁的人家了，薛昆生心里觉得失望，因此就向其他人家求婚；可是逐个地相看了好几家，并没有一人能够比得上十娘，于是就更加想念十娘。薛昆生到姓袁的人家去打听，人家正在粉刷墙壁，打扫收拾宅院，侍候送亲的车子来到。薛昆生心里既惭愧又生气，无法压抑自己，饭也不吃，生病了。父母很为他担心，也不知道如何是好。

忽然，薛昆生在昏迷的时候觉得有人在抚摸他并且说："大丈夫好几次都要和我一刀两断，怎么又装出一副如此模样！"昆生把眼睛睁开一看，是十娘。他非常高兴，跳了起来说："你是从什么地方来的？"十娘说："要是看你对待我的那种薄情寡义的态度，我就应该听从我父亲的命令，另外嫁给他人。其实我家早就已经接受了袁家的彩礼，可是我左思右想，始终忍不下心把你撇下然后嫁到别人家去。原来约定好成婚的日期就是今天夜晚，我父亲不好意思把彩礼退回去，我就自己把彩礼拿回放到他家了。我刚刚来的时候，我父亲追出来送我，还说：'傻姑娘！不听从我的话，如果你以后再被薛家侮辱，就是死了也不要再回来了！'"薛昆生被十娘的深情所打动，流下了热泪。家里人都非常高兴，立刻跑去告诉了薛父薛母。薛母知道这件事情以后，还没有等到儿媳前来拜见，就立刻跑到儿子的屋子里，拉起

聊斋志异

儿媳的手痛哭起来。

从此，昆生也变得很成熟稳重，再也不开过分的玩笑了，以后两个人的情感更加深厚。十娘说："我以前认为你是一个轻薄的人，跟你不一定能够白头偕老，所以没敢留下后代；如今已经没有什么顾虑了，我就要为你生下儿子了。"过了几天，十娘的父母身上穿着大红袍来到薛家。第二天，十娘就生育了，一胎生下两个男孩。从此两家就常常往来。百姓们如果谁家触犯到蛙神，总是先来请求薛昆生；又让女人打扮整齐地到十娘的屋子里，磕头拜见十娘。如果十娘微微一笑，灾难就消失了。

薛家的子孙后代非常多，大家都称他们家为"薛蛙子家"。但是附近的人谁也不敢这样称呼，只有远处的人才敢如此称呼。

青蛙神，经常托借巫师的嘴说话。巫师能够察看出青蛙神的喜怒：对信神的人说"喜了"，那就福到了；如果说"怒了"，妇女和孩子都坐在那里很苦恼地唉声叹气，甚至有的人连饭都吃不下。所流行的风俗习惯就是这样的吗？假如神确实灵验的话，不是很可笑吗？

有一个周某，是个富商，性情吝啬。当地的人们集钱来修造关圣祠，贫穷的和富裕的人们都出一些力量，只有周某一分钱也不拿。日子久了，钱不够工程无法建造，策划操办的人毫无办法。恰好赶上大家祭祀蛙神，忽然巫师说："周仓将军吩咐我这个小神来主持建祠资金的事情，你们把簿籍拿来。"大家按照巫师所说的做了。巫师说："已经捐完款的，不再逼迫了。还没有捐款的，自己量力而写捐赠的数目。"大家都很有礼貌地听从了他的命令，个个都写完了。巫师看了看大家说："周某在不在这里？"周某正在大家的后边混着，只怕让神看见，听完巫师的话脸色大变，脚步颤抖地走过去。巫师用手指着簿籍说："在簿籍上写捐银一百两。"周某更加为难。巫师生气地说："淫债你还能够拿出二百两，更何况这是在做好事呢！"原来周某和一个妇女私通，为了这件事情没有被抓，拿出二百两银子为自己赎了罪。这时把这件事情揭穿。周某更加羞愧难当，没有办法，依照巫师的吩咐写上了捐赠的数目。回到家以后，对妻子说了。妻子说："这是巫师在诈取而已。"巫师前来取钱，周某一直没给。

有一天中午，他正打算睡觉，忽然听见门外的喘息声像牛一样，抬头一看，竟然是一只很大的巨蛙，屋门只能容纳它的身子，走起路来脚步艰难缓慢，挤着两扇门进来了。已经进入屋子里，转过身子在地上卧着，用门槛把下颌担起，全家人都非常害怕。周某说："这一定是来要募金的。"焚香祈祷，同意先交纳三十两银，剩下的分几次再送去，巨蛙一动也没有动；请求先交纳五十两银，忽然蛙身一缩，小了一尺左右；又增加了二十两，蛙身更加缩小就像斗那样大；请求把募金全部交纳完毕，蛙身缩得像拳头那样大小，这才不慌不忙地走出去，走进墙缝里不见了。周某立刻拿出五十两银送到监造所里，大家都觉得非常奇怪，周某也没有说原因。

过了几天，巫师又说："周某尚欠五十两银，为什么不催促他全部交齐？"周某知道以后，非常害怕，又去送了十两，意思把这些交上就不想再交了。有一天，夫妻两人正在吃饭，巨蛙又来了，和前几日的情况相同，目光愤怒。不大一会儿，巨蛙就上床了，床就摇撼得像要倒塌。巨蛙把嘴放在了枕头上就睡觉，肚子鼓起就像卧着一头牛那样，把床的四个角都给占满了。周某非常害怕，马上就交够了一百两。再看巨蛙。依然一动也不动。

半天的时间，有很多小蛙慢慢地会集到来，第二天就更多了，钻进粮仓，登上床榻，没有一个地方没有的；比碗大的青蛙，爬到锅台上捉苍蝇吃，腐烂在锅里面，肮脏得不能够做饭。

到了第三天，厅堂里的小蛙乱糟糟密密麻麻，更是连一点空隙也没有了。一家人惊慌失措，没有办法，就去请教巫师。巫师说："这一定是嫌弃你拿出的钱财太少了。"于是周某就向蛙祈祷，就再一次拿出二十两，巨蛙才把头抬起来；于是周某又拿出钱，巨蛙就抬起一只脚；一直到拿出一百两，巨蛙的四只脚都抬起来，下了床走出屋门，笨重地走了几步，又返回来在门里面卧着。周某很恐慌，就请问巫师。巫师猜测巨蛙的意思，让周某马上拿出钱来。周某没有办法，把钱如数递到巫师的手里，巨蛙才离开。向前走了几步，巨蛙的身体猛然缩小，夹杂在群蛙当中，无法分辨，群蛙也就乱糟糟地慢慢散开了。

中华传世藏书

聊斋志异

图文珍藏版

关圣祠已经建工完毕，要塑一尊神像，需要一些金银。巫师忽然用手指着主持者说，某某人应该拿出多少金银。一共点了十五个人，只剩余两人。大家请求地说："我们和某某是相同的，都已经捐过钱了。"巫师说："我不是以穷富来决定交不交钱的，而是凭借你们平日搜刮占有的金银数目而定。这样的金银，不能用来添补自己，恐怕有天灾人祸，考虑到你们领头修建关圣祠，所以帮助你们消灾免祸。除了某某清廉没有贪婪以外，就是我家的巫师，我也不能够袒护他，就让他先把钱拿出来，给大家带个头。"说完以后就马上跑回家，翻箱倒柜。妻子追问他，也不回答，把所有的积蓄拿来了。巫师对大家说："某巫师偷偷地侵吞八两银子，如今已经让他把家里的金钱全部都拿出来了。"和大家一同称量银子的数量，得到的是六两多，让人把他所欠的数量记录下来。大家都非常惊讶，不敢继续辩解，都如数交纳出来。事后巫师自己还茫然不知，有人对他说了，他觉得非常羞愧，把衣服当掉用以补上所欠下的金银。只剩下两个人没有交纳他们所欠下的金银，有一个人病了有一个多月，有一个人脚底长出毒疮，所消耗的医药费，远远地超过所欠下的数目。大家认为是贪污的回报。

又

【原文】

青蛙神，往往托诸巫以为言。巫能察神嗔喜①：告诸信士曰"喜矣"②，福则至；"怒矣"，妇子坐愁叹，有废餐者。流俗然哉？抑神实灵，非尽妄也？

有富贾周某，性吝啬。会居人敛金修关圣祠，贫富皆与有力，独周一毛所不肯拔③。久之，工不就，首事者无所为谋④。适众赛蛙神⑤，巫忽言："周将军仓命小神司募政⑥，其取簿籍来。"众从之。巫曰："已捐者，不复强；未捐者，量力自注。"众唯唯敬听，各注已。巫视曰："周某在此否？"周方混迹其后，惟恐神知，闻之失色，次且而前⑦。巫指籍曰："注金百。"周益窘。巫怒曰："淫债尚酬二百，况好事耶！"盖周私一妇，为夫掩执，以金二百自赎，故讦之也⑧。周益惭惧，不得已，如命注之。既归，告妻。妻曰："此巫之诈耳。"巫屡索，卒弗与。一日，方昼寝，忽闻门外如牛喘。视之，则一巨蛙，室门仅容其身，步履蹇缓，塞两扉而入。既入，转身卧，以阈承颔⑨，举家尽惊。周曰："此必讨募金也。"焚香而祝，愿先纳三十，其馀以次赍送，蛙不动；请纳五十，身忽一缩，小尺许；又加二十，益缩如斗；请全纳，缩如拳，从容出，入墙罅而去。周急以五十金送监造所，人皆异之，周亦不言其故。

积数日，巫又言："周某欠金五十，何不催并？"周闻之，惧，又送十金，意将以此完结。一日，夫妇方食，蛙又至，如前状，目作努。少间，登其床，床摇撼欲倾；加喙于枕而眠，腹隆起如卧牛，四隅皆满。周惧，即完百数与之。验之，仍不少动。半日间，小蛙渐集，次日益多，穴仓登榻，无处不至；大于碗者，升灶啜蝇，糜烂釜中，以致秽不可食；至三日，庭中蠢蠢⑩，更无隙处。一家皇骇，不知计之所出。不得已，请教于巫。巫曰："此必少之也。"遂祝之，益以廿金，首始举；又益之，起一足；直至百金，四足尽起，下床出门，狼犹数步，复返身卧门内。周惧，问巫。巫揣其意，欲周即解囊。周无奈，如数付巫，蛙乃行，数步外，身暴缩，杂众蛙中，不可辨认，纷纷然亦渐散矣。

祠既成，开光祭赛⑪，更有所需。巫忽指首事者曰："某宜出如干数。"共十五人，止遗二人。众祝曰："吾等与某某，已同捐过。"巫曰："我不以贫富为有无，但以汝等所侵渔之数为多寡⑫。此等金钱，不可自肥，恐有横灾飞祸。念汝等首事勤劳，故代汝消之也。除某某廉正无苟且外⑬，即我家巫，我亦不少私之，便令先出，以为众倡。"即奔入家，搜括箱椟。妻问之，亦不答，尽卷囊蓄而出，告众曰："某私克银八两，今使倾囊。"与众衡之，秤得六两馀，使人志其欠数。众愕然，不敢置辨，悉如数纳入。巫过此茫不自知；或告之，大惭，质衣以盈之。惟二人亏其数，事既毕，一人病月馀，一人患疔疽，医药之费，浮于所欠⑭，人以为私克之报云。

异史氏曰："老蛙司募，无不可与为善之人，其胜刺钉拖索者⑮，不既多乎？又发监守之盗⑯，而消其灾，则其现威猛，正其行慈悲也。"

【注释】

①嗔喜：犹言喜怒。嗔，怒。

②信士：佛教称在家信奉佛教的信男为信士。此泛指信奉蛙神者。

③一毛所不肯拔：喻极端吝啬。

④首事者：指倡议者或主持者。

⑤赛：祭。

⑥周将军仓：即周仓，传说为三国时蜀国关羽的部将，旧时小说、戏曲多演其事。关圣祠中有其塑像，持大刀立于关羽像后。司募政：主持募集建祠资金之事。

⑦次且：同"趑趄"。脚步不稳。

⑧讦：揭其隐私。

⑨阈（玉）：门槛。

⑩蠢蠢：蠕动、杂乱。此指小蛙密集。

⑪开光祭赛：指对新塑神像首次祭祀。开光，佛家语，佛像塑就后，择日致礼供奉，称"开光"，也称"开眼"或"开眼供养"。

⑫侵渔之数：指侵吞修祠之款项。

⑬苟且：不守礼法。此谓侵渔贪污。

⑭浮于所欠：超出欠数。

⑮刺钉拖索：谓官府酷刑追索逋欠。刺，刺剟，以铁刺之

⑯发监守之盗：揭露监守自盗者的贪污行为，指揭发巫者等人私克公银。

【译文】

青蛙神往往附在巫师身上说话。这种巫师能察辨神的喜怒，他若是告诉信仰者说"神高兴了"，这人就福气临门；若是说"神生气了"，这人老婆孩子都发愁叹气，坐等祸从天降，甚至有吓得吃不下饭的。这是迷信习俗造成的呢，还是蛙神确实灵验，不全是虚假的呢？

有个富商周某，生性吝啬。一次当地居民集资修建关帝庙，不论贫富都参与出了力，唯独周某一毛不拔。过了好久，工程不能完工，发起人束手无策。这时正好群众举行祭祀蛙神的仪式，巫师忽然被蛙神附体，说道："周仓将军命令我主管修庙的募捐事务，快拿过募捐簿来。"众人照办了。巫师说："已经捐过的，不再勉强；没捐过的，量力自己写明认捐的数目。"众人都恭敬地听命，各自写毕。巫师看着众人说："周某在这里吗？"周某这时正混在人群后面，唯恐被蛙神知道，听见喊他，变了脸色，磨磨蹭蹭走上前来。巫师指着簿子对他说："写上捐银一百两。"周某更加窘急。巫师生气地说："你淫债还付了二百两，何况好事呢！"原来周某和一个妇人通奸，被她丈夫捉住，化了二百两银子才饶了他，所以蛙神揭他的阴私。周某更加羞惭恐惧，没办法，只好遵命写上。回家以后，告诉了妻子。妻子说："这是巫师骗人的鬼话罢了。"巫师屡次来催讨捐款，周某始终不肯给。

一天，周某正睡午觉，忽听得门外好像有牛的喘气声。起来一看，是一只巨大的青蛙，大门刚够容下它的身子，爬得很慢很艰难，从两扇门里挤了进来。进来后，转身卧下，把下巴枕在门槛上，全家都很惊恐。周某说："一定是来讨捐款的。"就焚香祷告，情愿先交三十两，其余的以后陆续送交，巨蛙动都不动；请求先交五十两，巨蛙身体忽然一缩，小了一尺左右；再加二十两，更缩小到斗来大小；请求全部交纳，那蛙缩小到如同拳头大小，慢悠悠地出去，钻进墙缝里走了。周某赶紧拿五十两银子送交监造的地方，人们都奇怪他怎么慷慨起来了，周某也不说破其中缘故。

图文珍藏版

过了几天，巫师又说了："周某欠银五十两，为何不去催讨？"周某听说了，很害怕，又送去十两银子，打算就此了结。一天，周某夫妻俩正在吃饭，巨蛙又来了，像上次那样，眼睛凸出发着怒。稍过片刻，巨蛙爬上他家的床，床摇摇晃晃差一点给压倒。巨蛙把嘴巴搁在枕头上睡下，肚子鼓起如同躺着的牛，床的四角全占满了。周某害怕，当即把欠款全部交纳。再看那巨蛙，仍然动都不动。半天工夫，有许多小蛙渐渐聚集拢来，第二天更多，钻进仓库，爬上床榻，无处不到。有些比碗还大的，爬上灶台捉苍蝇吃，有的就掉到锅里被煮得稀烂，以致锅中食物臭秽不能食用。到第三天，庭院中到处都是蠢蠢爬动的青蛙，再没有一点空隙。全家惶恐不安，不知所措。没办法，周某只好向巫师请教。巫师说："这一定是嫌少。"于是周某就向蛙神祷告，情愿再增捐二十两银子，巨蛙的头才抬起来；再增加，巨蛙移动一只脚；直增加到一百两，巨蛙四脚都动了，下床出门，笨拙地爬了几步，又回过身来躺在门里。周某害怕，问巫师这是为什么。巫师猜测巨蛙的意思，是要周某当场交款。周某无可奈何，只好把银子如数付给巫师，巨蛙才走。爬出几步，身子猛然缩小，混杂在众多的小蛙中，分辨不出了；乱纷纷的无数小蛙也逐渐散去了。

关帝庙落成以后，要举行神像揭幕祭祀仪式，还需要一笔经费。巫师忽然又被蛙神附体，指着发起人说："某甲应该出若干，某乙应该出若干。"发起人共十五个，只剩下两个人没指到。被指到的这些人向蛙神祷告说："我们和那两个人，已经一同捐过了。"巫师说："我不是根据你们家境贫富决定你们该捐不该捐，只根据你们侵吞贪污的数目决定该拿出多少。这种钱，不能私吞，否则怕有飞来横祸。考虑到你们发起主持建庙很勤劳，所以代你们消灾！除了某某二人公正廉洁毫无所私外，就是我家巫师，我也一点不包庇他，就叫他先出，给大家做个榜样。"巫师说完，就奔进家中，倒箱倒柜。妻子问他，他也不回答，卷了所有的积蓄来到门外，对众宣告说："巫师某人，私自克扣八两银子，现在让他拿出全部积蓄。"说完就和众人一起拿秤称，称下来有六两多，叫人记下他还欠多少。那几个人都怔住了，不敢争辩，都按蛙神指出的数目交纳。巫师过后一点也不知道，有人告诉了他，他非常惭愧，当掉了农服来交足数目。只有两个人亏欠了应交的数目，事情完结以后，一个人病了一月多，另一个人生了疔疮，花的医药费用，比他欠的钱还多，人们认为这是他们私吞捐款的报应。

异史氏说：老蛙主持募捐，没有不参与行善的人，这比刺铁钉拖铁索的不是强得多了吗？又揭发经办人员的贪污，而让他们以退赔来消灾。这样看来，它显示威力，正是在慈悲啊！

任　秀

【原文】

任建之，鱼台人①，贩毡裘为业②。竭资赴陕。途中逢一人，自言："申竹亭，宿迁人③。"话言投契，盟为弟昆，行止与俱。至陕，任病不起，申善视之。积十馀日，疾大渐④。谓申曰："吾家故无恒产，八口衣食，皆恃一人犯霜露⑤。今不幸，殂谢异域。君，我手足也，两千里外，更有谁何！囊金二百馀金，一半君自取之，为我小备殓具，剩者可助资斧；其半寄吾妻子，俾辇吾榇而归。如肯携残骸旋故里，则装资勿计矣。"乃扶枕为书付申，至夕而卒。申以五六金为市薄材，殓已。主人催其移榇⑥，申托寻寺观，竟遁不反。任家年馀方得确耗。任子秀时年十七，方从师读，由此废学，欲往寻父柩。母怜其幼，秀哀涕欲死，遂典资治任，俾老仆佐之行，半年始还。殡后，家贫如洗。幸秀聪颖，释服，入鱼台泮⑦。而佻达善博，母教戒綦严，卒不改。一日，文宗案临，试居四等⑧。母愤泣不食。秀惭惧，对母自矢。于是闭户年馀，遂以优等食饩⑨。母劝令设帐，而人终以其荡无检幅⑩，咸诮薄之。

有表叔张某，贾京师，劝使赴都，愿携与俱，不耗其资。秀喜，从之。至临清⑪，泊舟关外⑫。时盐航舣集⑬，帆樯如林。卧后，闻水声人声，聒耳不寐。更既静，忽闻邻舟骰声清越⑭，入耳萦心，不觉旧技复痒。窃听诸客，皆已酣寝，囊中自备千文，思欲过舟一戏。潜起解囊，捉钱踟蹰，回思母训，即复束置。既睡，心怔忡，苦不得眠；又起，又解：如是者三。兴勃发，不可复忍，携钱径去。至邻舟，则见两人对赌，钱注丰美⑮。置钱几上，即求入局。二人喜，即与共掷。秀大胜。一客钱尽，即以巨金质舟主，渐以十馀贯作孤注⑯。赌方酣，又有一人登舟来，

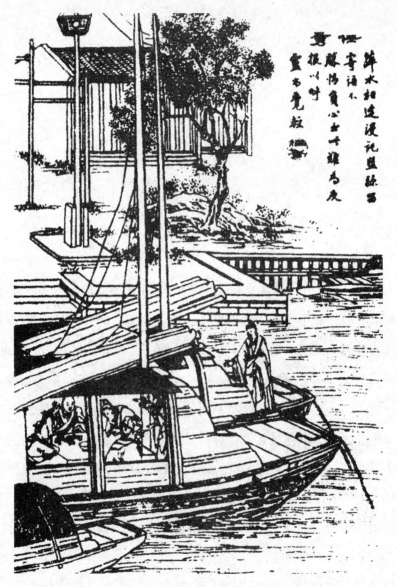

任秀

眈视良久[17]，亦倾囊出百金质主人，入局共博。张中夜醒，觉秀不在舟，闻骰声，心知之，因诣邻舟，欲挠沮之。至，则秀胯侧积资如山[18]，乃不复言，负钱数千而返。呼诸客并起，往来移运，尚存十馀千。未几，三客俱败，一舟之钱尽空。客欲赌金[19]，而秀欲已盈，故托非钱不博以难之。张在侧，又促逼令归。三客燥急。舟主利其盆头[20]，转贷他舟，得百馀千。客得钱，赌更豪；无何，又尽归秀。天已曙，放晓关矣，共运资而返。三客亦去。主人视所质二百馀金，尽箔灰耳[21]。大惊，寻至秀舟，告以故，欲取偿于秀。及问姓名、里居，知为建之之子，缩颈羞汗而退。过访榜人，乃知主人即申竹亭也。

秀至陕时，亦颇闻其姓字；至此鬼已报之，故不复追其前郄矣[22]。乃以资与张合业而北，终岁获息倍蓰[23]。遂援例入监[24]。益权子母[25]，十年间，财雄一方。

【注释】

①鱼台：今山东省鱼台县。

②毡裘：毛毡、裘皮。

③宿迁：今江苏省宿迁市，距鱼台县较近。

④大渐：即病危。渐，剧。

⑤犯霜露：冒霜露，形容旅途艰辛。

⑥椟（慧）：小而薄的棺木。

⑦入鱼台泮：考入鱼台县学。指为县学生员。

⑧试居四等：试，指岁试。清代科举制度，各省学政在三年的任职期间，要巡回所属府州县学，考试生员，称岁试或岁考。清初，岁考成绩分为六等。一二等与三等前列者赏，四等以下者罚。

⑨以优等食饩（西）：以成绩优异补选为廪生。清代岁试，一等前列者，可补廪生。饩，廪饩，官府支付的生活补助。

⑩荡无检幅：行为放荡，不自检束。检幅，检点约束。幅，边幅，范围。

⑪临清：今山东省临清市。为当时运河的重要码头。

⑫泊舟关外：停船于关卡之外。

⑬盐航：盐船。舣：泊舟。

⑭骰（头）声：掷骰子的声音。骰，骰子，一种赌具。也称"色子"。

⑮钱注：赌注。注，用为赌博的财物。

⑯贯：穿制钱用的绳子，一千文为一贯。孤注：倾其所有以为赌注。

⑰眈视：贪婪地注视着。

⑱胯侧：指臀股之旁。胯，股，大腿。

⑲赌金：指以白银作赌注。

⑳盆头：掷骰子时，赢者抽头交给赌具主人，俗称"打头钱"。盆，掷盆，赌具。

㉑箔灰：箔锞的灰烬。箔，一种涂金属粉的烧纸，旧时焚烧以为冥钱。

㉒前郤（戏）：过去的嫌隙，冤仇。郤，通"隙"，嫌隙。

㉓倍蓰（徒）：加倍。

㉔援例入监：根据条例纳资取得监生资格。监，国子监。

㉕权子母：以资本经商或放债生息，称权子母。

【译文】

任建之，山东鱼台县人，以贩卖皮货为生。他带了全部资本到陕西去，路上遇到一个人，自称"申竹亭，江苏宿迁人"。二人谈得很投机，就拜为把兄弟，结伴同行。到了陕西，任建之得病卧床不起，申竹亭很好地照看他。过了十几天，任建之病危，对申竹亭说："我家原没有田产，一家八个人吃穿，全靠我一人在外奔波。现在我不幸将死在异乡。你，是我的把兄弟，离家两千里外。还能指望谁呢！我钱袋中有二百多两银子，一半你自己收下。替我简单地置备棺木，剩下的就算给你添点旅费吧。另一半请你寄给我的妻儿，让他们来把我的棺材运回故乡。如果你肯把我的尸骨送回故乡，那袋中的银子就全归你支配了。"说完卧在枕头上写了遗书交给申竹亭，到晚上就死了。申竹亭仅用五六两银子给任建之买了口薄皮棺材，收殓完毕，旅馆主人催他搬走，申竹亭借口去寻寄放棺材的寺庙，竟然逃走不回来了。

任家一年多后才得知确实的凶讯。任建之的儿子任秀，这时十七岁，正跟着老师读书，因此中止了学业，要去寻找父亲的灵柩。母亲因为他年龄小舍不得，任秀哭得死去活来，就典当了衣物为他筹措盘费，并叫老仆人一路上照应他，半年才回来。

把父亲殡葬以后，家里穷得一无所有。辛亏任秀很聪明，守孝期满后，考中了秀才，进了鱼台县学。但任秀为人轻浮放荡，精通赌博，尽管母亲管教得很严，但他始终不改，一次，主管全省科举的学使大人降临，考核秀才，任秀考了第四等，不及格。母亲气得哭泣不吃饭。任秀又惭愧又害怕，在母亲面前发誓改过。于是闭门读书一年多，终于考了优等，升为吃官粮的高级秀才。母亲劝他办私塾当老师，但人们还是认为他放荡不检点，都讥笑轻视他，没人请他。

任秀有个表叔张某，在京城做买卖，劝他去首都并愿意带他一起去，不花他的钱。任秀很高兴，就同意了。他们到了山东临清，把船停在城关外。当时在此停泊的盐船很多，桅杆如林。任秀睡下后，只听得一阵阵水声人声，闹得人睡不着。更深人静后，忽听得邻船掷骰子的声音清清楚楚飘过来，钻进耳朵，萦绕心头，不由得手又痒了。悄悄听同船乘客动静，都已睡熟，钱袋中他自己备有一千文钱，想要到邻船去耍一耍。偷偷起来解开钱袋，抓着钱犹豫不决，回想起母亲的教诲，就又把钱袋缚好放下。睡下后，又心思不定，怎么也睡不着。于是又起来，又解钱袋，这样反复三次。终于赌兴大发，再也忍不住了，拿了钱就过去。

到了邻船，看见有两个人在对赌，作赌注的铜钱又多又好。任秀把钱放在桌上，就请求加入赌局。那二人很高兴，就和他一起掷。任秀大胜。其中一个赌客铜钱输光了，就拿出一大锭银子向船主兑换成铜钱继续赌，赌注渐渐增加到一次输赢十几贯钱。赌得正起劲，又有一人上船来，盯着观看了很久，也倒空钱袋拿出一百两银子向船主换成铜钱，参加进去一起赌。

张表叔半夜醒来，发觉任秀不在船上，又听到骰子声，知道任秀去赌钱了，就来到邻船，想要阻止他。到了邻船，看到任秀腿边赢的钱堆得像山一样，就不再开口，背了几千钱回到自己船上。又把同船的客商都叫起来，帮着来回搬钱，还剩下十几千。

不久，那三个赌客都输了，船上全部铜钱都输给了任秀。三个赌客想要赌银子，而任秀的欲望已经满足，就故意借口不是铜钱不赌来刁难他们。张表叔在一旁又催逼着他回去。三个赌客又气又急。船主贪图多抽头钱，就向别的船上转兑了一百多千铜钱。三个赌客得了铜钱，赌注下得更大了。没多久，这些钱又都归了任秀。这时天已亮，早晨开关放船了，任秀和表叔一起把钱搬运回船，那三个赌客也各自离去。

船主人查看那三个赌客兑换给他的二百多两银子，都是些烧给鬼的锡箔灰而已。他大为吃惊，寻到任秀船上，把这情况告诉他，想要从任秀这儿取得赔偿。等到一问任秀的姓名、籍贯，知道他是任建之的儿子，不由得缩紧了脖子，羞愧得直冒汗，退下了。任秀去向船夫打听，才知道那船主人就是申竹亭。任秀当初到陕西时，也曾大概听说过他的名字；现在鬼已经报复了他，也就不再追究他从前的罪责了。于是任秀用这笔钱和张表叔合伙北上做生意，到年底获得了好几倍的利润。他就按照条例捐钱取得了国子监监生的资格。此后他更加经营求利，十年之间，财富成为一方之冠。

晚　　霞

【原文】

五月五日，吴越间有斗龙舟之戏^①。刳木为龙^②，绘鳞甲，饰以金碧^③；上为雕

薨朱槛④；帆旌皆以锦绣。舟末为龙尾，高丈馀，以布索引木板下垂，有童坐板上，颠倒滚跌，作诸巧剧；下临江水，险危欲堕。故其购是童也，先以金啗其父母⑤，预调驯之⑥，堕水而死，勿悔也。吴门则载美姬⑦，较不同耳。

晚霞

镇江有蒋氏童阿端，方七岁，便捷奇巧，莫能过，声价益起，十六岁犹用之。至金山下⑧，堕水死。蒋媪止此子，哀鸣而已。阿端不自知死，有两人导去，见水中别有天地；回视，则流波四绕，屹如壁立。俄入宫殿，见一人兜牟坐⑨。两人曰："此龙窝君也。"便使拜伏。龙窝君颜色和霁，曰："阿端伎巧可入柳条部。"遂引至一所，广殿四合。趋上东廊，有诸少年出与为礼，率十三四岁。即有老妪来，众呼解姥。坐令献技。已，乃教以钱塘飞霆之舞，洞庭和风之乐⑩。但闻鼓钲喤聒，诸院皆响；既而诸院皆息。姥恐阿端不能即娴，独絮絮调拨之⑪；而阿端一过，殊已了了。姥喜曰："得此儿，不让晚霞矣！"

明日，龙窝君按部⑫，诸部毕集。首按夜叉部：鬼面鱼服⑬；鸣大钲，围四尺许；鼓可四人合抱之，声如巨霆，叫噪不复可闻。舞起，则巨涛汹涌，横流空际，时堕一点星光，及着地消灭。龙窝君急止之，命进乳莺部：皆二八姝丽，笙乐细作，一时清风习习，波声俱静，水渐凝如水晶世界，上下通明。按毕，俱退立西墀下。次按燕子部：皆垂髫人⑭，内一女郎，年十四五已来，振袖倾鬟，作散花舞⑮；翩翩翔起，衿袖袜履间，皆出五色花朵，随风飐下，飘泊满庭。舞毕，随其部亦下西墀。阿端旁睨，雅爱好之。问之同部，即晚霞也。无何，唤柳条部。龙窝君特试阿端。端作前舞，喜怒随腔，俯仰中节⑯。龙窝君嘉其惠悟⑰，赐五文袴褶⑱，鱼须金束发⑲，上嵌夜光珠。阿端拜赐下，亦趋西墀，各守其伍⑳。端于众中遥注晚霞，晚霞亦遥注之。少间，端逡巡出部而北，晚霞亦渐出部而南；相去数武，而法严不敢乱部，相视神驰而已㉑。既按蛱蝶部：童男女皆双舞，身长短、年大小、服色黄白，皆取诸同㉒。诸部按已，鱼贯而出㉓。柳条在燕子部后，端疾出部前，而晚霞已缓滞在后。回首见端，故遗珊瑚钗，端急内袖中。

既归，凝思成疾，眠餐顿废。解姥辄进甘旨，日三四省，抚摩殷切，病不少瘥。姥忧之，罔所为计，曰："吴江王寿期已促㉔，且为奈何！"薄暮，一童子来，坐榻上与语，自言隶蛱蝶部。从容问曰："君病为晚霞否？"端惊问："何知？"笑曰："晚霞亦如君耳。"端凄然起坐，便求方计㉕。童问："尚能步否？"答云："勉强尚能自力。"童挽出，南启一户；折而西，又辟双扉。见莲花数十亩，皆生平地上；叶大如席，花大如盖[26]，落瓣堆梗下盈尺。童引入其中，曰："姑坐此。"遂去。少时，一美人拨莲花而入，则晚霞也。相见惊喜，各道相思，略述生平。遂以石压荷盖令侧，雅可幛蔽；又匀铺莲瓣而藉之，忻与狎寝。既，订后约，日以夕阳为候，乃别。端归，病亦寻愈。由此两人日一会于莲亩。

过数日，随龙窝君往寿吴江王。称寿已，诸部悉还，独留晚霞及乳莺部一人在宫中教舞。数月，更无音耗，端怅望若失。惟解姥日往来吴江府；端托晚霞为外妹[27]，求携去，冀一见之。留吴江门下数日，宫禁森严，晚霞苦不得出，怏怏而返。积月馀，痴想欲绝。一日，解姥入，戚然相吊曰："惜乎！晚霞投江矣！"端大骇，涕下不能自止。因毁冠裂服[28]，藏金珠而出，意欲相从俱死。但见江水若壁，以首力触不得入。念欲复还，惧问冠服，罪将增重。意计穷蹙，汗流浃踵。忽睹壁下有大树一章，乃猱攀而上[29]，渐至端杪；猛力跃堕，幸不沾濡，而竟已浮水上。不意之中，恍睹人世，遂飘然泅去。移时，得岸，少坐江滨，顿思老母，遂趁舟而去。抵里，四顾居庐，忽如隔世。次且至家[30]，忽闻窗中有女子曰："汝子来矣。"音声甚似晚霞。俄，与母俱出，果霞。斯时两人喜胜于悲；而媪则悲疑惊喜，万状俱作矣。

初，晚霞在吴江，觉腹中震动，龙宫法禁严，恐旦夕身娩，横遭挞楚；又不得一见阿端，但欲求死，遂潜投江水。身泛起，沉浮波中，有客舟拯之，问其居里。晚霞故吴名妓，溺水不得其尸。自念衏院不可复投[31]，遂曰："镇江蒋氏，吾婿也。"客因代贯扁舟[32]，送诸其家。蒋媪疑其错误，女自言不误，因以其情详告媪。媪以其风格韵妙，颇爱悦之；第虑年太少，必非肯终寡也者。而女孝谨，顾家中贫，便脱珍饰售数万。媪察其志无他，良喜。然无子，恐一旦临蓐，不见信于戚里，以谋女。女曰："母但得真孙，何必求人知。"媪亦安之。会端至，女喜不自已。媪亦疑儿不死；阴发儿冢，骸骨具存。因以此诘端。端始爽然自悟[33]；然恐晚霞恶其非人，嘱母勿复言。母然之。遂告同里，以为当日所得非儿尸，然终虑其不能生子。未几，竟举一男，捉之无异常儿[34]，始悦。久之，女渐觉阿端非人，乃曰："胡不早言！凡鬼衣龙宫衣，七七魂魄坚凝[35]，生人不殊矣。若得宫中龙角胶，可以续骨节而生肌肤，惜不早购之也。"

端货其珠，有贾胡出资百万㊱，家由此巨富。值母寿，夫妻歌舞称觞㊲，遂传闻王邸。王欲强夺晚霞。端惧，见王自陈："夫妇皆鬼。"验之无影而信，遂不之夺。但遣宫人就别院传其技。女以龟溺毁容㊳，而后见之。教三月，终不能尽其技而去。

【注释】

①吴越间：古代吴国和越国所辖地区。指今江苏、浙江一带。

②刳（枯）木：将整木挖空。

③金碧：指金黄色和青绿色的油彩。

④雕甍（盟）朱槛：雕饰的屋脊和红色的栏杆。指龙舟上的轩宇。甍，屋脊。

⑤啖：收买。

⑥调驯：训练使之娴熟。

⑦吴门：古吴县的别称，即今苏州市。因其地为春秋时吴都，故称。

⑧金山：在今江苏省镇江市西北的长江中，后沙涨成陆，现已与南岸相连。

⑨兜牟：头盔，古称"胄"。这里指戴着头盔。

⑩"钱塘飞霆之舞"二句：均是作者虚拟的舞乐。

⑪絮絮：唠唠叨叨地讲个不休。调拨：指点、教导。

⑫按部：检查各部。按，审查，查验。

⑬鬼面鱼服：着假面，佩鱼服。鱼服，用鱼的皮革做成的箭袋。

⑭垂髫：此指女子未笄前之发式；不束发，头发下垂。

⑮散花舞：天女散花之舞。

⑯"喜怒随腔"二句：谓其喜怒表情随着乐曲内容而变化；舞蹈动作按照音乐节拍而展开。腔，声腔。节，音乐的节奏。

⑰惠悟：聪明过人，领悟较快。惠，通"慧"。

⑱五文袴褶（习）：五彩的军服。五文，五彩。袴褶，古时一种裤子连着上衣的军服。

⑲鱼须金束发：鱼须形金丝所制的束发。束发，童子束发为髻的饰物。

⑳各守其伍：各自保持队形。

㉑神驰：神往，心意向往。

㉒皆取诸同：皆选取同样的。

㉓鱼贯：首尾相连，一个接着一个。

㉔寿期已促：祝寿的日期已近。促，迫近。

㉕方计：解决的办法。

㉖盖：伞。

㉗托：托辞。外妹：表妹。又，同母异父之妹，也称外妹。

㉘毁冠裂服：指阿端把所着龙宫中的衣冠脱下撕毁。

㉙猱（挠）攀：像猿猴那样攀缘而上。猱，猿类。

㉚次且：同"趑趄"，行走困难的样子。

㉛俖（杭）院：即"行院"；妓院。

㉜赁（士）：雇用。扁（偏）舟：小船。

㉝爽然：清醒的样子。

㉞捉：抚抱。

㉟七七魂魄坚凝：经过七七四十九天，飘忽的魂魄就能坚实地凝聚起来。

㊱贾（古）胡：做买卖的胡人，指外国商人。

㊲称觞：举杯敬酒；指祝寿。

㊳龟溺：龟尿。据说龟尿玷污肌肤不易脱落。毁容：弄丑自己的容貌。

【译文】

五月五日端午节，江浙一带有赛龙船的娱乐：用木料制成龙形船身，画上鳞甲，装饰得金碧辉煌；上部是红漆雕花的船楼，船帆旌旗都用锦绣制成；船末是龙尾，高一丈多，用布绳吊着木板挂在半空，有童子坐在板上，翻倒滚跌，做各种惊险巧妙的动作。下临江水，又高又险，好像要掉下去似的。所以主人在雇用这种童子时，先用金钱打动他们的父母，然后预先训练他们；如果落水而死，不得反悔。苏州的风俗则是在船上载美妓，有些不同

镇江有个姓蒋的童子叫阿端，才七岁，敏捷灵巧谁也比不上，声价越来越高。十六岁人家还雇用他，船到金山脚下，失手落水而死，蒋母只有这个儿子，也只好哀哭而已。

阿端落水以后，不知道自己已经死了，有两个人领他去，只见水中另有天地；回头看，则流水环绕，如同墙壁似的屹立着。不一会进入一座宫殿，见一人戴着头盔坐着。那两个人说："这就是龙窝君。"就让阿端跪拜。龙窝君神色温和，说："阿端技艺精巧，可以加入柳条班。"就有人把阿端带到一个地方，四面都有宽广的殿堂。走上东边走廊，就有若干少年出来跟他见礼，都才十三四岁模样。随即有个老婆婆走来，众人都称她解姥姥。坐下叫阿端表演技艺，然后就教给他"钱塘飞霆""洞庭和风"等音乐舞蹈。只听得锣鼓喧天，各院落都响起音乐声。后来各院都平静下来，唯独解姥姥怕阿端不能马上熟练，还在絮絮叨叨点拨调教他；而阿端只练一遍，心里就清清楚楚。解姥姥高兴地说："有了这孩子，不逊于晚霞了！"

第二天，龙窝君考查各个歌舞班，各班都到齐了。首先考查夜叉班：都戴着鬼面具，穿着鱼皮服；敲的大锣圆径有四尺多，大鼓要四人才能合抱，声如巨雷，大喊大叫也不再听得清；舞蹈开始，立刻巨浪汹涌，从空中横流而过，不时坠落一点星光，着地就灭了。龙窝君急忙命他们停止。接着命令幼莺班上场：全是十五六岁的美女，吹奏起幽雁的笙乐，一时清风习习，波平声静，江水渐渐凝固，宛如水晶世界，上下一片晶莹透彻。考查完，都退下立在西边台阶下。再下来考查燕子班，都是些尚未成年的女孩子，其中一个姑娘，年龄在十四五岁以内，舞动长袖，低倾云鬟，跳起了"散花舞"；只见她翩翩飞起，襟袖鞋袜之间，都散出各种颜色的花朵，随风飘下，洒满堂前。舞毕，随着她的班也退到了西边台阶下。阿端在一旁看

着，心里非常爱慕她。问同班的伙伴，才知道她就是晚霞。不一会，传柳条班。龙窝君特地考查阿端，阿端就跳了昨天解姥姥教的舞蹈，表情随着旋律时喜时怒，动作和着节奏忽高忽低。龙窝君对他的聪明伶俐非常赞赏，赐给他一套五彩花纹的衣裤，一副鱼须状的金抹额，上边还嵌有夜明珠。阿端拜谢后退下，也来到西台阶下。各人都站在各自的队伍中。阿端在人群中远远地注视着晚霞，晚霞也远远地注视着他。过了一会，阿端慢慢地挨到了自己队伍的最北头，晚霞也渐渐地凑到了本班的最南头。二人相距只有几步，但因为法令很严，不敢混淆队伍，只是互相对看着神驰意往而已。接着又考查蝴蝶班：全都是童男童女，双双起舞，每一对舞伴的身材高矮、年龄大小、服装颜色都是一样的。全部考查完毕后，各班首尾相接一一退出。柳条班在燕子班后面，阿端快步挤到本班最前面，而晚霞已落在自己班的最后。她回头看见阿端，故意掉下一支珊瑚钗，阿端急忙拾起藏在袖中。

回班以后，阿端一心思念晚霞得了病，不想吃不想睡。解姥姥给他送来好吃的，一天来看望他三四回，亲切地抚摸安慰他，但阿端的病毫无起色。解姥姥为此犯了愁，又毫无办法，说："吴江王的寿辰马上就要到了，这可怎么办呢!"傍晚，有一个童子走来，坐在床边和阿端说话，自我介绍说："我是蝴蝶班的。"他显得随随便便地问："你的病是不是为了晚霞?"阿端惊讶地问："你怎么知道的?"童子笑着说："晚霞也像你一样病了。"阿端伤心地坐起来，就求童子想办法。童子问："你还能走路吗?"阿端说："勉强还能自己走动。"童子就搀他出去，往南打开一扇便门，转向西，又推开一道院门。只见几十亩荷花，都生在平地上，荷叶大如席子，荷花大如伞，坠落的花瓣堆积在花梗下有一尺多厚。童子把阿端领到荷花中，说："你暂且在这儿坐一会儿。"说完就走了。少停，一个美人拨开荷花丛进来，是晚霞。二人相见又惊又喜，互相诉说了相思之情，简单介绍了各自的生平。就用石头压住荷叶使它侧立起来，很能遮住身体，又把花瓣均匀地铺在地上作为褥垫，欣喜地相与亲热睡觉。完后又约定以后相会，每天以夕阳西下为准，这才分手。阿端回到班里，病很快就好了。从此两个人每天在荷花地里相会一次。

过了几天，随龙窝君前去给吴江王祝寿。祝寿演出完毕，各个班都回来了，唯独留下了晚霞和幼莺班的一个人在吴江王宫中教舞蹈，好几个月都没有音讯，阿端满心惆怅，失魂落魄。只有解姥姥每天到吴江王府打个来回，阿端假称晚霞是自己的表妹，央求解姥姥把自己带去，希望能见上一面。在吴江王门下逗留了几天，王宫禁令森严，晚霞苦于不能出来，阿端只得懊丧地回去。又一个多月下来，阿端痴痴想着晚霞，想得要死。一天，解姥姥进来，悲伤地安慰阿端说："可惜！晚霞投江自尽了！"阿端大惊，泪水忍不住夺眶而出。他就撕毁了衣帽，身藏金抹额、夜明珠出宫，想要跟随晚霞一起去死。只见江水如同墙壁，用头使劲撞也撞不进去。想要重新回宫，又怕追问起衣帽来，罪加一等。走投无路，急得汗流到脚跟。忽然看见水壁下有一棵大树，他就像猴子一般爬上去，渐渐爬到树梢，猛一用力，向外跳下，幸而身体并不沾湿，竟然已经浮在水面上了。阿端出乎意料之外又恍然看到了人间，就随波游去，过了些时候，上了岸。他在江边坐了片刻，顿时想起老娘，就搭了便船回去。到了家乡，看着四周的房屋，忽忽如有隔世之感。蹒跚着回到家里，忽听得窗里有女子的声音说道："你儿子来了！"声音很像是晚霞。马上，一个女子和他母亲一起迎了出来，果然是晚霞。这时两个人不禁喜胜于悲；而老娘则悲、疑、惊、喜，无数表情都交织到一起了。

当初，晚霞在吴江王宫里，发觉腹中胎儿在动。龙宫法规极严，晚霞唯恐一旦分娩，横遭毒打，又不能见阿端一面，只求一死，就偷偷跳入江水。身子漂在江面上，随波沉浮。有条客船把她救起来，问她家乡住处。晚霞本是苏州名妓，当初落水后找不到她尸体。这时她暗自考虑，不能再跳进妓院这个火坑，就说："镇江蒋某，是我丈夫。"船上旅客就代她雇了条小船，把她送到蒋家。蒋母怀疑她弄错了，晚霞自己说没错，就把情况详细告诉了蒋母。蒋母因为她风姿美妙，很喜爱她，只是担心她年纪太轻，一定是不肯守寡到底的。但晚霞孝顺谨慎，看到家里很穷，就脱下自己珍贵的首饰卖了几万钱供家用。蒋母看清她并没有再嫁的念头，很欢喜。但自己没有儿子，怕一旦分娩，亲戚邻里都不会相信，就和她商量办法。晚霞说："妈妈只要得到的是真孙子，何必求人家了解呢？"蒋母也就安心了。

这时正好阿端回来了，晚霞高兴得不得了。蒋母也疑心儿子没有死，私下挖开儿子的坟墓，尸骨都还在。蒋母就拿这件事询问阿端。阿端这才恍然明白自己早已死了。但他怕晚霞厌恶自己不是人，就嘱咐母亲不要再说。母亲认为对，就告诉乡邻们说，当初捞上来的不是儿子的尸体。但终究还是担心鬼不能生孩子。不久，晚霞竟生了一个男孩，抱在手里跟正常婴儿没什么两样。蒋母这才不愁了。时间长了，晚霞渐渐察觉阿端不是人，就说："你为什么不早说呢！凡是鬼穿了龙宫的衣服以后，经过七七四十九天，魂魄就坚固地凝聚不散，跟活人没什么两样了。如果有龙宫中的龙角胶，可以把尸骨的骨节粘接起来，生出肌肉皮肤，可惜当初没有买一点。"阿端把他的夜明珠卖了，有个西域胡商出价一百万，蒋家因此大富。一次，正逢母亲寿辰，阿端夫妻俩载歌载舞敬酒祝寿。这事传到王爷府中，王爷想要用武力夺走晚霞。阿端很害怕，就去见王爷自述："我们夫妻俩都是鬼。"王爷查验他，果然没有影子，信了，就不来抢晚霞了，只是派遣宫女到偏院向晚霞学舞蹈艺术。晚霞用龟尿毁了自己的容貌，然后去见王爷。教了三个月，宫女们始终不能完全学到她的舞技，她也就回去了。

白　秋　练

【原文】

　　直隶有慕生，小字蟾宫，商人慕小寰之子。聪惠喜读。年十六，翁以文业迂①，使去而学贾，从父至楚。每舟中无事，辄便吟诵。抵武昌，父留居逆旅，守其居积②。生乘父出，执卷哦诗③，音节铿锵。辄见窗影幢幢，似有人窃听之，而亦未之异也。一夕，翁赴饮，久不归，生吟益苦。有人徘徊窗外，月映甚悉。怪之，遽出窥觇，则十五六倾城之姝④。望见生，急避去。又二三日，载货北旋，暮泊湖滨。父适他出，有媪入曰："郎君杀吾女矣！"生惊问之，答云："妾白姓。有息女秋

中华传世藏书

聊斋志异

图文珍藏版

练⑤，颇解文字。言在郡城⑥，得听清吟⑦，于今结想，至绝眠餐。意欲附为婚姻，不得复拒。"生心实爱好，第虑父嗔，因直以情告。媪不实信，务要盟约⑧。生不肯。媪怒曰："人世姻好，有求委禽而不得者。今老身自媒，反不见内，耻孰甚焉！请勿想北渡矣！"遂去。少间，父归，善其词以告之，隐冀垂纳⑨。而父以涉远，又薄女子之怀春也⑩，笑置之。

泊舟处，水深没棹；夜忽沙碛拥起⑪，舟滞不得动。湖中每岁客舟必有留住守洲者⑫，至次年桃花水溢⑬，他货未至，舟中物当百倍于原直也，以故翁未甚忧怪。独计明岁南来，尚须揭资⑭，于是留子自归。生窃喜，悔不诘媪居里。日既暮，媪与一婢扶女郎至，展衣卧诸榻上，向生曰："人病至此，莫高枕作无事者⑮！"遂去。生初闻而惊；移灯视女，则病态含娇，秋波自流。略致讯诘，嫣然微笑。生强其一语。曰："'为郎憔悴却羞郎'，可为妾咏⑯。"生狂喜，欲近就之，而怜其荏弱。探手于怀，接胸为戏⑰。女不觉欢然展謔⑱，乃曰："君为妾三吟王建'罗衣叶叶'之作⑲，病当愈。"生从其言。甫两过，女揽衣起坐曰："妾愈矣！"再读，则娇颤相和。生神志益飞，遂灭烛共寝。女未曙已起，曰："老母将至矣。"未几，媪果至。见女凝妆欢坐，不觉欣慰；邀女去，女俯首不语。媪即自去，曰："汝乐与郎君戏，亦自任也。"于是生始研问居止⑳。女曰："妾与君不过倾盖之交㉑，婚嫁尚不可必，何须令知家门。"然两人互相爱悦，要誓良坚。女一夜早起挑灯，忽开卷凄然泪莹，生急起问之。女曰："阿翁行且至㉒。我两人事，妾适以卷卜㉓，展之得李益《江南曲》㉔，词意非祥。"生慰解之，曰："首句'嫁得瞿塘贾'，即已大吉，何不祥之与有！"女乃少欢，起身作别曰："暂请分手，天明则千人指视矣。"生把臂哽咽，问："好事如谐，何处可以相报？"曰："妾常使人侦探之，谐否无不闻也。"生将下舟送之，女力辞而去。无何，媪果至。生渐吐其情。父疑其招妓，怒加诟厉。细审舟中财物，并无亏损，谯呵乃已。一夕，翁不在舟，女忽至，相见依依，莫知决策。女曰："低昂有数㉕，且图目前。姑留君两月，再商行止。"临别，以吟声作为相会之约。由此值翁他出，遂高吟，则女自至。四月行尽，物价失时㉖，诸贾无策，敛资祷湖神之庙。端阳后㉗，雨水大至，舟始通。

生既归，凝思成疾。慕忧之，巫医并进^㉒。生私告母曰："病非药禳可痊^㉙，惟有秋练至耳。"翁初怒之；久之，支离益惫^㉚，始惧，赁车载子，复入楚，泊舟故处。访居人，并无知白媪者。会有媪操柁湖滨^㉛，即出自任。翁登其舟，窥见秋练，心窃喜，而审诘邦族，则浮家泛宅而已^㉜。因实告子病由，冀女登舟，姑以解其沉痼^㉝。媪以婚无成约，弗许。女露半面，殷殷窥听^㉞，闻两人言，眦泪欲堕。媪视女面，因翁哀请，即亦许之。至夜，翁出，女果至，就榻呜泣曰："昔年妾状，今到君耶！此中况味，要不可不使君知。然羸顿如此，急切何能便瘳？妾请为君一吟。"生亦喜。女亦吟王建前作。生曰："此卿心事，医二人何得效？然闻卿声，神已爽矣。试为我吟'杨柳千条尽向西'^㉟。"女从之。生赞曰："快哉！卿昔诵诗馀^㊱，有《采莲子》云^㊲：'菡萏香连十顷陂^㊳。'心尚未忘，烦一曼声度之^㊴。"女又从之。甫阕^㊵，生跃起曰："小生何尝病哉！"遂相狎抱，沉疴若失。既而问："父见媪何词？事得谐否？"女已察知翁意，直对"不谐"。既而女去，父来，见生已起，喜甚，但慰勉之。因曰："女子良佳。然自总角时^㊶，把柁欋歌^㊷，无论微贱，抑亦不贞。"生不语。翁既出，女复来，生述父意。女曰："妾窥之审矣：天下事，愈急则愈远，愈迎则愈拒^㊸。当使意自转，反相求。"生问计，女曰："凡商贾之志在利耳。妾有术知物价。适视舟中物，并无少息^㊹。为我告翁：居某物，利三之；某物，十之。归家，妾言验，则妾为佳妇矣。再来时，君十八，妾十七，相欢有日，何忧为！"生以所言物价告父。父颇不信，姑以馀资半从其教。既归，所自置货，资本大亏；幸少从女言，得厚息，略相准^㊺。以是服秋练之神。生益夸张之，谓女自言，能使己富。翁于是益揭资而南。至湖，数日不见白媪；过数日，始见其泊舟柳下，因委禽焉。媪悉不受，但涓吉送女过舟。翁另赁一舟，为子合卺。女乃使翁益南，所应居货，悉籍付之^㊻。媪乃邀婿去，家于其舟。翁三月而返。物至楚，价已倍蓰^㊼。将归，女求载湖水。既归，每食必加少许，如用醯酱焉^㊽。由是每南行，必为致数坛而归。

后三四年，举一子。一日，涕泣思归。翁乃偕子及妇俱如楚。至湖，不知媪之所在。女扣舷呼母，神形丧失^㊾。促生沿湖问讯。会有钓鲟鳇者^㊿，得白鳍⁽⁵¹⁾。生近视之，巨物也，形全类人，乳阴毕具。奇之，归以告女。女大骇，谓凤有放生愿[32]，嘱生赎放之。生往商钓者，钓者索直昂。女曰："妾在君家，谋金不下巨万，区区者何遂靳直也！如必不从，妾即投湖水死耳！"生惧，不敢告父，盗金赎放之。既返，不见女，搜之不得，更尽始至。问："何往？"曰："适至母所。"问："母何在？"觍然曰："今不得不实告矣：适所赎，即妾母也。向在洞庭，龙君命司行

白秋练

旅⁵³。近宫中欲选嫔妃，妾被浮言者所称道，遂敕妾母，坐相索。妾母实奏之。龙君不听，放母于南滨⁵⁴，饿欲死，故罢前难。今难虽免，而罚未释。君如爱妾，代祷真君可免⁵⁵。如以异类见憎，请以儿掷还君。妾自去，龙宫之奉，未必不百倍君家也。"生大惊，虑真君不可得见。女曰："明日未刻⁵⁶，真君当至。见有跛道士，急拜之，入水亦从之。真君喜文士，必合怜允。"乃出鱼腹绫一方，曰："如问所求，即出此，求书一'免'字。"生如言候之。果有道士蹩躠而至⁵⁷，生伏拜之。道士急走，生从其后。道士以杖投水，跃登其上。生竟从之而登，则非杖也，舟也。又拜之。道士问："何求?"生出罗求书⁵⁸。道士展视曰："此白骥翼也，子何遇之?"蟾宫不敢隐，详陈颠末。道士笑曰："此物殊风雅⁵⁹，老龙何得荒淫!"遂出笔草书"免"字，如符形，返舟令下。则见道士踏杖浮行. 顷刻已渺。归舟，女喜，但嘱勿泄于父母。

归后二三年，翁南游，数月不归。湖水既罄，久待不至。女遂病，日夜喘急，嘱曰："如妾死，勿瘗，当于卯、午、酉三时⁶⁰，一吟杜甫梦李白诗⁶¹，死当不朽。候水至，倾注盆内，闭门缓妾衣，抱入浸之，宜得活。"喘息数日，奄然遂毙。后半月，慕翁至，生急如其教，浸一时许⁶²，渐甦。自是每思南旋。后翁死，生从其意，迁于楚。

【注释】

① 以文业迂：认为读书科举不实用。文业，指举业。迂，不切实际。

② 居积：囤积的货物。

③ 哦：吟唱。

④ 倾城：形容女子极其美丽。

⑤ 息女：亲生女。

⑥ 郡城：此指武昌。

⑦ 清吟：对别人吟诵的敬称。

⑧务要（邀）盟约：坚持逼使对方缔结婚约。要，要挟。

⑨"善其词"二句：意谓把老媪的激烈话语说得委婉一些，希望父亲能够同意。垂纳，俯就采纳。

⑩薄：鄙视。怀春：指少女思婚嫁。

⑪沙碛（弃）：浅水中的沙石。

⑫洲：露出水面的沙洲。

⑬桃花水：即"桃花汛"。

⑭揭资：指措办资金。揭，持，负。

⑮高枕：高枕而卧，表示无所忧虑。

⑯"为郎憔悴却羞郎"二句：意谓此一诗句，恰能表达我的心情。此用唐代元稹《莺莺传》中的诗句。

⑰接脻（颔）：接吻。脻，口下肉，指下唇。

⑱展谑：露出喜悦的神情。

⑲王建"罗衣叶叶"之作：唐代诗人王建《宫词》："罗衣叶叶绣重重，金凤银鹅各一丛。每遍舞时分两向，太平万岁字当中。"这里盖取其"太平万岁"的吉言，以促病愈。

⑳居止：住处。

㉑倾盖之交：偶然相遇的朋友；喻短暂的会晤。倾盖，谓途中相遇，停车而语，车盖相接。盖，车盖，形如伞。

㉒阿翁：对丈夫的父亲的称呼。

㉓卷卜：信手翻阅书卷某一页，就其内容占卜吉凶。卷，书。

㉔李益《江南曲》：写的是商人之妻对丈夫的思念。白秋练着眼于诗意的感伤离别，所以说"词意非祥"。慕生解此诗，却着眼于"嫁得瞿塘贾"一句，所以认为这是"大吉"。

㉕低昂有数：成败都有定数；意谓听天由命。

㉖物价失时：指舟行受阻，某些季节性的货物就失去了高价出售的时机。

㉗端阳：端阳节，即阴历五月初五日。

㉘巫医并进：求神消灾和医药治疗同时进行。

㉙药禳：医药和祈祷。

㉚支离：衰残瘦弱的病体。

㉛操柁：驾船。柁，同"舵"。

㉜浮家泛宅：飘泊无定的水上人家。

㉝沉痼：经久难治的疾病。

㉞殷殷：忧伤的样子。

㉟杨柳千条尽向西：唐代诗人刘方平《代春怨》诗："朝日残莺伴妾啼，开帘只见草萋萋。庭前时有东风入，杨柳千条尽向西。"

㊱诗馀：词的别名。

㊲采莲子：词调名，四句二十八字。

㊳菡萏（翰淡）香连十顷波：唐诗人皇甫松《采莲子》词："菡萏香连十顷陂，小姑贪戏采莲迟。晚来弄水船头湿，更脱红裙裹鸭儿。"连，据皇甫松原词改，原作"莲"。

㊴曼声度之：拖长声音歌唱它。度，按谱歌唱。

㊵甫阕：刚唱完。阕，乐终。

㊶总角：指童年。古时男女未成年，束发为两结，形状如角，故称总角。

㊷櫂（照）歌：古乐府有《櫂歌行》。这里指摇船唱歌。櫂，船桨。

㊸"愈急则愈远"二句：谓急于求成，则愈加困难。急，着急、性急。迎，接近，迎合。

㊹少息：微利。

㊺相准：相抵。

㊻籍付之：登记在簿籍上交给慕翁。

㊼倍蓰：《孟子·滕文公》上："夫物之不齐，物之情也。或相倍蓰，或相什百，或相千万。"五倍为"蓰"。

㊽醯（西）：醋。

㊾神形丧失：惊惶变色；形容极度惊慌。

㊿鲟鳇（巡皇）：鱼名，长二三丈，无鳞，状似鲟鱼而背有甲骨。

51白鱀：即白鳍豚，也称淡水海豚，产于我国长江中下游一带，是我国特有的水生兽类。嘴狭长，有背鳍。背部呈蓝色，腹部白色。

52放生愿：谓对神灵许下的放生心愿。放生，释放被捕捉的生物，是佛教所提倡的善举。

53司行旅：管理行旅客商。

54放：放逐，流放。

55真君：道家对修仙得道者的尊称。

56未刻：相当于现在下午一时至三时。

57蹩躄（别泄）：走路一瘸一拐。

58罗：绫罗，指"鱼腹绫"。

59此物：指白鱀。

60卯、午、酉三时：指早晨、中午、晚上。卯时，指上午五时至七时。午时，指上午十一时至下午一时。酉，指下午五时至七时。

61杜甫梦李白诗：李白晚年遭到流放，杜甫写成《梦李白二首》表示对李白不幸遭遇的深切怀念。

62一时许：一个时辰左右。

【译文】

　　河北有个慕生，小名蟾宫，是商人慕小寰的儿子。聪明，爱读书。十六岁那年，老人认为舞文弄墨不切实用，让他放弃学业去学做买卖，跟父亲来到湖北。在船上每当没事，他就吟诗诵文。到了武昌，父亲把他留在栈房里，看守采购的货物。他趁父亲外出，拿起书本吟诵诗篇，音节铿锵有力。就见窗外人影晃动，像是有人偷听，他也并不以为奇怪。有一夜，父亲外出赴宴，很久没回来，慕生吟诵得更用功。这时有人在窗外徘徊，月光把人影映在窗上，非常清晰。慕生觉得奇怪，出其不意出外探看，原来是个十五六岁极其美貌的姑娘。望见慕生，急忙躲开了。

又过了两三天，慕家父子载着货物北归，晚上船停泊在湖滨。父亲正好到别处去，有个老大娘进船舱说："郎君害死我女儿了。"慕生吃惊地问她怎么回事，大娘说："我家姓白，有个女儿叫秋练，很懂一点文章。说在武昌城里，听到你清雅的吟诗声，到现在还想念不止，以至不想睡不想吃。想高攀你结为婚姻，你可不能拒绝。"慕生心里其实很爱慕那姑娘，只是顾虑父亲责怪，就把这苦衷向老大娘直说了。老大娘不信，一定要他订下婚约。慕生不肯。老大娘生气地说："人世间的婚姻，有人想求女方同意还求不来。现在我老太婆自己上门求亲，反而被你拒绝，还有比这更丢脸的吗！你别想渡湖北上了！"说完就去了。

过了一会，父亲回来了。慕生尽量拣好话说，把这事告诉了父亲，暗暗希望父亲同意这门亲事。但父亲因为路隔得远，又看不起那姑娘急于找男人，笑笑就把这事丢开了。

他们停船的地方，水深没过了船橹。当天夜里，湖底的沙石忽然涨起，把船搁浅住了，动弹不得。湖中每年必有商船搁浅在沙洲上的，到第二年春天桃花汛发，那时别人的货物还没运到，过冬船上的货物就会比原价增值百倍，所以慕翁也不怎么担忧和奇怪。只是考虑到明年南来，还要增加资金，于是留下儿子，独自回乡。慕生暗暗高兴，后悔没有问明老大娘的住址。

天黑以后，老大娘和一个丫鬟搀扶着那姑娘来了，让她宽衣睡在床上。老大娘向慕生说道："人家病成这样，郎君别像没事人一样高枕无忧！"就走了。慕生初听吃了一惊，拿过灯来看那姑娘，只见病态之中含着娇羞，晶莹的眼睛像秋波流动。慕生略微问了她几句，她妩媚地微笑着不说话。慕生缠着要她说话，姑娘就说："'为郎憔悴却羞郎'，《会真记》里崔莺莺赠张生的诗，真可以说是为我写的。"慕生高兴得发狂，就想和她亲热，但又怜惜她太虚弱了。就把手伸进她怀里，和她接吻调笑。姑娘不禁欢笑着也开起玩笑来，就说道："你为我吟诵三遍唐朝王建'罗衣层层'那首诗，我的病就会好。"慕生就按她说的吟诵。才两遍，姑娘披衣坐起来说："我好了。"慕生再念时，她娇声颤抖着一起念。慕生更加神魂飞扬，于是就熄灯一起睡了。

天不亮，姑娘就起床了，说："老母就要来了。"不一会，老大娘果然来了。看到女儿打扮齐整，欢欢喜喜地坐着，不觉很欣慰。就叫女儿回去，她低着头不搭腔。老大娘就独自回去，说："你乐意和郎君玩耍，也随你吧。"这时慕生才详细询问姑娘的家庭情况。她说："我和你不过是萍水相遇的交情，结婚还不能肯定，何必让你知道我的家庭门第呢？"但两人互相爱慕，山盟海誓很坚决。

一天夜里，姑娘很早就起来挑亮了灯，打开一卷书，忽然伤心起来，眼泪汪汪的。慕生急忙起来问她怎么了。她说："公公很快要来了。我们两个的事，我刚才用书来算卦，打开一看，是唐朝李益的《江南曲》，这首诗的意思不吉利。"慕生宽慰她说："这首诗第一句'嫁得瞿塘贾'，就已经大吉大利了，哪有什么不吉祥！"秋练才稍微快乐了些，起身告别说："让我们暂时分手吧，天一亮就千人指点着看了。"慕生拉着她的手臂哽咽流泪，问："如果好事能成，我该到哪里去告诉你呢？"秋练说："我会经常派人探听消息，成不成都会知道的。"慕生要下船送她，她再三推却而去。不久，慕翁果然来了。慕生向父亲一点一点吐露了心事。父亲疑心他把妓女招到船上，生气地斥骂他。细查船上的财物，并没短缺，骂声才停。

一夜，父亲不在船上，秋练忽然来了。二人相见，依依不舍，想不出好主意来。秋练说："成不成命中注定的，先图个眼下吧。我姑且再留你两个月，再商量以后怎么办。"临别，约定慕生吟诗就是相会的暗号。从此，遇到父亲外出，慕生就高声吟诗，秋练就自己来了。

四月份快过完了，船上货物的价钱错过了好时光，几个客商束手无策，就凑了钱到湖神庙祈祷。端午节后，连降大雨，船才能通航。

慕生回家以后，相思之情郁结于心，病倒了。父亲很忧虑，又是请医生，又是请巫师。慕生私下告诉母亲说："我的病不是吃药消灾能治好的，只有秋练来了，才会好。"父亲起初很生气；时间长了，儿子形神憔悴，更衰弱无力了，才害怕了。

于是慕翁雇车载着儿子，再次到湖北，把船停泊在原来的地方。他向当地居民打听，却没有一个人知道白大娘的。正好有个老大娘驾船从湖滨经过，就出来自认。慕翁登上她的船，见了秋练，暗暗喜欢，而向白大娘仔细询问籍贯门第，却是以船为家而已。于是他就如实相告儿子的病因，希望姑娘到自己到上去，先救一救儿子的重病。老大娘因为婚姻没有讲定，不同意女儿去。秋练在里舱露出半个脸，关注地偷听，听见两个人的话，眼眶里的泪水快要掉下来了。大娘见了女儿的脸色，趁着慕翁哀求，也就同意了。

当天夜里，慕翁外出，秋练果然来了，走近床边呜呜哭着说："当初我相思成疾，如今轮到你了吗！这里面的滋味，实在不能不让你体验体验。但你虚弱到如此程度，怎能马上就好呢？让我也来为你吟一吟诗吧。"慕生心里喜欢。秋练就也吟诵上次王建那首诗。慕生说："这首诗吻合你的心事，医别人怎能有效呢？但我听了你的声音，精神已经爽快多了。请你为我吟诵唐朝刘方平'杨柳千条尽向西'那首诗试试。"秋练照他说的做了。慕生赞美说："痛快！你从前吟词，有一首唐朝皇甫松的《采莲子》：'荷花含苞，香连十顷池塘。'我还记得。劳驾为我悠扬地吟唱一遍。"秋练又照他说的做了。一曲刚完，慕生一跃而起说："我哪里有病呢！"于是二人亲热地拥抱在一起，重病似乎无影无踪了。后来慕生问她："父亲见了大娘说了些什么话？我们的事能成功吗？"秋练已经觉察慕翁无意允婚，直截了当地回答："不成。"

秋练走后，父亲回来，看到慕生已能起床，非常欢喜，但只是宽慰勉励了几句，就说："姑娘很好。但从小就过着水上生活，摇橹把舵唱船歌。不说出身低贱，而且还不贞洁。"慕生沉默不语。

父亲外出后，秋练又来了。慕生向她转述了父亲的意思。秋练说："我看得很清楚。天下事，越急越难成功，越迎合越要拒绝。要使老人家自己回心转意。反过来求我。"慕生就问她有什么办法。秋练说："大凡商人的愿望，不过赚钱罢了。我有法术，能预知物价。刚才看船上的货物，一点利也赚不到。你代我转告老人家：囤积某种货物，有三倍的利润；某种货物，有十倍的利润。你们回家以后，假如我的话应验了，那我就将是你们家的好媳妇了。下次来时，你十八，我十七，欢乐的日子长着呢，你担忧什么！"慕生就把秋练所说的物价告诉了父亲。父亲不大相信，姑且用剩余的资金一半照秋练所说的采购了。回家以后，他自己所置办的货物，大大地亏了本；幸而稍微听从了秋练的话，获得了大利润；盈亏大致相抵。慕翁因此服了秋练的神明。慕生更加夸张秋练的本事，说是她曾说过，能使自己发财。于是慕翁带了更多的资金南下。到了湖边，好几天没有见到白大娘。又过了几天，才见到她的船停在柳树下，就送上了聘礼。大娘一点都不受，只是选了吉日送女儿过船。慕翁另外租了一条船为儿子举行婚礼。婚后，秋练让公公更向南行，所应采购的货物，都开了清单交给他。大娘就把女婿请去，在她的船上安家。过了三个月，慕翁回来了。货物运到湖北，价钱就已经成倍上升。将回河北时，秋练请求带一些湖水回去，回到慕家后，每次吃饭一定要加一点，好像加酱醋一般。从此慕翁每次南下做生意，一定要为她带几坛湖水回来。这样过了三四年，秋练生了一个儿子。

一天，秋练忽然哭着要回南方。慕翁就偕同儿子媳妇一起去湖北。到了湖边，不知白大娘在哪里。秋练敲着船舷呼唤母亲，神色都变了，催慕生沿湖打听。这时有个钓鲟鳇鱼的人，钓到一条白鲤鱼。慕生走近去观看，是条大家伙，形状完全像人，乳房阴部都具备。慕生很奇怪，回来告诉了秋练。秋练大惊。说自己早就有放生的心愿，叮嘱慕生把那条大白鲤赎了放生。慕生前去和钓鱼的商量，那人要价很高。秋练对慕生说："我在你家，出主意赚的钱不下多少万，这点区区的小数目为何就舍不得为我花呢？假如你一定不肯答应，我就跳湖自杀罢了！"慕生害怕，也不敢告诉父亲，偷拿了钱把大白鲤赎了放生。回船以后，秋练不见了，找也找不到，直到天亮才回来。慕生问她："哪里去了？"她说："刚才去母亲那里了。"慕生问："母亲在哪里呢？"秋练不好意思地说："现在我不能不如实相告了：刚才你所赎的，就是我的母亲。原先在洞庭湖，龙君命她掌管湖上的交通。最近龙宫选妃子，有些人过分地赞美我，于是龙君就下令给我母亲，指定要我入宫。母亲把我的情况如实回奏，龙君不允许，把我母亲流放到湖的南滨，饿得要死，所以遭到了这个灾难。现在灾难虽然躲过了，流放的处罚还没解除。你如果怜惜我，代为向真君

图文珍藏版

祈祷就可使母亲得到赦免。如果你因为我不是人类而厌恶我，那就请让我把儿子扔还给你，我走。龙宫的享受，不见得不比你家强百倍。"慕生听了大惊，担忧真君不是轻易能见到的。秋练说："明天午后一时，真君会到。看见有个跛道士，你就赶紧上前叩拜，他下水你也要跟着他。真君喜爱文士，一定会怜悯而答应你的。"又拿出一块鱼肚白的罗绫说："如果真君问你求什么，你就把这拿出来，求他写个'免'字。"慕生照她的话等候，果然有个道士一瘸一拐地走来，慕生就伏在地上叩拜。道士急忙走开，慕生紧跟在他后面。道士把拐杖扔在水里，然后跳在上面。慕生竟也跟着他跳上去，却原来不是拐杖，而是一条船。慕生又向他叩拜。道士就问："你求什么？"慕生就拿出罗绫求道士写。道士打开看了说："这是白鲤的鳍，你怎么遇上它的？"慕生不敢隐瞒，详细说了前后经过。道士笑着说："这东西相当风雅，老龙怎能如此荒淫！"就拿出笔来像画符一样草写了个"免"字，把船回到岸边命慕生下船。只见道士踏着拐杖飘浮而去，顷刻之间已经不见了。慕生回到自己船上，秋练很高兴，只是嘱咐他别把此事泄露给父母。

回去后，又过了两三年，慕翁去南方，好几个月没回来。以前带回的湖水喝完了，等了很久不到，秋练就病了，日夜喘得很厉害。她嘱咐慕生说："如果我死了，不要埋葬，要在每天早晨，中午，晚上三个时候，为我吟诵一遍杜甫《梦李白》诗，我的尸体就不会腐烂。等湖水带到了，倒在盆里，关上门脱下我的衣服，把我抱进盆里浸着，就会活过来。"喘息了几天，奄然断了气。过了半个月，父亲回来了。慕生急忙按她的嘱咐去做，浸了一个多时辰，渐渐苏醒过来。从此，秋练常常想要南归。后来慕翁死了，慕生听从秋练的意愿，把家迁到湖北。

中华传世藏书

聊斋志异

图文珍藏版

王　者

【原文】

　　湖南巡抚某公，遣州佐押解饷金六十万赴京①。途中被雨，日暮愆程②，无所投宿，远见古刹，因诣栖止③。天明，视所解金，荡然无存。众骇怪，莫可取咎④。回白抚公，公以为妄，将置之法。及诘众役，并无异词。公责令仍反故处，缉察端绪⑤。

　　至庙前，见一瞽者，形貌奇异，自榜云："能知心事。"因求卜筮⑥。瞽曰："是为失金者。"州佐曰："然。"因诉前苦。瞽者便索肩舆⑦，云："但从我去，当自知。"遂如其言，官役皆从之。瞽曰："东。"东之。瞽曰："北。"北之。凡五日，入深山，忽睹城郭，居人辐辏⑧。入城，走移时，瞽曰："止。"因下舆，以手南指："见有高门西向，可款关自问之。"拱手自去。

　　州佐如其教，果见高门，渐入之。一人出，衣冠汉制⑨，不言姓名。州佐述所自来。其人云："请留数日，当与君谒当事者。"遂导去，令独居一所，给以食饮。暇时闲步，至第后，见一园亭，入涉之。老松翳日⑩，细草如毡⑪。数转廊榭，又一高亭，历阶而入，见壁上挂人皮数张，五官俱备⑫，腥气流熏。不觉毛骨森竖，疾退归舍。自分留鞭异域⑬，已无生望，因念进退一死，亦姑听之。明日，衣冠者召之去，曰："今日可见矣。"州佐唯唯。衣冠者乘怒马甚驶⑭，州佐步驰从之。俄，至一辕门⑮，俨如制府衙署⑯，皂衣人罗列左右，规模凛肃。衣冠者下马，导入。又一重门，见有王者，珠冠绣绂⑰，南面坐。州佐趋上，伏谒。王者问："汝湖南解官耶？"州佐诺。王者曰："银俱在此。是区区者⑱，汝抚军即慨然见赠，未为不可。"州佐泣诉："限期已满，归必就刑，禀白何所申证⑲？"王者曰："此即不难。"遂付以巨函云："以此复之，可保无恙。"又遣力士送之。州佐慑息㉑，不敢辨，受函而返。山川道路，悉非来时所经。既出山，送者乃去。

王者

数日，抵长沙，敬白抚公。公益妄之，怒不容辨，命左右者飞索以缚㉑。州佐解襆出函，公拆视未竟，面如灰土。命释其缚，但云："银亦细事，汝姑出。"于是急檄属官㉒，设法补解讫。数日，公疾，寻卒。先是，公与爱姬共寝，既醒，而姬发尽失。阍署惊怪，莫测其由。盖函中即其发也㉓。外有书云："汝自起家守令㉔，位极人臣㉕。赇赂贪婪，不可悉数。前银六十万，业已验收在库。当自发贪囊，补充旧额。解官无罪，不得加遣责。前取姬发，略示微警。如复不遵教令㉖，旦晚取汝首领。姬发附还，以作明信。"公卒后，家人始传其书。后属员遣人寻其处，则皆重岩绝壑，更无径路矣。

异史氏曰："红线金合，以儆贪婪㉗，良亦快异。然桃源仙人㉘，不事劫掠；即剑客所集㉙，乌得有城郭衙署哉？呜呼！是何神欤？苟得其地，恐天下之赴愬者无已时矣㉚。"

【注释】

①州佐：辅佐州郡长官的副职。清代知州以下的州同、州判之类的官员泛称"州佐"。饷金：据山东省博物馆抄本，原作"饷"。

②愆程：耽误了行程。愆，失误。

③诣：据山东省博物馆本，原作"指"。

④莫可取咎：无人可以加罪；指找不到失金的原因。咎，罪责。

⑤端绪：头绪；原因。

⑥求卜筮：占卦问吉凶。古时占卜，用龟甲叫"卜"，用蓍草叫"筮"，合称"卜筮"。

⑦肩舆：晋六朝盛行的用人力扛抬的代步工具。其制为二长竿，中设软椅以坐人。后加覆盖物，则为轿子。

⑧辐辏：车轮的辐条集聚于轴心；比喻密集。

⑨衣冠汉制：衣帽款式都是汉族的体制。指不同于当时的满族服装。"汉制"，据山东省博物馆抄本，原作"汉"。

⑩翳（异）：遮蔽。

⑪细草：据山东省博物馆抄本，原作"细柳"。

⑫五官：人身五官。《荀子·天论》以耳、目、口、鼻、形为五官。

⑬留鞹（廓）异域：意谓死在他乡。鞹，去毛的皮革；此指人皮。

⑭怒马：壮马。怒，形容气势强盛。驶：迅速。

⑮辕门：古代帝王巡狩，止宿郊野时，用车子作为屏藩，出入处用两车的车辕相向交接为门，叫"辕门"。后也指领兵将帅的营门或督抚等官府的外门。

⑯制府：指总督府。明清时，总督别称制军或制台。

⑰绣绂（符）：刺绣的礼服。绂，同韍，帝王的章服。

⑱是区区者：这微少之物。

⑲申证：申述验证。

⑳慑息：害怕得不敢喘气。

㉑飞索以绁（踏）：立即以绳索捆缚。绁，捆绑。

㉒急檄：犹急令。檄，檄文，古代官府用于征召、晓谕或申讨的文书；若有急事，则插上羽毛，称为"羽檄"。

㉓其发：据山东省博物馆抄本，原作"有发"。

㉔起家守令：出身于郡守、县令。

㉕位极人臣：居于最高官位。

㉖教令：据山东省博物馆抄本，原作"敬令"。

㉗"红线金合"二句：唐袁郊《甘泽谣·红线》：唐代潞州节度使薛嵩，害怕魏博节度使田承嗣侵犯。薛嵩婢女红线，自告奋勇，黑夜潜入田府，盗走田承嗣藏于枕边的金盒，借以警告田承嗣不要侵犯潞州。此借喻王者寄巨函，做告湖南巡抚的赇赂贪婪。合，同"盒"。

㉘桃源仙人：指晋代陶渊明《桃花源记》中所写的避居世外的桃源中人。

㉙剑客所集：剑客聚居的地方。剑客，精于剑术的人，指侠客。

㉚"苟得其地"二句：假如访得他们的住地，恐怕社会上前去诉冤的人就没完没了啦！愬，同"诉"。

【译文】

　　湖南巡抚某公，派遣一员州佐（知州的助理官）押解饷银六十万两赴京。途中遇雨，天黑时，前不着村后不着店，无处投宿。远远望见一座古庙，就前去住下。天亮检看所押解的银两，空荡荡一无所有。众人又害怕又奇怪，无从追查罪责。州佐回来报告巡抚，巡抚认为他所说非实，将要依法处置。等盘问众差役，并没有不同的说法。巡抚责令州佐仍回原处，侦查线索。

　　到庙前，看见一个盲人，长相奇特，招牌上写着："能知心事。"州佐就请他算卦。盲人说："是为丢失银钱的事。"州佐说："是的。"就诉说前几天丢银的不幸。盲人就要轿子，说："只要跟我去，就会知道。"州佐按他的要求办了。差役们都跟随着。盲人说东，就向东；盲人说北，就向北。共走了五天，进入深山，忽然看到一座城市，居民密集。进了城，走了一阵，盲人说："停"。就下了轿，用手向南指着说："看见有朝西的高门，可以敲门自去打听。"说完拱手而去。

　　州佐照盲人指点，果然看到高门，慢慢进去。里面出来一人，衣帽都是汉人式样，也不介绍自己的姓名。州佐对他讲述了自己来到这里的缘故，那人说："请稍留几天，我要和你一道去拜见掌权的。"于是就领他进去，让他单独住一所房子，供他吃喝。州佐闲着没事，出来散步，走到府第后面，见有一处园林，就进去到处转转。古松参天蔽日，细草铺地如毡毯。转过几处回廊亭榭，又有一座高亭。登上台阶进去，只见墙上挂着几张人皮，五官齐备，腥气熏人。不觉毛骨悚然，赶紧退回住所。料想自己也将剥下皮来留在异乡，已无生还之望。就想进退都是一死，也就暂且听天由命了。

　　第二天，汉人装束的那人把他叫去，说："今天可以去拜见掌权的人了。"州佐连连答应。那人骑着一匹烈马走得很快，州佐徒步跑着跟上。不一会儿，到一座辕门，活像是总督衙门，两旁排列着身穿黑衣的差役，排场威风而森严。那人下马，领他进去。又经一重大门，见到有个大王，头戴珍珠冠，身穿绣花袍，朝南而坐。

州佐小步快走上前拜见，大王问："你是湖南押饷银的官吗？"州佐答是。大王说："银两都在这里，这点区区的小数目，你那巡抚就是慷慨送我，也不是不可以的嘛。"州佐哭诉："巡抚给我的限期已经满了，我回去一定要受刑罚。向巡抚报告又有什么证明？"大王说："这却不难。"就交给他一个大匣子说："把这个交给他，可以保你没事。"又派武士送他。州佐紧张得气都不敢出，不敢争辩，收下匣子返回。山川道路，都不是来时所经过的。出山以后，送他的武士就回去了。

过了几天，州佐抵达长沙，恭敬地向巡抚禀报。巡抚更认为他在胡诌，盛怒之下不容他分辩，命令左右立即把他捆上。州佐解开包袱取出匣子。巡抚打开匣子，还没看完，就吓得面如土色。命人松了州佐的绑，只是说："银子也是小事，你暂且退出吧！"于是巡抚向下属地方官紧急传令，设法补足饷银解送完毕。几天，巡抚得了病，很快就死了。

在这以前，巡抚和爱妾同睡，醒来后，那女的头发全没了。全衙门都惊怪，猜不透怎么回事。原来匣子里就是那女人的头发。另外还有一封信，写道："你从做县令知府起，官位升到了顶，贪污收贿，难以尽数。上次六十万两银子。已经查收在库。你应当自己拿出贪污来的赃款，补足原数。押解官无罪，不得处罚。上次取走你小妾的头发，略示小小的警告。如果不遵教令，早晚取你的脑袋。小妾的头发随信附还，以作为明证。"巡抚死后，家里人才传出这封信。后来巡抚属下的官员派人去寻找那大王的地方，却都是重叠的高峰，无底的深谷，再没有路了。

异史氏说：用唐朝剑侠红线女盗走军阀田承嗣枕边的金盒的办法，以警告贪官，真是又痛快又奇异。但世外桃源的仙人，不会干抢劫银子的事；即便是剑侠聚集的地方，又怎会有城市和衙门呢？唉！这是什么神啊？假如能找到那地方，恐怕天下前去告状的人没有完的时候了。

某 甲

【原文】

　　某甲私其仆妇，因杀仆纳妇，生二子一女。阅十九年①，巨寇破城，劫掠一空。

某甲

一少年贼，持刀入甲家。甲视之，酷类死仆。自叹曰："吾今休矣！"倾囊赎命。迄不顾②，亦不一言，但搜人而杀，共杀一家二十七口而去。甲头未断，寇去少苏，犹能言之。三日寻毙。呜呼！果报不爽③，可畏也哉！

【注释】

① 阅：历。

②迄：始终。

③不爽：没有差错。

【译文】

某甲私通他仆人的妻子，就杀了仆人，收他妻子为妾，生下两个儿子、一个女儿。过了十九年，有大队强盗攻破了这座城，抢掠一空。一个年轻的强盗，拿着刀进入某甲的家。某甲见这强盗的长相，酷似被他杀死的仆人，不禁叹道："这下我完了！"把全部金钱拿出来赎命，强盗始终不理睬，也不说一句话，只是搜出人来就杀，共杀了一家二十七口而去。某甲的头还没断，强盗走后苏醒过来一会儿，还能够说出这件事，三天后就死了。唉！因果报应一点不差，真是可畏！

衢 州 三 怪

【原文】

张握仲从戎衢州①，言："衢州夜静时，人莫敢独行。钟楼上有鬼，头上一角，象貌狞恶，闻人行声即下。人骇而奔②，鬼亦遂去。然见之辄病，且多死者。又城中一塘，夜出白布一匹，如匹练横地。过者拾之，即卷入水。又有鸭鬼，夜既静，塘边并寂无一物，若闻鸭声，人即病。”

【注释】

①衢州：旧府名，治所在今浙江省衢县。

②骇：据二十四卷抄本，原作"驰"。

【译文】

张握仲从军，曾驻扎在浙江衢州。他说："衢州夜深人静时，没有人敢单独行走。钟楼上有个鬼，头上长着一只角，相貌狰狞凶恶，听到人走路声就下来。人吓得飞奔而逃，鬼也就走了。但见了它就会得病，而且大多要死。还有城里一个池塘，夜里会出来一匹白布，像一段白绸子横在地上，路过的人去拾它，就被卷入水中。又有一种鸭鬼，夜深人静，池塘边静悄悄的什么都没有，这时如果听到鸭叫，人就会得病。"

拆 楼 人

【原文】

何冏卿①，平阴人。初令秦中②，一卖油者有薄罪，其言蔎③，何怒，杖杀之。后仕至铨司④，家资富饶。建一楼，上梁日，亲宾称觥为贺。忽见卖油者入，阴自骇疑。俄报妾生子。怆然曰："楼工未成，拆楼人已至矣！，'人谓其戏，而不知其实有所见也。后子既长，最顽，荡其家。佣为人役，每得钱数文，辄买香油食之。

异史氏曰："常见富贵家楼第连亘⑤，死后，再过已墟。此必有拆楼人降生其家也。身居人上，乌可不早自惕哉！"

【注释】

①何冏（炯）卿：即何海晏，字治象，号敬庵，明嘉靖进士，授四川顺庆府推官，累官吏部文选司郎中，迁太仆寺少卿。冏卿，即太仆寺卿。

②秦中：今陕西省为古秦国地，故称"秦中"，也称"关中"。

③戆：愚直。

④铨司：指吏部文选清吏司，主管考核文职官员的任免调迁。司的长官为郎中。

⑤楼第：据青柯亭本，原作"数第"。

【译文】

何冏卿，山东平阴人。早年在陕西任县令，一个卖油人犯了点小罪，因为说话戆直，何冏卿怒气上来，就用杖刑把他打死了。何冏卿后来官做到吏部长官，家里很有钱。一次，何冏卿建一座楼房，上梁那天，亲友们都来饮酒祝贺。忽然看到那卖油人进来了，暗自惊骇疑惑。不一会，家人前来报喜：小老婆生了儿子。何冏卿惨然说道："楼还没完工，拆楼的人已经来了！"大家都当他在开玩笑，而不知他确实有所见。后来他儿子长大以后，极其顽劣，把全部家产都败完了，就去给人当仆役，每当赚了几文钱，就买香油吃。

异史氏说：时常看到富贵人家楼房连片，主人死后，再经过已经成废墟。这一定也有拆楼人到他家投胎了。位居人上，怎能不及早自我警惕呢！

大　蝎

【原文】

　　明彭将军宏^①，征寇入蜀。至深山中，有大禅院，云已百年无僧。询之土人，则曰：“寺中有妖，入者辄死。”彭恐伏寇，率兵斩茅而入。前殿中，有皂雕夺门飞去^②；中殿无异；又进之，则佛阁，周视亦无所见，但入者皆头痛不能禁。彭亲入，亦然。少顷，有大蝎如琵琶，自板上蠢蠢而下。一军惊走。彭遂火其寺。

【注释】

　　①彭宏：待考。

　　②皂雕：黑色雕。

【译文】

　　明朝彭宏将军，进四川剿匪。到深山中，有一所大寺院，据说已经一百来年没有和尚了。询问当地人，说是：“寺里有妖怪，人进去就死。”彭将军怕里面藏有盗匪，率兵劈开茅草荆棘入内。前殿中，有只黑雕夺门飞出；中殿没有什么异常；再进去，是佛阁，遍查四周也没发现什么，只是入内的人都头痛得受不了，彭将军亲自进去也一样。过了一会儿，有只蝎子，大如琵琶，从天花板上蠢蠢而下，全队兵丁吓得乱跑。彭将军就把这座寺院一把火烧了。

陈 云 栖

【原文】

　　真毓生，楚夷陵人①，孝廉之子。能文，美丰姿，弱冠知名②。儿时，相者曰："后当娶女道士为妻。"父母共以为笑。而为之论婚，低昂苦不能就。

　　生母臧夫人，祖居黄冈③，生以故诣外祖母。闻时人语曰："黄州'四云'④，少者无伦。"盖郡有吕祖庵⑤，庵中女道士皆美，故云。庵去臧氏村仅十馀里，生因窃往。扣其关，果有女道士三四人，谦喜承迎，仪度皆雅洁⑥。中一最少者，旷世真无其俦⑦，心好而目注之。女以手支颐⑧，但他顾。诸道士觅盏烹茶。生乘间问姓字，答云："云栖，姓陈。"生戏曰："奇矣！小生适姓潘⑨。"陈赪颜发颊，低头不语，起而去。少间，瀹茗，进佳果。各道姓字：一，白云深，年三十许；一，盛云眠，二十已来；一，梁云栋⑩，约二十有四五，却为弟⑪。而云栖不至。生殊怅惘，因问之。白曰："此婢惧生人。"生乃起别，自力挽之，不留而出。白曰："而欲见云栖，明日可复来。"生归，思恋綦切。次日，又诣之。诸道士俱在，独少云栖，未便遽问。诸道士治具留餐，生力辞，不听。白拆饼授箸，劝进良殷。既问："云栖何在？"答云："自至。"久之，日势已晚，生欲归。白捉腕留之，曰："姑止此，我捉婢子来奉见。"生乃止。俄，挑灯具酒，云眠亦去。酒数行，生辞已醉。白曰："饮三觥，则云栖出矣。"生果饮如数。梁亦以此挟劝之，生又尽之，覆盏告辞⑫。白顾梁曰："吾等面薄，不能劝饮。汝往曳陈婢来，便道潘郎待妙常已久。"梁去，少时而返，具言："云栖不至。"生欲去，而夜已深，乃佯醉仰卧。两人代裸之，迭就淫焉。终夜不堪其扰。天既明，不睡而别。数日不敢复往，而心念云栖不忘也，但不时于近侧探侦之。一日，既暮，白出门，与少年去。生喜，不甚畏梁，急往款关。云眠出应门。问之，则梁亦他适。因问云栖。盛导去，又入一院，呼曰："云栖！客至矣。"但见室门阒然而合。盛笑曰："闭扉矣。"生立窗外，似将有言，盛乃去。云栖隔窗曰："人皆以妾为饵，钓君也。频来，身命殆矣。妾不能终守清规，亦不敢遂乖廉耻[13]，欲得如潘郎者事之耳。"生乃以白头相约[14]。云

陈云栖

栖曰："妾师抚养，即亦非易。果相见爱，当以二十金赎妾身。妾候君三年。如望为桑中之约⑮，所不能也。"生诺之。方欲自陈，而盛复至，从与俱出，遂别归。中心怊怅，思欲委曲夤缘⑯，再一亲其娇范⑰，适有家人报父病，遂星夜而还。

无何，孝廉卒。夫人庭训最严，心事不敢使知，但刻减金资⑱，日积之。有议婚者，辄以服阕为辞。母不听。生婉告曰："曩在黄冈，外祖母欲以婚陈氏，诚心所愿。今遭大故，音耗遂梗，久不如黄省问；旦夕一往，如不果谐，从母所命。"夫人许之。乃携所积而去。至黄，诣庵中，则院宇荒凉，大异畴昔。渐入之，惟一老尼炊灶下，因就问。尼曰："前年老道士死，'四云'星散矣。"问："何之？"曰："云深、云栋，从恶少去；向闻云栖寓居郡北；云眠消息不知也。"生闻之，悲叹。命驾即诣郡北，遇观辄询⑲，并少踪绪⑳。怅恨而归，伪告母曰："舅言：陈翁如岳州㉑，待其归，当遣伻来。"逾半年，夫人归宁，以事问母，母殊茫然。夫人怒子诳；媪疑甥与舅谋，而未以闻也㉒。幸舅远出，莫从稽其妄㉓。

夫人以香愿登莲峰㉔，斋宿山下。既卧，逆旅主人扣扉，送一女道士寄宿同舍，自言："陈云栖。"闻夫人家夷陵，移坐就榻，告想坷坎，词旨悲恻。末言："有表兄潘生，与夫人同籍，烦嘱子侄辈一传口语，但道某暂寄鹤栖观师叔王道成所㉕，朝夕厄苦，度日如岁。令早一临存；恐过此以往，未之或知也。"夫人审名字，即又不知，但云："既在学宫，秀才辈想无不闻也。"未明早别，殷殷再嘱。夫人既归，向生言及。生长跪曰："实告母：所谓潘生，即儿也。"夫人既知其故，怒曰："不肖儿！宣淫寺观，以道士为妇，何颜见亲宾乎！"生垂头，不敢出词。会生以赴试入郡，窃命舟访王道成。至，则云栖半月前出游不返。既归，悒悒而病。

适臧媪卒，夫人往奔丧，殡后迷途，至京氏家，问之，则族妹也。相便邀入。见有少女在堂，年可十八九，姿容曼妙，目所未睹。夫人每思得一佳妇，俾子不怼㉖，心动，因诘生平。妹云："此王氏女也，京氏甥也。怙恃俱失㉗，暂寄此耳。"问："婿家谁？"曰："无之。"把手与语，意致娇婉，母大悦，为之过宿，私以己意告妹。妹曰："良佳。但其人高自位置㉘；不然，胡蹉跎至今也。容商之。"夫人招与同榻，谈笑甚欢；自愿母夫人㉙。夫人悦，请同归荆州㉚；女益喜。次日，同舟而还。既至，则生病未起。母慰其沉疴，使婢阴告曰："夫人为公子载丽人至矣。"生未信，伏窗窥之，较云栖尤艳绝也。因念：三年之约已过；出游不返，则玉容必已有主①。得此佳丽，心怀颇慰。于是辗然动色，病亦寻瘳。母乃招两人相拜见。生出，夫人谓女："亦知我同归之意乎？"女微笑曰："妾已知之。但妾所以同归之初志，母不知也。妾少字夷陵潘氏，音耗阔绝，必已另有良匹。果尔，则为母也妇；不尔，则终为母也女，报母有日也。"夫人曰："既有成约，即亦不强。但前在五祖山时②，有女冠问潘氏，今又潘氏③，固知夷陵世族无此姓也。"女惊曰："卧莲峰下者母耶？询潘者，即我是也。"母始恍然悟，笑曰："若然，则潘生固在此矣。"女问："何在？"夫人命婢导去问生。生惊曰："卿云栖耶？"女问："何知？"生言其情，始知以潘郎为戏。女知为生，羞与终谈，急返告母。母问其何复姓王。答云："妾本姓王。道师见爱，遂以为女，从其姓耳。"夫人亦喜，涓吉为之成礼。先是，女与云眠俱依王道成。道成居隘④，云眠遂去之汉口。女娇痴不能作苦，又羞出操道士业，道成颇不善之。会京氏如黄冈，女遇之流涕，因与俱去，俾改女子装，将论婚士族，故讳其曾隶道士籍。而问名者，女辄不愿，舅及姑妗皆不知意向，心厌嫌之。是日，从夫人归，得所托，如释重负焉。合卺后，各述所遭，喜极而泣。女孝谨，夫人雅怜爱之；而弹琴好弈，不知理家人生业，夫人颇以为忧。

积月馀，母遣两人如京氏，留数日而归。泛舟江流，欻一舟过，中一女冠，近之，则云眠也。云眠独与女善。女喜，招与同舟，相对酸辛。问："将何之？"盛云："久切悬念。远至鹤栖观，则闻依京舅矣。故将诣黄冈，一奉探耳。竟不知意中人已得相聚。今视之如仙，剩此漂泊人，不知何时已矣！"因而欷歔。女设一谋：令易道装，伪作姊，携伴夫人，徐择佳偶。盛从之。

既归，女先白夫人，盛乃入。举止大家⑤；谈笑间，练达世故⑥。母既寡，苦寂，得盛良欢，惟恐其去。盛早起代母劬劳⑦，不自作客。母益喜，阴思纳女姊，以掩女冠之名，而未敢言也。一日，忘某事未作，急问之，则盛代备已久。因谓女曰："画中人不能作家⑧，亦复何为。新妇若大姊者⑨，吾不忧也。"不知女存心久，

但恐母嗔。闻母言，笑对曰："母既爱之，新妇欲效英、皇⑩，何如？"母不言，亦
辗然笑。女退，告生曰："老母首肯矣。"乃另洁一室，告曰："昔在观中共枕时，
姊言：'但得一能知亲爱之人，我两人当共事之。'犹忆之否？"盛不觉双眦莹莹，
曰："妾所谓亲爱者，非他：如日日经营，曾无一人知其甘苦；数日来，略有微劳，
即烦老母恤念，则中心冷暖顿殊矣。若不下逐客令⑪，俾得长伴老母，于愿斯足，
亦不望前言之践也。"女告母。母令姊妹焚香，各矢无悔词，乃使生与行夫妇礼。
将寝，告生曰："妾乃二十三岁老处女也。"生犹未信。既而落红殷褥，始奇之。盛
曰："妾所以乐得良人者，非不能甘岑寂也；诚以闺阁之身，在觍然酬应如勾栏，
所不堪耳。借此一度，挂名君籍⑫，当为君奉事老母，作内纪纲⑬。若房闱之乐，
请别与人探讨之。"三日后，襆被从母，遣之不去。女早诣母所，占其床寝，不得
已，乃从生去。由是三两日辄一更代，习为常。

夫人故善弈，自寡居，不暇为之。自得盛，经理井井⑭，昼日无事，辄与女弈。
挑灯瀹茗，听两妇弹琴，夜分始散。每与人曰："儿父在时，亦未能有此乐也。"盛
司出纳⑮，每纪籍报母⑯。母疑曰："儿辈常言幼孤，作字弹棋⑰，谁教之？"女笑以
实告。母亦笑曰："我初不欲为儿娶一道士，今竟得两矣。"忽忆童时所卜，始信定
数不可逃也。生再试不第。夫人曰："吾家虽不丰，薄田三百亩，幸得云眠纪理，
日益温饱。儿但在膝下，率两妇与老身共乐，不愿汝求富贵也。"生从之。后云眠
生男女各一，云栖女一男三。母八十馀岁而终。孙皆入泮；长孙，云眠所出，已中
乡选矣⑱。

【注释】

①夷陵：州名。明代夷陵州治在今湖北省宜昌市。

②弱冠：《礼记·曲礼》上："二十曰弱，冠。"

③黄冈：县市名，今湖北省黄冈市。

④黄州：府名，府治在黄冈。

⑤吕祖：神话传说中的"八仙"之一，名岩，字洞宾。

⑥雅洁：据山东省博物馆抄本，原作"洁"。

⑦旷世真无其俦：世上确实没有比得上的。旷世，旷绝当世。俦，同等。

⑧支颐：支撑着下巴。据山东省博物馆抄本，原作"指颐"。

⑨"奇矣"二句：这是真毓生戏语挑逗之词。

⑩梁云栋：据山东省博物馆抄本及二十四卷抄本，原作"梁云洞"。

⑪弟：师弟。同辈尼姑互称师兄、师弟。

⑫覆盏：把酒杯覆置桌上，表示不再饮。

⑬乖：违背。

⑭以白头相约：相互约定终身。白头，白头偕老。

⑮桑中之约：指男女幽会。

⑯委曲夤缘：曲意寻找借口或机会。夤缘，攀附以上，喻凭借的阶梯。

⑰娇范：少女仪容。范，仪范。

⑱刻减金资：节省金钱。刻减，俭省节约。

⑲观（贯）：道教寺观。

⑳踪绪：据山东省博物馆抄本，原作"踪迹"。

㉑岳州：府名，治所在今湖南省岳阳市。

㉒闻：据山东省博物馆抄本，原作"问"。

㉓幸舅远出，莫从稽其妄：据山东省博物馆抄本补，原作"幸舅出"

㉔香愿：迷信敬神的进香还愿。莲峰，山有莲峰者甚多，下文提到"五祖山"，此处当指湖北蕲州五祖山的山峰。

㉕某暂寄：据山东省博物馆抄本，原作"其寄"。

㉖俾子不怼：此据山东省博物馆抄本，原作"妻子，不觉心动"。

㉗怙恃：父母的代称。

㉘高自位置：自视甚高。

㉙母夫人：认夫人为母。

㉚荆州：府名，治所在今湖北省江陵县。

㉛玉容：女子的容貌；代指美女。

㉜五祖山：在湖北蕲州境内，明清时属黄州府。

㉝又：据山东省博物馆抄本，原作"有"。

㉞居隘：此指寺观太小。

㉟举止大家：举动行止有大户人家的气派。大家，世族之家。

㊱练达世故：待人接物，老练通达。世故，指待人接物的处世经验。

㊲劬劳：操劳。

㊳画中人：形容美女，这里指新妇陈云栖。作家：操持家务。

㊴大姊：据青柯亭刻本，原作"大娘"。

㊵效英、皇：仿效女英、娥皇；指愿意两人同嫁一夫。

㊶下逐客令：意谓驱逐客人。

㊷挂名君籍：意谓在名义上是您的妻子。

㊸内纪纲：内室的管家；俗谓"管家婆"。纪纲，统领奴仆的人，也泛指仆人。

㊹井井：有条理。

㊺司出纳：管钱财收支。

㊻纪籍：记在账簿上。

㊼弹棋：汉魏时博戏。其术至宋代已失传。此处指弹琴、弈棋。

㊽中乡选：乡试中举。

【译文】

　　真毓生，湖北宜昌人，父亲是个举人。毓生善于写文章，长相俊美，二十来岁就出了名。小时候，有个相面的预言说："这孩子将来要娶女道士为妻。"父母都认为这是笑话。但为儿子说亲，老是高不成低不就。

　　毓生的母亲臧夫人，娘家祖居湖北黄冈。毓生有事到外祖母家去，听到人们流

一二三

传着一条顺口溜："黄冈美女有四云，最小的倾国又倾城。"原来黄冈有座吕祖庵，庵里四个女道士名字中都有"云"字，都很漂亮，所以有这说法。这庵离毓生外祖母家的村子仅有十几里，毓生就偷偷前往。敲了庵门，果然有三四个女道士，谦顺欣喜地迎接上来，模样都很洁净。其中年龄最小的一个，真是美得举世无双。毓生心里爱慕，眼睛盯着她。那女子用手托着腮帮，只管看着别处。其他几个女道士忙着找茶具沏茶。毓生趁机问她姓名。她答道："姓陈，名云栖。"毓生开玩笑说："妙极了！宋朝尼姑陈妙常嫁了潘必成，我正好姓潘。"陈云栖红晕飞上脸颊，低着头不说话，起身而去。过了一会，众女道士沏上茶，奉上上等果品。她们各自介绍了自己的姓名：一个叫白云深，三十来岁；一个叫盛云眠，二十不到；一个叫梁云栋，约二十四五岁，却是师弟；而云栖没有来。毓生很失望，就问云栖怎么不来？云深说："这丫头怕陌生人。"毓生就起身告别，白云深竭力挽留，毓生不肯再留下，出来了。白云深说："你想见云栖，明日可以再来。"

　　毓生回去后，非常思恋云栖。第二天，又来到庵里。几个女道士都在，唯独少了云栖，毓生也不便马上就问。女道士们整治菜肴，留他吃饭，毓生极力推辞，她们不听。白云深掰开饼，送上筷子，劝吃劝喝，非常殷勤。吃完了，毓生问："云栖在哪里？"答："自己会来的。"过了很久，天色已晚，毓生要回去，白云深抓住他手腕挽留他，说："你姑且留在这儿，我把那丫头捉来见你。"毓生就留下了。不一会，点上灯，摆上酒席，盛云眠也离去了。斟过几次酒，毓生推辞说已经醉了。白云深说："你再喝三大杯，云栖就出来了。"毓生果真干了三杯。梁云栋也拿同样的话逼他喝，毓生又干了三杯，把杯子扣在桌上告辞。白云深回过头对梁云栋说："我们的面子小，够不上劝客人饮酒。你去把陈丫头拖来，就说潘郎等妙常好久了。"梁云栋去了，过一会回来，说："云栖不肯来。"毓生想要走，但夜已深了，就假装喝醉了，仰面躺下。白梁二人代他脱去衣服，轮流凑上去淫乱。整夜纠缠得毓生受不了。天亮后，毓生不再睡觉就告别了。

　　一连好几天，毓生不敢再去庵里，而心里又念念不忘云栖，只好时常在庵附近探察动静。一天，天黑了，白云深出门，和一个小伙子离开了。毓生很高兴，他不大怕梁云栋，急忙前去敲门，出来开门的是云眠。一问，原来梁云栋也外出了。毓生就问云栖，盛云眠领他前去，又进了一个院子，云眠喊道："云栖，客人来了。"只见房门砰的一声关上了。盛云眠笑道："吃闭门羹了。"毓生站在窗外，像有话要说，盛云眠就走开了。云栖隔着窗户说："她们都把我当钓饵，来钓你这条大鱼。你假如常来，生命都有危险。我做不到清规戒律守到底，也不敢就不顾廉耻乱来，只是想找个潘郎那样的人嫁给他罢了。"毓生就和她相约白头到老。云栖说："我师父抚养我，也不容易。你果真爱我，就该拿二十两银子来赎我。我等你三年。如果你指望我和你苟且乱搞，这办不到。"毓生同意了，正要再进一步表白，而盛云眠又来了，只好跟她一起出来，就告别回家。

　　毓生心中惆怅，想转弯抹角创造机会，再当面看一看她娇美的模样，却有家人前来报信，说父亲病了，于是连夜赶回家中。不久父亲去世了。臧夫人家教极严，毓生的心事不敢告诉母亲，只好节约开支，每天积下点钱。有来说亲的，毓生就推托说要守孝三年再考虑。母亲不听他的。毓生婉转地禀告说："当初在黄冈，外祖母想要让我同陈家姑娘结婚，我心里也确实愿意。如今父亲去世，联系中断，很久没到黄冈去请安问候了。早晚去一次，如果那边不成功，任凭母亲做主好了。"母亲同意了。于是毓生携带了积蓄的银两前去。

　　到了黄冈，来到庵中，却见院落荒凉，和当初大不一样。一步步进去，只有一个老尼姑在灶下做饭，就上前打听。老尼姑说："去年老道士死了，'四云'都散去了。"毓生又问："到哪里去了？"老尼姑说："云深，云栋，跟着无赖小伙走了。先前听说云栖寄居在黄冈府北边，云眠的消息不知道。"毓生听了不禁为之悲叹，立即动身前往府北，遇到道观就去打听，都没什么线索。毓生惆怅而又遗憾，回到家里，编了假话告诉母亲说："舅舅说，陈老先生到湖南岳阳去了。等他回来，就派人来。"

　　过了半年，臧夫人回娘家，向她母亲问起这门亲事，老人家却一点也不知道。臧夫人因为儿子说谎非常生气，老太太则疑心外孙是和舅舅商量的，而没有告诉自己。幸好毓生的舅舅出门了，无从证实这事是假的。

臧夫人到莲花山烧香还愿，在山下斋戒过夜。睡下后，旅店主人来敲门，送来一个女道士，和她同住一个房间。女道士自称姓陈名云栖。听说夫人家在宜昌，就把椅子移到夫人床边，向夫人诉说自己坎坷的经历，说得很是伤心。最后说："我有个表兄潘生，和夫人是同乡，劳驾嘱咐你儿子侄儿他们传一个口信，就说我暂时寄住在栖鹤观师叔王道成处，早晚遭厄受苦，度日如年；让他早点来看我；怕再往后，就没人知道我怎样了。"夫人细问潘生的名字，云栖却不知道，只是说："他既然是个秀才，秀才们想必不会不知道他。"天没亮她就告别了，还很殷切地再把这事拜托夫人。

臧夫人回家以后，对毓生说起这事。毓生跪下不起说："不瞒母亲说，她所说的潘生，就是儿子。"夫人知道其中缘故后，大怒道："你这不成材的东西！在寺观里大肆淫乱，把女道士当老婆；还有什么脸面再见亲戚朋友！"毓生牵拉着脑袋，不敢出声。

后来毓生因考试去府城，偷偷坐船去寻访王道成。到那里，云栖半月前出游不再回来。回家以后，毓生悒郁致病。

正在这时，外祖母去世了，臧夫人去黄冈奔丧。安葬以后迷了路，到一家姓京的人家，一问，原来是自己的同族妹妹。他们便请夫人进去。看见有个姑娘在屋里，年约十八九岁，姿容美丽，见所未见。臧夫人一直想娶个好儿媳，使儿子不埋怨自己，心中一动，就问她的生平。族妹说："她姓王，是我丈夫的外甥女。父母都没了，暂时寄住在这里。"夫人问："婆家是哪家？"族妹说："还没有呢。"夫人拉着姑娘的手问长问短，言谈举止娇柔温顺。臧夫人大为喜欢，为此留下过了夜，暗中把自己的心意告诉了族妹。族妹说："很好。只是这丫头眼界很高，不然，怎么拖延到今天呢！且和她商量商量看。"臧夫人把姑娘叫来与自己同床，谈谈笑笑很投机。姑娘自愿认臧夫人为母，夫人非常开心，就请她一起回宜昌，姑娘更欢喜了。第二天，一起乘船回家。

到家以后，毓生仍病着没起床。母亲想使重病的儿子心中快慰，让丫鬟偷偷告诉他说："夫人为公子带来一个美人。"毓生不信，趴在窗上偷看，比云栖更为艳丽。就想：和云栖三年的约期已经过了，她出游不回，花容玉貌一定已经有主了。能得到这个美人，也很称心满意了。于是笑逐颜开，病也很快好了。

藏夫人招呼他们二人相见。毓生退出，夫人对姑娘说："你知道我请你一起回来的意思吗？"姑娘微笑着说："我已经知道了。不过我所以一起来，原来的打算母亲还不知道。我小时候许配给宜昌潘家，音讯长期断绝，一定已经另有好配偶了。果真这样，我就做母亲的儿媳妇；否则，就始终是母亲的女儿，我总有一天会报答的。"夫人说："既然你已有婚约，那也不勉强。不过我上次在五祖山，有个女道士向我打听潘家，现在你又是潘家，据我所知宜昌世族之中没有姓潘的。"姑娘惊讶地说："借宿在莲花峰下的就是母亲吗？打听潘家的就是我呀。"夫人这才恍然大悟，笑着说："如果是这样，那么潘生原本就在这里了。"姑娘问："在哪里？"夫人命丫鬟领她前去问毓生。毓生吃惊地说："你是云栖吗？"女郎问："你怎么知道的？"毓生说明了情况，才知道当初说姓潘是开玩笑。姑娘知道了潘郎就是毓生，不好意思和他谈下去，急忙回房告诉母亲。母亲就问她："怎么又姓王了？"云栖答："我本来姓王。师父喜欢我，就把我认作女儿，我就随了师父的姓。"夫人也很高兴，就选了吉日为他们举行了婚礼。

原来在此之前，云栖和云眠一起投靠王道成。王道成住所小，云眠就到汉口去了。云栖娇憨，不能操劳吃苦，又羞于出来从事道士的职业，王道成对她很不满。正好京某到黄冈，云栖遇见舅舅直流眼泪，舅舅就带走她，让她换去女道士的装束，准备在读书人家说门亲，所以瞒过她做过女道士。但前来提亲的，云栖总不愿意。舅舅和舅母都不知道她的心事，有点厌烦她。那天，跟着藏夫人回家，终于有了依托，好像放下了沉重的包袱。婚礼结束后，二人各自叙述了自己的遭遇，都欢喜得流下了眼泪。

云栖孝顺恭谨，夫人很疼爱她；但她喜欢弹琴下棋，不懂管理家业，夫人很为此忧虑。过了一个多月，藏夫人让小夫妻俩去京家。他们在京家住了几天，坐船回家。船正在江中行驶，忽然有另一艘船经过，船上有个女道士，驶近一看，原来是盛云眠。"四云"中只有云眠和云栖要好，云栖见了她很高兴，把她请到自己船上，二人相对，都很心酸。云栖问她："去哪里？"云眠说："我一直很挂念你，所以路远迢迢到栖鹤观，却听说你依靠了京舅舅。所以我要到黄冈去，探望你一下罢了。竟不知道你和意中人已经团聚。现在看你们像成了仙似的，剩下我这漂泊的人，不知何时才是了局。"因而伤心地哭了。云栖出一个主意：让云眠换去女道士装束，假装是自己的姐姐，带回家陪伴臧夫人，慢慢选个好丈夫。云眠同意了。

回家以后，云栖先禀告过夫人，云眠才进去。云眠举止落落大方，谈笑之间，对人情世故也很老练。臧夫人守寡以后，苦于寂寞，得到云眠非常欢欢，唯恐她离开。云眠一早起来，代夫人管理家事，不把自己当作客人。臧夫人更欢喜了，暗想让儿子娶了云栖的这个姐姐，也好掩盖云栖做过女道士的名声，但不敢就说出来。一天，夫人忘了做一件事，急忙询问，原来云眠早已代她处理好了。于是臧夫人就对云栖说："你这个画上的美人不会理家，真是中看不中用。要是有像你大姐那样的媳妇，我就不担忧了。"不知云栖存心已久，只是怕母亲生气不敢说。听了母亲的话，笑嘻嘻回答说："母亲既然喜欢她，媳妇想效法女英、娥皇，姐妹俩同嫁大舜，怎么样？"臧夫人不说话，也笑了起来。云栖退下，告诉毓生说："母亲同意了。"于是云栖另外打扫一间房间，对云眠说："当初我们在庵中同床共枕时，姐姐曾说：'只要能找到一个知情知义的人，我们两人就一起嫁给他。'这话你还记得吗？"云眠不觉双眼湿润了，说："我所说的知情知义，不是指别的；像我以前天天辛苦经营，从来没有一个人知道我的甘苦；这些天来，略微出了一点力，就使老夫人费心来体贴关心我，那我心里的冷暖顿时就不一样了。如果不下逐客令，让我能永远陪伴老夫人，我的愿望就已满足，也并不期望实现以前说的话了。"

云栖把情况禀告了母亲。臧夫人就让姐妹俩焚上香，各自发誓决不反悔。于是就让毓生与云眠举行了婚礼。临睡前，云眠告诉毓生："我乃是二十三岁的老处女。"毓生还不信。后来处女血染红了床褥，毓生才惊奇她的贞洁。云眠说："我之所以愿意嫁人，并不是不甘孤寂；实在是因为一个姑娘家，厚着脸皮像个妓女似的应酬人，是我所不能忍受的。借此春风一度，挂名做了你的妻子，我要为你侍奉老母亲，做个内管家。至于夫妻之间的乐事，请你另外和人去品尝吧。"新婚三天后，

聊斋志异 图文珍藏版 中华传世藏书

云眠就抱着铺盖去跟臧夫人一起睡，赶她也不走。云栖早早地来到夫人房中，占了云眠的床铺，云眠没办法，才跟了毓生去睡。从此隔三两天就轮换一次，习以为常。

臧夫人原先善于下棋，自从守寡以后，就没空再下了。自从有了云眠，家业管理得井井有条，白天没事，就和云栖对局。晚上点灯沏茶，听两个媳妇弹琴，直到半夜才散。她常常对人说："他父亲在的时候，也没能有这样的快乐。"

云眠经管家里的收支，每次记好账请臧夫人过目。夫人疑惑地说："你们曾说过从小就失去了父母，那写字弹琴下棋，是谁教的呢？"云栖笑着把实情告诉了母亲。母亲也笑了，说："我当初不愿意让儿子娶一个女道士，现在竟娶了两个了。"忽然想起儿子小时候算的命，才相信命中注定，是躲不过的。

毓生两次考试都没考中举人，臧夫人说："我家虽然不富，但有薄田三百亩，幸亏有云眠经管，一天比一天有穿有吃的。你只要在我身边，领着两个媳妇和我老太婆共享天伦之乐，我不图你去追求富贵。"毓生听从了母亲的话。后来云眠生了一男一女，云栖生了三男一女。母亲活到八十多岁才去世。她的孙子都考中秀才。大孙子，是云眠所生，已经中了举人了。

司札吏

【原文】

游击官某，妻妾甚多。最讳其小字①，呼年曰岁，生曰硬，马曰大驴；又讳败曰胜，安为放。虽简札往来，不甚避忌，而家人道之，则怒。一日，司札吏白事②，误犯；大怒，以研击之③，立毙。三日后，醉卧，见吏持刺入④，问："何为？"曰："'马子安'来拜。"忽悟其鬼，急起，拔刀挥之。吏微笑，掷刺几上，泯然而没。

取刺视之，书云："岁家眷硬大驴子放胜⑤。"暴谬之夫，为鬼揶揄，可笑甚已！

　　牛首山僧⑥，自名铁汉，又名铁屎。有诗四十首，见者无不绝倒。自镂印章二：一曰"混帐行子"，一曰"老实泼皮"。秀水王司直梓其诗⑦，名曰"牛山四十屁"。款云："混帐行子、老实泼皮放。"不必读其诗，标名已足解颐⑧。

司札吏

【注释】

①最讳其小字：据二十四卷抄本，原作"最讳某小字"。其，指游击官某的妻妾。

②司札吏：主管书信文墨的胥吏。

③研：同"砚"。

④刺：名帖。

⑤"岁家眷硬大驴子放胜"：这是避某所讳而写的一份拜帖。正确的写法是"年家眷生马子安拜"。科举时代同年登科者，互称"年家"。旧时，两家姻亲，对幼辈自称为"眷生"。胜，山东土俗称驴马阳物为"胜"。

⑥牛首山：疑为牛头山，山在江苏省江宁县西南，南京附近。

⑦秀水：今浙江省嘉兴县。

⑧解颐：开颜欢笑。

【译文】

游击官某人，大小老婆一大堆。他最忌讳别人提到她们的小名：把"年"字称作"岁"，"生"字称作"硬"，"马"字称作"大驴"。又忌讳"败"字，称作"胜"；"安"字称作"放"。虽然信件往来不怎么避忌，但家里人如果说到这些字眼，游击官就要发火。

一天，有个司札吏——管理公文信件的办事员——向他禀报事情，不小心犯了忌讳。游击官大怒，用砚台砸过去，当场砸死了。三天后，游击官喝醉了躺着，忽见这个司札吏拿了一张名片进来，就问："有什么事？"司札吏说："'马子安'前来'拜'见。"游击官忽然醒悟他是个鬼，急忙起来，拔刀挥去。司札吏微笑着，把名片扔在桌上，一下子消失了。游击官拿起名片看，上面写道："岁家眷硬大驴子放胜。"（"年家眷生马子安拜。"）

这凶暴荒谬的武夫，被鬼所戏弄，真可笑极了。

牛首山一个和尚，自己取名叫作铁汉，又叫作铁屎。他作有四十首诗，看到的人没有不笑弯了腰的。他自己刻了二枚印章：一枚刻的是"混账东西"，另一枚是"老实无赖"。浙江嘉兴的王御史刻印了他的诗，书名叫《牛山四十屁》。落款是："混账东西、老实无赖放。"用不着读他的诗，题目和署名就够让人发笑的了。

蚰蜒

【原文】

学使朱乔三家①，门限下有蚰蜒，长数尺。每遇风雨即出，盘旋地上如白练。按蚰蜒形若蜈蚣，昼不能见，夜则出，闻腥辄集。或云：蜈蚣无目而多贪也。

【注释】

①朱乔三：疑即朱雯。朱雯，浙江省石门县（后改崇德县，今为桐乡市）人，康熙进士，康熙三十年任山东省提学使。

【译文】

主管一省科举的学使朱乔三家，门槛下面有一条蚰蜒，长好几尺。每逢刮风下雨就出来，在地上扭来扭去像白绸子似的。据说蚰蜒的形状像蜈蚣，白天见不到，夜里才出来。闻到腥味就集拢来。有人说：是一种没有眼睛而很贪吃的蜈蚣。

司　训①

【原文】

教官某，甚聋，而与一狐善；狐耳语之②，亦能闻。每见上官，亦与狐俱，人不知其重听也③。积五六年，狐别而去，嘱曰："君如傀儡，非挑弄之，则五官俱废。与其以聋取罪，不如早自高也④。"某恋禄，不能从其言，应对屡乖。学使欲逐之⑤，某又求当道者为之缓颊⑥。一日，执事文场⑦。唱名毕⑧，学使退与诸教官燕坐⑨。教官各扪籍靴中⑩，呈进关说⑪。已而学使笑问："贵学何独无所呈进？"某茫然不解。近坐者肘之，以手入靴，示之势。某为亲戚寄卖房中伪器⑫，辄藏靴中⑬，随在求售。因学使笑语，疑索此物，鞠躬起对曰⑭："有八钱者最佳，下官不敢呈进。"一座匿笑。学使叱出之，遂免官。

异史氏曰："平原独无，亦中流之砥柱也⑮。学使而求呈进，固当奉之以此⑯。由是得免，冤哉！"

朱公子子青《耳录》云⑰："东莱一明经迟⑱，司训沂水⑲。性颠痴⑳，凡同人咸集时，皆默不语；迟坐片时，不觉五官俱动，笑啼并作，旁若无人焉者。若闻人笑声，顿止。日俭鄙自奉，积金百馀两，自埋斋房，妻子亦不使知。一日，独坐，忽手足动，少刻云：'作恶结怨，受饿忍饥，好容易积蓄者，今在斋房。倘有人知，竟如何？'如此再四。一门斗在旁㉑，殊亦不觉。次日，迟出，门斗入，掘取而去。过二三日，心不自宁，发穴验视，则已空空。顿足拊膺㉒，叹恨欲死。"教职中可云千态百状矣。

【注释】

①司训：明清时府、州、县皆置训导。司训，当指这类学官。

②耳语：此据二十四卷抄本，原作"而语"。

③重（众）听：听力弱。

④自高：自求清高。指辞去官职。

⑤学使：提学使，省级学官。

⑥缓颊：婉言说情。

⑦执事文场：在考场任事。

⑧唱名：点名。指考生入场时按册点名。

⑨燕坐：闲坐。燕，安息。

⑩扪籍靴中：从靴中摸出欲为之关说的考生名籍。籍，名籍。考生报名时均须填写姓名、籍贯、年岁及三代履历。

⑪关说：通关节，说人情。旧时科场，托人关说，行贿以通于主考，求其取中，谓之"关节"。

⑫房中伪器：谓闺房之中行夫妇之事的淫器。

⑬辄藏靴中：此据二十四卷抄本，铸雪斋抄本无此四字。

⑭鞠躬：此据二十四卷抄本，原本作"鞠恭"。

⑮"平原独无"二句：意谓教官某不同流合污，买通关节，也是一个独立不挠的人物。平原，指东汉平原相史弼。

⑯固当奉之以此：就应该把房中伪器呈奉给他。意在讥讪其贪财好色。

⑰朱子青：朱缃，字子青，号橡村，历城（今山东省历城县）人，康熙时为候补主事。蒲松龄的朋友。

⑱东莱：古郡名，治所在今山东省掖县。明经：清代为贡生的别称。

⑲沂水：今山东省沂水县。

⑳性颠痴：此据青本，铸雪斋抄本作"情颠痴"。

㉑门斗：旧时学官之侍役。

㉒拊膺：搥胸。

司训

【译文】

教官某甲，聋得厉害，而和一个狐精友好。狐精跟他咬耳朵，他倒能听见。每次去见上司，也和狐精一起去，别人不知道他耳背。

过了五六年，狐精别他而去。嘱咐他说："你就像木偶，没人操纵，五官都不起作用。与其因为耳聋得罪，不如趁早自动退隐。"某甲舍不得那点俸禄，没能听他话，回答上司问话屡屡出错。学使要停他的职，某甲又求掌权的大官为自己说情。

一天。某甲在考场执行公务。考生点名完毕，学使退堂和各教官随便闲坐。教官们各自从靴中摸出要求关照的名单呈上。完后学使笑着问某甲："为什么唯独贵学校没有名单呈上来呢？"某甲茫茫然不知他说些什么。坐在他旁边的人用胳膊肘捅他，把手伸进靴里向他示意。某甲为亲戚代卖淫器，常藏在靴里，随时向人推销。因为学使是笑着问他的，猜想是索取那玩意儿，就站起来点头哈腰地说："有八文钱一个的最佳，卑职不敢献上。"满座忍不住暗笑。学使喝令他出去，就此免了他的官。

异史氏说：独不随众徇私枉法，也可算中流砥柱了。身为学使而要求下属走自己的后门，本该把那玩意儿送给他。因此而被免官，冤枉！

朱子青公子所著《耳录》说："山东东莱县一个姓迟的贡生，在沂水县当教官，天性疯疯癫癫。凡同事们集会时，大家都默不作声；迟教官稍坐片刻，不知不觉就会五官全动，哭笑都来，旁若无人。如果听到别人的笑声，他的疯癫顿时就停止了。他生活上很吝啬，积攒了一百多两银子，亲自埋在书房里，连妻儿也不让知道。一天，他独自坐着，忽然手舞足蹈，一会儿说：'作恶人，结冤家，受冻挨饿，好容易攒下的这些银子，如今都埋在书房里。倘使被人知道了，可怎么办呢？'这样连说了三四遍。有个学校中的仆役在旁边，他也毫无所觉。第二天，迟教官外出，仆役进入书房，把银子挖走了。过了两三天，迟教官心里不踏实，挖开藏银子的洞察看，则已经空空如也。他顿脚拍胸，叹惜悔恨得要死。"教官中真可说是千态百状了！

黑　鬼

【原文】

　　胶州李总镇①，买二黑鬼，其黑如漆。足革粗厚，立刃为途，往来其上②，毫无所损。总镇配以娼，生子而白，僚仆戏之③，谓非其种。黑鬼亦疑，因杀其子，检骨尽黑，始悔焉。公每令两鬼对舞，神情亦可观也。

【注释】

　　①胶州基总镇：胶州州治，今山东省胶县。清顺治元年设胶州镇总兵，习称胶州总镇。

　　②"立刃为途"二句：意为植立数刀，刀尖向上，可在其上往来行走。刃，刀尖。

　　③僚仆：指同事一主的仆人。

【译文】

　　胶州李总兵，买了两个黑人，黑得像漆一样。他们的脚底皮又粗又厚，把许多刀刀口朝上架在地上当路，黑人在刀刃上走来走去，毫无损伤。李总兵把娼妓配给他们，生下的儿子却是白皮肤。仆人们开玩笑，说不是他们的种。黑人也起了疑心，就杀了他们的儿子，验看骨头，全是黑的，这才后悔了。

李总兵经常叫两个黑人对舞，那神态表情也很可观。

织 成

【原文】

　　洞庭湖中①，往往有水神借舟。遇有空船，缆忽自解，飘然游行。但闻空中音乐并作，舟人蹲伏一隅，瞑目听之，莫敢仰视，任所往。游毕，仍泊旧处。

　　有柳生，落第归，醉卧舟上。笙乐忽作。舟人摇生不得醒，急匿艎下②。俄有人捽生。生醉甚，随手堕地，眠如故，即亦置之。少间，鼓吹鸣聒。生微醒，闻兰麝充盈，睨之，见满船皆佳丽。心知其异，目若瞑③。少间，传呼织成。即有侍儿来，立近颊际，翠袜紫舃，细瘦如指。心好之，隐以齿啮其袜。少间，女子移动，牵曳倾踣。上问之，因白其故。在上者怒，命即行诛。遂有武士入，捉缚而起。见南面一人④，冠类王者。因行且语，曰："闻洞庭君为柳氏⑤，臣亦柳氏；昔洞庭落第，今臣亦落第；洞庭得遇龙女而仙，今臣醉戏一姬而死：何幸不幸之悬殊也！"王者闻之，唤回，问："汝秀才下第者乎？"生诺。便授笔札，令赋"风鬟雾鬓"⑥。生固襄阳名士⑦，而构思颇迟，捉笔良久。上诮让曰："名士何得尔？"生释笔自白："昔《三都赋》十稔而成⑧，以是知文贵工、不贵速也⑨。"王者笑听之。自辰至午，稿始脱。王者览之，大悦曰："真名士也！"遂赐以酒。顷刻，异馔纷纶。方向对间，一吏捧簿进白："溺籍告成矣⑩。"问："人数几何？"曰："一百二十八人。"问："签差何人矣⑪？"答云："毛、南二尉。"生起拜辞，王者赠黄金十斤，又水晶界方一握⑫，曰："湖中小有劫数，持此可免。"忽见羽葆人马⑬，纷立水面，王者下舟登舆，遂不复见，久之寂然。

舟人始自艎下出，荡舟北渡，风逆不得前。忽见水中有铁猫浮出。舟人骇曰："毛将军出现矣⑭！"各舟商人俱伏。又无何，湖中一木直立，筑筑摇动⑮。益惧曰："南将军又出矣！"少时，波浪大作，上翳天日，四顾湖舟，一时尽覆。生举界方危坐舟中，万丈洪涛，至舟顿灭，以是得全。

织成

既归，每向人语其异，言："舟中侍儿，虽未悉其容貌，而裙下双钩，亦人世所无。"后以故至武昌，有崔媪卖女，千金不售；蓄一水晶界方，言有能配此者，嫁之。生异之，怀界方而往。媪忻然承接，呼女出见，年十五六已来，媚曼风流⑯，更无伦比，略一展拜，反身入帏。生一见魂魄动摇，曰："小生亦蓄一物，不知与老姥家藏颇相称否？"因各出相较，长短不爽毫厘。媪喜，便问寓所，请生即归命舆，界方留作信。生不肯留，媪笑曰："官人亦太小心！老身岂为一界方抽身窜去耶？"生不得已，留之。出则赁舆急返，而媪室已空。大骇。遍问居人，迄无知者。日已向西，形神懊丧，邑邑而返。中途，值一舆过，忽搴帘曰："柳郎何迟也？"视之，则崔媪，喜问："何之？"媪笑曰："必将疑老身拐骗者矣。别后，适有便舆，顷念官人亦侨寓，措办良艰⑰，故遂送女归舟耳。"生邀回车，媪必不可。生仓皇不能确信，急奔入舟，女果及一婢在焉。见生入，含笑承迎。生见翠袜紫履，与舟中侍儿妆饰，更无少别。心异之，徘徊凝注。女笑曰："眈眈注目，生平所未见耶？"生益俯窥之，则袜后齿痕宛然，惊曰："卿织成耶？"女掩口微哂。生长揖曰⑱："卿果神人，早请直言，以祛烦惑。"女曰："实告君：前舟中所遇，即洞庭君也。仰慕鸿才，便欲以妾相赠；因妾过为王妃所爱，故归谋之。妾之来，从妃命也。"生喜，沐手焚香，望湖朝拜，乃归。

后诣武昌，女求同去，将便归宁。既至洞庭，女拔钗掷水，忽见一小舟自湖中出，女跃登，如飞鸟集，转瞬已杳。生坐船头，于没处凝盼之⑲。遥遥一楼船至，既近窗开，忽如一彩禽翔过，则织成至矣。一人自窗中递掷金珠珍物甚多，皆妃赐也。自是，岁一两觐以为常⑳。故生家富有珠宝，每出一物，世家所不识焉。

相传唐柳毅遇龙女，洞庭君以为婿。后逊位于毅。又以毅貌文，不能摄服水怪，付以鬼面，昼戴夜除；久之渐习忘除，遂与面合而为一。毅览镜自惭。故行人泛湖，或以手指物，则疑为指己也；以手覆额，则疑其窥己也：风波辄起，舟多覆。故初登舟，舟人必以此告戒之。不则设牲牢祭享㉑，乃得渡。许真君偶至湖㉒，浪阻不得行。真君怒，执毅付郡狱。狱吏检囚，恒多一人，莫测其故。一夕，毅示梦郡伯㉓，哀求拔救。伯以幽明异路，谢辞之。毅云："真君于某日临境，但为求恳，必合有济㉔。"既而真君果至，因代求之，遂得释。嗣后湖禁稍平。

【注释】

①洞庭：据二十四卷抄本，原作"洞廷"。

②艎（皇）下：犹言船舱。艎，吴地大舟。

③目若暝：眼睛好像是闭着。意谓伪装闭目，暗地观察。

④南面：面向南。古以南面为尊，天子见群臣或卿大夫见僚属，皆南面而坐。

⑤洞庭君为柳氏：洞庭君，指柳毅。唐人李朝威《柳毅传》，谓洞庭龙女遭受夫家虐待，在野外放牧，碰到落第秀才柳毅。柳毅锐身自任，赴洞庭湖为其传书，解放龙女。后柳毅与龙女成为夫妇，并嗣为洞庭君。

⑥赋"风鬟雾鬓"：以"风鬟雾鬓"为题作赋。《柳毅传》柳毅在洞庭龙宫见到龙王，述说龙女的情况，有云"见大王爱女牧羊于野，风鬟雨鬓，所不忍视。"此作"风鬟雾鬓"，亦用以形容龙女放牧时的苦难。

⑦襄阳：今湖北省襄阳区。

⑧"昔《三都赋》"句：《三都赋》，西晋左思所作。

⑨文贵工，不贵速：写文章以精巧为好，不以速成为贵。

⑩溺籍：被淹死者的名册。

⑪签差：犹言派遣。旧时派遣官吏，称"签差"。

⑫界方：界尺，用以比画直线或压纸。一握：一柄，一具。

⑬羽葆：仪仗名。

⑭毛将军：据二十四卷抄本，原作"猫将军"。

⑮筑筑：意谓像夯柄一样上下捣动。筑，打地基用的工具，俗称夯。

⑯媚曼：美好。

⑰措办：筹办。

⑱长揖：拱手自上而至极下的一种礼节，表示敬重。

⑲没（漠）处：指织成消失之处。没，潜入水中。

⑳觐（近）：觐见，拜见贵者。

㉑牲牢：杀牲为祭品。牛、羊、豕为"牲"，系养者为"牢"。

㉒许真君：东晋道士许逊，字敬之，汝南（治所在今河南汝南）人。后居南昌（今江西省南昌市）。年二十岁学道于吴猛，尽传其秘。曾任旌阳（今湖北省枝江

市北）令，政绩卓著。后因晋室纷乱，弃官东归，周游江湖。传说东晋宁康年间全家成仙飞升。宋代封为"神功妙济真君"，世称许真君或许旌阳。

㉓郡伯：郡守。

㉔合：当。

【译文】

洞庭湖中，往往有水神借船的事。遇到空载的船，缆绳忽然自动解开，飘啊飘地在水上游驶。只听得空中音乐齐奏，船工们蹲伏在船角落里，闭着眼听，没有敢抬头看的，任凭船只驶往何处。水神游湖完毕，船仍旧回到原处停泊。

有个柳生，应试落第而归，喝醉了躺在船上。忽然音乐声起，船工们推摇柳生推不醒，就急忙各自躲在甲板下面。过了一会，有个人过来揪拉柳生，柳生醉得很厉害，随拉随倒，仍然醉眠不醒。那人也就算了。过了一会，乐声大作，震耳欲聋。柳生有点醒了，闻到异香扑鼻，侧眼偷看，只见满船都是美女。心里知道遇上了奇事，假装闭着眼睛。过了一会，只听得传叫织成。就有一个侍女走来，正好站在柳生的脸旁，绿袜紫鞋，纤细得像手指一般。柳生心里爱这小脚，偷偷地用牙咬住她的袜子。少停，那女子移动，因袜子被牵住跌倒了。上面问怎么回事，女子就报告了跌倒的缘故。坐在上面的人大怒，命令把柳生立即处死。就有武士进来，把柳生按住捆绑了揪起来。柳生看见朝南坐着一个人，头上戴的好像是王冠。他就一边走一边说："我听说洞庭君姓柳，我也姓柳；当初洞庭君应试落第，如今我也落第；洞庭君遇到龙女而成仙，现在我却因醉中调戏一个侍女而被杀。为什么幸与不幸相差这么远啊！"大王听见了，把他叫回，问："你是落第的秀才吗？"柳生答是。大王便让人给他笔墨纸张，命他写一篇《风鬟雾鬓赋》。柳生原是襄阳著名文士，但构思很慢，握着笔思考了很久。大王谴责说："名士哪能这样！"柳生放下笔自我辩白说："从前晋朝左思写《三都赋》十年才完成，洛阳为之纸贵。由此可知文章贵在质量，不在写得快。"大王笑着，任凭他慢慢写。整整写了一上午，才算脱稿。大王读了，大喜说：“真是名不虚传啊！”就赐他饮酒。片刻之间，各种珍异的食品纷纷送上。宾主正在问答之际，一个办事员捧着名册上前禀报说：“应该淹死的人名册造好了。”大王问：“有多少人？”答：“一百二十八人。”又问：“派遣何人执行？”答：“毛、南二校尉。”柳生起身拜谢告辞。大王赠他黄金十斤，还有一把水晶界尺，说：“湖中将有小灾难，拿了这界尺可以免难。”忽见仪仗队和护卫的人马，纷纷站立水面，大王下船上车，就不见了。过了好久，一点声音也没有了，船工们才从船板底下出来。他们驾船北渡，但遇到逆风，船不能前进。忽见水中浮出一只铁锚，船工们惊恐地说：“毛将军出来了！”各船上的商客都一齐下拜。又过了一会，湖中竖着浮起一根大木头，一上一下地摇动。众人更恐惧地说：“南将军也出来了！”稍过片刻，波涛大起，遮天蔽日，只见四面的船，纷纷倾覆。柳生举着界尺端坐船上，万丈洪涛，一到船边就平静了，因此得以保全。

回家以后，柳生经常向人谈起这次奇遇。说是船上的那位侍女，虽然没有看清她的容貌，然而裙子底下那双小脚，也是人间所没有的。

后来柳生有事到武昌，有个崔大娘卖女儿，无论多少钱都不卖。她藏着一把水晶界尺，说有跟这把界尺配成对的，就把女儿嫁给他。柳生感到奇怪，就揣着界尺前往。崔大娘高兴地接待了他。叫女儿出来相见。她女儿不到十五六岁，妩媚风流，再没人可比的，向柳生略微行了个礼，就转身回里屋了。柳生见了，魄动魂摇，说：“我也有一样东西，不知和老太太家所藏相配否？”于是双方拿出来比较，两把界尺长短不差分毫。崔大娘大喜，就问明柳生的住处，请他回去准备车子，界尺就留下来作为信物。柳生不肯留下界尺。崔大娘笑着说：“官人也太小心了，我老太婆难道为了一把界尺就逃走吗？”柳生不得已，把界尺留下了。出来雇了车子急忙返回，但崔大娘的家已经空无一人。柳生大惊，问遍住在那里的人，始终不知道的。太阳已经西斜，柳生神情懊丧，闷闷不乐地回船。路上，遇到一辆车子过来，忽然有人掀开车帘说：“柳郎怎么来迟了？”一看，就是崔大娘。柳生高兴地问：“去哪里？”崔大娘笑着说：“你一定疑心我老太婆是个诈骗者了。分别以后，正好有便车，顿时想起你也是旅居在此，备办车子很不方便，所以就径自把女儿送到你船上了。"柳生请她回车，崔大娘一定不肯。柳生匆忙中不能确信她的话，急急奔回船上，那姑娘果然和一个丫鬟在了。见柳生进舱，含笑上前迎接。只见她绿袜紫鞋，和洞庭湖上船中侍女的装束，没有一点差别。柳生心里觉得奇怪，来回盯着她看。姑娘笑着说："目不转睛地，从来没见过吗？"柳生更弯下身子窥看，袜子后面牙齿咬的痕迹还宛然可见，惊讶地说："你就是织成吗？"女郎捂着嘴微笑。柳生对她行了个礼，说："你果真是神人的话，请早点直说，好让我消除疑惑。"姑娘说："实话告诉你，你从前在船上遇到的，就是洞庭君。他仰慕你的大才，就想把我送给你。但因为我特别蒙王妃宠爱，所以要回宫同王妃商量。我这次来，就是奉了王妃的命令。"柳生大喜，洗手焚香，向着洞庭湖朝拜。于是双双回家。

后来柳生到武昌去，织成请求同去，要趁便回娘家。到了洞庭湖，织成拔下金钗扔在水中，忽见一只小船从湖中出来，织成一跃跳上小船，轻盈得如同飞鸟，转眼就不见了。柳生坐在船头，凝视着织成消失的地方。远远有一艘楼船驶来，靠近以后，楼窗打开，忽然像一只五彩鸟飞翔而过，原来是织成回来了。有人从楼船窗中扔过来很多珍宝，都是王妃赏赐的。从此，织成每年回去一两次朝见王妃，成为惯例。所以柳生家中珍宝极多，每拿出一件，世家豪族都不识得。

相传唐朝柳毅遇到龙女，洞庭君把他招为女婿。后来让位给他。又因为柳毅相貌文雅，不能慑服水怪，就给他一个鬼脸，白天戴上夜里除下。时间一长，柳毅渐渐习惯了，夜里忘了除下，鬼脸就和他的脸合而为一了。柳毅拿起镜子感到羞惭。所以旅客经过洞庭湖，如果有人用手指点什么，柳毅就疑心是指自己；如果有人用手覆在额上，柳毅就疑心他在偷看自己。风浪就起来，船往往翻沉。所以旅客初次登船，船夫一定把这个规矩告诫他们，要不就备办牛羊等物上供祭祀，才能渡湖。仙人许逊偶然到洞庭湖，被风浪所阻不能前进。许逊大怒，把柳毅抓了关在郡监狱里。监狱官检点囚犯，总是多出一人，猜不透是什么缘故。一天夜里，柳毅托梦给郡守，哀求救援。郡守因为阴间和阳间不能相通，谢绝了。柳毅说："许真君将于某日来到此地，你只要为我恳求，一定会有效的。"后来许逊果然来了，郡守代为恳求，柳毅得以释放。从此后湖上的禁忌稍为太平了些。

竹　青

【原文】

　　鱼客，湖南人，忘其郡邑①。家贫，下第归②，资斧断绝。羞于行乞，饿甚，暂憩吴王庙中③，拜祷神座。出卧廊下，忽一人引去，见王，跪白曰："黑衣队尚缺一卒，可使补缺。"王曰："可。"即授黑衣。既着身，化为乌，振翼而出。见乌友群集，相将俱去，分集帆樯④。舟上客旅，争以肉向上抛掷。群于空中接食之。因亦尤效⑤，须臾果腹。翔栖树杪，意亦甚得。逾二三日，吴王怜其无偶，配以雌，呼之"竹青"。雅相爱乐。鱼每取食，辄驯无机⑥。竹青恒劝谏之，卒不能听。一日，有满兵过⑦，弹之中胸。幸竹青衔去之，得不被擒。群乌怒，鼓翼扇波，波涌起，舟尽覆。竹青仍投饵哺鱼。鱼伤甚，终日而毙。忽如梦醒，则身卧庙中。先是，居人见鱼死，不知谁何，抚之未冷，故不时令人逻察之。至是，讯知其由，敛资送归⑧。

　　后三年，复过故所，参谒吴王。设食，唤乌下集群啖，祝曰："竹青如在，当止。"食已，并飞去。后领荐归⑨，复谒吴王庙，荐以少牢⑩。已，乃大设以飨乌友⑪，又祝之。是夜宿于湖村，秉烛方坐，忽几前如飞鸟飘落；视之，则二十许丽人，辗然曰⑫："别来无恙乎？"鱼惊问之，曰："君不识竹青耶？"鱼喜，诘所来。曰："妾今为汉江神女⑬，返故乡时常少。前乌使两道君情⑭，故来一相聚也。"鱼益欣感，宛如夫妻之久别，不胜欢恋。生将偕与俱南⑮，女欲邀与俱西⑯，两谋不决。寝初醒，则女已起。开目，见高堂中巨烛荧煌，竟非舟中。惊起，问："此何所？"女笑曰："此汉阳也⑰。妾家即君家，何必南！"天渐晓，婢媪纷集，酒炙已进。就广床上设矮几，夫妇对酌。鱼问："仆何在？"答："在舟上。"生虑舟人不

能久待。女言："不妨，妾当助君报之⑧。"于是日夜谈嘱，乐而忘归。舟人梦醒，忽见汉阳，骇绝。仆访主人，杳无音信。舟人欲他适，而缆结不解，遂共守之。积两月馀，生忽忆归，谓女曰："仆在此，亲戚断绝。且卿与仆，名为琴瑟，而不一认家门，奈何？"女曰："无论妾不能往；纵往，君家自有妇，将何以处妾乎？不如

个青

窘途老奈秀
才饿多
谢吴至赐羽
永分简
雏羲地匹偶
性今双
宿永双飞

竹青

置妾于此，为君别院可耳⑲。"生恨道远，不能时至。女出黑衣，曰："君向所着旧衣尚在。如念妾时，衣此可至；至时，为君解之。"乃大设肴珍，为生祖饯⑳。即醉而寝，醒则身在舟中。视之，洞庭旧泊处也。舟人及仆俱在，相视大骇，诘其所往。生故怅然自惊。枕边一袱，检视，则女赠新衣袜履，黑衣亦折置其中。又有绣橐维絷腰际㉑，探之，则金资充牣焉㉒。于是南发，达岸，厚酬舟人而去。

归家数月，苦忆汉水，因潜出黑衣着之，两胁生翼，翕然凌空㉓，经两时许㉔，已达汉水。回翔下视㉕，见孤屿中，有楼舍一簇，遂飞堕。有婢子已望见之，呼曰："官人至矣！"无何，竹青出，命众手为缓结，觉羽毛划然尽脱。握手入舍，曰："郎来恰好，妾旦夕临蓐矣。"生戏问曰："胎生乎？卵生乎？"女曰："妾今为神，则皮骨已更㉖，应与曩异。"越数日，果产，胎衣厚裹㉗，如巨卵然，破之，男也。生喜，名之"汉产"。三日后，汉水神女皆登堂，以服食珍物相贺。并皆佳妙，无三十以上人。俱入室就榻㉘，以拇指按儿鼻，名曰"增寿"。既去，生问："适来者皆谁何？"女曰："此皆妾辈㉙。其末后着藕白者，所谓'汉皋解珮'㉚，即其人也。"居数月，女以舟送之，不用帆楫㉛，飘然自行。抵陆，已有人絷马道左，遂归。由此往来不绝。

积数年，汉产益秀美，生珍爱之。妻和氏，苦不育，每思一见汉产。生以情告女。女乃治任，送儿从父归，约以三月。既归，和爱之过于己出，过十馀月，不忍令返。一日，暴病而殇，和氏悼痛欲死。生乃诣汉告女。入门，则汉产赤足卧床上，喜以问女。女曰："君久负约。妾思儿，故招之也。"生因述和氏爱儿之故。女曰："待妾再育，令汉产归。"又年馀，女双生男女各一：男名"汉生"，女名"玉珮"。生遂携汉产归。然岁恒三四往，不以为便，因移家汉阳。汉产十二岁，入郡庠。女以人间无美质㉜，招去，为之娶妇，始遣归。妇名"卮娘"，亦神女产也。后和氏卒，汉生及妹皆来擗踊㉝。葬毕，汉生遂留；生携玉珮去，自此不返。

【注释】

①郡邑：所属府、县；犹言"籍贯"。

聊斋志异

图文珍藏版

②下第：科举落榜。

③吴王庙：本称吴将军庙，祀三国时吴国大将甘宁，在湖北富池口镇。宋时以有神风助漕运有功，赐王爵，因称吴王庙。往来船只多来祭庙，乌鸦成群迎送船只，当地人称为"吴王神鸦"。

④帆樯：船桅，桅杆。

⑤尤效：犹言仿效。

⑥驯无机：驯良而不机警。

⑦满兵：清兵。

⑧敛资：凑集钱财。

⑨领荐：领乡荐，即乡试中举。

⑩荐以少牢：以少牢之礼祭祀。荐，祭。少牢，古代祭祀，单用猪、羊称少牢。后专以羊为少牢。

⑪大设：盛设；大设肴馔。飨（响）：广泛宴请。

⑫鞚然：据山东省博物馆抄本，原作"躹然"。

⑬汉江：即汉水，南流至湖北省汉口入江。

⑭两道君情：两次说及您的情谊。

⑮偕与俱南：偕同南去，指去鱼客的家乡湖南。

⑯邀与俱西：请他一同西去，指西去竹青为神的地方汉江。

⑰汉阳：县名，在湖北省汉水下游南岸。

⑱报：报施，酬劳。

⑲别院：犹言"别庄"或"别业"。

⑳祖饯：饯别。古时出行，祭路神叫"祖"，用酒食送行叫"饯"。

㉑绣橐：绣制的布囊。橐，无底的囊，可以维系腰间。

㉒充牣（刃）：充满。

㉓翕（西）然：飞翔迅疾。

㉔两时：两个时辰。

㉕回翔：盘旋飞翔。

㉖皮骨已更：据二十四卷抄本，原作"皮骨已硬"。

㉗胎衣：胎胞。

㉘就榻：走近榻前。就，近。

㉙妾辈：和我同样的人，指也是汉水女神。

㉚"汉皋解珮"：《韩诗外传》：郑交甫路过汉皋台下，遇见两个女子，每人都佩带一颗巨珠。郑交甫注目相挑，二女解下佩珠赠给郑交甫。汉皋，山名，在湖北省襄阳区西。珮，佩带的玉饰。

㉛帆楫：船帆和船桨。

㉜美质：指素质美好的女子。

㉝擗踊（匹勇）：指为双亲举哀送葬。

【译文】

鱼客，湖南人，忘了他是哪府哪县的。家里很穷，落第回家，盘缠用完了。他羞于乞讨，饿极了，暂时在吴王庙里休息，向着神像祈祷。出来躺在走廊里。

忽然有个人把他领去见吴王，那人跪下禀报说："黑衣队里还缺一名士兵，可以让这个人补上名额。"吴王说："可以。"于是就发给鱼客一件黑衣服。鱼客穿上身，就变成一只乌鸦，拍着翅膀飞出来。只见乌鸦伙伴们聚集成群，带着鱼客一同飞去，分散停落在船帆、桅杆上。船上的旅客们，争着把肉块向上抛掷。群鸦就在空中接来吃。于是鱼客也学样，一会儿就吃饱了。在树梢间飞翔栖息，也颇为得意。过了两三天，吴王怜悯他没有配偶，就把一只雌鸦配给他，名叫竹青。互相很是恩爱快乐。鱼客每当接吃旅客抛掷的肉块时，都很驯服，毫无防人之心。竹青常常规劝他，他到底没能听从。一天，有满洲兵经过，用弹弓弹中了他的胸口。幸亏竹青把他衔去，才没被捉住。群鸦大怒，鼓动翅膀搧起波浪，波涛大作，把船只全掀翻了。竹青衔着吃的来喂鱼客，鱼客伤很重，当天就死了。

鱼客如同做了一场梦忽然醒来，发现自己仍然躺在吴王庙里。在此之前，当地居民发现鱼客死在庙中，不知他是谁，摸摸他的身体还没冷，所以不时派人来察看。这时见他醒了，问清了他的情况，就凑了盘缠送他回家。

三年后，鱼客重经旧地，进庙参拜了吴王的神像。又准备了食品，召请乌鸦们飞下来吃。鱼客祝告说："竹青如果也在其中，请留下。"乌鸦们吃完，都飞走了。

后来鱼客考中了举人，回家时又到吴王庙朝拜，用整猪整羊祭祀吴王。祭毕，摆下丰盛的食物大请乌鸦朋友，又像上次那样祷告竹青。

这一夜鱼客宿在湖边村里，正在烛旁坐着，忽然桌前像有一只飞鸟飘然落下，定睛一看，是二十来岁的美貌女子，嫣然一笑说："别后身体好吗？"鱼客吃惊地问她是谁，她说："你不认识竹青了吗？"鱼客大喜，问她从哪里来。竹青说："我现在当了汉江的神女，回故乡的时候很少。前一阵乌鸦使者两次告诉我你的深情，所以来聚一聚。"鱼客更加欣喜感动，就像人间夫妻久别重逢一样，不胜欢恋。鱼客想要和她一起南归家乡，而竹青想邀请鱼客一起西去汉江，两人的意见没有统一。

鱼客一觉醒来，竹青已经起来了。睁眼一看，只见高敞的堂屋中巨烛辉煌，竟不是在船上。鱼客吃惊地坐起，问："这是什么地方？"竹青笑着说："这里是汉阳。我的家就是你的家，为什么一定要回南方呢！"天渐渐亮了，丫鬟仆妇纷纷前来侍候，酒菜都已献上。就在大床上摆了矮几，夫妻对饮。鱼客问："我的仆人在哪里？"竹青答："在船上。"鱼客担心所雇的船夫不能长期等待，竹青说："不要紧，我会帮你通知他们。"于是二人日夜笑谈饮酒，鱼客快乐得忘了回家。

鱼客的船夫们睡醒过来，忽然发觉来到了汉阳，都吓坏了。鱼客的仆人寻访主人，杳无音信。船夫想要到别处去，但缆绳怎么也解不开，于是只好和仆人一起守候在汉阳。

过了两个多月，鱼客忽然想回家，对竹青说："我在这里，和亲戚们都断了往来。况且你和我，名为夫妻，却不去认一认家门，这怎么行呢？"竹青说："且不说我不能去你家，即使去了，你家里自有妻子，我又放在什么位置上呢？不如让我留在这里，作为你又一个家吧！"鱼客恨路太远了，不能经常来。竹青拿出一件黑衣服说:"你从前所穿的旧衣服还在,如果想念我时,穿上这衣服就能到这儿。到的时候,我给你脱下来。"于是竹青大摆宴席,为鱼客饯行。

鱼客喝醉就睡了,醒来,已经身在船上。仔细一看,是在洞庭湖边原来停泊之处。船夫和仆人都在,见了鱼客都大为惊骇,追根究底问他到哪里去了。鱼客故意惘然惊讶。枕头边有个包袱,打开检看,是竹青送的新衣服新鞋袜,那件黑衣服也折好放在里面。又有一个绣花钱袋拴在腰里,一摸,里面装满了金银。于是向南进发,到了岸边,重重酬谢了船夫,就回家去了。

回家几个月,鱼客非常想念汉水上的竹青,就偷偷取出黑衣穿上。两胁生出翅膀,凌空飞翔,过了两个来时辰,就已到达汉水。鱼客盘旋着往下看,见孤岛上有一片楼房,就飞降下来。已经有丫鬟望见了,叫道:"官人来啦!"不一会,竹青出来,命众人给他解开黑衣服上的带子,鱼客就觉得身上的羽毛一下子都脱掉了。竹青拉着他的手进房,说:"你来得正好,我早晚就要生孩子了。"鱼客开玩笑地问:"是胎生呢,还是卵生?"竹青说:"我现在成了神,已经脱胎换骨,想必跟过去做乌鸦时不一样了。"过了几天,果然分娩了。厚厚的胎衣裹着孩子,好像大卵似的。把胎衣破开,是个男孩子。鱼客很欢喜,给孩子取名汉产。孩子出生第三天,汉水的神女们都上门来,带了衣服食品和珍宝来贺喜。神女们全都年轻美丽,没有三十岁以上的。她们进屋来到床边,用大拇指按婴儿的鼻子,这名堂叫作"增寿"。神女们走后,鱼客问:"刚才来的都是些谁?"竹青说:"她们都是和我一样的神女。最后那个穿藕白色衣服的,《列仙传》里所说解下佩珠赠给郑交甫的,就是她了。"住了几个月,竹青用船送鱼客回家,不用帆不用桨,船自动飘然行驶。上了岸,已经有人在路边为他备好了马,于是就回到家里。从此鱼客就不断往来于两地。

过了几年,汉产越长越俊秀,鱼客十分珍爱他。鱼客的妻子和氏,苦于不会生育,时常想见一见汉产。鱼客把这衷情告诉竹青。竹青就为他们整备行装,送儿子随父亲回家,约好三个月送回。回到家里,和氏对汉产比自己亲生的还要疼爱,过了十几个月,也舍不得让他回去。一天,汉产忽然得了急病死了,和氏悲痛得差点死去。鱼客就到汉水去报告竹青。一进门,就见汉产光着脚丫睡在床上,他欣喜地问竹青怎么回事。竹青说："你失约太久了，我想念儿子，所以把他招回来了。"鱼客就说了和氏爱孩子的缘故。竹青说："等我再生，就让汉产回湖南。"又过了一年多，竹青一胎双生，男孩女孩各一个，男孩取名汉生，女孩取名玉佩。于是鱼客就带了汉产回家。但每年都要去汉水三四次，觉得很不方便，就把家迁到汉阳。汉产十二岁就考中秀才。竹青因为人间没有好姑娘，把汉产招去，给他娶了妻子，才送他回家。媳妇名叫厄娘，也是神女所生。后来和氏去世，汉生和玉佩都来奔丧。安葬完毕后，汉生就留下了。鱼客带着玉佩离去，从此再没有回来。

段　氏

【原文】

　　段瑞环，大名富翁也①。四十无子。妻连氏最妒，欲买妾而不敢。私一婢，连觉之，挞婢数百，鬻诸河间栾氏之家②。段日益老，诸侄朝夕乞贷，一言不相应，怒徵声色③。段思不能给其求，而欲嗣一侄，则群侄阻挠之，连之悍亦无所施，始大悔。愤曰："翁年六十馀，安见不能生男！"遂买两妾，听夫临幸，不之问。居年馀，二妾皆有身④。举家皆喜。于是气息渐舒，凡诸侄有所强取，辄恶声梗拒之。无何，一妾生女，一妾生男而殇。夫妻失望。又将年馀，段中风不起⑨，诸侄益肆，牛马什物，竟自取去。连诟斥之，辄反唇相稽⑥。无所为计，朝夕鸣哭⑦。段病益剧，寻死。诸侄集柩前，议析遗产。连虽痛切，然不能禁止之。但留沃墅一所⑧，赡养老稚，侄辈不肯。连曰："汝等寸土不留，将令老妪及呱呱者饿死耶⑨！"日不决，惟怨哭自挝。忽有客入吊，直趋灵所，俯仰尽哀⑩。哀已，便就苫次⑪。众诘为谁，客曰："亡者吾父也。"众益骇。客从容自陈。

　　先是，婢嫁栾氏，逾五六月，生子怀，栾抚之等诸男⑫。十八岁入泮。后栾卒，诸兄析产，置不与诸栾齿[13]。怀问母，始知其故，曰："既属两姓，各有宗祐[14]，何必在此承人百亩田哉！"乃命骑诣段，而段已死。言之凿凿，确可信据。连方忿痛，闻之大喜，直出曰："我今亦复有儿！诸所假去牛马什物，可好自送还；不然，有讼兴也！"诸侄相顾失色，渐引去。怀乃携妻来，共居父忧[15]。诸段不平，共谋逐怀。怀知之，曰："栾不以为栾，段复不以为段，我安适归乎！"忿欲质官，诸戚党为之排解，群谋亦寝。而连以牛马故，不肯已。怀劝置之。连曰："我非为牛马也，杂气集满胸，汝父以愤死，我所以吞声忍泣者，为无儿耳。今有儿，何畏哉！前事汝不知状，待予自质审[16]。"怀固止之，不听，具词赴宰控。宰拘诸段，审状[17]，连气直词恻，吐陈泉涌。宰为动容，并惩诸段，追物给主。既归，其兄弟之子，招之来，因其不与党谋者，以所追物尽散给之。连七十馀岁，将死，呼女及孙媳嘱曰："汝等志之：如三十不育，便当典质钗珥，为夫纳妾。无子之情状，实难堪也！"

异史氏曰："连氏虽妒，而能疾转[18]，宜天以有后伸其气也[19]。观其慷慨激发，吁！亦杰矣哉！"

济南蒋稼，其妻毛氏，不育而妒。嫂每劝谏，不听，曰："宁绝嗣，不令送眼流眉者忿气人也[20]！"年近四旬，颇以嗣续为念。欲继兄子，兄嫂俱诺，而故悠忽之[21]。儿每至叔所，夫妻饵以甘脆[22]，问曰："肯来吾家乎？"儿亦应之。兄私嘱儿曰："倘彼再问，答以不肯。如问何故不肯，答云：'待汝死后，何愁田产不为吾有。'"一日，稼出远贾，儿复来。毛又问，儿即以父言对。毛大怒曰："妻孥在家，固日日盘算吾田产耶！其计左矣！"逐儿出，立招媒媪，为夫买妾[23]。时有卖婢者，其价昂，倾资不能取盈[24]，势将难成。其兄恐迟而变悔，遂暗以金付媪，伪称为媪转贷者玉成之[25]。毛大喜，遂买婢归。毛以情告夫，夫怒，与兄绝。年馀，妾生子。夫妻大喜。毛曰："媪不知假贷何人，年馀竟不置问。此德不可忘。今子已生，尚不偿母价也！"稼乃囊金诣媪。媪笑曰："当大谢大官人。老身一贫如洗，谁敢贷一金者。"具以实告。稼感悟，归告其妻，相为感泣。遂治具邀兄嫂至，夫妇皆膝行[26]，出金偿兄，兄不受，尽欢而散。后稼生三子。

【注释】

①大名：府名，府治在今河北省大名县。

②河间：府名，治所在今河北省河间市。

③怒徵声色：愤怒之情表现于言辞和面色上。

④有身：怀孕。

⑤中风：中医疾病名。脑内小血管破裂，致病者突然昏倒，中医称为中风。

⑦呜哭：呜呜痛哭。此据二十四卷抄本。铸本作"鸣哭"。

⑧沃墅：肥沃的田庄。墅，田庐。

⑨呱呱（孤孤）者：指一妾所生之女孩。呱呱，小儿啼声。

⑩俯仰：低头和仰首。此谓举哀时俯首而泣，仰面而号。

⑪苫（山）次：此谓居丧的席次。苫，草垫。古时居丧，寝苫枕块。子女在灵旁设草垫，寝息其上，守护左右。

⑫抚之等诸男：抚育他同其他儿子一样。

⑬不与诸栾齿：不把他当栾家的兄弟看待。齿，并列。

⑭宗祐（时）：祖庙。祐，宗庙中藏神主的石室。此据青柯亭本，原本作"宗祐"。

⑮居父忧：居父丧。

⑯质审：向官府申诉。

⑰审状：审阅诉状。状，诉讼呈文。

⑱疾转：急转。谓急改妒行。

⑲有后：指有子。

⑳送眼流眉者：眉目送情的人，指姬妾。

㉑悠忽之：悠悠忽忽拖延时日，谓怠慢过继之事。

㉒甘脆：指味美可口的食物。

㉓"为夫买妾"句后，铸本有"及夫妇"三字，文理不顺。兹据二十四卷抄本删去。

㉔倾资不能取盈：指用尽手边现钱不能偿足身价。取盈，满足其欲。

㉕玉成之：意谓成全其事。

㉖膝行：跪地趋前。

【译文】

段瑞环，是河北大名县的富翁。四十岁还没有儿子。妻子连氏妒忌心最重，段瑞环想买个小老婆却又不敢。他私通一个丫鬟，连氏发觉后，把那丫鬟痛打几百下，卖给了河间市一个姓栾的人家。

段瑞环越来越老了，几个侄儿因为他没儿子，天天来借钱借物。一句话不答应，就恶声恶气给他脸色看。段瑞环想，不能他们要什么就给什么；而想要过继一个侄儿，其他几个就加以阻挠。连氏虽然凶悍泼辣，对此也毫无办法，这才大为后悔起来。她气愤地说："老头子不过六十多岁，怎见得不能再生儿子！"于是就给丈夫买了两个妾，任凭丈夫去宠爱，全不过问。过了一年多，二妾都怀了孕。全家都很高兴。于是气也渐渐粗了。凡众侄儿来强取钱物，就厉声加以拒绝。不久，一个妾生了个女孩，另一个妾生了个男孩却夭折了。夫妻俩大为失望。又过了一年多，段瑞环中风躺倒了，几个侄儿更加放肆，牲畜器具，争着径自取走。连氏斥骂他们，他们就反唇相讥。连氏毫无办法，早晚呜呜地哭。段瑞环病更重，不久就死了。几个侄儿迫不及待聚在灵柩前，商议瓜分遗产。连氏虽然痛苦悲切，但也无法阻止他们。她只留下一所肥沃的庄园赡养老幼，侄儿们不肯。连氏说："你们寸土不留，想叫我老太婆和呱呱啼哭的婴儿饿死吗？"连日争吵不决，连氏气得只能捶胸痛哭。

忽然有个客人进门吊唁，径直快步走到灵位前，哭得前俯后仰极尽悲哀。哭完，退到孝子的位置上。众人盘问他是谁。这客人说："死去的就是我的父亲。"众人更惊奇了。客人不慌不忙自述来历：先前，段家卖掉的那个丫鬟嫁到栾家，过了五六个月就生了个儿子，取名叫怀。姓栾的像对其他儿子一样抚育他。十八岁考中秀才。后来栾姓继父死了，哥哥们分遗产，不把他算作栾家子弟。怀问了母亲，才知道其中缘故。就说："我既然和栾家是两个姓，各有各的祖宗，何必在这里继承人家的百十来亩田呢？"于是就骑了马来到段家，但段瑞环已经死了。

他说得有根有据，确实令人相信。连氏这时正又气又悲，听说这事大喜，就冲出来说："我现在也有儿子了！你们借去的各种牲畜器具，该好好地自己送还，不然，有官司好打了。"众侄儿你看我我看你，脸都转了色，渐渐散去。段怀就把妻子接来，一起为父亲守丧。

段家众侄儿不甘心，共同图谋驱逐段怀。段怀知道了，说："栾家不把我当姓栾的，段家又不把我当姓段的，叫我到哪里去！"气愤地要打官司。亲戚们为他们调解，段家众侄子也打消了原先的图谋。但连氏因为强取去的牲畜等物，不肯罢休。段怀劝她算了。连氏说："我并不是为了牛马，而是夹七夹八积了一肚皮的气，你父亲因为气才死的。我所以忍声吞气，就因为没有儿子罢了。现在有儿子，还怕什么呢？先前的事你不了解情况，等我亲自去打官司。"段怀再三劝阻，连氏不听，写了状子到县官那里去告。县官拘传段家众侄子，审理案情。连氏理直气壮，言词哀切，说得滔滔不绝。县官为之动容，一并惩处了段家众侄子，追还强占的东西给原主。回家以后，连氏把兄弟的儿子中没有参与强夺家产的请来，把追回的东西都分给他们。连氏活到七十多岁，临死前，对女儿和孙媳妇说："你们记着，如果到三十岁还没生儿子，就应该当掉首饰，为丈夫娶妾。没有儿子的苦处，实在难以忍受啊！"

异史氏说：连氏虽然嫉妒，但能迅速转变，老天该让她有儿子，使她扬眉吐气。看她那慷慨果断的措置，呵！也算女中豪杰了！

济南蒋稼，他妻子毛氏不能生育而又妒忌。嫂子经常劝她让丈夫娶妾，她不听，说："宁可绝了后代，也不让送媚眼的骚妖精来气我！"蒋稼年近四十，很把延续香烟的事放在心上，想要过继哥哥的儿子，兄嫂都答应了，却故意拖延不当回事。那孩子每到叔叔家来，蒋稼夫妻给他吃甜的脆的，问他："肯到我们家来吗？"孩子也说肯。蒋稼的哥哥背地里嘱咐儿子说："如果叔叔再问你，你就说不肯。如果他再问为什么不肯，你就说：'等你死后，你的田地产业还怕不归我吗！'"一次，蒋稼出远门经商去了，孩子又到他家。毛氏又问他，孩子就按父亲教的话回答。毛氏大怒说："你们老婆儿子在家，原来天天在算计我家的田地产业啊！你们打错了算盘！"把孩子赶了出去，立即叫来媒婆，要为丈夫买妾。等丈夫回来，当时有个卖丫鬟的，要价很高，毛氏全部积蓄拿出来也不够，看来难以买成了。蒋稼的哥哥恐怕时间长了毛氏会反悔，就悄悄把银子交给媒婆，让媒婆假称是向人转借来成全这桩好事的。毛氏大喜，就把丫鬟买了回来。她把情况告诉了丈夫，蒋稼大怒，和哥哥断绝了关系。过了一年多，买来的妾生了儿子。夫妻俩高兴异常。毛氏说："媒婆不知向谁转借的银子，过了一年多竟然也没有来问过一声，这个恩情我们可不能忘了。现在儿子都已经生了，还不去偿还他母亲的身价吗？"于是蒋稼就带了钱去媒婆那里。媒婆笑着说："你应该好好谢谢你家大官人。我老太婆一贫如洗，谁敢借给我一两银子呢。"就把实情全部相告。蒋稼明白过来，回去告诉了妻子，两人都感动得哭了。于是设宴邀请兄嫂来到，蒋稼夫妻俩跪着用膝盖走上前，拿出银子还给哥哥，哥哥不肯收。两家尽欢而散，后来蒋稼生了三个儿子。

狐　女

【原文】

　　伊衮，九江人①。夜有女来，相与寝处。心知为狐，而爱其美，秘不告人，父母亦不知也。久而形体支离。父母穷诘，始实告之。父母大忧，使人更代伴寝，卒不能禁。翁自与同衾，则狐不至；易人，则又至。伊问狐，狐曰："世俗符咒，何能制我。然俱有伦理，岂有对翁行淫者②!"翁闻之，益伴子不去，狐遂绝。后值叛寇横恣，村人尽窜，一家相失。伊奔入昆仑山③，四顾荒凉。日既暮，心恐甚。忽见一女子来，近视之，则狐女也。离乱之中，相见忻慰。女曰："日已西下，君

钟情何意来奔
女字礼偏知避
若翁腊合绣鞍
工幻化周旋难
浮乱雄中

狐女

狐女

姑止此。我相佳地，暂创一室，以避虎狼。"乃北行数武，遂蹲莽中，不知何作。少顷返，拉伊南去；约十馀步，又曳之回。忽见大木千章④，绕一高亭，铜墙铁柱，顶类金箔⑤；近视，则墙可及肩，四围并无门户，而墙上密排坎窬⑥。女以足踏之而过，伊亦从之。既入，疑金屋非人工可造⑦，问所自来。女笑曰："君子居之，明日即以相赠。金铁各千万计，半生吃着不尽矣。"既而告别。伊苦留之，乃止。曰："被人厌弃，已拚永绝⑧；今又不能自坚矣。"及醒，狐女不知何时已去。天明，逾垣而出。回视卧处，并无亭屋，惟四针插指环内⑨，覆脂合其上⑩；大树，则丛荆老棘也。

【注释】

①九江：今江西省九江市。

②翁：指伊父。

③昆仑山：当指安徽省潜山县东北的昆仑山，地近九江。

④大木千章：大树千株。章，大树称章。

⑤类：像。金箔：金属薄片。

⑥坎窬（旦）：洞穴。

⑦金屋：此指"顶类金箔"的华美房屋。

⑧拚（判）：不惜。

⑨指环：此指"顶针"，妇女做针线活所用，上多坑点，即上文所云之"坎窬"。

⑩脂合：胭脂盒。

【译文】

伊衮，江西九江人。夜间有个女子来，跟他一起睡觉。伊衮心里知道她是狐精，但爱她长得美，秘不告人，连父母也不知道。时间长了，身体越来越憔悴虚弱。父母追根问底，伊衮这才把真情说出来。父母大为忧虑，派人轮流陪伴儿子睡觉，同时又施用道士的符咒，但始终不能禁住狐精。父亲亲自同儿子睡一个被窝，狐女就不来；换个人陪，就又来了。伊衮以此问狐女。狐女说："世俗流传的符咒，哪能制住我呢！但我也像人一样要讲伦理道德，世上难道有当着公公的面搞淫乱的吗？"父亲听说了这话，更陪伴着儿子不离开，狐女就此绝迹不来了。

后来遇到叛贼猖獗，村里人纷纷逃窜，伊衮一家人离散了。伊衮逃入昆仑山，四顾一片荒凉。太阳下山后，心里很恐慌。忽见有个女子走来，近前一看，原来是狐女。离乱之中，相见很觉欣慰。狐女说："太阳已经西下，你姑且留在这儿。我来选一块好地方，临时盖一间房，以避虎狼。"就向北走了几步，蹲在草丛里，不知干些什么。过一会儿回来，拉着伊衮向南，约走了十几步，又拖他往回走。伊衮忽见数以千计的大树，围绕着一座高亭，铜墙铁柱，屋顶好像贴着金箔。走近看，墙才齐肩高，四周并没有门，墙上密密层层排列着一个个坑坑洼洼。狐女踏着这些坑洼就过了墙，伊衮也照她样子做。进到里面，伊衮疑惑这金屋不是人工可以制造的，就问怎么来的。狐女笑着说："你这个君子就住下吧，明天我就把它送给你。金铁各有千万斤，算来半辈子吃穿不尽了。"后来狐女告别。伊衮苦苦挽留，她才留下，说道："被人厌弃，本来已经横下心永远断绝，现在又不能坚持了。"

伊衮醒来，狐女不知什么时候已经走了。天亮后，他越墙出来。回头再看睡觉的地方，并没有什么亭子房屋，只有四枚针插在一个指环里，一只香脂盒盖在上面；大树，是些荆丛老棘罢了。

张 氏 妇

【原文】

凡大兵所至①，其害甚于盗贼：盖盗贼人犹得而仇之，兵则人所不敢仇也。其少异于盗者，特不敢轻于杀人耳。甲寅岁，三藩作反②，南征之士，养马兖郡③，鸡犬庐舍一空，妇女皆被淫污。时遭霪雨，田中潴水为湖④，民无所匿，遂乘桴入高粱丛中⑤。兵知之，裸体乘马，入水搜淫，鲜有遗脱。惟张氏妇不伏，公然在家。有厨舍一所，夜与夫掘坎深数尺，积茅焉；覆以薄⑥，加席其上，若可寝处。自炊灶下。有兵至，则出门应给之。二蒙古兵强与淫⑦。妇曰："此等事，岂可对人行者！"其一微笑，啁嘶而出⑧。妇与入室，指席使先登。薄折，兵陷。妇又另取席及薄覆其上，故立坎边，以诱来者。少间，其一复入。闻坎中号，不知何处。妇以手笑招之曰："在此处。"兵踏席，又陷。妇乃益投以薪，掷火其中。火大炽，屋焚。妇乃呼救。火既熄，燔尸焦臭⑨。人问之，妇曰："两猪恐害于兵，故纳坎中耳。"由此离村数里，于大道旁并无树木处，携女红往坐烈日中。村去郡远，兵来率乘马，顷刻数至。笑语啁嘶，虽多不解，大约调弄之语。然去道不远，无一物可以蔽身，辄去，数日无患。一日，一兵至，甚无耻，就烈日中欲淫妇。妇含笑不甚拒。隐以针刺其马，马辄喷嘶，兵遂絷马股际⑩，然后拥妇。妇出巨锥猛刺马项，马负痛奔骇。缰系股不得脱，曳驰数十里，同伍始代捉之。首躯不知处，缰上一股，俨然在焉。

异史氏曰："巧计六出⑪，不失身于悍兵。贤哉妇乎，慧而能贞⑫！"

【注释】

①大兵：指清兵。

②甲寅：当指康熙十三年（1674）。三藩：清初封明降将耿仲明为靖南王、尚可喜为平南王、吴三桂为平西王，称三藩。后逐渐成为割据势力，康熙十二年清廷下令削藩，三藩先后反清，后被清军平定。

③兖郡：兖州府，今山东省兖州市。

④潴（朱）水：积水。

⑤桴（扶）：小筏子。

⑥薄：苇箔。

⑦蒙古兵：也指清兵。清代兵制以满洲八旗为主体。蒙古人归附者，编为蒙古八旗。

⑧啁嘬（招遮）：鸟鸣声，形容番语。

⑨燔（凡）：焚烧。

⑩絷马股际：把马拴在大腿上。絷，拴。

⑪巧计六出：汉陈平曾六度出奇计，以胜强敌。此谓张氏妇屡用巧计。

⑫慧而能贞：聪明机智而能保其贞操。

【译文】

凡是大军所到的地方，祸害比盗贼还厉害。对盗贼，人们还可以当仇敌来报复，而官兵则是人们所不敢仇视的。官兵稍微不同于盗贼的一点，只不过不敢轻易杀人罢了。

甲寅年（1674），吴三桂等三藩造反，朝廷南征的大军，在山东兖州集结待命。当地鸡犬房屋都被抢劫一空，妇女都被奸污。当时正逢雨水连绵，田里积水成湖，老百姓无处藏躲，只得翻过院墙躲进高粱田里。官兵们知道后，裸体骑着马，进入积水的田里搜寻奸淫，妇女很少有躲过的。

只有张家媳妇不躲藏，公然留在家中。有一间厨房，夜里她和丈夫一起挖了个几尺深的坑，里面放些柴草，盖上一张养蚕用的蚕箔，又在上面铺席子，弄成似乎可以睡觉的样子。自己在灶下做饭，有官兵来了，就出门支应他们。有两个蒙古兵要强奸她。她说："这种事，难道可以当着别人面干吗？"一个兵微笑着，嘴里叽里咕噜走了出去。张家媳妇和另一个兵进入厨房，指着席子让他先上去。这个兵一上去，蚕箔折断，就掉进陷坑。张家媳妇又另外取了席子和蚕箔盖在坑上，故意站在坑边，来诱骗第二个。过了一会儿，另一个兵又进来，听到坑里的号叫声，不知是哪里。张家媳妇笑着用手招呼他说："在这里。"第二个兵踏上席子，也掉进坑里。于是那媳妇就向坑中添柴草，把火把扔了下去。火势越来越猛，连房子都烧着了，张家媳妇这才叫救火。火熄灭以后，烧死的尸体散发出焦臭味。旁人问她。她说："有两头猪恐怕被官兵抢走，所以藏在土坑里，不料被火烧死了。"

从此她就离村数里，在大路边没有树木的地方，带了针线活坐在烈日下做。这村子离城很远，官兵来时都骑着马。一会儿工夫就有好几批官兵来，见了她，个个嬉皮笑脸叽里咕噜，虽然大半听不懂，大约总是些调戏的话。但张家媳妇所坐的地方离大路不远，又没有什么东西可以遮蔽身体，这些兵也就都走了，几天没出什么事。一天，来了一个大兵，特别无耻，在大太阳底下就想奸污她。张家媳妇含着笑不怎么抗拒，暗暗用针刺他的马，马就喷鼻嘶叫，大兵就把马缰绳拴在自己的大腿上，然后去拥抱张氏。张氏拿出大锥子猛刺马颈，马吃痛惊奔，大兵被缰绳拴着大腿脱不开身，马拖着他奔驰了几十里，同伍才把马笼住。大兵的头和身躯不知哪里去了，缰绳上一条大腿，端端正正还在。

异史氏说：巧计就像汉朝六出奇谋的陈平，不失身于凶悍的大兵。多贤惠的妇人，聪明而能保住贞节！

于 子 游

【原文】

　　海滨人说："一日,海中忽有高山出,居人大骇。一秀才寄宿渔舟,沽酒独酌。夜阑①,一少年入,儒服儒冠,自称:'于子游。'言词风雅。秀才悦,便与欢饮。饮至中夜,离席言别。秀才曰:'君家何处?元夜茫茫②,亦太自苦。'答云:'仆非土著③,以序近清明④,将随大王上墓。眷口先行,大王姑留憩息,明日辰刻发矣。宜归,早治任也。'秀才亦不知大王何人。送至鹢首⑤,跃身入水,拨剌而去,乃知为鱼妖也。次日,见山峰浮动,顷刻已没。始知山为大鱼,即所云大王也。"俗传清明前,海中大鱼携儿女往拜其墓,信有之乎?

　　康熙初年,莱郡潮出大鱼⑥,鸣号数日,其声如牛。既死,荷担割肉者,一道相属。鱼大盈亩,翅尾皆具;独无目珠。眶深如井,水满之。割肉者误堕其中,辄溺死。或云,"海中贬大鱼⑦,则去其目,以目即夜光珠"云⑧。

【注释】

　　①夜阑:夜深。

　　②元夜:玄夜、黑夜。

　　③土著:祖居当地之人。

　　④序:节序,季节。清明:农历二十四节气之一,旧称三月节,时当阳历四月五日或六日。旧时于清明节为先人扫墓。

　　⑤鹢(意)首:船头。鹢,水鸟名,形如鹭。旧时船家多画鹢首于船头,故为

船头的代称。

⑥莱郡：莱州府，治所在今山东掖县。

⑦贬：贬谪。

⑧夜光珠：夜明珠。

【译文】

海边的人说：一天，海中忽然涌现出一座高山，当地居民很惊骇。有个秀才借宿在渔船上，打了酒自斟自饮。夜深人静，一个年轻人上船来，读书人打扮，自称名叫于子游，谈吐风雅。秀才心里喜悦，就和他一起欢饮。饮到半夜，于子游站起来告别。秀才说："你家住哪里？黑夜茫茫，赶回去也太辛苦了。"他答道："我不是本地人，因为清明节近了，我将随从大王去上坟。大王的家眷先走了，大王暂留此地休息，明天早晨就出发。我该回去，早点做好准备。"秀才也不知道他所说的大王是谁，送他到船头。于子游腾身跃入水中，变成一条鱼游走了。秀才才知道他是鱼精。第二天，只见新涌出的高山浮动起来，一下子没入水中。这才知道那山其实是一条大鱼，也就是于子游所说的大王。

民间传说清明节前，海里的大鱼要携带儿女们去朝拜祖先的坟墓，真的有这种事吗？

康熙初年，山东掖县有一条大鱼被海潮冲上岸，鸣叫了好几天，声音像牛。大鱼死后，挑着担子来割取鱼肉的人，一路上络绎不绝。这鱼足有一亩地大，鳍尾俱全，唯独没有眼珠。眼眶像井那样深，积满了水。割鱼肉的人不小心掉下去，就被淹死。有人说："海龙王处罚大鱼，就摘去它的眼珠，因为它的眼珠就是夜明珠。"

男　妾

【原文】

一官绅在扬州买妾，连相数家①，悉不当意。惟一媪寄居卖女，女十四五，丰姿姣好②，又善诸艺。大悦，以重价购之。至夜，入衾，肤腻如脂。喜扪私处，则男子也。骇极，方致穷诘。盖买好僮，加意修饰，设局以骗人耳。黎明，遣家人寻媪，则已遁去无踪。中心懊丧，进退莫决。适浙中同年某来访，因为告诉。某便索观，一见大悦，以原价赎之而去。

异史氏曰："苟遇知音，即与以南威不易③。何事无知婆子，多作一伪境哉！"

【注释】

①相（向）：相看。

②姣（交）好：美好。

③南威：春秋时晋美女，即南之威。晋文公得之，三月不听朝政。

【译文】

有个士大夫在扬州买妾，接连相看了好几家，都不合意。只有个老妇人借住在那儿卖女儿，十四五岁，姿貌美好，又精通各种技艺。士大夫很喜欢，出高价买下了。到夜里，钻进被窝，那女子皮肤滑润得像涂了油脂。喜滋滋摸她下身，却原来是个男子。士大夫惊骇极了，这才追根问底。原来是骗子买了俊秀的男童，精心化妆打扮，设下圈套来骗人的。黎明，派家人去寻那老妇人，早已逃得无影无踪了。士大夫心里很懊丧，决定不了如何处置这"男妾"。正在这时，与他同榜考中功名的浙江朋友来拜访，士大夫就把这事告诉他。这朋友就要求看看，一见之下大为喜悦，用原价把那男童买了去。

异史氏说：只要遇到欣赏男风的知音，就是给他著名的美女南威他也不换。不懂事的老婆子，何苦多此一番弄虚作假的手脚呢！

汪 可 受

【原文】

湖广黄梅县汪可受[①]，能记三生：一世为秀才，读书僧寺。僧有牝马产骡驹，爱而夺之。后死，冥王稽籍，怒其贪暴，罚使为骡偿寺僧。既生，僧爱护之，欲死无间[②]。稍长，辄思投身涧谷，又恐负豢养之恩，冥罚益甚，遂安之。数年，孽满自毙[③]。生一农人家。堕蓐能言，父母以为怪，杀之，乃生汪秀才家。秀才近五旬，得男甚喜。汪生而了了[④]；但忆前生以早言死，遂不敢言。至三四岁，人皆以为哑。一日，父方为文，适有友人过访，投笔出应客。汪人见父作，不觉技痒，代成之。父返见之，问："何人来？"家人曰："无之。"父大疑。次日，故书一题置几上，旋出[⑤]；少间即返，翳行悄步而入[⑥]。则见儿伏案间，稿已数行，忽睹父至，不觉出声，跪求免死。父喜，握手曰："吾家止汝一人，既能文，家门之幸也，何自匿为？"由是益教之读。少年成进士，官至大同巡抚[⑦]。

【注释】

①湖广黄梅县：即今湖北省黄梅县。

②无间：没有机会。

③孽满：偿满罪债。孽，罪。

④了了：聪明晓事。

⑤旋：随即。

⑥翳行：隐蔽而行。

⑦大同：军镇名，明代"九边"之一，为京师的西北门户，治所在今大同市。

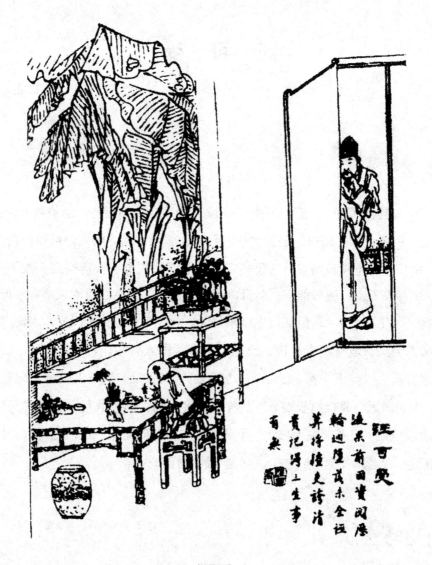

汪可受

【译文】

湖北黄梅县人汪可受，能记得自己过去的三生。第一生是个秀才，借住在寺院里读书。和尚有匹母马下了一头骡驹，秀才喜欢骡驹，把它强夺走了。后来秀才死了，阎王查核他一生善恶，对他的贪婪凶暴很生气，罚他做骡偿还寺里的和尚。骡出生后，和尚很爱护它，它想寻死也没机会。长大些后，它常想跳下山谷寻死，又怕辜负了和尚豢养之恩，阴间的处罚就要更厉害了，于是就安心当骡子。过了几年，罪罚满期，就自然死了。第三生投胎在一个农夫家，一生下来就会说话，父母以为怪异不祥，把他杀了。然后才降生在汪秀才家。

汪秀才年近五十，得了个男孩非常欢喜。汪可受一生下来就很明白，但他记得前生因为说话太早而被杀，就不敢说话。直到三四岁，人家都以为他是哑巴。一天，父亲正在作文章，恰好有友人来拜访，就放下笔出去接待客人。汪可受进书房见到父亲所写的文章，不觉手痒，就代父亲把文章写完了。父亲回来见了，问："谁来过了？"家里人说："没人来过。"父亲大为疑惑。第二天，他故意写了一个文章题目放在书桌上，就出去了。稍过片刻他就返回，蹑手蹑脚走进书房，就见儿子伏在桌上，文稿已经写好几行。汪可受猛然看见父亲来了，不觉说出话来，跪下求父亲饶他一死。父亲大喜，拉着他的手说："我家只有你一个儿子，既然你能写文章，这是汪家门的幸运，为什么你要瞒着呢？"从此父亲就更加教他读书。他年纪很轻就中了进士，官做到山西大同巡抚。

牛犊

【原文】

　　楚中一农人赴市归，暂休于途。有术人后至①，止与倾谈。忽瞻农人曰："子气色不祥，三日内当退财，受宫刑。"农人曰："某官税已完，生平不解争斗，刑何从至？"术人曰："仆亦不知。但气色如此，不可不慎之也！"农人颇不深信，拱别而归。次日，牧犊于野，有驿马过②，犊望见，误以为虎，直前触之，马毙。役报农人至官，官薄惩之，使偿其马。盖水牛见虎必斗，故贩牛者露宿，辄以牛自卫；遥见马过，急驱避之，恐其误触也③。

【注释】

　　①术人：俗称从事巫祝占卜的人，此指相士。

　　②驿马：驿站的马，供官府载人或邮传之用。

　　③恐其误触：此据青柯亭本，原无"触"字。

【译文】

　　湖北一个农夫赶集回家，在路上暂歇。接着来了一个相面算命的人，停下来和他攀谈。忽然看着他的脸说："你的气色不祥，三天之内要破财，受官刑。"农夫说："公家的赋税我已经交纳完毕，平生又从不知道跟别人争斗，哪会受宫刑呢？"相面地说；"这我也不知道。但你的气色注定要如此，不可不加小心！"农夫不怎么相信，拱手告别了他就回家了。第二天，农夫在野外放牧牛犊，有公家驿站的马匹经过。牛犊望见马，误以为是虎，就直奔过去用犄角抵触，马死了。公差就把农夫带到官府报告了情况，官府稍微责打了农夫几下，命他赔马。原来水牛见了老虎就一定要搏斗，所以贩牛的露宿野外，就用牛来保卫自己；远远望见马匹经过，就急忙赶着牛避开，怕牛误以为虎而去抵触。

王　大

中华传世藏书

聊斋志异

图文珍藏版

二三七一

【原文】

　　李信，博徒也。昼卧，忽见昔年博友王大、冯九来，邀与敖戏①。李亦忘其为鬼，忻然从之。既出，王大往邀村中周子明，冯乃导李先行，入村东庙中。少顷，周果同王至。冯出叶子②，约与撩零③。李曰："仓卒无博资，辜负盛邀，奈何？"周亦云然。王云："燕子谷黄八官人放利债④，同往贷之，宜必诺允。"于是四人并去。飘忽间，至一大村。村中甲第连垣，王指一门，曰："此黄公子家。"内一老仆出，王告以意。仆即入白。旋出，奉公子命，请王、李相会。入见公子，年十八九，笑语蔼然。便以大钱一提付李⑤，曰："知君悫直⑥，无妨假贷。周子明我不能信之也。"王委曲代为请。公子要李署保⑦，李不肯。王从旁怂恿之，李乃诺。亦授一千而出。便以付周，且述公子之意，以激其必偿。

　　出谷，见一妇人来，则村中赵氏妻，素喜争善骂。冯曰："此处无人，悍妇宜小祟之⑧。"遂与捉返入谷。妇大号，冯掬土塞其口。周赞曰："此等妇，只宜椓杙阴中⑨！"冯乃捋裤，以长石强纳之。妇若死。众乃散去，复入庙，相与赌博。

　　自午至夜分，李大胜，冯、周资皆空。李因以厚资增息悉付王，使代偿黄公子；王又分给周、冯，局复合。居无何，闻人声纷拏，一人奔入曰："城隍老爷亲捉博者，今至矣！"众失色。李舍钱逾垣而逃。众顾资，皆被缚。既出，果见一神人坐马上，马后絷博徒二十馀人。天未明，已至邑城，门启而入。至衙署，城隍南面坐，唤人犯上，执籍呼名。呼已，并令以利斧斫去将指⑩，乃以墨朱各涂两目⑪，游市三周讫。押者索贿而后去其墨朱，众皆赂之。独周不肯，辞以囊空；押者约送至家而后酬之，亦不许。押者指之曰："汝真铁豆，炒之不能爆也！"遂拱手去。周出城，以唾湿袖，且行且拭。及河自照，墨朱未去；掬水盥之，坚不可下，悔恨而归。

王大

先是，赵氏妇以故至母家，日暮不归。夫往迎之，至谷口，见妇卧道周。睹状，知其遇鬼，去其泥塞，负之而归。渐醒能言，始知阴中有物，宛转抽拔而出。乃述其遭。赵怒，遽赴邑宰，讼李及周。牒下，李初醒；周尚沉睡，状类死。宰以其诬控，笞赵械妇，夫妻皆无理以自申。越日，周醒，目眶忽变一赤一黑，大呼指痛。视之，筋骨已断，惟皮连之，数日寻堕。目上墨朱，深入肌理。见者无不掩笑⑫。一日，见王大来索负⑬。周厉声但言无钱，王忿而去。家人问之，始知其故。共以神鬼无情，劝偿之。周龂龂不可⑭，且曰："今日官宰皆左袒赖债者，阴阳应无二理，况赌债耶！"次日，有二鬼来，谓黄公子具呈在邑，拘赴质审；李信亦见隶来，取作间证⑮：二人一时并死。至村外相见，王、冯俱在。李谓周曰："君尚带赤墨眼，敢见官耶？"周仍以前言告。李知其吝，乃曰："汝既昧心，我请见黄八官人，为汝还之。"遂共诣公子所。李入而告以故，公子不可，曰："负欠者谁，而取偿于子？"出以告周，因谋出资，假周进之。周益忿，语侵公子。鬼乃拘与俱行。无何，至邑，入见城隍。城隍呵曰："无赖贼！涂眼犹在⑯，又赖债耶！"周曰："黄公子出利债，诱某博赌，遂被惩创。"城隍唤黄家仆上，怒曰："汝主人开场诱赌，尚讨债耶？"仆曰："取资时，公子不知其赌。公子家燕子谷，捉获博徒在观音庙，相去十馀里。公子从无设局场之事。"城隍顾周曰："取资悍不还，反被捏造！人之无良，至汝而极！"欲笞之。周又诉其息重。城隍曰："偿几分矣？"答云："实尚未有所偿。"城隍怒曰："本资尚欠，而论息耶？"笞三十，立押偿主。二鬼押至家，索贿，不令即活，缚诸厕内，令示梦家人。家人焚楮锭二十提⑰，火既灭，化为金二两、钱二千。周乃以金酬债，以钱赂押者，遂释令归。既苏，臀疮坟起，脓血崩溃，数月始痊。后赵氏妇不敢复骂；而周以四指带赤墨眼，赌如故。此以知博徒之非人矣！

异史氏曰："世事之不平，皆由为官者矫枉之过正也。昔日富豪以倍称之息折夺良家子女⑱，人无敢息者⑲；不然，函刺一投，则官以三尺法左袒之⑳。故昔之民社官㉑，皆为势家役耳。迨后贤者鉴其弊，又悉举而大反之。有举人重资作巨商者㉒，衣锦厌粱肉，家中起楼阁、买良沃。而竟忘所自来。一取偿，则怒目相向。

质诸官，官则曰：'我不为人役也。'是何异懒残和尚，无工夫为俗人拭泪哉^㉓！余尝谓昔之官诒，今之官谬；诒者固可诛，谬者亦可恨也。放资而薄其息，何尝专有益于富人乎？"

张石年宰淄川^㉔，最恶博。其涂面游城，亦如冥法，刑不至堕指，而赌以绝。盖其为官，甚得钩距法^㉕。方簿书旁午时^㉖，每一人上堂，公偏暇，里居、年齿、家口、生业，无不絮絮问。问已，始劝勉令去。有一人完税缴单，自分无事，呈单欲下。公止之，细问一过，曰："汝何博也？"其人力辩生平不解博。公笑曰："腰中尚有博具。"搜之，果然。人以为神，而并不知其何术。

【注释】

①敖戏：游戏。此指赌博。

②叶子：纸牌。明代称玩纸牌为叶子戏。

③撩零：犹言赌赌。

④放利债：借钱与人，收取利息。

⑤大钱：清康熙年间铸造大制钱、小制钱。大制钱又称大钱，每千文作银一两；小制钱又称小钱，每千文作银七钱。一提：一串，一千文为一串。

⑥悫（确）直：忠厚耿直。

⑦署保：署名作保。

⑧祟：鬼神予人的灾祸。

⑨椓杙（琢艺）：敲人木橛。椓，敲击。杙，一头尖的短木，俗称木橛。

⑩将指：中指

⑪墨朱：黑色和红色。

⑫掩笑：掩口而笑。

⑬索负：讨债。

⑭龈龈（银银）：同"龂龂"，争辩貌。

⑮间证：中证。

⑯涂眼犹在：此据二十四卷抄本，原本作"徒眼犹在"。

⑰楮锭：祭奠用的纸钱。

⑱倍称之息：加倍的利钱。

⑲人无敢息：谓人们恐惧，吓得气也不敢出。息，呼吸。

⑳三尺法：法律。古时把法律条文写在三尺长的竹简上，故称。

㉑民社官：地方官。

㉒举人重资：借取别人大量资本。

㉓"何异懒残和尚"二句：懒残和尚，指唐衡岳寺高僧明瓒禅师，因其性懒而食残，故号懒残和尚。

㉔张石年：张嵋，字石年，仁和（今浙江省杭州市）人。康熙二十五年任淄川令。

㉕钩距：犹言钩致，谓钩索隐情。

㉖方簿书旁午时：当忙碌处理公文之时。簿书，官署文书。旁午，交错纷繁，谓事物繁杂。

【译文】

　　李信，是个赌徒。大白天躺着，忽然看见从前的赌友王大、冯九走来，邀他一起去赌博。李信忘记他们已经死了，欣然同意。出门以后，王大又去邀村里的周子明，冯九就领着李信先走，进了村东的庙里。一会儿，周子明果然同王大一起来了。冯九拿出纸牌，相约决一胜负。李信说："我急匆匆来没有赌本，辜负了二位的盛情邀请，怎么办？"周子明也说没钱。王大说："燕子谷黄八官人专门放债生利，我们同去借钱，他一定肯的。"于是四人一同前去。

　　恍惚间，到了一个大村子，村中豪华的府第一座接一座。王大指着一家大门说："这就是黄公子家。"里面出来一个老仆人，王大对他说明来意，仆人就进去禀告。很快又出来，奉公子命令，请王大、李信见面。二人进去，见公子十八九岁，谈笑和气。他就把大钱一贯交给李信，说："我知道你忠厚正直，不妨借给你。周子明我信不过他。"王大婉转地为周子明说好话，代他求借。公子要李信签字担保，李信不肯。王大在一旁恳恳，李信才答应下来，也借了一贯钱就出来了。便把钱交给周子明，把公子信不过他的意思也都说了，以此激励他一定要偿还。

走出燕子谷，看见一个妇人走来，是同村赵某的妻子，这女人平常喜欢争吵骂街。冯九就说："这里没人，应该对这泼妇作点小惩罚。"就和王大把她捉住回进谷中。妇人大叫，冯九抓把土塞住她嘴。周子明在一旁喝彩说："这种女人，只该把桩打进她阴道。"冯九就撩起她的衣襟，用一根长石条硬塞进去。这女人昏过去了。

几个人就走开，重新回到庙里，一起赌博。从中午一直赌到半夜，李信大胜，冯九、周子明的钱都输光了。李信就把借的钱加上利息一起交给王大，让他代为偿还黄公子。王大又把这笔钱分借给周子明和冯九，赌局重开。

过了不一会，忽听得人声喧哗，一个人奔进来说："城隍老爷亲自来抓赌，现在已经到了！"众人大惊失色。李信扔下钱爬墙逃走，其他三人只顾钱都被抓获。押出庙来，果然看见一个神人骑在马上，马后拴着二十多个赌徒。天不亮，就到了县城。开门进城，到了衙门里，城隍老爷朝南而坐，传唤犯人上堂，拿着名单点名。点完名，全都命令用利斧砍掉中指，再用墨和朱砂分别涂抹两眼，游街三圈示众完毕。押解他们的差役勒索贿赂然后才肯除去墨和朱砂，众人都塞了钱，只有周子明不肯，推说钱袋空了。差役提出把他送到家再拿钱，周子明也不允许。差役指着他说："你真是一粒铁豆，炒也炒不爆！"就拱手告别走了。周子明走出城，用唾沫沾湿袖子，边走边擦眼睛。到河边一照，红黑颜色还在；用手捧水来洗，怎么也洗不掉，悔恨地回家了。

在这之前，赵某的妻子因有事到娘家去，天黑了还不回来。丈夫就去接她。走到燕子谷口，只见妻子躺在道路拐弯的地方。赵某见状，知道她遇到了鬼，就把她嘴里的泥掏出来，背她回去。渐渐醒来能说话了，赵某才知道她阴道里有东西，小心宛转把石条拔了出来。他妻子就叙述了自己的遭遇。赵某大怒，马上赶到县官处，控告李信和周子明。传票发下，李信刚刚醒来，周子明还像死了似的沉睡着。县官认为是诬告，责打了赵某，拘系了赵妻，夫妻二人都找不出理由来为自己申辩。

过了一天，周子明醒来，眼眶忽然变成一红一黑，大叫手指痛。一看，中指的筋骨已经断了，只有皮还连着，过了几天就掉下来了。眼上的红黑颜色，深入皮肉。见到的人没有不捂着嘴笑的。

一天，周子明看见王大来讨他欠黄公子的钱。周子明厉声嚷嚷只说没钱，王大气愤地走了。家里人问了，才知道其中缘故。大家认为鬼神是无情的，劝他还债。周子明固执地争辩，不肯还，并且说："现在官府都袒护赖债的，阴间和阳间道理应该是一样的，何况是赌债呢！"

第二天，周子明看见有两个鬼前来，说是黄公子向城隍老爷呈递了诉讼状，所以拘传他前去质对听审。李信也见差役前来，把他传去作为证人。两个人同时都死了。鬼魂到村外相遇，王大、冯九都在。李信对周子明说："你跟上还带着红黑色，敢去见官呀？"周子明仍然用以前说的话回答他。李信知道他吝啬，就说："你既然昧着良心不认账，让我去见黄八官人，替你还了这钱。"就一起到黄公子住的地方，李信进去把情况说了，公子不同意，说："欠债的是谁，而要你来赔偿？"李信出来告诉了周子明，就打算拿出钱来，用周子明的名义送进去。周子明更加气不过，说了些攻击公子的话。

于是鬼差押着他们一起走。不一会，到了县城，进去见城隍老爷。城隍呵斥道："无赖贼子，眼上涂的颜色还在，又赖债吗？"周子明说："黄公子放债取利，引诱我赌博，才使我受了惩罚。"城隍传唤黄家仆人上堂，生气地说："你主人开设赌场引诱人赌博，还讨债吗？"仆人说："借钱时，公子不知道他们赌。公子家在燕子谷，抓到赌徒是在观音庙，离开十几里路。公子从来没有开设赌场的事。"城隍转过头对周子明说："借了钱蛮横不还，反而诬蔑人家！你没良心到极点了！"要责打他。周子明又诉说利息太重。城隍说："你还他几分了？"回答说："实在还没有还过。"城隍大怒说："你本金还欠着，倒来说什么利息轻重吗？"把他打了三十大板，立即押他去还债。两个鬼差把他押到家里，索取贿赂，不让马上复活，把他绑在厕所里，叫托梦给家里人要钱。家里人烧了二十挂纸钱。火熄灭后，变为二两银子，二千铜钱。周子明就用银子还了债，把铜钱送给鬼差。于是鬼差放了让他回阳。

周子明苏醒以后，屁股上的创伤肿得很高，脓血溃烂，几个月后才痊愈。后来赵某的妻子不敢再骂街了，但周子明断了中指，带着红黑眼，却照旧赌博。由此可知赌徒之不是人了。

异史氏说：世事不公平，都是由于当官的矫枉过正。从前富豪人家用一倍利息的高利贷，逼迫良家子女抵债，没人敢说一句话；否则，一张名片送进衙门，官府就假借法律的名义为他们撑腰。所以从前的地方官，都是为权势人家服务的。到后来贤良的官明察这种弊端，又把从前的做法全部反过来。有的人借了人家巨款做了大商人，穿锦着绣，吃厌细粮鱼肉，家里盖楼造阁，买了肥沃良田；而竟忘了这一切是从哪里来的。一向他讨债，就怒目相向。告到官府，官就说："我不为催债的服务。"这与唐代的懒残和尚有什么不同！他拖着鼻涕，人家叫他擦去，他反而说："没有工夫为俗人擦鼻涕。"我曾说从前的官拍马屁，现在的官荒谬。拍马屁的官固然应受谴责，荒谬的官也够可恨的。放债而稍微收一点利息，何尝只对富人有好处呢？

张石年任山东淄川县令，最痛恨赌博，他也让赌徒涂脸游街，和阴间的办法一样，刑罚不至于砍掉指头，而赌风却禁绝了。因为他当官，很掌握了一套了解实情的办法。正当公文堆积时，每一个人上公堂，张公偏偏很悠闲，住处、年龄、家庭人口、职业等等，无不絮絮叨叨地询问。问完，才加以勉励，让他回去。有个人完税以后呈交单据，就要退下。张公叫住他，细细问了他一遍，说："你为什么赌博？"这人竭力申辩从来不懂赌博。张公笑着说："你腰里还藏着赌具呢。"一搜，果然如此。人们都认为张公神了，而不知道他用的是什么办法。

乐 仲

【原文】

　　乐仲，西安人。父早丧，遗腹生仲。母好佛，不茹荤酒。仲既长，嗜饮善啖，窃腹诽母①，每以肥甘劝进。母咄之。后母病，弥留②，苦思肉。仲急无所得肉，刲左股献之。病稍瘥，悔破戒，不食而死。仲哀悼益切，以利刃益刲右股见骨。家人共救之，裹帛敷药，寻愈。心念母苦节，又恸母愚，遂焚所供佛像，立主祀母③。醉后，辄对哀哭。年二十始娶，身犹童子。娶三日，谓人曰："男女居室，天下之至秽，我实不为乐！"遂去妻④。妻父顾文渊，浼戚求返，请之三四，仲必不可。迟半年，顾遂醮女。仲鳏居二十年，行益不羁：奴隶优伶皆与饮；里党乞求，不靳与⑤；有言嫁女无釜者，揭灶头举赠之。自乃从邻借釜炊。诸无行者知其性，朝夕骗赚之。或以博赌无赀⑥对之欷歔，言追呼急⑦，将鬻其子。仲措税金如数，倾囊遗之；及租吏登门，自始典质营办。以故，家日益落。

　　先是仲殷饶，同堂子弟⑧争奉事之，凡有任其取携，莫与较；及仲蹇落⑨，存问绝少。仲旷达，不为意。值母忌辰⑩，仲适病，不能上墓，欲遣子弟代祀；诸子弟皆谢以故。仲乃酹诸室中，对主号痛；无嗣之戚，颇萦怀抱。因而病益剧。瞀乱中⑪，觉有人抚摩之；目微启，则母也。惊问："何来？"母曰："缘家中无人上墓，故来就享，即视汝病。"问："母向居何所？"母曰："南海⑫。"抚摩既已，遍体生凉。开目四顾，渺无一人，病瘥。

　　既起，思朝南海。会邻村有结香社者⑬，即卖田十亩，挟赀求偕。社人嫌其不洁⑭，共摈绝之。乃随从同行。途中牛酒薤蒜不戒⑮，众更恶之，乘其醉睡，不告而去。仲即独行。至闽，遇友人邀饮，有名妓琼华在座。适言南海之游，琼华愿附以行。仲喜，即待趋装，遂与俱发；虽寝食与共，而毫无所私。及至南海，社中人见其载妓而至，更非笑之，鄙不与同朝^⑯。仲与琼华知其意，乃俟其先拜而后拜之。众拜时，恨无现示。及二人拜，方投地，忽见遍海皆莲花^⑰，花花璎珞垂珠^⑱；琼华见为菩萨，仲见花朵上皆其母。因急呼奔母，跃入从之。众见万朵莲花，悉变霞彩，障海如锦。少间，云静波澄，一切都杳，而仲犹身在海岸。亦不自解其何以得

乐仲

出，衣履并无沾濡。望海大哭，声震岛屿。琼华挽劝之，怆然下刹，命舟北渡。途中有豪家招琼华去，仲独憩逆旅。有童子方八九岁，丐食肆中，貌不类乞儿。细诘之，则被逐于继母。心怜之。儿依依左右，苦求拔拯[19]，仲遂携与俱归。问其姓氏，则曰："阿辛，姓雍，母顾氏。尝闻母言：适雍六月，遂生余。余本乐姓。"仲大惊。自疑生平一度[20]，不应有子。因问乐居何乡，答云："不知。但母没时，付一函书，嘱勿遗失。"仲急索书。视之，则当年与顾家离婚书也。惊曰："真吾儿也！"审其年月良确，颇慰心愿。然家计日疏，居二年[21]，割亩渐尽[22]，竟不能畜僮仆。

一日，父子方自炊，忽有丽人入，视之，则琼华也。惊问："何来？"笑曰："业作假夫妻，何又问也？向不即从者，徒以有老妪在；今已死。顾念不从人，无以自庇；从人，则又无以自洁：计两全者，无如从君，是以不惮千里。"遂解装代儿炊。仲良喜。至夜，父子同寝如故，另治一室居琼华。儿母之，琼华亦善抚儿。戚党闻之，皆馈仲[23]，两人皆乐受之。客至，琼华悉为治具，仲亦不问所自来。琼华渐出金珠赎故产，广置婢仆牛马，日益繁盛。仲每谓琼华曰："我醉时，卿当避匿，勿使我见。"华笑诺之。一日，大醉，急唤琼华。华艳妆出。仲睨之良久，大喜，蹈舞若狂，曰："吾悟矣！"顿醒。觉世界光明，所居庐舍，尽为琼楼玉宇[24]，移时始已。从此不复饮市上，惟日对琼华饮。华茹素，以茶茗侍。一日，微醺，命琼华按股，见股上刲痕，化为两朵赤菡萏[25]，隐起肉际。奇之。仲笑曰："卿视此花放后，二十年假夫妻分手矣。"琼华信之。既为阿辛完婚，琼华渐以家付新妇，与仲别院居。子妇三日一朝，事非疑难不以告。役二婢：一温酒，一瀹茗而已。一日，琼华至儿所，儿媳咨白良久[26]，共往见父。入门，见父白足坐榻上[27]。闻声，开眸微笑曰："母子来大好！"即复瞑。琼华大惊曰："君欲何为？"视其股上，莲花大放。试之，气已绝。即以两手捻合其花，且祝曰："妾千里从君，大非容易。为君教子训妇，亦有微劳。即差二三年，何不一少待也？"移时，仲忽开眸笑曰："卿自有卿事，何必又牵一人作伴也？无已，姑为卿留。"琼华释手，则花已复合。于是言笑如初。积三年馀，琼华年近四旬，犹如二十许人。忽谓仲曰："凡人死后，

聊斋志异

图文珍藏版

被人捉头舁足，殊不雅洁。"遂命工治双槽㉘。辛骇问之，答云："非汝所知。"工既竣，沐浴妆竟，命子及妇曰："我将死矣。"辛泣曰："数年赖母经纪，始不冻馁。母尚未得一享安逸，何遂舍儿而去?"曰："父种福而子享，奴婢牛马，皆骗债者填偿尔父，我无功焉。我本散花天女㉙，偶涉凡念，遂谪人间三十馀年，今限已满。"遂登木自入。再呼之，双目已含。辛哭告父，父不知何时已僵，衣冠俨然。号恸欲绝。入棺，并停堂中，数日未殓，冀其复返。光明生于股际，照彻四壁。琼华棺内，则香雾喷溢，近舍皆闻。棺既合，香光遂渐减。

既殡，乐氏诸子弟觊觎其有㉚，共谋逐辛，讼诸官。官莫能辨，拟以田产半给诸乐。辛不服，以词质郡，久不决。初，顾嫁女于雍，经年馀，雍流寓于闽，音耗遂绝。顾老无子，苦忆女，诣婿，则女死甥逐。告官。雍惧，赂顾，不受，必欲得甥。穷觅不得。一日，顾偶于途中，见彩舆过，避道左。舆中一美人呼曰："若非顾翁耶?"顾诺。女子曰："汝甥即吾子，现在乐家，勿讼也。甥方有难，宜急往。"顾欲详诘，舆已去远。顾乃受赂入西安。至，则讼方沸腾。顾自投官，言女大归日㉛、再醮日，及生子年月，历历甚悉。诸乐皆被杖逐，案遂结。及归，述其见美人之日，即琼华没日也。辛为顾移家，授庐赠婢。六十馀生一子，辛顾恤之。

异史氏曰㉜："断荤远室，佛之似也。烂熳天真，佛之真也。乐仲对丽人，直视之为香洁道伴㉝，不作温柔乡观也㉞。寝处三十年，若有情，若无情。此为菩萨真面目，世中人乌得而测之哉!"

【注释】

①腹诽：心中不以为然。诽，非议。

②弥留：病重濒死。

③主：神主，木制牌位。

④去：抛弃，休离。

⑤不靳与：不吝赠送。靳，吝惜。

⑥博赌：此据二十四卷抄本，原本作"赌博"。

⑦追呼：指胥吏催租追索号呼。

⑧同堂：同祖之亲属称"堂"，古时称"同堂"。

⑨蹇（剪）落：家境困苦败落。

⑩忌辰：忌日。旧俗父母死亡之日禁饮酒作乐，故称"忌日"。

⑪瞀乱：昏迷。

⑫南海：世传观世音居于南海。故以之为佛教圣地。

⑬结香社：民间习俗，信奉神佛的人结伙祀神进香，称"结香社"。

⑭不洁：意谓乐仲"嗜饮善啖"不行斋戒。

⑮薤（泄）蒜：葱韭薤蒜，均为斋戒者所忌。

⑯朝：朝拜，指拜佛。

⑰遍海皆莲花：意谓佛祖显圣。莲花，青莲花，梵语优婆罗的意译。佛家以青莲花比作佛眼。

⑱璎珞（络）：串联珠玉而成的装饰物。

⑲拔拯：解救。

⑳生平一度：指仅与其妻遇合一次。

㉑居二年：此据二十四卷抄本，原作"居二十年"。

㉒割亩：割卖土地。

㉒馈：古代婚礼，嫁女之家三日后以熟食馈女曰馈。这里指贺婚赠送礼物。

㉔琼楼玉宇：月中宫殿。此指仙境。

㉕菡萏（汗旦）：荷花的别名。

㉖咨白：禀白，请示。

㉗白足：赤脚。

㉘椟（会）：棺材。

㉙散花天女：佛界天女名。

㉚觊觎（济于）：非分的冀望或图谋。

㉛大归：旧称妇女被丈夫休离回娘家为大归。

㉜"异史氏曰"段：据二十四卷抄本补，原无。

㉝香洁道伴：芳香洁净的求道伙伴。

㉞温柔乡：喻迷人美色。

【译文】

　　乐仲，西安人，父亲死得早，他是遗腹子。母亲虔信佛教，不吃酒肉荤腥。乐仲长大以后，嗜酒好吃，心里暗暗对母亲的做法不以为然，常拿肥肉美酒劝母亲吃，母亲训斥他。后来母亲病了，濒危之时，特别想吃肉。乐仲仓促之间弄不到，就割了自己左腿上的肉奉献给母亲。病情稍见好转，母亲悔恨自己破戒，绝食而死。乐仲哀悼得痛不欲生，更用快刀把自己右腿割得露出了骨头。家里人一起抢救，敷药包扎，不久就复原了。乐仲心中感念母亲辛苦守节，又痛心她愚昧迷信，就烧毁了她供奉的佛像，立牌位祭祀母亲。喝醉以后，就对着牌位哀哭。

　　乐仲二十岁才娶妻，还是个童男的身子。结婚三天，对人说："男女之间的事，是天下最肮脏的，我实在不觉得乐趣！"就把妻子休了。岳父顾文渊，央亲戚出面求乐仲让妻子回来，再三再四请求，乐仲一定不同意。过了半年，顾文渊就让女儿改嫁了。

　　乐仲单身生活了二十年，行为更加放任，奴仆戏子，都一起饮酒。邻居亲友向他求助，他从不吝惜。有说嫁女儿没有铁锅的，乐仲就揭下灶上的锅送给他，自己却向邻居借锅做饭。几个无赖知道了他的脾性，都早晚来诈骗他。有个无赖因为赌博没本钱，就在乐仲面前哭泣，说赋税催得急，要卖掉儿子。乐仲如数筹措了税金，全部送给那人。等收租吏上门，自己才典卖了东西凑钱。因此，家业日益败落。

　　原先，乐仲家殷实富裕，同族子弟争着来侍奉他。凡家里有的，任凭他们拿去，从不计较。到乐仲败落，就极少有来问候的了。乐仲生性旷达，并不在意。到母亲忌日，他正好生病，不能上坟。想差遣同族子弟代祭，众子弟都借故推辞。于是乐仲只得在家里洒酒祭祀，对着母亲的牌位号啕痛苦。没有子嗣的伤感，很强烈地在心头萦回，因此病加重了。昏迷中，觉得有人在抚摸自己，微微睁开眼睛，原来是母亲。乐仲惊问："您怎么来了？"母亲说："只因家里没人上坟，所以来受祭享，就便看看你的病。"乐仲问："母亲一向住在哪里？"母亲说："南海。"抚摩以后，乐仲遍体清凉。睁开眼睛四面观看，渺无一人，而病也就好了。

乐仲起床后，思量着要去朝拜南海。正好邻村有些善男信女结成香社，乐仲就卖了十亩田，带着钱去请求参加。香社里的人嫌他饮酒吃荤不洁净，都拒绝他。乐仲就跟随着他们同行，路上牛肉、酒、葱、蒜一样也不忌。众人更讨厌他，趁他喝醉了睡着，不招呼就走了。乐仲于是独自前行。到了福建，遇到友人请饮酒，有个著名妓女琼华也在座。正好乐仲提到南海之行。琼华愿意随他同去。乐仲很高兴，等她迅速准备好行装，就和她一起出发了。一路上乐仲虽然和她同吃同睡，但毫无男女私情之事。

到了南海，香社中的人看到乐仲带了妓女同来，更加非议讥笑他，鄙薄他不愿和他一起朝拜。乐仲和琼华知道他们的意思，就让他们先朝拜，然后自己才去上香。众人朝拜时，很遗憾菩萨没有显示什么奇迹。等到乐仲琼华二人朝拜，刚跪下地，忽见满海都是莲花，花上璎珞垂珠，琼华看见是观音菩萨，而乐仲看见的花朵上都是他母亲。于是急忙呼喊着奔向母亲，跳到海里跟随着她。众人只见万朵莲花全都变成彩霞，锦缎似的遮蔽了大海。过了一会儿，云静波清，一切都消失了，而乐仲的身体仍然在岸上。他自己也不明白怎么从海里上来的，衣服鞋袜都没有沾湿。他望着大海大哭，哭声震动了岛屿。琼华拉着劝他，悲伤地走下寺院，坐船北渡。

归途中，有富豪人家把琼华召去，乐仲独自在旅舍休息。有个八九岁的男孩，在店铺中要饭，相貌不像是要饭的。乐仲详细地问他，原来是被后母驱赶出来的。心里可怜他。孩子依恋在乐仲身边，哀求救助。于是乐仲就带着他一起回家。问他姓什么，孩子说："我小名阿辛，姓雍，母亲姓顾。曾听母亲说，嫁到雍家才六个月，就生了我。我本来该姓乐。"乐仲听了大惊，自己疑惑平生只有过一次夫妻生活，不会有儿子。就问孩子姓乐的生父是哪里人。孩子说："不知道。不过母亲临死时，交给我一封文书，叮嘱我不要遗失。"乐仲赶紧要过文书，一看，就是自己当年给顾家的离婚书。他惊奇地说："真是我的儿子呵！"核对孩子的出生年月都很符合，心中很是欣慰。然而家中生计一天比一天窘迫，过了两年，田地渐渐都卖完了，竟连僮仆也养不起了。

一天，父子俩正在自己做饭，忽然有个美人进来，一看，原来是琼华。乐仲惊讶地问："你怎么来了？"琼华笑着说："已经和你做了假夫妻，怎么还要问呢？当初我之所以没有立即跟从你，只因为有老鸨在；现在她已经死了。我考虑不嫁人，就没有依靠；嫁人，又不能保守贞洁；算来能两全其美的，没有比跟从你更合适的了。所以不远千里而来。"就放下行李，替下孩子来做饭。乐仲非常高兴。到夜里，父子俩仍旧同睡，另外整治了一间屋子让琼华住。孩子把琼华当作母亲，琼华也很好地抚养他。亲友们听说，都带了食物来祝贺，乐仲和琼华都很乐意地接受了。有客人来，琼华都准备好酒菜，乐仲也不问她从哪里弄来的。琼华逐渐拿出金银珠宝，赎回了乐仲原先的产业，买了很多奴仆和牛马，家业一天天兴盛起来。

乐仲经常对琼华说："我喝醉时，你要避开，不要让我见到。"琼华笑着答应了。一天，乐仲大醉，急迫地呼唤琼华。琼华打扮得漂漂亮亮出来。乐仲斜着眼睛看了她好久，忽然大喜，发狂似的手舞足蹈，说："我领悟了！"顿时酒醒。只觉得世界一片明亮，所住的房屋，都化为琼楼玉宇，过了好一阵才罢。从此，乐仲不再到街市上饮酒，只是天天和琼华对饮。琼华吃素，用茶相陪。

一天，乐仲微醉，让琼华按摩大腿。琼华看到他大腿上刀割的伤痕，化为两朵红莲花苞，微微凸出于皮肉。感到很奇怪。乐仲笑着说："你看这花苞开放以后，我和你二十年假夫妻就分手了。"琼华很相信。

后来，给阿辛完婚后，琼华逐渐把家政交付给儿媳，自己和乐仲住在别院。儿子媳妇三天朝见一次，不是疑难的事不禀告。他们使唤两个丫鬟，一个烫酒，一个沏茶罢了。一天，琼华到儿子那里，儿媳禀告请示了好久，然后一起去见父亲。进门，见父亲赤脚坐在床上。听到声音，睁眼微笑说："你们母子来得太好了！"就又闭上眼睛。琼华大惊，说："你要干什么？"看他大腿上，莲花已经开得很大。试他的鼻息，已经没了气。琼华急忙用两手捏拢他腿上的莲花，并且祷告说："我从千里之外来跟从你，很不容易。为你教儿子训媳妇，也出了点力气。就差两三年，为什么不稍微等一等我呢？"过了好一阵，乐仲忽然睁开眼睛笑着说："你自有你的事，何必又要拉一个人做伴呢？没办法，姑且为你留下吧。"琼华放开手，乐仲腿上的莲花苞又合上了。于是谈笑如旧。

过了三年多，琼华年近四十，还像二十来岁的人。她忽然对乐仲说："大凡人死以后，被别人捧头抬脚，很不雅观，又不洁净。"于是就命令工匠打造一对棺材。阿辛惊骇地问她干什么，琼华说："这不是你所能懂的。"棺材完工，琼华沐浴打扮好，对儿子媳妇说："我要死了。"阿辛哭着说："多年来靠母亲经营料理，才不受冻挨饿。母亲还没能享受一下安逸，怎么就舍下儿子去了呢？"琼华说："父亲种下福根，儿子来享受。奴仆牛马，都是骗债的人偿还你父亲的，我没什么功劳。我本是散花天女，偶然动了凡念，就谪降人间三十多年，如今期限已经满了。"就自己躺进棺材。再喊她，双眼已经合上了。阿辛哭着去报告父亲，父亲不知什么时候已经死了，衣帽穿戴得整整齐齐。阿辛放声大哭，悲痛得死去活来。他把父亲的尸体装入棺材，一对棺材并排停放在厅堂中，好几天不盖，希望他们复活，这时乐仲大腿之间生出一道光明，照彻四壁。琼华的棺内则香气喷射，邻近人家都能闻到。棺盖合上以后，香气和光明才逐渐消灭。

殡葬以后，乐姓众子弟眼红他家富有，共同图谋驱逐阿辛。告到官府，官府也不能明辨，打算把一半田产判给乐姓众子弟。阿辛不服，上诉到府里，案子久悬不决。

当初，顾文渊把女儿再嫁给雍家，过了一年多，雍家迁居福建，就断了音信。顾文渊年老无子，很想念女儿，就到女婿家，而女儿已死，外孙被逐。顾文渊告到官府，雍家害怕，用金钱贿赂他，他不受，非要得到外孙不可。但到处找遍还是没有。一天，顾文渊偶然在路上，看见一辆彩车经过，就避在路边。车中一个美人喊

图文珍藏版

他说:"你不是顾老先生吗?"顾文渊回答是。美人说:"你外孙就是我儿子,现在在乐家。您不必打官司了,外孙正有急难,该赶紧去。"顾文渊要细问,车子已经去得远了。于是顾文渊就接受了雍家贿赂的钱去西安。到那儿,乐家的官司正打得热闹。顾文渊自动到案,说明女儿被休的日期,再嫁的日期,以及生儿子的年月,一桩桩说得清清楚楚。于是乐姓众子弟都挨了一顿板子被赶出衙门,这案子就了结了。

回到家里,顾文渊说起他见到美人的那一天,就是琼华死的那天。阿辛为外祖父把家搬来,给他房子,送他丫鬟。顾老先生六十多岁,生了个儿子,阿辛很关照他。

异史氏说:断荤戒酒,表面上像佛而已;天真烂漫,才是佛门真谛。乐仲面对美人,简直把她看作馨香洁净的修道同伴,而不当作温柔乡看待。一起生活三十年,像有情,又像无情,这才是菩萨的真面目,世俗之人哪能测度他呢!

聊斋志异

图文珍藏版

香　玉

【原文】

劳山下清宫①,耐冬高二丈②,大数十围③,牡丹高丈馀,花时璀璨似锦④。胶州黄生⑤,舍读其中。一日,自窗中见女郎,素衣掩映花间⑥。心疑观中焉得此。趋出,已遁去。自此屡见之。遂隐身丛树中,以伺其至。未几,女郎又偕一红裳者来,遥望之,艳丽双绝。行渐近,红裳者却退,曰:"此处有生人!"生暴起。二女惊奔,袖裙飘拂,香风洋溢,追过短墙,寂然已杳。爱慕弥切,因题句树下云:"无限相思苦,含情对短缸⑦。恐归沙咤利,何处觅无双⑧?"归斋冥思。女郎忽入,惊喜承迎。女笑曰:"君汹汹似强寇,令人恐怖;不知君乃骚雅士,无妨相见。"生叩生平，曰："妾小字香玉，隶籍平康巷⑨。被道士闭置山中，实非所愿。"生问："道士何名？当为卿一涤此垢⑩。"女曰："不必，彼亦未敢相逼。借此与风流士，长作幽会，亦佳。"问："红衣者谁？"曰："此名绛雪，乃妾义姊。"遂相狎。及醒，曙色已红。女急起，曰："贪欢忘晓矣。"着衣易履，且曰："妾酬君作⑪，勿笑：'良夜更易尽，朝暾已上窗⑫。愿如梁上燕，栖处自成双。'"生握腕曰："卿

香玉
花因情无花省
笑花为情
生花念系
可惜爱花人
去后拓花风
雨便猖狂

香玉

秀外惠中⑬，令人爱而忘死。顾一日之去，如千里之别。卿乘间当来，勿待夜也。"女诺之。由此夙夜必偕。每使邀绛雪来，辄不至，生以为恨。女曰："绛姐性殊落落⑭，不似妾情痴也。当从容劝驾，不必过急。"

一夕，女惨然入曰："君陇不能守，尚望蜀耶⑮？今长别矣。"问："何之？"以袖拭泪，曰："此有定数，难为君言。昔日佳作⑯，今成谶语矣⑰。'佳人已属沙咤利，义士今无古押衙'⑱，可为妾咏。"诘之，不言，但有呜咽。竟夜不眠，早旦而去。生怪之。次日，有即墨蓝氏⑲，入宫游瞩，见白牡丹，悦之，掘移径去。生始悟香玉乃花妖也，怅惋不已。过数日，闻蓝氏移花至家，日就萎悴。恨极，作哭花诗五十首，日日临穴涕洟⑳。一日，凭吊方返，遥见红衣人挥涕穴侧。从容近就，女亦不避。生因把袂，相向汍澜㉑。已而挽请入室，女亦从之。叹曰："童稚姊妹，一朝断绝！闻君哀伤，弥增妾恸。泪堕九泉，或当感诚再作㉒；然死者神气已散，仓卒何能与吾两人共谈笑也。"生曰："小生薄命，妨害情人，当亦无福可消双美。曩频烦香玉，道达微忱，胡再不临？"女曰："妾以年少书生，什九薄幸；不知君固至情人也㉓。然妾与君交，以情不以淫。若昼夜狎昵，则妾所不能矣。"言已，告别。生曰："香玉长离，使人寝食俱废。赖卿少留，慰此怀思，何决绝如此！"女乃止，过宿而去。数日不复至。冷雨幽窗，苦怀香玉，辗转床头，泪凝枕席。揽衣更起，挑灯复踵前韵曰㉔："山院黄昏雨，垂帘坐小窗。相思人不见，中夜泪双双。"诗成自吟。忽窗外有人曰："作者不可无和㉕。"听之，绛雪也。启户内之。女视诗，即续其后曰："连袂人何处㉖？孤灯照晚窗。空山人一个，对影自成双。"生读之泪下，因怨相见之疏。女曰："妾不能如香玉之热，但可少慰君寂寞耳。"生欲与狎，曰："相见之欢，何必在此。"于是至无聊时，女辄一至。至则宴饮唱酬，有时不寝遂去，生亦听之。谓曰："香玉吾爱妻，绛雪吾良友也。"每欲相问："卿是院中第几株？乞早见示，仆将抱植家中，免似香玉被恶人夺去，贻恨百年。"女曰："故土难移，告君亦无益也。妻尚不能终从，况友乎！"生不听，捉臂而出，每至牡丹下，辄问："此是卿否？"女不言，掩口笑之。

旋生以腊归过岁。至二月间，忽梦绛雪至，愀然曰："妾有大难！君急往，尚得相见；迟无及矣。"醒而异之，急命仆马，星驰至山。则道士将建屋，有一耐冬，碍其营造，工师将纵斤矣㉗。生急止之。入夜，绛雪来谢。生笑曰："向不实告，宜遭此厄！今已知卿；如卿不至，当以炷艾相炙㉘。"女曰："妾固知君如此，曩故不敢相告也。"坐移时，生曰："今对良友，益思艳妻。久不哭香玉，卿能从我哭乎？"二人乃往，临穴洒涕。更馀，绛雪收泪劝止。又数夕，生方寂坐，绛雪笑入曰："报君喜信：花神感君至情，俾香玉复降宫中。"生问："何时？"答曰："不知，约不远耳。"天明下榻，生嘱曰："仆为卿来，勿长使人孤寂。"女笑诺。两夜不至。生往抱树，摇动抚摩，频唤无声。乃返，对灯团艾，将往灼树。女遽入，夺艾弃之，曰："君恶作剧，使人创痛㉙，当与君绝矣！"生笑拥之。坐未定，香玉盈盈而入。生望见，泣下流离，急起把握。香玉以一手握绛雪，相对悲哽。及坐，生把之觉虚，如手自握，惊问之。香玉泫然曰㉚："昔妾，花之神，故凝；今妾，花之鬼，故散也。今虽相聚，勿以为真，但作梦寐观可耳。"绛雪曰："妹来大好！我被汝家男子纠缠死矣。"遂去。

香玉款笑如前；但偎傍之间，仿佛一身就影。生悒悒不乐。香玉亦俯仰自恨，乃曰："君以白蔹屑㉛，少杂硫黄，日酹妾一杯水，明年此日报君恩。"别去。明日，往观故处，则牡丹萌生矣。生乃日加培植，又作雕栏以护之。香玉来，感激倍至。生谋移植其家，女不可，曰："妾弱质，不堪复戕。且物生各有定处，妾来原不拟生君家，违之反促年寿㉜。但相怜爱，合好自有日耳。"生恨绛雪不至。香玉曰："必欲强之使来，妾能致之。"乃与生挑灯至树下，取草一茎，布掌作度㉝，以度树本㉞，自下而上，至四尺六寸，按其处，使生以两爪齐搔之。俄见绛雪从背后出，笑骂曰："婢子来，助桀为虐耶㉟！"牵挽并入。香玉曰："姊勿怪！暂烦陪侍郎君，一年后不相扰矣。"从此遂以为常。

生视花芽，日益肥茂，春尽，盈二尺许㊱。归后，以金遗道士，嘱令朝夕培养之。次年四月至宫，则花一朵，含苞未放；方流连间，花摇摇欲拆㊲；少时已开，花大如盘，俨然有小美人坐蕊中，裁三四指许；转瞬飘然欲下，则香玉也。笑曰："妾忍风雨以待君，君来何迟也！"遂入室。绛雪亦至，笑曰："日日代人作妇，今幸退而为友。"遂相谈谑。至中夜,绛雪乃去。二人同寝,款洽一如从前。

后生妻卒,生遂入山不归。是时,牡丹已大如臂。生每指之曰:"我他日寄魂于此,当生卿之左。"二女笑曰:"君勿忘之。"后十馀年,忽病。其子至,对之而哀。生笑曰:"此我生期,非死期也,何哀为!"谓道士曰:"他日牡丹下有赤芽怒生,一放五叶者,即我也。"遂不复言。子舆之归家,即卒。次年,果有肥芽突出,叶如其数。道士以为异,益灌溉之。三年,高数尺,大拱把,但不花。老道士死,其弟子不知爱惜,斫去之。白牡丹亦憔悴死;无何,耐冬亦死。

异史氏曰:"情之至者,鬼神可通。花以鬼从[40],而人以魂寄[41],非其结于情者深耶? 一去而两殉之[42],即非坚贞,亦为情死矣。人不能贞,亦其情之不笃耳。仲尼读唐棣而曰'未思'[43],信矣哉!"

【注释】

①下清宫:山东崂山上的道观名。

②耐冬:《本草·络石》,谓"络石"俗名"耐冬",常绿木本,质坚韧,初夏开花。

③大数十围:二十四卷抄本作"大数围"。围,计算圆周的量词。径尺为"围",一说五寸为"围"。大,据山东省博物馆抄本补,原缺。

④璀璨(崔灿):玉石的光泽,形容色彩鲜明。

⑤胶州:州名,治所在今山东胶县。

⑥掩映:忽隐忽现。

⑦短缸:犹言短灯。缸,当作"釭",灯。灯座短矮者为短缸。⑧"恐归沙吒利"二句:意谓唯恐所钟爱的女子被别人抢去,就无处寻觅了。

⑨平康巷:指妓院。唐代长安丹凤街有平康坊,也称平康里,为妓女聚居之地。旧时因以"平康"泛指妓女居地。

⑩一涤此垢:洗雪这种耻辱。

⑪酬：以诗文应和。

⑫朝暾（吞）：清晨初升的太阳。

⑬秀外惠中：外貌秀美，内心聪明。惠，通"慧"。

⑭落落：孤高不凡。

⑮"君陇不能守"二句：意味您连我都保不住了，还想得到绛雪吗？此二句是"得陇望蜀"的化用。

⑯昔日佳作：指"恐归沙吒利，何处觅无双"一诗。

⑰谶（衬）语：预言吉凶的话语。此指应验的凶灾之言。

⑱"佳人已属沙吒利"二句：这是宋许觊《彦周诗话》引王晋卿的诗句。古押衙，唐传奇《无双传》中人物。古，姓。押衙，官名，管领皇帝仪仗和担任侍卫。

⑲即墨：县名，在今山东省青岛市东北部。

⑳穴：指白牡丹被移后所留下的土坑。

㉑汍（完）澜：流泪。

㉒"泪堕九泉"二句：意谓牡丹在九泉之下，被真诚的怀念所感动，有可能重生。作，兴起。

㉓至情人：极重感情之人。

㉔踵前韵：依照前诗的韵脚再作一首。踵，追随、继续。

㉕和（贺）：和诗；和他人之诗而用其原韵。

㉖连袂人：同伴，这里指香玉。袂，衣袖。

㉗斤：斧。

㉘炷艾：中医用艾绒团，点燃薰灸经络穴位。

㉙创痏（委）：创伤而致疤痕。

㉚泫然：伤心流泪。

㉛白蔹（脸）：中草药名，其根可入药。

㉜促：缩减。

㉝布掌作度：以手掌比量，取为尺度。

㉞度树本：量树干。

㉟助桀为虐：比喻帮助坏人作恶。

㊱盈：增长，生长。

㊲拆：绽开，指花蕾开放。

㊳怒生：茁壮地生出。怒，形容生气勃勃。

㊴拱把：指树干盈握。

㊵花以鬼从：指香玉死后为"花之鬼"，仍然相从黄生。

㊶人以魂寄：指黄生死后魂灵依附于香玉之侧。寄，依附。

㊷一去而两殉之：一去，指黄生死后所生成的不花牡丹，被道士弟子斫去。两殉之，指牡丹和耐冬扫继死去，像是殉情而亡。

㊸"仲尼读唐棣"句：此处引用孔子"未思"之句，意在说明，如有至情，就能够坚贞相爱。仲尼，孔子的字。

【译文】

　　山东崂山下清宫，耐冬高二丈，大数十围，牡丹高一丈多，开花时灿烂如锦。山东胶县人黄生，借住其中读书。一天，从窗户中见一女郎，身穿白衣在花丛中忽隐忽现。黄生心中起疑：道观之中怎会有这女子？快步出去看时，女郎已不见了。此后黄生又多次见到她。于是黄生就隐藏在树丛中，等候她到来。不一会，只见那女郎又偕同一个红衣女伴一起走来，远远望去，双双艳丽无比。她们渐渐走近了，忽然红衣女子往后退避，说："这里有生人！"黄生猛然跃出，两个女郎惊慌地奔跑，裙袖飘拂，香气洋溢。追过短墙，静悄悄已不见踪影。黄生爱慕之情更为殷切，就在树下题诗一首："无限相思无限苦，独含深情对短窗。只恐佳人归豪门，'仙客'何处觅'无双'？"最后一句，是借唐朝王仙客和刘无双的恋爱故事，抒发自己的爱慕之情。

黄生回到书房正思念不止，白衣女郎忽然进来，黄生惊喜地上前迎接。女郎笑着说："你气势汹汹像个强盗，使人害怕。想不到你却是个风雅的诗人，所以不妨和你相见。"黄生略微问了她的生平。女郎说："我小名香玉，原住在妓院里，被下清宫的道士关禁在这山中，实在非我所愿。"黄生问："那道士叫什么名字？我要为你出这口气。"香玉说："不必了，他也不敢相逼。借此机会和风流诗人长期幽会，也很不错。"黄生问："穿红衣服的是谁？"女郎说："她叫绛雪，是我的义姐。"于是二人就亲热起来。等到醒来，东方已红。香玉急忙起床说："只管贪欢，都忘了天亮了。"一边穿衣着鞋，一边说："我和了你一首诗，可别见笑：良宵欢乐容易过，不觉朝阳已上窗。但愿人如梁上燕，同飞同栖自成双。"黄生握着她的手腕说："你外表秀美，内心聪明，真爱死人了。只是你离开我一天，就像千里永别一样。你别等到夜里，一有机会就来。"香玉答应了。从此二人早晚都在一起。

黄生每次让她邀请绛雪来，总不来，黄生以为遗憾。香玉说："绛雪姐姐性格特别孤僻，不像我这么痴情。只能慢慢劝她，不必太急。"

一晚，香玉神色凄惨地进来，说："你连'陇'都守不住了，还想'望蜀'啊？如今我们要永别了。"黄生问："你去哪里？"香玉用袖子擦着眼泪说："这是命运注定的，不好对你说。你当初题的那首佳作，现在成了不幸的预言了。'豪门已夺佳人去，更无侠士救无双。'宋朝王晋卿的诗句，可说是为我而作的了。"黄生问她怎么回事，她不说，只是哭泣。彻夜未眠，一早就去了。黄生感到非常奇怪。

第二大，有个即墨县姓蓝的，来下清宫游览，见到一株白牡丹，很喜欢，就把它掘起带走了。黄生这才明白香玉乃是牡丹花精，怅恨惋惜不止。过了几天，听说白牡丹被姓蓝的移植到家里，就一天天枯萎而死。黄生恨极，写了五十首《哭花诗》，天天来到香玉留下的坑穴旁哭泣哀悼。

一天，黄生哀悼完刚要回去，远远看见红衣女郎绛雪也来到坑穴边哭泣，就从容地走近去，她也不躲避。黄生就拉着绛雪的袖子，和她相对流泪。后来，黄生恳请她到自己房中，绛雪也依了他。她叹息说："从小的姐妹，一旦永别！听到你哀伤，更添我悲痛。泪水堕入九泉之下，或许她能为我们的真诚所感动而重生。但是

中华传世藏书

聊斋志异

图文珍藏版

她死后神离气散，一时间怎能和我们两人一起谈笑呢！"黄生说："我命不好，妨害恋人，当然也没福消受两个美人。以前我多次烦请香玉转达一点儿心意，为什么你再不肯光临呢？"绛雪说；"我以为年轻书生，十个有九个薄情，不知道你原是最重感情的人。但我和你交往，为感情而不为性欲。若是日夜亲昵，那我就做不到了。"说完，就要告别。黄生说："香玉永久离开了我，使我吃不下睡不着。仰仗你多留一会儿，安慰我的情思，为何说走就走呢！"绛雪这才留下，过了一宿离去，好几天没再来。

冷雨敲着幽窗，黄生苦苦怀念着香玉，在床上翻来侧去，泪水沾湿了枕席。他披上衣服起来，拨亮了灯火，又按前诗的韵写了一首："凄凉山院黄昏雨，垂帘惆怅坐小窗。无限相思人不见，半夜独自泪双双。"写完了正在自己吟诵，忽然窗外有人说："既有作诗的，不可没有和诗的。"听上去，是绛雪的声音，忙开门让她进来。绛雪看了黄生的诗，就在后面续写道："亲密人儿在何处？唯有孤灯照晚窗。寂寞空山人一个，灯前对影自成双。"黄生读了流下眼泪，就埋怨绛雪来得太少了。绛雪说："像香玉那样热烈我做不到，只能稍微安慰一下你的寂寞罢了。"黄生要和她亲昵，绛雪说："相见的快乐，何必在这上面。"

从此，每当黄生寂寞无聊时，绛雪就来一次。来了以后就和黄生饮酒吟诗，有时不留宿就走了，黄生也由着她。他对绛雪说："香玉是我的爱妻，你绛雪是我的良友。"他常常问绛雪："你是院中第几棵？请早点告诉我，我将抱回去种在家里，免得像香玉似的被恶人夺去，使人遗恨一辈子。"绛雪说："故土难移，告诉了你也没有用。爱妻尚且不能始终伴着你，何况良友呢！"黄生不听她的，拉着她的手臂出来，每到一棵牡丹下面，就问："这棵是你吗？"绛雪不说，只是捂着嘴笑。

不久已到腊月，黄生回家祭祖过年。到二月间，忽然梦见绛雪到，忧愁地说："我有大难临头，你赶紧去，还能相见，迟了就来不及了。"黄生醒后觉得奇怪，急忙命仆人备马，连夜赶到崂山。原来是观里的道士要建造房屋，有一棵耐冬，妨碍了房屋的建造，工匠正要挥斧把它砍掉。黄生急忙制止了他们。

到夜里，绛雪来向黄生道谢，黄生笑着说："你早不把实情告诉我，该遭这次困厄！现在我已经知道你了，如果你再不肯来，我就燃了艾条来灼你。"绛雪说："我早知道你要这样来纠缠，所以过去才不敢告诉你。"二人坐了一阵，黄生说："我现在面对良友，更想念美丽的妻子。好久没去哭香玉了，你能跟我一起去哭吗？"于是两个人就前去，对着坑穴洒泪。哭了一个多时辰，绛雪收住眼泪劝黄生停止。

又过了几夜，黄生正寂寞地坐着，绛雪笑着进来说："报告你一个喜讯：花神被你的深情所感动，让香玉重新降生到这下清宫中，"黄生问："什么时候？"绛雪答："不知道，大约不久吧！"天亮绛雪下床而去，黄生叮嘱道："我是为你来的，你别老是让人孤单寂寞。"绛雪笑着答应了，却两夜没来。黄生前去抱着那棵耐冬树，摇晃抚摸，连声呼唤，没有声音。于是黄生就回到房中，对着灯搓艾条，要去灼那棵树。绛雪突然进来，夺过艾条扔掉，说："你恶作剧，假使我身上灼出伤疤，就要和你断绝关系了！"黄生笑着把她抱在怀里。

二人还没坐定，香玉轻盈地进来了。黄生一见香玉，泪水纵横，急忙起来握住她的手。香玉用另一只手握着绛雪，三人相对伤心地哽咽着。等到坐下，黄生握着香玉的手觉得空虚，好像自己握着拳头一样，惊讶地问她。香玉流着泪说："从前我是花的神，所以是凝实的，如今我是花的鬼，所以是虚散的。如今我们虽然相聚，你别当作是真的，只把它当做梦来看就是了。"绛雪说："妹妹来得太好了，我被你家男人纠缠死了。"就告辞走了。香玉举止笑貌和以前一样，只是偎依之间，好像一个虚幻的影子。黄生郁郁不乐，香玉也低头抬头觉得遗憾。她对黄生说："你用白蔹屑，稍微拌点硫黄，每天浇我一杯水，明年今天就能报答你的恩情。"就告别走了。

第二天，黄生到白牡丹原先生长的地方，就见一株牡丹苗生出来了。黄生就天天加以培植，又制作了雕花栏杆来保护它。香玉来，对黄生感激不尽。黄生想要把牡丹苗移植到自己家里，香玉不同意，说："我体质虚弱，不堪再受损伤。况且万物生长各有注定的地方，我这次来原本不打算生在你家，违抗命运反而要缩短寿命。只要你爱我，欢会的日子自会来到。"黄生埋怨绛雪不来。香玉说："你一定要

中华传世藏书

聊斋志异

图文珍藏版

强求她来，我有办法。"就和黄生带了灯笼来到耐冬树下，拿了一根草，用巴掌量了它的尺寸，再用它来量树身，自下而上，量到四尺六寸，就指着这地方，让黄生用两个手指甲一齐搔它。转眼绛雪就从背后出来，笑着骂道："这丫头来了，就助纣为虐吗？"两个人拉着绛雪一起进屋。香玉说："姐姐别生气，暂时麻烦你陪伴他，一年后就不打扰你了。"从此绛雪也就常来。

黄生观察那牡丹芽，一天比一天壮盛，到春末，已有二尺多高了。黄生回家后，付给道士银两，嘱咐他朝夕培植灌溉牡丹。第二年四月黄生到下清宫，就见有花一朵，含苞未放。黄生正依恋不忍离去，花摇摇晃晃要开放，不一会已经开了。花大如盘，清楚地看到有个小美人坐在花蕊中，才三四指高。转眼间，美人飘然飞下，原来是香玉。香玉笑着对黄生说："我忍受着风吹雨打等你来，你来得好迟！"于是就进了屋。绛雪也来了，笑着说："天天代人做妻子，幸好现在退为朋友了。"于是三人一起饮酒谈笑。到半夜，绛雪走了。二人同睡，完全像以前一样融洽。

后来黄生的妻子死了，黄生就进山，不再回家。这时，牡丹已有手臂般粗。黄生常常指着它说："我将来死后，灵魂就寄托在这里，要生在你左边。"香玉、绛雪都笑着说："你别忘了。"

十几年后，黄生忽然病了。他儿子赶来，对着父亲很悲哀。黄生笑着说："这是我新生之日，不是死亡之时，你伤心什么！"对道士说"将来牡丹下面有红色的芽萌生，一放五叶的，就是我。"于是不再说话。儿子用车把他载回家，黄生就死了。

第二年，牡丹下果然有株苗壮的芽萌出，叶数和黄生所说一样。道士觉得奇怪，更精心浇灌它。三年后，高好几尺，有一围来粗，但不开花。老道士死后，他的徒弟不懂得爱惜，把它砍掉了。白牡丹也就憔悴而死，不久，耐冬也死了。

异史氏说：情深到极点，鬼神也可相通。花成为鬼也跟着所爱的人；人死后灵魂也寄附着所爱的花。难道不是他们的感情凝结得深吗？一棵被砍去，另两棵跟着死去，就算不是坚贞，也是为情而死了。一个人做不到坚贞，还是他的情不深厚罢了。《论语·子罕》说，孔子读了"难道我不想念你，只是你家住得远"这两句逸诗，说道："并没有想念，否则有什么远呢？"千真万确！

三　　仙

【原文】

一士人赴试金陵①，经宿迁②，遇三秀才，谈论超旷③，遂与沽酒款洽④。各表姓字：一介秋衡，一常丰林，一麻西池。纵饮甚乐，不觉日暮。介曰："未修地主之仪⑤，忽叨盛馔⑥，于理不当。茅茨不远⑦，可便下榻。"常、麻并起，捉襟唤仆⑧，相将俱去。至邑北山，忽睹庭院，门绕清流。既入，舍宇清洁。呼童张灯，又命安置从人。麻曰："昔日以文会友⑨，今场期伊迩⑩，不可虚此良夜。请拟四题命阄，各拈其一⑪，文成方饮。"众从之。各拟一题，写置几上，拾得者就案构思⑫。二更未尽，皆已脱稿，迭相传视⑬。秀才读三作，深为倾倒，草录而怀藏之。主人进良酝，巨杯促釂⑭，不觉醺醉。主人乃导客就别院寝。客醉，不暇解履，和衣而卧。及醒，红日已高，四顾并无院宇，主仆卧山谷中。大骇。见傍有一洞，水涓涓流。自讶迷惘。探怀中，则三作俱存。下问土人，始知为"三仙洞"。中有蟹、蛇、虾蟆三物，最灵，时出游，人常见之。士人入闱，三题即仙作，以是擢解⑮。

【注释】

①金陵：今南京市。

②宿迁：今江苏省宿迁市。

③超旷：超逸旷达。

④款洽：亲切融洽。此指共叙情好。

⑤地主：东道主。

⑥叨盛馔：承蒙盛馔招待。叨，辱，表示承受的谦词。

⑦茅茨：茅屋，谦指自己的房舍。

⑧捉襟：牵着衣襟，指牵衣挽手。此据二十四卷抄本，原作"捉裙"。唤仆：意谓呼唤仆人接待客人。

⑨以文会友：通过文字往来，结交朋友。

⑩场期伊迩：试期临近。伊，助词。迩，近。

⑪命阄（纠）：犹言制阄。此二句意为，将四题分写四阄，拈得某阄即作阄上之文题。

⑫拾：拾阄，拈阄。

⑬迭：轮流。

⑭醺（釂）：即干杯。

⑮擢解：考中举人。

【译文】

　　读书人某甲，赴南京应试，路经江苏宿迁，遇见三个秀才，言谈超脱旷达。某甲就买了酒跟他们一起亲切地喝起来。三个人各自介绍了姓名：一个叫介秋衡，一个叫常丰林，一个叫麻西池。放开酒量，喝得很高兴，不觉天色已晚。介秋衡说道："没尽到本地主人的礼节，忽然间叨扰了你丰盛的酒肴，从道理上讲不过去。寒舍不远，可以就便留宿。"常、麻二人也都站起来拉着某甲的衣服，唤仆人一起前去。

　　到城北山上，忽然看到有座庭院，门前环绕着清清的溪流。进去以后，房屋清洁。主人命僮仆张灯，又命安置随从。麻西池说："从前以文会友，如今考期将近，不可虚度了这个良夜。让我们拟四个题目，做成阄儿，各人抓一个，做完文章再来饮酒。"大家都同意。各人拟了一个题目，写了放在桌上，抽到的就在桌旁构思。

二更没完，都已写成，互相传阅。某甲看了三人的文章，深为倾倒，就抄写了藏在怀里。主人献上美酒，大杯劝饮，他不觉大醉。主人就领他到别院就寝。某甲醉得顾不上脱鞋，和衣睡下。

一觉醒来，红日已经很高了。环顾四周，并无庭院，自己和仆人都睡在山谷中。某甲大为惊骇。又见旁边有一山洞，溪水涓涓流淌。奇怪自己怎么这样迷惘。看看怀中，三篇文章都在。下山询问当地居民，才知道那洞是"三仙洞"。原来洞中有蟹、蛇、蛤蟆三样动物，极有神灵，时常出游，人们常常见到他们。

某甲进考场，三个试题就是三仙所作的文章。他因此中了举人。

鬼　　隶

【原文】

历城县二隶，奉邑令韩承宣命①，营干他郡②，岁暮方归。途遇二人，装饰亦类公役，同行话言。二人自称郡役。隶曰："济城快皂③，相识十有八九，二君殊昧生平。"二人云："实相告：我城隍鬼隶也。今将以公文投东岳④。"隶问："公文何事？"答云："济南大劫，所报者，杀人之名数也。"惊问其数。曰："亦不甚悉，约近百万。"隶问其期，答以"正朔"⑤。二隶惊顾，计到郡正值岁除⑥，恐罹于难；迟留恐贻谴责。鬼曰："违误限期罪小，入遭劫数祸大。宜他避，姑勿归。"隶从之。未几，北兵大至⑦，屠济南，扛尸百万。二人亡匿得免。

【注释】

①韩承宣：字长卿，山西蒲州（今山西省永济市西蒲州镇）人。崇祯七年进

士，曾任山东省淄川县知县，后调任历城县。

②营干：办事。

③快皂：捕快。旧时州县地方担任缉捕的役卒。

④东岳：泰山东岳大帝。迷信传说东岳大帝掌管世人生死祸福。

⑤正朔：正月初一。

⑥岁除：除夕。

⑦北兵：指清兵。

【译文】

　　历城县的两个衙役，奉县官韩承宣的命令，去别的府里办事，年末才回来。路上遇见两个人，服装打扮也类似公役，结伴同行，边走边唠。两个人自我介绍是济南府的衙役。历城县的衙役说："济南府的快手衙役，十个认识八九个，你们二位从来没有见过。"两个人说："实话告诉你们：我们是城隍庙的鬼役。现在要把公文投送给东岳大帝。"历城县的衙役问道："公文里写的什么事情？"回答说："济南要遭大劫，公文里的报告，是杀人的数字。"惊讶地询问杀人的数字。两个鬼役说："也不太清楚，大约将近百万。"衙役询问大劫的日期，回答："正月初一。"两个衙役惊恐地看望着，计算一下，回到济南府正好是三十晚上，害怕遭受大劫；晚一些日子回去，又怕误了限期受到谴责。鬼役说："违误限期是小罪，进城遭劫是大灾大难。该到别的地方去躲避躲避，暂时不要回去。"两个衙役听从了劝告。不久，北边的满洲八旗兵大部队来了，屠杀济南居民，光尸体就扛出一百万。两个衙役逃到外地躲起来，得以幸免。

王 十

【原文】

  高苑民王十①，负盐于博兴②。夜为二人所获。意为土商之逻卒也③，舍盐欲遁；足苦不前，遂被缚。哀之。二人曰："我非盐肆中人，乃鬼卒也。"十惧，乞一至家，别妻子。不许，曰："此去亦未便即死，不过暂役耳。"十问："何事？"曰："冥中新阎王到任，见奈河淤平④，十八狱坑厕俱满⑤，故捉三种人淘河：小偷、私铸⑥、私盐；又一等人使涤厕：乐户也⑦。"

  十从去，入城郭，至一官署，见阎罗在上，方稽名籍。鬼禀曰："捉一私贩王十至。"阎罗视之，怒曰："私盐者，上漏国税，下蠹民生者也。若世之暴官奸商所指为私盐者，皆天下之良民。贫人揭锱铢之本⑧，求升斗之息⑨，何为私哉！"罚二鬼市盐四斗，并十所负，代运至家。留十，授以蒺藜骨朵⑩，令随诸鬼督河工。鬼引十去，至奈河边，见河内人夫，繈续如蚁⑪。又视河水浑赤，臭不可闻。淘河者皆赤体持畚锸⑫，出没其中。朽骨腐尸，盈筐负舁而出；深处则灭顶求之。惰者辄以骨朵击背股。同监者以香绵丸如巨菽⑬，使含口中，乃近岸。见高苑肆商，亦在其中。十独苦遇之：入河楚背，上岸敲股。商惧，常没身水中，十乃已。经三昼夜，河夫半死，河工亦竣。前二鬼仍送至家，豁然而苏。先是，十负盐未归，天明，妻启户，则盐两囊置庭中，而十久不至。使人遍觅之，则死途中。舁之而归，奄有微息，不解其故。及醒，始言之。肆商亦于前日死，至是始苏。骨朵击处，皆成巨疽，浑身腐溃，臭不可近。十故诣之。望见十，犹缩首衾中，如在奈河状。一年，始愈，不复为商矣。

  异史氏曰："盐之一道，朝廷之所谓私，乃不从乎公者也；官与商之所谓私，乃不从其私者也。近日齐、鲁新规，土商随在设肆⑭，各限疆域。不惟此邑之民，不得去之彼邑；即此肆之民，不得去之彼肆。而肆中则潜设饵以钓他邑之民；其售于他邑，则廉其直；而售诸土人，则倍其价以昂之。而又设逻于道，使境内之人，

应有人愁骨朵伤
奈河河日重挑潘
谁分私贩共官商
国课何曾接引偿

五十

王十

皆不得逃吾昂。其有境内冒他邑以来者，法不宥。彼此之相钤，而越肆假冒之愚民益多。一被逻获，则先以刀杖残其胫股，而后送诸官；官则桎梏之，是名'私盐'。呜呼！冤哉！漏数万之税非私，而负升斗之盐则私之；本境售诸他境非私，而本境买诸本境则私之，冤矣！律中'盐法'最严，而独于贫难军民[15]，背负易食者，不之禁，今则一切不禁，而专杀此贫难军民！且夫贫难军民，妻子嗷嗷，上守法而不盗，下知耻而不娼；不得已，而揭十母而求一子[16]。使邑尽此民，即'夜不闭户'可也[17]。非天下之良民乎哉！彼肆商者，不但使之淘奈河，直当使涤狱厕耳！而官于春秋节[18]，受其斯须之润[19]，遂以三尺法助使杀吾良民[20]。然则为贫民计，莫若为盗及私铸耳。盗者白昼劫人，而官若聋；铸者炉火烜天[21]，而官若瞽；即异日淘河，尚不至如负贩者所得无几，而官刑立至也。呜呼！上无慈惠之师，而听奸商之法，日变日诡，奈何不顽民日生，而良民日死哉！"

各邑肆商，旧例以若干盐资，岁奉本县，名曰"食盐"。又逢节序，具厚仪[22]。商以事谒官，官则礼貌之，坐与语，或茶焉。送盐贩至，重惩不遑[23]。张公石年宰淄[24]，肆商来见，循旧规，但揖不拜[25]。公怒曰："前令受汝贿，故不得不隆汝礼；我市盐而食，何物商人[26]，敢公堂抗礼乎！"将裤将答。商叩头谢过，乃释之。后肆中获二负贩者，其一逃去，其一被执到官。公问："贩者二人，其一焉往？"贩者曰："逃去矣。"公曰："汝腿病不能奔耶？"曰："能奔。"公曰："既被捉，必不能奔；果能，可起试奔，验汝能否。"其人奔数步欲止。公曰："奔勿止！"其人疾奔，竟出公门而去。见者皆笑。公爱民之事不一，此其闲情，邑人犹乐诵之。

【注释】

①高苑：旧县名，治所在今山东省博兴县高苑镇。

②负：负贩。

③土商：当地盐商。

④奈河：迷信所传地狱中的河名。

⑤十八狱：迷信所传阴曹地府的十八层地狱。坑厕：厕所。

⑥私铸：私自铸钱。

⑦乐户：古时犯罪的妇女或犯人的妻子没入官府，充当乐妓，供统治者取乐。这类人家称乐户。后世妓院也称乐户。

⑧揭锱铢之本：持微小的资本。揭，持。锱铢，形容微小的数量。

⑨求升斗之息：求取赖以餬口的微利。升斗，喻指少量口粮。

⑩蒺藜骨朵：古兵器。其制，于棒端缀以铁制或坚木所制的蒜头形"骨朵"。即旧时仪仗中的"金瓜"。骨朵上加铁刺，状如蒺藜者，称"蒺藜骨朵"。

⑪繈（强）续：谓人群不断，如用绳索连接在一起。繈，绳索。此据二十四卷抄本，原本作"繈绩"。

⑫畚（本）锸：挖运泥土的工具。畚，箕。

⑬巨菽：巨大的豆粒。

⑭随在：到处。

⑮贫难军民：贫困的军户和民户。军户，始于南北朝。明清时期，屯卫兵丁以及充配为军的犯人及其随配子女和后代，也称军户，其地位低下，生活贫苦。

⑯揭十母而求一子：犹言求十一之利。持十本而求一利。

⑰夜不闭户：喻治世。

⑱春秋节：犹岁时节序。春秋，岁时、四时。

⑲斯须之润：意谓暂时捞到一点好处。斯须，片刻、暂时。润，沾润，此指贿赂。

⑳三尺法：指法律。

㉑炉火烜（宣）天：炉火旺盛照耀天空。

㉒厚仪：厚重的礼物。

㉓不遑：不敢怠慢。

㉔张公石年宰淄：此据二十四卷抄本，原作"张石宰令淄川"。张嵋，字石年，仁和（今浙江省杭州市）人。康熙二十五年为淄川令。

㉕但揖不拜：只作揖而不行跪拜礼。

㉖何物商人：意为商人是什么东西。

【译文】

高苑有个名叫王十的平民，到博兴去背盐。夜里被两个人捉住。他以为是当地盐商的巡逻兵呢，扔了盐袋子就想逃跑；可是两只脚却跑不动，就被捆上了。他哀求放了他。两个人说："我们不是盐市里的人，而是阴间的鬼卒。"王十一听就害怕了，请求回家一趟，向妻子告别。两个鬼卒不准许，说："这次去不一定就会马上死掉，不过是暂时服一次劳役罢了。"王十问道："什么事情？"鬼卒说："阴间新上任的阎王，看见奈河已经淤平了，十八层地狱的厕所也被粪便填满了，所以要抓三种人去淘河：小偷、私铸钱的和私贩盐的；还有一等人，专叫他们掏厕所：那就是妓院。"

王十跟着他们往前走，进了一座城，来到官署，看见阎王坐在殿上，正在审阅生死簿子。鬼卒上前禀告说："抓到一个私贩成盐的王十，现在押到了。"阎王看了王十一眼，很生气地说："私盐贩子，是上漏国税，下害民生的家伙。像世上那些贪暴的官员和奸商们指定的私盐贩子，都是天下的良民。穷人带着极少的一点本钱，求取升斗的利息，怎能打成私贩呢！"就惩罚两个鬼卒，买来四斗盐，连同王十所背的，替他运到家里。留下王十，交给他一根狼牙棒，叫他跟着鬼卒们去监督淘河的民工。

鬼卒把他领出阎王殿，来到奈河边上，看见河里的人夫，用绳子一个连一个地拴着，好像一群群蚂蚁。再看看河水，浑浊浊的，泛着赤红的颜色，臭不可闻。淘河的人都赤身裸体地拿着土筐和铁锹，出没在臭水河里。朽烂的骨头和腐烂的尸体，筐里装得满满的，背着抬着运出来；最深的地方，只能扎猛子进去捞取。对于偷懒的，就用狼牙棒敲他们的脊背和屁股。一同监工的鬼卒给他一丸比豆粒还大的香绵丸，叫他含在嘴里，才能靠近河边。他看见高苑盐店的一个商人，也在水里淘河。王十唯独对他很苛刻：他进到河里就捶他脊背，上岸就敲他屁股。那个盐商吓得要死。经常泡在臭水里，王十才住手。经过三天三夜，河工死了一半，淘河工程也就竣工了。仍然是前几天的两个鬼卒把他送到家里，他就突然复活了。

三天以前，他出去背盐没有回来，天亮以后，妻子开了房门，看见院子里放着两袋盐，王十却很长时间没有回来。派人出去到处寻找，发现死在路上。把他抬回家里，只有奄奄一息，家人不知什么原因。等到他苏醒过来以后，他才把原因告诉了妻子。盐店的商人也在前天死了，到现在才苏醒过来。被狼牙棒敲击的地方，都变成了很大的恶疮，浑身腐烂，臭得没法接近。王十故意去看他。盐商看见了王十，还把脑袋缩在被子里，像在奈河里一样。养了一年才痊愈，再也不做盐商了。

异史氏说："管盐的法令，朝廷的所谓私贩，指的是不参加公营的；官府和盐商所说的私贩，指的是不参与他们营私的。近来山东的新规定，当地商人随地设置盐店，各个店铺限定在一定的疆域之内。不只是这个县的老百姓，不准到那个县去买盐；就是这个盐店所属的群众，也不准到别的盐店去买盐。但是盐店却偷偷地设下钓饵去钓别的县的老百姓：他们卖给别的县，价钱很便宜；而卖给当地人，价钱却高出好几倍。又在路上派人巡逻，使他辖境以内的老百姓，都逃不出他的天罗地网。在他的辖境以内，有人冒充外县人来买他的成盐，以法惩处，决不饶恕。因为彼此都互相引诱，所以越店冒充外县的愚民越来越多。一旦被巡逻的人抓住了，就先用刀子棒子伤害他的两条腿，然后送到官府；官府就给戴上手铐脚镣，叫作'私盐贩子'。唉！冤枉啊！漏掉几万税金的不叫私贩，而背个斗八升盐巴的却叫私贩；本境卖给外境的不是私贩，而本境的人在本境买盐却是私贩，冤哪！法律中'盐法'最严，唯独对于穷苦的军民，背点成盐换吃的，不予禁止；现在是别的都不禁止，而是专杀这些穷苦的军民！这些穷苦的军民，妻子儿女饿得嗷嗷地要吃的，对上遵守法令不去做贼，对下知道廉耻不去作娼；迫不得已，拿十吊的本钱谋取一吊的利钱。假使一个县里都是这样的黎民百姓，就是夜不闭户，也是可以的。这难道不是天下的良民吗！对于那些盐商，不仅应该叫他们淘奈河，简直应该叫他们洗刷十八层地狱的厕所！而且当官的在一年四季里逢年过节，接受盐商一点好处，就用法律帮助他们杀我良民：所以说，为了良民的生活大计，不如去做强盗和私铸铜钱：做强盗的白天去抢人，当官的像是聋子；铸钱的炉火冲天，当官的好像瞎子；即使将来去淘河，还不至于像个背盐的小贩子，没有挣到多少钱，官刑却立刻加到身上了。唉！现在当官的没有慈惠的法制，只听盐商的盐法，一天一个变化，一天一个诡计，违法的人怎能不天天出现，良民又怎能不天天死亡呢！"

　　各县的盐商，按着老规矩，拿出价值几石盐的金钱，每年都送给本县的县官，叫作供给"吃盐"。逢年过节，还要送一份厚礼。所以盐商有事进见县官，县官就很有礼貌地接待，和他们平起平坐地说话，有时还给他们献茶。他们送来一个盐贩子，来不及审问就严厉地惩办。张石年在淄川做县官的时候，盐商来见他，遵照过去的老规矩，只是作个揖，没有跪下磕头。张石年怒冲冲地说："前任县官接受你们的贿赂，所以不得不用隆重的礼节接待你们；我自己花钱买盐吃，商人是个什么东西，敢在公堂上分庭抗礼！"就喊人将下他的裤子要打屁股。商人叩头谢罪，才把他放了。后来盐店抓到两个背盐的小贩，跑掉了一个，另一个被扭送到县衙。张石年审问说："两个小贩，另一个哪里去了？"小贩说；"逃跑了。"张石年说："你是腿上有毛病不能跑吗？"小贩说："能跑。"张石年对他说；"既然被抓住了，肯定不能跑；如果真能跑，可以站起来跑跑试试，看你能跑不能跑。"小贩站起来跑了几步就要站住。张石年说："往前跑，不要站下！"小贩撒腿一阵快跑，竟然跑出衙门逃走了。看见的人都笑了。张石年爱民的故事不止这一件，这是他的闲情逸致，淄川县的群众，直到现在还津津乐道。

大　男

【原文】

　　奚成列，成都士人也①。有一妻一妾。妾何氏，小字昭容。妻早没，继娶申氏，性妒，虐遇何，且并及奚；终日哓聒②，恒不聊生。奚怒，亡去。去后，何生一子大男。奚去不返，申捽何不与同炊③，计日授粟。大男渐长，用不给，何纺绩佐食。大男见塾中诸儿吟诵，亦欲读。母以其太稚，姑送诣读。大男慧，所读倍诸儿。师奇之，愿不索束脩④。何乃使从师，薄相酬。积二三年，经书全通⑤。一日归，谓母曰：“塾中五六人，皆从父乞钱买饼，我何独无？”母曰：“待汝长，告汝知。”大男曰：“今方七八岁，何时长也？”母曰：“汝往塾，路经关帝庙，当拜之，祐汝速长。”大男信之，每过必入拜。母知之，问曰：“汝所祝何词？”笑云：“但祝明年便使我十六七岁。”母笑之。然大男学与躯长并速：至十岁，便如十三四岁者；其所为文竟成章⑥。一日，谓母曰：“昔为我壮大⑦，当告父处，今可矣。”母曰：“尚未，尚未。”又年馀，居然成人，研诘益频，母乃缅述之。大男悲不自胜，欲往寻父。母曰：“儿太幼，汝父存亡未知，何遽可寻？”大男无言而去，至午不归。往塾问师，则辰餐未复。母大惊，出资佣役⑧，到处冥搜，杳无踪迹。

　　大男出门，遁途奔去，茫然不知何往。适遇一人将如夔州⑨，言姓钱。大男丐食相从。钱病其缓⑩，为赁代步，资斧耗竭。至夔，同食，钱阴投毒食中，大男瞑不觉。钱载至大刹，托为己子，偶病绝资，卖诸僧。僧见其丰姿秀异，争购之。钱得金竟去。僧饮之，略醒。长老知而诣视⑪，奇其相，研诘，始得颠末。甚怜之，赠资使去。有泸州蒋秀才⑫，下第归，途中问得故，嘉其孝，携与同行。至泸，主其家⑬。月馀，遍加谘访。或言闽商有奚姓者，乃辞蒋，欲之闽。蒋赠以衣履，里党皆敛资助之。途遇二布客，欲往福清[14]，邀与同侣。行数程，客窥囊金，引至空所，挚其手足，解夺而去。适有永福陈翁过其地[15]，脱其缚，载归其家。翁豪富，诸路商贾，多出其门，翁嘱南北客代访奚耗。留大男伴诸儿读。大男遂住翁家，不复游。然去家愈远，音梗矣。

大男铜臭戾气九万里
门户传功名
母贤子孝
於国欷伴
姊妹心愫
不平鸣

大男

何昭容孤居三四年，申氏减其费，抑勒令嫁[16]。何志不摇。申强卖于重庆贾，贾劫取而去。至夜，以刀自劙[17]。贾不敢逼，俟创瘥[18]，又转鬻于盐亭贾[19]。至盐亭，自刺心头，洞见脏腑。贾大惧，敷以药，创平，求为尼。贾曰："我有商侣，身无淫具，每欲得一人主缝纫。此与作尼无异，亦可少偿吾值。"何诺。贾舆送去。入门，主人趋出，则奚生也。盖奚已弃儒为商，贾以其无妇，故赠之也。相见悲骇，各述苦况，始知有儿寻父未归。奚乃嘱诸客旅，侦察大男。而昭容遂以妾为妻矣。然自历艰苦，疴痛多疾，不能操作，劝奚纳妾。奚鉴前祸，不从所请。何曰："妾如争床第者，数年来固已从人生子，尚得与君有今日耶？且人加我者，隐痛在心，岂及诸身而自蹈之㉑？"奚乃嘱客侣，为买三十馀老妾。逾半年，客果为买妾归。入门，则妻申氏。各相骇异。先是，申独居年馀，兄苞劝令再适。申从之，惟田产为子侄所阻，不得售。鬻诸所有，积数百金，携归兄家，有保宁贾㉑，闻其富有奁资，以多金啖苞，赚娶之。而贾老废不能人㉒。申怨兄，不安于室，悬梁投井，不堪其扰。贾怒，搜括其资，将卖作妾。闻者皆嫌其老。贾将适夔，乃载与俱去。遇奚同肆，适中其意，遂货之而去。既见奚，惭惧不出一语。奚问同肆商㉓，略知梗概，因曰："使遇健男，则在保宁，无再见之期，此亦数也。然今日我买妾，非娶妻，可先拜昭容，修嫡庶礼。"申耻之。奚曰："昔日汝作嫡，何如哉！"何劝止之。奚不可，操杖临逼。申不得已，拜之。然终不屑承奉，但操作别室。何悉优容之㉔，亦不忍课其勤惰。奚每与昭容谈宴，辄使役使其侧；何更代以婢，不听前㉕。

会陈公嗣宗宰盐亭㉖。奚与里人有小争，里人以逼妻作妾揭讼奚㉗。公不准理，叱逐之。奚喜，方与何窃颂公德。一漏既尽，僮呼叩扉，入报曰："邑令公至。"奚骇极，急觅衣履，则公已至寝门；益骇，不知所为。何审之，急出曰："是吾儿也！"遂哭。公乃伏地悲咽。盖大男从陈公姓，业为官矣。初，公至自都，迂道过故里，始知两母皆醮，伏膺哀痛㉘。族人知大男已贵，反其田庐。公留仆营造，冀父复还。既而授任盐亭，又欲弃官寻父，陈翁苦劝止之。会有卜者，使筮焉。卜者曰："小者居大，少者为长；求雄得雌，求一得两：为官吉。"公乃之任。为不得亲，居官不茹荤酒。是日，得里人状，睹奚姓名，疑之。阴遣内使细访㉙，果父。乘夜微行而出㉚。见母，益信卜者之神。临去，嘱勿播，出金二百，启父办装归里。父抵家，门户一新，广畜仆马，居然大家矣。申见大男贵盛，益自敛。兄苞不愤，讼官，为妹争嫡。官廉得其情，怒曰："贪资劝嫁，已更二夫，尚何颜争昔年嫡庶耶！"重笞苞。由此名分益定。而申姊何，何亦姊之[31]。衣服饮食，悉不自私。申初惧其复仇，今益愧悔。奚亦忘其旧恶，俾内外皆呼以太母[32]，但诰命不及耳[33]。

异史氏曰："颠倒众生[34]，不可思议，何造物之巧也！奚生不能自立于妻妾之间，一碌碌庸人耳。苟非孝子贤母，乌能有此奇合，坐享富贵以终身哉！"

【注释】

①成都：今四川省成都市。

②哓聒：吵嚷。

③摈（殡）：排斥。

④束脩：称学生聘请老师的酬金为束脩。脩，干肉。

⑤经书：指儒家经书。即《诗》《书》《礼》《乐》《易》《春秋》。《乐经》亡失较早（《汉书·艺文志》已无《乐经》），因此后世传诵只有"五经"。

⑥所为文竟成章：指大男习作八股文竟能成篇。

⑦昔为：昔谓。为，谓。

⑧佣役：雇人。

⑨夔（魁）州：旧府名，治所在今重庆市奉节县。

⑩病其缓：嫌大男走得太慢。病，不满，嫌恶。

⑪长老：谓僧之年德俱高者，指主持僧人。

⑫泸州：今四川省泸州市。

⑬主其家：寄居其家。主，舍于其家，以之为居停。

⑭福清：今福建省福清市。

⑮永福：今福建省永泰县。

⑯抑勒：逼迫。

⑰劙（离）：割。

⑱创瘥（虿）：创伤痊愈。

⑲盐亭：今四川省盐亭县。

⑳岂及诸身而自蹈之：岂能因自身已为正妻而虐待为妾者。蹈，蹈袭，指沿用"人加我者"之法，以待他人。

㉑保宁：府名，治所在今四川省阆中市。

㉒不能人：不能行房事。

㉓同肆商：此据二十四卷抄本，原本作"同商"。

㉔优容：宽容。

㉕不听前：指不使申在面前侍奉。

㉖盐亭：此据二十四卷抄本，原本作"盐城"。

㉗揭讼：告发于官。

㉘伏膺哀痛：内心极端哀痛。伏膺，同"服膺"，牢著于心。

㉙内使：指随身役使之仆。

㉚微行：便服出行。

㉛何亦姊之：亦，据二十四卷本补，原缺。

㉜内外：内外役使的人。太母：奴仆对其官员主人嫡母的敬称。

㉝诰命不及：意谓虽然尊称申氏为"太母"，但对朝廷申报大男之嫡母为何氏，故申氏不能受诰命之封赠。清制五品以上官员授诰命，六品以下授敕命。

㉞颠倒众生：佛家语，指人世。

【译文】

奚成列，成都的读书人。有一妻一妾。小老婆何氏，名叫昭容。妻子很早就死了，又娶了申氏做老婆。申氏生性嫉妒，虐待何氏，并且连到了奚成列。一天到晚乱嚷乱叫，天天这样，使人无法生活。奚成列很气愤，就离家逃走了。

他逃走以后，何氏生了一个男孩，名叫大男。奚成列长久不回家，申氏排挤何氏，不跟何氏一个锅里做饭，数着天数发给粮米。大男逐渐长大，不给增加消费，何氏就纺线织布饲口。大男看见一些孩子在私塾里吟咏背诵，也想读书。母亲因他年岁太小，就暂时送去试读。大男很聪明，读起书来，比别的孩子快几倍。老师把他当成奇才，甘愿不收学费。何氏就让大男跟着老师读书，用微薄的礼物酬谢老师。读了二三年，《四书》《五经》全部通晓。有一天回到家里，对他母亲说："学馆里的五六个人，都跟父亲要钱买饼吃，怎么只我一个人没有父亲呢？"母亲说："等你长大以后。再告诉你知道。"大男说："今年我才七八岁，什么时候长大呀？"母亲说："你每天上学，路过关帝庙，应该跪拜关老爷，保佑你快长。"大男信了母亲的话，每次路过关帝庙，一定进去跪拜。母亲知道了，问他："你祈祷的是什么言词？"他笑着说："只祈祷明年叫我像个十五六岁的人！"母亲当笑话听了。可是大男的学业和身体并驾齐驱，都长得很快。到了十岁，就像十三四岁的孩子。他的作文竟然成了文章。一天，他对母亲说："你过去说过，等我长大就告诉我父亲在什么地方，现在可以告诉我了。"母亲说："你还没长大！还没有长大！"又过了一年多，居然长成了大人，追问得更加频繁，母亲才详详细细地告诉了他。大男哭得自己控制不了自己，要去寻找父亲。母亲说："儿子年纪太小，你父亲死活不知道，仓促之间怎能找到呢？"大男没说话就走了，到了中午也没有回来。母亲到私塾里问老师，老师说吃完早饭没回来。母亲大吃一惊，出钱雇了佣人，到处找遍了，无影无踪。大男走出家门，沿着道路往前奔走，渺渺茫茫，不知奔向何处，路上遇见一个要去夔州的人，说他姓钱，大男讨饭吃跟他往前走。姓钱的嫌他走得很慢，为他租了马，把盘缠全部花光了。到了夔州，两个人在一起吃饭。姓钱的偷偷把毒药投进饭里，大男吃下去，昏迷不省人事。姓钱的用车子把他拉进一个大庙，冒充自己的儿子，偶然得了重病，断了路费，要卖给庙里的和尚。和尚看他风姿俊秀，争着买他。姓钱的得了一笔钱，竟然溜了。和尚给他喝了一点水，他略微清醒过来。当家和尚知道了，到那里一看，惊奇他的相貌，详细盘问，才知道他的始末根由。更加可怜他，送他一些钱，让他走了。

泸州有个姓蒋的秀才，没有考上举人，落第回来，路上遇见他，问清了原因，赞美他的孝心，带着他一起往回走。到了泸州，住在主人家里。过了一个多月，到处访察，没有问不到的地方。有人说："福建有个姓奚的商人。"他就辞别蒋秀才，要去福建。蒋秀才赠送了衣服鞋子，乡邻也都凑钱资助他。途中遇上两个贩卖布匹的商人，要去福清，约他做伴儿。走了几程，两个商人暗中看他腰包里有钱，领到没有人烟的地方，捆上他的手脚，抢走了他的钱包。刚巧永福县有个姓陈的老头儿路过那个地方，解开绳子，用车子把他拉到老头儿家里。老头儿家里很富裕，四面八方的商人，大多从他门上出出进进。老头儿嘱咐南来北往的客商，替大男寻访奚成列的音讯。大男就留在老头儿家里，陪他儿子读书。大男就住在老头儿家里，不再出游。但是离家越来越远，更无音信了。

何昭容孤单单地住了三四年，申氏减掉她的生活费，强迫她改嫁。何昭容的意志毫不动摇。申氏硬把她卖给重庆的一个商人，那个商人把她抢走了。到了晚上，她自己用刀子抹了脖子。商人不敢逼她成亲，等她伤口好了以后，又转手卖给盐亭的一个商人。她到了盐亭，自己在心口上刺了一个窟窿，露出了五脏六腑。商人吓得要死，用药敷在她的心口上。她康复以后，要求出家当尼姑。商人告诉她说："我有一个做买卖的伙伴儿，身上没有淫具，常想得到一个女人，给他缝缝补补。这跟当尼姑没有什么差别，也可以稍微补偿我的损失。"何昭容答应了。商人用轿子送去，进了门，主人迎出来。却是奚成列。

原来奚成列已经放弃了读书做官的道路，做了商人。盐亭商人看他没有老婆，所以把她送给了奚成列。两个人一见面，又悲痛，又惊异。各自叙述自己的苦难遭遇，才知道有了儿子，出去寻找父亲没回来。奚成列就嘱咐来来往往的客商，查访大男的下落。何昭容从此就以小老婆做了妻子。可她经历了艰难困苦，造了一身难以治疗的许多疾病，不能操持家务，就劝奚成列娶个小老婆。奚成列鉴于从前的灾祸，没有听从她的请求。何昭容说："我若是个争夺床铺的人，这些年本来早已嫁人生了孩子，还能和你有今天的团聚吗！而且别人加给我的灾难，我把痛苦隐在心里，怎能自蹈前辙，加给别人呢！"奚成列才嘱咐商侣，给他买个三十多岁的老妾。过了半年，商侣果然给他买来一个小老婆。一进门，却是他的妻子申氏。两个人都很惊讶。

　　早些时候，申氏独居了一年多，哥哥申苞劝她再嫁，申氏听从了。唯独田产被羹家的子弟阻挡着，不能出售。她把家里的东西全部卖掉，积了几百金，带回哥哥家里。保宁有个商人，听说她有很多嫁妆钱，就拿出许多金钱去献媚申苞，用诳骗的手段娶到家中。那个商人已经老迈年残，不能过性生活。她怨恨哥哥，不安心给商人做老婆，上吊，投井，搅得实在受不了。保宁商人火儿了，搜刮了她的财产，要卖给别人做妾。听到的人都嫌她年岁太大。保宁商人要去夔州，就用车子拉着她走了。遇见羹成列的同伴儿，正中下怀，就把她卖给商人，拿钱走了。她见到羹成列以后，又惭愧，又害怕，一句话也说不出来。羹成列打听同行的那个商人，才略知她的梗概。就说："假使遇上一个健壮的男子，你就留在保宁商人那里，我们就没有再见的时期了，这也是天数。但我今天买的是小老婆，不是娶老婆，应该先去拜见何昭容，建立妻妾的礼节。"申氏感到很耻辱。羹成列说："从前你做大老婆的时候，不这样行吗？"何昭容劝阻丈夫，羹成列不听，拿着棍子，到跟前威逼她。申氏迫不得已，才拜了何昭容。但却始终不屑于奉承何昭容，只在另一个屋子里劳动。何昭容完全宽容了她的恶行，也不忍心考核她的勤劳与懒惰。羹成列每次与何昭喝酒的时候，总是叫她在身旁侍奉；何昭容要用使女替代她，羹成列不听。

　　陈老头儿的后人，到盐亭作了县官。羹成列和邻居有点小争执，邻居就以逼妻做妾为罪名，到县官那里揭发控告。县官不收状子，严加斥责，赶出了衙门。羹成列很高兴，正与何昭容私下称颂县官的恩德。在一更将要结束的时候，童子呼叫，敲开房门进来禀报说："县官来了。"羹成列很惊讶，急忙寻找衣服鞋子，看见县官已经进了寝室的房门。羹成列更加惊慌，不知怎么办才好。何昭容仔细一看，急忙跑出来说："是我儿子啊！"说完就哭了。县官这才跪在地下，抽抽噎噎地哭起来。

　　原来大男跟着陈老头儿姓陈，已经做官了。前几天，大男从首都到这里上任，绕道路过家乡。才知道两个母亲都已再嫁了，捶胸踩脚，大哭一场。同一家族的人这才晓得大男已经富贵了，退回他的田地和房舍。大男留下仆人经营管理，希望父亲再回来。接着就任命他担任盐亭县的知县。他又想丢官弃职去寻找父亲，陈老头儿苦苦把他劝住了。刚巧有个算卦的，让他算了一卦。算卦地说："小者居大，少者为长；求雄得雌，求一得两。为官，大吉大利。"大男这才去上任了。因为没有找到父亲，做官不吃荤，不喝酒。这一天，他拿到邻人的状子，看到被告人名叫奚成列，他就产生了怀疑。背地打发心腹家人仔细察访，果然是他父亲。乘着夜里无人，穿着平民的衣服出来了。看见了母亲，更相信算卦人的神奇。临别的时候，嘱咐父母不要张扬出去。拿出二百金，叫父母马上置办行装回家。

父亲回到老家，门户完全变成了新的。雇佣很多仆人，养着大群牛马，居然是个大户人家了。申氏看见大男做了高官，更加约束自己。娘家哥哥申苣知道了，气不忿，到官府告状，给妹妹争夺大老婆的地位。当官的查明了实情，训斥他说："你贪财功嫁，离开奚成列，已经更换了两个丈夫，有什么脸面争夺当年大小老婆的地位呀！"把申苣狠狠打了一顿棍子。从此以后，身份更加明确了。申氏做何昭容的妹妹，何昭容也把申氏叫姐姐。穿的吃的，都不自私。起初，申氏害怕何氏报仇，现在更加惭愧，更加悔恨。奚成列也忘了她过去的恶行，让内外的仆人都喊她"太母"，诰命夫人却轮不到她。

异史氏说："人间的事情，颠颠倒倒，不可想象，造物者的安排，怎么这么巧呢！奚成列不能自立于妻妾之间，是个平庸无奇的人物罢了。假若没有孝心的儿子和贤惠的母亲，哪里会有这样奇特的团聚，坐享富贵而到终年呢！"

外 国 人

【原文】

己巳秋，岭南从外洋飘一巨艘来①。上有十一人，衣鸟羽，文采璀璨。自言："吕宋国人②。遇风覆舟，数十人皆死；惟十一人附巨木，飘至大岛得免。凡五年，日攫鸟虫而食；夜伏石洞中，织羽为帆。忽又飘一舟至，橹帆皆无，盖亦海中碎于风者，于是附之将返。又被大风引至澳门。"巡抚题疏③，送之还国。

中华传世藏书

聊斋志异

【注释】

①岭南：岭南道，治所在今广州市。

②吕宋国：在今菲律宾群岛，都邑马尼拉。

③题疏：题奏，指奏闻皇帝。

【译文】

己巳年的秋天，岭南那个地方，从外洋飘来一艘大船。船上有十一个人，穿着鸟羽织成的衣服，五彩斑斓，光辉夺目。他们自己说是："吕宋国人。遇台风颠覆了大船，几十人都死了；只有十一个人附在一棵大木头上，漂到一个大岛，才得以幸免。经历了五年，天天抓些鸟儿虫儿填肚子；晚上藏在山洞子里，用鸟羽织帆。忽然又飘来一艘大船，没有橹也没有帆，也是在海中被台风毁碎的，于是就上了那艘船，想要回国。又被大风刮到澳门。"巡抚给皇帝写了奏章，送他们回国了。

图文珍藏版

韦 公 子

【原文】

韦公子，咸阳世家①。放纵好淫，婢妇有色，无不私者。尝载金数千，欲尽览天下名妓，凡繁丽之区，无不至。其不甚佳者，信宿即去②；当意，则作百日留。

叔亦名宦，休致归③，怒其行，延明师，置别业，使与诸公子键户读④。公子夜伺师寝，逾垣归，迟明而返。一夜，失足折肱，师始知之。告公，公益施夏楚⑤，俾不能起而始药之。及愈，公与之约：能读倍诸弟，文字佳，出勿禁；若私逸⑥，挞

韦公子

韦公子

珍珠年弹载
酒行罢官归去
悔闲情咸阳公子风
流甚转为风流误一生

如前。然公子最慧，读常过程⑦。数年，中乡榜。欲自败约，公箝制之。赴都，以老仆从，授日记籍，使志其言动，故数年无过行。后成进士，公乃稍弛其禁。公子或将有作，惟恐公闻，入曲巷中⑧，辄托姓魏。

一日，过西安，见优僮罗惠卿⑨，年十六七，秀丽如好女，悦之。夜留缱绻，赠贻丰隆。闻其新娶妇尤韵妙，私示意惠卿。惠卿无难色，夜果携妇至，三人共一榻。留数日，眷爱臻至。谋与俱归。问其家口，答云："母早丧，父存。某原非罗姓。母少服役于咸阳韦氏，卖至罗家，四月即生余。倘得从公子去，亦可察其音耗。"公子惊问母姓，曰："姓吕。"生骇极，汗下浃体⑩，盖其母即生家婢也。生无言。时天已明，厚赠之，劝令改业。伪托他适，约归时召致之，遂别去。后令苏州⑪，有乐伎沈韦娘，雅丽绝伦，爱留与狎。戏曰："卿小字取'春风一曲杜韦娘'耶⑫？"答曰："非也。妾母十七为名妓，有咸阳公子与公同姓，留三月，订盟婚娶。公子去，八月生妾，因名韦，实妾姓也。公子临别时，赠黄金鸳鸯，今尚在。一去竟无音耗，妾母以是愤悒死。妾三岁，受抚于沈媪，故从其姓。"公子闻言，愧恨无以自容。默移时，顿生一策。忽起挑灯，唤韦娘饮，暗置鸩毒杯中。韦娘才下咽，溃乱呻嘶。众集视，则已毙矣。呼优人至，付以尸，重赂之。而韦娘所与交好者尽势家，闻之皆不平，贿激优人，讼于上官。生惧，泻囊弥缝⑬，卒以浮躁免官。

归家，年才三十八，颇悔前行。而妻妾五六人，皆无子。欲继公孙⑭；公以门内无行⑮，恐儿染习气，虽许过嗣，必待其老而后归之。公子愤欲招惠卿，家人皆以为不可，乃止。又数年，忽病，辄挝心曰："淫婢宿妓者，非人也！"公闻而叹曰："是殆将死矣！"乃以次子之子，送诣其家，使定省之⑯。月馀果死。

异史氏曰："盗婢私娼⑰，其流弊殆不可问。然以己之骨血⑱，而谓他人父，亦已羞矣。乃鬼神又侮弄之，诱使自食便液⑲。尚不自剖其心，自断其首，而徒流汗投鸩，非人头而畜鸣者耶⑳！虽然，风流公子所生子女，即在风尘中㉑，亦皆擅场㉒。"

【注释】

①咸阳：今陕西省咸阳市。

②信宿：连宿两夜。

③休致：官吏年老去职。清制，自陈衰老去职，称自请休致；老不称职，谕令退离，称勒令休致。

④键户：闭门。键，门闩。

⑤夏（甲）楚：夏，榎木；楚，荆木。古常用以体罚学生。

⑥私逸：私自逃跑。

⑦读常过程：读书常超过规定进度。

⑧曲巷：偏僻小巷。借指妓女们所居之地。

⑨优僮：青年演唱艺人。

⑩浃（夹）体：湿遍全身。

⑪令苏州：当指苏州府某县县令。青本、二十四卷本"苏州"下均有"某邑"二字。

⑫春风一曲杜韦娘：语出唐刘禹锡赠李绅《歌妓诗》"鬅鬙梳头宫样妆，春风一曲杜韦娘。"

⑬泻囊弥缝：尽上所有资财，贿买当道，掩饰罪过。

⑭欲继公孙：想过继叔父之孙为嗣。公，指韦叔。

⑮无行：品行不端。

⑯定省：昏定晨省。指旧时人子待父母之礼。

⑰盗婢：与婢私通。盗，偷情。

⑱己之骨血：指自己的孩子。

⑲自食便液：喻指与自己的子女淫乱。

⑳人头而畜鸣：犹言人面畜生。

㉑风尘：指娼妓生涯。

㉒擅场：指技艺高超出众。

【译文】

韦公子，咸阳的官僚世家。他喜好女色，毫无约束，随心所欲的淫荡，丫鬟仆妇稍有姿色的，没有不被奸污的。曾用车子载着几千两银子，想要看尽天下有名的妓女，凡是繁华的地方，没有不到的。不太漂亮的，住两宿就走；当心如意的，就住上一百天。

叔叔也是有名的官员，退休回到家里，恼火他的行为，请来贤明的老师，买了一所别墅，叫他和自己的儿子们锁上大门读书。韦公子夜里等到老师睡觉了，他就爬过墙头回到家里，天不亮又返回去。一天晚上，失足跌断了腿骨，老师才知道。告诉给他叔叔，叔叔又打他一顿棍子，叫他爬不起来，才给他治疗。他好了以后，叔叔和他约定：读书能比弟弟们多一倍，文章写得好，出去才不禁止；再若私逃，还像前些天那么揍他。但是公子很聪明，读书常常超过老师规定的课程。过了几年，考中了举人。想要自己废除约法，叔叔钳制他。他进京赶考，也打发一个老仆跟着，交给老仆一个日记本，叫老仆记下他的言论和行动，所以好几年没有过火的行为。后来考中了进士，叔叔才稍微放松对他的限制。公子想要干点什么，唯恐叔叔听到风声，进到妓院里，总是假托姓魏。

一天，他路过西安，看见一个唱戏的少年，名叫罗惠卿，十六七岁，容貌秀丽，如同漂亮的少女，心里很喜爱。晚上留下来，缠缠绵绵的，送给他很多东西。听说他新娶的媳妇更漂亮，私下就向惠卿示意。惠卿毫无难色，晚上果然把媳妇领来，三个人睡在一个床上。留住了好几天，眷恋到了极点。商量和他们一起回去。问他家庭人口，他回答说："母亲早已去世，父亲还活着。我原来不姓罗。母亲青年时代在咸阳一户姓韦的家里当使女，后来卖给姓罗的，四个月就生了我。如果能跟公子去咸阳，也可以察察母亲的音信。"公子惊讶地问他母亲姓什么。他说："姓吕。"公子惊讶已极，汗流浃背，原来惠卿的母亲就是他家的丫鬟。公子再也无话可说了。当时天色已经大亮，赏赐了很多东西，劝他改换职业，借口到别的地方去，约定回来的时候招呼他一起走，说完就告别走了。

后来到苏州当县官，有个名叫沈韦娘的乐伎，文雅秀丽，无与伦比，爱上了就留下乱搞。调戏地说："你的名字是取自'春风一曲杜韦娘'吗？"回答说："不是。我母亲十七岁作了名妓，有一个咸阳公子，和你同姓，留下住了三个月，和他订了婚约。公子走了以后，八个月生了我，所以起名叫韦，实际上是我的姓。公子，临别的时候，赠送了黄金鸳鸯，现在还保存在手里。他一去竟然毫无音信，我母亲是气愤忧郁而死的。我三岁，受沈老太太的抚养，所以就跟她姓沈了。"公子听到这番话，惭愧得无地自容。默默想了一会儿，突然想出一条毒计。忽然站起来挑挑灯花，招呼韦娘喝酒，偷偷把毒药放在酒杯里。韦娘刚刚咽下去，神志昏乱，痛苦呻吟。大家跑来一看，已经死了。喊来乐户，把尸体交给他们，给了很多钱。

韦娘结交的好朋友，都是有势力的人家，听见这个噩耗，都气不忿，花钱怂恿乐户，到府里告状。韦公子害怕了，拿出全部钱财去缝补，终以轻佻的罪名罢了官。回家才三十八岁，对以前的行为颇感后悔。妻妾五六个人，都没有儿子。想要过继叔叔的孙子；叔叔认为他的家门没有德行，害怕儿孙染上坏习气，虽然答应过继一个孙子，却要等他死后才能归过去。公子气愤的要把惠卿招来，家人都说不可以，才打消了这个念头。又过了几年，忽然得了重病，总是拍着心口说："奸污使女、睡过娼妓的家伙，不是人哪！"叔叔听到消息，叹息着说："他是大概要死了！"就把二儿子的儿子送到他家，早晚向他问安。病了一个多月，果然死了。

异史氏说；"奸污使女，和妓女通奸，这种流弊大概不用问。但是自己的骨血，管别人叫父亲，也已羞死人了。鬼神又侮弄他，诱使他奸污自己的女儿，还不挖出自己的心，砍掉自己的脑袋，反倒空自汗流淡背，投撒毒药，不是长着人头会叫的畜牲吗！虽然这样，风流公子所生的子女，就是沦落为妓女，也胜过一般人。"

石　清　虚

中华传世藏书

聊斋志异

图文珍藏版

【原文】

邢云飞，顺天人。好石，见佳石①，不惜重直。偶渔于河，有物挂网，沉而取之，则石径尺，四面玲珑，峰峦叠秀。喜极，如获异珍。既归，雕紫檀为座，供诸案头②。每值天欲雨，则孔孔生云，遥望如塞新絮。

有势豪某，踵门求观③。既见，举付健仆，策马径去。邢无奈，顿足悲愤而已。仆负石至河滨，息肩桥上，忽失手堕诸河。豪怒，鞭仆。即出金雇善泅者，百计冥搜④，竟不可见。乃悬金署约而去⑤。由是寻石者日盈于河，迄无获者。后邢至落石处，临流於邑⑥，但见河水清澈，则石固在水中。邢大喜，解衣入水，抱之而出。携归，不敢设诸厅所，洁治内室供之。

一日，有老叟款门而请⑦。邢托言石失已久。叟笑曰："客舍非耶？"邢便请入舍，以实其无⑧。及入，则石果陈几上。愕不能言。叟抚石曰："此吾家故物，失去已久，今固在此耶。既见之，请即赐还。"邢窘甚，遂与争作石主。叟笑曰："既汝家物，有何验证？"邢不能答。叟曰："仆则故识之。前后九十二窍，孔中五字云：'清虚天石供。'⑨"邢审视，孔中果有小字，细如粟米，竭目力才可辨认；又数其窍，果如所言。邢无以对，但执不与。叟笑曰："谁家物，而凭君作主耶！"拱手而出。邢送至门外；既还，已失石所在。邢急追叟，则叟缓步未远。奔牵其袂而哀之。叟曰："奇哉！经尺之石，岂可以手握袂藏者耶？"邢知其神，强曳之归，长跽请之。叟乃曰："石果君家者耶、仆家者耶？"答曰："诚属君家，但求割爱耳。"叟曰："既然，石固在是。"入室，则石已在故处。叟曰："天下之宝，当与爱惜之人。此石，能自择主，仆亦喜之。然彼急于自见⑩，其出也早，则魔劫未除⑪。实将携去，待三年后，始以奉赠。既欲留之，当减三年寿数，乃可与君相终始。君愿之乎？"曰："愿。"叟乃以两指捏一窍，窍软如泥，随手而闭。闭三窍，已，曰："石上窍数，即君寿也。"作别欲去。邢苦留之，辞甚坚；问其姓字，亦不言，遂去。

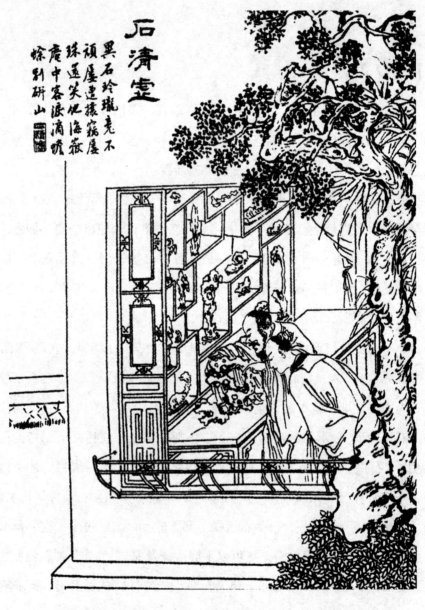

石清虚

积年馀，邢以故他出，夜有贼入室，诸无所失，惟窃石而去。邢归，悼丧欲死。访察购求，全无踪迹。积有数年，偶入报国寺[12]，见卖石者，则故物也，将便认取。卖者不服，因负石至官。官问："何所质验[13]？"卖石者能言窍数。邢问其他，则茫然矣。邢乃言窍中五字及三指痕，理遂得伸。官欲杖责卖石者，卖石者自言以二十金买诸市，遂释之。邢得石归，裹以锦，藏椟中，时出一赏，先焚异香而后出之。

有尚书某，购以百金。邢曰："虽万金不易也。"尚书怒，阴以他事中伤之。邢被收[14]，典质田产。尚书托他人风示其子。子告邢，邢愿以死殉石。妻窃与子谋，献石尚书家。邢出狱始知，骂妻殴子，屡欲自经，家人觉救，得不死。夜梦一丈夫来，自言："石清虚。"戒邢勿戚："特与君年馀别耳。明年八月二十日，昧爽时，可诣海岱门[15]，以两贯[16]相赎。"邢得梦，喜，谨志其日。其石在尚书家，更无出云之异，久亦不甚贵重之。明年，尚书以罪削职，寻死。邢如期至海岱门，则其家人窃石出售，因以两贯市归。

后邢至八十九岁，自治葬具；又嘱子，必以石殉[17]。及卒，子遵遗教，瘗石墓中。半年许，贼发墓，劫石去。子知之，莫可追诘。越二三日，同仆在道，忽见两人奔踬汗流[18]，望空投拜，曰："邢先生，勿相逼！我二人将石去[19]，不过卖四两银耳。"遂絷送到官，一讯即伏。问石，则鬻宫氏。取石至，官爱玩，欲得之，命寄诸库。吏举石，石忽堕地，碎为数十馀片。皆失色。官乃重械两盗论死。邢子拾碎石出，仍瘗墓中。

异史氏曰："物之尤者祸之府[20]。至欲以身殉石，亦痴甚矣！而卒之石与人相终始[21]，谁谓石无情哉？古语云：'士为知己者死。'非过也！石犹如此，何况于人！"

【注释】

①佳石：据山东省博物馆抄本，原无"石"字。

②供：陈设。

③踵门：登门。

④冥搜：仔细搜索。

⑤悬金署约：悬赏立约；意谓招贴声明，愿出重金报酬寻到异石的人。

⑥临流於（呜）邑：面对河水悲泣。於邑，同"呜呃"，愤懑气结，极度悲伤。於，据山东省博物馆抄本，原作"于"。

⑦请：请见；要求观赏异石。

⑧实：证实。

⑨"清虚天石供"：意谓月宫石制供品。清虚天，指月宫，也称清虚殿或清虚府。

⑩自见（现）：自现于世。

⑪魔劫：恶劫；灾难。魔，梵语"魔罗"音译，佛教指妨碍修行的邪恶之神。

⑫报国寺：寺庙名。北京城南广宁门外有报国寺。

⑬质验：凭证。

⑭收：囚禁入狱。

⑮海岱门：北京崇文门的别名。

⑯两贯：两千文铜钱。古时千钱为一贯。

⑰殉：陪葬。

⑱奔踬（质）：跌跌撞撞地奔跑。踬，跌倒。

⑲将：拿取。

⑳物之尤者祸之府：意谓奇异之物将招致各种灾祸。尤，特异、突出。府，汇集的地方。

㉑卒：终于。

【译文】

　　邢云飞，顺天人。他喜爱石头，只要看见好石头，多高的价钱也不吝惜。一天，他偶然在河里打鱼，有个东西挂在网上，沉甸甸地拉上来，是块直径足有一尺长的石头，四面玲珑，峰峦叠秀。他高兴极了，好像得了奇珍异宝。拿到家里以后，用紫檀雕刻一个座子，供在桌子上。每逢天要下雨的时候，石头上的每个小孔都生出云雾，从远处一望，好像塞着新棉花。

　　有一个恶霸，亲自登门要求看看石头。看到以后，把石头拿起来，交给一个健壮的仆人，扬鞭策马，竟然抢走了。邢云飞无可奈何，只能跺着脚悲愤而已。那个仆人背着石头来到河边，在桥上休息，忽然失手，石头掉进河里去了。恶霸一看就火儿了，用鞭子抽打仆人。立即拿出金钱，雇一些善于游泳的人，千方百计地下水穷搜，直到最后也没找到。他就贴出告示，立下寻物的悬赏条约，然后才走了。从此以后，寻找石头的人每天都塞满了河床，却始终没有找到的。后来，邢云飞自己来到失落石头的地方，在靠近县城的小桥上，只见河水清澈见底，那块石头清清楚楚地就在水中。他高兴极了，脱了衣服进了水里，把石头抱了出来。带回家里，不敢放厅堂上，就打扫一间内室供奉着。

　　一天，有个老头儿敲门，请求看看石头。他推托石头已经丢失很久了。老头儿笑着说："摆在客厅里面的不是那块石头吗？"他就把老头儿请进客厅，以证实那里没有石头。等进了客厅，看见那块石头果然摆在桌子上。他惊得说不出话来。老头儿抚摩着石头说："这是我家的旧物，已经丢失很久了，原来现在跑你这里来了。今天既然看见了，就请你还给我吧。"邢云飞很窘，就和老头儿争作石头的主人。老头儿笑着说；"既是你家的东西，有什么凭据呢？"他答不上来。老头儿说："我毕竟还能够认识它：它前后有九十二个小孔，大孔里有五个字，写的是，'清虚天石供。'"他仔细一看，孔里果然有五个小字，小得像个小米粒，尽力用眼睛细看，才能辨认出来；又数数小孔，果然像老头儿说的一样。他无言可以答对，但却固执地不肯还给老头儿。老头儿笑着说:"谁家的东西,能够凭你做主呢!"说完,一拱手就往外走。

他把老头儿送到门外;回来以后,桌子上的石头已经丢失了。他赶紧出去追赶,看见老头儿迈着缓慢的脚步,还没走出多远。他赶上老头儿,拉着袖子哀求。老头儿说:"这就奇怪了!直径足有一尺的大石头,怎能握在手里藏在袖里呢?"他知道老头儿是个神仙,硬把老头儿拉回家里,直挺挺地跪在地上哀求。老头儿就问他:"石头真是你家的呢,还是我家的呢?"他说:"的确是你家的,只是求你割爱罢了。"老头儿说:"既然这样,石头本来还在原先的地方。"他进了内室,看见石头已经放在原处了。老头儿说:"天下的宝物,应该送给爱惜宝物的人。这块石头,能够自己选择主人,我也很高兴,但是它急于自己出来见见世面,它出来得太早了,本身的磨难还没有消除。我是要带它回去,等三年以后,才能拿来奉送。既然想要留下,应该减掉你三年寿命,才能始终不渝地陪伴你。你愿意吗?"他说:"愿意。"老头儿就用两指头捏合一个小孔,小孔软得像捏泥,随手就捏合了。一共捏合了三个小孔,完了以后说:"石头上小孔的数目,就是你的年寿。"说完就要告别。他苦苦地挽留,老头儿却很坚决地向他辞行;他询问老头儿的名字,老头儿也没告诉他,就走了。

过了一年多,他因事去了外地,小偷在晚上钻进屋里,什么东西也没偷,只把石头偷走了。他回来以后,哀痛得要死。到处访察,出钱收购,全都没有踪影。过了好几年,他偶然进了报国寺,看见一个卖石头的,就是他从前丢掉的石头,他想借此机会要回来。卖石头的不服,因而就背着石头打官司。当官地问道:"你们都有凭据吗?"卖石头的能够说出小孔的数目。邢云飞问他还有什么凭据,他就茫然了。邢云飞就说了小孔里的五个字,又说了捏合的三个指印,就打赢了官司。当官的要用棍子责打卖石头的,卖石头的自己说是花了二十金在市上买的,也就释放了。

他得到了石头,拿回家里以后,用丝绸包起来,藏到柜子里,有时想要拿出来看看,先要烧上一炷异香,然后才拿出来。有一个官拜尚书的老爷,想用百金购买他的石头。他说："即使万金，我也不卖。"尚书火儿了，暗中借故陷害他。他被抓进了监狱，儿子就典当土地，抵押物品，到处送礼托人情。尚书托别人向他儿子传递口风，说只要献出石头就完事了。儿子到狱里告诉他，他情愿献出老命也要保存石头。妻子在背后和儿子商量，就把石头献到尚书家里。他出狱以后才知道消息，便骂老婆，打儿子，一次又一次地想要悬梁自尽，都被家人发觉，救了下来，才得以不死。夜里，他梦见来了一个男子汉，自我介绍说："我叫石清虚。"告诉他不要忧愁，说石头"只是和你离别一年多罢了。明年的八月二十日，天黎明的时候，可以到海岱门，花两吊钱买回来。"他做了这样一个梦，心里很高兴。便小心地记着那个日子。

那块石头在尚书家里。再也没有出现云雾的奇异景象，久而久之，也就不太贵重了。第二年，尚书因罪罢了官，时间不长就死了，他在八月二十日的黎明到了海岱门，看见尚书的家人偷出那块石头正在出售，就花了两吊钱买回来了。他后来活到八十九岁，自己准备了葬具；又嘱咐儿子必须用石头给他殉葬。等他死了以后，儿子遵照他的遗嘱，把石头葬在他的坟墓里。

大约过了半年，盗贼挖开他的坟墓，把石头偷走了。儿子知道以后，也没有地方追问，过了两三天，儿子和仆人一同走在路上，忽然看见两个人，踉踉跄跄，跑得汗流浃背，望着天空，倒身下拜说："邢先生，不要追逼了！我们两个人偷去了石头，不过卖了四两银子罢了。"儿子就把两个人捆起来送进县衙门，一审问就招认了。县官审问石头哪里去了，原来卖给一个姓宫的了。等把石头取回来，县官很喜爱，拿在手里观赏着，想要据为己有，就命令寄存到库房里。一个小吏去搬石头，石头忽然掉到地下，碎成了好几十片。堂上的人都大惊失色。县官就把盗贼狠狠地打了一顿棍子，判成死罪。邢云飞的儿子捡起碎片出了衙门，仍然葬进父亲的坟墓里。

异史氏说："特出的东西是招灾惹祸的地方。竟然想用性命去殉葬石头，也太痴心了！但是直到他最后离开人世，石头始终伴随他，谁说石头无情呢？古语说：'士为知己者死。'说得不过分。石头尚且如此，何况是人呢！"

曾 友 于

【原文】

　　曾翁，昆阳故家也①。翁初死未殓，两眶中泪出如瀋②，有子六，莫解所以。次子悌，字友于，邑名士，以为不祥，戒诸兄弟各自惕，勿贻痛于先人；而兄弟半迁笑之。先是，翁嫡配生长子成③，至七八岁，母子为强寇掳去。娶继室，生三子：曰孝，曰忠，曰信。妾生三子：曰悌，曰仁，曰义。孝以悌等出身贱，鄙不齿，因连结忠、信为党。即与客饮，悌等过堂下，亦傲不为礼。仁、义皆忿，与友于谋，欲相仇。友于百词宽譬④，不从所谋；而仁、义年最少，因兄言亦遂止。孝有女，适邑周氏，病死。纠悌等往挞其姑，悌不从。孝愤然，令忠、信合族中无赖子，往捉周妻，搒掠无算，抛粟毁器，盎盂无存。周告官。官怒，拘孝等囚系之，将行申黜⑤。友于惧，见宰自投。友于品行，素为宰重，诸兄弟以是得无苦。友于乃诣周所负荆⑥，周亦器重友于，讼遂止。

　　孝归，终不德友于。无何，友于母张夫人卒，孝等不为服⑦，宴饮如故。仁、义益忿。友于曰："此彼之无礼，于我何损焉。"及葬，把持墓门，不使合厝⑧。友于乃瘗母隧道中。未几，孝妻亡，友于招仁、义同往奔丧。二人曰："'期'且不论，'功'于何有⑨！"再劝之，哄然散去。友于乃自往，临哭尽哀。隔墙闻仁、义鼓且吹，孝怒，纠诸弟往殴之。友于操杖先从。入其家，仁觉先逃。义方逾垣，友于自后击仆之。孝等拳杖交加，殴不止。友于横身障阻之。孝怒，让友于⑩。友于曰："责之者，以其无礼也，然罪固不至死。我不怙弟恶⑪，亦不助兄暴。如怒不解，身代之。"孝遂反杖挞友于，忠、信亦相助殴兄，声震里党，群集劝解，乃散去。友于即扶杖诣兄请罪。孝逐去之，不令居丧次⑫。而义创甚⑬，不复食饮。仁代具词讼官，诉其不为庶母行服。官签拘孝、忠、信⑭，而令友于陈状。友于以面目损伤，不能诣署，但作词禀白，哀求寝息，宰遂消案。义亦寻愈。由是仇怨益深。仁、义皆幼弱，辄被敲楚⑮。怨友于曰："人皆有兄弟，我独无！"友于曰："此两语，我宜言之，两弟何云！"因苦劝之，卒不听。友于遂扃户，携妻子借寓他所，离家五十馀里，冀不相闻。

曾友于

友于在家虽不助弟，而孝等尚稍有顾忌；既去，诸兄一不当，辄叫骂其门，辱侵母讳^⑯。仁、义度不能抗，惟杜门思乘间刺杀之^⑰，行则怀刀。一日，寇所掠长兄成，忽携妇亡归。诸兄弟以家久析，聚谋三日，竟无处可以置之。仁、义窃喜，招去共养之。往告友于。友于喜，归，共出田宅居成。诸兄怒其市惠^⑱，登门窘辱。而成久在寇中，习于威猛，大怒曰："我归，更无人肯置一屋；幸三弟念手足，又罪责之。是欲逐我耶！"以石投孝，孝仆。仁、义各以杖出，捉忠、信，挞无数。成乃讼宰，宰又使人请教友于。友于诣宰，俯首不言，但有流涕。宰问之，曰："惟求公断。"宰乃判孝等各出田产归成，使七分相准^⑲。自此仁、义与成倍加爱敬^⑳。谈及葬母事，因并泣下。成恚曰："如此不仁，真禽兽也！"遂欲启圹，更为改葬^㉑。仁奔告友于。友于急归谏止。成不听，刻期发墓，作斋于茔。以刀削树，谓诸弟曰："所不衰麻相从者^㉒，有如此树！"众唯唯。于是一门皆哭临，安厝尽礼。自此兄弟相安。而成性刚烈，辄批挞诸弟，于孝尤甚。惟重友于，虽盛怒，友于至，一言即解。孝有所行，成辄不平之，故孝无一日不至友于所，潜对友于诟诅。友于婉谏，卒不纳。友于不堪其扰，又迁居三泊^㉓，去家益远，音迹遂疏。

又二年，诸弟皆畏成，久亦相习。而孝年四十六，生五子：长继业，三继德，嫡出；次继功，四继绩，庶出；又婢生继祖。皆成立。效父旧行，各为党，日相竞，孝亦不能呵止。惟祖无兄弟，年又最幼，诸兄皆得而诟厉之。岳家近三泊，会诣岳，迂道诣叔。入门，见叔家两兄一弟，弦诵怡怡^㉔，乐之，久居不言归。叔促之，哀求寄居。叔曰："汝父母皆不知，我岂惜瓯饭瓢饮乎^㉕！"乃归。过数月，夫妻往寿岳母。告父曰："儿此行不归矣。"父诘之，因吐微隐。父虑与叔有夙隙^㉖，计难久居。祖曰："父虑过矣。二叔，圣贤也。"遂去，携妻之三泊。友于除舍居之^㉗，以齿儿行^㉘，使执卷从长子继善。祖最慧，寄籍三泊年馀，入云南郡庠^㉙。与善闭户研读，祖又讽诵最苦^㉚。友于甚爱之。

自祖居三泊，家中兄弟益不相能。一日，微反唇，业诟辱庶母。功怒，刺杀业。官收功，重械之，数日死狱中。业妻冯氏，犹日以骂代哭。功妻刘闻之，怒曰："汝家男子死，谁家男子活耶！"操刀入，击杀冯，自投井死。冯父大立，悼女死惨，率诸子弟，藏兵衣底，往捉孝妾，裸挞道上以辱之。成怒曰："我家死人如麻，冯氏何得复尔！"吼奔而出。诸曾从之，诸冯尽靡。成首捉大立，割其两耳。其子护救，继绩以铁杖横击，折其两股。诸冯各被夷伤，哄然尽散。惟冯子犹卧道周。成夹之以肘，置诸冯村而还。遂呼绩诣官自首。冯状亦至。于是诸曾被收。惟忠亡去，至三泊，徘徊门外。适友于率一子一侄乡试归，见忠，惊曰："弟何来？"忠未语先泪，长跪道左。友于握手拽入，诘得其情，大惊曰："似此奈何！然一门乖戾，逆知奇祸久矣㉛；不然，我何以窜迹至此。但我离家久，与大令无声气之通㉜，今即蒲伏而往，徒取辱耳。但得冯父子伤重不死，吾三人中幸有捷者，则此祸或可少解。"乃留之，昼与同餐，夜与共寝。忠颇感愧。居十馀日，见其叔侄如父子，兄弟如同胞，凄然下泪曰："今始知从前非人也。"友于喜其悔悟，相对酸恻。俄报友于父子同科㉝，祖亦副榜㉞。大喜。不赴鹿鸣㉟，先归展墓。明季科甲最重㊱，诸冯皆为敛息㊲。友于乃托亲友赂以金粟，资其医药，讼乃息。

举家泣感友于，求其复归。友于乃与兄弟焚香约誓，俾各涤虑自新㊳，遂移家还。祖从叔不愿归其家。孝乃谓友于曰："我不德，不应有亢宗之子㊴；弟又善教，俾姑为汝子。有寸进时，可赐还也。"友于从之。又三年，祖果举于乡。使移家，夫妻皆痛哭而去。不数日，祖有子方三岁，亡归友于家，藏伯继善室，不肯返；捉去辄逃。孝乃令祖异居，与友于邻。祖开户通叔家，两间定省如一焉。时成渐老，家事皆取决于友于。从此门庭雍穆㊵，称孝友焉㊶。

异史氏曰："天下惟禽兽止知母而不知父，奈何诗书之家，往往蹈之也！夫门内之行㊷，其渐渍子孙者，直入骨髓。古云：其父盗，子必行劫，其流弊然也。孝虽不仁，其报亦惨；而卒能自知乏德，托子于弟，宜其有操心虑患之子也。若论果报，犹迂也。"

【注释】

①昆阳：州名，在今云南省中部，明清时属云南府，后并入今之晋宁区。

聊斋志异

图文珍藏版

②潘：汁水。

③嫡配：原配妻子。

④宽譬：宽慰、解说。

⑤申黜：申报郡府，革除功名。

⑥负荆：指谢罪。

⑦不为服：不为服孝。服，旧丧礼规定穿戴的丧服；也指居丧。

⑧合厝（挫）：合葬。指与其父合葬。

⑨"'期（基）'且不论"二句：意思是期服之亲尚不为礼，功服之亲还奔什么丧。

⑩让：责备。

⑪怙（户）弟恶：意为放任弟弟为恶。怙，这里有纵使、放任的意思。

⑫丧次：丧葬时，哀祭者的位次。

⑬创甚：伤势严重。

⑭签拘：发签拘传。

⑮敲楚：杖击；殴打。

⑯辱侵母讳：意为指名道姓地辱骂仁、义之母。讳，名讳。

⑰乘间：寻找机会。

⑱市惠：买好；卖人情。惠，恩惠。

⑲七分相准：以财产七份平分为准，要曾孝等各出田产归曾成。

⑳自此仁、义与成：此据二十四卷抄本，原本作"自此仁与成"。

㉑更：再。

㉒衰（催）麻：俗称披麻戴孝。又分斩衰和齐衰。斩衰为丧服中最重的一种，用粗麻布制成，左右和下边不缝，用于子及未嫁女对父母的丧服，服丧三年。齐衰，用粗麻布制成，其缉边缝齐，故称齐衰，用于庶母之死亡，服丧一年。

㉓三泊：县名，属云南府，在昆阳州附近。

㉔弦诵怡怡：弦歌诵读，兄弟亲睦。怡怡，和顺貌。

㉕岂惜瓯饭瓢饮：言非舍不得供应伙食。瓯、瓢，均饮食用具。此指为量极少的饭食。

㉖夙隙：旧怨。

㉗除舍：打扫房舍。

㉘齿儿行（杭）：列入儿辈行列。意为同亲生儿子一样看待。齿，列。

㉙入云南郡庠：入云南府学为生员。

㉚讽诵：诵习，研读。

㉛逆知：预料。

㉜大令：旧时对县令的尊称。

㉝同科：同榜考中举人。

㉞副榜：明代嘉靖年间开始，乡试设正榜、副榜；名列正榜者为举人，列副榜者准作贡生，称副贡，为五贡之一。

㉟鹿鸣：鹿鸣宴。明清时于乡试揭晓之次日，宴主考以下各官及中式举人，宴会时歌《诗·小雅·鹿鸣》之章。

㊱科甲：科举。汉唐举士考试，皆有甲乙等科，后因称科举为科甲。科甲出身为人仕正途。

㊲敛息：收敛气焰。

㊳涤虑：涤除恶念，改过自新。

㊴亢宗之子：光宗耀祖之子。

㊵雍穆：和睦。

㊶孝友：孝顺父母，友爱兄弟。

㊷门内之行：家门内的品行。

【译文】

　　有个姓曾的老头儿，是云南昆阳县的官僚世家。老头儿刚死没有入殓的时候，两个眼眶像流水似的往外流泪。他有六个儿子，谁也不明白流泪的原因。次子曾悌，字友于，是昆阳的名士，认为这是不祥之兆，告诉兄弟们要警惕自己的行为，不要给去世的父亲留下苦恼；兄弟们多半笑他迂腐。

在很早以前，老头儿的原配夫人生了大儿子曾成，长到七八岁，母子都被强盗掳去了。娶个二房妻子，生了三个儿子：名叫曾孝、曾忠、曾信。小老婆生了三儿子：名叫曾悌、曾仁、曾义。曾孝认为曾悌兄弟三人是小老婆养的，出身微贱，就很瞧不起他们，不把他们当作亲兄弟，而和曾忠、曾信结成一党。就是和客人饮酒，如果曾悌兄弟三人路过堂下，他也很傲慢，很没有礼貌。曾仁、曾义都很气愤，就和友于商量，想要结仇。友于苦口婆心地安慰他们，告诉他们兄弟之间应有的道德标准，不听从他们的主意；而曾仁、曾义年岁最小，因为哥哥说了，也就打消了结仇的念头。

曾孝有个女儿，嫁给昆阳一家姓周的，得病死了。曾孝要纠集曾悌兄弟三人去棒打女儿的婆婆，曾悌没有听从。曾孝很气愤，叫曾忠、曾信集合曾氏家族的一些无赖子弟，前去抓住周家的妻子，拳棒交加，打得死去活来，还抛撒他家的粮米，捣毁他家的家具，坛坛罐罐，没有一样幸存的。姓周的去向县官告状。县官一听就火儿了，把曾孝等人抓起来押进狱里，还要往府里呈报，革除他的秀才功名。友于害怕了，就去拜见县官，自己承认错误。友于的品行，县官一向很敬重，所以许多兄弟才没有受到苦刑。友于又去周家负荆请罪，姓周的也器重友于，就停止了告状。

曾孝被放回来以后，始终不感激友于。不久，友于的母亲张夫人去世了，曾孝兄弟三人不给小妈穿孝；而且宴会饮酒，一如往常。曾仁、曾义更加气愤。友于说："这是他们无礼，对于我们有什么损失呢。"等到安葬的时候，曾孝把着墓门，不让和父亲合葬。友于就把母亲葬在隧道里。又过了不久，曾孝的老婆死了，友于招呼曾仁、曾义一同过去奔丧。小哥俩说："咱们母亲死了他不穿孝，他老婆死了我们凭什么戴孝！"友于再劝，小哥俩一哄而散。友于便自己去奔丧，到了嫂子灵前，哭得很悲痛。隔墙听见曾仁、曾义又打鼓又吹喇叭的，曾孝一听就火儿了，纠集两个弟弟曾忠、曾信，前去殴打曾仁、曾义。友于操起一根棒子首先追过去。进了他的家门，曾仁发觉不妙先逃跑了。曾义正往墙外爬，友于从身后把他打翻在地，曾孝等人便拳棒交加，打起来没完没了。友于横身挡住了弟弟。曾孝更火儿了，怒冲冲地责备友于。友于说："我们责打他，是因为他无礼。他固然有罪，但也不至于打死。我不允许弟弟作恶，也不能帮助哥哥行凶。如果哥哥怒不可解，我就替他挨打好了。"曾孝就掉过棍子打友于，曾忠、曾信也帮助大哥打二哥，殴斗的声音震动了四邻，大伙都跑来劝解，他们才散开走了。友于便挂着棍子到哥哥家里请罪。曾孝把他搡了出去，不让他留在家里守灵。

曾义的创伤很严重，吃不进饭，也喝不下水。曾仁代他写了状子，替他到官府去告状，控告曾孝不给小妈戴孝。县官发出火签，拘捕了曾孝、曾忠和曾信，却叫友于上堂陈述意见。友于因为面目被打伤了，不能上堂，只给县官写了一封信，陈述了意见，哀求息事宁人，县官就把案子销了。曾义的创伤很快也好了。从此以后，怨仇越结越深。曾仁、曾义年纪都很小，体质也很弱，总被他们敲打。他们埋怨友于说："人人都有兄弟之情，唯独我们没有！"友于说："这两句话，应该是我说的，两位弟弟怎能这么说呢！"因此苦口婆心地进行劝导，劝到最后也不听从。友于就锁上自己的房门，携妻带子，住到别的地方去了。这地方离家五十多里地，他希望听不到兄弟之间的纷争。

友于在家的时候，虽然没有帮助弟弟，但是曾孝等人还稍微有点顾忌；他搬走了以后，几个哥哥一不顺心就登门叫骂，侮辱母亲的名字。曾仁、曾义自忖抵挡不了，只能关上房门挺着挨骂；心里却想寻找机会刺死他们，所以出门就揣着刀子。

一天，当年被强盗掳去的大哥曾成，忽然领着妻子逃回来了。曾孝兄弟借口分家很久了，聚在一起谋划了三天，竟然没有地方安置他。曾仁、曾义暗自高兴，把曾成请到家里一起供养着。又去告诉友于。友于很高兴，回到老家，共同拿出田产和房子给曾成居住。曾孝哥仨恼恨他们买好，就登门发难，辱骂他们。曾成在强盗群里混久了，性格猛烈，习惯用威力慑服人。他一听就火冒三丈地说："我回到家里，你们没有一个人愿意拿出一间房子安置我；幸亏三个弟弟顾念兄弟情谊，你们又来兴师问罪。是想把我撵走啊!"说完就扔出一块石头打曾孝,把曾孝打倒了。曾仁、曾义也每人拿着一根棒子跑出来,捉住曾忠、曾信,不知打了多少棒子。

曾成又去县里告状,县官又派人向友于请教。友于到了县官跟前,低着脑袋不说话,只是流眼泪。县官问他怎么办,他说:"只求公断。"县官判曾孝兄弟三人都各自拿出一份田产,归到曾成的名下,使七个人的财产相等。从此以后,曾仁、曾义和曾成倍加敬爱。谈到安葬母亲的事情,就一齐流下了眼泪。曾成愤怒地说:"这样不仁,真是三个禽兽!"就要打开墓穴,重新改葬。曾仁跑去告诉友于。友于赶紧回来劝阻。曾成不听,选定一个日期,挖开墓穴,在茔地上摆下了祭品,并用刀子削去一块树皮,对几个弟弟说:"不跟我披麻戴孝的,就像这棵树,我扒他一层皮!"几个弟弟连声表示顺从。于是,一家满门都来到坟上哭泣,尽了大礼。

从此以后,兄弟互相安静了。但是曾成为人刚直,性如烈火,动不动就打弟弟们的耳光子,对待曾孝尤其厉害。唯独尊重友于,即使在暴跳如雷的时候,友于来到跟前,一句话就消火了。曾孝的所作所为,曾成往往不平,所以曾孝没有一天不到友于家里,偷偷地对着友于诅咒哥哥。友于委婉地规劝他,他终究听不进去。友于受不了他们的扰闹,又迁居到三泊,离家更远,音迹就稀少了。又过了两年,几个弟弟都害怕曾成,久而久之,也就互相习惯了。

当时曾孝四十六岁了,生了五个儿子:大儿子继业,三儿子继德,是大老婆生的;二儿子继功,四儿子继绩,是小老婆生的;又娶了丫鬟,生了继祖。五子都长大成人了,也仿效父亲的老毛病,各自结成帮伙,天天互相争吵,曾孝呵斥他们,也制止不了。唯独继祖没有兄弟,年纪又最小,四个哥哥都欺负他。他岳父住在三泊附近,在去看望岳父的时候,就绕道到了叔叔家里。一进门,看见叔叔家里的两个哥哥和一个弟弟,都在怡然自乐地读书,他很喜爱这个家庭,住了很长时间也不说回家。叔叔催他回去,他便哀求在此寄居。叔叔说:"你住在这里,你的父母都不知道,我难道舍不得一碗饭一瓢水吗!"他这才回去。

过了几个月,继祖和妻子到三泊去给岳母拜寿。临走的时候告诉父亲说:"我这次出去就不回来了。"父亲问他不回来的原因,他才吐露一点隐情。父亲忧虑从前和友于有过嫌隙，预料难以长时期地住下去。继祖说："父亲过虑了。我二叔，是一位圣贤。"说完就走了，携带妻子到了三泊。友于腾出一所房子让他住下，把他当成亲儿子看待，叫他跟长子继善一起读书。他又很聪明，在三泊寄居了一年多，就在云南郡考中了秀才。和继善闭门谢客，刻苦钻研，继祖又是最用功的。友于很喜爱他。

自从继祖住到三泊以后，家里的兄弟越发不能相容。一天，继业欺负继功，继功稍一回嘴，继业就辱骂小妈。继功一听就火了，用刀子捅死了继业。县官逮捕了继功，给他戴上手铐脚镣，不几天也死在了狱里。继业的老婆冯氏，还是天天以骂代哭。继功的老婆刘氏，听到冯氏天天骂她，愤怒地说："你家男人死了，谁家的男人活着呢！"便操起一把刀，闯进冯氏屋里，刺杀了冯氏，自己也投井自尽了。

冯氏的父亲冯大立，哀悼女儿死得太惨，率领许多子弟，衣服里藏着刀子，捉住曾孝的小老婆，扒光她的衣服，拉到路上，毒打一顿，用来侮辱姓曾的。曾成愤怒地说："我家死人如麻，姓冯的怎敢这样欺负人！"就大吼大叫地冲出去。曾家的许多子弟也跟着冲出去，冯家的一帮人全都败下去了。曾成首先抓住冯大立，割掉他的两只耳朵。冯大立的儿子冲上来要护救父亲，继德、继续用铁棍子横扫过去，便打断了他的两条腿。冯家的许多人都受了伤，也就一哄而散。唯有冯大立的儿子还躺在道旁。曾成用胳膊肘把他夹起来，送到冯村才回来。于是就招呼继续到官府去自首。冯家的状子也到了。县官就把曾家的许多人抓进了监狱。

只有曾忠逃跑了，逃到三泊，在友于的门外徘徊着。正好赶上友于领着一个儿子和一个侄儿参加乡试回来。友于看见了曾忠，惊讶地问道："弟弟从哪里来？"曾忠没等说话先落泪，直挺挺地跪在道边。友于握着他的手，把他拉进屋里，问明白了情况，大吃一惊说："像这样的事情，我也没有办法！一家人总是不和，我早就料到会有奇灾大祸；不然的话，我怎能逃避在这里呢。但是我已经离家很久了，和县太爷没通过半点气息，现在就是一步一叩头地去求他，也只能是自讨耻辱而已。但愿冯家父子重伤不死，我们三人当中侥幸有考上举人的，这个灾祸也许稍有解脱的希望。"于是就把曾忠留在家里，白天和他同桌吃饭，晚上和他同榻睡觉。曹忠感到很惭愧。住了十几天，看见他们叔侄像父子一样，兄弟之间如同一奶同胞，便伤心地流下了眼泪，说："现在我才知道从前不是人。"友于对他的悔悟很高兴，两人面对面地坐着，回首往昔，心里很难过。

不久，报子登门报喜：友于父子同科考中举人，继祖也考中副榜贡生。友于高兴极了，不去参加官府为新科举人举办的鹿鸣宴，首先回家拜祖坟。在明朝末年，科考得中是最重要的，所以冯家的一帮人都销声匿迹了。友于就托亲友向冯家赠送钱粮，供给药费，官司就平息了。全家都流着眼泪感激友于，要求他重新搬回来。友于就和兄弟们焚香发誓，订下和睦相处的条约，叫每个人都改过自新，然后就搬回来了。

继祖愿意跟随叔叔，不愿搬回父亲家里。曾孝就对友于说："我没有德行，不应该有光宗耀祖的儿子；弟弟又善于教导，暂时叫他做你的儿子吧。以后稍有进步的时候，你再还给我。"友于遵从哥哥的意见。又过了三年，继祖果然考中了举人。友于叫他搬回去，夫妻都痛哭流涕地搬回父亲家里。过了不几天，继祖有个儿子，刚到三岁，跑回友于家，藏在继善的屋子里，不肯回去；把他抓回去，他就逃回来。曾孝就让继祖分出去另过，和友于住邻居。继祖在墙上扒了一道门通到叔叔家里，早晚两下问安，都像自己的生身父亲。当时曾成逐渐老了，家里的事情全都取决于友于。从此以后，门庭肃穆，人们称颂他们父贤子孝，兄友弟恭。

异史氏说："天下唯有禽兽只知有母而不知有父，怎奈诗书人家，往往也蹈此辙！一户人家的门风，它会逐渐浸染子孙，一直浸入骨髓的。古人说："父亲是个强盗，儿子必然拦路抢劫，这是相沿而成的弊病。曾孝虽然不仁，他的报应也太残酷了；但是终于知道自己没有德行，把儿子托付给弟弟，应该说是为儿子的忧患而操心了。——用因果报应来评论，那就迂腐了！"

嘉平公子

　　嘉平某公子①，风仪秀美。年十七八，入郡赴童子试。偶过许娼之门，见内有二八丽人，因目注之。女微笑点首，公子近就与语。女问："寓居何处？"具告之。问："寓中有人否？"曰："无。"女云："妾晚间奉访，勿使人知。"公子归，及暮，屏去僮仆。女果至，自言："小字温姬。"且云："妾慕公子风流，故背媪而来。区区之意，愿奉终身。"公子亦喜。自此三两夜辄一至。一夕，冒雨来，入门解去湿衣，胃诸椸上②；又脱足上小靴，求公子代去泥涂。遂上床以被自覆。公子视其靴③，乃五文新锦④，沾濡殆尽，惜之。女曰："妾非敢以贱物相役，欲使公子知妾之痴于情也⑤。"听窗外雨声不止，遂吟曰："凄风冷雨满江城。"求公子续之。公子辞以不解。女曰："公子如此一人⑥，何乃不知风雅！使妾清兴消矣⑦！"因劝肄习，公子诺之。

　　往来既频，仆辈皆知。公子姊夫宋氏，亦世家子，闻之，窃求公子一见温姬。公子言之，女必不可。宋隐身仆舍，伺女至，伏窗窥之，颠倒欲狂⑧。急排闼，女起，逾垣而去。宋向往甚殷⑨，乃修贽见许媪⑩，指名求之。媪曰："果有温姬，但死已久。"宋愕然退，告公子，公子始知为鬼。至夜，因以宋言告女。女曰："诚然。顾君欲得美女子，妾亦欲得美丈夫。各遂所愿足矣，人鬼何论焉？"公子以为然。

　　试毕而归，女亦从之。他人不见，惟公子见之。至家，寄诸斋中。公子独宿不归，父母疑之。女归宁，始隐以告母。母大惊，戒公子绝之。公子不能听。父母深以为忧，百术驱之不能去。一日，公子有谕仆帖⑪，置案上，中多错谬："椒"讹

"菽"，"姜"讹"江"，"可恨"讹"可浪"。女见之，书其后："何事'可浪'？'花菽生江'。有婿如此，不如为娼！"遂告公子曰："妾初以公子世家文人，故蒙羞自荐[12]。不图虚有其表[13]！以貌取人，毋乃为天下笑乎！"言已而没。公子虽愧恨，犹不知所题，折帖示仆。闻者传为笑谈。

嘉平公子

异史氏曰："温姬可儿^⑭！翩翩公子，何乃苛其中之所有哉^⑮！遂至悔不如娼，则妻妾羞泣矣。顾百计遣之不去，而见帖浩然^⑯，则'花菽生江'，何殊于杜甫之'子章髑髅'哉^⑰！"

《耳录》云^⑱："道傍设浆者，榜云："施'恭'结缘^⑲。"讹茶为恭^⑳，亦可一笑。"

有故家子，既贫，榜于门曰："卖古淫器。"讹磁为淫云："有要宣淫、定淫者^㉑，大小皆有，入内看物论价。"崔卢之子孙如此甚众^㉒，何独"花菽生江"哉！

【注释】

① 嘉平：古县名，故治在今安徽全椒县西南。

② 罥（倦）：绾挂。桅（仪）：衣架。

③ 视其靴：据山东省博物馆抄本，原作"视其鞋"。

④ 五文新锦：崭新的五彩织锦。

⑤ "非敢以贱物相役"二句：意谓我并非役使你代去靴上之泥，而是要你知道我冒雨涉泥而来之痴情。贱物，指女靴。

⑥ 如此一人：这样一位外貌秀美的人物。

⑦ 清兴：雅兴，此指诗兴。

⑧ 颠倒：谓心神颠倒。

⑨ 向往：思慕。

⑩ 修贽：备礼。贽，见面礼。

⑪ 谕仆帖：谕告仆人的便条。

⑫ 蒙羞自荐：不避羞惭，主动相就。荐，进，指荐枕侍寝。

⑬ 虚有其表：谓才不副貌。

⑭ 可儿：称人心意的人。

⑮ 苛其中之所有：苛求他胸有才学。中，腹中，胸中。所有，指才学、学问。

⑯浩然：谓有归去之念。浩然，水流不可止为喻。

⑰"则花菽生江"二句：意谓"花菽生江"这样的错别文，同杜甫"子章髑髅"的诗句一样，都有驱邪的作用

⑱《耳录》：蒲松龄友人朱缃曾作《耳录》。

⑲恭：俗称大便为出恭；并谓大便为大恭、小便为小恭。

⑳讹茶为恭：据山东省博物馆抄本，原本无此句。

㉑宣淫、定淫：因"讹砀为淫"，故将两个瓷瑶写成"宣淫""定淫"。按，明宣德年间景德镇制瓷官瑶称"宣砀"，宋代河北定州瓷瑶称"定砀"。此处所云，指这两个名砀所烧制的瓷器。砀，同"窑"。

⑫崔卢之子孙：指故家子弟。崔、卢为魏晋以来两大族姓，世居高显之位。后因以崔、卢为大姓故家的代称。

【译文】

嘉平县有位公子，风度潇洒，容貌清秀。十七八岁的时候，到府里考秀才。偶然从许家妓院门外路过，看见门里有个二八佳人，就眼睁睁地瞅着那个美人。美人笑眯眯地向他点头，公子就来到跟前和她攀谈。美人问他："你住在什么地方？"他把住处告诉了美人。美人又问："你屋里还有别人吗？"他说："没有。"美人说："我晚上去拜访你，别叫外人知道。"

公子回到住处，等到晚上，叫僮仆到别的地方去睡觉。美人果然来了，自我介绍说："我的名字叫温姬。"并且说："我仰慕公子是一位风流才子，所以背着鸨母跑来了。我的一点小小心意，情愿向你奉献我的终身。"公子也很高兴。从此以后，三两夜就来一趟。一天晚上，她冒雨而来，进门就脱去湿淋淋的衣服，挂在衣架上；又脱下脚上的小靴子，请求公子给她刮掉烂泥。自己就上床拿起被子盖上了。公子看看她的靴子，是绣着五彩花纹的锦缎做成的，几乎湿尽了，感到很可惜。她说："我不敢用这样低贱的东西使唤你，而是想要叫公子知道我的一片痴情。"听着

窗外雨声不停，她就吟了一句诗："凄风冷雨满江城。"请求公子续上下一句。公子推辞说他不懂诗。她说："像公子这样一个人，怎能不懂诗呢？真叫我扫兴！"因此就劝公子练习作诗，公子点头应允。

她来往很频繁，僮仆都知道了。公子有个姓宋的姐夫，也是官僚世家的子弟，听到消息以后，私下请求公子，要和温姬见一面。公子对她说了，她坚决不同意。姓宋的就藏在仆人的屋子里，等她来了，偷偷地扒窗往里一看，简直神魂颠倒，都要发狂了，急忙推开房门闯了进去；温姬站起来，跳墙逃走了。姓宋的对她非常向往，就准备了礼物，找到许家妓院的鸨母，指名要求见见温姬。鸨母说："的确有个温姬，但是已经死去很久了。"他很吃惊地退出来，告诉了公子，公子才知道她是一个女鬼。

到了晚上，公子就把姓宋的说的告诉了温姬。温姬说："我的确是个女鬼。考虑到你想得到一个美貌女子，我想得到一个美貌男子。各遂自己的心愿就满足了，论什么人鬼呢？"公子认为说得很对。考试完毕往回走，温姬也跟着。别人看不见，唯有公子能够看见她。到家以后，叫她住在书房里。

公子独自住在书房里，不回妻子那里睡觉，父母就生了疑心。温姬回了娘家，公子才偷偷地告诉了母亲。母亲大吃一惊，命令公子和她断绝关系，公子听不进去。父母极其忧虑，用各种办法驱赶她，也赶不走。一天，公子写了一个训谕仆人的帖子，放在桌子上，其中有很多错别字："椒"误写为"菽"，"姜"误写为"江"，"可恨"误写为"可浪"。温姬看见以后，就在后面写道："何事'可浪'？'花菽生江'。有婿如此，不如为娼！"于是就对公子说："我当初认为你是官僚世家的文人雅士，所以蒙受耻辱，自荐终身。想不到你只有一个漂亮的外表。以相貌取人，岂不被天下人耻笑！"说完就无影无踪了。公子虽然惭愧而又怨恨，还不知写了错别字，仍然折起帖子训示仆人。听到的人都传为笑谈。

异史氏说："可爱的温姬！你为什么苛求翩翩公子的一切呢！有这样的丈夫，竟然后悔不如当妓女，公子的妻妾真要羞得流泪了。但是千方百计赶不走，见了帖子上的错别字就来了浩然正气，那么'花菽生江'，和杜甫的'子章髑髅'诗句治

中华传世藏书

聊斋志异

图文珍藏版

二四四七

病，有什么区别呢！"

"耳录"记载：路旁有摆摊儿卖茶水的，牌子上写着"施'恭'结缘"，也可一笑。

有个官僚地主的子弟，穷了以后，在门口贴个告示："卖古淫器。"把窑错写为淫，说："有要宣淫，定淫者，大小皆有，入内看物论价。"崔氏卢氏的子孙，这样的人很多，哪里只有一个"花菽生江"呢！

卷十二

二　　班

【原文】

　　殷元礼，云南人，善针灸之术。遇寇乱，窜入深山。日既暮，村舍尚远，惧遭虎狼。遥见前途有两人，疾趁之①。既至，两人问客何来，殷乃自陈族贯②。两人拱敬曰③："是良医殷先生也，仰山斗久矣④！"殷转诘之。二人自言班姓，一为班爪，一为班牙。便谓："先生，予亦避难，石室幸可栖宿，敢屈玉趾，且有所求。"殷喜从之。俄至一处，室傍岩谷⑤。爇柴代烛，始见二班容躯威猛，似非良善。计无所之，亦即听之。又闻榻上呻吟，细审，则一老妪僵卧，似有所苦。问："何恙？"牙曰："以此故，敬求先生。"乃束火照榻，请客逼视。见鼻下口角有两赘瘤，皆大如碗。且云："痛不可触，妨碍饮食。"殷曰："易耳。"出艾团之，为灸数十壮⑥，曰："隔夜愈矣。"二班喜，烧鹿饷客；并无酒饭，惟肉一品。爪曰："仓猝不知客至，望勿以鞴褰为怪⑦。"殷饱餐而眠，枕以石块。二班虽诚朴，而粗莽可惧，殷转侧不敢熟眠。天未明，便呼妪，问所患。妪初醒，自扪，则瘤破为创⑧。殷促二班起，以火就照，敷以药屑，曰："愈矣。"拱手遂别。班又以烧鹿一肘赠之。

　　后三年无耗。殷适以故入山，遇二狼当道，阻不得行。日既西，狼又群至，前后受敌。狼扑之，仆；数狼争啮，衣尽碎。自分必死。忽两虎骤至，诸狼四散。虎怒，大吼，狼惧尽伏。虎悉扑杀之，竟去。殷狼狈而行，惧无投止。遇一媪来，睹其状，曰："殷先生吃苦矣！"殷戚然诉状，问何见识⑨。媪曰："余即石室中灸瘤之病妪也。"殷始恍然，便求寄宿。媪引去，入一院落，灯火已张，曰："老身伺先生久矣。"遂出袍裤，易其敝败。罗浆具酒，酬劝谆切。媪亦以陶碗自酌，谈饮俱

班二

三年前事未全忘报德呼
觅代逐狼医士偿为孙
思邈又从席富得仙方

二班

豪，不类巾帼^⑩。殷问："前日两男子，系老姥何人？胡以不见？"媪曰："两儿遣逆先生，尚未归复，必迷途矣。"殷感其义，纵饮，不觉沉醉，酣眠座间。既醒，已曙，四顾竟无庐，孤坐岩上。闻岩下喘息如牛，近视，则老虎方睡未醒。喙间有二瘢痕，皆大如拳。骇极，惟恐其觉，潜踪而遁。始悟两虎即二班也。

【注释】

①趁：赶。

②族贯：姓氏居里。贯，籍贯。

③拱敬：拱手为礼，以致敬意。

④山斗：泰山北斗的省称。比喻德高望重为人敬仰的人。

⑤傍（榜）：靠近。

⑥壮：医用艾灸一灼称为一壮。

⑦輶（由）褻：犹言简慢。谓招待不周。輶，轻。

⑧创：通"疮"。

⑨见识：相识。

⑩巾帼：妇女的头巾，覆发的冠饰，代称妇女。

【译文】

云南地方有一个殷元礼，擅长用针灸给人治病。在一次战乱中，他跑到深山里去避难。这时候，太阳已经落山了，但是离村舍还非常远，他害怕遇到虎狼，远远望见前面有两个人在赶路，就加快了脚步追了上去。

追赶上以后，这两个人就问客人是从什么地方来的？殷元礼就介绍了自己的姓氏籍贯。两人一听，肃然起敬，拱手说："原来您是名医殷先生，久仰！久仰！"殷云礼转过头来问他们的姓氏，二人自我介绍说姓班，一个名字叫班爪，一个名字叫班牙。两个人说："殷先生，我们也是到山里来避难的。虽然石室简陋，可是勉强还可以栖身，是不是请先生屈尊到我家去住一宿，并且还要有求于先生。"殷元礼听了以后非常高兴，就跟他们一起去了。

不大一会儿来到一个地方，只见紧靠悬崖峡谷有间房屋，点着木柴代替蜡烛照明。借着昏暗的光亮，殷元礼这才看清楚二班长得面容凶暴，不像是善良之辈，可是又想，既然已经来了，半夜三更也没有其他的地方去，只好听天由命吧！忽然听到床榻上有人呻吟，细细一看，原来有一个老太婆直挺挺地躺在床上，好像正在患病。殷元礼就问："老人得了什么病？"班牙说："正是因为这件事，要请求先生。"于是点了个火把照着床榻，请先生走进去瞧病。只见老太婆鼻子下、口角旁一边长着一个瘤子，都像碗一样大，并且说："疼得非常厉害，一点也不敢碰，饮食都非常困难。"殷元礼说："这个病很容易治疗。"于是拿出艾绒，为她灸了几十针，然后说："隔一夜就会好的。"二班很高兴，就烧了鹿肉来款待客人，既没有酒也没有饭，只有一样鹿肉。班牙抱歉地说："匆忙之间不知道会来客人，也没有准备什么东西，希望先生千万不要嫌弃。"

殷元礼饱餐一顿，就枕着石块睡下了。虽然二班朴实诚恳，但是却非常粗野鲁莽，让人害怕，殷元礼一夜翻来覆去，不敢熟睡。天还没有亮，就招呼老太婆，问病情怎么样了。老太婆刚刚醒来，听到先生问病情，这才用手一摸，原来瘤子已经破了，留下了两个疮口。殷元礼赶紧把二班招呼起来，点上火照着，给老太婆在疮口上敷了药粉，说："这就好了。"于是拱手告辞。二班又拿来一只烧好的鹿腿赠送先生，供给路上食用。

三年以后，殷元礼出外办事，又经过这座深山。路上，被两只狼拦住去路，怎么也过不去。日落以后，又来了一群狼，殷元礼前后受敌。突然有一只狼扑了过来，一下子把殷元礼扑倒，好几只狼蹿过来争着咬他，衣服都被扯碎了。殷元礼心里想，这下子非死不可！正在这十分危急的时刻，忽然间跳出来两只老虎。狼一看见老虎，四散奔逃。老虎非常生气，狂吼一声，群狼吓得全都伏在地上，一动也不敢动。两只老虎把这群狼全部都扑杀以后，也就跳过山梁离开了。

殷元礼看老虎离开了，这才爬起来继续赶路。正在为这一夜无处投奔而发愁，迎面走过来一个老太婆。老太婆看见到他衣服褴褛、步履蹒跚的样子，马上说："殷先生吃苦了！"殷元礼伤心地讲述了遇狼的经过，又惊奇地问她怎么会认识自己。老太婆说："我就是石室里蒙您给治疗瘤子的那个病老太婆呀！"殷元礼这才明白，就要求到她家里去投宿。

老太婆带着他走了一段路程，进入一个庭院，屋里早就已经点好灯火。老太婆说："老身等候先生已经多时了。"于是拿出袍裤，让他换下破碎的衣服。又准备了酒菜，诚恳殷切地劝酒。老太婆也用陶碗自酌自饮，既善言谈酒量也很大，不同于一般妇人。殷元礼问："以前见到的两个男子，是姥姥的什么人哪？为什么这次没有见到呢？"老太婆说："我打发两个儿子去迎接先生，还没回来，一定是迷失道路啦！"殷元礼被老太婆的情义感动，一杯接着一杯不觉喝得酩酊大醉，在座位上沉沉睡去。

殷元礼一觉醒来，天已经亮了。往四周一看，并没有什么房舍，原来单独一个人正在山峰上坐着。忽然听到峰下喘息声就像牛吼一样。走过去一看，原来是一只老虎正在酣睡。老虎的嘴角上一边有一个瘢痕，都像拳头一样大小。殷元礼恐惧到了极点，只怕老虎发现，赶快悄悄地逃走了。这时候他才明白，救自己的那两只老虎，原来就是二班。

车　　夫

【原文】

有车夫载重登坡，方极力时，一狼来啮其臀。欲释手，则货敝身压①，忍痛推之。既上，则狼已龁片肉而去。乘其不能为力之际，窃尝一脔②，亦黠而可笑也③。

【注释】

①敝：损坏。指因登坡而货物倾毁。

②脔（峦）：成块的肉。

③黠（狭）：狡猾。

车夫

【译文】

有一个车夫，推着一车很重的货物爬一个陡坡，正在全身用力推的时候，一只狼跑过来咬他的屁股。如果把手松开，那么货物就会全部被摔坏，人也会被压死，只好忍着疼痛继续用力向前推车。等到爬上坡的时候，狼已经把他身上的一片肉咬掉跑开了。趁人无法顾及的时候，获取一块肉吃，也的确是狡猾而又可笑啊！

乩　仙

【原文】

章丘米步云，善以乩卜①。每同人雅集②，辄召仙相与赓和③。一日，友人见天上微云，得句，请以属对④，曰："羊脂白玉天⑤。"乩批云："问城南老董。"众疑其妄。后以故偶适城南，至一处，土如丹砂⑥，异之。见一叟牧豕其侧，因问之。叟曰："此'猪血红泥地'也⑦。"忽忆乩词，大骇。问其姓，答云："我老董也。"属对不奇，而预知遇城南老董，斯亦神矣！

【注释】

①乩（基）：旧时求神问事的一种迷信方法。两人扶一丁字形木架于沙盘之上，谓神降临时则木架移动划字，借以决疑或占卜吉凶。通称"扶乩"或"扶鸾"。

②同人：谓志同道合者。雅集：指诗文聚会。

③赓和：唱和。

④属（主）对：连缀为对偶诗句。

⑤羊脂白玉天：谓白云如羊脂白玉。

⑥丹砂：朱砂。

⑦猪血红泥地：恰与"羊脂白玉天"相对。

【译文】

章丘地方有一个米步云，擅长用扶乩占卜。每逢和朋友相聚联句赋诗，经常会召请一些仙人来相互唱和。

一天，他又和朋友们聚会，其中一个朋友看见天上片片微云，偶得一联："羊脂白玉天。"要来扶乩请仙人对下联。只见乩语批的是："问城南老董。"大家都猜疑这是仙人不能对而有意推托。

几天后，米步云偶然到城南去办事，来到一个地方，只见土色就像朱砂一样，觉得非常奇怪。又看见一位老人正在旁边放猪，就走上前去询问。老人说："这是'猪血红泥地'呀！"米步云忽然想起以前雅集时的乩语，觉得非常奇怪，就又问老人的姓名。老人回答说："我是老董啊。"

扶乩请仙人联句对对不足为奇，而能预知以后要遇到城南老董，这才确实是神奇的事情啊！

苗　　生

【原文】

龚生，岷州人①。赴试西安，憩于旅舍，沽酒自酌。一伟丈夫入，坐与语。生

举卮劝饮，客亦不辞。自言苗姓，言噱粗豪②。生以其不文，偃蹇遇之③。酒尽，不复沽。苗生曰："措大饮酒④，使人闷损！"起向垆头沽⑤，提巨瓻而入。生辞不

苗生

饮，苗捉臂劝釂⑥，臂痛欲折。生不得已，为尽数觥。苗以羹碗自吸⑦，笑曰："仆不善劝客，行止惟君所便。"生即治装行。约数里，马病卧于途，坐待路侧。行李重累，正无方计，苗寻至⑧。诘知其故，遂谢装付仆，已乃以肩承马腹而荷之，趋二十馀里，始至逆旅，释马就枥⑨。移时，生主仆方至。生乃惊为神，相待优渥，沽酒市饭，与共餐饮。苗曰："仆善饭，非君所能饱，饫饮可也。"引尽一瓻，乃起而别曰："君医马尚须时日，余不能待，行矣。"遂去。

后生场事毕，三四友人邀登华山⑩，藉地作筵⑪。方共宴笑，苗忽至，左携巨尊，右提豚肘，掷地曰："闻诸君登临⑫，敬附骥尾⑬。"众起为礼，相并杂坐，豪饮甚欢。众欲联句⑭。苗争曰："纵饮甚乐，何苦愁思。"众不听，设"金谷之罚"⑮。苗曰："不佳者，当以军法从事⑯！"众笑曰："罪不至此。"苗曰："如不见诛，仆武夫亦能之也。"首座靳生曰："绝巘凭临眼界空⑰。"苗信口续曰⑱："唾壶击缺剑光红⑲。"下座沉吟既久⑳，苗遂引壶自倾。移时，以次属句㉑，渐涉鄙俚㉒。苗呼曰："只此已足，如赦我者，勿作矣！"众弗听。苗不可复忍，遽效作龙吟㉓，山谷响应；又起俯仰作狮子舞。诗思既乱，众乃罢吟，因而飞觞再酌。时已半酣，客又互诵闱中作㉔，迭相赞赏。苗不欲听，牵生豁拳㉕。胜负屡分，而诸客诵赞未已。苗厉声曰："仆听之已悉。此等文只宜向床头对婆子读耳，广众中刺刺者可厌也！"众有惭色，更恶其粗莽，遂益高吟。苗怒甚，伏地大吼，立化为虎，扑杀诸客，咆哮而去。所存者，惟生及靳。

靳是科领荐㉖。后三年，再经华阴，忽见嵇生，亦山上被噬者。大恐欲驰，嵇捉鞚使不得行㉗。靳乃下马，问其何为。答曰："我今为苗氏之伥㉘，从役良苦。必再杀一士人，始可相代。三日后，应有儒服儒冠者见噬于虎，然必在苍龙岭下，始是代某者。君于是日，多邀文士于此，即为故人谋也。"靳不敢辨，敬诺而别。至寓，筹思终夜，莫知为谋，自拚背约，以听鬼责。适有表戚蒋生来，靳述其异。蒋名下士㉙，邑尤生考居其上㉚，窃怀忌嫉。闻靳言，阴欲陷之。折简邀尤，与共登临，自乃着白衣而往㉛，尤亦不解其意。至岭半，肴酒并陈，敬礼臻至。会郡守登岭上，与蒋为通家㉜，闻蒋在下，遣人召之。蒋不敢以白衣往，遂与尤易冠服。交着未完㉝，虎骤至，衔蒋而去。

异史氏曰："得意津津者㉞，捉衿袖，强人听闻；闻者欠伸屡作㉟，欲睡欲遁，而诵者足蹈手舞，茫不自觉。知交者亦当从旁肘之蹑之㊱，恐座中有不耐事之苗生在也。然嫉忌者易服而毙，则知苗亦无心者耳。故厌怒者苗也——非苗也。"

【注释】

①岷州：古州名，州治在今甘肃省岷县。

②言噱（决）：言谈笑语。噱，笑。

③偃蹇遇之：傲慢地待他。偃蹇，骄傲。遇，对待。

④措大：对贫寒读书人的轻侮称呼。

⑤垆头：指酒店。垆，酒店安置酒瓮的土墩，因以代称酒店。

⑥釂（叫）：饮尽杯中酒；干杯。

⑦羹碗：汤碗。自吸：自饮。

⑧寻至：旋即来到。

⑨释马：放下肩负之马。枥：马槽。

⑩华（化）山：五岳中的西岳，也称太华山，在陕西省华阴市南。

⑪藉地作筵：以地作席。筵，铺在地上的坐具。古人席地而坐，饮食都置于几筵间，后因称招人饮食为设筵，称酒席为筵席。

⑫登临：登山临水，指游览山水。

⑬敬附骥尾：谦词。意谓敬附名士之后而得到荣耀。

⑭联句：旧时作诗方式之一；两人或多人共作一诗，相联成篇。多用于朋友间饮宴时的应酬。

⑮"金谷之罚"：意谓作诗不成，罚酒三杯。

⑯以军法从事：按军法处罚。

⑰绝巘（掩）：山的高险处。巘，山峰。凭临：凭高临视。

⑱信口：出言不加思索。

⑲唾壶击缺：表示豪情壮怀的激发。剑光红：此用剑击唾壶，显示武夫本色。

⑳下座：下手座位上的人。

㉑以次属（主）句：按次序联句。属，连接。

㉒鄙俚：粗俗。

㉓龙吟：龙的叫声。

㉔闱中作：科举考场中所做的文字，指应试的八股文。

㉕豁拳：也叫"猜拳"，饮酒时助兴取乐的一种游戏。两人同时出拳伸指喊数，喊中两人伸指之和者胜，负者罚饮。

㉖靳是科领荐：据山东省博物馆抄本，原无"靳"字。

㉗捉鞚（控）：抓住马络头。鞚，有嚼口的马络头。

㉘苗氏：指苗生。伥（昌）：迷信传说，人被虎啮死后，鬼魂为虎服役，引虎吃人。这种鬼叫作"伥"。

㉙名下士：有文名的读书人。

㉚邑：县，指同县。

㉛白衣：犹言布衣。古时没有官职或没有功名的人着白衣。此指便服，不同于生员的冠服。

㉜通家：世交。

㉝交着：互换冠服。着，穿。

㉞津津：言之有味。津，指见美味而口生津。

㉟欠伸：打呵欠，伸懒腰；形容不感兴趣。

㊱知交者：知己的朋友。肘之蹑之：用肘碰他，用脚踏他，示意制止。

【译文】

　　四川岷州有一个姓龚的读书人，到西安地方去赶考。在旅馆休息的时候，买了一些酒自斟自饮。这时候，一位身材魁梧的男子走进来，坐在旁边和他攀谈。龚生举起杯请他喝酒，客人也没有推辞。这个人自称姓苗，谈笑粗俗豪放，不拘小节。龚生因为他不够文雅，对待他很是高傲，酒喝完了也没有再买。苗生鄙视地说："跟你这个穷酸书生喝酒，真会把人闷死！"于是自己拿出钱来到卖酒的柜台上去买酒。

不大一会儿，手里拿着一大坛子酒回来。坐下来请龚生喝酒，龚生推辞不喝。苗生握着龚生的胳膊劝酒，龚生的胳臂疼得就像要折断一样，没有办法，才陪着喝了几杯。苗生一边用盛汤的大碗自斟自饮，一边笑着对龚生说："我不善于劝人喝酒，去留随便吧！"龚生就像得到大赦一样，马上整理行装，牵出马匹，领着仆人上路了。

龚生走了没有几里地，突然马在路上病倒，龚生主仆只好坐在路旁等候。行李非常重，马又病了，正无可奈何的时候，苗生赶到了。问清了事情的缘由，苗生就把行李从马背上卸下来交给仆人，自己用肩承托着马的肚腹把马扛了起来，快步疾行二十多里地，这才来到旅馆。苗生把马放下，牵到马槽上喂好，又过了一会儿，龚生主仆才赶到了。龚生非常惊讶，把苗生看作神人，相待非常优厚，又是沽酒又是买饭，请他一起吃饭。苗生说："我的饭量很大，你供不起我一饱，饱饮一顿就可以了。"喝完一坛酒，起身告辞说："你给马治病还需要一些时候，我有事不能等待，先走一步。"于是动身就离开了。

后来，龚生应试已经完毕，有三四位朋友邀请他一起到华山地方去游玩。大家在地上摆好酒菜，正在饮宴谈笑的时候，忽然苗生来到。只见他左手拿着个大酒杯，右手提着个猪肘子，往地上一扔说："听说诸位登山游览，特意前来凑个数。"大家起身行过礼，混杂坐下，又痛饮起来。有人提议联句作诗，以助雅兴。苗生说："随便饮酒挺快活，何苦寻章摘句，费那个脑筋！"大家没有听从他的话，议定如诗不成，罚酒三杯。苗生说："如果诗作得不好，要按军法从事，杀头！"大家笑着说："罪还不至于这样严重吧！"苗生说："假如不杀头。像我这样不懂文墨的武夫也能凑合几句。"首座靳生说了一句："绝巘凭临眼界空。"苗生随口续上一句："唾壶击缺剑光红。"下手一个书生沉吟好长时间也没能对上来，于是苗生自己取过酒壶倒了酒一饮而尽。

过了一会儿，大家又按着次序联句，词句越来越粗俗，苗生生气地说："这就够了。如果你们想让我活下去，就不要再联了！"大家没有听。苗生再也忍耐不住了，立刻学龙吟之声，一声长啸，群山轰鸣；又起身昂首低腰地做狮子舞。大家的诗思被打乱，才中止联句，又推杯换盏，喝起酒来。酒喝得半酣的时候，大家又互相诵读自己在考场里的作品，并且一个劲儿地称赞、吹捧。

对这些八股，苗生根本不想听，就拉着龚生划拳饮酒。二人猜拳，胜负已有数遭，而这些人背诵文章、互相吹捧还是没完没了。苗生厉声说："你们的臭文章我都已经听到啦。像这样的文章，只适合在床头对着妻子读，在大庭广众之中你们啰啰唆唆，没完没了，真是烦死人啦！"大家听了，都觉得惭愧，更对他的粗鲁不高兴，就越发高声地吟咏。苗生非常生气，伏在地上大吼一声，立刻化成一只斑斓猛虎，把这些人扑杀了，然后咆哮着跳过山梁走远了。剩下来的就两个人，一个人是龚生，一个人是靳生。靳生是这年乡试的头名。

三年以后，靳生再次经过华阴，忽然碰到嵇生。嵇生也是在山上被老虎咬死的。靳生一见非常害怕，赶起马来就要跑，嵇生一把抓住马络头使他不能走动。于是靳生跳下马来，问他有什么事情。嵇生说："我现在给苗生做伥鬼，从事的劳役非常辛苦。必须再杀死一个书生，才能把我替下来。三天以后，应有一个穿儒服、戴儒冠的人被虎吃掉，但是必须是在苍龙岭下，那才是替我的。你在这一天，多邀请一些读书人来到这里，也就是为你的老朋友想办法啦。"靳生不敢和他辩解，答应下来就告辞了。

回到寓所，靳生想了一夜，也没有想出好的办法，最后决定宁可背约，听凭鬼的责罚，也不愿意把朋友送入鬼口。这时候，正巧他的表弟蒋生来看望他，靳生就对他讲了路上碰到的怪事。

蒋生在当地有点名气，本县尤生考取的名次却在他之上，蒋生心里非常妒忌。这次听到靳生讲的情况以后，就打算陷害他。于是他就给尤生写了一封信，邀请他一起去登华山。

登山那一天，蒋生自己身上穿着平民的白衣服，没有穿儒生的衣服，尤生看了也不明白他是什么意思。他们来到山腰，只见酒菜都已经设好，两个人相互敬酒，真是亲密极了。这天，正好知府也在岭上，知府和蒋家是世交，听说蒋生在下面，就吩咐人来召唤他。蒋生不敢穿着白衣服去拜见知府，于是就和尤生换了衣服帽子。衣服还没有换完，突然老虎来到，把蒋生叼起来就逃跑了。

蝎　客

【原文】

南商贩蝎者，岁至临朐①，收买甚多。土人持木钳入山，探穴发石搜捉之。一岁，商复来，寓客肆。忽觉心动，毛发森悚，急告主人曰："伤生既多，今见怒于虿鬼②，将杀我矣！急垂拯救！"主人顾室中有巨瓮，乃使蹲伏，以瓮覆之。移时，一人奔入，黄发狞丑。问主人："南客安在？"答曰："他出。"其人入室四顾，鼻作嗅声者三③，遂出门去。主人曰："可幸无恙矣。"及启瓮视客，客已化为血水。

【注释】

①临朐：今山东省临朐县。

②虿（差）：蝎类毒虫。

③嗅声：此据二十四卷本改，原本作"臭声"。

【译文】

有个贩卖蝎子的南方商人，年年到临朐县，收买很多蝎子。当地人携带木钳，进入山里，探洞穴，掀石头，搜捕蝎子。有一年，南商又来了，住在客店里。忽然觉得心惊肉跳，头发一参一参的，瘆得可怕，急忙告诉店主东说："我已杀了很多

聊斋志异

图文珍藏版

生灵，现在惹恼了蝎鬼，要来杀我了，急切地望你救我一命！"店主东看见屋里有一口大缸，叫他爬进去，在缸里蹲着卧着，用另外一口大缸扣上了。过了不一会儿，有个人跑进客店，满头黄发，面目狰狞。他问店主东："南方客人在哪儿？"店主东回答说："到别的地方去了。"那人进了客房，四处观望，用鼻子作了三次嗅东西的声音，就出门走了。店主东说："可喜可贺，没有受害。"及至打开缸盖，看看客人，客人已经化成了血水。

杜 小 雷

【原文】

杜小雷，益都之西山人①。母双盲。杜事之孝，家虽贫，甘旨无缺。一日，将他适，市肉付妻，令作馎饦②。妻最忤逆③，切肉时杂蜣螂其中④。母觉臭恶不可食，藏以待子。杜归，问："馎饦美乎？"母摇首，出示子。杜裂视，见蜣螂，怒甚。入室，欲挞妻，又恐母闻。上榻筹思，妻问之，不语。妻自馁，彷徨榻下。久之，喘息有声。杜叱曰："不睡，待敲扑耶⑤！"亦觉寂然。起而烛之，但见一豕，细视，则两足犹人，始知为妻所化。邑令闻之，縶去，使游四门，以戒众人。谭薇臣曾亲见之。

【注释】

①益都：今山东省益都县。

②馎饦（博拖）：也作"不托""怀饦"，面食名。此处用指水饺。

③忤（五）逆：旧时称不孝顺父母、公婆为"忤逆"。

④蜣螂（羌郎）：一种鞘翅昆虫，背有坚甲，黑色，喜食粪，俗称"屎窠螂"。

⑤敲扑：用棍子打。

共道杜
家逐
妇来
遍人争看
迴城门游
项刺樽轮
似他乔身
恶妇心肠妻
杜小雷

杜小雷

【译文】

　　杜小雷，益都县西山人。母亲双眼瞎。他侍奉母亲很孝顺，家境虽然很穷，给母亲吃的美味食品从来不缺少。一天，他要外出，买肉交给妻子，叫她做馅饼。妻子最忤逆，切肉的时候，把屎壳郎掺杂在肉馅里。母亲觉得气味太臭不能吃，就藏了起来，等待儿子回来。杜小雷回来以后问母亲："馅饼好吃吗？"母亲摇摇头，拿出来给儿子看看。杜小雷掰开一看，看见了屎壳郎，勃然大怒。进了卧室，想要狠狠把妻子打一顿，又怕母亲听见。他上床躺下想办法，妻子问寒问暖，他也不说话。妻子畏畏缩缩，在床下走来走去。过了很久，有粗粗的喘息声。杜小雷呵斥她说："不睡觉，等我揍你呀！"呵斥完了，还是寂静无声。下床点灯一看，只是看见一口猪。仔细看看，双足还是人脚，才知道这是妻子变的。县官听见这个消息，用绳子把她捆去，叫她四门游街，用以警戒那些不孝之人。谭薇臣曾经亲眼看见过这件事情。

毛　大　福

【原文】

太行毛大福，疡医也①。一日，行术归，道遇一狼，吐裹物，蹲道左。毛拾视，则布裹金饰数事②。方怪异间，狼前欢跃，略曳袍服，即去。毛行，又曳之。察其意不恶，因从之去。未几，至穴，见一狼病卧，视顶上有巨疮，溃腐生蛆。毛悟其意，拨剔净尽，敷药如法，乃行。日既晚，狼遥送之。行三四里，又遇数狼，咆哮相侵，惧甚。前狼急入其群，若相告语，众狼悉散去。毛乃归。

先是，邑有银商宁泰③，被盗杀于途，莫可追诘。会毛货金饰，为宁氏所认④，执赴公庭。毛诉所从来，官不信，械之⑤。毛冤极不能自伸，惟求宽释，请问诸狼。官遣两役押入山，直抵狼穴。值狼未归，及暮不至，三人遂反。至半途，遇二狼，其一疮痕犹在。毛识之，向揖而祝曰："前蒙馈赠，今遂以此被屈。君不为我昭雪，回去搒掠死矣！"狼见毛被絷，怒奔隶。隶拔刀相向。狼以喙拄地大嗥；嗥两三声，山中百狼群集，围旋隶⑥。隶大窘。狼竞前啮絷索⑦，隶悟其意，解毛缚，狼乃俱去。归述其状，官异之，未遽释毛。后数日，官出行，一狼衔敝履委道上⑧。官过

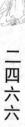

之，狼又衔履奔前置于道。官命收履，狼乃去。官归，阴遣人访履主。或传某村有丛薪者，被二狼迫逐，衔其履而去。拘来认之，果其履也。遂疑杀宁者必薪，鞫之果然。盖薪杀宁[9]，取其巨金，衣底藏饰，未遑收括，被狼衔去也。

毛大福

昔一稳婆出归[10]，遇一狼阻道，牵衣若欲召之。乃从去，见雌狼方娩不下。妪为用力按捺，产下放归。明日，狼衔鹿肉置其家以报之。可知此事从来多有。

【注释】

①疡（阳）医：治疗创伤肿毒的外科医生。

②金饰：金银饰物。数事：数件。

③银商：制造或贩卖金银饰物的商人。

④宁氏：据二十四卷抄本，原作"宁"。

⑤械：刑具。这里作动词用。

⑥围旋：围绕旋转。

⑦狼竟前：此据二十四卷抄本，原无"狼"字。

⑧敝履：破鞋。

⑨盖薪杀宁：此据二十四卷抄本，原本无"宁"字。

⑩稳婆：接生婆。

【译文】

　　太行山有个毛大福，是一位治疗脓疮的医生。一天，他行医归来，路上遇见一只狼。狼把叼着的包裹吐在地上，就蹲在道旁。毛大福捡起来看看，布里包着几件金首饰。他正在奇异的时候，那只狼欢跳向前，轻轻咬住他的衣服，拽着就走。毛大福一迈步，狼又拽着往前走。他察看那只狼没有恶意，就跟它去了。走了不远，到了狼窝，看见一只病狼趴在窝里，见它头顶上生了一个大疮，溃烂生蛆了。毛大福明白那只狼的意思，就把溃烂的疮口刮剔干净，给它敷上药，就走了。天色已晚，那只狼送他送了很远。他走了三四里，又遇上好几只狼，咆哮着扑上来咬他，他吓得要死。先前那只狼急忙进入狼群，似乎向它们说了几句话，群狼统统散去了，他这才回到家里。

　　前几天，县城有个开银庄的人，名叫宁福，被强盗杀死在路上，无处追捕拷问凶手。适逢毛大福出卖金首饰，被宁家认出来，把他抓住，拉上公堂。毛大福申诉首饰的来处，县官不相信，给他用了刑。毛大福冤枉极了，自己不能申雪，只求宽限，去问那只狼。县官派两个衙役把他押进山里，一直押到狼窝。狼没回来，没有碰见。等到天黑也没回来，三个人就往回走。走到半路上，遇见两只狼，其中的一只，疮疤犹在头顶上。毛大福认识它，向它作揖，哀求说："前几天承蒙送我金首饰，现在因为那些首饰而受了冤枉。你不给我昭雪，回去就挨板子打死了！"狼看见毛大福被绳索捆绑着，便怒冲冲地奔向衙役。衙役拔出腰刀，和狼对峙着。狼将嘴巴触在地上嗥叫；嗥了两三声，山中百狼群集，把衙役团团围住。两个衙役很为难。群狼争着上前咬绳索，衙役明白它们的意思，解下毛大福的绑绳，狼群就散尽了。回到衙内，陈叙遇狼的情况，县官很惊奇，但也没有马上释放毛大福。

过了几天，县官出行，一只狼叼着一只破鞋放在道上。县官过去了，狼又叼着破鞋，跑到前面，放在道上。县官收了鞋子，狼才走开。县官回到衙署，暗中查访鞋子的主人。有人传说，某村有个名叫丛薪的人，被两只狼紧紧追赶，把他的鞋子叼去了。将丛薪抓来认鞋子，果然是他的破鞋。于是就怀疑杀宁福的必是丛薪。严加审问，果然是他杀的。原来丛薪杀了宁福以后，夺去宁福的巨金，对宁福藏在衣服里的金首饰，来不及搜括，被狼叼去了。

从前有个接生婆，出门接生，回来的路上，遇见一只狼挡在道上，牵着她的衣襟，像要招呼她。她跟着狼去了，看见一只母狼，正在分娩，生不下来。她用力给母狼按压，产下了狼崽，才放她回家。第二天，狼叼来鹿肉，放在她家，以报助产之恩。可见这种事情向来是很多的。

图文珍藏版

雹　神

【原文】

　　唐太史济武①，适日照会安氏葬②。道经雹神李左车祠③，入游眺。祠前有池，池水清澈，有朱鱼数尾游泳其中④。内一斜尾鱼，唼呷水面⑤，见人不惊。太史拾小石将戏击之。道士急止勿击。问其故，言："池鳞皆龙族，触之必致风雹。"太史笑其附会之诬⑥，竟掷之。既而升车东行，则有黑云如盖⑦，随之以行。簌簌雹落，大如绵子⑧。又行里馀，始霁。太史弟凉武在后⑨，追及与语，则竟不知有雹也。问之前行者亦云。太史笑曰："此岂广武君作怪耶！"犹未深异。安村外有关圣祠⑩，适有稗贩客⑪，释肩门外，忽弃双篓，趋祠中，拔架上大刀旋舞，曰："我李左车也。明日将陪从淄川唐太史一助执绋⑫，敬先告主人。"数语而醒，不自知其所言，亦不识唐为何人。安氏闻之，大惧。村去祠四十馀里，敬修楮帛祭具⑬，诣祠哀祷，但求怜悯，不敢枉驾。太史怪其敬信之深，问诸主人。主人曰："雹神灵迹最著，常托生人以为言，应验无虚语。若不虔祝以尼其行⑭，则明日风雹立至矣。"

　　异史氏曰："广武君在当年，亦老谋壮事者流也。即司雹于东，或亦其不磨之气，受职于天。然业已神矣，何必翘然自异哉⑮！唐太史道义文章，天人之钦瞩已久⑯，此鬼神之所以必求信于君子也。"

【注释】

　　①唐太史济武：唐梦赉，字济武，别字豹岩。淄川县人。顺治六年进士，授翰

林院庶吉士、翰林院检讨。太史，官名。明清两代翰林院修撰国史，因称翰林为太史。

②日照：今山东省日照会安氏葬：为安氏送葬。会，会吊。

③李左车：秦末谋士，初依附赵王武臣，封广武君，后归附韩信。韩信采用他的计谋先后攻克燕齐等地。相传其死后为雹神。

④朱鱼：红色鱼，指金鱼。

⑤唼呷（霎虾）：鱼类吞食吸饮的声音。

⑥诬：谎言。

⑦盖：车盖，形圆如伞的车篷。

⑧绵子：棉子。

⑨凉武：唐梦师，字凉武，监生。唐梦赉之弟。

⑩关圣祠：关帝庙。

⑪稗（拜）贩客：小商贩。稗，小。

⑫执绋（佛）：送葬。绋，牵引灵车的绳索，古时送葬的人牵引灵车以助行进，因称送葬为执绋。

⑬楮（楚）帛：犹言楮钱，旧时祀神所用的纸钱。

⑭尼：阻止。

⑮翘然自异：自高而异于他神。翘，举也，指自高自傲。

⑯天人：天上和人间。钦瞩：钦佩重视。

【译文】

太史唐继武，到日照县参加安氏的葬礼。路过雹神李左车的祠堂，便进去游览。祠堂前面有个水池，池水清澈透明，有几尾红鱼，在水中游来游去。其中有一只斜尾鱼，嘴巴浮在水面上，一张一合地弄出响声，见人也不惊退。唐继武拾起一块小石头，要向鱼群投石玩耍。道士急忙拦住他，不让他投击。他询问原因，道士

图文珍藏版

说："池里的游鱼都是龙族，触犯它们，必然招来一场风雹。"唐继武讥笑那是牵强附会的瞎说，竟把石头投进水中去了。然后上了车子，向东走去。头上涌来一团如同伞盖的黑云，跟着车子向东飘行。簌簌落下一阵雹子，大如棉子。继续往前走了一里多地，才雨过天晴。太史的弟弟唐凉武跟在后面，追上前车与哥哥说话，哥哥居然不知下了雹子。再问走在前面的，也说没有下雹子。唐继武笑着说："这岂不是广武君作怪了！"还没引起大的惊奇。

雹神

安村村外有个关帝庙，时逢一个贩卖粮米的小贩子，在庙门外放下扁担歇肩，忽然扔掉两只箩筐，跑进庙里，从刀架上拔下大刀，一边旋舞一边说："我是李左车，敬告安家的主人，明天我要陪同淄川的唐太史，帮他执绋送殡。"说完这么几句话便清醒过来，不知自己刚才说了一些什么，也不知唐太史是什么人。安家听到这个消息，吓破了胆子。该村距离雹神祠堂四十多里，恭敬地备好香纸蜡炮等祭品，到雹神祠去哀求祷告，请求神灵怜悯小民，小民不敢请雹神送殡。唐继武责怪安家信神信得太虔诚，询问这是为什么。安家主人说："雹神的灵验最显著，常托活人给他传话。实践证明，他没说过假话。若不虔诚地哀求，以阻止他的行动，明天就会突然下一场冰雹。"

异史氏说："广武先生在当年，也是一位老谋深算之人，干过一番大事业。做了雹神，也许是他的气概没有磨灭而受命于天延。但是已经做了神仙，何必自己扬威作怪呢！唐太史的道德文章，举世钦佩已经很久了，向他作祟，这是鬼神向名人求信誉的必然行动。"

李 八 缸

【原文】

太学李月生①，升宇翁之次子也。翁最富，以缸贮金，里人称之"八缸"。翁寝疾②，呼子分金：兄八之，弟二之。月生觖望③。翁曰："我非偏有爱憎，藏有窖镪④，必待无多人时，方以畀汝⑤，勿急也。"过数日，翁益弥留⑥。月生虑一旦不虞⑦，觑无人，就床头秘讯之。翁曰："人生苦乐，皆有定数。汝方享妻贤之福，故不宜再助多金，以增汝过。"盖月生妻车氏，最贤，有桓、孟之德⑧，故云。月生固哀之。怒曰："汝尚有二十馀年坎壈未历⑨，即予千金，亦立尽耳。苟不至山穷水尽时，勿望给与也！"月生孝友敦笃⑩，亦即不敢复言。无何，翁大渐⑪，寻卒。幸兄贤，斋葬之谋，勿与校计。月生又天真烂漫，不较锱铢，且好客善饮，炊黍治具⑫，日促妻三四作，不甚理家人生产。里中无赖窥其懦，辄鱼肉之⑬。逾数年，家渐落。窘急时，赖兄小周给，不至大困。无何，兄以老病卒，益失所助，至绝粮食。春贷秋偿，田所出，登场辄尽。乃割亩为活，业益消减⑭。又数年，妻及长子相继殂谢⑮，无聊益甚。寻买贩羊者之妻徐，冀得其小阜；而徐性刚烈，日凌藉之，至不敢与亲朋通吊庆礼。忽一夜梦父曰："今汝所遭，可谓山穷水尽矣。尝许汝窖金，今其可矣。"问："何在？"曰："明日畀汝。"醒而异之，犹谓是贫中之积想也。次日，发土葺墉⑯，掘得巨金。始悟向言"无多人"，乃死亡将半也。

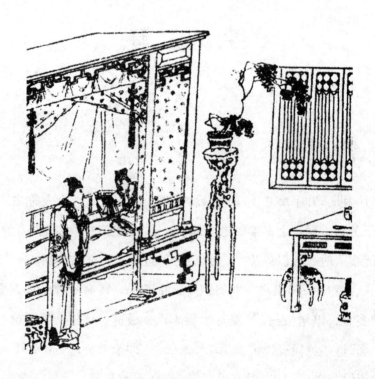

李八缸

异史氏曰：“月生，余杵臼交[17]，为人朴诚无伪。余兄弟与交，哀乐辄相共。数年来，村隔十馀里，老死竟不相闻。余偶过其居里，因亦不敢过问之。则月生之苦况，盖有不可明言者矣。忽闻暴得千金，不觉为之鼓舞。呜呼！翁临终之治命[18]，昔习闻之，而不意其言言皆谶也[19]。抑何其神哉！”

【注释】

①太学：明清两代称国子监为太学。

②寝疾：卧病。

③觖（决）望：即缺望，不满足所望。觖，缺，不满。

④窖镪（强）：窖藏的白银。镪，钱贯，引申指银钱。

⑤畀（币）：给予。

⑥弥留：《书·顾命》：“病日臻，既弥留。”弥，久。本谓久病不愈，后用以称病重将死。

⑦不虞：意外，此指死亡。虞，意料。

⑧桓、孟之德：指为妇的美德。

⑨坎壈（览）：困顿。

⑩孝友：孝顺父母，友爱兄弟。

⑪大渐：病危。渐，剧。

⑫炊黍治具：意为备办酒食。黍，谷物的总称。

⑬鱼肉：欺凌。

⑭业：产业。

⑮徂谢：死亡。

⑯葺（气）墉：修理墙垣。

⑰杵臼交：《东观汉记·吴祐传》：“公沙穆游太学，无资粮，乃变服客佣，为祐赁春。祐与语，大惊。遂共订交于杵臼之间。”杵臼，春米农具。后因以杵臼交

指贫贱之交。

⑱治命：指先人临终前的清醒遗言。

⑲言言皆谶（衬）：谓其每句话皆有应验。谶，预言。

【译文】

太学生李月生，是李升宇老人第二个儿子。老人极其富有，用缸储藏金银，乡里人称他为"八缸"。

老人卧病不起，把儿子们叫来分金银：长兄得八成，弟弟得二成。李月生对此抱怨不满。老人说："我不是偏爱哪个，不喜欢哪个；还有一窖藏金，必须等人少时才能给你，不要着急。"过了几天，老人病情加重，濒临死亡；月生生怕一旦发生意外，便趁无人时，偷偷在病床床头询问父亲。老人说道："人生苦乐，都有定数，你目前正在享受着妻子贤惠的福，所以不宜再多给你金银，以免增添你的过错。"原来，月生的妻子车氏，为人最是贤惠，像历史上桓少君、孟光那样具有勤俭持家的美德，所以老人才这样说。李月生继续苦苦央求，老人发怒说："你还有二十多年坎坷日子没过呢，即使给你千两黄金，也会立刻花完的。不到山穷水尽之时，别指望再给你银两。"李月生是个孝顺父母、友爱兄长的忠厚人，也就不敢再说什么了。

过不多久，老人病危，很快就死去。幸而月生的哥哥为人贤德，祭祀葬礼之类花费，都不和月生算账。月生也是天真烂漫，不斤斤计较的人。而且好客，爱喝酒。烧饭也好，办酒席也好，每天要催促妻子做三四次，也不很管家里仆人的生产。同里的一些无赖看出他懦弱，常来欺负他。过了几年，家境逐渐衰败下来。窘迫时，多赖兄长稍做接济，因此还不感到太困难。不久，哥哥年老病故，月生更失去了帮助，竟弄到断炊绝粮的地步。春天借贷，秋天还债，田里出产的粮食，一上场就光了。无奈只好靠变卖田地过活，家业因此也就更加凋零。

又过了几年，李月生的妻子和长子相继去世，他更加感到无所依靠，不久买下羊贩子的妻子徐氏，指望得到一点财物。那徐氏性情刚强粗暴，一天天骑到了他脖子上，甚至连亲友们的婚丧大事，月生也不敢去庆吊走动了。

忽然一天夜里，月生梦见死去的父亲对他说："你现在的处境，可说是山穷水尽了。我曾答应过给你的一窖金银，现在可以给你了。"月生问道："在哪里？"老人说："明天给你。"月生醒来，觉得奇怪，还以为这是穷困之中每天想钱想的。第二天，挖土修墙，掘到大量的金银。这才领悟父亲当时说的"人少时"，是指一家人死去将近一半的时候。

异史氏说：李月生和我是贫贱之交，他为人诚恳朴实，毫无虚假。我家弟兄和他交往甚深，甘苦与共。近年来，两村相隔十余里，是老是死他竟然也不让我们知道，我偶然经过他家住处，也因此不敢前去访问，可知月生的艰难困苦，是难以明说的了。猛一听到他突然得到千金，不禁为他感到高兴。啊！升宇老翁临终时的遗言，以前我经常听说，没想到他的话都是未卜先知的预言。这又多么神奇啊！

老龙船户①

【原文】

朱公徽荫巡抚粤东时②，往来商旅，多告无头冤状。千里行人，死不见尸，数客同游，全无音信，积案累累，莫可究诘。初告，有司尚发牒行缉③；迨投状既多，竟置不问。公莅任，历稽旧案，状中称死者不下百馀，其千里无主，更不知凡几。公骇异恻怛，筹思废寝。遍访僚属，迄少方略。于是洁诚熏沐，致檄城隍之神④。已而斋寝⑤，恍惚见一官僚，搢笏而入⑥。问："何官？"答云："城隍刘某。""将何言？"曰："鬓边垂雪，天际生云，水中漂木，壁上安门。"言已而退。既醒，隐谜不解。辗转终宵，忽悟曰："垂雪者，老也；生云者，龙也；水上木为舡⑦；壁上门为户：岂非'老龙舡户'耶！"盖省之东北，曰小岭，曰蓝关，源自老龙津以达南海⑧，每由此入粤。公遣武弁⑨，密授机谋，捉龙津驾舟者，次第擒获五十馀名，皆不械而服。盖此等贼以舟渡为名，赚客登舟，或投蒙药⑩，或烧闷香⑪，致客沉迷不醒；而后剖腹纳石，以沉水底。冤惨极矣！自昭雪后，遐迩欢腾⑫，谣颂成集焉⑬。

老龙船户

异史氏曰："剖腹沉石，惨冤已甚，而木雕之有司⑭，绝不少关痛痒，岂特粤东之暗无天日哉⑮！公至则鬼神效灵，覆盆俱照⑯，何其异哉！然公非有四目两口，不过痌瘝之念⑰，积于中者至耳。彼巍巍然，出则刀戟横路，入则兰麝熏心，尊优虽至，究何异于老龙舡户哉⑱！"

【注释】

①老龙船户：铸雪斋抄本和二十四卷抄本正文标题均为"老龙船户"；惟铸本总目作《老龙舡户》。

②朱徽荫：朱宏祚，字徽荫，顺治五年举人，高唐（今山东省高唐县）人。初知盱眙县，迁兵部郎中，康熙二十六年，擢广东巡抚，曾裁减赋税，清理冤狱。康熙三十一年，迁闽浙总督。粤东：指今广东省。

③牒：公文。行缉：捕拿。

④檄（习）：晓喻文书。

⑤斋寝：此指宿于斋戒的寝居。

⑥搢笏：指身穿公服。搢，插；笏，笏板。古代官僚穿公服时，插笏板于绅。

⑦舡（船，又读乡）：船。

⑧老龙津：当在今广东省龙川县老龙埠附近，当时为龙川江上游。

⑨武弁（辨）：武官。

⑩蒙药：又叫蒙汗药，投酒中，饮之则昏迷沉睡。

⑪闷香：又叫迷魂香，点燃后，烟气入鼻，使昏沉麻醉。

⑫退迤欢腾：此据二十四卷抄本，原作"退迤欢谣"。

⑬谣颂：称颂功德的民歌民谣。

⑭木雕之有司：谓形如木雕泥塑的官员。

⑮特：只，只是。

⑯覆盆：覆置的盆。

⑰痌瘝（通关）之念：谓视民疾苦，如病痛在身。

⑱"彼巍巍然"五句：谓高高在上的官员，耀武扬威，养尊处优，其对民众的危害，同老龙船户是一样的。

【译文】

朱徽荫做广东巡抚时，来往的商贾旅客有很多人来告无头状。不远千里而来的人，死了不见尸首；几个人同游，全部失踪，积压的案子一大堆，无法追查。最初，官府还发出告示，缉拿罪犯。等告来的状子越来越多，竟置之不问了。

朱公到任，一一查核旧案卷，状辞中说到死去的人不下一百多个，至于家在千里之外、没有苦主的死者，更不知有多少。朱公既感惊骇，又觉可怜，殚思竭虑，彻夜不眠。遍访下属官员，一直没有对策。朱公于是虔诚地斋戒沐浴，给城隍神写去一道檄文。

完后，睡在斋舍里，恍惚间看到一个官员，腰插着笏板走进来。朱公问道："你是什么官？"那人答说："我是城隍刘某。""来此有何见教？"那人说："鬓边垂雪。天际生云，水中漂木，壁上安门。"说完就走了。

朱公清醒过来以后，解不开这个谜，整夜翻来覆去不能入睡。猛然领悟道："所谓'垂雪'者，就是老。能'生云'的，是龙。'水上木'是船。'壁上门'是户。这难道不就是'老龙船户'吗？"

原来，广东的东北部有小岭河和蓝关河，发源于老龙津，直达南海。岭外的大商人常从这里进入广东。朱公暗中派遣一些武官，面授机宜，捉拿在老龙津撑船的，接连捉到五十多个。都不用上枷锁，就自动招认了。

这些强盗都以渡客为名，哄骗客人上船，或用蒙汗药，或用闷香，使客人昏迷不醒，然后剖开肚子，填上石块，沉入水底，真是惨极冤极！这个案子被侦破昭雪后，远近人民欢呼雀跃，颂扬朱公盛德的歌谣几乎可以编成一部书。

异史氏说：剖腹填石，惨冤已到极点。而泥塑木雕的官员，却丝毫不关痛痒。

难道只是广东东部这样暗无天日吗？朱公到任，鬼神显灵，致使沉冤得以昭雪，这是多么大的反差！不过朱公并没有四只眼睛两张嘴，他只是把关怀民众疾苦的念头积在心中不忘才做到了这一步。那些巍巍然的大官儿们，外出时刀矛满路，进家后兰麝熏心，看起来虽然至尊至优，但和老龙津杀人越货的船户又有什么不同呢！

青 城 妇

【原文】

费邑高梦说为成都守①，有一奇狱。先是，有西商客成都，娶青城山寡妇②。既而以故西归，年馀复返。夫妻一聚，而商暴卒。同商疑而告官，高亦疑妇有私，苦讯之。横加酷掠，卒无词。牒解上司③，并少实情，淹系狱底④，积有时日。后高署有患病者⑤，延一老医，适相言及。医闻之，遽曰："妇尖嘴否？"问："何说？"初不言，诘再三，始曰："此处绕青城山有数村落，其中妇女多为蛇交⑥，则生女尖喙，阴中有物类蛇舌。至淫纵时，则舌或出，一入阴管，男子阳脱立死⑦。"高闻之骇，尚未深信。医曰："此处有巫媪，能内药使妇意荡⑧，舌自出，是否可以验见。"高即如言，使媪治之，舌果出，疑始解。牒报郡。上官皆如法验之，乃释妇罪。

【注释】

①高梦说：字兴岩，号易菴，费县（今山东省费县）人。顺治五年副贡，顺治十一年任河南修武县丞，康熙二年升四川成都府同知。

②青城山：在四川省灌县西南，当时属成都府。

③牒解上司：备具公文押送郡府。上司，上级，此指成都府府衙。

④淹系狱底：久系于牢狱。淹，久留。

⑤高署：指高梦说的衙署。

⑥交：交合、交配。

⑦阳脱：精液耗尽，虚脱死亡。

⑧内（纳）药：指纳药阴中。内，通"纳"，入。

【译文】

山东费县高梦说任成都府太守时，曾遇到一桩奇案。

原先，有一个西边商人客居成都，娶了青城山一个寡妇为妻。后来，商人因事回西，过了一年多又回到成都来。夫妻一聚，商人就暴死了。商人的同伙有所怀疑，告到官府。官府也怀疑寡妇有什么私情，对她逼供审讯，横加酷刑，到底不招。备了公文押解到府里，但又缺少真凭实据，就这样将那寡妇关在监牢里，拖了很久。

后来，高梦说衙门里有人害病，请来一位老中医，正好说到这件事。老中医听罢，立即问道："寡妇的嘴是尖的吗？"官府的人问："此话怎讲？"老中医起初不说，经再三盘问，才说道："这青城山周围有好几个村子，村中妇女有很多和蛇交媾，生下来的女孩都是尖嘴，生殖器中有一个类似蛇舌的东西，长大纵情淫乱时，那舌状物便会伸出来；一进到阴茎中，男子就立刻脱阳而死。"

高梦说听了这番话，深感骇异，但还不十分相信。老中医说道："这附近有个巫婆，能用药物使妇女产生淫欲，那时舌状物自会出现。或是或非，尽可验证。"高梦说就按照老中医所说，让巫婆给那被押的寡妇用药，舌状物果然出现了。"谋杀亲夫"案的怀疑这才消除。具文上报省里，上级官员也用同样的方法验证，这才免了寡妇的罪。

鸮 鸟

【原文】

  长山杨令①，性奇贪。康熙乙亥间，西塞用兵②，市民间骡马运粮。杨假此搜括，地方头畜一空。周村为商贾所集③，趁墟者车马辐辏④。杨率健丁悉篡夺之，不下数百馀头。四方估客，无处控告。时诸令皆以公务在省。适益都令董、莱芜令范、新城令孙⑤，会集旅舍。有山西二商，迎门号诉。诉有健骡四头，俱被抢掠，道远失业，不能归，哀求诸公为缓颊也⑥。三公怜其情，许之。遂共诣杨。杨治具相款。酒既行，众言来意。杨不听。众言之益切。杨举酒促釂以乱之⑦，曰："某有一令⑧，不能者罚。须一天上、一地下、一古人，左右问所执何物，口道何词，随问答之。"便倡云⑨："天上有月轮，地下有昆仑，有一古人刘伯伦⑩。左问所执何物，答云：'手执酒杯。'右问口道何词，答云：'道是酒杯之外不须提。'"范公云："天上有广寒宫⑪，地下有乾清宫⑫，有一古人姜太公⑬。手执钓鱼竿，道是'愿者上钩'⑭。"孙云："天上有天河，地下有黄河，有一古人是萧何⑮。手执一本大清律，他道是'赃官赃吏'。"杨有惭色，沉吟久之，曰："某又有之。天上有灵山⑯，地下有太山，有一古人是寒山⑰。手执一帚，道是'各人自扫门前雪'。"众相视觍然。忽一少年傲岸而入，袍服华整，举手作礼。共挽坐，酌以大斗⑱。少年笑曰："酒且勿饮。闻诸公雅令，愿献刍荛⑲。"众请之。少年曰："天上有玉帝，地下有皇帝，有一古人洪武朱皇帝⑳。手执三尺剑，道是'贪官剥皮'㉑。"众大笑。杨恚骂曰："何处狂生敢尔！"命隶执之。少年跃登几上，化为鸮㉒，冲帘飞出，集庭树间，回顾室中，作笑声。主人击之，且飞且笑而去。

  异史氏曰："市马之役㉓，诸大令健畜盈庭者十之七㉔，而千百为群，作骡马贾者，长山外不数数见也⑤。圣明天子爱惜民力，取一物必偿其值，焉知奉行者流毒若此哉！鹗所至，人最厌其笑，儿女共唾之，以为不祥。此一笑，则何异于凤鸣哉！"

【注释】

①长山：山东省旧县名，一九五六年并入邹平县。杨令：疑指杨杰。杨杰，奉天监生，康熙二十八年任长山令，康熙三十四年（乙亥年）去职。

②"康熙乙亥间"二句：《清鉴》卷五：康熙乙亥三十四年，"冬十月，噶尔丹入寇，十一月以费扬古为抚远大将军率兵讨之。"次年，"春二月，帝亲征噶尔丹。""五月，大将军费扬古破噶尔丹于昭莫多。"西塞，西部边塞地区。

③周村：今山东省淄博市周村区。

④趁墟：俗称赶集。墟，乡村市集。

⑤益都：旧县名，今山东省青州市。莱芜：今山东省莱芜市。新城：今山东省桓台县。

⑥缓颊：代说人情。

⑦促釂（嚼）：劝饮。釂，干杯。

⑧令：酒令。

⑨倡：倡导、起头。

⑩刘伯伦：刘伶，字伯伦，晋代沛人。与阮籍、嵇康等友好，时称竹林七贤。

⑪广寒宫：神话传说月中的仙宫。

⑫乾清宫：在北京故宫"内庭"最前面，建于明永乐十八年。清康熙前，为皇帝居住和处理政务之处。

⑬姜太公：即太公望吕尚。姓姜名牙，又称姜子牙。曾佐武王伐纣，有功勋，封于齐。

⑭愿者上钩：传说姜太公钓于渭滨，直钩不设饵。

⑮萧何：汉初沛（今江苏省沛县）人。秦二世元年（前209）佐刘邦起义建立汉王朝，为丞相，封酂侯。汉之律令典制：多其制定，故世称萧何定律。

⑯灵山：神话传说中山名，可做天梯。

⑱寒山：盾代大历年间僧人，曾隐居唐兴县（今浙江省天台县）寒岩，为国清寺僧人。有诗名。

⑲大斗：大酒杯。

⑳献刍荛：进献刍荛之言。对己言的谦词。

㉑洪武朱皇帝：指明太祖朱元璋。其年号为"洪武"。

㉒贪官剥皮：贪官污吏应处死剥皮。

㉓鸮（枵）：鸟名，俗称"猫头鹰"，认为是不祥之鸟。谚云："不怕猫头鹰叫，就怕猫头鹰笑。"谓笑则主凶。

㉔市马之役：指上述康熙年间征购民间骡马的事件。

㉕大令：指县令。

㉖数数（朔朔）：屡次、经常。

【译文】

山东长山县县令姓杨，本性特别贪婪。清朝康熙三十四年（1695），我国西部边陲有战事，官家购买民间骡马运送军粮。杨某趁机搜刮，地方上的牲口被抢掠一空。

周村是商贾云集的地方，赶集的车马拥挤。杨某率领精壮的兵丁把牲口全部抢去，不下数百头。来自四方的客商，控告无门。当时，各县县令都因公来省城，正好益都县县令董某、莱芜市县令范某、新城县县令孙某在旅舍里碰头了。有山西的两个客商朝着旅舍门哭诉，原来他们有四头大骡子都被夺走，家乡路远，又失了生计，无法回归，所以哀求这几位长官代为说情。三位县令怜悯他们的境遇，答应了。就一同去造访杨某。

杨某摆上酒席，款待三位县令。斟过酒，三位长官说明来意，杨某不听。几个人说得更加恳切，杨某故意举杯劝酒来打断他们，说："我有一酒令，不能如令的要罚酒。要说一个天上的，一个地下的，一个古人名；左右要问手里拿的什么，嘴里说的什么，随问随答。"于是他领先说："天上有月轮，地下有昆仑，有个古人刘伯伦。"左问："拿的什么？"回答："手执酒杯。"右问："说的什么？"回答："有道是酒杯以外不须提。"范某说道："天上有广寒宫，地下有乾清宫，有个古人姜太公。手拿钓鱼竿，说道是'愿者上钩'。"孙某说："天上有天河，地下有黄河，有个古人是萧何。手拿一本《大清律》，说道是'赃官赃吏'。"杨某面有愧色。沉吟良久，说道："我又有了：天上有灵山，地下有泰山，有个古人叫寒山。手拿一把扫帚，说道是'各人自扫门前雪'。"三长官听后觉得不好意思。忽然，一个少年昂着头傲然走了进来，袍服华丽整洁，向众人举手为礼。大家让他入座，为他斟了一大杯酒。少年笑道："酒暂且不喝。听到诸位的高雅酒令。我也想向众位献上几句野人之言。"众人请他说出，少年道："天上有玉帝，地下有皇帝，有个古人是洪武朱皇帝。手执三尺剑，说道是'贪官剥皮'。"众人大笑。杨某怒喝道："哪里来的狂徒，竟敢如此大胆！"命令手下将他拿下。那少年跳上桌子，变成一只猫头鹰，冲出门帘，飞到庭院中一棵树上，回头对着屋内，发出笑声。主人打它，它一边笑着一边飞走了。

异史氏说：这次因战争买马，地方官十之七八满院都是膘肥体健的牲口，但征集成百上千的牲口，做起骟马买卖的，除了长山县令以外也并不多见。圣明天子，爱惜民力，征用老百姓的东西一定要照价付钱，哪知道奉命执行的流毒一至于此！猫头鹰所到之处，人们最讨厌它的笑声，男孩女孩一起对它吐口水，认为不吉利。而这一次笑声，和凤凰的鸣叫有什么不同呢！

古　瓶

【原文】

　　淄邑北村井涸①，村人甲、乙缒入淘之。掘尺馀，得髑髅②。误破之，口含黄金，喜纳腰橐。复掘，又得髑髅六七枚。悉破之，无金。其旁有磁瓶二、铜器一。器大可合抱④，重数十斤，侧有双环，不知何用，班驳陆离④。瓶亦古，非近款⑤。既出井，甲、乙皆死。移时乙苏，曰："我乃汉人。遭新莽之乱⑥，全家投井中。适有少金，因内口中，实非含敛之物⑦，人人都有也。奈何遍碎头颅？情殊可恨！"众香楮共祝之⑧，许为殡葬，乙乃愈；甲则不能复生矣。颜镇孙生闻其异⑨，购铜器而去。袁孝廉宣四得一瓶⑩，可验阴晴：见有一点润处，初如粟米，渐阔渐满，未几雨至；润退，则云开天霁。其一入张秀才家，可志朔望⑪：朔则黑起如豆，与日俱长；望则一瓶遍满；既望⑫，又以次而退，至晦则复其初⑬。以埋土中久，瓶口有小石粘口上，刷剔不可下。敲去之，石落而口微缺，亦一憾事。浸花其中，落花结实，与在树者无异云。

【注释】

　　①涸（貉）：水干。

　　②髑髅：死人头骨。

　　③合抱：两手合围。

　　④班驳（伯）陆离：颜色错杂。

　　⑤款：款式、样式。

⑥新莽之乱：公元八年，王莽篡汉自立，改国号新，在位十八年。

⑦含敛之物：古代丧礼，放在死人口中的金玉之物。

⑧香楮：指焚香烧纸。

⑨颜镇：颜神镇，在今青州市西南。

古瓶

⑩袁孝廉宣四：袁藩，字宣四，淄川县人。康熙二年举人。

⑪志：通"誌"，记。朔：阴历每月初一。望：阴历每月十五。

⑫既望：望日的后一天，即阴历每月十六。

⑬晦：阴历每月最后的一天。

【译文】

　　山东淄县北村的一口井干涸了，村民甲、乙二人腰系绳索，吊下去掘挖。挖了一尺多深，掘出一具骷髅，不小心把它弄碎了，发现骷髅头口中含着金子。两人欣喜非常，将金子塞进腰包。继续往下挖，又挖出六七具骷髅，两人把它们逐一敲碎，却不见黄金。这些枯骨旁边有两个瓷瓶，一件铜器。铜器大小约有一抱，重数十斤，两旁各有一个环，不知作什么用，铜器上面绿锈斑剥。瓷瓶也是古董，不像现时的款式。

　　从井中出来之后，甲乙两人都死过去了。过了一会，乙苏醒过来，说道："我是汉朝人，因遭王莽之乱，全家投入井中。家里正好有点儿金子，就把它塞进口中，并非入殓时含在口中的陪葬之物，会得人人都有的。为什么要把头颅一一敲碎？这事委实可恨！"众人焚香烧纸，一同祈祷，答应为之殡葬。乙的病随即好了。甲则没能再复活过来。

　　颜镇的孙生听说这一奇事，将那个铜器买了回去。举人袁宣四得到一只古瓶。这瓶能显示阴晴：瓶上有一点润湿处，开头像一粒小米那样大小，渐渐扩展开来，布满瓶体，过不多久，雨就下起来了。润湿退去，就云散天晴。另一只古瓶落到张秀才家。这瓶可以显示朔望：阴历初一，瓶体上出现豆子般大小的黑点，一天比一天增多；到十五那天，整个瓶体全都满了，过了十五，黑点又逐渐退去，月终又恢复原状。因埋在土里时间太久，瓶口上粘住一块小石子，刷剔不掉，敲着除去它，石子是弄掉了，瓶口却敲出一个缺口。这也是一件令人溃憾的事。用瓶盛水养花，花落结果，就像生长在树上的一样。

元 少 先 生

【原文】

　　韩元少先生为诸生时①，有吏突至，白主人欲延作师，而殊无名刺②。问其家阀③，含糊对之。束帛缄贽④，仪礼优渥。先生许之，约期而去。至日，果以舆来。迤逦而往⑤，道路皆所未经。忽睹殿阁，下车入，气象类藩邸⑥。既就馆，酒炙纷罗，劝客自进，并无主人。筵既撤，则公子出拜；年十五六，姿表秀异。展礼罢，趋就他舍，请业始至师所⑦。公子甚慧，闻义辄通。先生以不知家世，颇怀疑闷。馆有二僮给役⑧，私诘之，皆不对。问："主人何在?"答以事忙。先生求导窥之，僮不可。屡求之，乃导至一处，闻拷楚声。自门隙目注之，见一王者坐殿上，阶下剑树刀山，皆冥中事。大骇。方将却步，内已知之，因罢政⑨，斥退诸鬼，疾呼僮。僮变色曰："我为先生，祸及身矣!"战惕奔入。王者怒曰："何敢引人私窥!"即以巨鞭重笞讫。乃召先生入，曰："所以不见者，以幽明异路。今已知之，势难再聚。"因赠束金使行⑩，曰："君天下第一人⑪，但坎壈未尽耳⑫。"使青衣捉骑送之⑬。先生疑身已死。青衣曰："何得便尔! 先生食御一切⑭，置自俗间，非冥中物也。"既归，坎坷数年，中会、状，其言皆验⑮。

【注释】

　　①韩元少：韩菼，字元少，号慕庐，长洲（今江苏苏州市）人。康熙癸丑（十三年）会试、殿试皆第一。授翰林修撰，累官至礼部尚书。

　　②殊：竟。

③家阀：家族门第。

④束帛缄贽：指聘师之礼。束帛，帛五匹为一束。缄，封。贽，聘礼。

⑤迤逶：也作"迤逦"。曲折行走。

⑥藩邸：藩王的府第。

⑦请业：向师长请教学业。

⑧给役：供使用。

⑨罢政：停办公事。

⑩束金：致送教师的酬金。

⑪天下第一人：指考中状元。明清考试制度殿试第一名称状元。

⑫坎壈（览）：谓坎坷之经历。

⑬青衣：指衙门皂吏。

⑭食御：食用。

⑮中会、状：指考中会元、状元。会试第一名称会元，殿试一甲第一名称状元。

【译文】

　　韩元少先生还在做秀才读书时，有个小吏突然到来，声称他家主人想聘请他去做家庭教师，而请帖名片却都没有。韩元少询问他家的情况，来人含糊其词。带来的丝帛以及见面礼十分优厚。元少应允，双方约定了到馆的日期，那人就走了。

　　到了日子，果然来了一辆车子。元少坐在车上，沿着一条蜿蜒曲折的道路驶去。这条路十分陌生，以前从未走过。忽然看见一片楼台殿阁，韩元少下车走了进去，看那气派像是一个藩王的官邸。进到学馆，已是酒肉纷呈；侍者劝他自便，并无主人陪同。饭罢撤去筵席，一位公子出来拜见。公子年约十五六岁，容貌清秀，风度不凡。施礼完毕，公子便到另外的房间，只有请教课业时才到元少屋里来。那公子很聪明，一听意思就懂。

韩元少因不了解这家的家世，颇感纳闷。学馆里有两个书童供差遣使唤，元少私下里向他们打听，书童都不作答。又问："主人在哪里？"书童回说主人事忙。元少要书童带他各处看看，书童不肯。多次请求，才把他领到一个去处，听到拷打之声。元少朝门缝里仔细看进去，见一个大王模样的人坐在殿上，阶下则是剑树刀山，全是一派阴间景象。

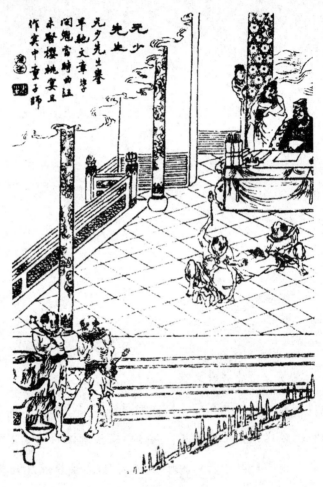

元少先生

元少大骇，正要退出，大殿内已经知道了。那大王就停下公事，叱退诸鬼，大声呼唤书童。书童吓得脸色也变了，说道："为了先生，我的大祸临头了。"说罢，战兢兢跑进大殿里。大王怒喝道："怎么敢带人偷看！"于是用大鞭痛打。打罢，把元少叫了进去，说道："所以不和你见面，是因为阴间阳间不相通。现在你既然已经知道这是什么所在，势难再留下了。"于是赠给元少学馆酬金，请他回去。并且对他说："先生是天下第一等人，只是坎坷还没完罢了。"命仆人牵马相送。元少疑惑自己已经死了，仆人说道："哪里就会这样！你所吃所用，都是来自阳间，不是阴间的东西。"

元少回到家中，过了几年坎坷日子，后来连中会元和状元。阎王说得一点不错。

薛慰娘

【原文】

丰玉桂，聊城儒生也①。贫无生业。万历间，岁大祲②，孑然南遁。及归，至沂而病③。力疾行数里⑤，至城南丛葬处，益惫，因傍冢卧。忽如梦，至一村，有叟自门中出，邀生入。屋两楹，亦殊草草⑤。室内一女子，年十六七，仪容慧雅。叟使瀹柏枝汤⑥，以陶器供客。因诘生里居、年齿，既已，乃曰："洪都姓李，平阳族⑦。流寓此间，今三十二年矣。君志此门户，余家子孙如见探访，即烦指示之。老夫不敢忘义。义女慰娘，颇不丑，可配君子。三豚儿到日⑧，即遣主盟⑨。"生喜，拜曰："犬马齿二十有二⑩，尚少良配。惠意眷好，固佳；但何处得翁之家人而告诉也？"叟曰："君但住北村中，相待月馀，自有来者，止求不惮烦耳。"生恐其言不信，要之曰⑪："实告翁：仆故家徒四壁，恐后日不如所望，中道之弃，人所难堪。即无姻好，亦不敢不守季路之诺⑫，即何妨质言之也⑬？"叟笑曰："君欲老夫旦旦耶⑭？我稔知君贫。此订非专为君，慰娘孤而无倚，相托已久，不忍听其流落，故以奉君子耳。何见疑！"即捉臂送生出⑮，拱手合扉而去。

生觉[16]，则身卧冢边，日已将午。渐起，次且入村[17]。村人见之皆惊，谓其已死道旁经日矣。顿悟叟即冢中人也，隐而不言，但求寄寓。村人恐其复死，莫敢留。村有秀才与同姓，闻之，趋诘家世，盖生缌服叔也[18]。喜导至家，饵治之[19]，数日寻愈。因述所遇，叔亦惊异，遂坐待以觇其变。居无何，果有官人至村，访父

薛慰娘

墓址，自言平阳进士李叔向。先是，其父李洪都，与同乡某甲行贾，死于沂，某因瘗诸丛葬处。既归，某亦死。是时翁三子皆幼。长伯仁，举进士，令淮南[20]。数遣人寻父墓，迄无知者。次仲道，举孝廉。叔向最少，亦登第[21]。于是亲求父骨，至沂遍访。是日至，村人皆莫识。生乃引至墓所，指示之。叔向未敢信，生为具陈所

遇。叔向奇之。审视两坟相接，或言三年前有宦者，葬少妾于此。叔向恐误发他冢，生遂以所卧处示之。叔向命劈材其侧，始发冢。冢开，则见女尸，服妆黯败，而粉黛如生㉒。叔向知其误，骇极，莫知所为。而女已顿起，四顾曰："三哥来耶？"叔向惊，就问之，则慰娘也。乃解衣蔽覆，舁归逆旅。急发傍冢，冀父复活。既发，则肤革犹存，抚之僵燥，悲哀不已。装敛入材，清醮七日㉓；女亦缞绖若女㉔。忽告叔向曰："曩阿翁有黄金二锭㉕，曾分一为妾作殓。妾以孤弱无藏所，仅以丝线絷腰，而未将去，兄得之否？"叔向不知，乃使生反求诸圹，果得之，一如女言。叔向仍以线志者分赠慰娘。暇乃审其家世。

先是，女父薛寅侯无子，止生慰娘，甚锺爱之。一日，女自金陵舅氏归，将媪问渡。操舟者乃金陵媒也。适有宦者，任满赴都，遣觅美妾，凡历数家，无当意者，将为扁舟诣广陵㉖。忽遇女，隐生诡谋，急招附渡。媪素识之，遂与共济㉗。中途，投毒食中，女媪皆迷。推媪堕江；载女而返，以重金卖诸宦者。入门，嫡始知，怒甚。女又惘然，莫知为礼，遂挞楚而囚禁之。北渡三日，女方醒。婢言始末，女大泣。一夜，宿于沂，自经死，乃瘗诸乱冢中。女在墓，为群鬼所凌，李翁时呵护之㉘，女乃父事翁。翁曰："汝命合不死，当为择一快婿㉙。"前生既见而出，反谓女曰："此生品谊可托㉚。待汝三兄至，为汝主婚。"一日曰："汝可归候，汝三兄将来矣。"盖即发墓之日也。

女于丧次㉛，为叔向缅述之。叔向叹息良久，乃以慰娘为妹，俾从李姓。略买衣妆，遣归生，且曰："资斧无多，不能为妹子办妆。意将偕归，以慰母心，何如？"女亦欣然。于是夫妻从叔向，辇枢并发㉜。及归，母诘得其故，爱逾所生，馆诸别院㉝。丧次，女哀悼过于儿孙。母益怜之，不令东归，嘱诸子为之买宅。适有冯氏卖宅，直六百金。仓猝未能取盈，暂收契券，约日交兑。及期，冯早至；适女亦从别院入省母，突见之，绝似当年操舟人。冯见亦惊。女趋过之。两兄亦以母小恙，俱集母所。女问："厅前踟蹰者为谁㉞？"仲道曰："此必前日卖宅者也。"即起欲出。女止之，告以所疑，使诘难之。仲道诺而出，则冯已去，而巷南塾师薛先生在焉。因问："何来？"曰："昨夕冯某浼早登堂㉟，一署券保㊱。适途遇之，云偶有所忘，暂归便返，使仆坐以待之。"少间，生及叔向皆至，遂相攀谈。慰娘以冯故，潜来屏后窥客，细视之，则其父也。突出，持抱大哭。翁惊涕曰："吾儿何来！"众始知薛即寅侯也。仲道虽与街头常遇，初未悉其名字。至是共喜，为述前因，设酒相庆。因留信宿，自道行踪。盖失女后，妻以悲死，鳏居无依，故游学至此也㊲。生约买宅后，迎与同居。翁次日往探，冯则举家遁去，乃知杀媪卖女者，即其人也。冯初至平阳，贸易成家；比年赌博，日就消乏，故货居宅，卖女之资，亦濒尽矣。

慰娘得所，亦不甚仇之，但择日徙居，更不追其所往。李母馈遗不绝，一切日用皆供给之。生遂家于平阳，但归试甚苦㊳。幸于是科得举孝廉。慰娘富贵，每念媪为己死，思报其子。媪夫姓殷，一子名富，好博，贫无立锥。一日，博局争注㊴，殴杀人命，亡归平阳，远投慰娘。生遂留之门下。研诘所杀姓名，盖即操舟冯某也。骇叹久之，因为道破，乃知冯即杀母仇人也。益喜，遂役生家。薛寅侯就养于婿，婿为买妇，生子女各一焉。

【注释】

①聊城：今山东省聊城市。

②岁大祲（浸）：农业受灾；犹言大荒年。岁，一年的收成。祲，天灾。

③沂：沂州。治所在今山东省临沂。

④力疾：勉支病体。

⑤草草：简陋。

⑥瀹（越）：泡、煮。

⑦平阳族：平阳氏族。

⑧豚儿：谦称自己的儿子。

⑨主盟：指主婚。

⑩犬马齿：自称年龄的谦词。齿，年龄。

⑪要（腰）：要盟。谓逼其守信。

⑫季路之诺：此指丰生允婚的诺言。季路，即子路，孔子的弟子，鲁国人。为人诚信，一言人皆信之。

⑬质言：实言。

⑭旦旦：意为盟誓。

⑮捉臂：挽臂。

⑯觉：醒来。

⑰次且（兹居）：同"趑趄"，且前且却，犹豫不进。

⑱缌（思）服叔：犹言远房叔。缌服，丧服名，为五服（斩衰、齐衰、大功、小功、缌麻）中最轻的一种。服缌麻三月，用于疏远的亲属。缌，布。

⑲饵：服用药饵。

⑳令淮南：为淮南县令。淮南，今安徽省寿县。

㉑登第：指考中进士。

㉒粉黛：此指面色。

㉓清醮（叫）：旧时超度亡灵，请僧人道士诵经礼神的一种仪式。因举行这种仪式要清心素食，所以称为清醮。

㉔缞绖（催迭）：丧服名。用于父母丧。

㉕阿翁：犹阿父，指李翁。

㉖扁（片）舟：小舟、轻舟。广陵：郡名，今扬州市。

㉗共济：同舟共渡。

㉘呵（喝）护：呵禁护持。

㉙快婿：称心如意的女婿。

㉚品谊：指品德。

㉛丧次：居丧期间。

㉜辇柩：以车运送灵柩。

㉝馆：安排住房。

㉞踥（迭）蹀：此为小步于庭，徘徊等待的样子。

㉟浼（每）：拜托、请求。登堂：指赴李家。

㊱一署券保：谓署名于券，作为中保。

㊲游学：旧时指赴外地设馆授徒。

㊳归试：指回原籍聊城参加科举考试。明清科举制度，岁、科试及乡试，必须回原籍参加。

㊴博局争注：赌博时为赌注而争斗。

【译文】

　　丰玉桂，聊城市的书生。家境贫寒，没有谋生的事业。万历年间，大闹灾年，他便只身南逃。回来的时候，走到沂州就病倒了。支撑着病体，竭力走了几里，来到城南的乱葬岗子，越发疲惫不堪，就躺在坟丘的旁边。忽然好像梦幻似的，到达一个村庄，从门里出来一个老头儿，请他进去。院里只有两间房子，也盖得马马虎虎。屋里有一位少女，年约十六七岁，仪容秀丽，神态聪慧。老头儿叫她烧柏枝煮茶，盛在陶壶陶碗里敬献客人。接着就问丰玉桂的家乡住处和年岁。问完就自我介绍："我名叫李洪都，家住河南平阳府。流落到这里，现已三十三年了。你要记住这个门户，我家子孙如果来此察访我的下落，麻烦你向他指出这个地方，老夫不敢忘恩负义。她是我的干女儿薛慰娘，很漂亮，可以和你婚配。我三儿子到达这里的时候，就叫他给你们主婚。"丰玉桂很高兴，拱手一礼说："小生今年二十二岁，还没有婚配。你恩赐一位好眷属。固然很好；但到什么地方才能找到你老人家的家人，把这个门户告诉他呢？"老头儿说："你只需住在北村里，等待一个多月，自然会有来人，只求你不嫌麻烦就行了。"丰玉桂怕他言而无信，进一步相约说："实话告诉你老人家：我原本家徒四壁，恐怕日后不如你的想望，半道把我抛弃，那是人生难以忍受的。即使不结姻亲，也不敢不信守诺言，何妨说句真话呢？"老头儿笑着说："你想叫我宣誓吗？我知道你家很穷。这次订婚不是专门为你，而是慰娘孤

苦伶仃，无依无靠，托靠我已经很久了。任其漂泊无定，实在不忍心，所以才敬送给你，何必疑心呢！"说完就抓住他的胳膊，把他送出来，拱手作别，关门回去了。他一觉醒来，看见自己躺在墓旁，太阳已经快到中午了。他慢慢爬起来，犹犹豫豫地进了村子。村民看见他，都很惊讶，说他死在道旁快到一天了。他恍然大悟，老头儿原来是墓中之人。他隐而不露，不肯说出来，只求找个地方住下。村民怕他再死，谁也不敢收留。村里有个和他同姓的秀才，听到他的消息，跑去盘问他的家世，原来是他同宗的远房叔叔。叔叔很高兴，把他领到家里，给他吃好的，给他治病，过了几天就好了。把梦中的遭遇说给叔叔，叔叔也很惊异，于是就坐观其变。过了不久，果然有一官员来到村庄，寻访他父亲坟墓的地址。自己说是平阳府的进士，名叫李叔向。

在很早以前，他父亲李洪都，和同乡某甲出门做买卖，死在沂州，某甲将他埋在乱葬岗上。某甲回到家里，也死了。当时李洪都的三个儿子都很年幼。大儿子李伯仁，考中了进士，在淮南做县官。几次派人寻访他父亲的坟墓，始终没有知情人。二儿子李仲道，考中了举人。李叔向最小，也进士及第。于是就亲自出来寻找父亲的尸骨，来到沂州，到处寻访。他到达乱葬岗的这一天，村民都不认识哪个坟丘是他父亲的。丰玉桂把他领到一个坟丘，指出就是这个。李叔向不敢相信，他就讲了梦里的遭遇，叔向感到很奇怪。仔细看看，两座坟墓紧紧挨在一起。有人说，三年前有个当官的，把年轻的小妾葬在这里。李叔向害怕错挖了别人家的坟墓，丰玉桂就指出那天他躺倒的地方。李叔向命人抬来一口棺材，放在墓丘旁边，这才挖坟。挖开墓丘，却看见一具女尸，服装已经暗淡破败，漂亮的容颜却跟活人一样。叔向知道挖错了，吓得要死，不知怎么办才好。少女却突然坐起来，环顾四周说："三哥来了吗？"李叔向很惊讶，问她为何叫他三哥，她说她是薛慰娘。李叔向脱下外衣，给他遮盖身子，命人将她抬回旅店。急忙挖掘旁边的坟墓，希望父亲能够复活。挖出来一看，皮肤犹存，用手一摸，已经僵硬干燥，悲咽了很长时间。穿好葬衣，放进棺材里，作了七天道场；慰娘也披麻戴孝，如同亲生女儿。她忽然告诉李叔向："父亲从前有两锭黄金，曾经分给我一锭做嫁妆。我是单身无靠的弱女子，

没有地方储藏，只用丝线系在腰间，我没拿掉，哥哥拿到了吗？"李叔向不知这码事，就让丰玉桂返回墓穴去寻找，果然找到了，和慰娘说的一样。李叔向仍把用丝线系过的那一锭，送给慰娘。无事的时候，他就询问慰娘的家世。

多年以前，慰娘的父亲薛寅侯没有儿子，只生慰娘一个女儿，特别疼爱。一天，慰娘从南京的舅舅家里回来，让老女仆去雇船。驾船之人竟是南京一个保媒拉纤的家伙。当时恰巧有个当官的，在南京服满外任，要回京都，就派船家给他找个漂亮的小妾。船家给他找了好几家，没有满意的，船家想要驾驶一叶小舟，前往广陵。忽然遇上了薛慰娘，他就暗生诡计，当作捎脚，急忙招呼她们上船启航。老女仆从前认识他，就和他同舟共度。船到中途，在饭菜里下了毒药，慰娘和老女仆都昏迷了。他把老女仆推进江中，载着慰娘返回南京。高价卖给了那个当官的。慰娘进了门，大老婆才知道，勃然大怒。慰娘又丧魂落魄，不知按照礼节拜见大老婆，就被痛打一顿，然后囚禁起来。乘船北渡了三天，她才苏醒过来。丫鬟向她讲了始末缘由，她大哭一场。一天夜里。住在沂州，她悬梁自尽，被埋在乱葬岗上。她在坟墓里被群鬼欺凌，李洪都老头儿常常呵斥群鬼而保护她，她就把李洪都看作父亲。李洪都说："你命不该死，应该给你选择一个称心的女婿。"前几天，他把见到的丰玉桂送走以后。回来对她说："这位秀才品德好，情义重，可以托靠你的终身。等你三哥来到此地，给你主婚。"有一天，对她说："你回去等着吧，你三哥就要来了。"说这话就是挖掘坟墓那一天。

慰娘在服丧期间，把这些遭遇细细讲给了叔向。叔向叹息了很长时间，就把她当成妹妹。让她姓李。买了一点衣物，就送归丰玉桂。并说："带来的盘缠不多了。不能给妹妹置办嫁妆。希望和你们一同回家，以慰老母之心，怎么样？"慰娘欣然从命，夫妻二人就跟随李叔向，车马灵柩一起动身。到家以后，母亲问清慰娘的始末缘由，疼爱超过亲生女儿，让她夫妇住在另外一个院子里。在治丧期间，她悲痛哀悼，胜过儿孙。母亲更加怜爱她，不让她回归山东，嘱托三个儿子给他买房子。恰巧冯家卖房子，房价六百金。仓促之间拿不出那么多钱，暂时收下房契，约定一个日期交钱。到了约定那一天，姓冯的很早就来了，偏巧慰娘也从另一个院子里到此看望母亲。她冷眼看见姓冯的，很像当年那个驾船人。姓冯的看见她，也吃了一惊。慰娘急忙走过去了。因为母亲有点小病，两个哥哥也在母亲房子里。慰娘问道："前厅那个踱来踱去的人是谁？"李仲道说："我几乎忘了，想必是前天卖房子的那个人。"说完就站起来，要往外走。慰娘拉住他，把心里的怀疑告诉他，让他去审问。李仲道点头答应。离开母亲，到了前厅，姓冯的已经走了，只有小巷南头的私塾老师薛先生坐在前厅里。李仲道问他："先生有事吗？"先生说："昨晚儿冯某人请我今天早晨到贵府来，给签署房契做保人。刚才在街上见到他，他说忘了一件东西，回去一会儿就回来，让我坐在这里等着他。"隔不多时，丰玉桂和李叔向都来了，就攀谈起来。慰娘因为怀疑冯某人就是当年的驾船人，悄悄来到屏风后面偷看客人。仔细一看，薛老师竟然是她父亲。她突然从屏风后面跑出来，抱住父亲就痛哭起来。老头儿吃了一惊，流着眼泪问道："我儿从哪里来的？"大家这才知道薛老师就是薛寅侯。李仲道时常在街头和他相遇，始终不知他的名字。到此大家都很高兴，为了陈述过去的事情，摆酒庆贺。留下住了两夜，由他自己叙说这些年的行踪。

薛寅侯丢失女儿以后，妻子悲痛而死，他光棍儿一人，无依无靠，游学游到这里。丰玉桂和他约定，买到房子以后，把他接来同居。第二天，薛寅侯前去探访姓冯的，姓冯的已经全家逃走了，这才知道害死老仆妇、卖掉慰娘的，就是这个姓冯的。他当初来到平阳府，做买做卖，娶妻成家。年年赌博，财产日渐消失，生活困乏，所以才卖了住宅。当初的卖女钱，也快花光了。慰娘得到房子，也就不太仇恨他，只是选择吉日良辰，搬了过去。李家母亲不断给她送东西，日常需要的一切用品，全都供给他。丰玉桂于是就定居在平阳府，但是每年都要回到聊城去参加秀才考试，来往奔波很艰苦。幸好这年考中了举人，再不用奔波了。慰娘富贵了，时常想念已经去世的老女仆，想要报答她的儿子。老女仆的丈夫姓殷，有个儿子名叫殷富，好赌博，贫无立锥之地。在赌博场上争赌注，打死人命，逃到平阳府，到远方投奔慰娘，丰玉桂就把他留在门下。查问他打死那个人的姓名，原来就是驾船的冯某人。惊讶叹息了很久，就向他说破了当年的惨案，他才知道姓冯的就是杀母的仇人。殷富更加高兴了，就给丰家作了仆人。薛寅侯被姑爷赡养着，姑爷给他买了妻子，生了一个儿子和一个女儿。

田 子 成

【原文】

　　江宁田子成①，过洞庭，舟覆而没。子良耜，明季进士②，时在抱中。妻杜氏，闻讣，仰药而死。良耜受庶祖母抚养成立，筮仕湖北③。年馀，奉宪命营务湖南④。至洞庭，痛哭而返。自告才力不及，降县丞⑤，隶汉阳⑥，辞不就。院司强督促之⑦，乃就。辄放荡江湖间，不以官职自守。

　　一夕，舣舟江岸⑧，闻洞箫声，抑扬可听。乘月步去，约半里许，见旷野中茅屋数椽，荧荧灯火；近窗窥之，有三人对酌其中。上座一秀才，年三十许；下座一叟；侧座吹箫者，年最少。吹竟，叟击节赞佳。秀才面壁吟思⑨，若罔闻。叟曰："卢十兄必有佳作，请长吟，俾得共赏之。"秀才乃吟曰："满江风月冷凄凄，瘦草零花化作泥。千里云山飞不到，梦魂夜夜竹桥西。"吟声怆恻。叟笑曰："卢十兄故态作矣！"因酌以巨觥，曰："老夫不能属和⑩，请歌以侑酒⑪。"乃歌"兰陵美酒"之什⑫。歌已，一座解颐。少年起曰："我视月斜何度矣。"突出见客，拍手曰："窗外有人，我等狂态尽露也！"遂挽客人，共一举手。叟使与少年相对坐。试其杯皆冷酒，辞不饮。少年起，以苇炬燎壶而进之⑬。良耜亦命从者出钱行沽，叟固止之。因讯邦族，良耜具道生平。叟致敬曰："吾乡父母也⑭。少君姓江，此间土著⑮。"指少年曰："此江西杜野侯。"又指秀才："此卢十兄，与公同乡。"卢自见良耜，殊偃蹇不甚为礼⑯。良耜因问："家居何里？如此清才⑰，殊早不闻⑱。"答曰："流寓已久，亲族恒不相识，可叹人也！"言之哀楚。叟摇手乱之曰："好客相逢，不理觞政^⑲，聒絮如此，厌人听闻！"遂把杯自饮，曰："一令请共行之，不能者罚^⑳。每掷三色^㉑，以相逢为率^㉒，须一古典相合^㉓。"乃掷得幺二三^㉔，唱曰："三加幺二点相同^㉕，鸡黍三年约范公^㉖：朋友喜相逢。"次少年，掷得双二单四^㉗，曰："不读书人，但见俚典，勿以为笑。四加双二点相同，四人聚义古城中^㉘：兄弟喜相逢。"卢得双幺单二^㉙，曰："二加双幺点相同，吕向两手抱老翁^㉚：父子喜相逢。"良耜掷，复与卢同，曰："二加双幺点相同，茅容二篚款林宗^㉛：主客喜相逢。"令毕，良耜兴辞。卢始起，曰："故乡之谊，未遑倾吐，何别之遽？将有所问，愿少留也。"良耜复坐，问："何言？"曰："仆有老友某，没于洞庭，与君同族否？"良耜曰："是先君也^㉜，何以相识？"曰："少时相善。没日，惟仆见之，因收其骨，葬江边耳。"良耜出涕下拜，求指墓所。卢曰："明日来此，当指示之。要亦易辨，去此数武，但见坟上有丛芦十茎者是也。"良耜洒涕，与众拱别。

至舟，终夜不寝，念卢情词似皆有因。昧爽而往^㉝，则舍宇全无，益骇。因遵所指处寻墓，果得之。丛芦其上，数之，适符其数。恍然悟卢十兄之称，皆其寓言；所遇，乃其父之鬼也。细问土人，则二十年前，有高翁富而好善，溺水者皆拯其尸而埋之，故有数坟在焉。遂发冢负骨，弃官而返。归告祖母，质其状貌皆确。江西杜野侯，乃其表兄，年十九，溺于江；后其父流寓江西。又悟杜夫人殁后，葬竹桥之西，故诗中忆之也。但不知叟何人耳。

【注释】

① 江宁：府名，治所在今南京市。

② 明季：明朝末年。

③ 筮（shì）仕：古人将出仕，先卜吉凶，故称做官为"筮仕"。筮，以蓍草占卜。

④ 奉宪命：犹言奉上官命令。宪，上官。

⑤ 县丞：县令的副职。

⑥隶汉阳：隶属汉阳府。府治在今之武汉市汉阳。

⑦院司：院，指巡抚衙门；司，指布政使司，主管全省财赋和官员的调遣任免。

⑧舣（乙）舟：停舟。

⑨吟思：吟句苦思，谓构思作诗。

⑩属和（贺）：作诗相和。

⑪侑（右）酒：劝酒。

⑫"兰陵美酒"之什：指李白《客中作》诗："兰陵美酒郁金香，玉碗盛来琥珀光；但使主人能醉客，不知何处是他乡。"

⑬苇炬：芦苇束成之火把。

⑭父母：父母官。旧时对地方官的称呼，多指县令。

⑮土著：当地人。

⑯偃蹇：自高傲慢。

⑰清才：优异的才能。

⑱殊：竟。

⑲觞（伤）政：指属客饮酒之事。

⑳不能者：指不符酒令要求者。

㉑每掷三色：一次掷三颗色子。色，即"骰子"。

㉒以相逢为率（律）：指所掷三色点数，其一之数与另二和数相同，即所谓相逢。率，标准。

㉓须一古典相合：谓所掷点数相逢，应与一故事相合。

㉔幺（天）：一，色子点数为一。

㉕三加幺二点相同：一、二相加为三，与三点相同。

㉖鸡黍三年约范公：意为朋友约期相会。鸡黍，杀鸡为肴，煮黍为饭；指招待客人的饭菜。

㉗双二单四：两个二点，一个四点。

㉘聚义古城：《三国演义》第二十八回刘、关、张三兄弟古城相会的故事。古城，在今河南省确山县。

㉙双幺单二：两个一点，一个二点。

㉚吕向两手抱老翁：此指父子相逢。

㉛茅容二簋（鬼）款林宗：此指主客相逢。

㉜先君：称已死的父亲。

㉝昧爽：黎明。

【译文】

　　江宁地方有一个书生叫田子成，乘船过洞庭湖的时候，沉船而死去。儿子良耜，是明朝末年的进士，当时年龄还很小，还在怀抱里。妻子杜氏，听到丈夫死去的消息，就喝药死去了，以身殉夫。良耜在庶祖母的抚养下长大，后派到湖北地方去做官。他到任一年多以后，奉上司的命令到湖南去办理事务，到达洞庭湖边，想到遇难的父亲，痛哭一场就返回湖北。良耜向上级申报说自己才力不够，于是降为县丞，分派到汉阳县，他一再推辞不愿上任。经按察司强力督促他才勉强到任，然而他总是放浪于江湖，游山玩水，没有将官职放在心上。

　　有一天晚上，船在大江的岸边停靠，忽然远处传来洞箫的声音，抑扬顿挫非常悦耳，良耜就上了岸，乘着月色向箫声的方向走去。走了半里多的路程，看见旷野中有茅屋数间，窗中闪动荧荧灯火。田生靠近窗户向里面窥视，只见有三个人正在屋子里饮酒。上首坐着一位秀才，有三十多岁；下首坐着一老者；侧位坐着一位吹箫的人，年纪很小。少年吹奏完毕，老者拍手称赞，而那位秀才却面壁沉思，就像没有听到一样。老者说："卢十兄一定有佳作，请马上吟咏出来，好让大家一起欣赏。"于是秀才吟道："满江风月冷凄凄，瘦草零花化作泥。千里云山飞不到，梦魂夜夜竹桥西。"声调凄凉悲惨。老者笑着说："卢十兄，怎么你又和以前一样啦！"于是斟了一大杯酒，说："老夫不会作诗，不能奉和，让我唱个曲子来劝酒吧！"于是唱了一支《兰陵美酒》一类的曲子。

曲子唱完，大家都开颜而笑，气氛才不那么沉闷了。

少年站起身说："我出去看一看月亮已经斜到什么程度了，现在又是什么时辰？"走出屋子突然看见良耜，拍手笑着说："原来窗外有人，我们的狂态都叫你看到了！"于是挽着客人走进屋子里，大家一起站起拱手相迎。

老者请良耜与少年相对而坐，一起喝酒。良耜一试其杯都是冷酒，推辞不饮。少年站起来用苇火燎壶，把酒温热以后给他斟酒。良耜也命仆人拿钱去买酒，老者执意劝阻才罢了。接着，问起来客的家乡和姓氏，良耜都一一回答。老者怀着敬意说："原来是咱们的父母官啊！我姓江，世居本地。"指着少年介绍说："这位是江西的杜野侯！"又指着秀才说："这位是卢十兄，和您是同乡"自从卢十兄见到良耜，一直仰面皱眉很不客气。良耜很有礼貌地问："不知老先生家住在什么地方？品学这样纯洁高尚，为什么以前一直没有听人说过？"卢十兄回答说："流寓在外时间已经很长，家人族人都不认识了，真是让人可叹哪！"说得悲伤凄凉。老者立刻摇手制止他说："喜逢贵客，不痛痛快快地喝酒，唠唠叨叨的都让人听厌烦了！"

于是，老者端起酒杯自己先喝了一杯，说："大家一起来行个酒令，不行的罚酒。酒令是：每人掷三个骰子，以骰子的点数之一恰好为另外两个点数之和，还须说一个和点数相合的典故。"老者首先开始，掷得的是幺二三点，于是唱道："三加幺二点相同，鸡黍三年约范公，朋友喜相逢。"接着少年掷，掷得的是双二单四。他说："我没有读过书。只能说个比较粗俗的典故，请不要笑话。"接着唱道："四加双二点相同，四人聚义古城中，兄弟喜相逢。"接着是卢十兄。卢掷得双幺单二，他唱道："二加双幺点相同，吕向两手抱老翁，父子喜相逢。"最后是良耜掷，掷得的点数还是和卢相同，他唱道："二加双幺点相同，茅容二簋款林宗，主客喜相逢。"

酒令行完，良耜站起身辞别。卢十兄这时候才站起来说："同乡之道还未来得及推心置腹地谈一谈，为什么走得这么急呢？要向你打听一些事情，请再稍留一会儿。"良耜又重新坐下，问："不知有什么事情要问？"卢十兄说："我有一个老朋友名字叫田子成，死在洞庭，和你是不是同宗？"良耜说："那就是老父。不知道你们是怎么认识的？"卢十兄说："少年的时候是好朋友。他淹死的那一天，只有我见到了，因此把他的尸骨收了，在江边埋葬。"良耜听了以后，痛哭流涕，立刻下拜，请求指示坟墓埋葬的地点。卢十兄说："明天你来到这个地方，一定会指示给你。它的特征，也非常容易分辨。离开这里不几步，只要看到坟上有一丛芦苇，正好是十根者就是。"良耜流着泪水，和大家拱手告辞。

回到船上，良耜整夜也没有睡觉，回想起卢十兄的表情言谈，好像都有所指。天刚刚有点儿亮就来到昨天晚上的去处，一看房屋全都不见了，更加觉得惊骇。于是按照卢十兄的指点去寻找坟墓，确实找到了。一丛芦苇长在坟上，一数，根数正好相符。这才明白，原来卢十兄的称呼，皆是寓言。昨天晚上所碰到的，恰是自己父亲的鬼魂。细细向当地人询问，原来二十年前，当地有一位高翁富而好善，凡是溺水的人他都将尸体打捞上来加以埋葬，所以这个地方至今还留有数座坟墓。

于是，良耜把坟墓掘开，把父亲的尸骨拣出来，辞掉官职，背回家乡重新安葬。回到家里，向祖母报告了发现尸骨的经过，问到父亲的相貌，更加确凿无疑。江西杜野侯乃是良耜的表兄，十九岁的时候溺死于大江，后来他的父亲又流落到江西。良耜又想到母亲杜氏死后葬于竹桥的西边，所以在父亲的诗中有夜夜要想会到她的话。可不知道那位老者究竟是谁。

王　桂　庵

【原文】

王樨①，字桂庵，大名世家子。适南游，泊舟江岸。临舟有榜人女②，绣履其中，风姿韶绝。王窥既久，女若不觉。王朗吟"洛阳女儿对门居③"，故使女闻。

女似解其为己者，略举首一斜瞬之④，俯首绣如故。王神志益驰，以金一锭投之，堕女襟上。女拾弃之，金落岸边。王拾归，益怪之，又以金钏掷之⑤，堕足下；女操业不顾。无何，榜人自他归。王恐其见钏研诘，心急甚；女从容以双钩覆蔽之⑥。榜人解缆，径去。王心情丧惘，痴坐凝思。时王方丧偶，悔不即媒定之。乃询舟人，皆不识其何姓。返舟急追之，杳不知其所往。不得已，返舟而南。务毕⑦，北旋，又沿江细访，并无音耗。抵家，寝食皆萦念之。

聊斋志异

王桂庵

逾年，复南，买舟江际，若家焉。日日细数行舟，往来者帆樯皆熟，而曩舟殊杳⑧。居半年，资罄而归。行思坐想，不能少置。一夜，梦至江村，过数门，见一家柴扉南向，门内疏竹为篱，意是亭园，径入。有夜合一株⑨，红丝满树。隐念：诗中"门前一树马缨花⑩"，此其是矣。过数武，苇笆光洁。又入之，见北舍三楹，双扉阖焉。南有小舍，红蕉蔽窗⑪。探身一窥，则椸架当门⑫，胃画裙其上，知为女子闺闼，愕然却退；而内亦觉之，有奔出觇客者，粉黛微呈，则舟中人也。喜出望外，曰："亦有相逢之期乎！"方将狎就，女父适归，倏然惊觉，始知是梦。景物历历，如在目前。秘之，恐与人言，破此佳梦。

又年馀，再适镇江⑬。郡南有徐太仆⑭，与有世谊，招饮。信马而去，误入小村，道途景象，仿佛平生所历。一门内，马缨一树，梦境宛然。骇极，投鞭而入。种种物色，与梦无别。再入，则房舍一如其数。梦既验，不复疑虑，直趋南舍，舟中人果在其中。遥见王，惊起，以扉自幛，叱问："何处男子？"王逡巡间，犹疑是梦。女见步趋甚近，阒然扃户。王曰："卿不忆掷钏者耶？"备述相思之苦，且言梦征⑮。女隔窗审其家世，王具道之。女曰："既属宦裔，中馈必有佳人，焉用妾？"王曰："非以卿故，婚娶固已久矣。"女曰："果如所云，足知君心。妾此情难告父母，然亦方命而绝数家⑯。金钏犹在，料锺情者必有耗闻耳⑰。父母偶适外戚，行且至。君姑退，倩冰委禽，计无不遂；若望以非礼成耦，则用心左矣⑱。"王仓卒欲出。女遥呼王郎曰："妾芸娘，姓孟氏。父字江蓠。"王记而出。罢筵早返⑲，谒江蓠。江迎入，设坐篱下。王自道家阀⑳，即致来意，兼纳百金为聘。翁曰："息女已字矣。"王曰："讯之甚确，固待聘耳，何见绝之深？"翁曰："适间所说，不敢为诳。"王神情俱失，拱别而返。当夜辗转，无人可媒。向欲以情告太仆，恐娶榜人女为先生笑㉑；今情急，无可为媒，质明，诣太仆，实告之。太仆曰："此翁与有瓜葛，是祖母嫡孙，何不早言？"王始吐隐情。太仆疑曰："江蓠固贫，素不以操舟为业，得毋误乎？"乃遣子大郎诣孟，孟曰："仆虽空匮㉒，非卖婚者。曩公子以金自媒，谅仆必为利动，故不敢附为婚姻。既承先生命，必无错谬。但顽女颇恃娇爱，好门户辄便拗却㉓，不得不与商榷，免他日怨婚也。"遂起，少入而返，拱手一如尊命^㉔，约期乃别。大郎复命，王乃盛备禽妆，纳采于孟，假馆太仆之家，亲迎成礼。

居三日，辞岳北归。夜宿舟中，问芸娘曰："向于此处遇卿，固疑不类舟人子。当日泛舟何之？"答云："妾叔家江北，偶借扁舟一省视耳。妾家仅可自给，然觊来物颇不贵视之^㉕。笑君双瞳如豆^㉖，屡以金赀动人。初闻吟声，知为风雅士，又疑为儇薄子作荡妇挑之也^㉗。使父见金钏，君死无地矣。妾怜才心切否？"王笑曰："卿固黠甚，然亦堕吾术矣！"女问："何事？"王止而不言。又固诘之，乃曰："家门日近，此亦不能终秘。实告卿：我家中固有妻在，吴尚书女也。"芸娘不信，王故壮其词以实之^㉘。芸娘色变，默移时，遽起，奔出；王蹦履追之^㉙，则已投江中矣。王大呼，诸船惊闹，夜色昏濛，惟有满江星点而已。王悼痛终夜，沿江而下，以重价觅其骸骨，亦无见者。邑邑而归^㉚，忧痛交集。又恐翁来视女，无词可对。有姊丈官河南，遂命驾造之。

年馀始归。途中遇雨，休装民舍，见房廊清洁，有老妪弄儿厦间。儿见王入，即扑求抱，王怪之。又视儿秀婉可爱，揽置膝头。妪唤之，不去。少顷，雨霁，王举儿付妪，下堂趣装。儿啼曰："阿爹去矣^㉛！"妪耻之，呵之不止，强抱而去。王坐待治任，忽有丽者自屏后抱儿出，则芸娘也。方诧异间，芸娘骂曰："负心郎！遗此一块肉，焉置之？"王乃知为己子。酸来刺心，不暇问其往迹^㉜，先以前言之戏，矢日自白^㉝。芸娘始反怒为悲，相向涕零。先是，第主莫翁^㉞，六旬无子，携媪往朝南海^㉟。归途泊江际，芸娘随波下，适触翁舟。翁命从人拯出之，疗控终夜^㊱，始渐苏。翁媪视之，是好女子，甚喜，以为己女，携归。居数月，欲为择婿，女不可。逾十月，生一子，名曰寄生。王避雨其家，寄生方周岁也。王于是解装，入拜翁媪，遂为岳婿。居数日，始举家归。至，则孟翁坐待，已两月矣。翁初至，见仆辈情词恍惚^㊲，心颇疑怪；既见，始共欢慰。历述所遭，乃知其枝梧者有由也^㊳。

【注释】

①王樨：据青柯亭刻本，原作"王穉"。

②榜（棒）人：船家，船夫。

③朗吟：高声吟咏。

④斜瞬：斜视一眼。

⑤钏（串）：手镯。

⑥双钩：双脚。钩，谓女足纤弯。

⑦务毕：事务办完。

⑧曩舟：指从前所见女家之船。

⑨夜合：夜合花，别名马缨花。

⑩门前一树马缨花：吕湛恩注："《水仙神》诗：'钱塘江上是奴家，郎若闲时来吃茶。黄土筑墙茅盖屋，门前一树马缨花。'冯镇峦谓是虞集诗，但不见于《道园学古录》及《道园类稿》。"

⑪红蕉：开红花的美人蕉。

⑫椸（仪）架：衣架。

⑬镇江：明清时府名，府治在今江苏省镇江市。

⑭太仆：太仆寺卿，掌管皇帝舆马和马政的官员。

⑮梦征：梦兆。

⑯方命：违命，抗命。谓违命抗婚。

⑰耗闻：消息。

⑰左：差错。

⑱罢筵：指到徐家赴宴完毕。

⑳家阀：家世门第。

㉑先生：对年长有道者的尊称。

㉒空匮：空乏；贫穷。

㉓拗（傲）却：执拗拒绝。

㉔一如尊命：一切按您的吩咐办事；表示应许婚约。

㉕傥来物：意外偶得之财物。

㉖双瞳如豆：喻目光短浅，小觑他人。

㉗儇薄子：轻薄少年。作荡妇挑之：把我当作不庄重的妇女来挑引。

㉘壮其词：夸大其词。实：证实。

㉙躧（洗）履：靸拉着鞋。谓急遽，来不及穿好鞋。

㉚邑邑：同“悒悒”，忧闷不乐。

㉛阿爹：犹言“爸爸”。

㉜往迹：往日的经历，指芸娘投水后的遭遇。

㉝矢日：指着天日发誓。

㉞第主：宅主。此据山东省博物馆抄本，原作“地主”。

㉟南海：指浙江省定海县的普陀山。迷信传说，这里是观音菩萨修道的地方，因而信佛的人多到普陀山朝礼。

㊲疗控：指对溺水者的急救措施。控，覆身曲体，使之吐水。

㊳情词恍惚：神情异常，言辞含糊。

㊴枝梧：敷衍搪塞。

【译文】

王樨，字桂庵，是大名府官宦世家的子弟。有一次到南方游览，把船停靠在江边。邻船上有个船家女，正在绣鞋，风度姿态美极了。王桂庵偷看了很长时间，那女子好像没有发觉。王桂庵大声朗诵王维“洛阳女儿对门居”的诗句，故意让她听见。女子似乎明白了他是为自己而吟，便微微抬头斜瞟了他一眼，低着头仍然绣她的鞋。王桂庵越发心往神驰，便把一锭银子扔了过去，落在女子的衣襟上。女子随

手拾起扔了，掉在岸边。王桂庵把银子捡回来，心中更加感到奇怪，便又拿了一只金镯子扔过去，落在女子的脚下；女子仍然绣自己的鞋，看也不看一眼。

不一会，船家从别处回来了。王桂庵怕他见了金镯而追问，心中非常着急；女子却不慌不忙地用两只小脚把镯子盖上了。船家解开缆绳，开船而去。王桂庵若有所失，痴呆呆地坐在那里想心事。当时，王桂庵刚死了妻子，后悔没有立即托媒人定下这门亲事。他向江边的船户打听，都不知道那个船家的姓名。回到船上，急忙开船追赶，已无踪影，不知到哪里去了。不得已，只好掉转船头南下。事办完了，北返时又沿江细访，仍然没有消息。回家之后，他茶思饭想，就是在睡梦里，也念念不忘。

过了一年，王桂庵又去南方，雇船游在江上，如同住家一样。他天天详细察看来往船只，对往还船只的风帆和船桨都熟悉了，而从前那只船却杳无踪影。在船上住了半年，带来的盘费花光了，才又回家。他走着坐着都在想船上那少女，一刻也放不下。

一天夜里，他梦里来到了江边的一个村庄，经过了几户人家。见一朝南的柴门，门里有竹子编的篱笆，以为这是一处花园，便径直走了进去。见有夜合花一株，红丝般的花穗挂满了枝头。暗想：诗句中的"门前一树马缨花"，这大概就是了。往前走了几步，见到用芦苇编制的篱笆，非常光洁。再往里走，见有北房三间，两扇门都关着。南边有一小房，红色的蕉叶遮住了窗户。他探身偷看了一眼，见衣架迎门，绣花的裙子挂在上边，知道这是女子的闺房，便吃惊地往后退。但屋内的人已经发觉了，有人出来看来人是谁，面容微露。原来正是船上那个姑娘。王桂庵喜出望外，说："我们也有相逢的这一天啊！"刚要上前同她亲近，姑娘的父亲正巧回来了，忽然惊醒，才知道是在做梦。梦中的景物清清楚楚，如同在眼前一样。他对这个梦十分保密，怕说出去会破坏了这个好梦。

又过了一年多，王桂庵又去镇江。郡城的南边有一位徐太仆，因为两家祖辈有交往，便请王桂庵前去赴宴。他信马由缰地往前走去，误入一个小村庄，道路两旁的景象很熟悉，好像过去曾经来过。在一家门里，长着一棵马缨花，和梦里见到的

图文珍藏版

一模一样。他非常吃惊，便跳下马来，往里走去。只见种种景物，与梦中的环境毫无区别。再往里走，房屋的式样和间数也完全和梦中所见的一样。

梦已经应验了，他便不再疑虑，径直往南屋走去，船上的女子果然就在屋里。女子远远地看见了王桂庵，吃惊地站了起来，用门遮住了身体，大声喝问道："你是从何处来的男子？"王桂庵欲进又停，仍然怀疑这是在做梦。女子见他越来越近了，便砰的一声将房门闩上。王桂庵说："你不记得扔金镯子的人了吗？"便将相思之苦细说了一遍，又讲述了做梦的征兆。女子隔着窗户细问了王桂庵的家世，王桂庵详述了一遍。

女子说："你既然是官宦人家的后代，家中必有美貌的妻子，哪里还用得着我？"王桂庵说："要不是为了你，我早就娶妻了。"女子说："果真如你所说，足知你的一片诚心。可是，我的心情却很难告诉父母。然而我已经违背父母之命，拒绝了好几家求婚的。你的金镯还在，我想钟情的人一定会有消息的。父母偶然去亲戚家了，很快就要回来的。你可暂时回去，请媒人送聘礼来，估计没有不成的；如果想要非礼成亲，那就打错主意了。"王桂庵匆匆往外走时，女子远远地喊了一声"王郎"，说："我叫芸娘，姓孟。父亲名叫江蓠。"王桂庵记在了心中，到徐太仆家赴宴去了。酒席一散，便立刻返回，登门拜见孟江蓠。

孟江蓠将他迎了进去，在竹篱下摆好凳子。王桂庵自我介绍了家世，便说明来意，还拿出一百两银子做聘礼。孟老头说："我女儿已经许配给人家了。"王桂庵说："我打听得非常确实，你的女儿本来没有许人，为什么这样拒绝我？"孟老头说："刚才我说的是实话，不敢骗你。"王桂庵听了这话，垂头丧气，只好拱手告别而回。

当天夜里，他翻来覆去睡不着。没有人可以做媒。原来想把这件事告诉徐太仆，又怕因为娶船家之女而被先生耻笑。现在心情急切，找不到人做媒，天刚亮就去拜见徐太仆，将实情告诉了他。太仆说："这个老头和我有亲戚关系，是我祖母娘家的亲孙子，你为什么不早说？"王桂庵才把自己的顾虑说了出来。太仆疑惑地说："江蓠固然家贫，但素来不是以操舟为业，你该不会弄错了吧？"于是派自己的儿子大郎到孟家去。

孟江蓠说："我虽然穷，但并不是卖婚的。前天公子拿出一百两银子给自己做媒，以为我必然见利而动心，所以我不敢攀附他这门亲事。既然太仆老先生有话，必然是没有错的。可是，愚顽的女儿依仗父母娇惯，好人家来求婚她都没答应，不得不和她商量，免得日后埋怨这门婚事。"说罢，站起来到女儿房中去了，不多一会儿出来，向大郎拱拱手，答应了这门亲事。约定良辰吉日，大郎就告别了。大郎回家复命，王桂庵便准备了丰厚的聘礼，送到孟家；并借徐太仆家的房子为洞房，亲迎芸娘，办了喜事。

王桂庵夫妇在徐太仆家住了三天，便辞别岳父岳母北归。夜里住在船上，王桂庵问芸娘："从前在这里遇到了你，原来就怀疑你不是船家的女儿。那天划船到哪里去？"芸娘回答说："我叔叔家住在江北，偶然借了一只小船前去看望。我家的生活仅仅可以自给，然而，对意外得来的东西很看不到眼里。我笑你这一双眼睛小得像豆子，屡次拿钱来打动人心。起初听到你吟诗之声，觉得你是个风雅之士，可是又怀疑你是个轻薄子弟来做挑逗荡妇的把戏。如果让我父亲看见了这只金镯子，你就死无葬身之地了。我爱才之心，算是恳切的吧？"王桂庵笑着说："你固然很聪明，但也中了我的计了！"芸娘问："什么事？"王桂庵却停住不往下说。芸娘一再追问，王桂庵才说："家门一天比一天近了，这件事也不能始终保密。给你实说了吧：我家中原来就有妻子，是吴尚书的女儿。"

芸娘不相信，王桂庵就故意说得一本正经，证实自己说的话是真的。

芸娘立刻变了脸色，默默坐了片刻，突然站起身来往外跑；王桂庵趿拉着鞋追了出去，而芸娘已经跳到江中去了。王桂庵大声呼救，周围的船都被惊动了，可是夜色沉沉，满江之中唯有倒映的星光而已。王桂庵悲痛了一夜，沿江而下，以重价寻求芸娘的尸体，但没有看见她的。他心情郁闷，回到家里，忧虑悲痛交集在一起。又怕岳父来看女儿，无话可对。正好有个姐夫在河南做官，就到河南找姐夫去了。

王桂庵在河南住了一年多才回来，路上遇雨，就从车上卸下行李，在一家人家暂避。他见房子收拾得很清洁，有个老太太在门廊逗小孩玩。小孩见王桂庵进来，张着两臂要他抱，他感到很奇怪。再看这个小孩长得清秀可爱，便抱过来放在膝头上。老太太叫也叫不下来。

时间不长，雨过天晴，王桂庵抱起小孩交给老太太，走到院里去整理行装。小孩却哭着说："阿爹要走了！"老太太感到很不好意思，便呵斥孩子，孩子仍然不停地哭叫，就强抱着走了。王桂庵坐在廊下，等着仆人整装，忽然有个美貌的女人抱着孩子从屏风后面出来，原来正是芸娘。

正在惊异之间，芸娘骂道："负心郎！留下这一块肉，看你怎么处置？"王桂庵这才知道这个小孩是自己的儿子。一阵心酸，顾不上问芸娘以往的踪迹，首先把先前开玩笑的戏言剖白了一番，并对着太阳发誓。芸娘这才转怒为悲，两人相对哭了起来。

原来，这家主人莫老头六十岁了还没有儿女，带着老伴去普陀山朝拜观音菩萨。在回家的路上，停船江边，芸娘随波而下，正好触碰着莫老头的船。莫老头命从人把她捞上船来，控出肚里的水，抢救了一夜，芸娘才渐渐苏醒过来。老两口一看，见是个漂亮女子，很高兴，就认作自己的女儿，带回家中。

住了几个月，老两口想给她选个女婿，她不同意。过了十个月，芸娘便生了个儿子，取名叫寄生。王桂庵到莫家避雨时，寄生刚一周岁。于是，王桂庵又命从人卸了车，进去拜见莫老夫妇，认作翁婿。他们又住了几天，才全家北上回家。到了家里，原来孟老头在家中坐等，已经两个月了。孟老头刚到时，见奴仆们神情不自然，说话含糊其词，心中感到疑惑奇怪，见面之后，才都高兴了。王桂庵夫妇把过去的遭遇详细讲了一遍，孟老头才知道奴仆们的敷衍搪塞是有原因的。

寄　生

　　寄生，字王孙，郡中名士。父母以其襁褓认父，谓有夙惠①，锺爱之。长益秀美，八九岁能文，十四入郡庠。每自择偶。父桂庵有妹二娘，适郑秀才子侨，生女闺秀，慧艳绝伦。王孙见之，心切爱慕。积久，寝食俱废。父母大忧，苦研诘之，遂以实告。父遣冰于郑②；郑性方谨③，以中表为嫌，却之。王孙益病④，母计无所出，阴婉致二娘，但求闺秀一临存之⑤。郑闻，益怒，出恶声焉。父母既绝望，听之而已。

　　郡有大姓张氏，五女皆美；幼者名五可，尤冠诸姊，择婿未字。一日，上墓，途遇王孙，自舆中窥见，归以白母。母探知其意⑥，见媒媪于氏，微示之。媪遂诣王所。时王孙方病，讯知笑曰："此病老身能医之。"芸娘问故。媪述张氏意，极道五可之美。芸娘喜，使媪往候王孙。媪入，抚王孙而告之。王孙摇首曰："医不对症，奈何！"媪笑曰："但问医良否耳：其良也，召和而缓至⑦，可矣；执其人以求之，守死而待之，不亦痴乎？"王孙欷歔曰："但天下之医，无愈和者⑦。"媪曰："何见之不广也？"遂以五可之容颜发肤，神情态度，口写而手状之。王孙又摇首曰："媪休矣！此余愿所不及也。"反身向壁，不复听矣。媪见其志不移，遂去。一日，王孙沉痼中，忽一婢入曰："所思之人至矣！"喜极，跃然而起。急出舍，则丽人已在庭中。细认之，却非闺秀，着松花色细褶绣裙，双钩微露，神仙不啻也。拜问姓名，答曰："妾，五可也。君深于情者，而独锺闺秀，使人不平。"王孙谢曰："生平未见颜色，故目中止一闺秀。今知罪矣！"遂与要誓⑨。方握手殷殷，适母来抚摩，遽然而觉⑩，则一梦也。回思声容笑貌，宛在目中。阴念：五可果如所梦，何必求所难遭。因而以梦告母。母喜其念少夺，急欲媒之。王孙恐梦见不的[11]，托邻妪素识张氏者，伪以他故诣之，嘱其潜相五可[12]。妪至其家，五可方病，靠枕支颐，婀娜之态，倾绝一世。近问："何恙？"女默然弄带，不作一语。母代答曰："非病也。连日与爹娘负气耳[13]！"妪问故。曰："诸家问名[14]，皆不愿，必如王家寄生者方嫁。是为母者劝之急，遂作意不食数日矣。"妪笑曰："娘子若配王郎，真是

寄生

玉人成双也。渠若见五娘，恐又憔悴死矣！我归，即令倩冰，如何？"五可止之曰："姥勿尔！恐其不谐，益增笑耳！"妪锐然以必成自任，五可方微笑。妪归，复命，一如媒媪言。王孙详问衣履，亦与梦合，大悦。意虽稍舒，然终不以人言为信。过数日，渐瘥，秘招于媪来，谋以亲见五可。媪难之，姑应而去。久之，不至。方欲

觅问，媪忽忻然来曰："机幸可图⑮。五娘向有小恙，因令婢辈将扶⑯，移过对院。公子往伏伺之，五娘行缓涩⑰，委曲可以尽睹矣。"王孙喜，明日，命驾早往，媪先在焉。即令絷马村树，引入临路舍，设座掩扉而去。少间，五可果扶婢出。王孙自门隙目注之⑱。女从门外过，媪故指挥云树以迟纤步，王孙窥觇尽悉，意颤不能自持⑲。未几，媪至，曰："可以代闺秀否？"王孙申谢而返，始告父母，遣媒要盟。以妁往，则五可已别字矣。王孙失意，悔闷欲死，即刻复病。父母忧甚，责其自误。王孙无词，惟日饮米汁一合⑳。积数日，鸡骨支床㉑，较前尤甚。媪忽至，惊曰："何惫之甚？"王孙涕下，以情告。媪笑曰："痴公子！前日人趁汝来㉒，而故却之；今日汝求人，而能必遂耶？虽然，尚可为力。早与老身谋，即许京都皇子，能夺还也。"王孙大悦，求策。媪命函启伻约次日候于张所㉓。桂庵恐以唐突见拒。媪曰："前与张公业有成言，延数日而遽悔之；且彼字他家，尚无函信。谚云：'先炊者先餐。'何疑也！"桂庵从之。次日，二仆往，并无异词，厚犒而归㉔。王孙病顿起。由此闺秀之想遂绝。

初，郑子侨却聘㉕，闺秀颇不怿；及闻张氏婚成，心愈抑郁，遂病，日就支离。父母诘之，不肯言。婢窥其意，隐以告母。郑闻之，怒不医，以听其死。二娘恚曰："吾侄亦殊不恶，何守头巾戒㉖，杀吾娇女！"郑恚曰："若所生女，不如早亡，免贻笑柄！"以此夫妻反目。二娘与女言，将使仍归王孙，若为媵㉗。女俯首不言，意若甚愿。二娘商郑，郑更怒，一付二娘㉘，置女度外，不复预闻。二娘爱女切，欲实其言㉙。女乃喜，病渐瘥。窃探王孙，亲迎有日矣㉚。及期，以侄完婚，伪欲归宁，昧旦，使人求仆舆于兄。兄最友爱，又以居村邻近，遂以所备亲迎车马，先迎二娘。既至，则妆女入车㉛，使两仆两媪护送之。到门，以毡贴地而入㉜。时鼓乐已集，从仆叱令吹擂，一时人声沸聒。王孙奔视，则女子以红帕蒙首㉝，骇极，欲奔；郑仆夹扶，便令交拜。王孙不知何由，即便拜讫。二媪扶女，径坐青庐㉞，始知其闺秀也。举家皇乱，莫知所为。时渐濒暮，王孙不复敢行亲迎之礼。桂庵遣仆以情告张；张怒，遂欲断绝。五可不肯，曰："彼虽先至，未受雁采㉟；不如仍使亲迎。"父纳其言，以对来使。使归，桂庵终不敢从。相对筹思，喜怒俱无所施。

张待之既久，知其不行，遂亦以舆马送五可至，因另设青帐于别室。王孙周旋两间，蹀躞无以自处。母乃调停于中，使序行以齿，二女皆诺。及五可闻闺秀差长，称"姊"有难色。母甚虑之。比三朝公会㊱，五可见闺秀风致宜人，不觉右之㊲，自是始定。然父母恐其积久不相能㊳，而二女却无间言㊴，衣履易着，相爱如姊妹焉。王孙始问五可却媒之故。笑曰："无他，聊报君之却于媪耳。尚未见妾，意中止有闺秀；即见妾，亦略靳之㊵，以觇君之视妾，较闺秀何如也。使君为伊病，而不为妾病，则亦不必强求容矣。"王孙笑曰："报亦惨矣！然非于媪，何得一觊芳容㊶。"五可曰："是妾自欲见君，媪何能为。过舍门时，岂不知眈眈者在内耶㊷。梦中业相要，何尚未知信耶？"王孙惊问："何知？"曰："妾病中梦至君家，以为妄；后闻君亦梦，妾乃知魂魄真到此也。"王孙异之，遂述所梦，时日悉符。父子之良缘，皆以梦成㊸，亦奇情也。故并志之。

异史氏曰："父痴于情，子遂几为情死。所谓情种㊷，其王孙之谓欤？不有善梦之父，何生离魂之子哉㊺！"

【注释】

①凤惠：天生慧根。

②冰：冰人、媒人。

③方谨：方正拘谨。

④益病：据二十四卷本，原作"逾病"。

⑤临存：亲临探问。

⑥探知：此据青柯亭本，原作"沈知"。

⑦召和而缓至：意谓同是名医，请谁都一样。和、缓，春秋时秦之名医。

⑧愈：胜过。

⑨要（腰）誓：订盟。指订嫁娶之约。

⑩遽（渠）然：惊喜的样子。

⑪不的：不准确。

⑫潜相（乡）：暗地相看。

⑬负气：犹言赌气。

⑭问名：古代婚礼六礼之一。这里是求婚的意思。

⑮机幸可图：幸好有机会可以设法。

⑯将扶：扶持。

⑰缓涩：缓慢。

⑱隟隙（细）：门缝。隟，同"隙"。

⑲意颤：心跳，指心情激动。

⑳一合（葛）：量名，十合为升，一合约为一小碗。

㉑鸡骨支床：形容瘠瘦。

㉒趁：犹追随。

㉓伻（崩）约：遣人约定。伻，使者。

㉔犒（靠）：犒劳，赏赐。

㉕却聘：拒婚。

㉖头巾戒：迂腐儒生所遵守的清规戒律。头巾，封建时代读书人的冠巾，后用为迂腐儒生的代称。

㉗若为媵（应）：如同做妾。若，如。媵，媵妾。

㉘一付二娘：完全交给二娘；意谓自己不管。一，全。

㉙实：实践。

㉚亲迎：婚礼六礼之一，即新婿亲到女家迎娶新娘。

㉛妆女：指盛妆其女闺秀。

㉜以毡贴地而入：以红毡铺地，引新妇而入。

㉝红帕蒙首：旧时婚礼，新妇以红帕蒙头，行交拜礼。

㉞青庐：古时婚俗，以青布幔为屋，于此交拜迎妇，称"青庐"。

㉟未受雁采：指未有正式订婚手续。雁采，古代婚礼六礼之一，又称纳采。

图文珍藏版

㊱三朝公会：指婚后第三天相互会见。

㊲右之：尊重她。古代以右为尊。

㊳不相能：不相容。

㊴间言：非议之言。

㊵靳：吝惜。意谓审慎迟疑。

㊶觌：见，拜识。

㊷眈眈者：指寄生，谓其注目窥视。

㊸"父子之良缘"二句：谓王桂庵及其子寄生，都是在梦中结识所爱，终成婚配。

㊹情种：痴情种子；谓钟于男女情爱者。

㊺离魂：据山东省博物馆抄本，原作"离情"。

【译文】

　　有一个人名字叫王寄生，字王孙，是大名府的一个名士。小的时候，父母因为他在襁褓中就能认父，认为天资聪明，非常喜欢他。长大以后更加俊秀，八九岁就能做文章，十四岁就考进了府学。

　　王孙长大以后，就打算自己挑选配偶。他的父亲王桂庵有一个妹妹叫二娘，嫁给秀才郑子侨，生了个女儿名字叫闺秀，出落得既聪明又漂亮，真是举世无双。王孙看到她以后，心里非常爱慕。他思念的时间长了，竟然连饭都吃不下，觉也睡不着了，得了相思病。父母见他如此，非常忧愁，苦苦地再三追问，王孙才把实情讲了。他父亲王桂庵请来媒人到郑家去提亲。郑秀才为人非常古板谨慎，以为表亲不应该结婚，就没有同意这桩亲事。王孙听到这个消息以后，病就更加重了。

　　母亲芸娘想不出什么好办法，就偷偷地托人委婉地和二娘商议，只希望闺秀到舅家来一次，安慰一下王孙。郑秀才听了以后，更加生气，就将来人骂了出来。王孙的父母觉得希望已经没有了，也只好顺其自然了。

当地有一个姓张的豪门贵族，家里有五个女儿都非常美丽，年龄最小的名字叫五可，聪明美丽在姐妹当中更是数第一，正在择婿还没有许配。有一天，五可在上坟的路上遇到了王孙。她从车里看见这个美少年，回到家里就对母亲说了。母亲沈氏知道女儿的心事，就去见媒婆于氏，示意她去给提亲。于氏来到王家，王孙正在生病。她了解了王孙的病情以后，就笑着说："这个病情老身能够治疗。"芸娘问是怎么回事，于氏就讲了张家托她来提亲的事情，并且将五可美丽的相貌大力地描述了一番。芸娘非常高兴，就让她去见王孙。

于氏来到王孙的屋子，一边抚慰他一边告诉自己的来意。王孙摇着头说："可惜医不对症，怎么办啊！"于氏笑着说："治病，主要问是不是良医。假如都是良医，即使召请医和而医缓来到，也是一样。假如固执地只求一个人，甚至死死地一直守到老，那不是傻子吗？"王孙难过得抽抽搭搭地说："只是天下的医生，还没有能够超过医和的人。"于氏说："你的见识为什么这么短浅啊？"于是就把五可的容貌皮肤、神情态度，一边口述一边用手比画详细加以描述。王孙又摇摇头说："老婆婆不用讲了，这不是我所思念的人啊！"翻转身去面向墙壁，再也不听了。于氏见王孙的志向无法改变，也就告辞离开了。

有一天，王孙正在病中，忽然有一个婢女走进来说："你所思念的人已经来啦！"王孙非常高兴，一下就从床上跃起来，立刻跑出屋子，这时候美人已经来到庭院里。王孙细细地辨认，并不是闺秀，只见她身穿松花色细褶绣裙，一双小脚微微露出，简直不亚于神仙。拜问姓名，她回答说："我就是五可。你是一个非常注重感情的人，但是只钟情于闺秀，让人心中不平衡。"王孙立刻谢罪说："从来也没有见识过你的容貌，所以眼里只有一个闺秀。现在我是知罪了！"于是就和她明了誓。刚刚亲热地把她的手握住，正好母亲来抚摩他的头，就突然间醒了过来，原来竟是一场梦。

他回忆起梦里那个女子的音容笑貌，就好像仍然在眼前一样。自己心里偷偷地想：如果五可真的像梦里的那样，为什么追求难于求到的呢？因而就把自己的梦对母亲说了。母亲看到他想念闺秀的念头已经转移，心里非常高兴，就急于给他去提亲。王孙只怕梦见的不是真实，又托邻居平时和张家相识的老婆婆，装作有事到张家去，暗地偷看一下五可。

老婆婆来到张家，五可正在生病。只见她靠在枕头上，手托香腮，真是婀娜之态，一代佳人。老婆婆走到五可的身边，问她是得了什么病。她默默地用手抚弄衣带，不吭一声。母亲沈氏代她回答说："不是有病。连日来和爹妈赌气呢！"老婆婆问这是为什么。沈氏说："很多人家前来提亲，她都没有同意，一定要像王家寄生那样的人她才同意。因为我这当妈的劝得急，就赌气好几天也没有吃饭啦！"老婆婆笑着说："如果姑娘配王郎，那真是玉人成双啊！如果他见到五姑娘，只怕也会得相思病，又要憔悴而死啊！我回去以后，就让他托媒人来，怎么样啊？"五可立刻阻止她说："姥姥，可千万不要这样办！如果人家不同意，更该增加笑话了！"老婆婆痛快地表示这件事情包在老身的身上了，五可才露出了笑容。

老婆婆回到家中，就来见寄生，讲得和媒婆曾经介绍的一模一样。王孙详细询问了五可的衣着，也和梦里所见的完全相同，非常高兴，虽然心情稍有舒展，然而对别人的话终究不敢完全相信。几天以后，病慢慢地痊愈，又悄悄把老婆婆请来，和她商议怎么能够亲眼见一见五可。老婆婆觉得这件事情不太好办，暂时答应下来就告辞离开了，但是过了好几天，也没有来。王孙刚想找她催问，忽然老婆婆高高兴兴地来到，对王孙说："幸好有了机会。五姑娘一向有点小病，天天都要让婢女扶着，走到对院去散步。你如果藏在路边等候她，五姑娘走路非常慢，上上下下你都能够看得清清楚楚。"王孙非常高兴，第二天骑上马一大早就到一个临街的院落，设好座位掩好门等着。不大一会儿，五可真的扶着婢女走出来。王孙就从门缝里看她。姑娘从门外走过，老婆婆特意指云指树和她谈话，好让她走得更慢，王孙从头到脚都看到了，高兴得心里直颤，简直都控制不住自己的感情。不大一会儿，老婆婆来到，问他："可以代替闺秀吗？"王孙再三致谢，然后就回家了。

王孙回到家里，才把相看这事告诉父母，让媒人前去定亲。但是等媒人去的时候，偏偏五可已经刚刚和别人订婚了。王孙大失所望，悔恨烦闷得要死，马上又病了。父母非常担心，责备他自己误了事。王孙无言以对，只能一天喝一小碗米汤。

没有几天，瘦骨嶙峋，在床上躺着，病比过去更加严重了。

有一天，忽然老婆婆来了，吃惊地说："病得怎么这么严重啊！"王孙泪流满面，把想念五可的事情对老人说了。老婆婆笑着说："痴情的公子！前几天人家来追求你，但是你却回绝了人家；现在你去追求人家，难道人家就一定会同意吗？虽然这样，还可以给你想办法。如果早一点儿和老身商议，就算是许给京都的王子，也能够帮你夺回来！"王孙非常高兴，就请她给想个主意。

老婆婆让他写好书信庚帖，让人送去，并约好于第二天在张家等候。王桂庵担心张家会感到唐突而加以回绝。老婆婆说："前几天我们和张公业已有成约在先，延迟了几天是他们忽然反悔的，更何况他把姑娘许给别人家，还没有书信庚帖。谚语说：'先炊者先餐。'你还有什么可以忧虑的呢？"王桂庵同意了她的意见。第二天，王家派遣两个仆人前往，张家并没有不同意，并且厚厚的赏赐了仆人。张家接受了聘礼，王孙的病立刻就好了。从此以后应当再也不想闺秀了。

开始，郑子侨拒绝了王家的聘礼，闺秀就非常不高兴；然后听到王孙和张家的婚姻已经订成，心里更加忧愁，于是也病倒了，精神恍惚，一天比一天沉重。父母问她，她也不愿意说。婢女看出了她的心思，就偷偷地告诉了主人。

郑子侨听到非常生气，不允许给她医治，恨不得让她病死。二娘埋怨说："我的侄子品德也很不错，你为什么死守着迂腐的旧习气，活活地把我的女儿害了呢！"郑子侨咬牙切齿地说："你生的这个'好'女儿，还不如早一点死去算了，省得给我丢人现眼！"从此夫妻两人闹翻了脸。二娘和女儿说，打算让她依旧嫁给王孙，但是只能做二房了。姑娘低着头没有说话，好像是非常愿意的样子。二娘又和郑子侨去商议，郑子侨更加生气，一切交付二娘，就当作女儿已经死了，不再过问这件事情。二娘爱女心切，就打算按自己答应下来的去办，闺秀才高兴了，病也慢慢地好了。

二娘偷偷地探听王孙迎娶的日期已经定好。到了这一天，以侄儿完婚自己要回娘家贺喜为理由，天刚刚亮，就吩咐家里人到哥哥家去借车马。王桂庵对妹妹最为友爱，又因为两个村子离得比较近，于是就派已经备好的迎亲的车马先迎接二娘，然后再去迎亲。车马来到，二娘就把女儿装饰好送到车上，并且吩咐自己家的两名男仆和两名女仆护送。

"迎亲车马"到门，红毡铺地，"新人"一直走进大堂。这时候，鼓乐已经齐备，跟车来的仆人就命令擂鼓奏乐，一时鼓乐齐响，人声鼎沸。王孙奔跑出来看，只见新人以红巾蒙头已经来到，觉得非常奇怪。郑家的两个仆人走上前去，把王孙夹扶着，就让他和新人交拜。王孙不知道这是怎么回事，也就拜了天地。两个女仆扶着姑娘，径直走进洞房，才知道原来"新人"竟然是闺秀。一时全家上下慌乱，不知道该怎么办才好。时辰慢慢地都接近傍晚了，王孙也不敢再到张家去行"迎亲之礼"。

王桂庵没有办法，只好吩咐仆人把这个意外的情况通知张家。张家听后非常气愤，就要断绝这桩亲事，但是五可本人没有同意。她说："虽然她先到，但是没有经过王家。事情已经到了这个地步，不如仍然让他来迎亲。"父亲听从了她的意见，并告诉了来人。

仆人归来，禀报了主人，王桂庵一直不敢按着这个意见去办。全家在一起反复商量，一个个都弄得哭笑不得。张家等待很长时间，知道不来迎娶，于是也用车马把五可送到了王家。五可来到，只好在别的屋子另设洞房。王孙在两位新人之间来回徘徊，不知道该怎么办才好。

王孙没有什么办法可想，于是婆母在当中进行调停，让她们按年龄排列长次，两人都同意了。五可听说闺秀的年龄稍大一点儿，称她为"姐"不免面有苦色。婆母为了这件事情甚为忧虑。直到三朝那天在公婆面前相见，五可见闺秀容貌美丽，举止文雅，不觉对她产生了尊敬之情，从此名分才定了下来。

公婆害怕日子长了两人不能相处融洽，但是两个媳妇之间却从来也没有闹过矛盾，衣服鞋子常常换着穿，不分彼此，相亲相爱就像亲姊妹一样。

有一天，王孙和五可闲谈的时候，才问她开始为什么回绝了媒人。五可笑着说："不为别的，只不过是想对你回绝老婆婆提亲一事来个报复。还没有见到我的时候，你的心里只有一个闺秀，既然见到了我，我也要稍微给你来点颜色看，好来察看你对待我的态度和对待闺秀比较怎么样。如果你为了她病倒而没有为了我病倒，那也不必强求了。"王孙笑着说："这个报复也够惨重的了！然而要不是于老婆婆，我又怎么能见到你的芳容呢？"五可说："是我自己想见你，单凭老婆婆她怎么办得到呢！我走过那家门前的时候，难道不知道有个贼眼盯着我的人藏在里面吗？本来梦里都互相约定了，为什么还不相信呢？"王孙惊奇地问："你怎么会知道的呢！"五可说："我在病中梦见来到你的家里，以为是一件荒谬的事情。后来听说你也梦见我，才知道我的魂魄真的到过你家。"

　　王孙觉得非常奇怪，于是讲述了自己的梦境，日期时辰竟然完全相符。他们夫妻的良缘，都是因梦而成，也真是奇妙的爱情啊！

聊斋志异

图文珍藏版

周　生

【原文】

　　周生，淄邑之幕客①。令公出②，夫人徐，有朝碧霞元君之愿③，以道远故，将遣仆赍仪代往④。使周为祝文⑤。周作骈词⑥，历叙平生，颇涉狎谑⑦。中有云："栽殷阳满县之花⑧，偏怜断袖⑨；置夹谷弥山之草，惟爱馀桃⑩。"此诉夫人所愤也，类此甚多。脱稿，示同幕凌生。凌以为亵⑪，戒勿用。弗听，付仆而去。未几，周生卒于署；既而仆亦死；徐夫人产后，亦病卒。人犹未之异也。周生子自都来迎父榇⑫，夜与凌生同宿。梦父戒之曰："文字不可不慎也！我不听凌君言，遂以亵词，致干神怒，遽夭天年；又贻累徐夫人，且殃及焚文之仆⑬：恐冥罚尤不免也！"醒而告凌，凌亦梦同，因述其文。周子为之怆然⑭。

　　异史氏曰："恣情纵笔，辄洒洒自快，此文客之常也。然淫嫚之词⑮，何敢以告神明哉！狂生无知，冥谴其所应尔。但使贤夫人及千里之仆，骈死而不知其罪⑯，不亦与刑律中分首从者，殊多愤愤耶[17]？冤已！"

周生

【注释】

①淄邑：淄川县。幕客：又称"幕僚""幕宾""幕友"。应主管官员之聘，办理文书、刑名、钱谷等事务的人员。

②令公出：县令因公外出。

③碧霞元君：道教所尊奉的神，传说为东岳大帝之女，宋真宗封为天仙玉女

碧霞元君。泰山有碧霞元君祠。

④赍（鸡）仪：赍捧祭祀之礼品。

⑤祝文：祭神的祷辞。

⑥骈词：骈文，一种讲求对偶和韵律的文体。多用四、六字句，故又称四六文。

⑦狎谑：轻侮嬉戏。

⑧般阳：旧路名，元代设般阳路，治所在今淄川。这里代指淄川。

⑨断袖：断袖之欢的省词。后因称宠爱男色为断袖或断袖之欢。

⑩馀桃：《韩非子·说难》记载：弥子瑕为卫君所宠爱，食桃而甘，以其半留给卫君。后色衰失宠，得罪于卫君。卫君说："是……尝啖我以馀桃。"以上四句为指责县令宠爱男色，不好女色。内容狎亵，实则为对女神碧霞元君的侮弄。

⑪亵（谢）：狎亵。

⑫椟（衬）：棺木。

⑬焚文之仆：焚烧祝文的仆人，即"赍仪代往"之仆。

⑭惕然：惊惧的样子。

⑮淫嫚（慢）：秽亵戏谑。

⑯骈死：一齐死去。骈，并列。

⑰"不亦于刑律中"二句：意谓这与按律治罪竟分不清首恶从犯是一样的。殊，竟。愦愦，糊涂。首从，指首恶和从恶。

【译文】

周生是淄川县官署里的一个幕客。知县因公事外出，知县的夫人徐氏，曾经许下到泰山碧霞元君祠进香的心愿，由于路途遥远，打算吩咐一名仆人携带香烛祭品，代她前去还愿。为此，她就请周生替她写一篇祝文。于是周生卖弄文采，写了一篇四六对偶的骈体文章，叙述了徐氏平时经历的每件往事，有许多都涉及狎昵戏谑的言辞。脱稿以后，就送给一同在县署里做幕友的凌生看。凌生认为祝文写得很不庄重，告诫他不要用。可是，周生不听劝告，把祝文交付给仆人，就走出了县署。

过了不几天，周生死在县署。然后，进香的仆人也死去了，徐夫人生完孩子后，也病死了。这时候，人们还没有觉得事情的蹊跷。周生的儿子从京都来到淄川，来取父亲的棺木，当天晚上就在凌生的房子里居住。他梦见父亲来告诫他说："写文章不能不小心啊！我不听凌君的话，在祝文里用了许多不尊敬的言辞，触犯了神灵，招致天神发怒，折损了阳寿，短命早死；又牵累了徐夫人，还使焚烧祝文的仆人也跟着遭了殃；恐怕冥司的惩罚连你也不免啊！"

周生之子惊醒以后就把梦里的事情讲给凌生听。凌生也做了一个相同的梦，因而就把周生所写的文章对周子进行了详细介绍。周生之子从这件事情也得到了廊有的教训。

褚 遂 良

【原文】

长山赵某，税屋大姓①。病症结②，又孤贫，奄然就毙。一日，力疾就凉，移卧檐下。及醒，见绝代丽人坐其傍。因诘问之，女曰："我特来为汝作妇。"某惊曰："无论贫人不敢有妄想；且奄奄一息，有妇何为！"女曰："我能治之。"某曰："我病非仓猝可除；纵有良方，其如无资买药何！"女曰："我医疾不用药也。"遂以手按赵腹，力摩之。觉其掌热如火。移时，腹中痞块，隐隐作解坼声③。又少时，欲登厕。急起，走数武，解衣大下，胶液流离，结块尽出，觉通体爽快。返卧故处，谓女曰："娘子何人？祈告姓氏，以便尸祝④。"答云："我狐仙也。君乃唐朝褚遂良⑤，曾有恩于姜家，每铭心欲一图报。日相寻觅，今始得见，夙愿可酬矣。"某自惭形秽，又虑茅屋灶煤，玷染华裳。女但请行。赵乃导入家，土莝无席⑥，灶冷无烟，曰："无论光景如此，不堪相辱；即卿能甘之，请视瓮底空空，又何以养妻子?"女但言："无虑。"言次⑦，一回头，见榻上毡席衾褥已设；方将致诘，又转瞬，见满室皆银光纸裱贴如镜，诸物已悉变易，几案精洁，肴酒并陈矣。遂相欢

贫病相连剧可衷
莲舞子降瑶瑶忠臣
一代芳名播耤垂楷
膺甄福来

储遂良

褚遂良

中华传世藏书

聊斋志异

图文珍藏版

饮。日暮，与同狎寝，如夫妇。主人闻其异，请一见之。女即出见，无难色。由此四方传播，造门者甚夥。女并不拒绝。或设筵招之，女必与夫俱。一日，座中一孝廉，阴萌淫念。女已知之，忽加诮让。即以手推其首；首过棂外，而身犹在室，出入转侧，皆所不能。因共哀免，方曳出之。积年馀，造请者日益烦⑧，女颇厌之。被拒者辄骂赵。值端阳⑨，饮酒高会，忽一白兔跃入。女起曰："春药翁来见召矣⑩！"谓兔曰："请先行。"兔趋出，径去。女命赵取梯。赵于舍后负长梯来，高数丈。庭有大树一章，便倚其上；梯更高于树杪。女先登，赵亦随之。女回首曰："亲宾有愿从者，当即移步。"众相视不敢登。惟主人一僮，踊跃从其后。上上益高，梯尽云接，不可见矣。共视其梯，则多年破扉⑪，去其白板耳。群入其室，灰壁败灶依然，他无一物。犹意僮返可问，竟终杳已。

【注释】

①税屋大姓：租赁大姓的房屋而居。

②症（争）结：腹中痞块之病。

③解坼声：裂解的声音。坼，据青柯亭刻本，原作"拆"。

④尸祝：谓设位祝祷。尸，古代祭祀时，设生人象征鬼神，称之为"尸"。后人逐渐改用画像、牌位。

⑤褚遂良：唐初大臣、书法家。

⑥土莝（错）：土炕铺着碎草。土，土炕。莝，切碎的杂草。此据青柯亭本，原作"土茎"。

⑦言次：说话之间。

⑧造请者：登门请见的人。

⑨端阳：节令名，农历五月初五。

⑩春药翁：指月中玉兔。春药，用杵臼捣药。

⑪扉：门扇。

【译文】

山东长山县赵某，租了大户人家的房子居住。腹中生了一个块，孤身一人，生活贫困，病得奄奄一息，眼看就要死了。

一天，他竭力支撑着病体，移到屋檐下躺着乘凉。醒来后，见一个绝色佳人坐在身边，就问她。那女子说："我特地来做你的妻子。"赵某吃惊地说道："且不说贫贱之人不敢有妄想，更何况我已经只剩一口气了，还要老婆干什么！"女子说："我能治你的病。"赵某说："我的病不是一下子就能治好的；即便有好的药方，没钱买药也是枉然。"女子说道："我治病是不用药的。"就用手放在他肚子上，用力按摩。赵某只觉得那手掌热得像火。过了一段时间，腹中痞块隐隐发出松散化解的声音。又过了一会儿，赵某想上厕所，于是急忙起身，紧走几步，解下裤子，泻出大量橡胶似的黏液，淋淋漓漓，那结块全部排泄出来了。赵某觉得浑身轻松，爽快无比。

回到屋檐下原来躺的地方，对女子说："娘子是什么人？求你告诉我姓名，以便他日立牌位祭祀。"女子答道："我是狐仙。你是唐朝宰相褚遂良，曾有恩于我家，我一直铭记在心，希图报答。每天寻找你，今天才得见到，我的夙愿可以实现了。"赵某自惭形秽，又顾虑草屋里的锅灶煤炉弄脏她漂亮的衣裳。那女子只是请他一起进屋，赵某就领她进去。只见床上铺的是铡碎的乱草，没有席子；炉灶冷冷的不冒炊烟。赵某说道："且不说这般光景，不能辱没你，即使你不以为苦，请看米缸底空空的，又怎能养活妻子呢！"女子只说："别发愁。"说话间，赵某一回头，只见床上毡席被褥已经铺设好了，正要问时，又一转眼，只见满室银光纸裱糊得像镜子也似，所有东西都变换一新，几案精美光洁，酒菜也一起摆好了。于是两个人欢饮起来。天黑以后，同床亲昵，像夫妻一般。

房东听到这桩奇事，要求见一见那女子。女子就出来相见，丝毫没有为难的样子。从此，四面八方传播开去，上门访问的人很多，那女子并不拒绝。有人设宴邀请，女子总是和丈夫一同赴宴。一天，座中有个举人暗暗萌发了邪念，女子已经知道，马上加以谴责。当下用手把他的头推了一下，头出了窗格之外，身子还在屋里，进不能进，出不能出，连转身也动弹不得。在座的人共同哀求宽宥，女子才把举人拉了出来。前后一年多时间里，前来造访请宴的人越来越多，女子颇觉厌烦。那些遭到拒绝的人，往往痛骂赵某。

一天正值端午节，赵某设宴欢饮，高朋满座。忽然一只白兔跳了进来。那女子起身说道："那位捣药的老人派白兔来召我回去了！"她对白兔说："请你先走一步。"白兔快步跑出屋子，径自去了。女子叫赵某拿梯子来，赵某从屋后扛来一架长梯，有好几丈高。庭院中有一棵大树，就把梯子靠在树上，梯子高过树梢。女子先登上梯子，赵某也跟着她上去。那女子回过头来说："亲朋宾客中有愿意跟随的，就请移步上梯。"众人面面相觑，不敢攀登。只有房东家的一个小童欢跃着跟在他们后面，爬了上去。只见他们愈登愈高，梯子的尽头上接云端，不能看见了。众人看那梯子，原来是一扇用了多年的破门去掉了门板罢了。大家走进屋子，灰墙破灶还像以前一样，此外再没有一件东西了。

大家还以为等那小童回来可以问个明白，竟终于音讯杳然。

刘　　全

【原文】

　　邹平牛医侯某[①]，荷饭饷耕者[②]。至野，有风旋其前，侯即以杓掬浆祝奠之[③]。尽数杓，风始去。一日，适城隍庙，闲步廊下，见内塑刘全献瓜像[④]，被鸟雀遗粪，糊蔽目睛。侯曰："刘大哥何遂受此玷污！"因以爪甲为除去之。后数年，病卧，被二皂摄去[⑤]。至官衙前，逼索财贿甚苦。侯方无所为计，忽自内一绿衣人出，见之讶曰："侯翁何来?"侯便告诉。绿衣人责二皂曰:"此汝侯大爷,何得无礼!"二皂喏喏,逊谢不知。俄闻鼓声如雷。绿衣人曰:"早衙矣⑥。"遂与俱入,令立墀下,曰:"姑立此,我为汝问之。"遂上堂点手⑦,招一吏人下,略道数语。吏人见

刘全

侯,拱手曰:"侯大哥来耶? 汝亦无甚大事,有一马相讼,一质便可复返⑧。"遂别而去。少间,堂上呼侯名。侯上跪,一马亦跪。官问侯:"马言被汝药死,有诸?"侯曰:"彼得瘟症,某以瘟方治之。既药不瘳⑨,隔日而死,与某何涉?"马作人

言，两相苦⑩。官命稽籍，籍注马寿若干，应死于某年月日，数确符。因呵曰："此汝大数已尽⑪，何得妄控!"叱之而去。因谓侯曰："汝存心方便，可以不死。"仍命二皂送回。前二人亦与俱出，又嘱途中善相视。侯曰："今日虽蒙覆庇⑫，生平实未识荆⑬。乞示姓字，以图衔报⑭。"绿衣人曰："三年前，仆从泰山来，焦渴欲死。经君村外，蒙以杓浆见饮，至今不忘。"吏人曰："某即刘全。曩被雀粪之污，闷不可耐，君手为涤除，是以耿耿⑮。奈冥间酒馔，不可以奉宾客，请即别矣。"侯始悟，乃归。既至家，款留二皂。皂并不敢饮其杯水。侯苏，盖死已逾两日矣。从此益修善。每逢节序，必以浆酒酬刘全。年八旬，尚强健，能超乘驰走⑯。一日，途间见刘全骑马来，若将远行。拱手道温凉毕，刘曰："君数已尽，勾牒出矣。勾役欲相招，我禁使弗须⑰。君可归治后事，三日后，我来同君行。地下代买小缺⑱，亦无苦也。"遂去。侯归告妻子，招别戚友，棺衾俱备。第四日日暮，对众曰："刘大哥来矣。"入棺遂殁。

【注释】

①邹平：今山东省邹平县。

②饷：供食。

③掬浆：舀汤水。

④刘全献瓜：刘全，均州人，曾代替唐太宗李世民赴阴曹进奉瓜果。

⑤皂：皂隶。

⑥早衙：早上官员升堂审理案件。

⑦点手：招手。

⑧质：质讯。

⑨瘳（抽）：治愈。

⑩两相苦：两相诘难。苦，责难对方，使之困辱。

⑪大数：寿数。

⑫覆庇：庇护。

⑬识荆：相识的敬辞。

⑭衔报：衔环以报的省辞；意谓报恩。

⑮耿耿：牢记于心，不能忘怀。

⑯超乘：此指跃身上马。

⑰弗须：不必。

⑱小缺：小官职。缺，官位。

【译文】

山东邹平县的牛医侯某，给耕地的人去送饭。走到郊外，一阵风在他前面旋转不息。侯某便用木勺舀出汤水，洒在地上，祝祷祭奠。洒完几杓，风才离去。一天，侯某到城隍庙去，在庙廊下漫步，看到庙里刘全献瓜的塑像，被鸟雀的粪便糊住了眼睛。侯某道："刘大哥怎么就受这玷污！"于是用手指甲将鸟粪剔掉。

过了几年，侯某病卧在床，被两个衙役捉去。到衙门前。衙役勒索贿金，逼得很苦。侯某正在无法可想，忽然从门内走出一个身穿绿衣的人来，看到他惊讶地说："侯老先生为何来到这里？"侯某告诉了他。绿衣人叱斥两个衙役说："这是你们的侯大爷，怎能这般无礼！"两个衙役诺诺连声，谦卑地谢罪说不知情。项刻间，听到鼓声如雷。绿衣人说："早衙开始了。"就同侯某一起进去，叫他站在台阶下，说："你暂时在这里站一站，我替你问问。"就走到大堂上扬手招呼一个小吏下来，简单说了几句。那小吏来见侯某，拱手说："侯大哥来啦？你也没什么大不了的事，是一匹马告了你的状，问一下就可以回去的。"说罢，告别而去。

过了一会儿，大堂上喊侯某的名字。侯某上前跪下。有一匹马也跪着。案官问侯某："这马说它是被你毒死的，有这事吗？"侯某答道："这马害了瘟病，我用治瘟病的药方给它治疗。服药无效，第二天死去。这和我有什么相干？"那马也说人话，双方各执一词，互不相让。案官叫人查对簿籍，上面注明那马的寿命，应死于某年某月某日，寿数确实相符。案官呵斥道："这是你的寿数已尽，怎敢诬告他人！"将马叱骂出来。又对侯某说："你存心行善，与人方便，可以不死。"仍命两个衙役把他送回。绿衣人和那个小吏也和他一起出来。又嘱咐两个衙役沿途好好照看侯某。侯某说道："今天虽蒙两位庇佑，但我和你们实在是素昧平生，敢恳请二位告知尊姓大名，以图报答。"绿衣人说："三年前，我从泰山来，中途干渴得要命，路过你村外，蒙你用汤水为我解渴，至今难忘！"那小吏说："我就是刘全。以前我被鸟粪沾污，气闷难以忍受，你亲手为我清除，因此一直记着你的情谊。无奈阴间的酒饭菜肴，不能用来招待宾客，就请你赶快走吧！"侯某方才明白，就回去了。到家后，侯某挽留款待两个衙役，衙役却连一杯水也不敢喝。

侯某苏醒过来，他已经死去两天了。从此他更加修身行善。每逢节日，都要用酒浆酬谢刘全。侯某八十岁时，身体依然健壮，能跳跃登车，骑马驰走。

一天，侯某在路上忽然遇见刘全骑马而来，好像要远行的样子。两人拱手寒暄已罢，刘全道："你的寿数已尽，勾命的公文已经签发。勾命的衙役要来招你，被我制止了，说无须如此。你可以回去料理后事，三天之后，我来和你同行。我在阴间已为你用钱捐了个小差使，不会受什么苦的。"就走了。

侯某回家告诉了妻子，又把亲友们招来告别。棺木寿衣都已齐备。第四天傍晚，侯某对众人说："刘大哥来了！"进了棺材，随即死去。

土 化 兔

【原文】

靖逆侯张勇镇兰州时①，出猎获兔甚多，中有半身或两股尚为土质。一时秦中争传土能化兔②。此亦物理之不可解者。

【注释】

①张勇：陕西咸宁人。原为明之副将，顺治间降清。初授游击，继任甘肃总兵，驻军兰州。后在平定吴三桂的叛乱中，屡立战功，授靖逆将军，晋靖逆侯。

②秦中：古地区名，相当今陕西中部平原地区。

【译文】

靖逆侯张勇镇守兰州时，出外打猎，打到许多野兔。其中有的半个身子或两条腿还是泥质的。一时陕西关中一带盛传泥土能变成兔子。这也是事物之理无法解释的。

鸟　　使

【原文】

苑城史乌程家居①，忽有鸟集屋上，香色类鸦②。史见之，告家人曰："夫人遣鸟使召我矣。急备后事，某日当死。"至日果卒。殡日，鸦复至，随槽缓飞③，由苑之新④。及殡，鸦始不见。长山吴木欣目睹之⑤。

【注释】

①苑城：在山东旧长山县城北二十五里，见嘉庆《长山县志》卷一。一九五六

年长山县并入邹平。

②香色：犹言声色。

③槥（慧）：棺木。

④新：指新城，在宛城之北，与苑城接壤。新城，即今桓台县。

⑤吴木欣：名长荣，字木欣，别字青立，又号茧斋。长山（今山东省邹平县）人。

【译文】

南京附近的苑城，有一个名叫史乌程的人，闲居家中。忽然间有一群鸟聚集在他的屋顶上，鸟的鸣叫声和羽毛的颜色都像乌鸦。史乌程见状，便对家人说："夫人派遣鸟使者来召唤我了；赶快为我准备后事，某天我就要死去了。"

到了那天，史某果然死去。出殡之日，那一群乌鸦又来了，从苑城到新亭，跟着棺材缓缓飞行。直到安葬完毕，乌鸦才不见了。

山东长山的吴木欣亲眼看到此事。

姬　生

【原文】

南阳鄂氏①，患狐，金钱什物，辄被窃去。迓之②，祟益甚。鄂有甥姬生，名士不羁，焚香代为祷免，卒不应；又祝舍外祖使临己家③，亦不应。众笑之。生曰："彼能幻变，必有人心。我固将引之，俾入正果。"数日辄一往祝之。虽不见验，然生所至，狐遂不扰。以故，鄂常止生宿。生夜望空请见，邀益坚。一日，生归，独坐斋中，忽房门缓缓自开。生起，致敬曰："狐兄来耶？"殊寂无声。又一夜，门自开。生曰："倘是狐兄降临，固小生所祷祝而求者，何妨即赐光霁④？"却又寂然。案头有钱二百，及明失之。生至夜，增以数百。中宵，闻布幄铿然⑤。生曰："来耶？敬具时铜数百备用⑥。仆虽不充裕，然非鄙吝者。若缓急有需⑦，无妨质言⑧，

姬生

聊斋志异

图文珍藏版

何必盗窃?"少间,视钱,脱去二百。生仍置故处,数夜不复失。有熟鸡,欲供客而失之。生至夕,又益以酒。而狐从此绝迹矣。鄂家祟如故。生又往祝曰:"仆设钱而子不取,设酒而子不饮;我外祖衰迈,无为久祟之。仆备有不腆之物⑨,夜当凭汝自取。"乃以钱十千、酒一罇,两鸡皆聂切⑩,陈几上。生卧其傍,终夜无声,钱物如故。狐怪从此亦绝。

生一日晚归,启斋门,见案上酒一壶,燀鸡盈盘⑪;钱四百,以赤绳贯之⑫,即前日所失物也。知狐之报。嗅酒而香,酌之色碧绿,饮之甚醇。壶尽半酣,觉心中贪念顿生,蓦然欲作贼。便启户出。思村中一富室,遂往越其墙。墙虽高,一跃上下,如有翅翎。入其斋,窃取貂裘、金鼎而出⑬。归置床头,始就枕眠。天明,携入内室。妻惊问之,生嗫嚅而告⑭,有喜色。妻骇曰:"君素刚直,何忽作贼!"生恬然不为怪⑮,因述狐之有情。妻恍然悟曰:"是必酒中之狐毒也。"因念丹砂可以却邪,遂研入酒⑯,饮生。少顷,生忽失声曰:"我奈何做贼!"妻代解其故,爽然自失。又闻富室被盗,噪传里党。生终日不食,莫知所处。妻为之谋,使乘夜抛其墙内。生从之。富室复得故物,事亦遂寝。生岁试冠军,又举行优⑰,应受倍赏。及发落之期⑱,道署梁上粘一帖云⑲:"姬某作贼,偷某家裘、鼎,何为行优?"梁最高,非跂足可粘。文宗疑之,⑳执帖问生。生愕然,思此事除妻外无知者;况署中深密,何由而至?因悟曰:"此必狐之为也。"遂缕述无讳,文宗赏礼有加焉。生每自念:无取罪于狐,所以屡陷之者㉑,亦小人之耻独为小人耳㉒。

异史氏曰:"生欲引邪入正,而反为邪惑。狐意未必大恶,或生以谐引之,狐亦以戏弄之耳。然非身有夙根㉓,室有贤助,几何不如原涉所云,家人寡妇一为盗污,遂行淫哉㉔!吁!可惧也!"

吴木欣云:"康熙甲戌,一乡科令浙中㉕,点稽囚犯。有窃盗,已刺字讫㉖,例应逐释。令嫌'窃'字减笔从俗,非官板正字㉗,使刮去之;候创平,依字汇中点画形象另刺之㉘。盗口占一绝云㉙:'手把菱花仔细看㉚,淋漓鲜血旧痕斑。早知面上重为苦,窃物先防识字官。'禁卒笑之曰:'诗人不求功名,而乃为盗?'盗又口占答之云:'少年学道志功名,只为家贫误一生。冀得资财权子母㉛,囊游燕市博恩荣^㉜。'"即此观之，秀才为盗，亦仕进之志也。狐授姬生以进取之资，而返悔为所误，迂哉！一笑。

【注释】

①南阳：府名，治所在今河南省南阳市。

②迕：触犯、抗拒。

③舍：舍弃。

④光霁：光风霁月的省词，意为天朗气清时的和风，雨过天晴后的明月。常用以比喻人物胸襟开朗、心地坦率。

⑤布幄（握）：帷幕，指以布为幔的内室。铿然：指铜钱的响声。

⑥时铜：指铜钱。

⑦缓急：偏义复词，指急切。

⑧质言：直言。

⑨不腆（忝）：不够丰美。谦词。腆，丰厚、美好。

⑩聂（折）切：切成薄片。

⑪燀（旬）鸡：烧鸡。燀，烧煮。

⑫贯：穿钱绳。此谓贯穿。

⑬金鼎：金香炉。

⑭嗫嚅：吞吞吐吐，言而又止。

⑮恬然：心安自得的样子。

⑯研：研为细末。

⑰举行优：指举为优贡。顺治二年（1645）令省、府、州、县学，在生员中选取文行兼优者，送国子监肄业，名为贡监。

⑱发落：科举时代，岁试或科试分等评成绩，评定后根据等级进行赏罚，叫"发落"。

⑲道署：学道的衙署。清初举行优，由学道考定保送。

⑳文宗：指学道。

㉑啗（淡）：引诱。

㉒小人之耻独为小人：小人耻于自己独为小人，意思是小人为了遮羞，就想拉别人一块作恶，同为小人。

㉓凤（速）根：佛家语，指前世带来的好天性。

㉔"原涉所云"三句：意谓一旦失足，则不能自止。

㉕乡科：指举人。令浙中：为浙江省某地县令。

㉖刺字：一种墨刑。刺臂上者，多刺于腕上肘下；刺面上者，多刺于鬓下颊上。刺明所犯事由或发遣地点。

㉗官板正字：官版书所用的正体字。

㉘字汇：字典类书籍。

㉙口占：随口念出。一绝：一首绝句。

㉚菱花：镜子。

㉛权子母：放债、经商均可称"权子母"；此指出资捐官。

㉜燕市：指京都北京。博恩荣：博取朝廷恩荣，指捐得官职，即后文所说的"仕进之志"。

【译文】

河南南阳有家姓鄂的，家中狐狸精作怪，金钱什物，往往被偷去。违背了它，就闹得更加厉害。

鄂某有个外孙姓姬，名士风度，放任不受拘束。他焚香代为祈求狐精别再捣乱，结果无效。他又祝恳狐精放弃外祖父家到自己家里来，也没用。众人笑话他，姬生说："狐狸既然能变幻，一定也具有人性。我就是要引导它们，使它们改邪归正。"每隔几天，总要去鄂家祝祷一番。虽然不见效验，但只要姬生一到，狐狸就不骚扰。因此鄂某经常留姬生过夜。姬生夜里望着空中请狐精出来相见，邀请得更加坚定。

一天，姬生回家，独自一人坐在书斋中，房门忽然慢慢地自动打开，姬生站起来施礼说："是狐兄来了吗？"寂然无声。又一天夜里，房门自动开了，姬生说道："倘若是狐兄降临，这一向是我祝祷祈求的；何妨赏光露面？"却还是寂然无声。姬生案头放有两百文铜钱，天亮不见了。到晚上，姬生又添上了几百文钱，夜半时刻，听到床帐铿然作响。姬生说道："来了吗？我敬备几百文铜钱供你使用。我虽不富裕，却不是那种鄙俗吝啬之徒。你有常用急需，不妨直说，何必偷窃呢？"不一会儿，再看那钱，少了两百文。姬生仍旧将钱放在原处，几个夜晚过去了，再没有少过。一只烧熟的鸡，想招待客人的，忽然不见了。到晚上，姬生又添上酒，而从此狐精却不再出现了。鄂家作怪还和过去一样，姬生又前去祝祷说："我放好了钱你不拿，备好了酒你不喝；我外公年老体衰，就请你不要老是在他家扰乱了吧。我准备下一点小小的礼物，到夜间随你自己取用。"于是将铜钱十千，美酒一樽，鸡两只切成薄片，陈列在案上。姬生躺在一旁，通宵没有声响，钱物原样未动。狐狸精作怪从此没有了。

一天，姬生晚上回家，打开书斋门，只见案上放着一壶酒，满盘烧鸡；另有铜钱四百文，用一根红绳串着，就是前些时失去的。知道这是狐精的回报。闻闻酒，香气扑鼻；斟出来一看，颜色碧绿；喝起来，酒味醇厚可口。一壶酒喝完，姬生已是半醉，只觉心中顿生贪婪之念，突然想去做贼。他开门走出去，想着村中有一户富裕人家，就前去翻越他家围墙。围墙虽高，姬生却一跃而上，一跳而下，好像插上了翅膀一样。进入房中，窃取了貂皮裘、金鼎而出。回来后，放在床头，方才入睡。天明以后，又把赃物拿到内室。妻子惊奇地问他，他悄悄告诉了妻子，还面带喜色。妻子惊骇地说："你一向刚直正派，为何忽然做起贼来了？"姬生神色安然，不以为怪，就说起狐精怎样有交情。妻子恍然大悟道："这一定是喝的酒里面有狐精的毒！"她想起朱砂可以去邪，就研碎了放入酒中，给姬生喝了。不一会儿，姬生突然失声说："我干什么要做贼！"妻子把因由向他解释了，姬生茫茫然好像失落了什么。又听说富户失盗，消息传遍了邻里。姬生整天饮食难下，不知如何是好。妻子为他出主意，教他趁夜间把东西扔到富户院墙中去。姬生按计而行。那家富户被盗之物失而复得，事情也就平息下来了。

这一年，姬生应考中了头名，又被举荐为品行优良，要受到加倍的奖赏。到了发奖的这一天，学道官署大梁上贴着一张帖子，上面写着："姬某做贼，偷窃某家的貂裘、金鼎，怎能称得上品行优良？"这大梁最高，不是一踮脚就能粘贴上去的。学道未免生疑，拿着这张帖子问姬生。姬生愕然，心想，这事除妻子外没人知道；而况官府门卫森严，谁能进来？因而领悟到这一定是狐精干的。于是便将往事毫无隐瞒地说了，学道加倍奖赏了他。

姬生常自己想：对狐精并没有得罪之处，之所以屡次陷害，也是小人耻于独自作小人罢了。

异史氏说：姬生想把邪恶引入正道，结果反被邪恶所诱惑。狐精的本意未必十分恶毒；也许姬生用诙谐的手段引导它，它也就戏弄姬生罢了。但是，若不是姬生本身具有好根性，家中又有贤内助，怎能不像汉朝原涉所说，民家的寡妇，一旦被坏人污辱失身，就做那淫乱的事来呢！唉，可怕！

吴木欣说：康熙三十三年（1694），浙中有一个举人出身的县官，核查囚犯。有一个窃贼，脸上已经刺好字，照例应该释放了，县官认为罪犯脸上所刺的"窃"字是简笔俗字，不是官府文书上的正式写法，于是便叫人把字刮掉，等创口长好以后照字典上的笔画另行刺上。窃贼当场吟了一首诗道："手拿镜子仔细看，鲜血淋漓旧痕斑。早知面上再受苦，窃物先防识字官。"狱卒取笑他说："诗人不去博取功名，怎么却去做了盗贼？"窃贼又吟了一首诗回答道："少年学道志功名，只为家贫误一生。希得资财生利息，去到北京取恩荣。"从这事看'来，秀才之所以做贼，也是基于谋求上进的愿望。狐精送给姬生谋求上进的资财，姬生反而怨恨被狐精所误。太迂腐了！一笑。

果　报

【原文】

安丘某生①，通卜筮之术②。其为人邪荡不检③，每有钻穴逾墙之行④，则卜之⑤。一日忽病，药之不愈，曰："吾实有所见。冥中怒我狎亵天数⑤，将重谴矣，药何能为！"亡何，目暴瞽，两手无故自折。

某甲者，伯无嗣。甲利其有，愿为之后。伯既死，田产悉为所有，遂背前盟。又有叔，家颇裕，亦无子。甲又父之。死，又背之。于是并三家之产，富甲一乡⑦。一日，暴病若狂，自言曰："汝欲享富厚而生耶！"遂以利刃自割肉，片片掷地。又曰："汝绝人后，尚欲有后耶！"剖腹流肠，遂毙。未几，子亦死，产业归人矣。果报如此，可畏也夫！

【注释】

①安丘：今山东省安丘市。

②卜筮（誓）：占卜。

③邪荡不检：邪恶放荡，不自检束。

④逾墙：据二十四卷抄本，原作"逾隙"。

⑤则卜之：据二十四卷本改，原无"卜"字。

⑥狎亵天数：迷信说法，凡事前定，不可更易日数，占卜可窥测之。此处借用占卜以做坏事，故为"狎亵天数"。狎亵，亵渎。

⑦富甲一乡：财富之多为乡里第一。

【译文】

　　山东安丘市某书生，通晓占卜问卦那一套。他行为邪荡，不自检点。每有男女私通的行为，他就占卜以问吉凶。一天，忽然病了，服药无效。说："我确实看到了什么。阴间为我亵渎天数而发怒，我将受到严厉的惩罚，药物能起什么作用！"不久，双目突然失明，两只手也无缘无故自己骨折了。

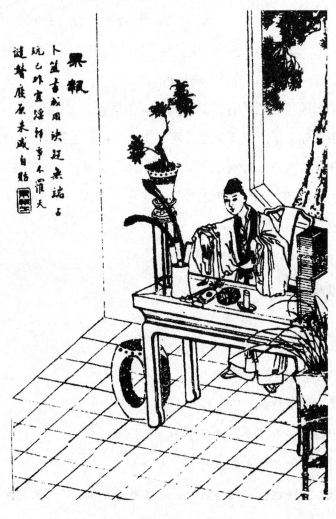

果报

某甲，他的伯父没有儿子。他贪图伯父的财产，自愿做他的儿子。伯父一死，家产全部为他所有，他就违背了先前的诺言。某甲还有一个叔父，家境也很富裕，同样没有儿子。他又认叔为父。叔父一死，他又违背了以前的誓言。这样，合并了三家的财产，他就成了本乡的首富。一天，他突然病了，像疯子一样，自言自语说："你想坐享富贵过日子吗？"说着就用快刀割下自己的肉，一片一片扔在地上。又说："你绝了人家的后代，自己还想有后代吗？"说着剖开自己的肚子，肠流了出来，就死了。不久，他的儿子也死了，家产归他人所有。

因果报应如此，可畏！

公 孙 夏

【原文】

保定有国学生某①，将入都纳资②，谋得县尹。方趣装而病，月馀不起。忽有僮入曰："客至。"某亦忘其疾，趋出迎客。客华服类贵者。三揖入舍，叩所自来。客曰："仆，公孙夏③，十一皇子座客也④。闻治装将图县秩，既有是志，太守不更佳耶？"某逊谢，但言："资薄，不敢有奢愿。"客请效力，俾出半资⑤，约于任所取盈⑥。某喜求策。客曰⑦："督抚皆某昆季之交⑧，暂得五千缗，其事济矣。目前真定缺员⑨，便可急图。"某讶其本省⑩。客笑曰："君迂矣！但有孔方在⑪，何问吴越、桑梓耶⑫？"某终踌躇，疑其不经⑬。客曰："无须疑惑。实相告：此冥中城隍缺也。君寿尽，已注死籍。乘此营办，尚可以致冥贵⑭。"即起告别，曰："君且自谋，三日当复会。"遂出门跨马去。某忽开眸，与妻子永诀⑮。命出藏镪，市楮锭万提⑯，郡中是物为空。堆积庭中，杂刍灵鬼马⑰，日夜焚之，灰高如山。三月，客果至。某出资交兑，客即导至部署⑱，见贵官坐殿上，某便伏拜。贵官略审姓名，便勉以"清廉谨慎"等语。乃取凭文[19]，唤至案前与之。

　　某稽首出署。自念监生卑贱，非车服炫耀[20]，不足震慑曹属[21]。于是益市舆马；又遣鬼役以彩舆迓其美妾[22]。区画方已，真定卤簿已至[23]。途中里馀，一道相属，意得甚。忽前导者钲息旗靡[24]。惊疑间，见骑者尽下，悉伏道周；人小径尺[25]，马

公孙夏

大如狸。车前者骇曰："关帝至矣[26]！"某惧，下车亦伏。遥见帝君从四五骑，缓辔而至。须多绕颊[27]，不似世所模肖者；而神采威猛，目长几近耳际。马上问："此何官？"从者答："真定守。"帝君曰："区区一郡，何直得如此张皇[28]！"某闻之，

洒然毛悚；身暴缩，自顾如六七岁儿。帝君命起，使随马蹄行。道旁有殿宇，帝君入，南向坐，命以笔札授某，俾自书乡贯姓名。某书已，呈进。帝君视之，怒曰："字讹误不成形象！此市侩耳，何足以任民社㉙！"又命稽其德籍。旁一人跪奏，不知何词。帝君厉声曰："干进罪小㉚，卖爵罪重㉛！"旋见金甲神绾锁去。遂有二人捉某，褫去冠服，笞五十，臀肉几脱，逐出门外。四顾车马尽空㉜，痛不能步，偃息草间㉝。

细认其处，离家尚不甚远。幸身轻如叶，一昼夜始抵家。豁若梦醒，床上呻吟。家人集问，但言股痛。盖瞑然若死者，已七日矣，至是始寤㉞。便问："阿怜何不来？"——盖妾小字也。先是，阿怜方坐谈，忽曰："彼为真定太守，差役来接我矣。"乃入室严妆，妆竟而卒，才隔夜耳。家人述其异。某悔恨爬胸，命停尸勿葬，冀其复还。数日杳然，乃葬之。某病渐瘳，但股疮大剧，半年始起。每曰："官资尽耗，而横被冥刑，此尚可忍；但爱妾不知异向何所，清夜所难堪耳。"

异史氏曰："嗟夫！市侩固不足南面哉㉟！冥中既有线索㊱，恐夫子马迹所不及到，作威福者㊲，正不胜诛耳。吾乡郭华野先生传有一事㊳，与此颇类，亦人中之神也。先生以清鲠受主知㊴，再起总制荆楚㊵。行李萧然㊶，惟四五人从之，衣履皆敝陋。途中人竟不知为贵官也。适有新令赴任，道与相值。驼车二十馀乘㊷，前驱数十骑，驺从以百计。先生亦不知其何官，时先之，时后之，时以数骑杂其伍。彼前马者怒其扰㊸，辄呵却之㊹；先生亦不顾瞻。亡何，至一巨镇，两俱休止。乃使人潜访之，则一国学生，加纳赴任湖南者也。乃遣一介召之使来。令闻呼骇疑，反诘官阀，始知为先生，悚惧无以为地。冠带匍匐而前。先生问：'汝即某县县尹？'答曰：'然。'先生曰：'蕞尔一邑㊺，何能养如许驺从？履任，则一方涂炭矣！不可使殃民社，可即旋归，勿前矣。'令叩首曰：'下官尚有文凭。'先生即令取凭，审验已，曰：'此亦细事，代若缴之可耳。'令伏拜而出。归途不知何以为情，而先生行矣。世有未莅任而已受考成者㊻，实所创闻㊼。先生奇人，故有此快事耳。"

【注释】

①保定：明清时府名，府治在今河北省保定市。国学生：国子监的生员，即监生。清顺治七年裁南京国子监，只留北京国子监，称国学。

②都：京城，指北京。纳资：即"捐纳"，此谓向政府捐纳钱财，谋取官职。

③公孙夏：据二十四卷抄本，原作"公孙"。

④座客：座上客；受到礼遇的宾客。

⑤俾出半资：要他先拿出"纳资"的半数。

⑥约于任所取盈：约定在到任以后交足金数。取盈，取满所定之额。

⑦"某喜求策。客曰"：据二十四卷抄本，原作"某喜，答曰"。

⑧昆季：兄弟。长者为昆，幼者为季。

⑨真定：府名，府治在今河北省正定县。清雍正元年改名正定。

⑩某讶其本省：这个官职在本省，使他感到惊讶。按清代规定，本省人不能在本省做官。某为保定人，保定和真定在清代同属直隶省。

⑪孔方：指铜钱。铜钱中有方孔，故称"孔方"。

⑫何问吴越、桑梓：哪管它在外地还是家乡。吴越，吴地和越地，借指外省、远方。桑梓，家乡，这里指本省。

⑬不经：不合常理，近乎荒诞。

⑭致冥贵：据二十四卷抄本，原作"治冥贵"。

⑮与妻子永诀：据二十四卷抄本，原缺"与妻"二字。

⑯市楮锭万提：买纸钱万串。楮锭，祭祀时焚化的纸制银锭。提，量词，犹言"一挂""一串"。

⑰刍灵鬼马：草扎的假人假马，均为旧时送葬用的焚化物。

⑱部署：中央六部的部级衙门。按，捐纳由户部主持。这里指掌管捐纳事宜的阴间官署。

⑲凭文：捐得官职的证书。

⑳车服：车与冠服。本有高低等级的差别，某却自己购置，以为炫耀。

㉑曹属：这里府衙的属官。

㉒迓（讶）：迎接。

㉓卤簿：贵官出行时的仪仗队。

㉔钲（争）息旗靡：锣声停，旌旗不张。钲，古代一种带有长柄的打击乐器，形似钟，口向上；这里指开道用的铜锣。靡，倒下。

㉕小人径尺：人变小，只一尺长。

㉖关帝：即三国时蜀将关羽，明清时代称他为神，清初封他为"关圣大帝"。

㉗"须多绕颊"二句：满脸绕腮胡须，不像世间所画的那种样子。世称关羽为"美髯公"，说他"髯长二尺"。模肖，描摹的肖像。

㉘张皇：夸张炫耀。

㉙任民社：担任地方官员。

㉚干进：求得进身之阶，营谋官职。

㉛卖爵：卖官。

㉜"有二人捉某……四顾车马尽空"：据二十四卷抄本，原缺。

㉝偃息：仰卧。

㉞寤：醒。据二十四卷抄本，原作"悟"。

㉟南面：此指做官。古时以坐北朝南为尊。官员坐堂皆南面而坐，故称做官长为"南面"。

㊱线索：事情的端绪；此指买通关节，营私舞弊。

㊲作威福者：作威作福的人，指"干进""卖爵"的人们。

㊳郭华野：《山东通志》卷一七七，谓郭琇字瑞卿，号华野，即墨人。少励志清苦，读书深山。康熙九年成进士。初任吴江知县、江南道御史，二十八年擢左都御史，弹劾权贵，直声震朝野。三十八年授湖广总督，严惩贪墨。四十二年罢归。五十四年卒。

㊴以清鲠受主知：因清正耿直，受到皇帝的赏识。

㊵再起：再次起用。总制荆楚：总督荆楚地，指为湖广总督。荆楚，泛指两湖（湖南、湖北）地区，明清时称为"湖广"。

㊶萧然：稀少。

㊷驼车：运载行李的车辆。驼，通"驮"。

㊸彼前马者：据二十四卷抄本，原无此四字。

㊹呵却之：斥退他们。

㊺蕞（最）尔：微小。

㊻考成：旧时考核官吏的政事成绩，叫"考成"。

㊼创闻：往昔所无的新闻。

【译文】

河北保定有个国子监学生，要到京城去缴款，打算捐一个县令的位置。正在整装，却病了，一个多月不能起床。忽然，有个僮仆进来说："客人到。"某生也忘记了自己有病，急忙走出去迎接来客。这客人服饰华丽，像是贵人。某生三揖请进，问他从何处而来。客人说："我公孙夏，是十一皇子的座上客。听说你将整装进京，谋求做个县令；既然有这心愿，知府不是更好吗？"某生谦逊致谢，说："我的金钱不多，不敢存有奢望。"客人表示可以出力帮忙，让他先拿出一半的钱数；说定在到任以后再取足。某生高兴地请教计策，客人说："省里的总督巡抚等人，都是和我最要好的朋友，暂时弄到五千贯钱，事情就可以办成了。目前河北真定府缺员，可以赶快设法谋取。"某生奇怪近在本省。客人笑着说："你迂腐了！只要有钱，哪管远在吴越近在本乡呢！"某生总有些踌躇不决，怀疑这事不合常规。客人说："你不必疑虑。实话告诉你，这是阴间城隍的缺额。你的寿数完了，已经登记在死人薄籍上了。趁此机会想想办法，还可以做阴间的贵人。"就起身告别，说："你先自己考虑考虑，三天之后我当再来相见。"于是出门跨马走了。

某生忽然睁开眼，和妻子诀别，叫她取出储藏的银子，购买纸钱一万串，郡中纸钱被收买一空。堆积在庭院中，再加上草扎的人马，日夜焚烧，灰积得山一般高。

三天过去，公孙夏果然来了。某生把钱款交付给他，当即把某生带到部衙门，只见殿上坐着大官，某生便伏身下拜。那大官约略问了问姓名，就拿"要清廉谨慎"之类的话勉励了几句。拿出凭证，把某生叫到案前给了他。某生叩谢，走出部衙。心里想，自己只是一个国子监学生，地位卑微，如果不在车马服饰上炫耀一番，不足以使同僚和下属敬畏。于是增购车马，又派鬼役用彩轿把自己的美妾接来。刚安排好，真定的仪仗队已到。队伍上路有一里多长，前后相接排满道，好不得意。忽然前边引导的仪仗人员停止了吹打，收起了旗子。惊疑间只见骑马的人全都滚鞍下马，伏在路旁。人只有一尺多高，马好像野猫般大。车前的鬼役惊慌地说："关帝老爷驾到了！"某生害怕，也下车俯伏在地。远远看见关帝随身跟着四五个骑马的，缓缓地到来了。关帝原来是络腮胡子，不像世间描绘的五绺长髯，神采威猛，丹凤眼，眼梢几乎长到耳边。关帝在马上问："这是什么官？"随从的人答道："是真定太守。"关帝说："小小一个郡官，哪值得如此铺张炫耀！"某生听说，吓得汗毛都竖了起来，身躯一下子缩小，自己一看，像六七岁的小儿一般。关帝叫他起来，让他跟着自己的马走。大道旁边有一座宫殿，关帝走了进去，朝南坐下，叫人把纸笔递给某生，要他书写自己的籍贯、姓名。某生写好呈递上去，关帝一看，发怒道："字错得不像样子！这是个市侩罢了，哪配担任地方官！"又叫人查看他的道德簿子。旁边一人跪着不知禀报了什么话，关帝厉声说道："谋取升官罪轻，卖官鬻爵罪重！"很快看到金甲神人带着绳索锁链走了出去。就有两个人捉住某生，摘去官帽，扒掉官服，打了五十板子，屁股上的肉几乎都打掉了，赶出门外。某生四下里看看，车马全没有了。痛得不能走动，于是躺在草间休息。仔细认认地方，离家还不太远。幸而身轻如叶，一天一夜才到家。豁然好像大梦初醒，正在床上呻吟。家人聚集拢来询问，他只喊大腿痛。实际上他昏过去已经七天了，现在才苏醒过来。就问："阿怜怎么不见？"——阿怜就是他的小妾。

原来，阿怜正坐着和别人说话，忽然说道："他做了真定太守，派差人来接我了。"就进内室梳妆打扮得漂漂亮亮的。打扮好就死去了，才隔夜的事。家里人说了这桩怪事，某生悔恨捶胸，叫把小妾的尸首暂时停放，不要埋葬，盼望她能复活。过了几天，没有动静，才把她埋葬了。某生的病逐渐好了，只是屁股上创伤很厉害，半年多才能起床。常自言自语道："捐官的钱花光了，还横遭阴间酷刑，这些还能忍受。只是爱妾不知被抬到哪里去了，清夜孤独，难以忍受。"

异史氏说：唉！市侩确实不配做官，阴间既然存在门路和关系，恐怕关公马迹来不及走到的地方，作威作福的官儿们，正多得杀不胜杀呢！我乡郭华野先生有一件事流传，和上述故事很相似，他也是人中的神明。郭先生以清廉耿直受到皇帝的信任，再次起用，总督湖北湖南。他的行李简单，只有四五个随从，衣服鞋子都破旧不堪，路人都不知他是大官。正巧有个新县令上任，半路和郭先生相遇。新县令带有驼车二十多辆，几十匹马队在前面导引，车夫随从数以百计。郭先生也不知道他是什么官，有时走到前边，有时走在后边，有时几匹马就混在县令的马队中。那些骑马的前导对郭先生的冲扰十分恼怒，往往呵斥驱赶。郭先生看也不朝他们看。不一会儿，走到一个大镇，两队人马都停下来休息。郭先生令人暗中打听，原来是个国子监学生，捐官到湖南赴任。于是派个差役把他找来。县令听说叫他，心里惊疑。等问明官位，才知道是郭华野先生，紧张恐惧得无地自容。戴冠束带，匍伏而前。郭先生问道："你就是某县的县令吗？"县令回答说："是。"郭先生说："小小一个县，怎能养得起这许多车夫仆从？你一到任，那一带的老百姓就要遭殃了。不能让你去害百姓，可以马上回去，不要赴任了。"那县令叩头道："下官还有文书凭证。"郭先生就叫他拿出文书凭证来，审查完了，说道："这是小事，我替你交回去就行了。"县令伏拜而去。归途中还不知怎样的难为情，而郭先生已经走了。世上有还没上任就受到考查政绩的，实在前所未闻。郭先生是个不平凡的人，所以有这种大快人心的事！

韩　方

【原文】

　　明季，济郡以北数州县①，邪疫大作，比户皆然。齐东农民韩方②，性至孝。父母皆病，因具楮帛③，哭祷于孤石大夫之庙④。归途零涕。遇一人，衣冠清洁，问："何悲？"韩具以告。其人曰："孤石之神，不在于此，祷之何益？仆有小术，可以一试。"韩喜，诘其姓字。其人曰："我不求报，何必通乡贯乎⑤？"韩敦请临其家。其人曰："无须。但归，以黄纸置床上，厉声言：'我明日赴都⑥，告诸岳帝⑦！'病当已。"韩恐不验，坚求移趾。其人曰："实告子：我非人也。巡环使者以我诚笃⑧，俾为南县土地⑨。感君孝，指授此术。目前岳帝举枉死之鬼⑩，其有功人民，或正直不作邪祟者，以城隍、土地用。今日殃入者，皆郡城北兵所杀之鬼，急欲赴都自投，故沿途索赂⑪，以谋口食耳。言告岳帝，则彼必惧，故当已。"韩悚然起敬，伏地叩谢。及起，其人已渺。惊叹而归。遵其教，父母皆愈。以传邻村，无不验者。

　　异史氏曰："沿途祟人而往，以求不作邪祟之用，此与策马应'不求闻达之科'⑫者何殊哉！天下事大率类此。犹忆甲戌、乙亥之间⑬，当事者使民捐谷⑭，具疏谓民乐输⑮。于是各州县如数取盈⑯，甚费敲扑⑰。时郡北七邑被水，岁祲，催办尤难。唐太史偶至利津⑲，见系逮者十馀人。因问：'为何事？'答曰：'官捉吾等赴城，比追乐输耳⑳。'农民不知'乐输'二字作何解，遂以为徭役敲比之名㉑，岂不可叹而可笑哉！"

【注释】

①济郡：济南府，今山东省济南市。

②齐东：山东省旧县名。公元一九五八年撤销，划归邹平、博兴两县。

③楮帛：旧俗祭祀时用的纸钱。

④孤石大夫：吕湛恩注："《章丘县志》：东陵山下大石，高丈馀，有神异，不时化为人，行医邑中。嘉靖初，尝化一男子，假星命，自号石大夫。"按道光《章丘县志》卷三谓（东陵山）"相传此山多仙灵，土人祈祷辄应。"又嘉庆《长山县志》卷一：长山县西南三十里山王庄有龙泉寺，寺中有孤石神室。

⑤乡贯：乡里籍贯。

⑥赴都：指赴鬼都。迷信传说，泰山之南的蒿里山为鬼都。

⑦岳帝：当指泰山神东岳大帝。迷信传说，东岳大帝掌人间生死。

⑧巡环使者：迷信传说，阴曹地府巡视人间生死祸福的神。

⑨土地：乡神名。

⑩举：推举、推荐。枉死鬼：屈死鬼，指下文"郡城中北兵所杀之鬼"。

⑪索赂：指祟人以求楮钱。

⑫策马应"不求闻达之科"：意谓热衷功名，而又自称不求闻达。用以讽刺名实相背、言行乖违。

⑬"甲戌、乙亥之间"句：指康熙三十三年（甲戌）、三十四年（乙亥）对西塞用兵，科敛繁琐事。

⑭当事者：主事者，指地方主管官吏。

⑮乐输：乐意输纳。

⑯如数取盈：照数取足。

⑰敲扑：意谓鞭笞催逼。敲扑，本为施教令之具；短曰敲，长曰扑。

⑱岁祲：岁凶，荒年。岁，一年的农业收成。

⑲唐太史：指唐梦赉，淄川县人。顺治进士，官至翰林院。

⑳比追：同"追比"。谓限期催逼缴纳，过期则敲扑示罚。

㉑敲比：义同追比。

韩方

【译文】

　　明朝末年间，济南以北许多个州县都流行疫病，每家每户都有生病的人。齐东地方有一个农民叫韩方，非常孝顺，父母都染上了病，因而他把纸钱准备好，到孤石之神的庙上去祈祷。

祈祷回来，还怕父母的病情不能够好起来，一边走一边哭泣。路上，碰到一位衣冠整洁的老人，就问他："你为什么如此悲伤？"韩方把父母染病的事情对老人说了。这位老人说："孤石之神，不在这儿，到庙上祈祷也没有什么用处。我有一个好办法，你可以回去试一试。"韩方听后非常高兴，就问老人的姓氏。这位老人说："我也不希望你回报，为什么通报姓氏籍贯呢？"韩方又请他到自己家里去。这位老人说："不用了。只要你回家以后，把黄裱纸放在床上，然后大声说：'我明天就要赴冥都，到阎王那里去告状！'病就一定会好起来的。"

韩方害怕没有效果，执意请求他亲自走一趟。这位老人说："我实话对你说吧，我不是平凡的人。巡回使者因为我为人诚实，就让我做了南方的土地爷。我觉得你非常孝顺，所以传授给你这个法术。现在，阎王正在从枉死鬼里推举有功于百姓的，或是为人正直不做邪祟害人的，任命为城隍神和土地爷。今天那些使人民受殃的，都是县城里被清兵所杀的枉死鬼，他们急于赴冥都投状自荐，故而沿途索取贿赂，好谋取点路费。你声称要到阎王那里去告状，那他们一定会害怕，所以病也一定会好起来的。"韩方听后，肃然起敬，连忙跪在地上磕头。等站起身来，这位老人已经不见了。

回到家里，按照老人的指教去做，父母的病情果然全部都好了。他把这个法术传到邻村，也都非常有效。

纫 针

【原文】

虞小思，东昌人①。居积为业。妻夏，归宁而返②，见门外一妪，偕少女哭甚哀。夏诘之，妪挥泪相告。乃知其夫王心斋，亦宦裔也。家中落，无衣食业，浼中保贷富室黄氏金③，作贾。中途遭寇，丧资，幸不死。至家，黄索偿，计子母不下三十金④，实无可准抵⑤。黄窥其女绉针美，将谋作妾。使中保质告之：如肯可，折债外，仍以廿金压券⑥。王谋诸妻。妻泣曰："我虽贫，固簪缨之胄⑦。彼以执鞭发迹⑧，何敢遂媵吾女⑨！况绉针固自有婿，汝何得擅作主！"先是，同邑傅孝廉之子，与王投契⑩，生男阿卯，与襁中论婚⑪。后孝廉官于闽，年馀而卒。妻子不能归，音耗俱绝。以故绉针十五，尚未字也。妻言及此，王无词，但谋所以为计。妻曰："不得已，其试谋诸两弟。"盖妻范氏，其祖曾任京职，两孙田产尚多也。次日，妻携女归告两弟。两弟任其涕泪，并无一词肯为设处。范乃号啼而归。适逢夏诘，且诉且哭。

夏怜之；视其女，绰约可爱⑫，益为哀楚。遂邀入其家，款以酒食，慰之曰："母子勿戚，妾当竭力。"范未遑谢，女已哭伏在地，益加惋惜。筹思曰："虽有薄蓄，然三十金亦复大难。当典质相付。"母女拜谢。夏以三日为约。别后，百计为之营谋，亦未敢告诸其夫。三日，未满其数，又使人假诸其母。范母女已至，因以实告。又订次日。抵暮，假金至，合裹并置床头。至夜，有盗穴壁，以火入。夏觉，睨之，见一人臂挎短刀，状貌凶恶。大惧，不敢作声，伪为睡者。盗近箱，意将发扃。回顾，夏枕边有裹物，探身攫去，就灯解视；乃入腰囊，不复肤箧而去⑬。夏乃起呼。家中唯一小婢，隔墙呼邻，邻人集而盗已远。夏乃对灯啜泣。见婢睡熟，乃引带自经于楥间。天曙婢觉，呼人解救，四肢冰冷。虞闻奔至，诘婢始得其由，惊涕营葬。时方夏，尸不僵，亦不腐。过七日，乃殓之。既葬，绉针潜出，哭于其墓。暴雨忽集，霹雳大作，发墓，绉针震死。虞闻，奔验，则棺木已启，妻呻嘶其中，抱出之。见女尸，不知为谁。夏审视，始辨之。方相骇怪。未几，范至，见女已死，哭曰："固疑其在此，今果然矣！闻夫人自缢，日夜不绝声。今夜语我，欲哭于殡宫⑭，我未之应也。"夏感其义，遂与夫言，即以所葬材穴葬之。范拜谢。虞负妻归⑮，范亦归告其夫。闻村北一人被雷击死于途，身有字云："偷夏氏金贼。"俄闻邻妇哭声，乃知雷击者即其夫马大也。村人白于官，官拘妇械鞠，则范氏以夏之措金赎女，对人感泣，马大赌博无赖，闻之而盗心遂生也。官押妇搜赃，则止存二十数；又检马尸得四数。官判卖妇偿补责还虞。夏益喜，全金悉仍付范，俾偿债主。

葬女三日，夜大雷电以风，坟复发，女亦顿活。不归其家，往扣夏氏之门，盖认其墓，疑其复生也。夏惊起，隔扉问之。女曰："夫人果生耶！我纫针耳。"夏骇为鬼，呼邻媪诘之，知其复活，喜内入室。女自言："愿从夫人服役，不复归矣。"夏曰："得无谓我损金为买婢耶？汝葬后，债已代偿，可勿见猜。"女益感泣，愿以母事。夏不允。女曰："儿能操作，亦不坐食。"天明告范，范喜，急至。亦从女意，即以属夏⑯。范去，夏强送女归。女啼思夏。王心斋自负女来，委诸门内而去。夏见惊问，始知其故，遂亦安之。女见虞至，急下拜，呼以父。虞固无子女，又见女依依怜人，颇以为欢。女纺绩缝纫，勤劳臻至。夏偶病剧，女昼夜给役⑰。见夏不食，亦不食；面上时有啼痕，向人曰："母有万一，我誓不复生！"夏少瘳，始解颜为欢⑱。夏闻流涕，曰："我四十无子，但得生一女如纫针亦足矣。"夏从不育；逾年忽生一男，人以为行善之报。

居二年，女益长。虞与王谋，不能坚守旧盟。王曰："女在君家，婚姻惟君所命。"女十七，惠美无双。此言出，问名者趾错于门⑲，夫妻为拣富室。黄某亦遣媒来。虞恶其为富不仁，力却之。为择于冯氏。冯，邑名士，子慧而能文。将告于王；王出负贩未归，遂径诺之。黄以不得于虞，亦托作贾，迹王所在，设馔相邀，更复助以资本，渐渍习洽⑳。因自言其子慧以自媒。王感其情，又仰其富，遂与订盟。既归，诣虞，则虞昨日已受冯氏婚书。闻王所言，不悦，呼女出，告以情。女怫然曰："债主，吾仇也！以我事仇，但有一死！"王无颜，托人告黄以冯氏之盟。黄怒曰："女姓王，不姓虞。我约在先，彼约在后，何得背盟！"遂控于邑宰，宰意以先约判归黄㉑。冯曰："王某以女付虞，固言婚嫁不复预闻㉒，且某有定婚书，彼不过杯酒之谈耳。"宰不能断，将惟女愿从之。黄又以金赂官，求其左祖㉓，以此月馀不决。

一日，有孝廉北上，公车过东昌㉔，使人问王心斋。适问于虞，虞转诘之，盖孝廉姓傅，即阿卯也。入闽籍，十八已乡荐矣。以前约未婚㉕。其母嘱令便道访王，问女曾否另字也。虞大喜，邀傅至家，历述所遭。然婿远来数千里，患无凭据。傅启箧，出王当日允婚书。虞招王至，验之果真，乃共喜。是日当官覆审，傅投刺谒宰，其案始销。涓吉约期乃去㉖。会试后，市币帛而还，居其旧第，行亲迎礼。进士报已到闽，又报至东，傅又捷南宫㉗。复入都观政而返㉘。女不乐南渡，傅亦以庐墓在，遂独往扶父枢，载母俱归。又数年，虞卒，子才七八岁，女抚之过于其弟。使读书，得入邑庠，家称素封，皆傅力也。

异史氏曰："神龙中亦有游侠耶？彰善瘅恶㉙，生死皆以雷霆㉚，此'钱塘破阵舞'也㉛。轰轰屡击，皆为一人㉜，焉知纫针非龙女谪降者耶？"

【注释】

①东昌：府名，治所在今山东省聊城市。

②归宁而返：据二十四卷抄本，原作"归返"。

③中保：保人。

④子母：本息。

⑤准抵：以物产作抵。

⑥压券：券，指妪卖女为妾之文书；压券，山东旧俗，贸易成交时买主临时交给卖主以示事成的少数钱款。俗称"压约钱"。

⑦簪缨之胄（宙）：官宦人家的后代。簪缨，古代高级官员的冠饰。胄，后代。

⑧执鞭：执鞭之士。指职务卑贱。

⑨媵（应）吾女：意为以我女为妾。

⑩投契：心意相投。

⑪褓中论婚：谓在婴儿时订下婚约。褓，襁褓。论婚，据二十四卷抄本，原作"结婚"。

⑫绰约：娴静柔美。

⑬肤箧（区窃）：撬开箱子。

⑭殡宫：墓室。

⑮虞负妻归：据二十四卷抄本补，原本无此句。

⑯属（主）：通"嘱"，托付。

⑰给役：服侍。

⑱解颜：消除愁颜。

⑲问名：旧日婚礼中六礼之一。男家通过媒人请问女方之名字和生辰，占卜合婚。这里指求婚。趾错：足迹错杂，指人来往众多。

⑳渐渍习洽：渐渐熟悉融洽。

㉑宰意：据二十四卷抄本，原无"宰"字。

㉒预闻：干预、过问。

㉓左袒：偏袒、袒护。

㉔公车：汉代以公家车子迎接应征入京的人，因而后世代指举人应考入京。

㉕以前约未婚：因过去与王心斋之女纫针有婚约，所以至今未婚。

㉖涓吉约期：选择吉日，约定婚娶之期。

㉗捷南宫：指考中进士。南宫，宋代称礼部为南宫，明清因之。会试由礼部主持。

㉘观政：新进士初入仕，在京供职，曰"观政"。

㉙彰善瘅（旦）恶：表彰善行，憎恨恶行。

㉚生死皆以雷霆：谓神龙救活善者，杀死恶人，均用雷霆。

㉛钱塘破阵舞：即钱塘破阵乐。钱塘君救出龙女后，曾演《钱塘破阵乐》共庆胜利。

㉜"轰轰屡击"二句：谓屡次雷击，皆为纫针一人。

【译文】

东昌府有一个人名字叫虞小思，以经商为业。有一天，他的妻子夏氏从娘家探亲回来，看见门外有一个妇人领着一个女子，哭得非常悲哀。夏氏问她为什么要哭泣。妇人用手抹着泪水把事情的经过讲述了一遍。

原来这个妇人的丈夫名字叫王心斋，也是个官宦人家的后代，因为家道败落，无以为业，就求人替他担保从富户黄某的手里借来了银两，出外去做生意。不想半路碰到强盗，资财被抢得干干净净，幸好没有丧命。回到家里，黄某前来讨债，本利加在一起不下三十两银子，家里实在没有什么东西可以抵债。黄某窥见王心斋的女儿纫针长得非常漂亮，就想要把女子弄到手给他做小妾。他让担保人直截了当地告诉王心斋：如果愿意把女子嫁给他，除了能够还债之外，还可以另外再给他二十两银子。

王心斋和妻子商议，妻子流着泪说："虽然我家里贫穷，总还是官宦人家的后代。他黄某是靠执鞭赶车才发家的，怎么能够让我的女儿去给他做小妾！更何况纫针早就已经有了女婿，你怎么能够擅自做主！"原来，先前县里傅举人的儿子和王心斋非常合得来，傅举人生了一个儿子叫阿卯，两家在襁褓中就已经订下亲事。后来傅举人到福建地方去当官，到任一年多就死去了。妻儿没有办法迁回到原来的市籍，音讯也就断绝了。因此，纫针长到十五岁，还没有嫁人。妻子提到这件事情，王心斋也没有什么话可说了，只是想怎么才能够还上这笔债。妻子说："如今是没有办法了，让我试着去找我的两个兄弟想个办法吧！"原来王心斋的妻子娘家姓范，她的祖父曾经做过京官，一直到现在两个孙子还有不少的田产。

第二天，范氏就带着女儿回到了娘家，把黄某怎样逼债的事情同两个兄弟说了。两个兄弟任凭她怎样哭诉，也没有说一句愿意替她想办法的话。范氏一看确实没有指望，就流着眼泪回来了。正好碰见夏氏询问，就边说边哭泣，又讲述了一遍。

夏氏听后非常怜悯她们，看这女子既温柔又漂亮，非常可爱，更加怜惜她，于是把母女请到家里，招待她们吃了饭，并且安慰她们说："你们娘儿俩不用担心，我一定会竭尽全力替你们想办法。"范氏还没来得及致谢，女子已经哭泣着跪在地上了，夏氏对她更加怜爱，一边筹划一边说："虽然我有点微薄的积蓄，但是要凑

中华传世藏书

聊斋志异

图文珍藏版

足三十两银子也是非常不容易的。让我把东西典当一些，凑足以后交给你们。"母女两人一再拜谢，夏氏约好三天以后来拿。

分别以后，夏氏费尽心思地为她们谋划，也没敢对自己的丈夫讲。三天以后，银子还没有凑足，又吩咐人向自己的母亲去借。这时候，范氏母女已经来了，夏氏就把事情的真实情况说了，约好第二天来拿。傍晚，银子借到了，夏氏就把它和原来的合在一起包好，放在床头。

没有想到到了晚上，有一个强盗从墙上挖洞，拿着灯进来。夏氏被惊醒了，她眼睛斜着看去，只见那人臂上挎着短刀，相貌非常凶恶。她心里非常惧怕，连大气都不敢出，装作睡着了。强盗靠近箱子，刚要撬锁，回头看见夏氏枕头边有一个包袱，探身抓了过去就着灯光把包袱解开看，然后把它放进腰间的口袋里，没再去开箱子就急匆匆地走了。

夏氏急忙爬起来呼救，家里只有一个很小的婢女，立刻隔着墙去招呼邻居，等到邻居们知道以后来到，强盗已经跑得很远了。

银子被偷走了，夏氏既着急又生气，首先是对着灯抽抽搭搭地哭泣着，后来看婢女已经睡熟了，就把带子解下在窗楼上上吊了。天明以后婢女才发现，等到招呼人来解救的时候，四肢已经冰冷了。虞小思闻讯赶到家里，盘问婢女才知道夏氏上吊的原因，只好惊叹悲痛地为她办理丧事。当时正是夏天，尸体既没有僵硬也没有腐烂。祭奠七天，才入了殓。埋葬以后，纫针秘密地从家里跑来，伏在夏氏的坟墓上大哭。

这时候，突然下起了大暴雨，霹雳在头上轰轰地响，夏氏的坟墓一下子就被雷轰开了，纫针也被雷震死了。虞小思听到消息马上跑来察看，只见棺木已经开了，妻子正在里面呻吟，立刻把她抱了出来。又见坟墓旁有一具女尸，也不知道是谁。夏氏细细一看，才辨认出是纫针古娘。

两人正在惊奇的时候，范氏已经跑来了，看到女儿已经死去，就流着眼泪说："听到夫人自杀的消息，她就整天痛哭。昨天晚上跟我说，她要到坟墓上来哭一哭夫人，当时我没有同意。今天一大早，纫针就不见了，我就想到她是来这里了，现在真的是这样!"夏氏对纫针的情谊深为感动,就和丈夫说好,马上用埋葬自己的棺材和墓穴把纫针埋好了。范氏非常感谢。虞小思背着妻子就回家了,范氏也回去跟丈夫说了这件事情。

这时候,就听到人们传说,村北有一个人被雷击死在路边,并且身上还有字,写的是"偷夏氏银子的贼"。一会儿,就听见邻家妇女在啼哭,才知道被雷击死的就是她的丈夫马大。村里的人将这件事告到官府里,知县把这个妇人拘捕到案严加审讯,才弄清楚了真相。原来范氏对夏氏到处借钱赎自己女儿的盛情非常感激,有一天曾经哭泣着对人说起了这件事情。马大这个专好赌博的无赖听到以后,就产生了偷盗的邪念。

知县吩咐押着这个妇人去她家里搜赃银,结果她家里只剩下了二十多两银子;搜查马大的尸体,又得到四两多的银子。于是知县判决这个妇人交官媒卖掉,将卖得的钱补足赃银如数还给虞家。夏氏收到银子以后更加高兴,就把全部银子都交给了范氏,让她去偿还欠债。

埋葬纫针以后的第三天,晚上风声大作,雷电轰鸣,坟墓又一次打开,纫针也立刻复活了。她没有回到自己的家里,而跑去敲夏氏家的门,因为纫针认识夏氏的坟墓,现在坟墓里没有人,就猜想夏氏已经复活了。敲门声将夏氏惊动起来,夏氏隔着门问是谁。纫针说:"夫人真的复活啦?我是纫针啊!"夏氏惊吓得认为是见到了鬼,忙把邻家的老婆婆唤来盘问她,知道她确实是复活了,就高兴地将她接进了屋子里。

纫针对夏氏说:"我愿意留下来侍候夫人,不回家了。"夏氏说:"那不会有人认为我花钱是为了买一个婢女吗?自从把你埋葬以后,欠债就已经替你还清了,你可不要有什么疑惑啊!"纫针感动得哭泣起来。表示愿意把夏氏当成是自己的母亲那样侍候。夏氏没有同意。纫针说:"女儿能够干活,也不坐着吃闲饭。"天明之后,夏氏告诉了范氏。范氏听后非常高兴,匆忙来到虞家。她也同意女儿的意愿,就将纫针给了夏氏。范氏回去以后,夏氏就又硬把纫针送回到她家里去。

中华传世藏书

聊斋志异

图文珍藏版

　　纫针在家哭哭啼啼地想念夏氏。王心斋自己背起女儿来到虞家，把她放在大门里面就回去了。夏氏发现了纫针，惊奇地问她，才知道她回来的经过，于是，也就放心地让她留了下来。纫针看见虞小思从外面回来，立刻下拜，拜他为父亲。本来虞小思没有儿女，又看见纫针温柔文雅，让人怜爱，于是对女子非常喜爱。纫针天天纺线织布，又缝制衣服，非常勤劳。

　　有一天，夏氏生了重病，纫针整天侍候。看夏氏不吃饭，她也吃不下去，脸上常常带有泪痕，对人说："万一母亲有个三长两短，我也绝对活不下去了！"夏氏病情好转，她脸上才露出了笑容。夏氏听到此事感动得流下了眼泪，对人说："我四十岁了还没个儿子，可要生个像纫针这样的女儿，也就心满意足了。"夏氏从来没有生育过，过了一年忽然生下一个男孩，人们都说这是她行善的结果。

　　转眼之间，纫针在虞家已经住了两年，年龄越来越大了。虞小思就和王心斋商议，傅家一直没有消息，不能守着原来的婚约了。王心斋说："女子在你家里，婚姻大事你就做主吧！"纫针这年已经十七岁了，贤惠漂亮世上独一无二。这话一传出，来提亲的人一个接着一个，虞氏夫妻亲自为她挑选。

　　富户黄某也打发媒人前来提亲。虞小思厌恨他为富不仁，执意回绝了他，而为纫针选择了冯家。冯某是县里的名士，他的儿子既聪明，才华又非常好。虞小思打算和王心斋商议一下，但是王心斋外出经商还没有回来，于是，就自作主张同意了这门亲事。黄某因为虞小思没有同意亲事，就托词去做生意，找到了王心斋。先是设宴款待，又是资助他本钱，慢慢地熟悉融洽起来，接着就吹嘘自己的儿子怎么样的聪明，并且给儿子提亲。王心斋又是感激他的情谊，又是仰慕他的富裕，就同意了这门亲事。

　　回来以后，来到虞小思的家里，这时候，虞小思已经在前一天接受了冯家的婚书。听完王心斋的介绍，虞小思心里非常不高兴，把纫针叫过来，把王心斋许亲的事情对她说了。纫针生气地说："黄家债主，是我的仇人！让我去侍候仇人，那我只有一死！"

　　一番话说得王心斋非常羞愧，就托人告诉黄某已经和冯氏订下了亲事。黄某听后，生气地说："那个丫头姓王，而不姓虞。王同意我在前．他同意冯家在后，怎么能够违背婚约呢？"于是就到知县那里告状。知县打算按照定亲的先后将女子判归黄某。冯氏说："王心斋早就已经把女儿给了虞小思家里，而且原来就说过婚嫁不再过问，虞小思给女子定亲是合理的，再说我有正式的婚书；至于王和黄某之间，只不过是在喝酒的时候随便说说罢了。"知县听了冯的申诉一时无法判断，就准备根据纫针的意愿判决。这时候，黄某又用许多银子收买知县，请求知县加以袒护，因此一直拖了一个多月也没有裁决。

有一天，有一位举人北上到京城去应试，公车路过东昌，让人寻访王心斋，正好问到虞小思家里，虞小思反过来相问，原来举人姓傅，就是阿卯。他已经人了福建籍，现年已经十八岁，乡试已经考中了举人。因为小时候就已经订下了亲事，所以他一直到现在还没有结婚。这次北上，他的母亲叮嘱他要顺道访一访王心斋，问一下女子是不是已经嫁人。

虞小思听了介绍，非常高兴，就把傅举人请到家里，讲述了这些年纫针的遭遇。然而女婿来自千里以外，苦于没有凭证。于是傅举人打开随身携带的箱子，取出当年王心斋亲笔写的允婚书。虞小思把王心斋召唤来验看，确实是真的，于是大家都非常高兴。这一天，知县要复审这件案子，傅举人递上名片，谒见知县说明了情况，这个案子才撤销了。傅举人选了一个好日子，约好了婚期，就进京去了。

傅举人参加会试以后，买了很多礼品回到东昌，住在他家原来的宅院里面，举行了婚礼。这时候，得中进士的喜报报到了福建，接着又报到了东昌，礼部会试又考中了，接着又是进京观政。从京城回来，纫针不愿意到江南地方去，傅举人也因为旧宅祖坟都在东昌，于是一个人去了福建，扶着父亲的棺木，用车载着母亲一起回到故乡。

又过了几年以后，虞小思生病去世，儿子只有七八岁。纫针抚养这个孩子比对待自己的亲弟弟还要好。又让他读书，并且考进了县学，家里也非常富裕，这一切都是靠傅举人的力量啊！

桓侯

【原文】

荆州彭好士[①]，友家饮归。下马溲便[②]，马龁草路傍。有细草一丛，蒙茸可爱，初放黄花，艳光夺目，马食已过半矣。彭拔其馀茎，嗅之有异香，因纳诸怀。超乘复行[③]，马骛驶绝驰[④]，颇觉快意，竟不计算归途，纵马所之。忽见夕阳在山，始将旋辔[⑤]。但望乱山丛沓，并不知其何所。一青衣人来，见马方喷嘶[⑥]，代为捉衔[⑦]，曰："天已近暮，吾家主人便请宿止。"彭问："此属何地？"曰："阆中也[⑧]。"彭大骇，盖半日已千馀里矣，因问："主人为谁？"曰："到彼自知。"又问："何在？"曰："咫尺耳。"遂代鞚疾行[⑨]，人马若飞。过一山头，见半山中屋宇重叠，杂以屏幔[⑩]，遥睹衣冠一簇，若有所伺。彭至下马，相向拱敬[⑪]。俄，主人出，气象刚猛，巾服都异人世。拱手向客，曰："今日客，莫远于彭君。"因揖彭，请先行。彭谦谢，不肯遽先[⑫]。主人捉臂行之。彭觉捉处如被械梏，痛欲折，不敢复争，遂行。下此者，犹相推让，主人或推之，或挽之，客皆呻吟倾跌，似不能堪，一依主命而行。登堂，则陈设炫丽，两客一筵[⑬]。彭暗问接坐者："主人何人？"答云："此张桓侯也[⑭]。"彭愕然，不敢复咳。合座寂然。酒既行，桓侯曰："岁岁叨扰亲宾，聊设薄酌，尽此区区之意。值远客辱临，亦属幸遇。仆窃妄有干求[⑮]，如少存爱恋，即亦不强。"彭起问："何物？"曰："尊乘已有仙骨，非尘世所能驱策。欲市马相易，如何？"彭曰："敬以奉献，不敢易也。"桓侯曰："当报以良马，且将赐以万金。"彭离席伏谢。桓侯命人曳起之。俄顷，酒馔纷纶[⑯]。日落，命烛。众起辞，彭亦告别。桓侯曰："君远来焉归？"彭顾同席者曰："已求此公作居停主人矣[⑰]。"桓侯乃遍以巨觞酌客，谓彭曰："所怀香草，鲜者可以成仙，枯者可以点金；草七茎，得金一万。"即命僮出方授彭。彭又拜谢。桓侯曰："明日造市，请于马群中任意择其良者，不必与之论价，吾自给之。"又告众曰："远客归家，可少助以资斧。"众唯唯。觞尽，谢别而出。途中始诘姓字，同座者为刘子翚。同行二三里，越岭即睹村舍。众客陪彭并至刘所，始述其异。

桓侯

好借神驹迎远家
蓋伸主谊宴佳宾
登堂推挽肱火折
想见将军勇绝伦

桓侯

先是，村中岁岁赛社于桓侯之庙⑱，斩牲优戏⑲，以为成规，刘其首善者也⑳。三日前，赛社方毕。是午，各家皆有一人邀请过山。问之，言殊恍惚，但敦促甚急。过山见亭舍，相共骇疑。将至门，使者始实告之；众亦不敢却退。使者曰："姑集此，邀一远客行至矣。"盖即彭也。众述之惊怪。其中被把握者，皆患臂痛；解衣烛之，肤肉青黑。彭自视亦然。众散，刘即襆被供寝。既明，村中争延客；又伴彭入市相马。十馀日，相数十匹，苦无佳者；彭亦拚苟就之。又入市，见一马骨相似佳㉑；骑试之，神骏无比。径骑入村，以待鬻者；再往寻之，其人已去。遂别村人欲归。村人各馈金资，遂归。马一日行五百里。抵家，述所自来，人不之信。囊中出蜀物，始共怪之。香草久枯，恰得七茎，遵方点化，家以暴富。遂敬诣故处，独祀桓侯之祠，优戏三日而返。

异史氏曰："观桓侯燕宾，而后信武夷幔亭非诞也㉒。然主人肃客，遂使蒙爱者几欲折肱，则当年之勇力可想。"

吴木欣言㉓："有李生者，唇不掩其门齿，露于外盈指。一日，于某所宴集，二客逊上下㉔，其争甚苦。一力挽使前，一力却向后。力猛肘脱，李适立其后，肘过触喙，双齿并堕，血下如涌。众愕然，其争乃息。"此与桓侯之握臂折肱，同一笑也。

【注释】

①荆州：府名，治所在今湖北省江陵县。

②溲（搜）便：便溺。

③超乘：跃身上马。

④骛（务）驶：奔跑。绝驰：极快。

⑤旋辔：返辔、转回。

⑥喷嘶：喷鼻嘶叫。

⑦衔：马衔。马口中所含之铁链，用以控马。

⑧阆（浪）中：县名，故城在今四川省阆中市西。

⑨代鞚（控）：代为牵马。鞚，马勒，辔首。

⑩屏幔：屏风帷幔。

⑪相向：意为相对。拱敬：拱手致敬。

⑫遽先：仓促先行。

⑬一筵：一席。

⑭张桓侯：张飞，字益德，东汉末涿郡人。与关羽同事刘备，雄壮威猛。章武元年，升车骑将军，后随刘备伐吴，为其部下所杀。谥桓侯。

⑮干求：求取。

⑯纷纶（轮）：纷杂。形容丰盛。

⑰居停主人：寄宿的房主。

⑱赛社：秋收之后，备酒食祭祀田神。

⑲斩牲：杀牲畜为祭品。优戏：请优人演戏。

⑳首善者：善举的倡导者。

㉑骨相：骨骼形貌。

㉒武夷幔亭：陆羽《武夷山记》引神话传说：秦始皇二年八月十五日，武夷君于山上置幔亭，化虹桥通上下，大会乡人饮宴。武夷，武夷君，武夷山山神。幔亭，张幔为亭。

㉓吴木欣：名长荣，字木欣，长山（今山东省邹平县）人。

㉔逊：逊让。

【译文】

　　湖北荆州有一个人名字叫彭好士，从朋友家里喝酒回来，路上下马小解，把马放在道旁吃草。道边有一丛细草，上面蒙着一层茸毛，十分可爱，刚开的黄花，光彩夺目，已经被马吃掉了一多半。彭好士把剩下的都拔了下来，觉得异香扑鼻，就将它藏到了怀里，接着又乘马而行，马就像飞似的奔驰起来。彭好士在马背上觉得非常畅快，任凭马随意奔跑，也没有考虑路走得是否对。直到夕阳落山，他才收住马缰打算回家，但是向周围看去，只见乱山丛杂，并不知道这是来到了哪里。

彭好士正在疑惑，一个身上穿着青衣的差役走上前来，看见马还在嘶叫，就代他抓住辔头，说："天马上要黑了，我家的主人请你去居住。"彭好士问他："这里是什么地方？"回答说："这里是四川的阆中市。"彭好士非常吃惊，原来半天的时候已经跑出了一千多里路程。彭好士问："你家主人又是谁呢？"回答说："到了家你就会知道了。"彭好士又问："府上在什么地方呢？"回答说："近在咫尺！"于是替他牵着马笼头快步走去，人马就像飞着一样。

转过一个山头，只见半山腰有一座府第，屋宇重叠交错，还杂有悬挂着屏幔的楼房，远远地就可以看见有一些身上穿着官服的人聚集在那里，好像是在等待着什么人。彭好士来到大家跟前翻身下马，拱手施礼，和大家见过了面。转眼间，主人迎了出来，只见他气势刚劲勇猛，头巾袍服的式样和当代人穿的都截然不同。

主人来到大家面前，拱手相迎，说："今天的来宾，没有比彭先生路途再远的了。"于是，深施一礼，请彭好士先行。彭好士立刻表示谢意，不愿意先走。主人把他的胳膊握住，一定要请他先走。好士就觉得被主人把握的地方就像被上了枷梏，痛得像骨折一般，也就不敢再争让了，只好走在前面。其余宾客，也都互相推让，主人有的推了一下，有的拉了一把，客人们有的呻吟，有的倾倒，好像都痛苦不堪，只好遵照主人的命令依次而行。

进到大厅里，就看见诸般陈设都十分华丽，光彩耀眼。两位宾客一张桌子，筵席都已经准备好了。入座以后，彭好士就偷偷地问邻座的一位宾客："这位主人是谁？"宾客回答说："这就是张飞张桓侯！"彭好士觉得非常奇怪，唯恐不敬，都不敢再咳嗽了。席上也都寂静无声。

酒宴开始以后，张桓侯说："年年叨扰诸位乡亲，暂时准备了几桌薄酒，也算尽点小小的心意吧！正好碰见远方的客人前来光临，也是一件非常幸运的事情。我有一个小小的请求，不知道先生同不同意。如果你还舍不得，那我也不勉强！"彭好士立刻站起身来问："不知道是什么东西？"桓侯说："你的马已经有了仙骨，不是尘世间的人所能够驾驭的。我想买匹马和你交换，不知道意下如何？"彭好士说："我把它奉献给你吧，不用交换了。"桓侯说："我一定回报你一匹好马，并且准备给你一万两黄金。"彭好士马上离开座席跪在地上拜谢。桓侯吩咐左右把他扶了起来。

不大一会儿，端上来各式各样的酒菜，一直喝到太阳落山。大厅内点起了灯烛。众宾客站起来辞谢，彭好士也站起来告别。桓侯说："你远道而来，回到什么地方去呢？"彭好士转过头来看着同席的那位客人说："我已经和这位说好，到他那里去居住。"于是桓侯用大杯又向每位宾客都敬了一遍酒。然后对彭好士说："你所怀的香草，新鲜的服下可以成仙；枯萎的可以用来点金。香草七根，可以得到金子一万两。"然后吩咐童子拿来点金的方子授予彭好士，彭好士又连连拜谢。

桓侯又对他说："明天就是集市，请你在马群里任意挑选一匹好马，也不必讲价钱，由我自己付给他们。"又告诉大家，"这位远方的客人回家的时候，可以少量地帮助些盘缠。"大家点头称是。喝酒已经结束，大家才辞谢离开府第。

路上，彭好士才得以询问大家的姓名，同席的那一位姓刘名子翚。大家一起行了二三里地的路程，越过一道山岭，就看见前面有一座村落。大家陪着彭好士一齐来到刘子翚的家里，才议论起这件事情的怪异。以前，村子里每年都要在桓侯庙赛社，屠牛宰羊进行祭祀，请艺人来这里唱戏，都已经成了定规，刘子翚就是举办赛社的首领。三天前，赛社刚刚举行完毕。这天中午，各家各户都有一人被邀请过山。问来人究竟有什么事情，一直都没有讲清楚，只是敦促得很急。

大家过了山，看到前面突然出现一片亭台楼阁，都非常疑惑。快要临近府门的时候，来人才把实话讲了，大家也不敢退走。来人还说："大家姑且在这里等一下，邀请的一位远客，也就要到了。"这位远客原来就是彭好士。大家越来越感到奇怪。其中，曾被桓侯把握过的，都感到臂痛。解开衣服拿灯一照，只见皮肉都青紫了。彭好士一看自己的胳臂，也是这样。大家散去，刘子翚即取来被褥请彭好士睡下。

第二天，村子里各户争相邀请彭好士到自家做客。又陪伴他到集市上去相看马

聊斋志异

图文珍藏版

四。一连十多天，相看了几十匹马，都苦于没有好的，彭好士也决意毫不迁就。又一天到了集市，见到一匹马，从骨架看像是一匹好马，骑上一试，真是神骏无比。彭好士径直骑到村子里，以便等待卖马的人。但是等了很长时间，也没有见到这个人，再到市集上去寻找，这个人已经走了。于是彭好士和村子里的人告辞，打算回家。村子里的人都赠送他一些金钱，作为路费。

这匹马，日行五百里。彭好士回到家里，谈到是从阆中回来的，人们都不敢相信。他从背囊中取出一些四川出产的东西，大家看过才都觉得怪异。彭好士从怀里取出香草，草早已枯黄，小心整理，正好是七根，按照带回的方子进行点化，因此家里突然发了大财。

彭好士重新来到阆中，亲自到桓侯庙进行祭祀，并一连唱了三天大戏，然后才返回荆州去。

粉　蝶

【原文】

　　阳曰旦，琼州士人也①。偶自他郡归，泛舟于海，遭飓风，舟将覆；忽飘一虚舟来②，急跃登之。回视，则同舟尽没。风愈狂，瞑然任其所吹。亡何，风定。开眸，忽见岛屿，舍宇连亘③。把棹近岸，直抵村门。村中寂然，行坐良久，鸡犬无声。见一门北向，松竹掩蔼。时已初冬，墙内不知何花，蓓蕾满树。心爱悦之，逡巡遂入。遥闻琴声，步少停。有婢自内出，年约十四五，飘洒艳丽。睹阳，返身遽入。俄闻琴声歇，一少年出，讶问客所来。阳具告之。转诘邦族，阳又告之。少年喜曰："我姻亲也。"遂揖请入院。院中精舍华好④，又闻琴声。既入舍，则一少妇危坐⑤，朱弦方调，年可十八九，风采焕映。见客入，推琴欲逝⑤。少年止之曰：

"勿遁，此正卿家瓜葛。"因代溯所由⑦。少妇曰："是吾侄也。"因问其"祖母尚健否？父母年几何矣？"阳曰："父母四十馀，都各无恙；惟祖母六旬，得疾沉痼⑧，一步履须人耳。侄实不省姑系何房⑨，望祈明告，以便归述。"少妇曰："道途辽阔，音问梗塞久矣。归时但告而父，'十姑问讯矣⑩'，渠自知之。"阳问："姑丈何族？"少年曰："海屿姓晏。此名神仙岛，离琼三千里，仆流寓亦不久也。"十娘趋

粉蝶

入，使婢以酒食饷客，鲜蔬香美，亦不知其何名。饭已，引与瞻眺，见园中桃杏含苞，颇以为怪。晏曰："此处夏无大暑，冬无大寒，花无断时。"阳喜曰："此乃仙乡。归告父母，可以移家作邻。"晏但微笑。

还斋炳烛，见琴横案上，请一聆其雅操①。晏乃抚弦捻柱。十娘自内出，晏曰："来，来！卿为若侄鼓之。"十娘即坐，问侄："愿何闻？"阳曰："侄素不读《琴操》②，实无所愿。"十娘曰："但随意命题，皆可成调。"阳笑曰："海风引舟，亦可作一调否？"十娘曰："可。"即按弦挑动，若有旧谱，意调崩腾；静会之③，如身仍在舟中，为飓风之所摆簸。阳惊叹欲绝，问："可学否？"十娘授琴，试使勾拨④，曰："可教也。欲何学？"曰："适所奏'飓风操'，不知可得几日学？请先录其曲，吟诵之。"十娘曰："此无文字，我以意谱之耳。"乃别取一琴，作勾剔之势，使阳效之。阳习至更馀，音节粗合⑤，夫妻始别去。阳目注心凝，对烛自鼓；久之，顿得妙悟⑯，不觉起舞。举首，忽见婢立灯下，惊曰："卿固犹未去耶？"婢笑曰："十姑命待安寝，掩户移檠耳⑰。"审顾之，秋水澄澄⑱，意态媚绝。阳心动，微挑之；婢俯首含笑。阳益惑之，遽起挽颈。婢曰："勿尔！夜已四漏，主人将起，彼此有心，来宵未晚。"方狎抱间，闻晏唤"粉蝶"。婢作色曰："殆矣！"急奔而去。阳潜往听之。但闻晏曰："我固谓婢子尘缘未灭，汝必欲收录之。今如何矣？宜鞭三百！"十娘曰："此心一萌，不可给使，不如为吾侄遣之⑲。"阳甚惭惧，返斋灭烛自寝。天明，有童子来侍盥沐，不复见粉蝶矣。心惴惴恐见谴逐。俄晏与十姑并出，似无所介于怀，便考所业⑳。阳为一鼓。十娘曰："虽未入神㉑，已得什九，肄熟可以臻妙。"阳复求别传㉒。晏教以"天女谪降"之曲，指法拗折，习之三日，始能成曲。晏曰："梗概已尽，此后但须熟耳。娴此两曲，琴中无硬调矣。"

阳颇忆家，告十娘曰："吾居此，蒙姑抚养甚乐；顾家中悬念。离家三千里，何日可能还也！"十娘曰："此即不难。故舟尚在，当助一帆风。子无家室㉓，我已遣粉蝶矣。"乃赠以琴，又授以药曰："归医祖母，不惟却病，亦可延年。"遂送至海岸，俾登舟。阳觅楫，十娘曰："无须此物。"因解裙作帆，为之萦系。阳虑迷途，十娘曰："勿忧，但听帆漾耳。"系已，下舟。阳凄然，方欲拜谢别，而南风竞起，离岸已远矣。视舟中糗粮已具㉔，然止足供一日之餐，心怨其啬。腹馁不敢多食，惟恐遽尽，但啖胡饼一枚㉕，觉表里甘芳㉖。馀六七枚，珍而存之，即亦不复饥矣。俄见夕阳欲下，方悔来时未索膏烛。瞬息，遥见人烟；细审，则琼州也。喜极。旋已近岸，解裙裹饼而归。

入门，举家惊喜，盖离家已十六年矣，始知其遇仙。视祖母老病益惫；出药投之，沉疴立除。共怪问之，因述所见。祖母泫然曰："是汝姑也。"初，老夫人有少女，名十娘，生有仙姿。许字晏氏。婿十六岁，入山不返。十娘待至二十馀，忽无疾自殂，葬已三十馀年。闻旦言，共疑其未死。出其裙，则犹在家所素着也。饼分啖之，一枚终日不饥，而精神倍生。老夫人命发冢验视，则空棺存焉。

旦初聘吴氏女未娶，旦数年不还，遂他适。共信十娘言，以俟粉蝶之至；既而年馀无音，始议他图。临邑钱秀才㉗，有女名荷生，艳名远播。年十六，未嫁而三丧其婿。遂媒定之，涓吉成礼。既入门，光艳绝代。旦视之，则粉蝶也。惊问曩事，女茫乎不知。盖被逐时，即降生之辰也。每为之鼓"天女谪降"之操，辄支颐凝想㉘，若有所会。

【注释】

①琼州：明清府名，府治在今海南省琼山区南。

②虚舟：空船。

③连亘：据山东省博物馆抄本，原作"连垣"。

④精舍：指书斋、学舍。

⑤危坐：端坐。

⑥逝：离去。

⑦溯：追诉；从头陈述。

⑧沉痼：久治不愈。

⑨省（醒）：知；明白。

⑩问讯：问候。

⑪一聆其雅操：聆听一下他的琴曲。操，琴曲。

⑫《琴操》：解说琴曲的书，传为东汉蔡邕所撰。

⑬会：领会。

⑭勾拨："勾"与"拨"以及后文的"剔"，都是弹琴的指法。

⑮粗合：大略合谱。

⑯妙悟：超越寻常的领悟；指深得演奏奥妙。

⑰移檠（情）：端灯。檠，灯架。

⑱秋水澄澄：形容眼睛明亮。

⑲遣：发落。这里指放逐人间。

⑳考所业：考查所习的课业。业，这里指学习弹琴。

㉑入神：达到神妙的境界。

㉒别传：传授别的琴曲。

㉓家室：犹言"妻室"。

㉔糗粮：干粮。

㉕胡饼：芝麻烧饼。胡，指"胡麻"，即芝麻。

㉖表里甘芳：饼的外皮和内层又甜又香。

㉗临邑：同一州郡所属之县。此指琼州所属县。临，监临。又，临，与"邻"通作"邻县"解，亦通。

㉘支颐：以手支托下巴。颐，下巴。

【译文】

阳日旦，琼州书生。一次，他从外郡回家，乘船海上，遇到了风暴，船眼看就要翻了。忽然漂来一只空船，便急忙跳了上去。回头再看。原来的那只船已经沉入了海底。这时，风越刮越大，阳日旦闭上双眼，任凭风把小船吹去。

不久，风住了。阳日旦睁眼一看，眼前出现了一个小岛，岛上房屋错落相连。他把小船划靠岸边，径直走到村口。村子里十分安静，阳日旦走走坐坐，过了很久，连鸡犬的叫声都听不见。只见一扇朝北面开的小门，被青松翠竹掩映着。这时已是初冬季节，墙内不知栽的什么花，蓓蕾满树。阳曰旦觉得很好看，便四顾着走进小院。远远地听见有人弹琴的声音，就慢慢停下了脚步。只见从屋里走出一个丫鬟，十四五岁的样子，既潇洒又漂亮。丫鬟一眼看见阳曰旦，马上返身回了屋。一会儿琴声停了，一位少年从屋里走了出来，惊讶地问阳曰旦从哪里来。阳曰旦把海上遇难的经过一一讲了。少年又问阳曰旦的乡里和家族，阳曰旦也告诉了他。少年高兴地说："是亲戚呀！"便拱手请阳曰旦进了院子。

院子里屋舍精致华美，又传来琴声。进到屋里，见一个少妇端坐在那儿，弹拨着红色的琴弦，年纪十八九岁，神采动人。她见有客人来，就推开琴想走开。少年赶忙制止，说："不要走，这人正是你家亲戚。"并代阳曰旦从头讲了经过。少妇说："是我的侄子。"便问阳曰旦祖母是否仍健在，父母亲有多大岁数，阳曰旦回答说："父母已四十多岁，都很好。只是六十多岁的祖母病了很久了，走一步都需要人扶着。小侄实在不知道姑姑是家族的哪一支，希望能明白地告诉我，以便回家后禀告。"少妇说："路途遥远，很久没有通音讯了。回去后只要告诉你父亲：'十姑向你问好！'他就明白了。"阳曰旦又问："姑丈家族是哪里的？"少年说："这附近的海和岛屿是属于姓晏的。这个岛名叫神仙岛，离琼州有三千里，我们到这里也不久。"十娘进到里屋，让丫鬟取酒饭来款待客人。蔬菜很鲜美，但不知叫什么名字。吃过饭，主人引着阳曰旦四处游览。阳曰旦看见花园中桃杏含苞欲放，很是奇怪。晏公子说："这里夏天不十分热，冬天也不十分冷，因此花开不断。"阳曰旦高兴地说："这里真是仙境。我回去告诉父母，可以把家迁到这里。"晏公子听罢，只是微笑。

回到房间，点上蜡烛，阳曰旦见琴放在案上，便请晏公子弹奏一曲。晏公子便调试琴弦。十娘从屋里出来，晏公子说："来，来，为你侄子弹奏一曲。"十娘坐下，问阳曰旦："愿意听什么？"阳曰旦说："小侄从没读过《琴操》，实在说不出想听什么。"十娘说："你就随意出个题目，我都可以弹。"阳曰旦笑着说："海风引舟，也能成一曲不？"十娘说："可以。"随即拨动琴弦，好像是有现成的谱子一样。曲调给人的感觉像山崩地裂，万马奔腾。静静地领会，就像仍旧置身在小船中，被飓风颠簸的样子。阳日旦惊叹至极，问："我能学吗？"十娘把琴递给他，让他试着弹拨了几下后，说："可以教你。想学什么？"阳日旦说："刚才弹奏的《飓风曲》，不知需要学几天？让我先把曲子写下来，以便背诵。"十娘说："此曲没有文字，我不过是凭感觉来谱罢了。"然后另取了一把琴，做弹拨的样子，让阳日旦效仿她。阳日旦学到一更过，音调大体符合时，晏氏夫妻才告别离去。

　　阳日旦聚精会神，对烛弹奏，过了好久，忽然悟出了其中的奥妙，高兴得手舞足蹈起来。一抬头，发现丫鬟正站在灯下，惊奇地问："你怎么还没有走？"丫鬟笑着说："十姑让我侍候你休息后，关上门，把灯端走。"阳日旦细看她，只见她一双眼睛清澈明亮，神情姿态美极了。阳日旦不觉心动，稍稍挑逗她，丫鬟低头含笑。阳日旦更加着迷了，突然起身搂着她的脖子。丫鬟说："不要这样！已经四更了，主人马上就要起床了。彼此有心，明晚也不迟。"

　　两人正拥抱着，只听晏公子叫"粉蝶"，丫鬟脸色一变，说："坏了！"急急忙忙跑了出去。阳日旦悄悄地前去偷听。只听晏公子说："我早就说过这丫鬟世俗因缘没有彻底消去，你非要收留她。现在怎么样了？该打三百鞭子。"十娘说："这颗心一萌动，再不能供使唤了，不如为我侄子把她放逐了。"阳日旦既惭愧又害怕，回到房中吹灭蜡烛睡了。

　　天亮后，有童仆来侍候阳日旦盥洗，没再看见粉蝶。心里惴惴不安，怕她被放逐了。一会儿，晏公子和十娘一同出来，好像没把昨晚的事放在心上，只问他琴学得如何。阳日旦弹奏了一遍，十娘说："虽然还没有入神，但十成已学到九成了，练熟了就可达到美妙的境地。"阳日旦又请求她传授别的曲子，晏公子教给他《天女谪降》曲。此曲指法很不顺当，学了三天才成调。晏公子说："大略的情节已全部教给你了，以后只需要熟练就是了。如果娴熟了这两支曲子，那么就没有难奏的曲子了。"

　　阳日旦很想家，对十娘说："我住在这里，承蒙姑姑照顾，很高兴，只是担心家人挂念。离家三千里远，什么时候才能回去啊！"十娘说："这不难。原来的小船还在，我一定助你一帆风顺。你没有妻室，我已打发粉蝶去了。"于是送他一把琴，又拿药给他，说："回去给祖母治病，不但能治病，还能延长寿命。"然后把他送到海边，让他上了船。

十娘解下裙子当帆，说："只需随着风帆漂荡，不必再用船桨。"阳日旦很悲伤，刚要拜别，强劲的南风突然刮起，小船已离岸很远了。他看看船上的干粮已经备好，但只够一天吃的。肚子饿了也不敢多吃，唯恐很快吃光，就只吃了一个芝麻烧饼，觉得又香又甜。剩下的六七个舍不得吃，存放起来，却再也不感到饿。一会儿见太阳要下山了，才后悔忘了要些蜡烛。突然，阳日旦远远地看见了人烟，仔细观察，原来是琼州，高兴极了。一会儿船已靠岸，他赶紧解下裙子，包好烧饼回家。

一进家门，全家人又惊又喜，原来阳日旦已离家十六年了，这才知道他遇上了神仙。阳日旦看到祖母老多了，病得更加衰弱无力，赶忙拿出药给她吃，旧病立即祛除。家人都很惊奇，忙问是怎么回事，阳日旦便详述了自己的经历。祖母流着眼泪说："是你姑姑。"原来，老夫人有个小女儿，名叫十娘，长得像天仙一样，许配给晏家。女婿十六岁时，进到山里便再也没有回来。十娘等到二十余岁，突然没病死去，已埋葬了三十多年。听了阳日旦的话，大家都怀疑她没死。阳日旦拿出她的裙子，原来还是她下葬时穿的。大家把芝麻烧饼分吃了，吃一个就能终日不饥，而且精神倍增。老夫人命人将十娘的坟墓挖开查验，见只有空棺材在那里。

阳日旦原来曾和吴家的女子定了亲，还没有娶过来，因为他几年不回来，就另嫁人了。大家都相信十娘的话，等待粉蝶的到来。一年过去了，仍没有消息，只好商量另做打算。

邻县有个姓钱的秀才，有个女儿名叫荷生，以貌美闻名远近。已经十六岁了，她还没有出嫁，却三次死了未婚夫婿。阳日旦请人说媒订婚，选择吉日举行了婚礼。入门一见，荷生果然是美貌绝代。阳日旦仔细看她，原来是粉蝶。他惊奇地问起往事，荷生却茫然不知。大概是被放逐之时，就是她降生的日子。每当阳日旦弹奏《天女谪降》曲时，荷生就手托着腮凝思，好像听懂了一样。

李檀斯

长山李檀斯，国学生也①。其村中有媪走无常②，谓人曰："今夜与一人舁檀老投生淄川柏家庄一新门中，身躯重赘，几被压死。"时李方与客欢饮，悉以媪言为妄。至夜，无疾而卒。天明，如所言往问之，则其家夜生女矣。

【注释】

①国学生：即国子监生。

②走无常：迷信说法，谓地下亦如人间，设有官吏。吏有不足，即勾摄生人为之，事讫放还，称为走无常。

【译文】

长山县有一个人叫李檀斯，是个太学生。在他的村里有一个老婆婆"走无常"——在人将死的时候，做无常鬼来夺魂取命。

有一天，这个老婆婆和人们说："今天晚上，我和另一个人抬着檀斯老爷，投生到淄川县柏家庄一位刚刚做官的人家里，他身体又胖又重，我差一点儿被他压死。"当时，李檀斯正在和宾客欢聚喝酒。人们都认为老婆婆的话非常荒谬。但是到了傍晚，李檀斯竟然无疾而死。天明以后，人们按照老婆婆所说的地点前去访问。确实这一家在晚上生下了个女孩子。

中华传世藏书

聊斋志异

图文珍藏版

锦　　瑟

【原文】

　　沂人王生，少孤，自为族①。家清贫；然风标修洁②，洒然裙屐少年也③。富翁兰氏，见而悦之，妻以女，许为起屋治产。娶未几而翁死。妻兄弟鄙不齿数④。妇尤骄倨，常佣奴其夫；自享饈馔⑤，生至，则脱粟瓢饮⑥，折梯为匕⑦，置其前。王悉隐忍。年十九，往应童试，被黜。自郡中归，妇适不在室，釜中烹羊臛熟⑧，就啖之。妇入，不语，移釜去。生大惭，抵箸地上⑨，曰："所遭如此，不如死！"妇恚，问死期，即授索为自经之具。生忿投羹碗，败妇颡⑩。生含愤出，自念良不如死，遂怀带入深壑。

　　至丛树下，方择枝系带，忽见土崖间，微露裙幅；瞬息，一婢出，睹生急返，如影就灭，土壁亦无绽痕。固知妖异；然欲觅死，故无畏怖，释带坐觇之。少间，复露半面，一窥即缩去。念此鬼物，从之必有死乐。因抓石叩壁曰："地如可入，幸示一途！我非求欢，乃求死者。"久之，无声。王又言之。内云："求死请姑退，可以夜来。"音声清锐，细如游蜂。生曰："诺。"遂退以待夕。未几，星宿已繁，崖间忽成高第，静敞双扉。生拾级而入⑪。才数武，有横流涌注，气类温泉。以手探之，热如沸汤；不知其深几许。疑即鬼神示以死所，遂踊身入。热透重衣，肤痛欲糜⑫；幸浮不沉。洇没良久，热渐可忍，极力爬抓，始登南岸，一身幸不泡伤。行次⑬，遥见厦屋中有灯火⑭，趋之。有猛犬暴出，龁衣败袜。摸石以投，犬稍却。又有群犬要吠⑮，皆大如犊。危急问，婢出叱退，曰："求死郎来耶？吾家娘子悯君厄穷，使妾送君入安乐窝，从此无灾矣。"挑灯导之。启后门，黯然行去。入一家，明烛射窗，曰："君自入，妾去矣。"

生入室四瞻，盖已入己家矣。反奔而出。遇妇所役老媪曰："终日相觅，又焉往!"反曳入。妇帕裹伤处，下床笑逆，曰："夫妻年馀，狎谑顾不识耶? 我知罪矣。君受虚诮^⑯，我被实伤，怒亦可以少解。"乃于床头取巨金二铤置生怀，曰："以后衣食，一惟君命，可乎?"生不语，抛金夺门而奔，仍将入壑，以叩高第之

锦瑟

门。既至野，则婢行缓弱，挑灯尤遥望之。生急奔且呼，灯乃止。既至，婢曰："君又来，负娘子苦心矣。"王曰："我求死，不谋与卿复求活。娘子巨家，地下亦

应需人。我愿服役，实不以有生为乐。"婢曰："乐死不如苦生，君设想何左也^⑰！吾家无他务，惟淘河、粪除、饲犬、负尸；作不如程^⑱，则刵耳劓鼻^⑲、敲肘刜趾^⑳。君能之乎？"答曰："能之。"又入后门，生问："诸役可也。适言负尸，何处得如许死人？"婢曰："娘子慈悲，设'给孤园'^㉑，收养九幽横死无归之鬼^㉒。鬼以千计，日有死亡，须负瘗之耳。请一过观之。"移时，入一门，署"给孤园"。入，见屋宇错杂，秽臭熏人。园中鬼见烛群集，皆断头缺足，不堪入目。回首欲行，见尸横墙下；近视之，血肉狼藉。曰："半日未负，已被狗咋^㉓。"即使生移去之。生有难色。婢曰："君如不能，请仍归享安乐。"生不得已，负置秘处。乃求婢缓颊，幸免尸污。婢诺。行近一舍，曰："姑坐此，妾入言之。饲狗之役较轻，当代图之，庶几得当以报。"去少顷，奔出，曰："来，来！娘子出矣。"生从入。见堂上笼烛四悬，有女郎近户坐，乃二十许天人也。生伏阶下。女郎命曳起之，曰："此一儒生，乌能饲犬；可使居西堂，主簿^㉔。"生喜，伏谢。女曰："汝以朴诚，可敬乃事。如有舛错^㉕，罪责不轻也！"生唯唯。婢导至西堂，见栋壁清洁，喜甚，谢婢。始问娘子官阀。婢曰："小字锦瑟，东海薛侯女也^㉖。妾名春燕。旦夕所需，幸相闻^㉗。"婢去，旋以衣履衾褥来，置床上。生喜得所。黎明，早起视事，录鬼籍^㉘。一门仆役，尽来参谒，馈酒送脯甚多。生引嫌^㉙，悉却之。日两餐，皆自内出。娘子察其廉谨，特赐儒巾鲜衣。凡有赍赉^㉚，皆遣春燕。婢颇风格，既熟，颇以眉目送情。生斤斤自守，不敢少致差跌^㉛，但伪作駤钝。积二年馀，赏给倍于常廪^㉜，而生谨抑如故^㉝。

一夜，方寝，闻内第喊噪。急起，捉刀出，见炬火光天。入窥之，则群盗充庭，厮仆骇窜。一仆促与偕遁，生不肯，涂面束腰，杂盗中呼曰："勿惊薛娘子！但当分括财物，勿使遗漏。"时诸舍群贼方搜锦瑟不得，生知未为所获，潜入第后独觅之。遇一伏姬，始知女与春燕皆越墙矣。生亦过墙，见主婢伏于暗陬^㉞。生曰："此处乌可自匿？"女曰："吾不能复行矣！"生弃刀负之。奔二三里许，汗流竟体，始入深谷，释肩令坐。飙一虎来^㉟。生大骇，欲迎当之，虎已衔女。生急捉虎耳，极力伸臂入虎口，以代锦瑟。虎怒，释女，嚼生臂，脆然有声。臂断落地，虎亦返去。女泣曰："苦汝矣！苦汝矣！"生忙遽未知痛楚㊱，但觉血溢如水，使婢裂衿裹断处。女止之，俯觅断臂，自为续之；乃裹之。东方渐白，始缓步归。登堂如墟㊲。天既明，仆媪始渐集。女亲诣西堂，问生所苦。解裹，则臂骨已续；又出药糁其创㊳，始去。由此益重生，使一切享用，悉与己等。臂愈，女置酒内室以劳之。赐之坐，三让而后隅坐㊴。女举爵如让宾客。久之，曰："妾身已附君体㊵，意欲效楚王女之于臣建㊶。但无媒，羞自荐耳。"生惶恐曰："某受恩重，杀身不足酬。所为非分，惧遭雷殛㊷，不敢从命。苟怜无室㊸，赐婢已过。"一日，女长姊瑶台至，四十许佳人也。至夕，招生入，瑶台命坐，曰："我千里来，为妹主婚，今夕可配君子。"生又起辞。瑶台遽命酒，使两人易盏。生固辞，瑶台夺易之。生乃伏地谢罪，受饮之。瑶台出，女曰："实告君：妾乃仙姬㊹，以罪被谪。自愿居地下，收养冤魂，以赎帝谴㊺。适遭天魔之劫，遂与君有附体之缘。远邀大姊来，固主婚嫁，亦使代摄家政，以便从君归耳。"生起敬曰："地下最乐！某家有悍妇，且屋宇隘陋；势不能员园委曲，以每其生㊻。"女笑曰："不妨。"既醉，归寝，欢恋臻至。过数日，谓生曰："冥会不可长，请郎归。君干理家事毕，妾当自至。"以马授生，启扉自出，壁复合矣。

生骑马入村，村人尽骇。至家门，则高庐焕映矣。先是，生去，妻召两兄至，将箠楚报之；至暮，不归，始去。或于沟中得生履，疑其已死。既而年馀无耗。有陕中贾某，媒通兰氏，遂就生第与妇合。半年中，修建连亘。贾出经商，又买妾归，自此不安其室。贾亦恒数月不归。生讯得其故，怒，系马而入。见旧媪，媪惊伏地。生叱骂久，使导诣妇所，寻之已遁；既于舍后得之，已自经死。遂使人异归兰氏。呼妾出，年十八九，风致亦佳，遂与寝处。贾托村人，求反其妾，妾哀号不肯去。生乃具状㊼，将讼其霸产占妻之罪。贾不敢复言，收肆西去。方疑锦瑟负约；一夕，正与妾饮，则车马扣门而女至矣。女但留春燕，馀即遣归。入室，妾朝拜之。女曰："此有宜男相㊽，可以代妾苦矣。"即赐以锦裳珠饰。妾拜受，立侍之；女挽坐，言笑甚欢。久之，曰："我醉欲眠。"生亦解履登床，妾始出；入房，则生卧榻上；异而反窥之，烛已灭矣。生无夜不宿妾室。一夜，妾起，潜窥女所，则生及女方共笑语。大怪之。急反告生，则床上无人矣。天明，阴告生；生亦不自知，但觉时留女所、时寄妾宿耳。生嘱隐其异。久之，婢亦私生，女若不知之。婢忽临蓐难产㊾，但呼“娘子”。女入，胎即下；举之，男也。为断脐置婢怀，笑曰：“婢子勿复尔！业多㊿，则割爱难矣(51)。”自此，婢不复产。妾出五男二女。居三十年，女时返其家，往来皆以夜。一日，携婢去，不复来。生年八十，忽携老仆夜出，亦不返。

【注释】

①自为族：犹言单丁，当地王族只此一人。

②风标修洁：仪容俊美漂亮。风标，仪容、仪态。

③洒然：潇洒的样子。裙屐少年：指修饰华美而无实学的少年。

④鄙不齿数：鄙视他，不把他看作家庭成员。齿，同等并列。

⑤馐（羞）馔：精美食物。

⑥脱粟瓢饮：谓饮食粗劣。脱粟，糙米。

⑦折稊（啼）为匕（比）：折断草茎当筷子。稊，一种似稗的草。匕，饭匙，用以取饭；此指筷子。此据青柯亭本，原本作“折秭”。

⑧羊臛（户）：羊肉羹汤。臛，肉羹。

⑨抵箸：抛箸。

⑩败妇颡（嗓）：砸破了妻子的额头。颡，额。

⑪拾级而入：登阶而进。

⑫糜：烂。

⑬行次：行进间。

⑭厦屋：大屋。厦，古作“夏”，大的意思。

⑮要（夭）吠：拦阻吠叫。

⑯虚诮：意谓诮让无实际损害。

⑰左：不当，谬误。

⑱作不如程：操作不能完成规定数量。程，程限，限量。

⑲聅（二）耳劓（义）鼻：割耳割鼻。聅、劓，为古代割去耳、鼻的刑名。

⑳敹肘刭趾：敲碎臂肘，砍断脚趾。刭，砍断。

㉑给孤园：佛家语，"给孤独园"之省辞。给孤独为中印度侨萨罗国舍卫城长者，性慈善，好施孤独，故得此名。这里指收养孤独鬼魂的处所。

㉒九幽：地下极深处，指迷信传说的阴曹地府。

㉓咋（择）：咬，啃。

㉔主簿：主理簿籍，即掌管文书档案。

㉕舛（喘）错：差错。

㉖东海薛侯女：东海，郡名，秦置，楚汉之际也称郯郡，治所在今山东省郯城，辖境相当今枣庄市一带。薛侯，古薛国国君。薛，任姓，侯爵，黄帝之后奚仲，封于薛，地在今之薛城。

㉗相闻：相告。

㉘录鬼籍：抄录鬼魂的名册。

㉙引嫌：避嫌。

㉚赍赉（基赖）：持送赏赐。

㉛差跌：差错。

㉜赏给倍于常廪：赏给的东西超过日常薪俸一倍。廪，廪俸。

㉝谨抑：谨慎自守。

㉞暗陬（邹）：昏暗的角落。陬，角落。

㉟飙：疾风。风从虎，此形容虎来迅疾。

㊱忙遽：慌忙急遽之间。

㊲墟：废墟，毁坏残破之遗址。

㊳糁：撒。

㊴隅坐：坐于偏座。

⑩附：附着，贴附。

㊶效楚王女之于臣建：学习楚王女儿季芈与臣下锺建结婚的故事；意为欲下嫁王生。

㊷雷殛：雷轰。

㊸无室：没有妻室。

㊹仙姬：仙女。

㊺以赎帝谴：以便向上帝赎罪。谴，罪罚。

㊻势不能员园委曲，以每其生：意谓不能委曲以贪生。

㊼具状：写了诉状。

㊽宜男相：骨相能生男孩。

㊾婢忽临蓐难产：据山东省博物馆抄本，原作"婢亦临蓐难产"。

㊿业多：此指多产。业，佛家语，此指婢女情欲未断，为人生子。

51割爱：割断情爱。

【译文】

山东沂水县有一个王生，年幼的时候死去了父亲，虽然家境贫困，然而他却是一位品格高尚懂得人情世故的潇洒的美少年。有一位姓兰的富翁，看见他以后非常喜欢，就把女儿嫁给他做妻子。并且同意要给他建造房屋，置办田产。他娶妻不长时间，岳父就死去了。妻兄弟们都瞧不起他，甚至不愿意提起他。他的妻子非常傲慢，经常把丈夫当作奴仆一样对待，而她自己享用的是珍馐美味。王生回到家里，就给盛一碗糙米饭，一瓢汤，折两根草棍当作筷子，往他跟前一放。对此，王生都一一忍受下来。

王生十九岁的时候。到府里去考秀才，没有考中，回到家里，妻子正好不在屋子里，他看锅内煮的羊肉羹已经熟了，就吃了起来。他妻子进屋一看，也没有说话，就把锅给端走了。王生非常惭愧，把筷子扔到地上，说："咳！遭受这样的待遇还不如死去痛快！"妻子听后就气冲冲地问他想哪天死，还把绳子递给他作为上吊的工具。王生非常气愤，拿起盛羊羹的碗就向妻子投了过去，一下子就把这个妇人的额头打破了。

王生满腔愤怒走出家门，自己心里想真的不如去寻死，就怀揣带子走进深山里。来到树丛下面，刚要选择个树枝把带子系上，忽然看见土崖中间，微微露出一角衣裙，一会儿工夫，走出来一个婢女，看见王生又立刻返回去了，就像影子一样说没有就没有了，土壁上也没有任何痕迹。王生就知道这是妖魔鬼怪之类，然而自己既然是想来寻死的，所以也就没有什么可害怕的了，于是就把带子解了下来，坐在地上观看动静。

不大一会儿，这个婢女又露出了半张脸，看了一下就又缩回去了。王生心里想，这一定是个鬼怪，跟着她去一定会死。因而抓起一个石块，用力敲打土壁，一边说："如果我可以进去，请指示给我一条路径！我并不是寻求欢乐的人，而是来寻死的。"敲了很长时间，也没有声音。王生又说了一遍。只听里面说："如果你真是来寻死的，请你暂且退下，可以在晚上来！"声音非常清脆悦耳，纤细得就像蜜蜂的叫声一样。王生说："那好吧！"于是就退下，好等待夜幕降临。

不大一会儿，太阳落山，繁星密布，山崖间忽然变成了一座高耸的府第，静寂地敞开着两扇大门。王生顺着台阶就走了进去。刚走了几步，就看见有一条河流横在面前，河水涌流，像温泉似的冒着热气。他用手去试探，热得就像开水一样，也不知道水到底有多深。王生认为这就是鬼神指给的求死的地方，于是就纵身跳了进去。王生只觉得热水透过层层衣服，皮肤就像要烫烂一样的痛，幸好在水面浮着没有沉下去。泅渡时间长了，王生就觉得热度慢慢地能够忍受了，他极力抓挠，好不容易才登上南岸，幸好全身没有烫伤。又往前走，远远看见一座大屋里有灯光露出，他就奔了过去。

突然，有一只凶猛的狗跳了出来，把他的衣服袜子都撕破了。他摸着几块石头打了过去，这只狗才稍稍地后退几步，然后又有一群像牛犊一样大的狗狂叫着扑了上来。正在危急的时候，那个婢女走出来斥退了群狗，对他说："求死郎已经来啦？

我家娘子同情你遭到这样的厄运，让我把你送进安乐窝里面。从此以后你就不会再有灾星了。"于是，挑着灯笼在前面领着他，把后门打开，在黑暗里走过去。

不大一会儿，进入一户人家，窗子上还闪着灯光。婢女对王生说："你自己进去吧，我回去啦！"王生进入屋子里四处张望，原来是自己的家。他回身就跑了出来。正好遇到妻子所雇用的老妇，老妇说："天天都在到处寻你，还到什么地方去呀！"说着又把他拽进屋子里。

他妻子用布包裹着伤口，下床笑脸迎接，说："夫妻两人都一年多了，和你开个玩笑你还辨别不出来吗？我已经知道错啦！你受到了一些虚妄的讥笑，而我却实实在在地被你打伤了，你也可以解除怨恨了吧！"于是，从床头拿出两大块金子放在王生的怀里，说："以后家里所有的事情，都听从你的，还不可以吗？"王生也没有说话，抛下金子，夺门跑出，仍然还打算回到深山里，去敲那座府第的门。

王生来到野外，看见那个婢女正慢慢地无力地往前走，而且经常挑起灯笼回过身子遥望王生。王生一边猛跑一边呼唤，那个慢慢而去的灯笼才停止前进。王生追赶到面前，婢女说："你怎么又回来啦，真是把我们娘子的一片苦心给辜负了。"王生说："我只请求一死，不打算向你们再求活路。娘子是个世家贵族，就是阴间也需要用人吧？我愿意在你们那里干活，实在是不认为活着会有什么快乐。"婢女说："常言说：'好死不如赖活着。'怎么你想的和这个正相反呢？在我们家里没有别的活可以干，只是淘河、除粪、养狗、背尸。如果不按照规矩干，就要割耳朵、割鼻子、砍掉小腿或脚趾。你能够办得到吗？"王生说："能够办到。"

他们又从后门走进来。王生就问婢女："你说的都是些什么活儿？刚才说背尸，从什么地方弄来这么多死人？"婢女说："我家娘子以善良为本，设立了'给孤园'，收养阴曹地府里横死无家可归的鬼魂。鬼有几千，每天都有死的，需要背出去掩埋。请顺便到那里去看一看。"不一大会儿，进入一座大门，门上写着"给孤园"三个大字。

进入里面，房屋杂乱无章，粪便臭气熏人。园子里的鬼见到灯光都纷纷聚集过来，都是断头缺足，不堪入目。他们回身刚刚打算离开，看见有一具尸体横躺在墙下，已经是血肉模糊了。婢女说："半天没有来背，就已经被狗给吃掉了。"马上让王生把他移走。王生脸上露出为难的样子。婢女说："如果你办不到，就还是回家享你的福去吧！"王生没有办法，才把尸体背起来放到隐蔽的地方去。

从"给孤园"走出来，王生就央求婢女给求个情，以免再干那种背负尸体的污秽活，婢女同意了。走进一所宅院，婢女对他说："你暂且在这里坐一会儿，我进去给你通报一声。养狗的活比较轻，我替你通融一下，如果可以的话，你一定要好好地去干。"去了不长时间，婢女从屋子里奔跑出来，说："来！来！娘子打算见你！"王生跟着她进入屋子里，只见堂上四面悬挂着灯笼，有一位女子靠近门边坐着，原来是一位二十多岁的天仙。

王生立刻跪倒参拜。女子让人把他拽起来，说："这是一位儒生，怎么能去养狗。可以让他住在西堂，担任主簿，办理文书。"王生十分高兴，又跪倒表示谢意。女子对他说："看样子你像是个非常朴实的人，要慎重做事，假如出了差错，罪责可是不轻啊！"王生点头答应了。

婢女将他领到西堂去，看见房间十分整洁，非常高兴，连连致谢。王生又问娘子的姓名和家世，婢女说："娘子名字叫锦瑟，是东海薛侯的女儿。我的名字叫春燕。你需要什么东西，可以对我说。"春燕离开不长时间，抱来衣服、鞋子、被褥，全部都放在床上。王生对自己的差事很满意，天色刚刚有点儿亮，就开始起身工作，登录鬼魂的名册。

府里的全体仆役，知道来了一位主簿，都来参谒，送酒和送肉脯的非常多。王生害怕招来嫌疑，全部都加以回绝，每天两餐，全部都是从内部送出。锦瑟经过观察，认为他为人廉洁谨慎，特意赐给他书生戴的方巾和穿的袍服，凡有赏赐，都是派春燕送来的。春燕非常风流标致，熟识以后，经常眉目传情。王生非常注意自己的操守，不敢有一点儿差错，只是装作迟钝。过了两年多以后，锦瑟对他的赏赐和供给都比其他的人多一倍，可是王生的谨慎小心依旧和以前一样。

有一天晚上，王生刚刚躺下，就听见内宅发出喊叫声。他立刻从床上爬起来，拿刀走出，看见那边灯笼火把通明。走进去暗暗一看，满院子里都是强盗，奴仆们都被吓跑了。有一个仆人催促他立刻和自己一起逃走，王生执意不答应。他就把自己的面部涂黑，把带子系在腰上，夹杂在群盗里喊叫："千万不要惊动薛娘子！应该立刻分财物，不要让它遗漏！"这时候，盗贼们正在各个房间里搜索锦瑟而怎么也找不到，王生意识到锦瑟没有被他们捉获，就潜入府第的后院一个人寻找。

他碰见一个隐藏着的仆妇，才知道锦瑟和春燕都越墙离开了。王生也越过了墙，看见她们主仆都在黑暗的角落里伏着。王生说："这个地方怎么能够遮人眼目？"锦瑟说："我实在走不动了！"王生把手里的刀一扔就把她背起来了。

奔跑了二三里，汗流浃背，才进入深谷。把她从肩上放下，刚刚坐好，忽然蹿过来一只老虎。王生非常吃惊，刚想迎过去挡住锦瑟，但是老虎已经把她叼去。王生立刻捉住老虎的耳朵，极力把自己的一只胳臂伸入老虎的嘴里，来代替锦瑟。老虎非常生气，把锦瑟放开，就去咬王生的胳臂，咬得咯吱咯吱直响。王生的胳膊断落在地上，老虎也就回去了。

锦瑟流着眼泪说："苦了你啦！苦了你啦！"王生在匆忙中竟然没感觉到疼痛，只是觉得血流如注，就让春燕撕下一块衣襟把断处裹住。锦瑟立刻阻拦，俯身找到断臂，亲自帮他接上，才进行了包扎。

东方天色渐渐白了，三人才缓慢地走了回来，进屋一看，被毁坏得已经和废墟一样。天色已经大亮，仆婢们才陆续地都回来了。锦瑟亲自来到西堂，问候王生。她解开包扎的东西一看，臂骨已经接上，又拿出药敷在伤口上，才回到屋子里。从此，她对王生更加敬重，让他的一切享用，全都和她自己一样。

胳臂痊愈以后，锦瑟在屋子里摆好酒宴进行慰劳。当请他坐下的时候。王生一再相让，然后才侧身坐在旁边。锦瑟举起杯子给他敬酒，就好像对待宾客一样。

过了很长时间，锦瑟对他说："我的身子已经附在了你的身体上了。我打算像楚王女儿嫁给大臣钟建那样也嫁给你，只是没有人保媒，又不好意思进行自荐。"王生诚惶诚恐地说："我蒙受你的恩惠是非常重的，就是杀身也不能够酬报。如果有了非分之想，害怕会遭到雷击，真的不敢从命。假如你是同情我没有妻子，把春燕赐给我也已经是很过分的了。"

有一天，锦瑟的大姐瑶台来了，她已经是四十多岁的女人了。到了晚上，她们把王生请了进去，让他坐好，瑶台说："我不远千里来到这里，是来为妹妹主婚，今天晚上就可以嫁给你。"王生又站起身来辞谢。瑶台马上吩咐人端上酒来，让两人换盏。王生执意推辞。瑶台就把两人的酒杯夺下来，给他们进行了交换。王生伏地谢罪以后，才喝了这盏交杯酒。

瑶台离去以后，锦瑟对王生说："实话对你说吧，其实我是天上的仙女，因为有罪而被贬谪。我自己愿意来到阴间，收养冤魂，能够赎罪。正好遭受到天魔之劫，遂与你有了附体之缘。我将大姐远道请来了，当然是为了主持婚姻大事，也是打算让她代管家政，好跟随你回家。"王生站起来感激地说："在冥间生活最让人觉得高兴了。我的家里有凶暴的妻子，并且房屋既狭窄又简陋，无法容身，也不好委屈你。"锦瑟笑了笑说："那也没有关系！"于是两人携手归寝，欢洽备至。

过了几天，锦瑟对王生说："在冥间住的日子不可以太长了，请你回去吧。你到家时把事情处理好以后，我立刻就到。"说完，给了王生一匹马。王生开门走出去以后，土壁又重新合上了。王生骑马回到了村子，村子里的人都非常惊讶。他来到自己家的门前一看，已经变成了一座高大明亮的房屋。原来，自从王生从家里逃出去以后，他的妻子就找来了两个哥哥，打算痛打他一顿，给自己出口气。可直到晚上他还没有回来，两个哥哥也就回去了。有人从河沟里捡到王生的鞋，怀疑他已经死去了。

后来，一年多也没有消息。有一个陕西姓贾的商人，经过王生妻子娘家人撮合，就在王生的宅院里和他的妻子一起居住了。以后，用半年的时间又把房屋重新翻盖了一下。贾某出外经商的时候，又买了个妾带回来，从此，兰氏也就不安于室了，贾某也经常数月不回来。王生了解到这些情况以后非常生气，把马系好就走进院子里去。他碰见原来雇用的老妇人，老妇人吓得立刻跪下磕头。王生把她痛骂了一顿，就让她领着去找妻子算账。

到了妻子住的屋子里一找，兰氏已经逃跑了。没有多长时间，在房后发现，她已经上吊自尽了。于是，王生让人把尸体给她娘家送去。他又把贾某买的妾叫出来一看，有十八九岁，容貌和举止也都非常好，王生也就把她收房了。贾某托付村子里的人来讲情，求王生把妾还给他，妾失声大哭，执意不愿意去。王生看贾某仍然没有死心，就写了状纸，打算要告他霸户占妻之罪。贾某不敢再来啰唆，关了铺子就回到陕西了。

这期间，锦瑟仍然没有消息。王生非常思念，甚至想到她会不会失约！有一天晚上，正和小妾喝酒，忽然听见街上车马喧嚣，接着有人叩门，锦瑟真的来了。锦瑟只把春燕留下，把其他人都打发回去了。进入屋子里，小妾向她拜见。锦瑟说："这位妹妹有生男孩的命相，可以替我'受苦'了！"立刻赐给她一些锦缎似的衣服和镶珍珠的首饰作为见面礼。小妾拜受以后，就站在旁边侍奉，锦瑟亲自把她拉坐在身边，两人谈笑，非常亲热。

已经深夜了。锦瑟说："我喝醉了，打算睡觉了！"王生也脱鞋上床。小妾才退了出来，但是回到自己的屋子里，王生已经躺在了床上。她感到非常奇怪，回到锦瑟的屋子里去看，灯已经熄灭了。王生天天晚上都居住在小妾的房子里。

有一天晚上，睡下没有多长时间，小妾起来到锦瑟的住处去偷看，看见王生正在和她一起说笑，觉得非常奇怪。立刻跑回来打算告诉王生，但是床上已经没有人了。天明以后，她把这件事情偷偷地对王生说了，王生自己也不知道，只是觉得有时候留在锦瑟的身边，有时候在小妾的屋子里睡觉。

日久天长，春燕和王生也产生了爱情，锦瑟就像不知道似的，也不加以阻止。忽然有一天，春燕临产了，可是难产，在床上躺着一个劲儿地呼唤"娘子"。锦瑟立刻跑进她的屋子里，胎儿就生下来了，抱起一看，是个男孩子。断脐以后把孩子放在春燕的怀里，笑着对她说："你这丫头不要再生啦！孽障一多，割爱就很难啦！"从此以后，春燕就再也没有生育。小妾先后生下了五个男孩和两个女孩。

锦瑟在王生家住了三十年，有时候也回到她家里去看一看，往来都是在晚上。有一天，锦瑟携带春燕离开了，就再也没有回来。王生活到八十岁，忽然携带一名老仆人在晚上出走，也再没有回来过。

太 原 狱

【原文】

　　太原有民家①，姑妇皆寡②。姑中年，不能自沽，村无赖频频就之。妇不善其行，阴于门户墙垣阻拒之。姑惭，借端出妇③；妇不去，颇有勃谿④。姑益恚，反相诬，告诸官。官问奸夫姓名。媪曰："夜来宵去，实不知其阿谁，鞫妇自知。"因唤妇。妇果知之，而以奸情归媪，苦相抵。拘无赖至，又哗辨⑤："两无所私，彼姑妇不相能，故妄言相诋毁耳。"官曰："一村百人，何独诬汝？"重笞之。无赖叩乞免责，自认与妇通。械妇，妇终不承。逐去之。妇忿告宪院⑥，仍如前，久不决。时淄邑孙进士柳下令临晋⑦，推折狱才⑧，遂下其案于临晋。人犯到，公略讯一过，寄监讫，便命隶人备砖石刀锥，质理听用⑨。共疑曰："严刑自有桎梏，何将以非刑折狱耶？"不解其意，姑备之。明日，升堂，问知诸具已备，命悉置堂上。乃唤犯者，又一一略鞫之。乃谓姑妇："此事亦不必甚求清析。淫妇虽未定，而奸夫则确。汝家本清门⑩，不过一时为匪人所诱⑪，罪全在某。堂上刀石具在，可自取击杀之。"姑妇趑趄，恐邂逅抵偿⑫，公曰："无虑，有我在。"于是媪妇并起，掇石交投。妇衔恨已久，两手举巨石，恨不即立毙之；媪惟以小石击臀腿而已。又命用刀。妇把刀贯胸膺，媪犹逡巡未下。公止之曰："淫妇我知之矣。"命执媪严梏之，遂得其情。笞无赖三十，其案始结。

　　附记：公一日遣役催租，租户他出，妇应之。役不得贿，拘妇至。公怒曰："男子自有归时，何得扰人家室！"遂笞役，遣妇去。乃命匠多备手械，以备敲比⑬。明日，合邑传颂公仁。欠赋者闻之，皆使妻出应，公尽拘而械之。余尝谓：孙公才非所短，然如得其情，则喜而不暇哀矜矣。

【注释】

①太原：府名，府治在今山西省太原市。

②姑妇：婆媳。

③出妇：休妇。出，休弃。

④勃谿：指婆媳争吵。

⑤哗辨：高声争辩。辨，通"辩"。

⑥宪院：指提刑按察使司，主管一省刑狱司法的衙署。

⑦孙柳下：孙宪元，字柳下，淄川人。顺治乙未（十二年）进士，授临晋知县。临晋：旧县名，在山西省西南部，后并入今之临猗县。当时属山西省平阳府。

⑧推折狱才：意谓官场公认为是断案有才能的人。折狱，断案。推，推许、推重，即官场公认。

⑨质理：审讯案件。

⑩清门：清白门第，指正派人家。

⑪匪人：行为不端的人。

⑫邂逅抵偿：意为恐碰巧打死人而遭抵偿人命之罪。邂逅，凡非始料所及而碰上，称邂逅。此指不自意，即碰巧打死人。

⑬敲比：敲扑追比。

【译文】

山西太原地方有一户人家，婆媳两人都在寡居。虽然婆婆年纪已经半老，可是生性风骚，不能够自重，跟村子里的一名无赖有奸情。这个无赖经常来和她勾搭在一起。

媳妇对于婆婆的行为非常不满意。有时候傍晚那个无赖到她们家里来，媳妇就藏在大门旁或者墙角里阻拦，不允许无赖进去。婆婆知道了以后，既觉得羞惭又觉得生气，就找个理由打算把媳妇嫁出去。媳妇没有同意，两个人就争吵起来，闹得不可开交。如此一来，婆婆对媳妇更加讨厌，就反咬一口，无中生有地说媳妇不守贞节，告到官府里。县官问奸夫的姓名。婆婆说："那个汉子晚上来，天不亮的时候就离开，确实不知道那个人是谁。只要大人审问我的媳妇，自然就会知道了。"

太原狱

县官将媳妇传来审查询问，媳妇确实知道奸夫的姓名，她就说这不是自己的奸夫，而是婆婆的奸夫。婆媳两人在公堂上相互都不承认是自己的奸夫。县官下令将无赖捉来。那个无赖大声辩解说："我和她们婆媳两人都没有什么关系。是她们婆媳感情不和，故意把我牵扯进来的，相互诋毁。"县官非常生气，说："全村子里的男子不下百余人，为什么只诬陷你一个人？"吩咐手下人狠狠地打无赖。无赖立刻磕头求饶，并自认和媳妇有奸情。于是，县官就给媳妇上了刑枷，可是媳妇一直也不承认。县官非常生气，就当堂发落，同意婆婆把媳妇赶出门。

媳妇非常气愤，就到省里去投状纸。审讯结果，还是和在县里审讯的一样，甚至这个案子长期悬在那里无法裁决。

当时，淄川地方的孙柳下在临晋任县令，侦破了不少疑案，大家一致公认他有办案的才干，省里就把这个案件交给他去审理。孙县令把人犯全部传到，稍稍审问，就吩咐全部收监。然后命衙役们准备好砖石刀锥，天亮以后听候使用。衙役们不明白其中的意思，都各自猜疑着："审查犯人要用刑罚，堂上自然会有板子夹棍，难道还有用这些非刑来审查案子的吗？"但是县令已经吩咐了，只好照着办理。

第二天，孙县令开始升堂，砖石刀锥等都已经准备好了，就让衙役全部到大堂上面，然后就让人把犯人带上大堂来了，又一一审问了一遍，然后对婆媳两人说："这个案子也不用再继续细细追究了，虽然淫妇定不下来，可是奸夫是确定无疑的。本来你们是清白的人家，只不过是一时间受到坏人的引诱，罪过全部都在这个无赖的身上。如今大堂上，砖石刀锥都有，你们两个人可以自己拿刀石，将这个家伙给我打死！"

婆媳两人听了以后都犹豫不定，不敢动手，害怕真的打死了人会偿命的。孙县令说："你们不用担心，打死了我做主。"于是婆媳都站了起来，拿起石头就扔向无赖。媳妇早对这个家伙恨之入骨，双手举起了一块大石头，恨不得马上就把他砸死；而婆婆只是拾起了几个小石子，假装投击无赖的屁股和大腿。孙县令又让她们用刀。媳妇手里拿着尖刀，恨不得一下子就刺中这个无赖的胸膛，而婆婆却迟疑着无法下手。

孙县令看到这种场面，就让她们住手，说："谁是淫妇本县令已经知道了。"就命令左右把婆婆拖下去严刑拷打，于是，才得到了她招供的实情。县令打了无赖三十大板，这件已经悬了很长时间的疑案才算真相大白。

新 郑 讼

【原文】

长山石进士宗玉①，为新郑令②。适有远客张某，经商于外，因病思归，不能骑步，赁禾车一辆③，携资五千，两夫挽载以行。至新郑，两夫往市饮食，张守资独卧车中。有某甲过，睨之，见旁无人，夺资去。张不能御④，力疾起，遥尾缀之，入一村中；又从之，入一门内。张不敢入，但自短垣窥觇之。甲释所负，回首见窥者，怒执为贼，缚见石公，因言情状。问张，备述其冤。公以无质实，叱去之。二人下，皆以官无皂白。公置若不闻。颇忆甲久有逋赋⑤，遣役严追之。逾日，即以银三两投纳。石公问金所自来。甲云："质衣鬻物。"皆指名以实之。石公遣役令视纳税人，有与甲同村者否。适甲邻人在，唤入问之："汝既为某甲近邻，金所从来，尔当知之。"邻曰："不知。"公曰："邻家不知，其来暧昧。"甲惧，顾邻曰："我质某物、鬻某器，汝岂不知？"邻急曰："然，固有之矣。"公怒曰："尔必与甲同盗，非刑询不可！"命取梏械⑥。邻人惧曰："吾以邻故，不敢招怨⑦；今刑及己身，何讳乎。彼实劫张某钱所市也⑧。"遂释之。时张以丧资未归，乃责甲押偿之⑨。此亦见石之能实心为政也。

异史氏曰："石公为诸生时，恂恂雅饬⑩，意其人翰苑则优⑪，簿书则诎⑫。乃一行作吏⑬，神君之名⑭，噪于河朔⑮。谁谓文章无经济哉⑯！故志之以风有位者⑰。"

【注释】

①石宗玉：石日琮，字宗玉，号璞公，长山（今山东省邹平县）人。康熙进士，授新郑县知县，有政绩。

②新郑：今河南省新郑市。

③禾车：田间载运禾谷的手推车。

④御：抗拒。

⑤逋赋：拖欠赋税。

⑥桎械：刑具。

⑦招怨：招引怨恨，指引起甲的仇视。

⑧市：购买。指以铜钱兑换银两。

⑨押偿：将其拘禁，强令偿还。

⑩恂恂：恭顺。雅饬：文雅端方。

⑪翰苑：翰林院。此指在翰林院任职。

⑫簿书：官署文书，指做官处理政务。诎：短也。谓短于政务。

⑬一行作吏：犹言一经入仕；谓初次做官。

⑭神君：官吏贤明公正，使民敬仰如神者，称"神君"。

⑮河朔：泛指黄河以北之地。

⑯"谁谓文章"句：谁说会写文章的人没有经世济民的才干！

⑰风：通"讽"，讽谏。有位者：在位的官员。

【译文】

长山县有个进士，姓石，名宗玉，在河南新郑县任知县。

这一年，有个姓张的远方客人在外头经商，因为得了病，想回家。但他既不能走路，也不会骑马，便花钱雇了一辆人力车，由两个车夫拉着他，携带五千两银子的本钱往回走。来到新郑时，车子停下，两个车夫到街上去买饭吃，留下他独个儿躺在车内看守。这时，有一个壮实的后生过来，偷偷一望，见旁边无人，就把车内的银子抢了去。姓张的商人无力阻止，只好撑着病体起来，远远尾随那后生进了一个村子，又跟随着走了一会儿，见那后生走进一个大门里。姓张的不敢进去，只是从矮墙上向里边窥看。那后生放下银子，回头一见姓张的跟了来，在墙外偷看他，觉得事情不妙，便一下子变了脸，跑出去抓住他，说他是贼，当即把商人捆了去见官。

到了公堂，后生叙述了一番如何把贼抓住的经过。石知县听了，就问姓张的。姓张的又是气愤又是伤心，便把自己的冤枉详详细细哭诉了一遍。但是，石知县并没有急忙断案，只是以口说无凭、证词不实为借口，把他们骂了出去。二人退下堂来，都埋怨县官黑白不分。知县也不去理会，任他们去了。

等他们走后，石公一回忆，想起那个后生还拖欠着一些赋税，便派差役去严加追逼。

过了一天，那后生缴上三两银子。石公就把他叫进公堂，问他的银子从哪儿来的？那后生说："是我典当衣服，卖了家什所得的钱。"并且都指的有名有姓，以证明他说得不假。石公又派差役，叫他去看纳税人中有没有和后生同村的人。

差役一打听，正好后生的一个邻居也来了，于是便把他唤进公堂，问他道："你既然是那个后生的近邻，他的银子是从哪里来的，你该知道吧。"邻居说："不知道。"石公说："如果邻家不知，这银子一定来路不明。"后生一听害了怕，赶忙看了邻居一眼，说："我当的那件衣服，卖的那个铜香炉，你明明亲眼见的，怎么不知道？"邻居急忙说："是呀，是呀。我见来，那是他家固有的东西。"

石公听出了破绽，大怒道："你必定是和他共同行盗，看来非动刑不可！"说着便叫衙役取来刑具。邻居吓坏了，连忙讲了实话，说："我因为和他是邻居的缘故，所以不敢招惹他，怕他和我结下仇。现在眼看自己要受罪，还有啥顾忌的。他实际是劫了那个姓张的钱，才缴的税啊！"

石公把案弄清楚，就将那个邻居放了。当时，姓张的商人因为丢了钱还没有回去，知县就责令后生把银子全部拿出来，由衙役押着他归还姓张的。从这件事可以看出，石宗玉是实心实意为民办事的啊！

李象先

【原文】

李象先①，寿光之闻人也②。前世为某寺执爨僧③，无疾而化。魂出栖坊上④，下见市上行人，皆有火光出颠上⑤，盖体中阳气也。夜既昏，念坊上不可久居，但诸舍暗黑，不知所之。唯一家灯火犹明，飘赴之。及门，则身已婴儿。母乳之。见乳恐惧；腹不胜饥，闭目强吮。逾三月馀，即不复乳；乳之，则惊惧而啼。母以米潘间枣栗哺之⑥，得长成。是为象先。儿时至某寺，见寺僧，皆能呼其名。至老犹畏乳。

异史氏曰："象先学问渊博，海岱清士⑦。子早贵，身仅以文学终⑧，此佛家所谓福业未修者耶⑨？弟亦名士，生有隐疾，数月始一动⑩；动时急起，不顾宾客，自外呼而入，于是婢媪尽避；使及门复瘥⑪，则不入室而反。兄弟皆奇人也。"

【注释】

①李象先：字焕章，寿光（今山东省寿光市）人。事迹不详。

②闻人：有声望的人。

③执爨：烧火。

④坊：牌坊，一般用石建成。

⑤颠：头顶。

⑥米潘：米汁。

⑦海岱：东海至泰山间的地区。清士：高洁的人。

⑧以文学终：以生员而终老。文学，生员（秀才）的美称。

⑨福业未修：指前生未修福业，终身未能显贵。

⑩动：指情欲冲动。

⑪痿：阳痿。

【译文】

　　有一个人名叫李象先，是山东寿光市非常出名的人。他的前世是在某寺做饭的僧人，没有什么疾病就坐化了。魂从躯体飞出，栖息在牌坊的上面，下望街市上的行人，每个都有火光从头盖上冒出来，原来这是身体里的阳气。夜色已经黑了，想到不可能在牌坊上长久居住，可是许多房舍都已经昏黑一片，不知道应该到什么地方去。李象先看见还有一家灯火亮着，就飘游着投奔到了这家，刚一进门，身子就已经变成了一个婴儿。母亲给他喂奶，他一看见乳房就觉得害怕，但是肚子饿得实在无法忍受，就闭上了双眼很勉强地吮吸了几口。

　　长到三个多月的时候，就不再吃奶了，假如再递给他奶头，就害怕得大声哭泣。母亲只好用米汤掺杂枣、栗子粉来喂养他，才能够长大成人，这就是李象先。李象先小的时候来到某寺，看见寺里的僧人，都能够叫出他们的名字，到了老年，还是非常害怕吃奶。

房文淑

　　开封邓成德①，游学至兖②，寓败寺中，佣为造齿籍者缮写③。岁暮，僚役各归家，邓独炊庙中。黎明，有少妇叩门而入，艳绝，至佛前焚香叩拜而去。次日，又如之。至夜，邓起挑灯，适有所作，女至益早。邓曰："来何早也？"女曰："明则人杂，故不如夜。太早，又恐扰君清睡。适望见灯光，知君已起，故至耳。"生戏曰："寺中无人，寄宿可免奔波。"女哂曰："寺中无人，君是鬼耶？"邓见其可狎，俟拜毕，曳坐求欢。女曰："佛前岂可作此。身无片椽④，尚作妄想！"邓固求不已。女曰："去此三十里某村，有六七童子，延师未就。君往访李前川，可以得之。托言携有家室，令别给一舍，妾便为君执炊⑤，此长策也。"邓虑事发获罪。女曰："无妨。妾房氏，小名文淑，并无亲属，恒终岁寄居舅家，有谁知。"邓喜。既别女，即至某村，谒见李前川，谋果遂。约岁前即携家至⑥。既反，告女。女约候于途中。邓告别同党，借骑而去。女果待于半途，乃下骑以辔授女，御之而行。至斋，相得甚欢。积六七年，居然琴瑟，并无追逋逃者⑦。女忽生一子。邓以妻不育，得之甚喜，名曰"兖生"。女曰："伪配终难作真。妾将辞君而去，又生此累人物何为！"邓曰："命好，倘得馀钱，拟与卿遁归乡里，何出此言？"女曰："多谢，多谢！我不能胁肩谄笑⑧，仰大妇眉睫，为人作乳媪，呱呱者难堪也！"邓代妻明不妒，女亦不言。月馀，邓解馆⑨，谋与前川子同出经商。告女曰："我思先生设帐⑩，必无富有之期。今学负贩⑪，庶有归时。"女亦不答。至夜，女忽抱子起。邓问："何作？"女曰："妾欲去。"邓急起，追问之，门未启，而女已杳。骇极，始悟其非人也。邓以形迹可疑，故亦不敢告人，托之归宁而已。

初，邓离家，与妻娄约，年终必返；既而数年无音，传其已死。兄以其无子，欲改醮之。娄更以三年为期，日惟以纺绩自给。一日，既暮，往扃外户，一女子掩入，怀中绷儿[12]，曰："自母家归，适晚。知姊独居，故求寄宿。"娄内之[13]。至房中，视之，二十馀丽者也。喜与共榻，同弄其儿，儿自如瓠。叹曰："未亡人遂无

房文淑

此物^⑭!"女曰："我正嫌其累人，即嗣为姊后，何如？"娄曰："无论娘子不忍割爱；即忍之，妾亦无乳能活之也。"女曰："不难。当儿生时，患无乳，服药半剂而效。今馀药尚存，即以奉赠。"遂出一裹^⑮，置窗间。娄漫应之，未遽怪也。既寝，及醒呼之，则儿在而女已启门去矣。骇极。日向辰^⑯，儿啼饥。娄不得已，饵其药，移时湩流^⑰，遂哺儿。积年馀，儿益丰肥，渐学语言，爱之不啻己出。由是再醮之心遂绝。但早起抱儿，不能操作谋衣食，益窘。

一日，女忽至。娄恐其索儿，先问其不谋而去之罪，后叙其鞠养之苦。女笑曰："姊告诉艰难，我遂置儿不索耶？"遂招儿。儿啼入娄怀。女曰："犊子不认其母矣！此百金不能易，可将金来，署立券保^⑱。"娄以为真，颜作赪，女笑曰："姊勿惧，妾来正为儿也。别后虑姊无豢养之资，因多方措十馀金来。"乃出金授娄。娄恐受其金，索儿有词，坚却之。女置床上，出门径去。抱子追之，其去已远，呼亦不顾。疑其意恶。然得金，少权子母^⑲，家以饶足。又三年，邓贾有赢馀，治装归。方共慰藉，睹儿问谁氏子。妻告以故。问："何名？"曰："渠母呼之充生。"生惊曰："此真吾子也！"问其时日，即夜别之日。邓乃历叙与房文淑离合之情，益共欣慰。犹望女至，而终渺矣。

【注释】

①开封：府名，治所在今河南省开封市。

②兖：州名，治所在滋阳（今山东省兖州）。

③造齿籍者：编制户口名册的人。

④身无片椽：指无房屋居处。椽，梁上承瓦的木条。

⑤执炊：做饭。

⑥岁前：岁除之前，即除夕之前。

⑦逋逃者：逃亡的人。此指逃妇。

⑧胁肩谄笑：缩敛肩膀，假装笑脸。意谓故作竦敬之状，强为媚悦之颜。

⑨解馆：犹言辞馆，不再作塾师。

⑩先生设帐：犹言塾师授徒。先生，老师。设帐，指授徒。

⑪负贩：指贸易经商。

⑫绷儿：被包婴儿。绷，婴儿的包被。

⑬内：通"纳"。

⑭未亡人：旧时寡妇的自称。

⑮一裹：一包。

⑯向：接近。辰：辰时，七时至九时。

⑰湩（众）：乳汁。

⑱券保：字据。

⑲权子母：以本求利，此谓放债生息。

【译文】

河南开封府有个人名叫邓成德，游学来到山东兖州的地方，在一个破旧的寺庙里寄居，被管理户籍的官员雇用，担任缮写。到了年底，僚属和差役各自回家，只剩邓成德一个人留在庙里独自起火。

有一天黎明的时候，有一个少妇敲门进入，她长得非常漂亮，来到佛前烧香磕头以后就离开了。第二天，少妇又依旧来烧香磕头。这天晚上，邓成德起来把灯芯挑亮，刚要写文章，这个少妇来得更早了。邓成德问她："怎么来得这么早啊？"少妇回答说："天明之后来往的人非常乱，不如晚上清静。假如太早，又恐怕打扰你的清梦。刚才望见灯光，知道你已经起床了，所以就来了。"邓成德戏弄她说："寺里没有人，你就在这里寄宿吧，免得来回奔波。"少妇微微一笑说："寺里没有人，难道你是鬼吗？"

邓成德见她可以狎昵，等她叩拜完毕，就拽她坐下来要求跟她亲昵一番。少妇说："在佛爷面前怎么能够干这样的事情。你身无片瓦，还敢做这样的妄想？"邓成

德强求，少妇说："离这里三十里地的某村，有六七个学童，还没有请到老师。如果你前去拜访李前川，就能够得到这个位置。你再托言说携带着家眷，让他们另外再给你一间房屋，我就给你做饭，这才是长久之策啊。"邓成德担心如果被人揭发就会治罪的。少妇说："没有关系，我姓房，小名文淑，并没有亲属，成年在舅父家里寄居。又有谁能够知道啊！"邓成德听到她这么说，心里非常高兴。

跟房文淑分别以后，邓成德就到了某村，拜见了李前川，他的主意确实实现了，并且约好年前就携带家眷迁来。邓成德回到庙里告诉了房文淑，房文淑约好在半路等候。

邓成德和同事们告别以后，借了一匹马就上了路，房文淑真的在半途等待着。邓成德跳下马来，把房文淑扶上马去了，然后自己赶着马就往前走。来到住所，两个人情投意合，非常美满。转眼间就过了六七年，居然就像夫妇一样，并没有人前来追查。

没有多长时间，房文淑生下了一个儿子。因为邓成德妻子没有生育，现在得了一个儿子，心里非常高兴，就给孩子起了个名字叫"兖生"。而房文淑却说："不合法的夫妻始终无法当成真的。我就要和你辞别啦，又生下这个累人的东西干什么！"邓成德说："咱们的命好，如果能剩下一些钱，我就打算和你一起偷偷地回故乡去，你怎么会说这种话呢？"房文淑说："多谢，多谢！我不能像别人那样胁肩谄笑，仰承大奶奶的脸色，替人做奶妈，就是呱呱而哭的孩子也难堪啊！"邓成德再三替妻子表明不会妒忌，房文淑也没有说话。

过了一个多月以后，邓成德辞去学馆，打算和李前川的儿子结伴到外地经商。他对房文淑说："我想，当先生教书一定不会有发财的日子。如今我去学做生意，这就该有回家的希望了。"房文淑也没有说话。

晚上，房文淑忽然抱着孩子站起身来。邓成德问她："你要干什么？"房文淑说："我要走啦！"邓成德立刻站起来追着问她，房门还没有打开但是文淑已经没有踪影了。邓成德惊疑到了极点，才明白她并不是人。因为她形迹可疑，所以邓成德也不敢对别人说，只是托词说她回娘家去了。

当初，邓成德离开家的时候，曾经和妻子娄氏约好年末一定返回来，但是结果过了好几年也没有消息，就传说他已经死去了。成德的哥哥因娄氏没有孩子，就打算让她改嫁。娄氏提出再等三年，于是她每天都靠纺线来维持生活。

有一天晚上，娄氏去关大门的时候，有一个怀里抱着孩子的妇女走了进来。她对娄氏说："我从娘家回来，走到这里正好天黑了。知道姐姐一个人，所以来请求借宿。"娄氏就收留了她。

来到屋子里，就灯光下一看，原来是一个二十多岁的漂亮女子。娄氏高高兴兴地和她睡在一张床上，一起逗弄她的儿子，看见孩子白得像瓠瓜一样，非常可爱。娄氏叹息地说："唉！我这个苦命的人连这样一个爱人的小东西也没有！"少妇说："我正好嫌弃这个东西累人，就把他过继给姐姐，做你的孩子，怎么样啊？"娄氏说："不用说娘子你不忍心把骨肉送人，即使忍下心过继给我，我也没有奶汁喂养他呀！"少妇说："这不难。当孩子生下来的时候，我也没有奶水，吃了半剂药奶就下来了。现在剩下的药我仍然保存着，就送给你吧！"于是拿出一个小包，放在窗台上。娄氏漫不经心地同意了，也没有往心里去。

第二天一大早醒来招呼她的时候，只见孩子仍然在睡着，但是那个少妇却早已经开门走了。娄氏觉得非常奇怪。接近辰时，孩子饿得哭号起来，娄氏没有办法，只好把药服下，不一会儿乳汁涌流，于是，就给孩子哺起乳来。一年以后，孩子渐渐地丰满肥胖起来，又一点一点地学着说话，娄氏喜爱得简直就像自己亲生的一样。从此，改嫁的心也就没有了。只是从一早起来就要抱儿子，不能像以前那样纺线干活，自谋衣食，因此生活更加贫困了。

有一天，忽然那位少妇又来了。娄氏害怕她要儿子，就先责问她没有商议就走的罪过，接着又诉说自己抚养孩子的辛苦。少妇笑着对她说："姐姐诉说养儿的苦处，难道我就会不要自己的孩子了吗？"于是就呼唤孩子，孩子却哭着扑到娄氏的怀里。少妇说："犊子，不认他的妈妈啦！这是用一百两银子也换不来的啊！如果想要孩子，就拿银子来，咱们写下字据。"娄氏相信了，脸色大变。少妇笑着对她说："姐姐不用害怕，我正是为了孩子而来。分别之后，我考虑到姐姐没有钱来养活他，所以四处想办法凑齐了十几两银子，给你送来。"于是拿出银子交给了娄氏。

娄氏害怕接受了银子，她要儿子就更加有理由了，执意不收。少妇把银子放在床上，出门就离开了。娄氏抱起孩子就去追，她已经走得很远了，呼唤她也不答应。娄氏开始还怀疑她的心意不善，后来也就渐渐适应了。她得到银子以后，就拿出来做了些小生意，家境从此就渐渐地富裕起来了。

又过了三年，邓成德做生意赚了些钱，就置办了行装回到家乡。夫妻久别重逢十分高兴，邓成德一眼看见家中有一个孩子，就问这是谁家的儿子。娄氏就告诉他孩子是怎么来的。邓成德又问："叫什么名字？"娄氏说："他妈管他叫兖生。"邓成德惊奇地说："这正是我的儿子啊！"问孩子来到的时间，原来正是晚上和房文淑分别的那一天。于是邓成德把他和房文淑悲欢离合的事情对娄氏说了，夫妻两人更加觉得安慰。邓成德还盼望着房文淑再来，然而始终都没有音信。

秦　桧

【原文】

青州冯中堂家①，杀一豕，燖去毛鬣②，肉内有字云："秦桧七世身③。"烹而啖之，其肉臭恶，因投诸犬。呜呼！桧之肉，恐犬亦不当食之矣！

闻益都人说④：中堂之祖，前身在宋朝为桧所害，故生平最敬岳武穆⑤。于青州城北通衢旁建岳王殿，秦桧、万俟卨伏跪地下⑥。往来行人瞻礼岳王，则投石桧、卨，香火不绝。后大兵征于七之年⑦，冯氏子孙毁岳王像。数里外，有俗祠"子孙娘娘"，因舁桧、卨其中，使朝跪焉。百世下，必有杜十姨、伍髭须之误⑧，甚可笑也。

又青州城内，旧有澹台子羽祠⑨。当魏珰烜赫时⑩，世家中有媚之者，就子羽毁冠去须，改作魏监。此亦骇人听闻者也。

秦檜

自坏长城
说老泰识书
权臣扣状元
宰相令何
在六道轮
廻七世身

秦桧

【注释】

①冯中堂：冯溥，字孔博，临朐（今山东省临朐县，当时属青州府）人。顺治进士，官至文华殿大学士。中堂，宰相的别称，明清时以之称呼内阁大学士。

②焊（前）：烧烫。拔脱其毛。

③秦桧：宋代奸臣。字会之，江宁（今南京市）人。政和进士。北宋末任御史中丞，南宋绍兴年间任参知政事、右相兼知枢密院事。反对抗击金人，力主投降。曾以"莫须有"的罪名杀害抗金英雄岳飞。故遗臭后世，为人们所不齿。

④益都：明清时为青州府府治所在地。

⑤岳武穆：岳飞，字鹏举，相州汤阴（今河南省汤阴县）人。著名民族英雄，南宋抗金将领。绍兴十一年（1141）被秦桧杀害。至宁宗赵扩时得以昭雪，追封鄂王，谥武穆。

⑥万俟卨（莫其契）：南宋初年奸臣，字元忠，开封阳武（今河南省原阳县）人。政和太学生，历任枢密院编修。秦桧为相时，任用为监察御史。绍兴十一年，与秦桧相勾结，诬陷、杀害岳飞。

⑦大兵：指清兵。于七：清初抗清义军首领，山东栖霞人。

⑧杜十姨、伍髭须：比喻传说讹误。

⑨澹台子羽：春秋时鲁国武城（今山东省武城县）人。澹台灭明，字子羽。孔子弟子，貌丑而有行。

⑩魏珰：指魏忠贤。明朝宦官，曾为司礼太监。

【译文】

青州府（今山东益都）地方的冯中堂家里杀了一头猪。燂去鬃毛以后，只见肉内有"秦桧七世身"五个字。烹制以后一品尝，这肉的气味非常令人恶心，因而就把它扔给了狗。唉！秦桧的肉，只怕连狗也不愿意吃它啊！

听青州地方的人说：冯中堂的祖先中，有人在宋朝的时候被秦桧杀害，所以他一辈子最崇敬岳武穆。在青州城北大道的旁边修建了一座岳王殿，秦桧和万俟卨的像跪伏在地下。往来行人瞻仰礼拜岳王的时候，就向秦桧和万俟卨投石，香火一直不断。后来在大兵征讨的年代，冯氏的子孙把岳王像毁掉了。数里之外，有一个"子孙娘娘"祠，冯氏子孙就把秦桧和万俟卨的像抬到祠里，让他们向子孙娘娘朝跪。这种忘了祖先又没有知识的错误行为，真的令人发笑！

又，在青州城里，原来有一个澹台子羽祠。当魏忠贤权势显赫的时候，在豪门贵族里有给他献媚的，就把子羽的塑像毁掉帽子和胡须，改为魏忠贤的像，这也是令人觉得稀奇的事情啊！

浙 东 生

【原文】

浙东生房某，客于陕①，教授生徒。尝以胆力自诩②。一夜，裸卧，忽有毛物从空堕下，击胸有声；觉大如犬，气咻咻然，四足挠动。大惧，欲起；物以两足扑倒之，恐极而死。经一时许，觉有人以尖物穿鼻，大嚏③，乃苏。见室中灯火荧荧，床边坐一美人，笑曰："好男子！胆气固如此耶！"生知为狐，益惧。女渐与戏，胆始放，遂共狎昵。积半年，如琴瑟之好。一日，女卧床头，生潜以猎网蒙之。女醒，不敢动，但哀乞。生笑不前。女忽化白气，从床下出，恚曰④："终非好相识！可送我去。"以手曳之⑤，身不觉自行。出门，凌空翕飞⑥。食顷，女释手，生晕然坠落。适世家园中有虎阱⑦，揉木为圈，绳作网以覆其口。生坠网上，网为之侧⑧；以腹受网⑨，身半倒悬。下视，虎蹲阱中，仰见卧人，跃上，近不盈尺，心胆俱碎。园丁来饲虎，见而怪之。扶上，已死；移时，渐苏，备言其故。其地乃浙界，离家止四百馀里矣。主人赠以资遣归。归告人："虽得两次死，然非狐则贫不能归也。"

【注释】

①陕：今陕西地区。

②自诩：自夸。

③嚏（替）：打喷嚏。

④恚（会）：愤怒。

⑤曳：拖引。

⑥翕（夕）飞：言二人一块飞行空中。翕，合也。

⑦虎阱：捕捉老虎的陷阱。

⑧侧：倾斜。

⑨以腹受网：指趴卧在网上。

浙东生

【译文】

　　浙东一个姓房的书生，客居陕西，教授生徒。经常自夸胆量过人。一夜，他光身躺着，忽然有个毛茸茸的东西从空中落下，砰地打在胸上；觉得像狗那么大，气喘吁吁，四只脚乱挠乱动。房生害怕极了，想要起来，那东西用两只脚把他扑倒。吓得他昏死过去了。

　　过了大约一个时辰，房生觉得有人用一个尖的东西戳他的鼻孔，他打了个大喷嚏，苏醒过来。只见室内灯光闪烁，床边坐着一个美人，笑着说："好男儿！难道胆量竟这样吗？"房生知道是狐精，更加害怕。那美女渐渐和他调戏，房生这才放开胆，就一起亲昵。有半年之久，像夫妻那样和好。

　　一天，女子躺在床头，房生悄悄地用打猎的网把她蒙住。女子醒来，不敢动弹，只是哀求。房生只管嬉笑，就是不上前。那女子忽地化作一团白气，从床下冲出来，愤恨地说道："到底不是好交情，你可以送我走了。"用手拉住房生，房生不由自主跟着走，出门以后，两人腾空齐飞。大约一顿饭的工夫，女子放开手，房生晕乎乎坠落下来。

　　正巧，某显贵人家花园内有个捕捉老虎的陷阱，弯木做圈，结绳为网，盖住陷阱口。房生掉在网上；网被打歪，房生肚子贴在网上，身子有一半倒挂着。往下一看，老虎蹲在阱底，抬头看见挂着的人，向上蹿跳，爪子离身不满一尺，房生吓得心胆俱裂。园丁来喂老虎，看见他觉得奇怪。把他扶上地面，已昏死过去了。好一会，才渐渐苏醒，详述了事情的经过。这地方已是浙江地界，离他老家只有四百余里了。主人赠给他一些盘缠，让他回家。

　　房生回家对人说："我虽然死去两次，但若不是狐狸，我将穷得没法回家。"

博 兴 女

【原文】

博兴民王某①，有女及笄。势豪某窥其姿②，伺女出，掠去，无知者。至家逼
淫，女号嘶撑拒，某缢杀之。门外故有深渊，遂以石系尸，沉其中。王觅女不得，
计无所施。天忽雨，雷电绕豪家，霹雳一声，龙下攫豪首去。天晴，渊中女尸浮
出，一手捉人头，审视，则豪头也。官知，鞫其家人，始得其情。龙其女之所化
与？不然，何以能尔也？奇哉！

【注释】

①博兴：今山东省博兴县。
②势豪：有权势的土豪恶霸。

【译文】

山东博兴县一个姓王的平民，有个女儿，已到十五芳龄。当地一个有势力的豪
绅，垂涎她的姿色，趁女子外出把她抢去，没有外人知道。抢到家要强奸，少女拼
命喊叫，抗拒不依，豪绅勒死了她。门外本有个深水坑，就用石头系在少女尸体
上，沉入坑中。王某四处寻找不到女儿，也没有办法可想。

忽然天降大雨，雷电围绕豪绅家转，霹雳一声，一条龙从天而降，攫取了豪绅
的头颅而去。雨过天晴，深水坑里的女尸漂浮起来，一只手抓住一个人头；仔细一

看，正是那豪绅的头颅。官府知道了这事，审问豪绅的家人，才知道事情的真相。

难道那条龙就是少女的化身吗？否则，怎么能这样呢？奇怪！

一 员 官

【原文】

济南同知吴公①，刚正不阿。时有陋规，凡贪墨者亏空犯赃罪②，上官辄庇之，以赃分摊属僚③，无敢梗者。以命公，不受；强之不得，怒加叱骂。公亦恶声还报之，曰："某官虽微，亦受君命。可以参处④，不可以骂詈也！要死便死，不能损朝廷之禄，代人上枉法赃耳⑤！"上官乃改颜温慰之。人皆言斯世不可以行直道；人自无直道耳，何反咎斯世之不可行哉！会高苑有穆情怀者⑥，狐附之，辄慷慨与人谈论，音响在坐上，但不见其。适至郡⑦，宾客谈次⑧，或诘之曰："仙固无不知，请问郡中官共几员？"应声答曰："一员。"共笑之。复诘其故，曰："通郡官僚虽七十有二，其实可称为官者，吴同知一人而已。"

是时泰安知州张公⑨，人以其木强⑩，号之"橛子"。凡贵官大僚登岱者，夫马兜舆之类⑪，需索烦多，州民苦于供亿⑫。公一切罢之。或索羊豕，公曰："我即一羊也，一豕也，请杀之以犒驺从⑬。"大僚亦无奈之。公自远宦⑭，别妻子者十二年。初莅泰安，夫人及公子自都中来省之，相见甚欢。逾六七日，夫人从容曰："君尘甑犹昔⑮，何老諩不念子孙耶⑯？"公怒，大骂，呼杖，逼夫人伏受⑰。公子覆母号泣，求代。公横施挞楚⑱，乃已。夫人即偕公子命驾归⑲，矢曰⑳："渠即死于是㉑，吾亦不复来矣！"逾年，公卒。此不可谓非今之强项令也㉑。然以久离之琴瑟，何至以一言而躁怒至此，岂人情哉！而威福能行床第㉒，事更奇于鬼神矣。

【注释】

①同知：官名，知府的副职。吴公：待考。

②亏空犯赃罪：亏空公款，犯贪污罪。赃，贪污所取得之财物。

③以赃分摊属僚：把因贪污而亏空的公款，转嫁府属官员，分摊偿还。

一员官

④参（餐）处：弹劾处分。

⑤上枉法赃：上，上交。依法，追查赃款，应由贪污者上交，而令无辜者代交，非法，故称"枉法赃"。

⑥高苑：山东省旧县名。公元一九四八年划为高青县。

⑦郡：府城，当时高苑属济南府。

⑧谈次：谈论间。

⑨泰安：州名，今山东省泰安市。雍正初年改泰安州为府。

⑩木强：质朴而倔强。

⑪兜舆：山轿。

⑫供亿：供应。

⑬骑从：旧时达官贵人出行时，前后侍从的骑卒。

⑭远宦：远离家乡在外地做官。

⑮尘甑（赠）犹昔：意谓贫困如昔。甑，古代煮饭的瓦器。

⑯老誖（背）不念子孙：年老糊涂不为子孙着想。

⑰伏受：趴下受杖。

⑱命驾归：命人备车马还乡。

⑲矢：通"誓"。

⑳渠：他，指张公。

㉑强项令：性格倔强、不肯低头的县令。

㉒床第（姊）：床席，这里指同床共榻的夫妻。

【译文】

　　山东济南府同知吴公，为人刚正不阿。当时有一种陋俗：凡贪污的人，亏空公款犯了赃罪，上级总要庇护他，把赃款分摊给下属来偿还，没有敢违抗的。这一套施加在吴公身上时，吴公不接受；强迫他也不行，就对他怒骂。吴公也恶言还报，说："我吴某官职虽然卑微，也是朝廷命官。可以弹劾处分我，不可以辱骂我！要死便死，我不能尅减朝廷的俸禄来替别人偿还枉法的赃款。"上级官员就改换了一副面孔，温和地安慰他。人们往往都说现今这个世道不可以走直路；其实这些人自身没有走直路，怎么能埋怨这个世道不可以走直路呢！山东高苑县有个叫穆情怀的，狐精附在他身上，往往激昂慷慨地与人谈论，声音从座位上发出，却是不见其人。正巧他到县里去，在与宾客交谈时，有人问："神仙没有不知道的事。请问我们府中共有几个官员？"应声回答说："一员。"大家一齐笑起来。又问为什么，那狐仙说："全府大小官僚虽然有七十二，其实真正可以称作官的，只有吴同知一人而已。"

当时，山东泰安知州张公，人们因他性格质直刚强，给他起个外号叫"橛子"。凡是贵官大僚登泰山的，伕子、马匹、便轿、车子之类，需要向当地索取的东西名目繁多，当地百姓苦于供给。张公把这类供应都一概免除。有时来人索取猪羊，张公说："我就是一只羊、一只猪，请把我宰了去犒赏马伕、仆从吧。"大官对他也无可奈何。

张公自从远离家乡做官，和妻子儿女分别十二年。初到泰安就任，夫人和公子从京城来探望，相见甚欢。过了六七天，夫人慢声细语地说："你两袖清风还像过去一样，怎么老糊涂了，连子孙也不顾了吗？"张公发怒，大骂，叫人拿板子来，逼夫人伏在地上挨打。公子用身体掩护母亲，号哭着请求代替母亲受罚。张公横加鞭打，才罢。夫人就同公子叫人驾车回去，发誓说："哪怕他死在这里，我也不再来了！"过了一年，张公死去。像张公这种人，不能不把他称之为今天的倔强官员。但是，夫妻长期分居，何至于为了一句闲话就如此暴躁动怒，这难道合乎人情吗？能在夫妻之间作威作福，事情比鬼神更使人惊奇了。

丐 仙

【原文】

高玉成,故家子,居金城之广里①。善针灸,不择贫富辄医之。里中来一丐者,胫有废疮,卧于道,脓血狼藉,臭不可近。居人恐其死,日一饴之①。高见而怜焉,遣人扶归,置于耳舍③。家人恶其臭,掩鼻遥立。高出艾亲为之灸,日饷以疏食④。数日,丐者索汤饼⑤。仆人怒诃之。高闻,即命仆赐以汤饼。未几,又乞酒肉。仆走告曰:"乞人可笑之甚!方其卧于道也,日求一餐不可得;今三饭犹嫌粗粝,既与汤饼,又乞酒肉。此等贪饕⑥,只宜仍弃之道上耳!"高问其疮,曰:"痂渐脱落,似能步履⑦,顾假呻嗄作呻楚状。"高曰:"所费几何!即以酒食馈之,待其健,或不吾仇也。"仆伪诺之,而竟不与;且与诸曹偶语⑧,共笑主人痴。次日,高亲诣视丐,丐跛而起,谢曰:"蒙君高义,生死人而肉白骨,惠深覆载⑩。但新瘥未健,妄思馋嚼耳。"高知前命不行,呼仆痛笞之,立命持酒炙饵丐者⑩。仆衔之⑪,夜分,纵火焚耳舍,乃故呼号。高起视,舍已烬,叹曰:"丐者休矣!"督众救灭。见丐者酣卧火中,齁声雷动。唤之起,故惊曰:"屋何往?"群始惊其异。高弥重之⑫,卧以客舍,衣以新衣,日与同坐处。问其姓名,自言:"陈九。"居数日,容益光泽,言论多风格⑬。又善手谈⑭,高与对局,辄败;乃日从之学,颇得其奥秘。如此半年,丐者不言去,高亦一时少之不乐也。即有贵客来,亦必偕之同饮。或掷骰为令⑮,陈每代高呼采⑯,雉卢无不如意⑰。高大奇之。

每求作剧⑱,辄辞不知。一日,语高曰:"我欲告别。向受君惠且深,今薄设相邀⑲,勿以人从也。"高曰:"相得甚欢,何遽诀绝?且君杖头空虚⑳,亦不敢烦作东道主㉑。"陈固邀之曰:"杯酒耳,亦无所费。"高曰:"何处?"答云:"园中。"时方严冬，高虑园亭苦寒。陈固言："不妨。"乃从如园中。觉气候顿暖，似三月初。又至亭中，益暖。异鸟成群，乱哜清昧[22]，仿佛暮春时。亭中几案，皆镶以瑙玉[23]。有一水晶屏，莹澈可鉴：中有花树摇曳，开落不一；又有白禽似雪，往来句辀于其上[24]。以手抚之，殊无一物。高愕然良久。坐，见鹦鸪栖架上[20]，呼曰："茶来!"俄见朝阳丹凤[26]，衔一赤玉盘，上有玻璃琖二，盛香茗，伸颈屹立。饮已，

歌舞园林各尽欢
丽人忽作夜叉看
若非推解当时意
灵窟何来夺命丹

丐仙

置珓其中，凤衔之，振翼而去。鹦鹉又呼曰："酒来！"即有青鸾黄鹤㉗，翩翩自日中来，衔壶衔杯，纷置案上。顷之，则诸鸟进馔，往来无停翅；珍错杂陈㉘，瞬息满案，肴香酒冽，都非常品。陈见高饮甚豪，乃曰："君宏量，是得大爵。"鹦鹉又呼曰："取大爵来！"忽见日边熌熌，有巨蝶攫鹦鹉杯，受斗许㉙，翔集案间。高视蝶大于雁，两翼绰约，文采灿丽，亟加赞叹。陈唤曰："蝶子劝酒！"蝶展然一飞，化为丽人，绣衣翩跹㉚，前而进酒。陈曰："不可无以佐觞。"女乃仙仙而舞㉛。舞到酣际㉜，足离于地者尺馀，辄仰折其首，直与足齐，倒翻身而起立，身未尝着于尘埃。且歌曰："连翩笑语踏芳丛，低亚花枝拂面红。曲折不知金钿落㉝，更随蝴蝶过篱东。"余音嫋嫋㉞，不啻绕梁㉟。高大喜，拉与同饮。陈命之坐，亦饮之酒。高酒后，心摇意动，遽起狎抱。视之，则变为夜叉，睛突于眦，牙出于喙，黑肉凹凸，怪恶不可状。高惊释手，伏几战栗。陈以箸击其喙，诃曰："速去！"随击而化，又为蝴蝶，飘然飏去。高惊定，辞出。见月色如洗㊱，漫语陈曰："君旨酒嘉肴，来自空中，君家当在天上。盍携故人一游㊲？"陈曰："可。"即与携手跃起。遂觉身在空冥，渐与天近。见有高门，口圆如井，入则光明似昼。阶路皆苍石砌成，滑洁无纤翳。有大树一株，高数丈；上开赤花，大如莲，纷纭满树。下一女子，捣绛红之衣于砧㊳上，艳丽无双。高木立睛停，竟忘行步。女子见之，怒曰："何处狂郎，妄来此处！"辄以杵投之，中其背。陈急曳于虚所㊴，切责之㊵。高被杵，酒亦顿醒，殊觉汗愧。乃从陈出，有白云接于足下。陈曰："从此别矣。有所嘱，慎志勿忘：君寿不永，明日速避西山中，当可免。"高欲挽之，反身竟去。

高觉云渐低，身落园中，则景物大非。归与妻子言，共相骇异。视衣上着杵处，异红如锦，有奇香。早起，从陈言，裹粮入山。大雾障天，茫茫然不辨径路。蹋荒急奔，忽失足，堕云窟中，觉深不可测；而身幸不损。定醒良久，仰见云气如笼㊶。乃自叹曰："仙人令我逃避，大数终不能免，何时出此窟耶！"又坐移时，见深处隐隐有光，遂起而渐入，则别有天地。有三老方对弈，见高至，亦不顾问，棋不辍。高蹲而观焉。局终，敛子入盒，方问客何得至此。高言："迷堕失路。"老者曰："此非人间，不宜久淹。我送君归。"乃导至窟下，觉云气拥之以升，遂履平地。见山中树叶深黄，萧萧木落⁴²，似是秋杪⁴³。大惊曰："我以冬来，何变暮秋？"奔赴家中，妻子尽惊，相聚而泣。高讶问之，妻曰："君去三年不返，皆以为异物矣⁴⁴。"高曰："异哉，才顷刻耳。"于腰中出其糗粮，已若灰烬。相与诧异。妻曰："君行后，我梦二人皂衣闪带⁴⁵，似谇赋者⁴⁶，汹汹然入室张顾，曰：'彼何往？'我诃之曰：'彼已外出。尔即官差，何得入闺阃中！'二人乃出，且行且语云'怪事怪事'而去。"乃悟己所遇者，仙也；妻所梦者，鬼也。高每对客，衷杵衣于内⁴⁷，满座皆闻其香，非麝非兰，着汗弥盛。

【注释】

①金城：古郡县名"金城"者甚多，难以确指。又，金陵（今南京）也称金城。

②饴（四）：通"饲"，施饭，喂食。

③耳舍：正门两旁的屋舍。

④饷：用食物款待。疏食：粗饭。

⑤汤饼：汤煮的面食；面条。

⑥贪饕（掏）：极端贪食。

⑦步履：行走。

⑧诸曹：指其他仆人。偶语：私语。

⑨惠深覆载：恩惠深厚，如同天地。喻指包容、庇养万物。

⑩酒炙：酒肉。炙，烹烤的肉食。饵：饲。

⑪衔之：恨他。衔，怀恨。

⑫弥重之：更加尊重他。

⑬多风格：颇有风度格调。

⑭手谈：下围棋。

⑮为令：为酒令。

图文珍藏版

⑯呼采：掷骰为戏，在投掷的同时呼喊掷出个好的彩头。采，通"彩"，彩头。

⑰雉卢："雉"和"卢"都是博戏取胜的彩色。

⑱作剧：做戏；这里指作幻术。

⑲薄设：设薄酒。备酒筵的谦词。

⑳杖头空虚：犹言手头空空，无钱买酒。后人因称买酒钱为"杖头钱"。

㉑作东道主：设宴请客称"作东道"或"作东道主"。人。

㉒乱哗清咮（咒）：群鸟杂乱地清脆鸣叫。哗，鸟鸣。咮，通"噣"，鸟嘴。

㉓瑙玉：玛瑙、玉石。

㉔句鸼（勾舟）：鸟鸣声。

㉕鸜鹆（渠玉）：鸟名，即八哥。

㉖朝阳丹凤：凤凰。

㉗青鸾：传说中的神鸟，赤色为"凤"，青色为"鸾"。黄鹤：传说中神仙所骑的鹤。

㉘珍错：山珍海错，指珍异肴馔。

㉙受斗许：能容一斗多酒。斗，古代酒器。

㉚翩跹（仙）：轻盈飘逸。

㉛仙仙：也作"僊僊"，形容舞姿飞扬。

㉜酣际：酒兴最浓的时候。酣，浓、盛。

㉝金钿：金宝制成的首饰。

㉞嫋嫋：同"袅袅"，形容声音婉转悠扬。

㉟绕梁：《列子·汤问》：古时一位歌者，歌后余音绕梁，三日不绝。后因以"余音绕梁"形容使人经久不忘的优美歌声。

㊱月色如洗：月光非常光洁。

㊲盍（何）：何不。

㊳砧：捣衣石。

㊴虚所：无人的地方。

⑩切责：责备。切，责。

㉛笼：蒸笼。

㉜萧萧木落：草木枯萎摇落。

㉝秋杪：秋末、暮秋。

㉞异物：鬼物。

㉟皂衣闪带：穿着黑色衣服，系着闪光的腰带。

㊱谇（岁）赋：追逼赋税。谇，责骂，形容追逼。张顾：张望察看。

㊲衷：穿在里面。杵衣：指被捣衣杵击过的衣服。

【译文】

高玉成是官宦人家的子弟，住在金城（今甘肃兰州）广里，善于针灸，不管贫富，都给以治疗。

坊里来了一个乞丐，小腿上长了个恶疮，躺在路旁，连脓带血，一片模糊，臭得使人没法靠近。居民怕他死去，每天喂他一点。高玉成看到后可怜他，派人扶回来，安置在偏屋里。家里人厌恶他臭，捂着鼻子远远站着。高玉成拿出艾绒为他针灸，每天给他粗饭吃：

过了几天，乞丐讨吃馄饨；仆人怒冲冲呵斥他。高玉成听到后，立即教仆人拿馄饨给他吃。不几天，乞丐又求酒肉，仆人走来报告说："这乞丐可笑到极点了！当初他躺在路旁，每天求一餐饭都得不到；如今一日三餐还嫌不好；给了馄饨，又要酒肉。这种贪得无厌的人，只该仍旧丢到路旁去才罢！"高玉成问他的疮怎样了，仆人说道："痂逐渐脱落，看来好像也能走动了，但还是假意哼哼唧唧，装出痛苦的样子。"高玉成说："这能破费多少？就拿酒肉送给他吃，等他康复了，或许不至于仇恨我。"仆人假意答应，实际并不去给；而且和同伴在一起谈论，异口同声笑主人傻。

第二天，高玉成亲自去看乞丐。那乞丐瘸着腿站起来，致谢道："承你深情厚谊，使垂死的人复生，枯骨上长出新肉，恩德之深，可比天地。只是我这恶疮刚好，健康尚未复原，竟妄想馋嚼一顿呢。"高玉成知道上次的吩咐没有执行，把仆人叫来痛加责打，立即命令他拿着酒肉给那乞丐吃。仆人怀恨在心，半夜放火焚烧乞丐住的偏屋，又故意大声叫喊。高玉成起来看，房子已烧成一片灰烬，叹息着说："乞丐完了！"督促众人把火扑灭。见那乞丐在余火中睡得正沉，鼾声如雷。喊他起来，他故意吃惊地说："房子哪里去了？"众人这才惊异乞丐的不同寻常。

高玉成对乞丐更加看重，让他睡在客房里，给他更换新衣，每天和他伴守在一起。问他姓名，自称"陈九"。住了几天，陈九容光越来越焕发，言谈很有风度和特色。又擅长下围棋，高玉成和他对弈，每每败下阵来；于是就每天跟他学，很学到一些奥妙。这样过了半年，陈九不说走，高玉成也觉得一时半刻少了陈九就没乐趣。即使家中来了贵客，高玉成也必定邀请他一同宴饮。有时席间掷骰行令，陈九常替高玉成吆喝彩头，点数无不如意。高玉成大为惊奇。每请他表演一些玩意儿，他总推辞说一窍不通。

一天，陈九对高玉成说："我想告辞了。一向受你恩惠，非同寻常，今天备薄酒一席请你，不要带别人来。"高说："我们相处得很快活，为什么忽然诀别？而且你囊空如洗，我也不敢让你作东道主。"陈九坚持邀请说："一杯酒费不了几文钱。"高玉成又问："在哪里？"陈九说："就在你花园里。"那时正是严冬，高玉成担心花园里太冷，陈九坚持说："没有关系。"高玉成就跟他到花园里，觉得气候顿时暖和了，好像农历三月初的样子。又到亭子里，更觉温暖。奇鸟成群，唧啾乱鸣，仿佛暮春时节。亭中大小桌子，都用玛瑙白玉镶嵌。有一座水晶屏风，晶莹纯澈，能照见人影；屏风里有一丛丛花树摇曳，花朵或开或落；又有雪一般白的鸟，在花树上来回跳跃鸣叫。用手抚摸屏风，却什么也没有。高玉成惊愕了好久。

坐下以后，看到一只八哥站在架上，叫道："拿茶来！"很快就见一只朝阳的丹凤，衔了一只红玉盘子，上面放两只玻璃杯，盛着香茶，伸长脖子一动不动地站着。用过茶，将杯子放在盘中，凤凰又衔着鼓翅飞走了。八哥又叫："拿酒来！"就有青鸾和黄鹤从太阳中翩翩飞来，衔着酒壶酒杯，纷纷安放在桌上。一会儿，好些鸟儿送上菜肴，来来去去双翅不停，山珍海味一一陈列，转眼摆满了一桌。菜香酒醇，都不是寻常的东西。陈九看高玉成酒量很大，就说："你是海量，应当用大杯。"那八哥又连声叫道："拿大杯来！"忽然看见天际远处，闪闪有光，一只大蝴蝶抓着鹦鹉杯，好装一斗左右，飞来停到桌子间。高玉成看那蝴蝶比大雁还大，双翅柔美，花纹艳丽，赞叹不已。陈九呼唤道："蝶子劝酒！"那蝴蝶展翅一飞，变成一个美女，绣花衣裳轻扬飘逸，上前劝酒。陈九又说："不能空劝酒呀！"那女子就翩翩起舞，舞到酣畅时，脚离地一尺多，头仰起向后折，几乎和脚相接，腾空倒翻起立，身上不沾一点尘土。一边歌唱道："连翩笑语踏花丛，高低花枝拂面红，曲折不知金钗落，又随蝴蝶过篱东。"余音悠扬，真可以说是绕梁不去。高玉成大喜，就拉那女子一同饮酒。陈九叫女子坐下，也给她酒吃。高玉成酒力上来，意动心摇，突然起来亲昵地拥抱那女子。一看，那女子竟变成了一个夜叉，眼球突出在眼眶外，牙齿裸露在嘴边，一身疙疙瘩瘩的黑肉，丑陋可怕得无法形容。高玉成吃惊地放开手，伏在几上发抖。陈九用筷子敲打那夜叉的尖嘴，大声呵斥："快走！"随着陈九的一击，夜叉又化为蝴蝶，飘然飞去。

高玉成惊魂已定，告辞而出，只见亭外月色如水，随口对陈九说道："你的美酒佳肴，来自空中，想来你的家也必定在天上，何不带老朋友去一游？"陈九说："可以。"就拉着他的手一跃而起。高玉成只觉得身在空中，渐渐与天相近。看到一座高门，入口形圆像一口井。一走进去明亮如同白昼。台阶道路，一律青石铺成，平滑光洁，绝无一丝暗痕。有一棵几丈高的大树，满树盛开一朵朵红花，有莲花般大。树下一个女子，正在石砧上捣洗大红衣服，艳丽无比。高玉成呆呆地站在那儿，目不转睛看她，竟忘记了举步。那女子见了，满面怒容说："哪里的疯男人，竟大胆来到这里！"说着便用捣衣棒掷过来，击中了高玉成的脊背。陈九急忙将他拉到没人处。狠狠责备他。高玉成挨了一棒，酒也顿时醒了，格外感到羞惭。就跟着陈九出来，有朵白云在脚下托着。陈九说："从此别了。有句话嘱咐你，你千万记住，不要忘了：你寿命不长，明天赶快躲到西山里去，可免一死。"高玉成想拉住他，陈九反身就走了。高玉成觉得脚下的云头慢慢下降，最后身子落在自己的花园中。园中景物和刚才宴饮时已大不相同了。回到屋里，跟妻子说了，两人都觉惊奇。看看衣服上被棒击中的地方，异样的红艳像是锦缎，还有一种奇特的香气。

第二天，高玉成一大早起身，遵照陈九所说，背着干粮进西山。大雾迷漫，茫茫然看不清路，踩着荒地急急奔走，忽然失足掉进一个布满云气的窟窿，只觉得它深不可测，幸而没摔坏了身体。坐定清醒过来好久，抬头只见云气笼罩，不禁叹息道："仙人叫我逃避灾难，天数终究不能幸免，什么时候出这个窟窿！"又坐了一段时间，看见深处隐隐约约有光亮，就起身慢慢走进去，原来里面别有洞天。有三个老人正在下棋，看见高玉成到来，也不理睬，下子不停。高玉成蹲在一旁观看。一局棋完了，把棋子收入盒内，老人这才询问高玉成如何会到这里来。高玉成回答说："迷茫中跌了下来，迷了路。"老人说："这里不是人间，不可久留，让我送你回去。"就领他到那窟窿下边，高玉成觉得自己被云气拥托着向上升起，就到达了地面。只见山中树色深黄，树叶纷纷落下，像是晚秋时节，不胜惊异说："我是冬季来的，怎么变成了深秋？"急忙跑到家中，妻子儿女都吃了一惊，聚在一起哭起来。高玉成奇怪了，问怎么回事，妻子说："你一去三年不回来，我们都认为你已经死了。"高玉成说："真怪，只不过一小会儿嘛。"从腰中取出干粮，已经像灰土一样了，互相诧异不止。妻子又说："你走了以后，我梦见两个人穿着黑衣，腰带闪闪发光，像是催缴赋税的，喧喧嚷嚷到屋里张望，说：'他到哪里去了？'我呵斥他们道：'他已经外出。你们即便是官差，怎么可以随便进妇女居住的内室呢！'那两个人就出去了，一面走一面说'怪事怪事'而去。"高玉成才明白自己遇到的是神仙，妻子梦到的是鬼卒。

高玉成每招待来客，就把那件被棒击中的衣服穿在里面，满座都闻到它的香气，不像麝香，也不像兰馨，如果沾上汗水，就更加浓郁。

人　妖

【原文】

马生万宝者，东昌人^①，疏狂不羁。妻田氏，亦放诞风流。伉俪甚敦^②。有女子来，寄居邻人某媪家，言为翁姑所虐，暂出亡。其缝纫绝巧，便为媪操作，媪喜而留之。踰数日，自言能于宵分按摩^④，愈女子瘵蛊^④。媪常至生家，游扬其术^⑤，

相传邪衍趁
宵冲多少红
闺阃饮恨同天
逼马生施妙
计速离何豪
辨雌雄

人妖

田亦未尝着意。生一日于墙隙窥见女，年十八九已来，颇风格⑥，心窃好之。私与妻谋，托疾以招之。媪先来，就榻抚问已，言："蒙娘子招，便将来。但渠畏男子，请勿以郎君入。"妻曰："家中无广舍，渠依时复出入⑦，可复奈何？"已又沉思曰："晚间西村阿舅家招渠饮，即嘱令勿归亦大易。"媪诺而去。妻与生用拔赵帜易汉帜计⑧，笑而行之。

日曛黑，媪引女子至，曰："郎君晚回家否？"田曰："不回矣。"女子喜曰："如此方好。"数语，媪别去。田便燃烛展衾，让女子先上床，己亦脱衣隐烛⑨。忽曰："几忘却，厨舍门未关，防狗子偷吃也。"便下床启门易生，生塞窣入⑩，上床与女共枕卧。女颤声曰："我为娘子医清恙也⑪。"间以昵词⑫。生不语。女即抚生腹，渐至脐下。停手不摩，遽探其私，触腕崩腾。女惊怖之状，不啻误捉蛇蝎，急起欲遁。生沮之⑬，以手入其股际，则擂垂盈掬，亦伟器也。大骇呼火⑭。生妻谓事决裂，急燃灯至，欲为调停。则见女赤身投地乞命，妻羞惧趋出。生诘之。云是谷城人王二喜⑮，以兄大喜为桑冲门人⑯，因得转传其术。又问："玷几人矣？"曰："身出行道不久，只得十六人耳。"生以其行可诛，思欲告郡，而怜其美，遂反接而宫之⑰，血溢陨绝⑱。食顷复苏，卧之榻，覆之衾，而嘱曰："我以药医汝，创瘥平⑲，从我终焉可也，不然事发不赦。"王诺之。

明日，媪来。生绐之曰："伊是我表侄女王二姐也，以天阉为夫家所逐⑳，夜为我家言其由，始知之。忽小不康，将为市药饵，兼请诸其家，留与荆人作伴。"媪入室，视王，见其面色败如尘土，即榻问之。曰："隐所暴肿，恐是恶疽。"媪信之去。生饵以汤，糁以散㉑，日就平复。夜辄引与狎处，早起则为田提汲补缀，洒扫执炊，如媵婢然㉒。

居无何，桑冲伏诛㉓，同恶者七人并弃市㉔，惟二喜漏网。檄各属严缉。村人窃共疑之，集村媪隔裳而探其隐，群疑乃释。王自是德生，遂从马以终焉。后卒，即葬府西马氏墓侧，今依稀在焉㉕。

异史氏曰："马万宝可谓善于用人者矣。儿童喜蟹可把玩，而又畏其钳，因断其钳而蓄之。呜呼，苟得此意，以治天下可也。"

【注释】

①东昌：府名，治所在今山东省聊城市。

②伉俪：夫妻。

③宵分：深夜，半夜。

④瘵蛊（债古）：病毒入内而腹部肿胀的一种疾病。

⑤游扬：传扬，宣扬。

⑥颇风格：颇有风度。

⑦渠侬：他。古吴方言。此指代其夫。

⑧用拔赵帜易汉帜计：此指夫妻调换之计，用以欺骗对方。

⑨隐烛：灭烛。

⑩窸窣（悉苏）：触动、摩擦的细微声音。

⑪清恙：称他人患病的敬辞。

⑫昵（溺）辞：亲昵之辞。

⑬沮（矩）：阻止。

⑭呼火：唤人点灯。

⑮谷城：古县名，治所在今山东省平阴县西南之东阿镇。

⑯桑冲门人：桑冲的徒弟。

⑰反接：反绑双手。宫，刑名，又称腐刑，为古代阉割生殖机能的一种酷刑。

⑱陨绝：昏死过去。

⑲创痏（伟）：创伤。

⑳天阉：生来无生殖能力。

㉑糁（san 伞）以散：撒上药粉。散，药面。

㉒媵婢：侍婢、奴仆。

㉓伏诛：被处死刑。

㉔弃市：陈尸于市，即杀人示众。

㉕依稀：仿佛。

【译文】

　　书生马万宝，山东东昌府（今聊城市）人，生性狂放不受拘束。妻子田氏，也放荡风流。夫妻俩感情深厚。

　　有个女子来寄居在邻家守寡的老太婆家，自称遭受公婆虐待，暂时出逃的。她缝纫极为精巧，替老太婆做些家务，老太婆很高兴，就把她留下来了。过了几天，她自称能在半夜按摩，医治妇女疑难病症。老太婆常到马家来，宣扬她的本领，田氏也不曾放在心上。

　　一天。马生从墙缝中窥见了那女子，看年纪也不过十八九岁，颇有几分风姿，心中暗自喜爱。和妻子密商，假称田氏有病叫那女子来。老太婆先来，在田氏床前慰问罢，说："承蒙娘子招待，那女子一会儿就来。只是她怕见男人，请你别让你丈夫进屋。"田氏说："我家房子小，他不时要走进走出，这可怎么好？"说罢，又沉思说："今晚西村舅舅家请他喝酒，就嘱咐他不要回来，也很容易。"老太婆答应着回去了。田氏和丈夫用的是"调包"计，两人笑着去进行了。

　　天黑以后，老太婆领那女子来了，说："你丈夫晚上回来吗？"田氏说："不回来了。"那女子高兴地说："这样才好。"说了几句，老太婆告辞回去了。田氏就点上蜡烛，铺开被褥，让女子先上床，然后自己也脱了衣裳，熄灭蜡烛。忽然说道："几乎忘记了，厨房门还没有关呢，要防狗偷吃东西。"便下床，开房门换马生。马生轻手轻脚，窸窸窣窣地走进屋来，上床和女子共枕睡下。那女子颤声说："我来为娘子医身上的病了。"乘间用轻薄话挑逗，马生一声不响。那女子便抚摩马生的腹部，渐次到脐下，停手不再按摩，突然伸手探摸马生阴部，一下碰到个活蹦乱跳的玩意儿。那女子惊恐之状，同误捉了毒蛇蝎蝎一样，急忙起身要逃。马生不让她动，把手伸进她大腿之间，竟累垂抓了满把，也是个粗大的东西。马生大吃一惊，呼叫快拿灯来。马生的妻子以为事情败裂，急忙点灯进来，想为他们调停，却看到那"女子"伏地求饶。田氏又羞又怕，快步走出。

马生盘问他，说是山东谷城县（今东阿县）的王二喜。因他哥哥王大喜是山西离石县桑冲的门徒，所以他转手学会了桑冲男扮女装，诱奸妇女的一套。马生又问："你奸污几个人了？"王二喜说："我出来行道不久，只奸污了十六人。"

马生因为他的罪行够得上杀头，想要到郡里去控告，但又爱他脸蛋儿美，就反绑了他的两手，把他的生殖器割了。那人血如泉涌，昏死过去，过了一顿饭工夫才又苏醒过来。便教他躺在床上，给他盖上被子，对他说："我用药给你治疗，伤口好了，跟我一辈子便罢；否则，告发你必死无疑。"王二喜答应了。第二天，老太婆过来，马生哄骗她说："她原来是我的表侄女王二姐，因为不能生育，被夫家赶出来，昨夜她向我们说起根由，我们才知道。现在她突然感到有点不舒服，我们要替她买药，同时和她夫家商量，留下她和我妻子做伴。"老太婆进屋看"王二姐"，只见"她"面如死灰，靠近床前询问，王二喜说："我阴部突然肿起来，怕是毒疮。"老太婆相信，走了。

马生给王二喜服汤药，敷药粉，伤口一天天好起来。夜间，往往拉他一起狎戏。早起，就替田氏提水缝补，扫地烧火，好像婢妾似的。

不久，桑冲伏法，七个门徒相继被处死刑，只有王二喜漏网，通缉令下到各地严加追捕，村里人都暗中怀疑"王二姐"；聚集起村中的老年妇女，对王二喜隔衣探摸阴部，众人的怀疑才消失了，王二喜以此对马生深为感激，就跟着他过了一辈子。后来死了，就埋在城西马氏墓地旁边。现在还依稀可以找到。

异史氏说：马万宝可以说是善于使用人的人了。小孩子喜欢玩螃蟹，但又怕它钳人，于是折了它的大螯来喂养。唉！如果能领会其中的深意，用来治理天下有何不可？

蛰蛇

【原文】

　　予邑郭生，设帐①于东山之和庄，蒙童②五六人，皆初入馆者也。书室③之南为厕所，乃一牛栏；靠山石壁，壁上多杂草蓁莽④。童子入厕，多历时刻而后返。郭责之。则曰："予在厕中腾云。"郭疑之。童子入厕，从旁睨之，见其起空中二三尺，倏起倏坠；移时不动。郭进而细审⑤，见壁缝中一蛇，昂首大于盆，吸气而上。遂遍告庄人共视之。以炬火焚壁，蛇死壁裂。蛇不甚长，而粗则如巨桶。盖蛰于内而不能出，已历多年者也。

【注释】

　　①设帐：开学馆。

　　②蒙童：小学生。

　　③书室：书房。

　　④蓁莽：荆棘丛生。

　　⑤细审：仔细看。

【译文】

　　我县有个姓郭的秀才，在东山的和庄开学馆，五六个小学生，都是刚入学的孩子。书房的南边是厕所，从前是个牛栏；紧靠山边是石壁，石壁上长了很多杂草，荆棘丛生。小学生上厕所，大多超过请假时间才回来。郭生责备上厕所的学生。学生说："我在厕所里腾云驾雾了。"郭生很疑惑。学生进厕所，他从旁边偷看，只见那个学生起到空中二三尺，忽然升起来，忽然坠下去；过了一会儿不动了。郭生进了厕所，仔细看看，只见石壁缝里有一条蛇，扬起的脑袋比盆子还大，它一吸气学生就升起来。于是就告诉了所有的村民，都来看看。点起火把烧石壁，蛇被烧死了，石壁烧裂了。蛇不很长，却粗得像大桶。原来它蛰伏在石缝里出不来，已经历很多年了。

晋人

【原文】

晋人①某，有勇力，不屑格拒之术②，而博技家当之尽靡。过中州，有少林弟子受其犀③，忿告其师，群谋设席相邀，将以困之。及至，先陈茗果，胡桃连壳，坚不可食。某取就案边，伸食指敲之，应手而碎，寺众大惊，优礼而散④。

【注释】

①晋人：指山西人。

②格拒之术：格斗武功。

③犀：侮辱。

④优礼而散：优厚地招待而散去。

【译文】

　　山西的某人，勇猛有力量，不屑于格斗武功，和他打斗的武功高手都败给了他。他路过中州，有个少林弟子受了他的侮辱，气愤地回去告诉了师父。大家想出一个办法：摆下酒席，请他赴宴，把他围困起来。把他请来以后，首先敬茶，摆下果品。胡桃是带壳的，坚硬不能吃。他拿起胡桃，就着桌边，伸出食指一敲，胡桃就碎了。少林寺里的和尚们大吃一惊，优厚地招待一番才散了。

龙

【原文】

　　博邑①有乡民王茂才，早赴田。田畔拾一小儿，四五岁，貌丰美而言笑巧妙。归家子②之，灵通非常。至四五年后，有一僧至其家。儿见之，惊避无踪。僧告乡民曰："此儿乃华山池中五百小龙之一，窃③逃于此。"遂④出一钵。注水其中，宛一小白蛇游衍于内，袖钵而去。

【注释】

　　①博邑：今搏山县。

　　②子：此处做动词。

　　③窃：私自。

　　④遂：就。

偶园泥堕体浅水产
渺柜为溪真龙一梦
斋窗梦空上雪骏
滕骏第一重

靴

龙

【译文】

　　博山县有个名叫王茂才的乡民，早晨到庄稼地里干活。在地边拣到一个小孩，四五岁，面貌很美，体态肥壮，谈笑很巧妙。领回家里当儿子，非常精灵。到四五年以后，有个和尚来到他家。孩子看见了和尚，很惊讶，躲得无影无踪了。和尚告诉乡民说："这孩子是华山池中五百小龙之一，私自逃在这里。"就拿出一个钵子，把水灌进去，像有一条小白蛇游在水里，和尚把钵子装进袖筒带走了。

爱才

仕官中有妹养宫中而字贵①人者，有将官某代启，中警句云："令弟从长，奕世近龙光，貂珥曾参于画室；舍妹夫人，十年陪凤辇②，霓裳邃灿于朝霞。寒砧之杵可掬，不捣夜月之霜；御沟之水可托，无劳云英之咏。"当事③奇其才，遂以文阶换武阶，后至通政史。

【注释】

①贵：显要。

②当事：掌权者，上位者。

③凤辇："辇"同"撵"，古代夫人一种乘车工具。

【译文】

有个做官的，妹妹是皇宫里的宫女，要许给一个显要人物，有个将官代他陈述，其中有这样的警句："令弟从长，奕世近龙光，貂珥曾参于画室；舍妹夫人，十年陪凤辇，霓裳遂灿于朝霞。寒砧之杵可掬，不捣夜月之霜；御沟之水可托，无劳云英之咏。"掌权的惊奇他的文才，就用文职换了他的武职，后来升到通政史。

梦狼　附则二

【原文】

又邑宰杨公，性刚鲠①，撄其怒者必死。尤恶隶皂，小过不宥②。每凛坐堂上，胥隶之属，无敢咳者。此属间有所白，必反而用之。适有邑人犯重罪，惧死。一吏索重贿，为之缓颊③。邑人不信，且曰："若能之，我何靳报焉。"乃与要盟。少顷，公鞫是事。邑人不肯服。吏在侧呵语曰："不速实供，大人械梏死矣！"公怒曰："何知我必械梏之也？想其贿未到耳。"遂责吏，释邑人。邑人乃以百金报吏。要知狼诈多端，此辈败我阴骘④，至丧我身家。不知居官者作何心腑，偏要以赤子饲麻胡也。

【注释】

①刚鲠：刚毅耿直。

②宥：饶恕，放过。

③缓颊：婉言劝解，代人讲情。

④阴骘：阴德。

【译文】

又一个"梦狼"故事。县官杨公，性格刚毅耿直，把他惹火儿了，必死无疑。他特别憎恨衙役，小过错也不饶恕。他每次威风凛凛地坐在大堂上，小吏和衙役们，没有敢于咳嗽的。这些下属向他讲人情，他必定要把惩办犯人的刑罚用到说情人的身上。恰巧有个城里人犯了大罪，怕死。一个小吏向他索取重贿，给他说情。城里人不相信，并说："若能给我说人情，我怎能吝惜酬金呢。"小吏强迫那人订了盟约。过了不久，杨公审问这件事。城里人不肯降服。小吏在一旁呵斥说："再不如实招供，大人动刑你就活不成了！"杨公气恼地说："你怎么知道我要动刑拷问呢？想必他的贿赂没到吧。"就责罚小吏，释放了城里人。城里人就用百金酬谢那个小吏。要知道，狼是狡诈多端的。这些家伙败坏我们的阴德，甚至丧失我们的身家性命。不知当官的安的什么心，偏要用赤子之心去喂养吓唬人的"麻胡"。

阿宝　附则　集痴类十

【原文】

窖镪食贫。对客辄①夸儿慧。爱儿不忍教读。讳病恐人知。出赀②赚人嫖。窃赴饮会赚人赌。倩③人作文欺父兄。父子帐目太清。家庭用机械④。喜子弟善赌。

【注释】

①辄：总是，就。

②赀：通"资"，钱财。

③倩：请。

④机械：不灵活。

【译文】

窖里藏着银子却过贫困生活。总对客人夸儿子聪明。疼爱儿子不忍教他读书。避讳有病怕人知道。出钱骗人去玩弄妓女。盗用参加酒会的名义骗人赌博。请人代笔写文章欺骗父兄。父子间的账目太清楚。家庭生活开销不灵活。喜欢下辈人善于赌博。

猪嘴道人

【原文】

洛阳李璟，少年豪迈，以财雄一乡。常薄游阡陌间，遇心惬目适①，虽买一笑，掷钱百万不靳②。宣和间，某太守自南郡解任返洛，家富声乐，列屋一宠姬，最殊秀天丽。西都人家伎妾，虽百数莫能出其右。尝以暮春游名园，玩赏牡丹，偕侣相携穿花径。璟望见，兀兀如痴，寄目不暂瞬。姬亦窥其容状，口虽笑叱，而心颇慕之。两人遥相注意，俱不能出言，恨恨而去。明日，又邂逅于别圃，度无由得狎，方寸愦乱，摇摇若风中悬旌。思得暂促膝，成须臾欢，罄百计不能就。时有猪嘴道人者，售异术于尘中，能颠倒四时生物，人莫能识。璟独厚遇。忽造门求醉。璟欣然接纳，深思叩以其事，或能副所欲③。乃设盛馔延款，且以诚告。道人初难之。请之再四，乃笑曰："姑试为之。"璟拜曰："果遂愿，不敢忘报。"明日招往城外社坛，四顾无人，拈一片瓦，呵祝多时，以付璟曰："吾去矣。尔持此，于庭壁间上下划之，当如愿矣。善藏此瓦，每念至则怀以来。"璟瑾受教，划壁未几，骈然中开。竦身而入，径趋曲室内，斗帐画屏，极为华美。妇卧其中，宿醒未醒，见人惊起，赪颜微怒曰：“谁家儿郎，强暴至此，辄入房院，谁引汝来？”璟却立凝笑，不敢言，熟视良久，盖真所愿慕者。妇人亦悟而笑，略道曩事，即登榻共卧，相与极欢。既而曰：“太守且至，即宜引避疾回，后会可期也。”遂循故道而出，壁合如初。瓦故在手，携还家，珍秘于椟④。过三日率一游，每见愈款昵。经累月杳无人知。会其密友贾生者，讶璟久不相遇，意其有奇遇，潜伺所向，迹至社坛侧。璟觉而舍去。贾随诘问。不能隐，具以始末告之。贾不信曰：“果尔，吾岂不可往也？如不吾同，当发其妖幻，首于官，且白某太守。”璟甚惧曰：“今日已暮矣，俟明日同诣道人谋之。”旦往，道人不悦曰：“机已泄，恐不能神，当作别计。城西某家有园池之胜，能从吾饮乎？”皆曰：“幸甚。”即具酒肴，偕往小饮。一亭前有大假山，道人酒酣，振衣起，举手指划山石，一峰中分，两人就视，见楼台山水，花木靓丽⑤，渔舟从溪上来，碧桃红杏缤纷。方注目间，道人登舟，其去如飞。贾引袖力挽，石缝遽合，伤其指。道人杳无踪矣。它日，两人复去社坛，用前法施之，已无所效，惘然怨悔而归。后访乳医尝出入太守家者，使密扣。姬云：“梦中恍惚与一男子燕私，今久不复然矣。”

【注释】

①心惬目适：赏心悦目。

②靳：吝惜。

③欲：向往的目的。

④珍秘于椟：珍，珍藏；椟：柜子。

⑤花木靓丽：花木装点的很美丽。

【译文】

洛阳的李璟，年纪很轻，性格豪放，家里很有钱，财富一方。时常漫游在南来北往的路上，遇到赏心悦目的事情，花钱百万也不吝惜。宣和年间，某太守从荆州解任回到洛阳，家里有很多歌姬舞女，群房里有一受宠的美人，特别秀丽，国色天姿。洛阳各家的歌女，虽有百十几个，没有比她更美的。她曾于暮春游览名园，观赏牡丹，和伙伴儿手拉手穿行在花间的小道上。李璟老远望见了，痴呆呆地望着，像个傻子，目光停落在美人身上，一眨不眨。美人也看见了他的容貌和形态，嘴里虽然讥笑呵斥，心里却很爱慕。二人远远地互相看望着，都不能说话，遗憾地走了。第二天，又在另一个花园里不期而遇，度量得不到亲近的机缘，心境已经昏乱，身子飘飘摇摇的，好像挂在空中的旗帜。想要得到短暂地促膝谈心，成全片刻的欢娱，想尽百计也达不到目的。当时有个猪嘴道人，在尘世上出卖千奇百怪的法术，能颠倒四季的生物，人却看不出来。李璟希望独自见到他，以厚礼相待。道人忽然登门拜访，请求一醉。李璟高兴地接受了，很想询问那件事情，或许能够帮他达到向往的目的。于是就摆下丰盛的酒宴，热情招待，并把自己的要求真诚地告诉了道人。道人刚一听说，有些为难。再三再四地请求，道人才笑着说："暂且试试吧。"李璟拜谢说："如果真能实现我的愿望，不敢忘掉报答你的恩情。"第二天，道人领他前往城外的地坛，看看四处无人，信手拣起一块瓦片，咒言咒语地念了很长时间，交给李璟说："我走了。你拿着这块瓦片，在庭院的墙壁上下划几下，就能实现你的愿望。要好好保管这块瓦片，每当想念她的时候，就从怀里拿出来。"李璟恭敬地领受教诲，在墙壁上没划几下，哗的一声，中间裂开了，纵身跳进去，弯弯曲曲，径自走进绣房里。小小的绣帐，彩绘的屏风，极其华丽。妇人躺在绣帐里，睡得脸上红扑扑的，还没醒过来，看见有人，惊讶地坐起来，红扑扑的脸上带着微怒说："谁家的小子，如此逞强施暴，任意穿房入院，谁领你来的？"李璟站在地下，一动不动地瞅她笑着，不敢说话，细看了好长时间，真是他所爱慕的美人。妇人也醒悟而笑了，说了几句前些天的仰慕，就上床躺在一起，相亲相爱，欢乐到了极点。完了以后说："太守要来了，应该马上退避，赶快回去，后会有期。"他就循着来时的道路走出去，墙壁合上了，和原先一样。瓦片仍在手里，带回家去。珍藏在柜子里。大致三更就到美人那里去一趟，每次见面都更加亲昵。经历了好几个月，谁也不知道。恰巧有个密友贾生，很久没有遇上李璟，觉得奇怪，猜想他是有了奇遇，就偷偷侦察他的去向，跟踪跟到地坛旁边。李璟发觉了，舍弃相会的机会就往回走。贾生跟着他盘问。李璟无法隐瞒，从头到尾，全都告诉他了。贾生不相信，说："如果真是那样子，我怎么不能去呢？如果不和我一道去，就揭发这个妖术，向官府告发，并且告诉那位太守。"李璟很害怕地说："今天已经天黑了，等明天一同去拜访道人想办法。"第二天早晨去拜访道人，道人不高兴地说："天机已经泄露，恐怕不灵了，应该另想办法。城西某家有个出名的花园，能跟我去喝酒吗？"两个人都说："跟你去喝酒，太荣幸了。"就备下酒菜，一道去花园喝酒。一个亭子的前边有座很大的假山，道人喝到尽兴的时候，抖抖道袍站起来，伸出手指去划假山上的石头，一座山峰从中间分开了。两个人到跟前一看，有楼台，有山水，花木装点得很美丽。从溪上来了一艘渔船，红杏碧桃，落英缤纷。正在专注地看着，道人上了船，如飞而去。贾生伸出胳膊，用力往回拉，石缝突然合上了，伤了他的手指。道人无影无踪了。另一天，两个人又去了地坛，使用从前的方法，用瓦片去划墙壁，已经无效，茫然若失，悔恨而归。后来去访问曾经出入太守家的接生婆，请她给秘密地问一问。美人说："梦中恍惚和一男子亲密过，现在很久不再那样了。"

张牧

【原文】

　　张牧过点苍山，拾一圆石径寸，明于水晶。映月视之①，则有绿树阴。阴下有一女子，坐绳床②，观白兔捣药。兔不停杵，树叶若风动，女子亦时时以手拂鬓鬟③，或微笑。意其为姮娥④也。一夕，召客看月，出以示之。忽跃入空中，明于月，不知所之。

【注释】

①映月视之：映着月光看它。

②绳床：交椅。

③鬟髻：发髻。

④姮娥：嫦娥。

【译文】

　　张牧路过点苍山，拣到一块圆石头，直径只有一寸，比水晶还透明。映着月光看它，绿树下有阴影。树荫下有一女子，坐在交椅上，观看白兔捣药。白兔手不停杵，树叶好像随风摆动，女子时时用手拂拭她的发髻，或是微笑着。猜想她是月里嫦娥。一天晚上，张牧请来客人赏月，拿出宝石给客人看。宝石忽然跳进空中，比月亮还亮，不知飞到哪里去了。

波斯人

【原文】

　　波斯人来闽，①相古墓，有宝气。乃谒②墓邻以钱数万。墓邻不许③。波斯曰："此墓已无主五百年矣。"墓邻始受钞。波斯发之，见棺中惟存一心，坚如石④。锯开，有佳山水，青碧⑤如画。傍有一女，靓壮凭栏凝睇。盖此女有爱山水癖⑥，朝夕玩望，吞吐清气，故能融结如此。

【注释】

①闽：指福建省。

②谒：拜见。

③墓邻不许：古墓的邻人不答应。

④坚如石：坚硬的像石头。

⑤青碧：青葱碧绿。

⑥爱山水癖：喜好山水成癖。

【译文】

　　有个波斯人来到福建，相看一座古墓，看见那座古墓有宝气。他去拜见古墓的一户近邻，给邻人几万金，要挖掘古墓。邻人不答应。波斯人说："这座古墓已经五百年没有墓主了。"邻人才接了钱。波斯人挖开坟墓，看见棺材里只有一颗心，硬得像石头。把它锯开，石头上有青山秀水，青葱碧绿，像一幅山水画。旁边有一女子，浓妆素抹，倚着栏杆，聚精会神地看着山水。这个女子就是当年墓中的女尸，她生前爱好山水成癖，一天到晚都在观望，也在吞吐山水的清气，所以就融合结成一幅山水画。

特别提示：

　　本书在编写过程中，参阅和使用了一些报刊、著述和图片。由于联系上的困难，和部分作品的作者（或译者）未能取得联系，对此谨致深深的歉意。敬请原作者（或译者）见到本书后，及时与本书编者联系，以便我们按照国家有关规定支付稿酬并赠送样书。

　　联系电话：010-80776121　　联系人：马老师